KB146209

한국
**추리
소설**
걸작
선 **01**

한국
추리
소설
걸작
선 01

김내성 외 43인 지음
— 한국추리작가협회 엮음

한스미디어

 미국 뉴욕타임스의 베스트셀러 목록을 보면 매주 10위권에 오른 책 중 다섯 종 이상이 추리소설입니다. 일본이나 영국의 언론에서 선정하는 베스트셀러 목록도 이에 못지않습니다. 2005년을 기점으로 국내에서도 나날이 추리소설 독자들이 늘어나는 추세입니다.

 최근 한국에는 '한류'라는 문화 트렌드가 생겼습니다. 드라마, 영화, 케이팝 등이 세계에 진출하며 실로 어마어마한 바람을 일으키고 있습니다. 그에 비해 한국의 추리소설은 아직 한류라는 트렌드에 부합하기에 미비한 측면이 없지 않습니다. 그러나 한 국가의 문화를 대변하는 것이 시와 소설임을 감안할 때 머지않아 미국이나 일본 독자들이 한국의 추리소설에 환호할 날이 올 것이라 확신합니다.

 한국추리작가협회는 창립된 지 30년 가까이 됐습니다. 협회는 유일한 장르 전문지인 『계간 미스터리』를 10년째 발행하고 있으며, 매년 중단편 선집을 출간하고 있습니다. 또, 『계간 미스터리』를 통해 국내 유일한 장르 부문 등단 제도를 만들어 2012년 현재 약 20여 명의 신인을 배출했습니다. 이들 신인은 등단 이후에도 여타 매체의 유명 문학상을 받는가 하면 다양한 문예지에 작품을 발표하며 활발한 활동을 하고 있습니다.

이번에 한국추리작가협회 역대 회원들의 우수작을 엄선하여 엮은 『한국추리소설 걸작선』은 근대에서 현대의 작품까지 아우른 만큼 추리문학의 역사적 가치를 지닌 것으로, 양과 질 모두에서 독자 여러분을 만족시킬 것입니다. 각 작품은 이야기의 트렌드와 반전, 미스터리적인 재미를 추리소설이라는 하나의 코드를 통해 유감없이 보여줄 것입니다.

세계를 무대로 나날이 발전하는 한국의 추리소설을 앞으로도 많이 사랑해주시기 바랍니다.

한국추리작가협회장 강형원

한국 추리소설 걸작선 01

차례

한국
추리
소설
걸작
선**02**

가상범인

>>>> 김내성

1909년 평남 대동에서 태어나 일본 와세다대학을 졸업했다. 1935년 일본 추리문학 잡지 『프로필』에 「타원형 거울」과 「탐정소설가의 살인」이, 대중잡지 『모던일본』에 「연문기담」이 당선되어 일본 문단의 주목을 끌었다. 귀국 후 「탐정소설가의 살인」을 개작한 「가상범인」을 1937년 조선일보에 연재하며 한국 최초의 추리소설가로 등장했다. 그 후 「타원형 거울」 역시 「살인 예술가」로 개작해 1938년 『조광』에 연재했다. 1940년에 발표한 「그림자」는 이후 개작을 거쳐 작가의 두 번째 단편집 『비밀의 문』의 표제작이 되었다. 「그림자」는 일종의 라디오 방송극 대본으로 「진주탑」 등과 함께 현재 완전한 형태가 남아 있는 몇 안 되는 해방 이전 방송극 대본이다. 1946년을 기점으로 작가의 소설 세계는 '추리'에서 '대중'으로 전환을 맞이한다. 『청춘극장』 『쌍무지개 뜨는 언덕』 『인생화보』 『애인』 『마인』 등의 걸작을 남겼으며, 그중 『애인』은 1956년 영화화되었다. 경향신문에 「실낙원의 별」을 연재하던 중 1957년 2월 19일에 뇌일혈로 작고했다.

탐정극 「가상범인」

　그날 밤, 해왕좌(海王座) 제47회 공연 프로그램 가운데 서울 장안의 인기를 물밀듯이 끌어낸 탐정극 「가상범인」의 제1막과 제2막이 끝났을 때, 관객들은 의혹에 찬 무서움과 폭풍우와 같은 흥분을 전신에 느꼈던 것이다.

　만일 해왕좌의 좌장(座長)을 살해한 범인이 그의 부인이 아니라고 하면 대관절 누구일까? 원작자가 상상하는 것과 같이 이 극 가운데의 범인이 과연 현실 사건의 진정한 범인일까? 더구나 관객들로 하여금 현실 사건과 극 중의 사건을 판단하기 어렵게 하는 것은, 원작자인 탐정소설가 유불란(劉不亂) 씨 자신이 이 탐정극에 출연하고 있는 것이요, 또 그 외의 출연배우들도 태반이 해왕좌의 좌장 박영민(朴永敏) 씨가 살해를 당한 그날 밤 좌장 댁에 와 있던 사람들이기 때문이다.

　다시 말하면 이 「가상범인」이라는 3막으로 되어 있는 탐정극은 단순한 극이 아니고 현실 문제인 박영민 살인사건을 그대로 관객에게

보여주고자 하는 것이었다. 그리고 일반사회의 공정한 판단을 얻고
자 하는 것이었다.

이 연극에서 아마추어 탐정 역을 하고 있는 유불란은 벌써 제2막
에서 어떠한 무서운 사실을 발견하였다고 한다. 그 무서운 공상을
제3막에서 실험하여 보여주고자 하는 「가상범인」의 총막(總幕)을 관
객들은 두근거리는 가슴을 부여잡고 얼마나 기다렸던가……

탐정극 「가상범인」의 프로그램은 다음과 같은 사실을 관중에게 가
르쳐주고 있다.

탐정극 「가상범인」 제3막

원작/연출: 유불란(劉不亂)

배역: 해왕좌 좌장 박영민(朴永敏, 40) − 홍(洪)

　　　좌장 부인, 해왕좌 배우 이몽란(李夢蘭, 24) − 양(楊)

　　　해왕좌 배우 나용귀(羅龍鬼, 29) − 나용귀

　　　해왕좌 배우 진대성(陣大成, 28) − 진대성

　　　해왕좌 배우 김영애(金英愛, 22) − 김영애

　　　탐정소설가 유불란(劉不亂) − 유불란

　　　그 외 박영민 댁의 식모 두 사람, 경관 네댓 명

탐정극 「가상범인」은 좌장의 친구요, 탐정소설계의 명성인 유불란 씨
가 저번 세상을 놀라게 한 본 해왕좌의 좌장 박영민 씨 살해사건을 취재
하여 친히 원작한 것이다. 작자는 이 사건에 대하여 어떠한 의견을 가지
고 있는가? 과연 경찰 당국이 보는 바와 같이 좌장의 부인인 화형(花形)
배우 이몽란을 범인으로 인정하는가? 아니다! 작자 유불란 씨는 이 탐

정극에 있어서 부인의 무죄를 주장하고 있다. 그러면 범인은 대체 누구냐? 작자는 본 해왕좌 배우 가운데 범인이 있다고 단언한다. 그리고, 아아! 유불란 씨에게 살인범이라는 무서운 혐의를 받아가면서 범인이라고 지적된 그 배우는 용감히도 이 「가상범인」이라는 연극에 출연하기를 약속하였다.

만천하의 제군이여! 제군은 이렇게도 무섭고 재미있고 치가 떨리는 연극을 본 경험이 있는가? 작자는 지금 불타는 열정을 가지고 이 연극에 임하였다. 왜 그러냐 하면 살인 당시의 광경을 그대로 제군 앞에 보이기 위하여 작자 자신이 무대 위에 서서 진정한 범인을 옥중으로 보내는 동시에 무죄한 이몽란을 철창으로부터 구해내고자 하기 때문이다. 작자는 지금 극 중의 범인과 무대 위에서 몸서리치는 암투를 시험하고자 한다. 그리고 좌장과 이몽란 및 경관과 식모로 분장하는 이외의 배우 제군은 전부가, 유불란 씨 자신까지도 박영민 씨 살해 당시에 현장에 와 있던 사람들이다. 이것은 단지 하나의 단순한 극이 아니고 연극의 결과 여하에 따라서는 경찰 당국의 의견을 좌우할 수 있는 하나의 현실이다. 제군은 반드시 탐정소설가 유불란 씨의 날카로운 두뇌에 박수할 것이며 괴기극계(怪奇劇界)의 귀재 나용귀의 이상한 매력에 도취할 것이다!

해왕좌 올림

관중은 「가상범인」의 제1막과 제2막에서 세상에 전해오는 박영민 살해사건의 외양과 아울러 유불란이 이 사건에 대하여 참을 수 없는 의혹을 가슴에 깊이 품고 드디어 하나의 교묘한 가상을 안출하여, 그가 범인이라고 생각하는 사람에게 시험하여보고자 한다는 데까지를 알 수가 있었다.

필자는 극히 간단히 제1막과 제2막의 내용을 독자 제군에게 소개하고자 한다.

*

제1막 제1장

박영민 댁의 이층. 넓은 두 간방. 밤 아홉시쯤. 박영민(홍 배우가 분장), 그의 아내 몽란(양 배우가 분장), 유불란, 나용귀, 진대성, 김영애의 여섯 명이 만찬 후의 잡담을 주고받고 한다. 그들의 이야기를 들으면 해왕좌가 요즘 휴연(休演) 중임을 알 수가 있다. 그때까지 몽란을 중심으로 꽃이 피었던 그들의 담화가 점점 어여쁜 김영애에게로 옮아가기를 시작하였다. 그때 좌장 박영민이가 얼굴을 영애에게로 돌리면서 농담인지 참말인지

"영애 군의 눈동자는 참 예뻐. 누구를 또 녹이려고? 하하하하…….

그러니 보배지 보배야. 우리 해왕좌의 유일한 보배란 말이야. 어쩌면 그리 예쁠까! 하여튼 영애 군! 그 귀여운 눈동자로 경성 시민 사십만을 춘삼월에 눈 녹듯이 슬슬 녹여놓으란 말이야. 보수는 얼마든지 낼 테니까……."

그때 영애 옆에 앉아 있던 몽란이가 얼굴을 좌장 앞에 삐쭉 내놓으면서

"여보, 내 눈은 어떠우?"

하고 질투에 못 견디겠다는 듯이, 그러나 사실은 농담이라는 듯이 말하였다.

"응, 너 말이냐? 글쎄, 굶주린 수캐면 혹 모르거니와!"

하고 하하 하며 웃었다. 그러나 몽란은 남편의 점잖치 못한 대답에 아무 말도 없이 잠자코 있더니 그만 자리에서 일어나 아래층으로 내려가버린다.

"노하신 모양이로군!"

좌장은 그리 중얼거리며 몽란의 뒤를 따라 아래층으로 내려간다.

주인을 잃은 좌석은 맥이 풀려 흐지부지해지고 말았다. 게다가 나용귀까지 화장실에 간다고 내려가버린 후에는 일층 더하였다. 몽란을 노하게 한 것은 좌장이 아니라 영애의 정다운 눈동자라고, 희롱을 건네고 받고 하는 중 약 오 분이나 지났을까 말까, 별안간 '탕!' 하고 한 방의 총소리가 아래층에서 요란히 들려온다. 세 사람은 마치 감전한 사람 모양으로 고개를 벌떡 들었다.

그 순간 좌장과 몽란의 언쟁하는 소리가 아래층에서 들려온다.

"몽란이! 몽란이! 그러면 나를 죽일 테냐?"

"죽이구말구! 죽이구말구! 사람을 모욕해도 분수가 있지!"

그때 또다시 총소리가 '탕!' 하고 방을 울렸다. 세 사람은 큰일이 났다고 부르짖으며 부리나케 아래로 뛰어 내려간다.

제1막 제2장

아래층 박영민의 서재. 오른편이 뜰에 접하고, 꼭 닫힌 유리창에 물빛 커튼이 늘어 있다. 정면은 하얀 담벽. 그 오른편에 테이블. 테이블 위에 수십 권의 서적이 쌓여 있다. 그 옆에 금붕어 그릇(어항)이 놓여 있고, 두 마리의 금붕어가 총소리에 놀란 듯이 분주스럽게 헤엄치고 있고, 금붕어 그릇 바로 위에는 직경 한 자나 되는 둥그런 거울이 걸려 있고, 그 옆에는 커다란 달력이 걸려 있는데 십일월 이십삼일이란 숫자를 관중에게 보여주고 있다. 그 바로 위에 시계가 걸려 있고 숫자판의 유리는 온전하나 그 밑의 유리는 조각조각 깨어져서 추가 점점 기운을 잃어 마침내 정지 상태로 변하였다. 그 시각이 꼭 아홉시 삼십사분이다.

무대 왼편이 복도에 달린 문인데 그 옆에 책상이 놓여 있고 책상 맨 밑 서랍이 반쯤 열려 있다. 피에 젖은 박영민의 시체가 테이블 앞에 쓰러져 있고 그 옆에 놓인 한 자루의 권총이 전등불에 번쩍인다.

그때 바깥 마루를 뛰어오는 사람들의 발자취 소리와 아울러 기운차게 문이 열린다.

"좌장이 죽었다!"

"뭐, 죽었어?"

"에이그머니나!"

"저런, 저런!"

이와 같은 아우성 소리와 함께 유불란, 진대성, 김영애, 식모 두 사람, 이몽란, 나용귀, 이러한 순서로 뛰어 들어온다.

놀란 그들의 얼굴, 얼굴, 얼굴들!

어떤 사람은 어쩔 줄 모르고 부들부들 떨고 있고, 또 어떤 사람은 좌장의 시체를 만져도 보고 안아도 보고, 또는 경찰에 전화를 걸려고 긴급히 달려나간다. 이리하여 무대 위에는 일대 혼잡을 일으켰으나, 결국 탐정소설가인 유불란의 말대로 피스톨에는 절대로 손을 대지 않기로 하였다.

일순간, 무거운 침묵에 싸여 있던 사람들의 무서운 시선이 이몽란의 창백한 얼굴 위에 비 오듯이 쏟아지기를 시작하였다. 몽란은 마치 꿈속에서 헤매는 사람 모양으로, 자기의 정신을 가다듬지 못하는 미치광이와 같은 표정으로 사람들의 그 무서운 시선에 묵묵히 반문하는 것과 같이 보였다. 한번은 차디찬 남편의 시체를 내려다보고 한번은 자기에게 쏠린 수많은 눈동자를 쳐다보고, 그러다가는 마침내 그 아름다운 두 눈썹을 약간 올리면서 애소하는 듯이 유불란을 멍하고 바라본다.

유불란은 잠자코 있다. 그러나 몽란에게 때때로 던지는 그의 날카로운 시선 가운데는 말할 수 없는 애처로움과 끝없이 타오르는 사랑의 불꽃이 서리어 있는 것과 같이 보였다. 몽란과 같이 순정하고 명민한 여성으로서 어찌 사람을 죽일 수가 있었던가? 그러나 인제 방금 이층에서 들은 몽란의 목소리를 어찌하랴? 아니다. 아니다! 나는 지금 허황한 꿈속에서 살고 있는 것이다. 그의 두 눈은 마치 그렇게 부르짖는 것 같았다. 그리고 그는 두어 번 머리를 흔들었다.

필자는 지금 이러한 광경을 여기서 상세히 묘사할 여유를 가지지 못하므로, 연극 시간 약 오 분 후에(사실은 한 시간 이상 걸렸다) 달려온 경찰 당국의 검증 결과를 극히 간단히 알기 쉽게 정돈하고자 한다.

첫째. 총알은 두 방 다 같은 피스톨에서 발사되었다. 첫 발은 목표가 어그러져 담벽에 걸렸던 시계 아래쪽 유리문을 깨고 추에 맞아서 그것을 정지시켰다. 그래서 시계는 아홉시 삼십사분에서 멎어버렸다. 두 번째 발은 노린 목표를 어그러뜨리지 않고 박영민의 왼편 가슴에 명중하여 드디어 치명상을 이루었다.

둘째. 피스톨은 피해자 박영민이가 호신용으로 가지고 있던 것인데 문 안에 놓인 책상 맨 밑 서랍에 들어 있던 것이다. 피스톨에는 아무 사람의 지문도 보이지 않고 서랍 손잡이에도 지문이 없다. 모두 무슨 형겊으로 지문을 연멸(煙滅)시킨 것이다.

셋째. 유불란, 진대성, 김영애 이 세 사람의 진술은 다음과 같았다. "그것은 확실히 좌장과 부인이 싸우는 소리에 틀림이 없습니다. 싸움이 내용뿐만 아니라 목소리까지도 두 사람의 것이었습니다. 절대로 잘못 들은 것은 아니나 그러나 부인이 왜 좌장을 죽였는가를 우리들은 자세히 알 수 없습니다. 설사 이층에서 좌장이 좀 지나친 농담을 부인께 하였다 할지라도 그것은 결코 좌장을 살해할 만한 동기가 되겠다고는 생각지 않습니다. 우리들이 서재를 향하여 아래층 복도를 달려올 때 반대편에서 식모 두 사람과 부인이 달려오는 것을 보았으며 화장실에 통하는 좁은 마루로부터 나용귀 군이 뛰어나오는 것을 보았습니다."

넷째. 식모 두 사람도 그것이 틀림없는 좌장과 부인의 음성이라고 단언한다.

다섯째. 나용귀의 진술. "나도 두 분의 음성을 똑똑히 들었소이다. 나는 좌장의 뒤를 따라 화장실에 내려간 후 소변을 보고는 뒤뜰에 나아가 잠시 동안 바람을 쏘이면서 좌장이 부인께 준 모욕의 말을 가만히 생각해보았습니다. 왜 그랬느냐 말씀입니까? 나는 부인을 사랑하고 있습니다."

여섯째. 이몽란의 진술. "저는 뭐가 뭐인지 전연 알 수 없어요. 참말로 이상한 일입니다. 저는 안방에 내려가 있었어요(안방과 서재 사이에는 부엌과 넓은 두간 대청이 끼여 있다). 저도 여성이요, 배우인 이상 얼굴에 대한 자존심이 있어요. 주인이 함부로 던진 모욕의 말을 얼마나 원망했을까요! 그래 분한 마음을 참아가면서 이불을 폭 쓰고 있노라니까, 바로 서재에서 총소리가 들리고 주인과 어떤 여자의 언쟁 소리가 들려요. 여러분은 그것이 나의 음성이라고 증명하지만 안방에 있던 내가 어떻게……. 네, 저는 주인을 그리 사랑하지 않아요. 그리고 나용귀 씨도 사랑해본 적이 없어요. 저는 유불란 씨를 사모하고 있습니다."

이상이 당국에서 조사한 간단한 내용이다. 그리고 그 자리에서 몽란은 경찰의 손에 붙들리어 갔다.

제2막 제1장

탐정소설가 유불란의 서재. 수백 권의 서적이 산더미같이 쌓여 있다. 유불란은 마도로스 파이프를 입에 물고 미친 사람 모양으로 방안을 왔다 갔다 한다. 넓고도 흰 이마에는 수심이 가득 찬 깊은 주름이 서너 줄기 박혀 있다. 양손을 양복바지 주머니에다 찔러넣고 유불란은 혼잣말로 중얼거린다.

"결단코 몽란은 영민을 죽인 범인이 아니다. 몽란! 몽란! 당신은 어떤 일이 있을지라도 범인이 되어서는 아니 된다. 몽란은 사람을 죽일 그런 악독한 여자는 아니다. 나는 몽란을 사랑한다. 그리고 몽란을 끝없이 믿는다. 몽란! 나는 반드시 당신을 그 컴컴한 옥창으로부터 구해낼 터이다. 그리고 진정한 범인을…… 당신을 괴롭게 하는 그 무서운 악마를 대신으로 옥창에 쫓아버릴 테다. 살인범이라는 누명을 쓰고 암흑에서 신음하고 있는 몽란!"

유불란은 우뚝 서서 창밖을 내다본다. 그 순간, 무엇을 생각했는지 휙 돌아서면서

"그렇다. 악마는 그놈이다. 박영민을 죽인 범인은 그놈이다. 애매한 몽란! 그것은 사랑하는 사람만이 알 수 있는 미묘한 인스피레이션이다. 그러나, 그러나 증거가 없다. 그놈이 죽였다는 증거가 어데

있느냐?"

유불란은 초조한 듯이 방 안을 휘둘러보면서

"하여간 그놈을 범인이라고 가정하면 어떠한 방법으로 좌장을 죽였을까? ……물론 좌장을 죽일 동기는 충분히 있다. 그놈은 몽란을 사랑하고 있지 않느냐! 좌장은 생전 그놈을 뱀과 같이 싫어하고 악마와 같이 미워하고 있었다. 그리고 몽란에게까지 배척을 당하였다. 그렇다! 범인은 그놈이다. 그놈이다. 그놈, 그놈……. 아, 그렇다! 알았다! 알았다! 나의 인스피레이션이 틀림이 없었다!"

기쁨이 날뛰는 유불란은 미칠 듯이 고함을 치며

"그렇다! 그놈은 해왕좌가 만천하에 자랑하는 유명한 배우다. 의성가능자(擬聲可能者), 그놈이 의성가능자가 아닌 사실을 누가 아는고. ……그놈은 명배우다. 사람의 음성을 그대로 흉내 내는 성대를 가진 자가 아닐까? 그렇지 않다는 증거가 어디 있느냐? 그는 명배우다!"

희색이 만면한 유불란의 얼굴.

"그러나 가만있자. 그것은 나 혼자의 허황한 공상에 지나지 못하는 것이 아닐까? 그놈이 자백하지 않는 이상 범인은 나의 공상을 비웃을 것이다. 그러면 어찌하나? 그러면 어찌하나? ……나의 직감! 나는 나의 직감을 믿는다. ……그렇다! 각본을 쓰자! 그래서 그 각본대로 그놈에게 무대 위에서 시켜보자! 과연 나의 생각대로 그놈이 좌장을 살해한 범인이라면, 그는 이 극에 출연할 것을 승낙할 터인가? 하여간 써보아야 알 것이다."

유불란은 부리나케 테이블로 뛰어간다. 서랍에서 원고지를 꺼내어 앞에 펴놓고는 흥분에 떨리는 가슴을 진정시키려는 듯이 두 눈을 감는다.

제2막 제2장

이틀 후, 역시 유불란의 서재.

유불란은 의자에 걸터앉아 그의 가상범인으로부터 온 편지를 읽기 시작한다.

……유불란! 나는 군이 보내준 원고 「가상범인」이라는 각본을 읽어보았다. 군이여, 나는 그 원고를 마지막까지 읽고 나서 군의 정신을 의심하노라. 군의 정신은 평시의 온전한 그것이 아니고 망상에 붙잡힌 정신병자의 흐릿흐릿한 그것인 줄로 인정하지 않을 수 없다. 나는 군의 끝없이 날고 있는 무서운 공상을 존경하는 한편에 그 각본을 읽고 나서 나 자신이 취하지 않으면 안 될 태도에 대하여 생각해보았다. 군의 흥분한 그 무서운 필치는 내 가슴속에 불덩어리와 같은 충동과 반항심을 드디어 심어주고야 말았다. 그러나 군이 흥분하면 할수록 그와는 정반대로 침착해지는 나의 심리 상태를 군은 상상할 수 있을까? ……군의 가슴은 지금 몽란에 대한 사랑으로 말미암아, 그리고 몽란을 옥창으로부터 구해낼 일심으로 말미암아, 금방 터지려는 화산과도 같이 뜨거운 듯싶다. 그러나 나는 군과 더불어 흥분해드릴 여유를 가지지 못함을 대단히 미안하게 생각하는 바이다.

유불란! 군은 군이 창작한 「가상범인」이라는 극 가운데서 박영민의 살해자를 나라고 불렀다. 내가 좌장을 죽였다고 군은 분명히 썼다. 내가 의성가능자라고 군은 생각하고 있다. 나는 군이 조선 탐정소설계에서 둘도 없는 유일무이한 가장 명성 있는 탐정소설가인 줄을 누구보다도 잘 알고 있는 사람의 하나라고 생각하고 있다. 아아, 나는 과거에 있어서 군의 탐정소설을 그 얼마나 탐독하였던가! 조선은 막론하고 세계의 표준에 비하여서 추호도 손색이 없는 군의 탐정소설! 그러나 그것도 모두 과거의 일이다. 군은 일생을 단지 탐정소설가로서 보내야만 될 것이었다. 그러나 지금 군의 공상은 소설이라는 범위에서 떠나버렸다. 군의 걷잡을 수 없는 공상의 날개는 현실에 있어서까지 명탐정의 명성을 탐내고 있다. 나는 그것을 탐정소설가 유불란을 위하여 섭섭히 생각한다.

유불란 군! 군은 너무나 무서운 투쟁을 나에게 던져놓았다. 나는 지금 노해야 할지 웃어야 할지를 판단하지 못한다. 그러나 그것도 결국 몽란을 사랑하는 군의 열렬한 마음에서 나왔다고 생각하면 그다지 분하지도 않다. 나 역시 군에게 지지 않을 만한 정도의 사랑을 몽란에게 바치고 있는 때문이다. 참으로 사랑이란 무서운 물건이다. 그러나 결국 이 「가상범인」이라는 연극으로 말미암아 진정한 범인이 나타나서 몽란이가 무죄방면이 된다면 그 얼마나 기쁜 소식이랴!

그러나 유불란 군! 군은 모름지기 자기를 반성해봄이 좋을 것 같다. 군만이 몽란을 사랑할 권리를 가지고 있고 군만을 몽란이가 사랑하고 있다고 생각한다면 군은 어리석은 자의 하나일 것이다. 과연, 군이 일찍이 생각하고 있는 바와 같이 나의 용모가 괴인과 같이 흉악하고 짐승과 같이 더러움은 사실이다. 그러나 나 역시 짐승이 아니고 하나의 사람이다. 소경을 보고 소경이라고 불러보라. 소경의 얼굴에서 평화의 빛이 사라진다. 이리하여 군은 육체적으로 정신적으로 헤아릴 수 없는 멸시를 나에게 주었다. 나는 그것을 서슴지 않고 받으리라. 그러면 군의 붓끝의 인형이 되어 스테이지에 서기를 굳게굳게 맹세한다.

※추신 : 지금 또 군의 두 번째 편지를 받았다. 괜찮다! 사실 전부를

세상에 폭로하라. 군과 나의 사적 관계까지도 하나도 빼놓지 말고 그 「가상범인」이라는 극 가운데 넣어놓아라. 지금 쓰고 있는 이 편지마저도 필요하다면 극에 넣어라. 사회의 공평한 판단을 얻기 위하여…….

유불란은 편지를 구겨 쥐고 벌떡 일어났다.
"싸움은 시작되었다!"
막이 천천히 내린다.

*

관객들은 탐정극 「가상범인」의 제1막과 제2막에서 이상과 같은 사실을 안 것이다. 원작자 유불란은 자기가 이 연극을 만들어내기까지의 자세한 경로까지도 극 가운데 넣었기 때문에 유불란과 그가 범인이라고 생각하는 배우와의 사적 관계까지도 청천백일 아래 폭로되고야 말았다. 사람을 사랑함이 이 어찌 무서운 일이 아닌가!

사람들은 손바닥에 땀을 쥐어가면서 「가상범인」의 제3막이 열리기를 얼마나 고대하였던가! 「가상범인」은 드디어 하나의 현실이 되고야 말았다. 사람들의 가슴은 실로 무시무시한 의심과 호기심에 가득 찼다. 범인은 누구일까……? 그리고 어떠한 방법으로 좌장을 죽였을까……? 그것도 알고 싶다.

그러나 그러한 탐정소설적인 흥미보다도 탐정소설가 유불란과 그가 범인이라고 인정하는 이 해왕좌 배우와의 치가 떨리는 암투, 너무나 노골적인 연애 투쟁의 무서운 결과가 더 알고 싶었다. 애인 몽란을 위하여 이 「가상범인」을 창작해내고, 그래도 만족하지 못하여 그 자신이 이 극에 출연한 유불란의 폭풍우와 같은 열정! 또 한편 친구로부터 살인범이라는 무서운 혐의를 받아가면서 용감히도 무대에 선 그 배우의 불타는 마음! 아까 가상범인으로부터 온 편지에 의하건대 유불란이 상상하고 있는 그 범인은 짐승과 같이 추한 얼굴을 가졌다고 한다. 만일 그것이 사실이라면 출연배우 가운데 괴인과 같이 추한 얼굴을 가진 자는 괴기극의 명배우라고 세상이 칭찬하는 나 용귀다. 과연 그가 좌장을 살해한 진정한 범인이라면, 그는 남아 있는 제3막에서 어떠한 태도를 취할 것인가? 그리고 그는 유불란의 생각과 같이 사실 사람의 목소리를 그대로 흉내 낼 수가 있을까……?

아니다. 이것은 단순한 극에 지나지 못하는 것이다. 연극에 박진감을 주기 위하여 작자가 만들어낸 장난이다. 사람들은 그렇게 생각하였다. 그들은 이 연극을 어떻게 판단하여야만 될는지를 몰랐다. 연극인가 사실인가를 짐작하지 못하였다.

이리하여 그들의 의혹에 찬 시선은 때때로 경관석으로 흘러가기를 마지않았다. 맨 뒤 빨간 전등이 켜 있는 경관석에는 임 경부와 백 검사 외에 두세 사람의 경찰관이 앉아 있다. 임 경부와 백 검사, 이 둘은 좌장 살해 당시에 현장을 임검(臨檢)한 사람들이다.

마침내 그때, 「가상범인」의 제3막이 천천히 열리기를 시작하였다. 극장 안에는 마치 폭풍이 지나간 바로 뒤와도 같이 사람들의 삼키다 남은 숨소리만이 잔잔한 물결을 일으키고 있다. 그들의 심장은 쉴 새 없이 두근거리고 그들의 부릅뜬 눈동자는 소낙비같이 일시에 무대로 쏠려졌다.

무대면은 제1막의 제2장과 꼭 같은 장면, 다시 말하면 좌장 박영민의 서재였다. 태반은 제1막 제2장과 다시 틀림이 없으나 그러나 세밀히 무대를 관찰하여보면 전 장면과 다른 점이 네 가지 있다는 것을 발견할 수가 있을 것이다.

첫째, 문 안에 놓여 있는 책상 서랍이 꼭 닫혀 있다.

둘째, 정면 벽에 걸린 시계가 아홉시 삼십분을 가리키며 가고 있다(전번 장면에서는 아홉시 삼십사분에서 멎어 있었다). 추도 잘 움직이고 유리문도 온전하다.

셋째, 무대 위에 놓여 있던 권총이 보이지 않는다.

넷째, 의자에 걸터앉은 박영민이가 테이블을 향하여 양손으로 턱을 받치면서 무엇을 생각하는지 멍하니 담벽을 바라보고 있다. 몽란을 노하게 한 것이 좀 섭섭하다는 듯이…….

극장 안은 죽은 듯이 조용하고 기침 소리 하나 들리지 않는다.

시계는 지금 운명의 시각 아홉시 삼십사분을 향하여 일 초 일 초 걸어가고 있다. 아홉시 삼십사분, 이 시각에 무대 위에 뛰어들어 박영민을 피스톨로 죽일 자는 대체 누구일까……?

시계의 바늘은 지금 아홉시 삼십분에서 삼십일분을 향하여 걸어간다. 실로 이 사 분간의 팬터마임이야말로 굉장한 무대 효과를 관중에게 던져주었다. 삼 분만 지나면 유불란과 범인 사이에는 몸서리치는 애욕의 쟁투가 일어날 것이며 승부가 결정될 것이다.

아홉시 삼십일분! 침묵에 싸인 스테이지 위에는 운명의 신의 죽음의 선고를 받은 해왕좌 좌장 박영민이가 여전히 턱을 두 손 위에 받쳐놓고 등을 문으로 향하고 앉아 있다. 사랑하는 몽란을 그만 성내게 한 것을 후회하는 듯이 하얀 담벽을 말없이 바라보고 있다. 아홉시 삼십이분! 시계의 추는 영원무궁한 세월의 한 점 한 점을 무심히, 그리고 극히 의무적으로 걷고 있다.

아홉시 삼십삼분! 극장 안은 죽은 듯이 고요하고 무대 위에서 숨 쉬고 있는 박영민의 생명의 줄기도 나머지 일 분 후에는 영구히 끊어져버리고 말 것이다. 박영민은 그 나머지 일 분의 생명을 끝없이 향락하려는 듯이 긴 한숨을 어깨 위로 보이고 있다. 그때…….

그 순간이었다. 오른편 문이 덜컥 하고 열리자 마치 나는 새와도 같이 뛰어드는 괴상한 사나이가 하나 책상 서랍에서 피스톨을 꺼내자마자 불의의 침입자에 놀라 돌아보는 박영민의 가슴을 겨누고 '탕!' 하고 한 방을 발사한다. 그것이 너무도 빠른 솜씨이므로 관중은 그 침입자가 누구인지를 처음에는 알아보지 못하였다.

그다음 순간, 무럭무럭 올라가는 흰 연기 가운데 귀신과 같이 우뚝 서 있는 그 사나이가 해왕좌의 명배우 나용귀인 줄 알고 난 관중은 온몸에 오싹하고 달려드는 몸서리를 안 느낄 수가 없었던 것이다. 아아! 나용귀의 노기가 만만한 그 얼굴을 보라! 사자와도 같이 성이 난 그의 괴상한 얼굴! 그것은 결코 배우로서의 거짓의 노기가 아니고 그의 골수에서부터 흘러나오는 진정한 격분인 듯이도 보였다. 그것이 만일 하나의 연극이라면 너무도 참된 연극이었으며, 그것이 만일 하나의 사실이라면 너무도 믿을 수 없는 사실이었다. 믿어야 하나, 믿지를 않아야 하나……? 믿으려야 믿을 수 없는 사실이며, 믿지를 않으려야 믿지 않을 수 없는 연극이었다.

또 한편으로 박영민은, 아니 박영민으로 분장한 홍(洪)이라는 배우는 얼굴을 무섭게도 찌푸리며 벌떡 일어나려다가 못 일어나는 모양으로, 마치 성모마리아 앞에 기도하는 성도들의 모양으로, 두 손으로 앞가슴을 부여잡고 쓰러지는 인형과 같이 무대 위에 넘어졌었다. 넘어지면서 하는 그의 최후의 부르짖음이 왜 그리도 가늘고 또 길었던가?

"으, 으, 응!" 하고 천길만길이나 되는 지옥에서 우러나오는 생귀신의 그것과 같이 들리어온다. 참말인가, 거짓인가? 참말과도 같고 거짓과도 같은 이 너무나 심각한 장면을 어떻게 이해하여야 할는지를 사람들은 몰랐다. 그들의 마음은 콩알같이 작아지고 그들의 전신은 키질하듯 떨리었다. 곧은 목을 돌리어서 뒤를 돌아보고도 싶었으나 거기서는 무슨 알지 못할 두려운 기적이 자기들을 기다리고 있는 것도 같았다.

공포에 싸인 극장 안의 공기는 무거운 납덩어리와 같이 사람들의 가슴을 누르고 있다.

그때다! 사람들은 "흑" 하고 숨을 삼키었다.

"몽란이! 몽란이! 그러면 나를 죽일 테냐?"

사람들은 무엇이라고 제각기 떠들면서 일시에 일어났다.

아아! 그것은 사실 믿지 못할 이상한 기적이었다. 사람들은 나용귀 자신의 목소리를 듣는 대신에, 그리고 또 박영민으로 분장한 홍배우의 목소리를 듣는 대신에 지금은 벌써 죽어버린 해왕좌 좌장 박영민, 그 사람의 음성을 들었던 것이다. 관객들은 박영민의 음성을 잘 알고 있었다. 그 박영민이가, 죽었던 박영민이가 다시 죽음으로부터 소생하여 이 극장 안에서, 혹은 무대 뒤 보이지 않는 어느 한편에서 그렇게 부르짖는 것과 같이 보였던 것이다.

사람들은 웅성웅성하며 떠들기를 시작하였다.

"앉아라! 앉아!"

자기도 서 있다는 것을 잊은 듯이 사람들은 서로 이렇게 부르짖는다.

일편, 관중보다 더 일층 놀란 것은 극장 맨 뒤 경관석에 앉아 있던 사람들이다. 더구나 임 경부와 백 검사는 이 살인사건을 처음부터 담당한 만큼 나용귀 입에서 굴러나온 기적적인 음성은 그들에게 크나큰 쇼크를 주었다. 임 경부는 벌떡 의자에서 몸을 일으키며 옆에 앉은 백 검사의 팔뚝을 정신없이 흔들었다. 마치 미친 사람 모양으로.

"이상한 일이다! 무서운 기적이다!"

"가만있자! 가만있자!"

"얼굴을 보오! 저 나용귀의 악마와 같은 얼굴을 보오!"

"조용히, 조용히!"

백 검사는 정신없이 덤비는 임 경부를 엄숙한 목소리로 억제하며 눈 한번 깜박 안 하고 무대면을 뚫어질 듯이 바라보고 있다.

"죽이구말구! 죽이구말구! 사람을 모욕해도 분수가 있지!"

무대 위에서는 야수와 같이 살기를 품은 나용귀의 목소리가 또다시 들려왔다.

그 목소리, 그것은 이몽란으로 분장을 한 양(楊)이라는 배우의 목소리가 아니고 해왕좌의 스타 이몽란, 그 사람의 목소리에 틀림이 없었다. 호기심이라든가 의혹이라든가 그런 것은 벌써 넘어가버리고 사람들은 그저 양쪽 손을 불끈 쥐고 무릎을 떨고 있을 따름이다.

또 그것만도 아니었다. 자기의 범죄를 수천만 관중 앞에서 스스로 폭로한 나용귀는 되고 싶은 대로 되라는 자포자기하는 마음으로 이번에는 관중을 향하여 피스톨을 발사하지나 않을까……? 그리고 또 지금 나용귀 손에 들려 있는 그 피스톨은 관중이 생각하는 것과 같이 과연 장난감의 피스톨에 지나지 못할까……? 그리고 또 박영민으로 차리고 나온 홍이라는 배우는 지금 무대 위에 쓰러져 있다. 공탄일까, 실탄일까? 누가 공탄이라는 사실을 증명할 수가 있는고? 실탄이라면, 그것이 실탄이라면 홍이란 배우는 영원히 죽어버리고야 말았을 것이다. 아까 홍이란 배우가 쓰러지는 모양을 생각해보면 생각해볼수록 그것은 너무나 진실한 쓰러짐이 아니었던가? 부릅뜬 두 눈, 생의 애착을 끊지 못해 죽지 않겠다고 발버둥치던 그의 모양, 그의 웅크려 쥔 가슴으로부터 쏟아지듯이 흐르고 있던 붉은 핏줄기, 지옥에서부터 솟아나오는 듯이 들리던 "으, 으, 응" 하고 길게 빼던 그의 목소리. 이와 같은 사실을 상상해보매, 사람들은 온몸에서 오싹하는 소리를 마치 귀로 듣는 것같이 무서웠다. 그 붉은 핏줄기는 단지 일종의 물감밖에는 안 되었던가? 독수리의 발톱과도 같이 허공을 꽉 쥐고 있는 양손……

'타앙!' 하고 그때, 한 방의 총소리가 또다시 극장을 울렸다. 정면 흰 담에 걸려 있는 시계의 아래 유리문이 보여지는 듯이 깨어지며 추가 술에 취한 그녀와 같이 규칙 없이 사방으로 왔다 갔다 한다.

"실탄이다! 실탄이다!"

사람들은 추호도 의심치 않고 그것이 실탄임을 깨달았다. 그러나 연극의 트릭인지도 모를 바다. 누군가 등 뒤에서 고무총 같은 것을 발사했는지도 모른다. 아홉시 삼십사분, 그때가 바로 운명의 시각 아홉시 삼십사분이었다.

나용귀는 그때, 빠른 솜씨로 피스톨에 묻은 자기의 지문을 손수건으로 씻고, 또 책상 서랍 손쥐개도 주의해 씻은 후 관중을 향하여 한 번 조소하는 듯이 보기 흉한 웃음을 던져놓고 문으로 나가버렸다.

이리하여 탐정소설가 유불란의 원작인 탐정극 「가상범인」은 최후의 막을 닫아버렸다. 필자는 이 최후의 장면을 좀 세세히 묘사하였기 때문에 상당히 긴 지면을 허비하였으나 그것은 사실 일순간의 일이었던 것이다.

이와 같이 두 방의 총소리에 대한 경찰 당국의 의견과 거기에 대한 탐정작가 유불란의 의견은 서로 충돌이 되었다. 다시 말하면, 경찰에서는 제2탄이 박영민을 쏘았다고 생각하는데, 유불란은 제1탄이 박영민을 죽이고 제2탄이 시계를 깨뜨렸다고 상상한다. 실로 정반대의 의견이었다. 첫째 발이 헛맞아서 시계를 상하게 하고 둘째 발로 비로소 박영민을 죽이었다고 생각하게 한 것이 즉 범인의 트릭, 장난이라고 유불란은 해석하고 있다.

거듭 말하면 첫 방으로 박영민을 죽인 범인은 이몽란과 박영민이가 언쟁하는 양을 한 다음에 둘째 방을 발사하여놓았다고 유불란은 생각한다. 그러면 박영민을 죽인 것은 첫째 발인가, 둘째 발인가? 그 사실을 아는 사람은 이 넓은 세상에 단 두 사람밖에는 없을 것이다. 죽은 박영민과 죽인 범인과……

연극은 끝났으나 극장 안은 돌아갈 줄을 모르는 듯이 떠들고 있는 관중으로 말미암아 아직도 빼곡 찼다.

여기는 해왕좌 무대 뒤.

인제 방금 무대에서 돌아온 나용귀를 중심으로 임 경부, 백 검사, 유불란 들에게 둘러싸인 테이블 위에는 서양 사람의 그것과 같이 털이 부르르 난 나용귀의 양손이 중풍 환자처럼 부들부들 떨리고 있다. 땀에 젖은 이마에선 뜨거운 김이 무럭무럭 올라가고 살기를 띤 두 눈동자는 불덩어리가 뛰어나올 듯이 붉다. 그 붉은 두 눈으로 허공을 바라보고 묵묵히 앉아 있는 나용귀, 그 나용귀를 가만히 바라보고 있던 임 경부는 드디어 입을 열었다.

"나 형, 참 놀랐는데요! 당신에게 그러한 기특한 음성이 들어 있는 줄은 꿈에도 몰랐소. 나는 유불란 씨한테 연극의 내용을 들었을 때, 그 너무나 소설가적인 공상을 비웃었지만……."

하고 임 경부는 나용귀의 얼굴을 뚫어질 듯이 들여다보았다. 그 표정 속에 나타나는 미묘한 움직임을 하나도 놓치지 않고 관찰하려는 듯이. 그러나 아무 대답도 없이 나용귀는 정신병자와 같이 표정 없는 얼굴로 천장을 멍하고 바라보고 있을 뿐이다.

백 검사도 안타까운 듯이,

"사실, 당신의 그 진실성 있는 연극에 나도 적지 않은 놀라움을 가졌소. 그리고 당신은 좌장과 부인으로 분장한 홍 배우와 양 배우의 목소리를 흉내 내는 것이 연극으로서 당연한 일이건만, 당신은 어찌 좌장과 부인 그 사람들의 음성을 흉내 냈는지, 나는 도무지 알 수 없는 일이오. 무슨 알지 못할 이유가 있을 줄로 나는 생각하는데……."

그때 나용귀는 역시 아무 말도 없이 허공을 바라보고 있던 무서운 눈동자를 천천히 유불란에게로 옮기기 시작하였다. 원망과 노기와 그리고 뜨거운 불덩어리를 가득히 실은 악마와 같은 그 두 눈초리를 유불란은 차마 정면으로 대할 수 없는 듯이 약간 머리를 숙이며

"나 군, 나는 탐정도 아니고 아무것도 아니다. 나는 다만 나의 공상을 끝없이 사랑하고 있는 사람의 하나일 뿐이다. 그리고 군은 나의 공상을 충심으로 실험하여 보여주었다. 그것뿐이다. 그 외에는 아무것도 없다."

그때 잠자코 있던 나용귀의 고함치는 목소리가 벽력같이 떨어졌다.

"떠들지 마라!"

그것은 천 근의 무게와 만 폭의 미움을 실은 한마디였다.

"과연 군은 오늘 밤의 성공을 진심으로 기뻐할 것이다. 군이 지금 보는 바와 같이 나는 경찰의 무서운 혐의를 받고 있다. 아니 천만 명 관중이 나를 살인범이라고 손가락질하고 있다. 그리고 그와 반대로 군은 탐정소설가라는 것보다 명탐정이라는 명예 있는 이름을 얻은 것이다. 그리하여 군은 완전히 사회에서 나를 장사(葬事)해버리고 말았다. 군은 만족할 것이다. 기쁠 것이다!"

나용귀의 부르짖는 음성은 점점 높아가고 그의 추하고도 무서운 얼굴에는 팔뚝 같은 핏대줄이 일어섰다. 차차 높아가는 숨결, 불끈 쥐인 두 주먹…….

한동안 성난 사자 모양으로 앉아 있던 나용귀는 그때 홀쩍 일어나면서

"그러나 유불란! 군이 아까 보고 있던 바와 같이 오늘 밤의 연극을 나는 충실히 실행하였다. 군의 인형이 되어 나는 무대 위에서 군이 원하는 대로 춤추고 부르짖고 또 사람을 죽이는 흉내까지 내었다. 해왕좌 좌장인 박영민을 살해한 범인이 마치 나 자신이라는 듯이……. 군이 원하고 있던 목소리는 그들로 분장한 배우들의 그것이 아니고 그들 박영민과 이몽란 그 사람들의 목소리였다. 그리고 나는 완전히 군의 요구에 응하였다. 그리고 나는 성공하였다. 관객들은 놀라 전신을 부들부들 떨었다. 그들은 어쩔 줄을 몰라서 일시에 좌석에서 일어났다. 그만큼 나의 의성은 완전하였다. 그러나 유불란! 그것이 대체 어쨌다는 말이냐? 「가상범인」이라는 이 연극으로 말미암아 군은 진정한 범인을 찾는 동시에 몽란을 감옥으로부터 구해낸다고 단언하였다. 나는 군의 그 굳센 단언을 믿고 연극을 충실히 실행한 것 이외에는 아무것도 없다. 나는 내일 밤도 또 충실한 태도로

무대 위에 설 터이다. 나는 그것을 군과 아울러 경찰관 앞에서 맹세한다."

나용귀는 그리고 모자와 외투를 어깨에다 걸치면서 밖으로 나가 버렸다.

임 경부는 나용귀의 뒷모양을 한참 동안이나 바라보고 있다가 백 검사를 향하여

"그대로 내버려두어요?"

하고 묻는다. 그러고는 안심이 안 된다는 듯이 자주자주 창밖을 내다보면서 나용귀의 그림자를 잃지 않으려고 애를 쓴다.

"글쎄요."

백 검사도 잠깐 생각하다가

"하룻밤 더 연극을 시켜보는 것이 좋을까 생각하는데……."

"그러나 그것은 너무 위험한 일입니다. 만일 오늘 밤이라도 나용귀가 도망을 하면……."

"도망은 안 하지요. 왜 그러냐 하면 만일 그가 박영민을 죽인 진정한 범인이라고 가정하면, 그는 오늘 밤과 같은 그런 연극을 한 이상 결코 도망하려고는 생각지 않았을 것입니다. 그가 만일 도망하겠다는 그러한 두려움을 가졌달 것 같으면, 또 결코 오늘 밤과 같은 연극은 하지 않았을 것이 분명합니다."

"그러나……."

임 경부는 아직 주저하고 있다. 백 검사는 말을 이어

"그리고 또, 우리는 어떠한 증거가 있기에 그를 구인할 수가 있는가? 우리에게는 아무 증거도 없습니다. 우리가 확실한 증거를 쥘 때까지 그를 방임해두는 것이 나는 상책이라고 생각합니다. 물론 그가

좌장을 죽인 범인이라면 말이지요."

그때 묵묵히 앉아 있던 유불란이가 벌떡 의자에서 일어나면서

"그것은 너무나 불공평한 일이 아닙니까? 그러면 당신들은 어떤 증거가 있어서 몽란을 구인하였습니까? 이몽란과 나용귀는 똑같은 조건 하에서 똑같은 혐의를 받아야만 될 것이지요. 만일 나용귀가 아무 증거도 남기지 않는다면 당신들은 어떻게 할 작정이요? 영구히 구인하지 않을 작정입니까? 만일 그렇다면 그것은 공평치 못한 일이라고 나는 생각하는 바입니다. 나용귀는 확실히 좌장을 죽인 범인에 틀림이 없습니다. 만일 오늘 밤 나용귀를 놓친다면 그 실책은 당연히 당신들에게 있을 것이며, 따라서 일반 사회의 비난을 면치 못할 것입니다."

"사실은 그렇지요. 그러나 너무 일을 조급히 하면 실수가 많습니다. 나용귀를 지금 구인해서 그가 절대로 자기의 범죄를 자백하지 않는 날에는 어떻게 합니까? 어제도 말한 바와 같이 나용귀는 절대로 도망하지 않는다고 나는 생각하느니만치 하루 더 그를 자유로 놓아주어서 어떠한 증거든지 쥐는 것이 상책이지요. 그리고 또 이몽란이가 범인이라고 결정된 것도 아니니까. 하여튼 이몽란에 대한 혐의는 당신이 창작한 연극 때문에 많이 완화된 것만은 사실입니다. 그러니 좀 더 형세를 보는 것이 좋을 줄로 생각하는데요."

탐정극 「가상범인」은 시민의 폭풍우와 같은 환영 아래서 며칠을 두고 상연하였다. 그러나 임 경부와 백 검사는 하등 유력한 증거를 잡지 못하였다. 시내의 각 신문은 「가상범인」에 대한 기사로 가득 차고 유불란과 나용귀와의 애욕의 투쟁은 저널리스트의 다시없는 미끼였다. 언제까지 나용귀는 세상의 무서운 혐의를 받아가면서 그 불

길한 연극을 계속할 터인가? 유불란의 공상의 가치밖에 더 없었던 가? 괴기극의 명배우 나용귀가 매일 밤과 같이 관중에 던져주는 그 의미 있는 듯한 비웃음은 대체 무엇을 의미하는가? 그것은 마치 세상을 비웃으며 경찰을 장난감과도 같이 가지고 노는 악마의 미소가 아닐까? 경찰은 대체 무엇을 하고 있는가? 어째 나용귀를 체포하지 않는가 하고 당국을 비난하는 자 있으며, 천재적 명배우 나용귀 만세를 부르는 자도 있다.

이리하여 「가상범인」은 매일과 같이 만원의 성황을 이루고 서울 장안을 마치 끓는 물과 같이 뒤집어놓았다.

그러나 연극을 시작한 지 넷째 날 밤, 해왕좌 무대 위에는 이상한 일이 한 가지 일어났다.

그것은 「가상범인」의 제3막이 바로 끝나려 할 때였다. 사람들이 마른침을 삼키면서 무대를 바라보고, 경관석에 있는 백 검사와 임 경부는 돌로 만든 부처님처럼 묵묵히 앉아 있던 그때…….

나용귀가 악귀와 같은 면상으로 무대에 뛰어들어 박영민을 첫째 발로 쏜 후 전과 같으면 그가 박영민의 목소리로

"몽란이! 몽란이! 그러면 나를 죽일 테냐?"

하고 말할 것인데, 어쨌는지 그는 그 자신의 목소리로 대본에 없는 말을 극히 감격한 모양으로 토하였다. 그것은 사실 하나의 연극이 아니고, 나용귀의 창자를 베어내는 듯한 슬프고도 애처로운 사랑의 하소연이었다. 사람의 마음을 찌르는 듯한 사랑의 고백, 누가 그 순간 그를 미워하였으며 그를 악마라고 불렀으랴!

"몽란! 몽란! 용서해! 나를 용서해주어. 나는 너를 괴롭게 한 악마! 나는 너를 철창에 신음하게 한 마귀! 자기가 한없이 사랑하는 사람

을 나는 왜 철창으로 보내었던가! 몽란! 나는 너를 얼마나 사모하였으며 얼마나 너를 따랐던가? 그러나 너를 끝없이 사랑하고 있는 나의 마음속 한구석에서는 또 너를 얼마나 미워하였던가? 몽란! 거짓말이라도 좋아. 거짓말이라도 나는 단 한 마디 사랑의 말을 네게서 듣고 싶었다. 그러나 아아, 그러나 너는 항상 그 싸늘하고도 섬뜩한 모욕의 눈초리로 내 추한 얼굴을 노려보았다. 몽란! 그럴 때마다 나의 불타는 가슴속에는 에이 그만 죽어버리고 말겠다는 생각이 구름덩이와 같이 떠오르는 것이었다. 그날 밤 나를 뱀과 같이도 싫어하던 좌장이 너에게 야비한 모욕의 말을 주었다. 찬스! 그러나 나는 왜 정정당당히 좌장을 죽이고, 또 너를 죽일 것을 생각지 못하였던고! 어리석은 이 마음을 몽란! 불쌍히 생각해다오!"

비 오듯이 흘러내리는 두 줄기의 눈물, 나용귀는 정신없는 사람 모양으로 허공을 바라보다가 관중을 향하여 휙 돌아서면서

"여러분! 빨리 돌아가주오. 나는 이 이상 더 이 연극을 계속할 수 없소. 내가 죽였소! 내가 좌장을 죽인 범인이오! 이 이상 여러분은 나에게서 무엇을 요구하는가? 속히 돌아가지 않으면 이 피스톨을 발사할 테다!"

나용귀는 피스톨을 관중에게로 향하여 위협하기를 시작하였다.

"와아!" 하고 사람들은 아우성을 치며 일어섰다.

무대로 달려가는 경찰관.

극장 안은 일순간에 참담한 수라장을 이루었다. 나용귀는 경관에게 붙들려가면서 미친 사람처럼 무엇이라고 고함치기를 마지않았다.

이리하여 탐정극 「가상범인」은 전대미문의 몸서리치는 에필로그와 함께 영원히 최후의 막을 내려버렸던 것이다.

운명의 기로

겨울날치고는 비교적 따뜻한 편이나 그래도 때때로 몰려오는 차가운 바람은 살을 베어낼 것같이 쏙쏙 찌른다. 저물기 쉬운 겨울 해는 서편 하늘 밑 된바람 가운데서 우쭐우쭐 춤추는 것같이 보였다. 회색빛 지붕 위에 저녁노을이 곱게 깔리고 세모(설날)가 가까운 거리거리에는 '대매출'의 붉은 깃발이 펄렁거리고 있다.

여기는 사람 하나도 없는 ○○식당의 옥상.

아까부터 유불란과 이몽란은 차디찬 난간에 몸을 의지하고 멀리 발밑의 혼잡을 내려다보고 있다.

"몽란이!"

유불란은 갸룻한 몽란의 프로필을 엿보면서

"몽란이!"

하고 한 번 더 힘 있게 불러보았다.

몽란은 머리를 약간 들며

"왜 그러셔요, 선생님?"

긴 눈썹 아래 숨어 있는 마치 흑진주와도 같은 까만 눈동자를 유불란에게로 옮기면서 떨리는 목소리로 대답하였다.

"선생님은 인젠 그만두고 이름을 불러주어. 선생님은 무슨 선생님……."

"그래도 선생님은 선생님이지 뭐예요?"

"몽란이!"

"네?"

"몽란이!"

"왜 그러셔요?"

"칠 년 전 겨울……."

"칠 년 전 겨울?"

"대동강 위에서……."

"대동강 위에서!"

두 사람의 손은 서로의 손을 꼭 잡고 놓아주기를 싫어하는 듯이 엉키었다.

"선생님! 용서하세요. 철없던 저를……."

몽란은 옛날을 추억하려는 듯이 두 눈을 슬그머니 감았다. 얼음 진 대동강…… 까마귀 떼같이 몰려다니는 스케이터…… 자줏빛 스웨터에 남빛 치마를 입은 자기의 모양…… 그 자기를 한 팔에다 꼭 끼고 스케이트를 가르쳐주던 유불란……. 그러다가 그만 둘은 얼음에 쓰러져버렸다.

"다치었어요?"

"으, 응!"

"아프셔요?"

"으, 응!"

그러나 어째선지 몽란은 일어나기가 너무나 싫어서 재킷 입은 유불란의 가슴 속에다 머리를 부비면서 실컷 실컷 울고 싶은 충동을 느꼈던 것이다.

첫사랑, 잘 때면 반드시 몽란은 유불란을 생각하고 유불란은 몽란을 꿈꾸었다.

그러나 일 년이 지난 후 몽란과 유불란은 서로서로 이별하지 않으면 안 되게 되었다. 유불란은 일본으로 유학하고 몽란은 서울로 올라오고…….

'배우가 되리라.'

그것이 몽란의 반생을 지배한 큰 꿈이었다.

그때 마침 서울에 박영민을 단장으로 둔 해왕좌가 창립되자 몽란은 만사를 불고하고 이 극장의 일원이 되었다. 그러나 극장 안의 공기는 첫사랑에 일생을 바치겠다는 몽란의 순정을 그대로 내버려두지 않았다. 거의 매일과 같이 배달되는 유불란의 애서를 받아 들고 이몽란은 얼마나 울었으며 자기를 비웃었던가! 몽란은 벌써 처녀가 아니고 박영민의 애욕의 대상이 되었던 것이다. 몽란은 그만 방바닥에 쓰러지며 명예욕을 만족시키려고 자기의 순정을 잃어버린 허수아비를 눈앞에 그려보았다.

그러나.

"불란 씨는 아직 세상을 모른다!"

몽란은 이렇게 자기를 변명해보았다. 그리고 그 변명은 몽란에게 한 줄기의 광명을 던져준 것 같았다.

"세상은 모다 이렇다!"

몽란의 인생관은 이리하여 누구든지가 걸어가고 있는, 그리고 걷기 쉬운 인생의 길을 걷기 시작하였다.

오 년 후, 그러나 유불란을 다시 만난 이몽란은 '삶'의 거짓을 하소연하면서 참된 길을 걸어보려고 얼마나 애를 썼던가?

해왕좌 좌장 살해사건은 바로 그러는 가운데서 일어났던 것이다.

"몽란이 추워?"

"네, 추워요."

"그럼 내려갈까?"

둘이는 외투의 깃을 세우면서 식당으로 들어갔다.

몽란과 마주 앉아 식사를 하고 있는 유불란은 끝없이 행복을 등에 느끼면서

"야, 오늘은 술을 한잔 먹고 싶다! 그리고 흠뻑 취하고 싶다!"

하고 혼잣말로 중얼거렸다.

"그럼 잡수세요."

몽란은 반만큼 웃으면서 말하였다.

"몽란이, 술 먹을 줄 알우?"

"선생님이 권하신다면……."

"그럼……."

하고 보이를 불러서 위스키와 칵테일을 청한 후 자기는 위스키를 마시고 몽란에게는 칵테일을 권하면서

"브라보!"

하고 유리잔을 반만큼 올렸다. 몽란도 그에 응하는 듯이 잔을 들며

"브라보!"

하고 불렀다.

"소설가의 공상이라고 비웃음받은 「가상범인」은 성공했다. 아마 나용귀는 가책의 마음을 금치 못하여 종시 자백하고야 말았다. 그는 지금 몽란 대신 옥중에서 신음하고 있을 것이다. 브라보!"

유불란은 또 한 번 술잔을 높이 들었다. 한 잔 두 잔 술잔을 거듭 하여가매, 혈맥은 점점 높아가고 가슴속에 들어 있는 그의 심장은 고무풍선과 같이 훨훨 공중으로 날아오르는 듯하였다. 몽롱한 그의 눈에 비치는 것은 무엇이든지 모두가 행복스럽고 찬란하게 보였다.

"몽란이! 나는 한번 취하도록 실컷 술을 먹어볼 테야. 나 자신의 행복을 위해서, 그리고……."

"그리고 저의 행복도 겸하여 위해서…… 선생님, 그렇지 않으셔요?"

"그렇구말구! 아니, 우선 몽란의 행복을 위해서…… 아니, 우리들의 행복을 위해서……."

"호호!"

"하하!"

"그런데 선생님, 정말로 나용귀가 좌장을 죽였을까요?"

몽란은 갑자기 말머리를 돌리어 그렇게 물었다. 유불란은 그 물음이 의외라는 듯이 눈을 번쩍 크게 뜨며

"그러면 몽란은 나용귀가 죽였다고 생각지 않는 모양이로군!"

하고 대단히 섭섭히 생각하였다.

"아니요, 선생님! 선생님이 창작한 연극이 하도 신통하기에 말씀이지요. 선생님은 본래부터 그이가 사람의 말을 잘 흉내 내는 것을 아시었어요?"

칵테일 한 잔에 몽란의 어여쁜 얼굴은 더욱 윤채를 띠어가고, 높

다랗고 탐탁한 코에서 우러나오는 그의 목소리를 유불란은 가장 귀여운 듯이 혀끝으로 맛보아가면서

"알 리가 있나? 모두 나의 창작이지, 나의 상상이지."

"그러면 어째, 나용귀는 자기의 범죄를 관중에게 자백하는 것과 같은 그런 연극을 하였을까요? 자기가 사람의 음성을 흉내 낼 줄 안다는 것을 자백하지 않았어요? 그런 것을 보면…….."

하고 나용귀 범인설을 마음속 한편 구석에서 부인하는 듯한 몽란의 태도를 유불란은 적지 않은 실망을 가지고 물끄러미 바라보았다.

"그것은 자세히 알 수 없지만, 하여튼 나용귀가 맨 나중에 자백한 것만은 사실이니까, 자기가 범인이 아닌데도 그렇게 자백한다고는 도저히……."

그 순간 유불란의 몸은 오싹하고 떨렸다. 자기가 범인이 아닌데도 불구하고 자백한다! 그런 나용귀일까? 그렇다면, 만일 그렇다면 다른 것이 아니라 그는 몽란을 위하여 자기를 희생한 것에 틀림이 없다. 사랑하는 사람을 위해서……. 그리고 그 사실을 잘 아는 듯한 몽란의 태도!

"선생님, 왜 그런지 자꾸만 그이가 가엾이 생각되어요. 그이가 나를 그렇게도 사랑하고 있었다는 것을 생각해볼 때…… 선생님, 그이가 사실 죽었을까요?"

술잔을 든 유불란의 손목은 가늘게 떨기 시작하였다. 사랑의 승리자. 인생의 가장 큰 행복을 느꼈던 유불란은 또다시 절망의 못으로 떨어지는 것 같았다. 몽란, 몽란! 너는 왜 내 앞에서 그런 질문을 하는가! 그런 말을 어찌 할 수가 있는가? 만일 네가 나를 조금이라도 사랑하고 있다면…….

유불란은 아무 대답 없이 묵묵히 앉아 있다. 몽란은

"선생님, 왜 말씀을 안 하세요?"

하고 머리를 갸웃하고 유불란을 들여다보았다.

"몽란이! 왜 그런 말을 물어? 나용귀가 만일 좌장을 죽인 범인이 아니라면 몽란은 누가 죽였다고 생각해? 응? 누가 죽인 것 같애?"

유불란은 음성을 약간 높이어 그렇게 물었다.

"그날 밤, 좌장이 죽는 날 밤, 나는 이층에서 틀림없는 몽란의 음성을 들었어. 아니, 나만 혼자 들은 것이 아니라, 진대성도 듣고 김영애도 들었어. 그것이 만일 나용귀의 거짓 음성이 아니라면 누구가 좌장을 죽였을 것 같애? 몽란이! 몽란! 대답을 해야지. 왜 대답을 못해. 응? 몽란이!"

유불란은 그러면 네가 죽였다는 말이지, 하고 묻고 싶었으나 차마 그런 잔혹한 물음을 감히 할 수가 없었다.

몽란은 한참 동안 머리를 약간 숙이고 잠자코 있더니 머리를 살랑살랑 흔들면서 떨리는 목소리로 대답하였다.

"난 모르겠어요."

"그래도 나용귀를 범인이라고 생각하기가 싫어?"

유불란의 말소리는 점점 흥분을 띠어가기 시작하였다.

몽란은 역시 아무 대답이 없이 테이블 클로스만 손끝으로 꼭꼭 찌르고 있더니 갑자기 머리를 들면서

"선생님!"

하고 극히 감격된 어조로 불렀다.

"선생님은 왜 그런 말씀을 하세요? 저는 지금 선생님 이외에는 아무도 사모하는 사람이 없어요. 아무 데도 믿을 곳 없는 저를 선생님

은 괴롭게 하시지 마세요. 제가 끝없이 싫어하던 나용귀랄지라도 그이가 저를 그렇게도 사랑하고 있었다면, 저 역시 일개 마음 약한 여성, 어찌 조금이야 가여운 생각이 안 나겠어요……. 그러나 선생님! 그것과 이것과는 다르지 않아요? 가여워하는 생각과 사모하는 생각! 저는 선생님을 사모하오나 결코 가엾다고는 생각지 않아요. 그와 반대로 저는……."

몽란의 말끝은 그만 끊어져버리고 그 뒤를 이어 한 줄기의 눈물이 수루루 하고 흘러내렸다. 그 눈물은 오똑한 코 밑을 지나서 칵테일에 떠 있는 앵두알과 같이 빨간 입술 위에 멎으면서 떨어질까 말까를 주저하는 듯이 숨 쉴 때마다 하느적하느적 흔들리고 있다.

유불란은 그 눈물의 참됨을 비로소 깨달은 것같이 주기(酒氣)에 흥분한 마음을 뉘우치고 가다듬어가면서

"몽란! 좀 지나친 말을 용서해요!"

하고 술잔을 또 거듭하였다.

이윽고 몽란과 유불란은 식당을 나왔다.

우편국 앞 컴컴한 넓은 마당에는 모진 바람이 휙휙 불어오고 맞은편 쪽 삿포로 비루(맥주)의 네온라이트가 눈보라 속에서 번쩍거리고 있다.

몽란은 얼굴을 목도리 속에다 파묻으면서

"그럼 선생님, 곧 댁으로 돌아가세요. 네, 무척 취하셨는데……."

하고 지나가는 택시를 잡아타려고 사방을 돌아보았다.

"나는 걸어갈 테야. 몽란이나 타구 가."

"아이, 이 추위에요?"

"한잔 마시고 걷는 재미가 그럴듯하거든."

그때 마치 그들이 타기를 기다리는 듯이 한 대의 택시가 그들 앞으로 스름스름 지나간다. 유불란은 손을 들어 차를 멈춘 후

"안국동."

하고 몽란의 갈 길을 가르쳐주었다.

코밑까지 목도리를 두른 운전수는 돌부처처럼 앉아 있더니 추운 듯이 몸을 한 번 부르르 떨며 문을 열어주었다. 유불란은 몽란을 택시에 태우면서

"요오, 운전수, 어째 한잔 못 하신 모양이로군. 고슴도치처럼 웅크리고 앉았는 것을 보니……. 못 마셔서야 될 수 있나? 이 추위에……. 자아!"

하고 유불란은 유쾌한 듯이 외투 안주머니에서 일 원짜리를 두 장 꺼내어 운전수에게

"요놈은 택시 값, 또 요놈은 막걸리 값."

하고 하하하하 웃는다.

운전수는 받기가 어색하다는 듯이 잠시 주저하다가

"고맙습니다, 나리 참……."

하고 머리를 굽실거리면서 받았다.

"몽란! 그럼 잘 가, 자! 응?"

유불란은 그러면서 몽란의 손을 한 번 꼭 잡아주었다. 몽란은 자동차에 다리를 올려놓았다가 다시 내려서면서 가는 목소리로

"선생님, 영원히 저를 버리지 마세요, 네?"

하고 떨어지기 싫은 듯이 잠깐 유불란의 팔목에 매달렸다가 다시 차에 오르면서

"정말 곧 댁으로 돌아가세요, 네?"

"암! 곧 돌아가구말구. 그런데 운전수 양반, 잘 모셔다 드려야만 되우. 이분은 나의 가장 귀중한 존재, 하늘 아래 땅 위에 다시없는 사랑스러운 존재니까. 알겠지, 운전수! 그만했으면 잘 알겠지?"

그리고 유불란은 재미있다는 듯이 운전수의 어깨를 한 번 툭 쳤다.

"알구말굽쇼, 이몽란 씨…… 해왕좌의 하나밖에 없는 스타…… 그리고 좌장 박영민 씨를 살해했다는 혐의를 받았던 분…… 이렇게 유명하신 분을 못 알아볼 리가 있겠습니까?"

운전수는 캡과 목도리 사이에 반월형으로 나타난 얼굴에 웃음기를 띠면서 그렇게 대답하였다. 유불란은

"허어……."

하고 감탄하며

"이거 참, 뜻밖의 친구로구려!"

"그리고 그렇게 감탄함을 마지않는 선생님은 탐정극 「가상범인」을 몸소 원작하시고 몸소 무대 위에 섰던 분, 유명한 탐정소설가 유불란 선생!"

"허어! 참, 이것이야말로 뜻밖의 뜻밖이로군! 유불란 선생이 이렇게 유명하게 되었을 줄은……. 하하하하, 하여튼 악수나 한번 하고 헤어지지."

운전수도 쾌활스럽게 웃으면서 장갑 낀 손을 내밀었다.

"저도 「가상범인」이라는 연극을 보았지마는, 선생님은 바로 나용귀가 좌장을 죽이는 현장을 목격하신 것 같겠지요. 어찌 그렇게 신통한지, 참……."

"암! 신통하구말구."

"그래, 전 선생님이 그 살인 현장을 보시지나 않았나 하는 의심을

가지게 되겠지요?"

그때 유불란은 "허어!" 하고 눈을 둥그렇게 떴다.

"내가 바로 그 현장을 보고, 그리고 바로 나 자신이 창작한 것같이 「가상범인」을 만들어놓았다! 그렇다는 말이지, 운전수 양반?"

운전수는 잠깐 주저하는 기색을 보이더니

"그렇지요. 그러한 의심을 가질지도 모른다는 말씀입니다. 선생님의 연극을 보고 난 사람으로서는……."

하고 그는 캡 아래서 반짝이는 두 눈을 들어 창밖에 서 있는 유불란을 쳐다보았다.

"그러나……."

하고 유불란은 그날 밤 자기는 진대성, 김영애 두 사람과 함께 이층에 있었으니 현장을 보려야 볼 수가 없었던 변명을 하려고 하였으나 그만

"에이, 귀찮아!"

하고 차 떠나기를 재촉하였다. 엔진 소리와 아울러 자동차는 컴컴한 조선은행 앞을 한 바퀴 뺑 돌아서 종로를 향하여 달려간다. 반만큼 웃는 몽란의 얼굴을 남겨놓고…….

몽란과 작별한 유불란은 텅 빈 듯한 가슴속에서 인제 방금 남겨놓고 간 몽란의 웃는 얼굴을 어루만져 보았다.

그것은 바로 해왕좌 「가상범인」이 최후의 막을 내린 후 약 두 주일이 지난 어떤 눈보라 치는 날 밤이었다.

유불란은 그때 자기가 유숙하고 있는 장충단 아파트를 향하여 진고개 거리를 거쳐서 걸어갈 예정으로 허텅거리는 다리를 한 걸음 두 걸음 옮겨놓기를 시작하였다. 그렇게도 번화하던 진고개 기리도 사

람의 발자취가 점점 드물어가고 때때로 끄는 왜나막신 소리가 횟횟 부는 밤바람 가운데서 따르락따르락 들려온다.

유불란은 외투 주머니에 넣은 두 주먹 안에서 몽란의 어여쁘고도 풍부한 몸뚱이를 굳세게 포옹해보면서

"몽란은 내 것이다! 몽란은 다시 내 것이 되었다!"

하고 불러보았다. 그러면 그럴수록 몽란에 대한 연정이 불덩어리같이 일어나서 잠시 헤어진 몽란을, 내일 또다시 만날 몽란을 알지 못할 누구에게 영원히 뺏긴 것같이도 생각되었다.

"만일 몽란이가 또다시 나를 차버린다면, 칠 년 전 그때와 같이 나를 또 배반한다면…….."

그것은 생각만 하여도 너무나 무서운 일이었다. 칠 년 전의 유불란은 아직 어렸다. 따라서 그의 연정은 채 타지 못한 장작과 같이 바람이 불다 멎으면 스스로 꺼질 수가 있었던 것이다. 그러나 지금의 유불란은 그렇지 못했다. 탈 대로 타고 필 대로 핀 그의 가슴, 그리고 아직 재가 되지 못한 그의 정열…….

"연애 테러리즘!"

그는 그때 그러한 조어(造語)를 스스로 지어서 불러보았다. 그는 지금까지 연애에 있어서의 테러리즘을 야만이라고 불러왔다.

"그러나 그것은 관념의 이상…… 책상 위에서 생각하던 하나의 관념에 지나지 못한다. 인생은 관념이 아니고 행동의 연속이다. 사랑은 아깝지 않게 자기를 바치는 것이 아니라, 아깝지 않게 빼앗는 것이다. 그것이 비록 야만일지 모르나 진실한 사랑의 자태에 틀림이 없다."

유불란은 그렇게 생각하면서 갈지자걸음으로 허둥지둥 걸어갔다.

왼편 쪽 악기점에서는 〈잊으시면 싫어요〉가 이상한 매력을 가득히 싣고 거리로 흘러나온다.

"에이!" 하고 유불란은 구두 끝으로 돌을 한 번 툭 차면서 중얼거렸다.

"인생을 굵게! 그리고 짧게!"

또 한 걸음 걸어가서는 변사 목소리로

"드디어 돈 호세는 카르멘을 죽였다! 보라! 돈 호세는 사랑의 돈 호세는 사랑의 용사였다! 카르멘! 카르멘! 요부 카르멘! 내게서 혼을 빨아내고 피를 짜낸 요부 카르멘! 받아라! 받아라! 내 칼을 받아라! 내 총을 받아라!"

그러고는 "후후훗" 하고 한 번 웃은 후

"아아! 황금과도 같이 찬란하고 꽃과도 같이 어여쁜 호세의 말로요! 죽여라! 죽여라! 나를 배반하는 몽란을 죽여라! 하하하하, 핫핫핫."

술기운에 잔뜩 마비된 유불란의 정신은 걷잡을 수 없는 탐미의 세계로, 끝없는 로맨티시즘의 세계로 깊이깊이 들어가기를 시작하였다.

그때 유불란의 발머리는 누가 부르는 듯이 책방 선영각(鮮暎閣) 안으로 비틀거리며 들어갔다. 별로 책을 사려고 들어간 것은 아니었으나 태산같이 쌓아놓은 서적을 이것저것 뒤적거리는 것이 그의 버릇이며 또한 취미였다.

한참 동안 이리저리 당기면서 이 책 저 책 뒤적뒤적하여 보았으나 별달리 신통한 책은 보이지 않아 그만 밖으로 나갈까 하고 생각하던 바로 그때였다.

유불란은 자기 오른편에 써늘한 찬바람과 함께 들어온 괴상한 남자를 하나 발견하였다. 중절모를 푹 내려쓰고 커다란 마스크로 입을 가린 남자를…….

유불란이 그 남자를 이상하다고 생각하기 시작한 것은 그가 마스크로 입을 가리고 중절모를 남달리 깊이 내려썼다는 것만은 결코 아니었다. 왜 그러냐 하면 유불란 자신도 중절모를 푹 내려쓰고 입에는 역시 커다란 마스크를 대었던 때문이다. 아니, 오동짓달 추운 때라 서점 안에서 책을 보고 있는 손님들은 태반이 다 대동소이한 복장을 하고 있었던 때문이다. 유불란이가 견딜 수 없는 호기심을 가지게 된 것은 결코 그의 복면 때문은 아니었다.

그 남자는 잠깐 동안 서적이 가득하니 끼여 있는 선반을 이리저리 휘둘러보더니 장갑 낀 손을 외투 주머니에서 꺼내어 그 앞에 나란히 끼여 있는 전집들을 한 책 빼내었다.

"하하! 탐정소설에 취미를 가진 분이로군!"

하고 유불란은 자기가 탐정소설가인 만큼 일종의 호기심과 친밀한 정의(情義)를 마음에 느꼈던 것이다.

그것은 일본 탐정소설의 대가 에도가와 란포의 『황금가면』이라는 무서운 탐정소설이었다. 그러나 그것만으로는 아직 유불란의 호기심의 전부를 끌었다고는 말할 수 없었으나, 그 남자는 사람들이 보통 하는 것과 같이 서문 혹은 목차 같은 것도 보지 않고 단 한 번에 어떤 페이지를 펴놓았던 것이다.

그런데 여기 한 가지 이상한 것은 그가 펴놓았던 페이지를 한 자도 읽어보지 않고 다시 책을 접어버렸다는 것이다. 그러고는 책을 제자리에다 다시 꽂아놓고 밖으로 나가버렸다.

그때 유불란의 몽롱한 시야에 인박인 광경이 한 가지 있었다. 그것은 그 남자가 책을 접을 때 무슨 쪽지 같은 종잇조각을 페이지 속에 끼워놓는 광경이다. 한 자도 읽지 않고 쪽지를 끼워놓는다는 것은 생각해보면 사실 이상한 일이었다. 더구나 『황금가면』이라는 제목에서 발생하는 가장 그로테스크한 매력에 끌리어서 술 취한 탐정소설가 유불란은 드디어 『황금가면』을 선반에서 빼보았다. 빼보고 유불란은 한참 동안 정신없이 책을 들여다보았다. 유불란의 두 눈썹은 점점 모아져가고 그의 두 눈은 불타는 듯이 열이 올랐다.

"알 수 없다!"

하고 그는 혼잣말로 중얼거렸다.

과연 거기에는 한 조각의 종이가 끼워져 있었다. 그러나 그것은 단지 한 개의 쪽지로서의 사명 이외의 어떤 비밀을 속삭이고 있는 것 같았다. 그것을 안 유불란은 이상한 호기심에 마음이 찌릿찌릿함을 전신에 깨달았다.

그것은 마치 화학방정식 같은 것인데 부호와 숫자가 서로 연속되어 있는 어떤 암문기호(暗門記號)였다. 적어도 탐정소설가인 유불란은 이 암문기호가 어데서 나온지를 잘 알고 있었다. 그러나 그것을 해독할 줄을 그는 알지 못하였던 것이다.

그것은 전 세계의 탐정소설의 원조인 에드거 앨런 포의 재미있는 소설 「더 골드 벅(The Gold Bug)」에 나오는 유명한 암호문이다.

그 소설의 내용을 유불란은 잘 안다. 그것은, 옛날 키드라는 해적이 자기가 탈취한 금은보배를 아메리카 캐롤라이나 주의 어떤 곳에다가 매장한 후, 그 매장한 곳을 후세에 전하기 위해서 앞에 예시한 바와 같은 암호문을 남겨놓았다. 후세에 이르러 윌리엄 리그랜드란 사나이가 이 암호문을 손에 넣어 그것을 해독한 결과, 수많은 금은 보배를 발굴할 수가 있었다는 이야기다.

이 암호에 나오는 숫자라든가 부호라든가는 모두 영어의 알파벳을 대용하면 된다. 다시 말하면 3은 G, 5는 A, ※는 N, ?는 U를 대용하면 되는 것이다. 그러나 그것을 일일이 외우지 못하는 유불란은 얼마나 안타까웠을까!

유불란은 초조한 마음을 걷잡을 수 없이 그 암호문이 끼워져 있는 페이지를 들여다보았다.

이 에도가와 란포의 『황금가면』이라는 소설을 극히 간단히 말하면 다음과 같다.

동경을 중심으로 매일과 같이 국보(國寶)가 도난을 당하는 한편 무서운 살인사건이 연발된다. 그 살인마는 황금색의 가면을 쓰고 역시 황금색으로 된 가장(假裝)으로 전신을 둘러쌌다. 그 부처와 같이 표정 없는 황금가면의 커다란 입에서는 실과 같은 빛줄기가 가늘게 가늘게 흘러내리고 있다. 그때 공포에 싸인 동경 시민을 구하고저 나타난 명탐정 아케치(明智)로 말미암아 드디어 '황금가면'의 정체가 폭로되었다. 그것은 일본에 주재하고 있는 불란서 대사(大使), 또다시 말하면 그 대사는 불란서의 탐정소설가 모리스 르블랑이 그의 탐정소설 속에서 활약시키고 있는 일세의 의도(義盜) 아르센 뤼팽인 것이 판명되었다는, 실로 현실을 떠난 공상적 작품이다. 마치 불란서의 작가 모리스 르블랑이 그의 소설 속에다 영국의 탐정작가 코난 도일이 창작해낸 명탐정 셜록 홈즈를 등장시킨 것과 마찬가지로……

유불란은 그 페이지를 몇 줄 읽어보았으나 별달리 신통한 것은 없었다. 그러나 그때 유불란은 한 가지의 조그마한 발견을 하였다. 그 것은 암호문 맨 끝에 한문자로 '一'이라고 쓰여 있는 것이다. 이 서양 식 암호문에 이 동양 글자 '一'은 대체 무엇을 의미하고 있는가?

그 순간 번갯불같이 머리에 떠오르는 한 개의 가상(假想)이 있었다.

'만일 이 종잇조각이 암호로 된 통신이라고 가정하면 반드시 이 통 신을 받으러 오는 어떤 상대자가 있을 것이 분명하다. 그렇지 않은 가?'

유불란은 『황금가면』을 다시 선반에다 끼워놓고 무슨 큰 기적을 기대하는 사람처럼 제2의 복면의 남자를 기다리기 시작하였다.

상점 안은 아직도 손님으로 가득 찼다. 유불란은 뛰노는 가슴속을 억제해가면서 창밖을 내다보았다. 창밖은 아직도 눈보라다.

'언제나 올까, 언제나 올까?'

하고 그는 기다리기를 마지않았다. 그의 틀림없는 가상은 탐정극 「가상범인」으로 하여금 나용귀를 감옥으로 보내었다. 그의 명성은 단지 일개 공상적인 탐정작가라는 것보담도 지금은 명탐정이라는 이름이 더욱 높았다. 그는 자기의 가상을 다른 누구보다도 일층 더 굳세게 믿었다.

열시 삼십분!

과연 그때 이상한 신사가 하나 창밖에 나타났다.

그는 회색 캡을 푹 눌러쓰고 역시 커다란 마스크를 입에다 대었다. 그것만 아니라 그는 또 검은 안경까지 썼다. 키가 훨씬 크고 외투의 깃을 세운 그는 얼핏 보면 마치 서양 사람과 같은 느낌을 주었다.

그 괴상한 신사는 잠깐 동안 문밖에서 상점 안을 엿보더니 드디어 유리창을 드르르 열고 안으로 들어왔다. 그러고는 잠시간 책 선반을 두룩두룩 돌아보다가 아니나 다를까 유불란이가 서 있는 옆으로 사람을 헤치면서 들어온다.

유불란은 두근거리는 마음을 눌러가며 보지 않는 척하면서도 이 괴상한 신사의 행동을 하나도 놓치지 않고 세밀히 관찰하였다. 그때 신사는 역시 선반에서 『황금가면』을 빼냈다. 그러고는 쪽지가 끼워져 있는 페이지를 한참 동안 들여다본다. 그러다가 그는 그 암호문을 이해하였다는 듯이 약간 머리를 끄떡거린다. 다음에 그는 그 종잇조각에다 무엇인지 알 수 없으나 연필로 한 자 기록하여놓고는 황급히 밖으로 나가버렸다.

유불란은 다시 책을 빼보았다. 암호문에는 변함이 없었으나 맨 나중 '一'자 아래 '二'자가 한 자 더 쓰여 있었다. 그가 둘째 번으로 보았다는 뜻이다.

살인·유희(殺人遊戱)

유불란은 책을 다시 끼워놓고 서점을 뛰어나왔다.

검은 안경을 낀 괴상한 신사는 눈보라 치는 거리를 진고개 초입으로 향하여 달아나는 듯이 걸어간다.

유불란도 모자를 깊이 내려쓰고 목도리로 코와 턱을 가리면서 이 이상한 신사의 뒤를 따르기 시작하였다. 유불란은 알코올에 마취된 정신을 스스로 가다듬어 앞에 가는 신사가 어떤 종류의 사람인지를 가지각색으로 생각해보았다. 영어로 된 '포'의 암호문을 그리도 쉽게 해독할 수가 있는 그들, 암호로 아니면 통신할 수가 없는 그들의 비밀성, 어떠한 목적으로……? 그리고 어떠한 곳으로……?

하여튼 유불란은 유쾌하기가 짝이 없었다. 마치 탐정소설과도 같이 흥미 있는 탐정놀이가 아니던가! 사실 그때의 유불란으로 말하면, 일개 탐정소설가라는 것보담도 하나의 명탐정이라는 의식이 더 한층 굳세었다. 태서(泰西) 명작에 나오는 유명한 탐정의 이름이 다음으로 머리에 떠올랐다. 뤼팽, 홈즈, 루콕, 커니말, 피터 건즈, 브라운, 엘러리 퀸 등등.

그때 우편국 앞 넓은 마당에 나선 괴신사는 잠깐 동안 사방을 휘돌아보더니, 마침 동대문 가는 전차가 오는 것을 보고 달아나는 듯이 정류장으로 걸어간다.

마침내 신사는 동대문행 전차를 잡아탔다. 유불란도 모르는 척하고 뒤로 따라 탔다. 전차는 경성역에서 실은 듯한 손님들로 가득 찼었다.

유불란은 혁대에 매달리면서 서너 사람 건너서 서 있는 괴신사를 곁눈으로 바라보았다. 그러다가는 때때로 신사의 시선과 마주칠 적도 있었으나 신사는 묵묵히 팔뚝시계를 들여다보고는 창밖에 흐르는 네온사인을 멍하고 바라본다.

그러는 중 전차가 벌써 종점 동대문 정류장에 도착하자 괴신사는 또다시 청량리 가는 전차를 바꿔 탄고로 유불란도 역시 뒤를 따라 탔다. 전차는 한참 동안 키질하듯이 달리다가 마침내 대학 예과 앞에서 멎어버렸다.

신사는 잠시 주저하는 듯이 사면을 돌아보더니 회중전등을 외투에서 꺼내 들고 예과 교사 서편 쪽으로 난 신작로를 북쪽으로 향하여 걷기를 시작하였다.

"하하! 내가 미치지를 않았나?"

유불란은 정신 잃은 사람 모양으로 반짝거리는 회중전등을 목표로 한참 동안 신사의 뒤를 따라가다가 우뚝 발걸음을 멈추었다. 그러고는 또 한 번

"내가 미쳤나 보군!"

하고 외투 주머니에 넣은 손으로 넓적다리를 한 번 꼬집어보았다.

그러나 추위로 말미암아 그의 감각은 대단히 둔하여졌다. 그는 한 번 더 힘껏 쥐어뜯어 보았다. 그러나 역시 아픈 것 같은 생각만이지 그다지 아픈 줄을 깨닫지 못하였다.

"꿈이로군!"

그는 그러한 실험을 꿈속에서 여러 번 하여보았던 것이다.

"아프면 현실, 안 아프면 꿈!"

유불란은 그렇게 중얼거렸다.

"이놈! 나를 누군 줄 알고……? 명탐정이다. 셜록 홈즈다! 에헴!"

꿈속에 있는 듯한 유불란의 감정은 아까 마신 강렬한 술기운에 흥분될 대로 흥분되고, 몽롱한 그의 눈에는 호기심을 걷잡을 수 없이 돋워주는 괴신사의 회중전등이 마치 도깨비불같이 반짝이고 있다.

"따라라! 악한의 그림자를 놓치지 말고 따라라! 이놈, 네 뒤를 명탐정이 따라간다!"

유불란은 아까 잠깐 느꼈던 무서움을 걷어차 버리고 그 이상한 사나이의 뒷그림자를 어데까지나 따라갔다.

사방은 먹물이 흐르는 듯이 캄캄하고 눈 뜰 새도 없이 몰려오는 눈보라는 더욱더욱 심하여간다.

유불란은 졸리는 눈을 억지로 부릅뜨면서 걸었다. 아니, 태반은 졸면서 걸었던 것이다.

임업시험장(林業試驗場)을 졸면서 지난 유불란은 어데가 어데인지를 전혀 분간할 수가 없었다. 길은 점점 좁아가고 험하여갔다. 언덕을 넘고 솔밭을 지났다. 돌을 차고 넘어졌다. 나무 그루를 밟고 쓰러졌다. 도랑에 빠져서는 헤매었다. 눈 위에 쓰러져서 한참 동안 잔 것도 같다. 경성시가의 전등불이 멀리 뒤에서 꿈결같이 반짝거리고 있던 것도 인제는 완전히 시야에서 벗어나버렸다. 정신과 육체가 피곤할 대로 피곤해진 유불란이었다.

이리하여 대체 얼마나 걸었는지, 그때 괴상한 사나이의 회중전등 불빛이 우뚝 멎었다. 유불란은 숨결을 죽여가면서 실같이 비치는 전등의 뒤를 따라 바라보았다. 거기는 천공을 뚫을 듯이 솟아 있는 커다란 나무가 하나 서 있다.

그 나무 옆에는 역시 커다란 집 한 채가 마치 무슨 폐성(廢城)과 같이 서 있는 것을 유불란은 꿈결같이 쳐다보았다.

그 순간, 괴상한 사나이는 그 커다란 나무 아래를 거쳐서 돌담에 몸을 의지한 후 담뱃불을 붙이려고 두어 번 성냥을 켰다. 그러나 성냥은 곧 바람에 꺼져버리고 말았다. 그러다가 마침내 신사는 겨우 담뱃불을 붙여서 서너 번 공중에다 둥그린 원을 그렸다. 그러고는 대문을 열고 안으로 들어가버렸다.

그때 유불란은 자기 뒤에 사람이 가까이 오는 발자취 소리를 듣고 가만히 돌담 밑에 쭈그리고 앉았다. 발자취는 빨간 담뱃불과 함께 유불란의 옆을 지나갔다. 그러고는 역시 담뱃불로 원을 세 번 그리고 안으로 들어가버렸다.

"오냐, 나도 들어가보자!"

무시무시한 마음을 억제해가면서 유불란은 돌담 밑에서 몸을 일으켰다.

"어떠한 종류의 단체인지는 알 수 없으나마 너희들의 비밀을 폭로시키고야 만다! 나도 담뱃불을 붙이리라!"

유불란은 모자를 한 번 더 푹 내려쓰고 마스크로 코와 입을 완전히 가리었다.

포켓에서 담배를 한 개 꺼내어 불을 붙인 후 그는 용기를 내어 대문 앞으로 걸어갔다. 그러고는 그들의 암호가 되어 있는 불꽃 원을 허공에 서너 번 둥그렇게 그렸다. 원을 그리자마자 대문은 안으로부터 스스로 열리었다.

"이 추운 밤중, 오시기에 얼마나 고생을 하시었습니까? 자, 어서 들어오십시오."

대문이 열리자마자 캄캄한 어둠 속에서 유불란은 그런 목소리를 들었다. 유불란은 속으로 '오냐, 너희들 잘 속는다!' 하고 픽 웃었다.

"자, 여기 이 가장이 있으니 이것을 입으십시오. 그 넓은 뜰을 지나면 여러분이 기다리고 있으니까……."

컴컴해서 잘 보이지는 않지마는 그것은 커다란 포대와 같은 가장이다. 유불란은 모자를 벗고 그것을 머리에서부터 푹 내려썼다. 가장은 발끝까지, 마치 커다란 망토와 같이 치렁치렁 늘어진다.

이리하여 가장으로 전신을 싼 유불란은 잡초가 무성한 뜰을 지나대청 앞으로 걸어갔다. 구두를 신은 채로 대청에 올라서니 거기도 또 안내인이 서 있다가

"모자를 맡겨주십시오."

하고 유불란의 손에서 모자를 받아 든 후, 컴컴한 복도를 한참 걸어가다가 문틈으로 불빛이 한 줄기 새어 나오는 어떤 방 앞까지 오더니

"자, 이 방으로 들어가십시오."

하고 문을 열어준다.

그때 무의식적으로 한 발을 방 안으로 들여놓은 유불란은 "흑!" 하고 숨을 마시었다. 하마터면 그는 "아!" 하고 소리를 칠 뻔하였던 것

이다.

촛불이 펄럭거리는 촛대 옆에는 전신을 시커멓게 가장으로 둘러싼 두 사람이 서 있더니, 새로이 들어오는 유불란을 바라보고 말없이, 그러나 대단히 은근히 허리를 굽혔다.

그때 비로소 유불란은 자기의 전신을 휘둘러보았다. 자기의 가장도 그들의 것과 같이 머리에서부터 발끝까지 시커멓다. 가슴에는 '五'라는 번호가 하얀 글자로 적혀 있다. 자세히 살펴보니 그들의 가슴에도 각각 '三' '四'라는 번호가 적혀 있었다.

유불란은 그들이 권하는 대로 허리를 한 번 굽혀 답례를 한 후에 방 안으로 들어갔다. 약 십여 간이나 되는 넓은 방은 온돌이 아니고 전부가 마루를 깔았는데 마루도 여러 해 묵은 듯이 컴컴하고 썩었다. 방 안에는 아무 가구도 보이지 않고 다만 한 개의 테이블과 몇 개의 의자가 놓였을 뿐이었다. 그 조그마한 테이블 위에는 가지각색의 양주병이 너저분하게 놓여 있고 그 밑에 놓여 있는 역시 조그만 화로에는 장작불이 이글이글 피고 있다.

'빈집 같다!'

유불란은 한 번 사방을 휘 둘러보고 그렇게 생각하였다.

'이 빈집에서 대체 어떠한 일이 일어날까……? 이 이상한 공기, 눈만 반짝반짝하고 묵묵히 앉아 있는 괴상한 사람들, 그리고 자기들끼리도 서로 얼굴을 감추고자 복면과 가장으로 몸을 두른 그들, 이 눈보라 치는 밤중, 이 험악한 산중에서 열지 않으면 안 될 비밀의 회의, 포의 암호문도 쉽게 이해할 수가 있는 그들. 어떤 일이 일어날까……?'

유불란도 그들과 같이 묵묵히 앉아서 이리저리 생각해보았다. 생각하면 생각할수록 가슴은 점점 떨려가고 마음은 차차 무시무시하였다.

'그리고 나 자신은 어떻게 행동하여야만 될까? 그들의 회칙(會則)을 하나도 모르는 나! 그리고, 그리고…… 앗!'

그 순간 유불란의 눈앞은 지옥과 같이 캄캄해지고 공포에 싸인 그의 전신은 체질하듯이 떨리기 시작하였다.

'이 일을 어찌하나? 이 일을 어찌하나……?'

그는 마음속으로 이렇게 부르짖으며 눈을 번쩍 들어 앞에 앉은 두 괴인을 쳐다보았다. 그들은 유불란의 공포를 아는지 모르는지, 역시 잠자코 앉아서 촛불만 멍하니 바라본다.

'아아, 어리석은 나! 이 회합(會合)에는 반드시 정원(定員)이 있을 것이다. 정원보다 회원이 한 사람 더 늘었다는 사실을 그들이 알면……? 이와 같이 엄중하고 이와 같이 비밀성을 띤 회합!'

유불란의 눈에는 '죽음'이라는 글자가 뚜렷하니 나타났다.

'위험은 절박했다!'

뛰노는 가슴을 억제하면서 유불란은 이 죽음의 길에서 벗어나려고 무한히 애를 썼다. 그러나 애를 쓰면 애를 쓸수록 밑 없는 못 속으로 빠져 들어가는 듯한 위험을 깨달았다.

'그렇다! 도망하자! 인제라도 도망하자!'

유불란은 황급히 방 안을 돌아보았다. 어데로 도망갈까……? 어떻게 도망할까……? 뜰에 면한 들창에는 검은 커튼이 둘려 있다. 서편과 동편은 담벽이다. 출입구는 단지 아까 유불란이가 들어온 북쪽 문 하나밖에 없다.

유불란은 문득 시계를 꺼내 보았다. 열두시 이십분…….

'도망하려면 인제 하여야 한다. 그렇다. 들창을 깨치고 뜰로 뛰어 나가자!'

유불란은 의자에서 벌떡 일어났다. 그러나 그는 일어나자마자 절 망을 부르짖었던 것이다. 왜 그러냐 하면 그때 문이 덜컥 하고 열리 면서 복면한 사람 셋이 방 안으로 들어왔기 때문이다.

유불란은 다시 펄썩 의자에 주저앉고 말았다.

복면한 사람은 유불란까지 전부 합해서 여섯이었다. 그때 가슴에 '一'이란 마크를 붙인 사나이가 입을 열었다.

"정각인 열두시는 벌써 이십 분이나 넘었습니다. 이 이상 더 기다 릴 필요는 없다고 본 회장은 생각합니다. 두 분의 결원을 낸 것은 대 단히 유감이지만……. 자, 여러분, 마음껏 술을 잡수어주십시오. 변 변치는 않으나마……."

유불란은 실로 유쾌하기 짝이 없었다. 강렬한 양주를 사양치 않고 마셨다. 점점 깨어가던 술기운이 다시 온몸으로 핑 돌기 시작하였 다. 다섯 사람의 괴인들의 그림자가 마치 풀 스피드의 다이아 모양 으로 핑글핑글 돌고 있다. 유불란은 술잔을 권하는 대로 거듭하면서 마음속으로 이렇게 부르짖었다.

'에헴! 나를 누군 줄 알고……? 나를 몰라보면 안 된다. 적어도 세 계적 명탐정 유불란 선생이야! 결석한 사람이 둘씩이나 있다고? 에 헴! 사실을 알고 보면 셋이란 말이야. 너희 같은 놈한테 나의 정체가 발로(發露)되어서야 될 말인가? ……아아! 참 유쾌하다! 상쾌하다! 뭐? 그렇게 재미있는 유희가 있어? 이것은 양손에 떡이로구나. 꿩 먹고 알까지 먹으면 어떻다고? 자아, 회장님! 뭘 그리 지지하게 그 러우? 빨리 해? 빨리 해보아요!'

그때 '一'자를 붙인 회장은 술잔을 테이블 위에 놓은 다음에 천천히 입을 열었다.

"그러면 여러분! 오늘 밤에는 가장 재미있고 가장 무서운 장난을 하나 하기로 합시다. 그것은 우리의 자극증진회(刺戟增進會)가 열린 이후로는 아직 해보지 못한 유희요. 또 이후로도 다시 맛보지 못할 최고의 장난이라고 나는 생각합니다. 가장 두렵고 가장 흥미 있고, 그리고 가장 그로테스크한 장난입니다. 생각건대 우리들 사람의 힘으로 할 만한 최상의 유희인지도 모릅니다. 이 세상에 아무런 흥미도 가지지 못한 우리들, 황금도 싫고 연애도 싫고 명예도 싫고 지위도 싫은 우리들이 찾을 최후의 길, 사람이 사람을 죽이는 최후의 유희를 오늘 밤 여러분 앞에 보여드리겠습니다. 밤도 인제는 깊었으니 지금부터 살인유희를 하겠습니다."

회장은 가장 엄숙한 목소리로 이렇게 말한 후 나란히 앉은 회원을 한 번 쭉 둘러보았다. 대체 누구가 누구를 죽이는고? 사실로 사람이 사람을 죽인다는 말인가?

유불란은 자기의 두 귀를 의심하였다. 그리고 술에서 깨어나려고 무척 애를 썼다. 건전한 의식을 가져보려고 발버둥을 쳤다. 머리를 흔들어보고 옆구리를 꼬집어보았다. 그러나 그것은 아무 효과도 없는 애씀에서 지나지 못했다. 그의 정신은 점점 더 마비되어갈 따름이었다.

이리하여 가지런히 앉아 있던 복면한 회원들은 웅성웅성하기를 마지않았으나 그러나 그것도 한순간에 지나지 못하였다. 다음에는 무서움에 찬 무거운 침묵이 자극에 굶주린 그들의 주위를 싸고 흐르기 시작하였다. 그들이 움직일 때마다 마귀의 초상과도 같은 검은 그림자가 담벽 위에서 우쭐우쭐 춤춘다.

밖에는 아직 눈보라다.

"살인유희!"

회장 一호의 굵다란 목소리가 그들 머리 위에서 다시 떨어졌다.

유불란은 가만히 숨결을 죽이고 머리를 숙였다.

"여기서 문제가 되는 것은 누구가 누구를 죽이겠는가 하는 것인데……."

회장의 쏘는 듯한 무서운 눈초리가 사람들의 얼굴을 하나하나 점검하기를 시작하였다. 그 눈초리가 그들 머리 위에 쏠릴 때마다 그들은 "흑" 하고 숨을 들이켰다. 그들은 그 눈초리를 정면으로는 받을 수가 없는 듯이 머리를 숙였다. 그러고는 회장의 마시(魔視)가 다음 사람에게로 옮아갈 때면 그들은 "후!" 하고 긴 한숨을 짓는 것이다.

그러나 그들은 운명 앞에 너무나 순순하였다. 누구 한 사람 회장의 눈초리에 반항하는 자는 없었다. 아니, 그들은 도리어 그 피에 굶주린 잔혹한 시선을 기대하고 있었을는지도 모른다. 아니다. 그것만 아니다. 그 시선에 반항하는 것은 즉시로 생명의 위험을 의미하는 것이 아닐까?

"죽을 사람은 벌써 정해놓았습니다!"

유불란은 번쩍 머리를 들었다. 회장의 눈초리와 그의 눈초리가 허공에서 한참 동안이나 무섭게 부딪쳤다.

그러나 유불란은 곧 머리를 숙이고 입술을 꽉 깨물었다. 반항하려고 하는 게 아니라, 한시바삐 이 악몽에서 깨어나려고 하는 것이다.

'꿈이다, 꿈이다! 나는 지금 무서운 꿈속에서 헤매고 있는 것이다. 그렇다. 꿈이 아니면 이렇게도 이상한 일이 일어날 수가 없지 않은

가? 기쁨의 꼭대기에서 절망의 밑으로 떨어지는 것 같은 꿈, 그런 꿈을 나는 많이 보았다. 아아, 하느님이 계시다면 하느님이여! 한시 바삐 저를 이 악몽에서 깨게 하여주십시오! 저를 구하여주십시오!'

그때 一자 마크를 붙인 회장은

"그러니 이 유희에 있어서 누구가 죽이겠느냐 하는 것이 문제입니다."

하고 여섯 장의 카드를 테이블 위에 펼쳐놓았다.

"물론 이 다시없는 귀중한 경험을 우리들은 공평히 분배해야만 되겠지만, 그러나 보시는 바와 같이 죽을 자가 단지 한 사람밖에는 없으니까 죽이는 사람도 한 사람으로 결정하는 것이 마땅하다고 나는 생각합니다. 불행히 이 추첨에 빠지신 분들은 대단히 유감입니다만, 이 무시무시하고 몸서리치는 싸움을 옆에서 구경할 수밖에는 없습니다. 그러나 죽일 사람이 과연 죽이고 죽을 사람이 과연 죽겠느냐? 혹은 그와 정반대의 결과를 맺을 것이냐? 그것은 우리로 하여금 깊이 예상할 수 없는 일이올시다. 그런데 여기 이와 같은 여섯 장의 카드가 있습니다. 보시는 바와 같이 이 다섯 장에는 아무것도 기록하지 않고 이 한 장에다 '행운'이라는 글자를 써놓았는데, 이 행운의 카드를 잡으신 분이 죽이는 역할을 하여주십시오. 이와 같이 카드를 뒤집어놓겠습니다."

하고 회장은 사람들이 보는 앞에서 카드를 한참 동안 이리저리 섞어놓았다. 그러고는 사람들을 한 번 휘 둘러본다. 여섯 장의 카드는 마치 자기네들이 짐 지고 있는 무서운 사명을 아는 것과도 같이, 또한 모르는 것과도 같이 펄럭펄럭하는 촛불 밑에서 번쩍거리고 있다.

……'행운'의 카드는 어데 있는고?

자극에 굶주린 괴인들은 그 운명의 카드를 희망하는 듯이, 혹은 희망치 않는 듯이 물끄러미 여섯 장의 카드를 바라보고 있을 뿐이다.

"자아, 어느 분이든지 마음대로 쥐십시오."

하고 회장은 명령하듯이 말하였다. 그러나 테이블 위에는 아무의 손도 뻗지를 않는다.

"내가 먼저 쥐는 것은 혹시 공평치 못하다는 평을 들을는지 모르니까 자아, 사양치 말고 쥐어주시오."

그때 '三'이란 마크를 붙인 자의 손이 천천히 테이블로 뻗기를 시작하였다. 그리고 드디어 떨리는 손으로 카드를 잡았다. 다음에는 六호가, 그다음에는 二호가, 또 다음에는 四호가…….

"자아, 五호께서 먼저 쥐십시오!"

회장은 유불란에게 은근히 권하였다.

그러나 유불란은 두 장밖에 남지 않은 살인의 카드를 묵묵히 내려다볼 뿐이다. 그 카드 위에는 자기의 건전한 의식이 불꽃처럼 뛰노는 것 같았다. 그러나 또 한편 꿈인 것도 같았다. ……꿈이다. 나는 꿈을 꾸고 있는 것이다. 깨나자, 빨리 깨나자!

"빨리 쥐십시오!"

이렇게 회장이 다시 권하였을 때 중풍 환자의 그것과 같이 떨리는 유불란의 손은 무의식적으로 테이블 위로 뻗어가서 오른편 카드를 덤뻑 잡았다.

"그러면 이것은 내가……."

하고 맨 나중 장을 들어본 회장은

"틀렸다!"

하고 고함치면서 하얀 카드를 테이블 위에 던졌다. 다음 六호가 던진 카드, 그것도 하얀 것이었다. 四호, 三호, 二호…… 모두가 다 백지의 카드였다. 그들은 던지면서 어쩐지 "후후……" 하고 긴 한숨을 쉰다.

五호, 만세, 만세, 만세! 이런 소리를 유불란은 멀고 먼 꿈나라에서 듣는 것같이 생각되었다. 수많은 축배가 그의 몽롱한 눈앞에 어주렁어주렁 떠올랐다.

이리하여 사면에서 부어주는 축배를 마실 대로 마시고 난 유불란은 완전히 현실이라는 것을 잊어버린 꿈나라 사람이 되고 말았다. 그에게는 두려움이란 것이 없었다. 자기를 둘러싸고 자기에게 축배를 건네는 복면한 사람들을 얼마나 그는 재미있게 생각하였던가! 五호 만세를 불러주는 그들의 목소리를 들을 때마다 수만 관중의 찬양 속에서 맹우(猛牛)와 쌈 싸우고 있는 용감한 투우사의 환영을 문득 그는 마음속에 그려보았다.

'그렇다! 나는 서반아(西班牙)의 투우사다!'

그는 그렇게 자기를 착각하였다. 다음에는 아까 진고개를 걸을 때 잠깐 생각해보았던 카르멘과 호세의 이야기가 연상되자, 그는 또 한편 자기를 호세라고도 생각하였다. 사랑의 호세와 힘의 투우사, 이 두 인격을 아울러 자기의 몸에 체화시켰다고 착각하였다.

'돈 호세여! 귀를 기울이어 저 박수 소리를 들어보라! 구름같이 모여든 서반아의 신사 숙녀는 지금 너를 위하여 찬양함을 마지않고 갈채함을 끊지 않는다.'

유불란은 마루 위에 쓰러지면서 눈을 감았다. 걷잡을 수 없이 떠오르는 환영의 날개는 드디어 그를 열정의 나라 서반아로 끌고 갔다.

'호세여! 머리를 들어 관중을 쳐다보라. 어여쁜 아가씨의 새파란 눈동자가 너를 보고 웃고 있다. 그 눈동자가 던지는 추파를 사양치 말고 받아라! 오오, 열리었다. 행복의 문은 지금 너를 위해서 열리었다. 들어가라! 서슴지 말고 그 문으로 들어가라! 서반아의 미녀, 집시 카르멘이 너 오기를 기다린다.'

괴인들은 유불란의 이 재미있는 환영을 아는지 모르는지 묵묵히 내려다보고 있다.

그때 회장은 두 자루의 단도를 주머니에서 꺼내어 테이블 위에다 올려놓았다. 그러고는 머리를 끄덕끄덕하면서 밖으로 나간다.

유불란은 그런 줄도 모르고 역시 마루 위에 누워서

'카르멘! 왜 그처럼 머리를 숙이고 있어? 보라. 남풍이 실어오는 향기로운 꽃 냄새, 오렌지는 마치 우리들의 심장과 같이 빨갛게 익었다. 저기에 보이는 것은 대서양의 물결, 이편에 보이는 것은 지중해가 아닌가! 바람을 한 아름 안고 흰 돛대가 지나간다. 푸른 물결에 희롱하는 갈매기 떼……. 아아, 평화에 가득 찬 서반아여! 너는 영원히 카르멘을 위해서 있거라!'

꿈속의 영웅 유불란은 그때 수만의 군병이 무연한 벌판에서 총과 칼을 들고 단병접전(短兵接戰)하는 광경을 보았다.

'카르멘, 저것을 보라! 서반아에 전쟁이 일어났다. 혁명군은 드디어 수부(首府) 마드리드를 포위했다. 아, 총소리가 들린다. 대포 소리가 들린다. 보라! 마드리드는 불의 바다다! ……카르멘, 카르멘, 피난 가자! 우리 조선으로 피난 가자! 조선은 어여쁜 동산, 사랑의 에덴이다. 뭐? 안 가겠다……? 음, 알았다! 나에게서 사라지려는 너의 마음을 나는 알았다. ……루카스, 루카스, ……카르멘, 요부 카르멘! 너의 눈동자는 벌써 루카스를 사랑하기 시작하였다. 너의 마음은 벌써 나에게서 사라졌다. 카르멘, 나의 끓는 피를 한 방울도 남기지 말고 빨아먹은 카르멘! 너는 요부다! 어여쁜 가면을 쓴 악마다! ……아아, 지금도 들려온다. 지나간 그때 네가 나에게 준 사랑의 속삭임이 들려온다. 카르멘, 카르멘! 그것이 모두 허위의 맹세였던가? 에이, 그러면 받아라, 내 칼을 받아라!'

유불란은 벌떡 일어났다.

그때 여자의 목소리가 "아악!" 하고 방 안을 울리었다. 회장이 가슴에 '七'이라는 마크를 붙인 복면한 여자를 붙들고 방으로 들어오는 것을 유불란은 꿈결같이 쳐다보다가

'카르멘이다. 저것이 카르멘에 틀림이 없다!'

하고 마음속에 부르짖으면서 테이블 위의 단도를 덥뻑 잡고 일어섰다.

불빛에 번쩍거리는 두 자루의 칼을 들고 유불란은 마치 몽유병자와 같이 여자 앞으로 나아갔다. 그때 七호는 또 한 번 "악!" 하고 소리를 치며 회장의 팔을 뿌리치고 한편 구석으로 뛰어갔다. 유불란은 한 걸음 두 걸음 천천히 그를 따라갔다. 따라가면서 유불란은

"카르멘! 이 원한이 가득 찬 칼을 받아라! 연애는 유희가 아니라는 것을 너에게 보여줄 터이다. 사랑과 미움이 엉키고 엉킨 이 칼날로……. 그러나 사실을 알고 보면 나는 돈 호세가 아니다. 나는 조선의 탐정소설가 유불란이다. 이와 같이 복면을 했으니까 너는 나를 호세라고 생각하지만 사실은 아니야. 그러나 카르멘! 하여튼 나는 너를 죽여야만 하겠다. 왜 그러냐 하면 나는 유불란이가 아니고 서반아에 살고 있는 돈 호세니까. 돈 호세는 카르멘이란 요부에게 조롱을 받은 사람이다. 그렇다. 돈 호세가 지금 카르멘을 죽이러 간다!"

그는 이와 같이 모순된 생각을 가지면서 七호를 향하여 걸어갔다. 그는 아직 꿈에서 깨어나지를 못하였던 것이다.

　그때 공포에 싸인 눈을 부릅뜨고 방 한구석에 웅크리고 있던 七호는 벙어리 모양으로 "악!" 소리를 치면서, 나란히 앉아서 이 무섭고도 잔인한 살인유희를 구경하고 있는 괴인들 앞으로 달아났다. 그러고는 손이 발이 되도록 빌면서 이 죽음의 길에서 벗어나기를 애걸하였다.

　그러나 그들은 마치 무슨 권위 있는 재판관 모양으로 묵묵히 七호를 내려다볼 따름이었다.

　유불란은 그때 한 자루의 단도를 七호 앞에 던져주었다. 七호는 아무 말도 없이 그 던져준 단도를 바라보았다. 점점 넓어지는 그의 눈동자!

　七호는 드디어 유불란의 몸에 매어달리며 머리를 푹 숙였다. 벙어리처럼 말은 한 마디도 하지 않고 그저 유불란의 허리와 다리를 힘껏 안아도 보고 가만히 쓸어도 보고 하면서 흑흑 느껴 울 뿐이다. 비록 말은 없으나 그러나 천만 번의 말보다 더 힘 있고도 가엾은 애걸이다.

　원한에 엉키었던 유불란의 흥분된 마음은 점점 풀려가기를 시작하였다. 유불란은 자기 몸에 매어달리며 살겠다고 애원하는, 그 죽지 않겠다고 발버둥치는 그의 머리를 정답게 어루만져주었다. 만져주면서

　"여성의 눈물에는 알지 못할 큰 힘이 숨어 있고나."

　그는 그렇게 중얼거렸다.

　"카르멘! 나는 차마 너를 죽이지 못하겠다. 비록 네가 이 세계를

멸망시킨 악마라 할지라도……."

그러나 그다음 순간

'아니다! 여성의 눈물에는 거짓이 있다. 속지 말라. 너는 그 거짓의 눈물에 속아서는 아니 된다. 카르멘은 단지 자기의 생명이, 그리고 자기의 생명만이 아까울 뿐이다. 어리석은 나, 나는 카르멘을 죽여야 한다!'

그렇게 생각한 유불란은 마침내 七호를 마루 위에 뿌리치며 잠자코 단도를 손가락질하였다. 七호의 눈이 단도 위에 멎었을 때, 그는 이미 생의 애착을 포기한 듯이 칼을 쥐고 벌떡 일어났다. 칼을 견주고 한 걸음 물러섰다. 한 걸음 물러서고 두 걸음, 두 걸음 물러서고 세 걸음……. 그러나 방에는 담벽이 있었다. 담을 옆으로 걸어서 또 한 걸음 두 걸음 세 걸음……. 그때다! 들창이 바람에 요란스레 덜컹거리며 문틈으로 쏘는 듯이 들어오는 싸늘한 눈보라가 유불란의 얼굴을 스치었다. 유불란은 칼을 높이 든 채 서너 번 눈을 껌벅거려보았다.

"아! 꿈이 아니고 생시로구나!"

한참 동안 꿈속에서 살고 있던 유불란의 정신이 펄떡 들었다. 유불란은 방 안을 돌아보았다. 돌아보는 그는 "엣!" 하고 숨을 들이켰다. 회장의 손에는 자기의 가슴을 겨누고 있는 권총이 쥐여져 있다.

그 순간, 단도를 든 유불란의 손이 무의식적으로 七호의 가슴 위로 내려왔다.

"아악!" 하고 길게 뽑는 七호의 최후의 목소리가 방 안을 울렸다.

현장부재증명(現場不在證明)

그 이튿날 아침.

어젯밤에 불던 모진 눈보라는 흔적도 없이 사라지고 유리창 밖 마루 위에는 따뜻한 햇볕이 가득히 찼다.

임 경부는 잠옷을 입은 채 서재 의자에 걸터앉으며 유리창을 넘어 들어오는 한 줄기의 햇발을 정다운 듯이 한참 동안 바라보더니 문득 고개를 들어서 창밖을 내다보았다.

"아아, 평화스러운 자연! 어데 죄악이 있으며 범죄가 있느냐? 엄숙한 듯하면서도 한편, 그 부드러운 손으로 우리들을 어루만져주는 자연. 아아, 자연에 굶주린 나!"

사십의 고개를 어느덧 넘어선 그는 그의 반생을 인생과 싸우며 지냈다. 아니, 인생이 자아내는 모든 죄악과 쌈 싸우면서 걸어왔다. 얼마나 그는 평화를 그리워하였던고!

그러나 그때 그의 자연을 그리워하는 시선이 문득 테이블 위에 놓여 있던 한 장의 사진을 잡았을 때

"앗차! 하마터면⋯⋯."

하고 벌떡 의자에서 일어났다. 그의 직업적 본능이 쏜살같이 발동하기를 시작하였던 것이다.

"이 귀중한 사진!"

하고 경부는 한 장의 카비네를 들여다보며 중얼거렸다.

그의 마음은 시퍼런 칼날을 밟는 듯이 선뜻하였다. 그것은 실로 충실한 경찰관이 항상 느끼는 무서운 번민이었던 것이다.

"나 자신이 무서운 살인범이 될 뻔했구나!"

양민을 보호하는 것이 경찰관의 직무요, 죄 없는 백성의 이익을 도모하는 것이 그이들의 책임이다. 이 책임과 직무를 충실히 실행하겠다는 데 임 경부의 경찰관이 된 목적이 있었다.

"그러나 나는 얼마나 양민을 보호했는고?"

더구나 해왕좌 살인사건과 같이 복잡한 사건에 손을 대일 때마다 그는 과오가 없기를 신 앞에 기도하였다.

"그러나 나 역시 사람이다."

그는 자기의 실패를 이렇게 변명하여본 일도 있다.

임 경부는 사진을 품에 안을 듯이 부여잡으며

"십일월 이십삼일, 오후 아홉시 삼십사분⋯⋯ 이 시각에 나용귀는 좌장을 죽였노라고 자백하였다. 그러나 그것은 거짓말이다. 거짓 자백이다. 적어도 나용귀는 좌장을 죽인 범인이 아니다. 이 한 장의 사진이 그것을 증명하고 있다. 가여운 나용귀! 조금만 더 기다리라. 나는 너를 구해낼 터이다."

이렇게 부르짖는 임 경부의 얼굴에는 더할 수 없는 희열이 만만했다.

"그러면 좌장을 죽인 자는 누구일까? 몽란이다. 몽란이가 역시 좌장을 죽인 진정한 범인이다. 속아서는 아니 된다. 몽란을 끝없이 사랑하는 유불란, 그리고 몽란을 구해내고자 창작한 탐정극 「가상범인」에 속아서는 아니 된다!"

임 경부는 그때 몽란과 유불란에 대한 미움이 마음을 찌르는 듯함을 깨달았다.

"유불란은 몽란이가 범인이란 것을 잘 알고 있다. 그리고 나용귀가 의성가능자라는 것도 잘 알고 있었던 것이다."

임 경부는 무서운 책임감을 가슴에 품고 한시바삐 서대문 형무소로 나용귀를 찾아가서 그가 한 자백이 거짓이란 것을 자백시키려고 생각하였다.

그때 책상 위의 전화가 요란하게 방 안을 울렸다. 경부는 수화기를 들며

"네! 그렇습니다. 임 경부요. 뭐……? 밀고장(密告狀)……? 살인이 났다는 밀고장이 왔다? 어젯밤! 어디서? 청량리 뒷산…… 뭐? 빈 절간에서! 음…… 음…… 그러면 지금 곧 갈 터이니 서(署)에는 들르지 않고 곧 현장으로 가마!"

임 경부는 분주스레 잠옷을 정복으로 갈아입고 조반도 먹을 새 없이 뛰어나갔다.

임 경부는 자동차를 불화살같이 몰며 청량리로 향하였다. 대학 예과 옆을 왼편으로 커브한 자동차는 곧장 임업시험장을 바라보고 달려간다. 그러나 임업시험장을 조금 지난 자동차는 거기서 더 갈 수가 없었다. 임 경부는 차에서 내리어 험악한 산비탈 길을 눈 위에 몇 번이나 몇 번이나 쓰러지면서 올라갔다. 길은 좁고도 미끄러웠다.

한참 동안이나 솔밭 새로 꾸불꾸불 기어가는 길은 드디어 임 경부를 살인 현장인 빈 절간으로 끌고 갔다.

거기는 벌써 백 검사 이하 수 명의 경찰관이 현장을 둘러싸고 서 있는 것을 임 경부는 보았다.

임 경부가 방으로 들어가자마자 이리저리 방 안을 조사하고 있던 백 검사는

"놀라지 마시오."

하고 외투 주머니에서 밀고장을 꺼내어 임 경부 앞에 내놓았다.

경부는 잠자코 받아 들면서 읽기를 시작하였다.

경찰관 제씨께 올리는 바, 이 밀고장은 이 밀고장으로 말미암아 결과 되는 이해관계가 소생에게는 손톱만치도 없다는 것을 먼저 경찰 당국 여러분에게 여쭈는 바올시다. 만일 경찰 당국이 소생의 말을 신용치 않고 소생을 찾으려는 데서 당국의 힘의 태반을 허비한달 것 같으면, 그것은 이 사건의 결과로 보아서 너무나 어리석은 짓이란 것을 미리부터 말해두는 바올시다.

단지 소생이 정정당당히 이 살인사건을 고발하지 않고 이와 같이 서면으로 밀고하는 이유는 하등의 이해관계가 없는 소생이 이 살인사건에 공연히 끌리어들기를 원치 않는 데서 나옴에 틀림이 없소이다.

오늘 아침 다섯시 반경 해서 소생은 손님을 태우고(소생의 직업은 운전수올시다) 청량리까지 갔다 오는 도중, 바로 대학 예과 옆 신작로로 얼핏 보면 마치 미친 사람과 같이 허덕거리면서 걸어오는 괴상한 남자를 하나 보았습니다. 이 추운 겨울 아침에 머리에는 모자도 쓰지 않고 외투와 양복을 풀어 헤치고 먼 산을 멍하니 쳐다보면서 걸어왔었습니

다. 걸어오면서 그는 자동차를 타겠다는 듯이 양손을 번쩍 들었습니다만, 그때 소생이 놀라움을 마지않은 것은 그의 양손이 붉은 피에 젖어 있는 것을 보았기 때문입니다. 소생은 놀라면서도 문을 열고 그 남자를 안으로 모셨소이다. 어데까지 가겠느냐고 하는 소생의 물음에 대하여 그 사나이는 피곤한 듯 눈을 감고 마치 잠꼬대하듯이 두어 번 "장충단 아파트"라고 대답하였습니다.

소생은 차를 운전하면서 백미러에 비치는 그의 거동을 일일이 살펴보았습니다. 그리고 소생은 또 한 번 놀라움을 금치 못하였소이다. 몹시도 창백한 그의 얼굴에는 마치 살인자와 같은 믿힘 없는 웃음, 공포와 자책이 서로 교착하여 있는 듯한 바보의 웃음이 가득 찼었습니다. 그리하여 소생의 시선과 그의 시선이 백미러를 통하여 우연히 부딪칠 때마다 그는 깜짝 놀라면서도 다음 순간에는 정신병자와 같이 공연히 소생을 쳐다보며 뻴쭉뻴쭉 웃기를 시작하나이다. 웃다가는 그만 참을 수가 없다는 듯이 여보, 운전수! 당신은 사람을 죽여본 일이 있느냐 하는 질문에 대하여 소생은 또 한 번 놀라면서, 그것이 무슨 말씀이냐고 물었더니 자기는 인제 방금 청량리 뒷산 빈 절에서 사람을 하나 죽였다고 고백하였습니다.

이 고백이 거짓인지 사실인지 소생은 잘 판단할 수가 없으나, 그러나 이러한 사실을 당국에 보고함이 충실한 시민으로서의 의무라고 생각하는 소생은 이와 같이 서면으로 경찰 당국에 밀고하는 바올시다.

임 경부가 서면에서 눈을 떼자마자 백 검사는 기다리고 있던 듯이 입을 열었다.

"피해자는 해왕좌의 이몽란!"

"뭐, 뭐요?"

임 경부는 시체 옆으로 뛰어갔다.

"몽란이다! 틀림없는 몽란이다!"

이 벽력같은 사실에 임 경부는 잠시 동안 정신을 가다듬으려는 듯이 눈을 감았다.

몽란은 연두색 저고리와 수박색 치마가 피에 젖어서 꺼멓게 변하였다. 쩍 벌린 그의 입에는 마치 무슨 재갈을 씌웠던 것같이 퍼릿퍼릿한 흔적이 양쪽 볼에 남아 있었다.

경찰의(警察醫)는 한참 동안 시체를 뒤적뒤적하다가 허리를 펴며

"재갈을 물리었던 흔적이 이와 같이 보이고 죽은 지가 벌써 여덟 시간은 넘었습니다. 아마 오늘 아침 한시에서부터 세시 사이에……."

하고 임 경부를 쳐다보았다.

"물론 타살에 틀림없소. 단도도 보이지 않고, 또 여기 이와 같은 남자의 모자가 하나 있는데……."

하고 백 검사는 그때 한 개의 중절모를 경부에게 보이었다. 모자에 상점에서 넣어준 듯한 'B · Y'라는 이니셜이 박혀 있었다.

"임 경부, B · Y라는 이니셜이 누구라고 생각하시우?"

하고 백 검사는 의미 있는 듯한 시선을 임 경부에게 던졌다.

"음! 장충단 아파트에 사는 유불란! 유불란의 모자에 틀림이 없소."

그리고 이상하다는 듯이 임 경부는 두어 번 머리를 흔들면서

"유불란! 유불란! 몽란을 구해내고자 「가상범인」을 창작한 유불란! 그리고 그를 구해낸 유불란! 그가 죽였다. 그가 몽린을 죽였다'?"

지금까지 좌장을 죽인 범인을 몽란이라고 생각해오던 임 경부는 생각이 꽉 막혔다.

　그동안 백 검사는 방 안을 이리저리 조사해보았다. 그러나 별달리 증거가 될 만한 발견은 못 하였다. 방 안에는 몽란의 피 묻은 시체와 그가 벗어놓은 외투와 그리고 유불란의 모자 이외에는 아무런 증거품도 보이지 않았다. 어젯밤에 놓여 있던 테이블도 보이지 않고 의자와 화로도 보이지 않았다. 더구나 마루에는 몽란과 유불란의 발자국인 듯한 구두 흔적 이외에는 아무것도 보이지 않았다.

　이리하여 몽란의 시체를 경찰서 시체실로 옮기기로 하고 임 경부와 백 검사는 산을 내려왔다. 구름과 같이 쌓이고 또 쌓인 의혹과 놀라움을 한 아름 가슴에 품고…….

　"백 검사께서는 이 사건을 어떻게 생각하시우?"

　그러나 백 검사는 아무 대답이 없다. 임 경부는 다시 말을 이어

　"나는 이렇게 생각합니다. 해왕좌의 좌장인 박영민을 죽인 자는 적어도 나용귀는 아니라고……."

　임 경부의 말이 채 끝나기 전에 백 검사는 숙였던 머리를 번쩍 들었다.

　"뭐요? 나용귀가 좌장을 죽인 범인이 아니라고요?"

　"그렇습니다."

　"어떤 이유로?"

　"물론, 아직 확실한 증거는 없지만 적어도 나용귀가 한 자백은 거짓 자백입니다. 이몽란을 옥으로부터 구해내고자 한 거짓 자백……. 그렇지요. 그렇게 생각해야만 될 증거가 있습니다. 나는 재작일 우연히 몽란의 집을 방문했었는데, 몽란은 외출하고 없어서 나는 문득

좌장의 서재로 들어가보았습니다. 나는 거기서 우연히 한 장의 건판 (乾板)을 발견했는데, 그것을 구운 것이 이 사진이오."

임 경부는 사진을 내보이면서

"하여튼 자세한 이야기는 다음으로 밀고 나는 곧 서대문 형무소로 가서 나용귀를 만나보아야겠으니 백 검사께서는 경관을 데리고 즉시로 유불란을 체포하여 주십시오. 그가 어젯밤 이몽란과 이 절에 왔던 것만은 사실이니까……."

이리하여 백 검사와 임 경부는 도중에서 기다리고 있는 서용(署用) 자동차를 타고 동대문을 향하여 달려간다.

백 검사와 경관 두 사람을 장충단 아파트로 보낸 임 경부는 그 길로 곧 서대문 형무소로 찾아갔다.

컴컴한 감방 한구석에 수척한 얼굴로 쭈그리고 앉아 있던 나용귀는 간수의 뒤를 따라 긴 복도를 거쳐서 면회실로 들어갔다. 뜻하지 않았던 임 경부의 미소를 띤 얼굴이 저편 의자 위에 보이었다.

임 경부는 웃는 낯으로 나용귀에게 의자를 권하면서

"자, 앉으시오. 그리고 내가 묻는 말에 거짓 없이 대답해야만 되오."

하고 수염이 부스스한 나용귀의 얼굴을 쳐다보았다.

"네, 무슨 말씀이라도 물으시오. 대답하겠습니다."

나용귀는 의자에 걸터앉으며 두 손을 무릎 위에다 나란히 얹어놓았다.

"첫째로 당신은 유불란이가 창작한 「가상범인」과 똑같은 방법으로 죽였다고 말했지만, 다시 말하면 첫 방으로 박영민을 죽인 후 둘째 방으로 시계의 추를 쏘았노라고 자백하였지만, 어떤 이유로 당신은 둘째 방으로 굳이 시계의 추를 쏘았소? 생각건대 무슨 이유가 있었을 줄로 아는데…….”

“별달리 무슨 이유가 있어서 그런 것은 아니올시다. 몽란이가 죽인 것같이 하노라고 첫 발로 박영민을 쏜 후, 몽란과 영민의 목소리로 언쟁하는 연극을 한 다음에 나는 일순간 둘째 발을 어데다가 쏠까 하고 생각해보았습니다만, 그리고 아무런 데다 쏘아도 관계는 없겠지마는 아무 목표도 없이 막연히 흰 담벽에다 쏜다는 것이 왜 그런지 하도 무의미하게 생각된 것입니다. 게다가 똑딱똑딱하고 들려오는 초침 소리가 ‘오냐, 아무도 보지 않는 것같이 너는 생각하지만 너의 무서운 범죄를 나는 이와 같이 모다 내려다보고 있다!’ 하는 것같이 들리기로 그만 그 추를 쏘아버리고 말았습니다. 별다른 이유가 있어서 그런 것은 아니올시다.”

나용귀는 이상하다는 낯으로 임 경부를 바라보았다.

“그러면 절대로 그 말에 틀림이 없다는 말이지?”

“절대로 거짓은 여쭈지 않았습니다.”

“그러면…….”

하고 임 경부는 잠깐 동안 나용귀를 뚫어질 듯이 바라본 후

“당신은 무죄요! 당신은 박영민 살해사건에 대하여 아무런 죄도 없소!”

임 경부의 무거운 말이 입에서 떨어지자 나용귀는 펄떡 놀라면서

“뭐? 내가…… 내가 어째 무죄란 말씀입니까?”

하고 떨리는 목소리로 고함치고는

“천만에요! 내가 박영민을 죽였다고 자백하지 않았습니까? 내가 죽였소이다. 내가 박영민을 살해한 범인입니다.”

나용귀의 변명하는 소리를 임 경부는 귓등으로 들으면서 양손으

로 그의 어깨를 서너 번 툭툭 쳤다.

"나 형, 당신이 거짓 자백으로 경찰 당국의 눈을 속인 죄는 물론 면할 바 못 되나 이몽란을 한량없이 사랑하는 당신의 정성에는 귀신이라도 감복하지 않을 수가 없소. 자기의 죄를 다른 사람에게 밀기를 일삼는 이 야속한 세상에서……. 사랑의 힘이란 그와 같이 힘 있고 굳세다는 것을 비로소 나는 깨달은 것 같소. 그러나 법률은 죄인의 대신을 용서치 않으오. 당신은 「가상범인」에 출연하겠다는 것을 승인한 그때부터 벌써 애인 이몽란을 위하여 일신을 희생하겠다고 각오했던 것이오. 게다가 당신은 훌륭한 의성술(擬聲術)을 가지고 있었으니만큼 유불란이 이몽란을 구하고자 만들어낸 「가상범인」이란 연극을 그대로 실행하여 자기가 범인이란 것을 객관화시키었던 것이오."

임 경부는 거기서 말을 끊고 정신없는 사람과 같이 물끄러미 자기를 쳐다보고 있는 나용귀를 애처로운 듯이 내려다보며, 애인을 위하여 목숨을 바치려고 하는 연애지상주의자의 끓는 정열을 새삼스러이 부러워하면서 한번 빙그레 마음속으로 웃은 다음에 또다시 말을 이었다.

"……만일 그렇지 않았다면 당신은 어째 피해자 박영민으로 분장한 홍이란 배우의 음성을 흉내 내지 않고 벌써 죽어버린 박영민 그 사람의 목소리를 흉내 냈는가? 또는 이몽란 그 사람의 목소리를 흉내 냈는가? 그것은 자기의 위험을 돌보지 않는, 아니 한 걸음 더 나아가서 자기가 바로 진정한 범인이란 것을 사람들에게 알려주기 위해서 한 것에 틀림이 없는 것이오. 그리고 그래도 사람들이 신용치 않는 것을 본 당신은 드디어 스스로 자기가 범인이란 것을 관중에 호소하였소. 그리하여 당신은 어데까지나 「가상범인」이란 연극에다 자신을 맞추어보려고 애를 썼으나 그러나 그것은 모두가 수포에 돌아가버리고야 말았습니다. 이것을 보시오. 이 한 장의 사진은 적어도 당신이 범인이 아니라는 것을 잘 말하여주고 있소. 당신이 암만 자기가 범인이라고 고백하여도 이 사진은 당신을 위하여 한 개의 알리바이(現場不在證明)를 제공하고 있는 것이오."

"알리바이……?"

하고 나용귀는 테이블 위에 놓여 있는 한 장의 카비네를 들여다보았다.

"이 사진은 재작일 박영민의 집에서 발견한 건판에서 구운 것인데, 건판은 피해자 박영민의 소유인 사진기 속에 들어 있던 것입니다. 그러면 이 사진이 대체로 무엇을 말하고 있는가……? 인제 당신은 좌장이 살해를 당한 시일과 시각을 한 번 더 생각하여보오. 다시 말하면 당신이 쏜 총알이 시계를 깨뜨려놓은 시각을 생각해보오. 십일월 이십삼일 오후 아홉시 삼십사분에서 시계는 멎어 있었소. 이 시각을 잘 기억하여두고 내 말을 들어보시오."

임 경부는 잠깐 말을 멈추어서 산란한 머리를 정돈시킨 후

"그런데 나는 먼저 알기 쉽게 결론부터 말해두고자 하오. 당신은 아까 시계 소리가 똑딱똑딱하기에 그만 쏘아버렸다고 말했지만 그것은 거짓말이오. 당신은 유불란 씨와 같이 그때 시계가 가고 있었는지 멎어 있었는지를 모르는 사람입니다. 왜 그러냐 하면 그때 당신은 시계를 본 일이 없으니까. 다시 말하면 당신은 맨 처음에 진술한 바와 같이 화장실에 가 있었으니까. ……시계라는 것은 본래 진행하고 있는 것이 원칙이니만큼 유불란 씨와 같이 당신도 그때 좌장

의 서재에 걸려 있는 시계가 아무런 고장도 없이 똑딱똑딱 가고 있던 걸로만 생각하고 꿈에도 그 시계가 멎어 있는 줄은 몰랐던 것입니다. 멎어 있는 시계를 보고 똑딱똑딱하고 있다고 말한 당신의 자백은 거짓 자백이오. 유불란 씨도 몰랐었지요. 그 유불란 씨가 공상으로 그려낸 「가상범인」에다 오직 자기를 맞추어보려고 한 당신의 자백이 신실될 리가 만무하지요. 그러면 인제 시계가 그때 멎어 있었다는 것을 증명하여보겠소."

그리고 임 경부는 사진을 나용귀 앞으로 밀어놓으면서

"이 사진은 분명히 좌장이 생전에 찍었던 것인데 보는 바와 같이 좌장의 서재입니다. 자세히 들여다보십시오. 흰 담벽 위에 걸려 있는 이 시계가 지금 몇 시를 가리키고 있는가? ……아홉시 삼십사분입니다. 그리고 그 밑에 걸려 있는 화신백화점의 마크가 박혀 있는 일력(日曆)을 보면, 그것이 십일월 이십삼일이란 것을 알아볼 수가 있을 것이오. 그러면 어떻게 되우? 좌장이 이 사진을 촬영한 것이 십일월 이십삼일 아홉시 삼십사분……. 알겠소? 당신이 총알로 시계를 멈추어놓았다고 생각하는 그 시각도 십일월 이십삼일 아홉시 삼십사분입니다. 단지 어그러지는 것은 하나는 '오후'라는 것이 분명한데 하나는 '오후인가, 오전인가'가 분명치 않을 뿐이오. 이 우연한 일치를 당신은 어떻게 생각하시우? 만일 좌장이 시계 진행 중에 이 사진을 박았다고 가정하면 오후 아홉시 삼십사분에는 벌써 시체가 되어버린 좌장이니만치 도저히 촬영할 수가 없었을 것이니 그날 오전 아홉시 삼십사분에 박았다고 생각하는 것이 당연할 것이오. 그러나 그날 오전 아홉시 삼십사분에는 좌장이 부인과 함께 외출한 사실이 판명되어 있습니다."

임 경부는 신경을 일일이 가다듬어가면서 다시 설명을 계속하였다.

"그러면 어떻게 되는가? ……이렇게 됩니다. 좌장은 이십삼일에는 오전에도 오후에도 절대로 아홉시 삼십사분에는 가능성이 없었다는 것이오. 그러나 이 사진에 박혀 있는 시계는 아홉시 삼십사분을 가리키고 있으니만큼, 이 시계는 촬영할 때에 적어도 정지 상태에 있었다는 것이 틀림이 없소."

"그러면 내가 총알로 쏘기 전부터 이 시계는 아홉시 삼십사분에 멎어 있었다는 말씀입니까?"

"그렇지요. 그리고 당신이 피스톨로 이 시계를 쏜, 아니 쏘았다고 생각하는 시각이 바로 아홉시 삼십사분이었습니다. 우연의 일치, 멎은 시계도 하루에 두 번은 맞는다고……."

경부는 어서 자백하라는 듯이 나용귀의 파리한 얼굴을 바라보았다. 나용귀는 경부의 명석한 두뇌에 감복하는 듯이 머리를 그만 숙이고야 말았다.

"알겠소? 보통 시의 시계의 기능을 상상하고 추호도 의심하지 않은 유불란 씨의 탐정극 「가상범인」의 무대면과 현실 문제인 박영민 살해 현장의 그것과는 이상과 같은 중대한 차이가 있었습니다. 따라서 만일 당신이 「가상범인」의 무대장치를 전부 승인하고 똑딱똑딱하는 시계의 초침 소리를 들었다고 말하는 이상, 당신의 자백은 결국 거짓이란 사실이 증명됩니다. 당신도 유불란과 같이 시계는 항상 가고 있다는 착각에 빠진 것이오. 아무리 당신이 죽였다고 전 세계에 향하여 호소한다 하더라도 과학적인 이 객관적 알리바이는 그것을 승인하지 않을 것입니다."

잠자코 고개를 푹 숙이고 있던 나용귀의 창백한 얼굴에는 점점 비

분의 빛이 떠오르며 무릎 위에 올려놓은 해골과 같은 양손이 부들부들 떨기를 시작하였다. 그러다가 돌연 고개를 들며

"나는…… 나는 이대로 있는 것이 얼마나 행복인지 알 수 없습니다. 나는 다시 세상에 나가기를 원치 않습니다. 그리고 나는 몽란을 육체적으로 사랑하겠다고는 꿈에도 생각해본 일이 없습니다. 이 컴컴한 옥중에서 다만 사랑하는 사람의 환영을 가슴에 품고 일생을 지나는 것이 나에게는 얼마나 행복이겠습니까! 경부께서는 몽란을 다시 이 컴컴하고도 쓸쓸한 감옥에다 넣으려고 나를 찾아온 것에 틀림이 없습니다. 몽란을 다시 옥중으로 보내지 마십시오! 몽란은 나의 생명보다도 더 중한 사랑……."

하고 나용귀는 테이블 위에 그만 쓰러지고야 말았다.

"잘 알겠소, 그러나 이제는 그러할 필요조차 없게 되었소."

"그것은…… 그것은 또 무슨 말씀입니까?"

"이몽란은 죽어버리고 말았소."

"뭐, 뭐요? 몽란이가, 몽란이가 죽었다는 말씀입니까……?"

"어젯밤 청량리 뒷산 빈 절간에서 살해를 당하였소."

"살해를 당했다고요……?"

"아직 자세한 사정은 알 수가 없으나 가해자는 유불란……."

하고 임 경부는 말끝을 그만 끊었다.

"유불란? 그놈이, 그놈이 몽란을 죽였다고요?"

"죽였다고 단언할 수는 없으나 그러나 살인 현장에 그의 모자가 남아 있었으니까……."

나용귀는 정신병자와 같이 물끄러미 허공을 바라보고 있더니 그만 두 손으로 얼굴을 가리며 어린애처럼 흑흑 느끼기 시작했다.

"몽란이가 죽었다니, 거짓말이지요, 거짓말이지요, 그럴 리가, 그럴 리가 어디 있어요?"

그때 간수 한 사람이 들어오며 백 검사로부터 전화가 왔다는 말을 전하였다.

한참 동안 전화를 받고 난 임 경부는 하도 이상하다는 듯이 머리를 기울이며 분주스러운 발걸음으로 전옥실(典獄室)로 들어갔다. 이리하여 전옥의 승낙을 받고 임 경부는 나용귀를 데리고 XX경찰서로 자동차를 몰면서 달려갔다.

의외의 결말

여기는 XX경찰서의 신문실(訊問室).

유불란은 지금 임 경부, 백 검사, 나용귀, 그 외 여러 경찰관 앞에서 어젯밤에 자기가 당한 악몽과 같은 괴상한 이야기를 세세히 말한 후 한 번 긴 한숨을 "후" 하고 쉬었다.

"그러나 나는 그 복면한 여자가, 가슴에다 七호를 붙인 그 가장한 여자가 자기의 가장 사랑하는 몽란일 줄이야 어찌 알았겠습니까? 이와 같이 잔인하고 비참한 일이 또 어데 있으리요? 나는, 나는 이 손으로 몽란을 죽였습니다. 그는 그때 아무 말도 없어 누가 그에게 재갈을 물렸을 줄을 어찌 알았으리요……. 나의 허리와 다리를 쓸어 만져보며 제발 살려달라고 애원하는 그가 바로 몽란이었을 줄이야 꿈에도 생각하지 못하였습니다. 그러나 그것은 결코 나의 자유의사로 죽인 것이 아니고 무서운 권총의 협박을 받았기 때문입니다. 나는 무서운 꿈속을 헤매면서 행여나 그것이 단지 꿈에 지나지 않기를 얼마나 고대하고 기다리었겠습니까? 그러나 그것은 일장의 악몽이 아니고 현실이었습니다!"

유불란은 아직도 꿈속의 사람과 같이 사방을 돌아다보았다. 그리고 자기를 둘러싸고 묵묵히 앉아 있는 경찰관들의 긴장한 얼굴을 일일이 살펴보았다. 두 주먹을 불끈 쥐고 마치 성난 사자와 같이 노기가 분분한 나용귀의 얼굴, 테이블 위에다 한 장의 사진을 꺼내어놓고 확대경으로 뒤적뒤적 살펴보면서 귀를 기울이고 있는 백 검사의 얼굴, 그리고 마지막으로 픽 하고 한 번 비웃으면서 말을 꺼내는 임 경부의 얼굴을 보았다.

"유불란 씨, 탐정소설과 같은 이야기는 그만 했으면 인제는 어떻겠습니까? 당신의 두뇌가 우리들보다 얼마나 탁월한지는 모르겠소만 당신은 결국 일개 공상가에서 더 지나지 못합니다. 당신의 명성을 가장 높인 탐정극 「가상범인」까지도 알고 보면 탐정소설가의 공상이지요. 당신의 덕택으로 하마터면 범인을 옥창으로부터 구해내고 도리어 무죄한 사람을 감옥으로 보낼 뻔했습니다. 그리고 인제 또 탐정소설과 같이도 괴상한 이야기를 해서 우리들을 꾀이겠다는 말씀이오? 하, 하, 핫…… 걸작인데요. 탐정소설가 유불란 씨는 단지 우리 조선만이 자랑할 바가 아니라, 전 세계에서 드물게 보는 위대한 작가요, 훌륭한 공상가라고 나는 비로소 깨달았습니다."

그리고 임 경부는 참지 못하겠다는 듯이 또 한 번 하하 하고 웃었다.

"뭐요? ……그러면 박영민을 죽인 자가 역시 몽란이란 말씀입니까? 그럴 리가, 그럴 리가 어데 있소?"

유불란은 두 눈을 번쩍 뜨며 테이블 저편에 앉아 있는 나용귀를 쳐다보았다. 나용귀는 터져나올 듯한 격분을 참는 듯이 가장 엄숙한 어조로

"유불란 군, 자세한 사정은 아직 모르나 군은 너무도 잔혹한 짓을 했다. 자기의 애인만을 죽였다면 또한 모르거니와 군은 나의 애인까지도 죽여버리고 말았다!"

하고 미움이 가득 찬 눈초리를 불란에게 던졌다. 유불란은 어쩔 줄을 모르는 듯이

"나 군, 그것은 군의 오해다! 나는 사실 나의 정신을 가다듬을 수 없을 만큼 무척 취하였던 것이다. 그리고 나는 피스톨로 협박을 받았던 것이다."

그리고 이번에는 임 경부를 향하여

"현장에는 사람들의 구두 흔적이 있을 것입니다. 구두의 흔적이……."

"탐정소설가 유불란 씨는 살인 현장에 구두 흔적을 남겨둘 그러한 삼류작가는 아니겠지요."

"의자가 여섯과 테이블이 하나, 그리고 화로도 한 개 있을 것이오."

"거짓말은 그만둡시다. 빈 절에 테이블이 왜 있으며 의자가 왜 있어요?"

"길거리에도 사람들의 구두 흔적이 있을 것입니다."

"유불란 씨, 연극은 그만두는 것이 어떻소? 일부러 눈보라 치는 밤을 선택한 것은 당신이 아니었습니까?"

하고 경부는 또 한 번 픽 웃었다.

유불란은 하는 수 없이 한참 동안 잠자코 있다가 또다시 입을 열었다.

"그러면 내가 계획적으로 몽란을 죽였다는 말씀입니다그려?"

"물론!"

유불란은 눈이 아찔아찔해지며 앞이 갑자기 캄캄해지는 것을 깨달았다. 대체 그 복면한 사나이들은 어떠한 무리기에 자기를 이와 같이 무서운 모험에다 몰아넣었을까? 생각하면 생각할수록 그들 악마의 손에 어리석게도 빠지고 만 자기를 원망할 수밖에는 없었다. 그러나 변명할 수 있는 데까지는 변명해보자…….

"그러나 만일 내가 계획적으로 그러한 짓을 했다고 가정하면 나는 왜 자동차 같은 것을 타서 이와 같이 자기의 범죄를 폭로시키지 않으면 안 되었단 말이오? 그것은 계획적 범죄와는 너무도 모순되지를 않습니까? 만일 그렇다면 나는 자동차 같은 것을 타지 않았을 것입니다."

"자기의 이니셜이 박혀 있는 모자를 살인 현장에 남겨놓고 오니만큼 살인 후의 정신 상태가 산란했다고라도 설명할까요? 대학 예과 앞에서 당신을 태운 운전수는 당신을 미친 사람이나 아닌가 하고 생각했다고 말하는 것을 보니……. 붓끝으론 천만 명을 죽여보았다 하드래도 소설가도 결국은 사람이니까. 소설 속에서 공상적으로 죽이는 것과는 좀 다를걸요."

"그런…… 그런 어리석은 이야기가 어데 있겠소? 그래도 나는 상당한 사회적 지위를 갖고 있는 한 명의 소설가요, 당신은 동서양을 통하여서 탐정작가의 현실적 살인행위를 보신 적이 있습니까? 탐정작가, 그들은 결코 사람을 죽일 만한 인종이 못 되는 것이오. 그들은 다만 공상할 뿐입니다. 그들은 겁이 있고 마음이 약하고 그리고 가장 선량한 인종입니다. 사람에게는 누구든지 다소간의 범죄성을 안 가지고 있는 사람이 없다는 것은 다시 말할 바가 없지만, 그 범죄성을 실제적으로 나타내는 사람과 나타내지 못하는 사람이 있다는 것을 당신도 잘 알 것입니다."

"흥! 혹은 그럴는지도 모르지요. 그러나 그와 같은 사정을 잘 알고 있는 당신은 그와 반대의 행위를 감히 실행했는지 누가 알겠소?"

"뭐, 반대의 행위?"

"그렇지요. 당신은 세상 사람이 잘 쓰고 있는 '아무러면'이란 말의 가치를 잘 알고 있었던 것입니다. '아무러면 탐정작가가 실제로 사람을 죽일까……?' 어떻습니까?"

유불란은 지금 천길만길이나 되는 밑 없는 늪 속으로 빠지어 들어가는 자기의 운명을 바라보고 몸서리를 쳤다. 어떻게 하면 자기를 이 무서운 모함에서 구해낼 수가 있을까? 자기를 이와 같은 모함에다 쓸어넣은 것은 누구일까? 악마, 악마, 하고 그는 한없이 부르짖었다.

"유불란 씨, 당신은 어데까지든지 협박을 받아서 꿈결에 몽란을 죽였다고 말하지만……. 내 말을 좀 자세히 들어보시오. 좌장을 죽인 범인이 몽란이라는 것을 당신은 처음부터 잘 알고 있었소. 그러나 당신은 몽란을 사랑한다. 당신은 자기가 갖고 있는 훌륭한 상상력에 채찍질하여 「가상범인」이라는 연극을 창작하였다. 그리고 연극은 성공했다. 나용귀 씨는 드디어 거짓의 자백을 하였으니까……."

"어째, 거짓 자백이란 말이오?"

임 경부는 아까 서대문 형무소에서 나용귀에게 한 것과 같은 설명을 세세히 한 다음에

"이제 말한 바와 같이 결국 당신은 그때 박영민의 서재에 걸려 있던 시계가 고장으로 말미암아 멎어 있었던 사실을 몰랐던 것이오. 멎어 있는 시계에서 똑딱똑딱하는 소리가 날 리는 만무하니까."

유불란은 이론이 정연한 임 경부의 설명에 대하여 무어라고 변명할 여유도 가지지 못하고 그저 묵묵히 듣고 있다가

"그러면 결국 박영민을 죽인 것이 몽란이라 합시다. 그러나 나는 왜 몽란을 죽이지 않으면 안 된다는 말이오? 무슨 동기로……."

"흥, 당신이 몽란을 죽인 동기를 내 입으로 말해보라는 말이지요……?"

하고 임 경부는 잠깐 동안 유불란과 나용귀를 절반씩 쳐다본 후

"몽란은 혹은 당신을 더 사랑했을지도 모르나 아니, 몽란 자신도, 나 형의 면전에서 실례입니다만, 나 형을 사랑하지 않는다고 단언했었지만, 그러나 그 후 몽란의 마음은 점점 변해지기를 시작하였던 것이오. 그는 자기를 구하려고 「가상범인」을 창작한 당신의 노력과, 역시 자기를 구하려고 거짓 자백을 하여서 대신 옥중으로 들어간 나 형의 노력을 냉정한 머리로 비교하여보았을 것이오. 여성에게 있어서 외형미 같은 것은 사랑의 최대조건은 아닙니다. 그들이 사랑하고 동경하는 것은 무엇보다도 남자들의 친절이오. 몽란은 번민하기를 마지않았을 것이오. 몽란은 자기가 범인이란 것을 누구보다도 잘 알고 있는 동시에 결코 나 형이 범인이 아니라는 것도 잘 알고 있었지요. 그래서 그의 마음은 당신에게서 떠나기 시작하여 드디어 나 형께로 옮아가고야 말았습니다. 질투로 가득한 당신의 심정……."

그때 유불란은 의자에서 벌떡 일어나며 미친 것과 같이 부르짖었다.

"거짓말이다, 거짓말이다, 새빨간 거짓말이다! 몽란은 어젯밤 열 시까지 나를 누구보다도 사랑하였다. 조선은행 앞에서 서로 헤어질 때까지 그는 나의 입술에다 키스를 하였다. 나는 몽란을 사랑한

다. 나는 몽란을 끝없이 믿는다. 누구보다도 믿는다. 그것은 다만, 사랑하는 사람만이 이해할 수 있는 영(靈)의 속삭임이다. 비록 객관적으로 시계의 추가 멎어 있었단들, 나용귀가 박영민을 살해한 범인이 아니란들, 좌장을 죽인 범인은 결코 몽란은 아니다! 나는 그것을 믿는다. 나는 신 앞에 그것을 맹세한다. 몽란이가 나용귀를 사랑하게 되었다고? 거짓말이다. 거짓말이다. 어떠한 일이 있었다 할지라도 몽란은 결코 나용귀를 사랑하지 않았다. 몽란은 나를 사랑하였다. 그리고 다만 나만을 사랑하였던 것이다. 나용귀를 사랑하였다고? 저런 악마 같은 자식을 누가 사모해? 저 자식이 범인이다. 악마 같은 얼굴을 가진 나용귀가 바로 박영민을 살해한 무서운 범인이다! 저 자식이⋯⋯."

"뭐, 어째?"

폭탄과 같은 나용귀의 목소리가 방 안을 울리었다. 노기가 가득 찬 그의 가슴은 드디어 폭발하고야 말았다. 테이블 위로 날아가는 그의 주먹⋯⋯.

"나용귀! 너는 아직 화를 낼 권리가 없다!"

벼락같이 쏟아지는 백 검사의 목소리가 또다시 뒤를 이었다. 백 검사에게 팔목을 붙잡힌 나용귀의 주먹이 테이블 위에서 공연히 우쭐거리고 있다.

"어째 그러십니까?"

나용귀의 괴인과 같이 추악한 얼굴에는 일순간 파도와 같은 의혹의 그림자가 픽 돌았다.

"손을 내리어라! 그리고 거기 앉아라!"

백 검사의 수상한 태도에 나용귀만이 아니고 거기 앉았던 여러 경찰관들도 놀라움을 마지않았다. 그때까지 임 경부의 취조를 귓등으로 들으면서 확대경으로 테이블 위에 놓인 사진을 뒤적뒤적하고 있던 백 검사는 무슨 이유로 나용귀에게 대하여 그러한 태도를 취하였는고? 사람들은 의심과 호기심을 한 아름 품고 백 검사를 쳐다보았다.

백 검사는 붙잡고 있던 나용귀의 팔목을 하도 더럽다는 듯이 뿌리치면서

"세상에 너 같은 악인을 본 것은 오늘이 처음이다."

하고 놀라는 나용귀를 한참 동안 바라보며 마음을 진정시킨 후 천천히 입을 열었다.

"너는 자기가 악마라는 것을 스스로 승인할 테지?"

나용귀는 성을 불뚝 내면서

"당신은 대체 무슨 이유로 그와 같이 독단적으로 말씀을 하십니까?"

하고 적의를 품은 낯으로 대답하였다.

"그래 독단이 아니라는 것을 네게 다 말해볼 테다."

하고 백 검사는 그의 무서운 두 눈으로 나용귀를 한 번 노려보니 나용귀도 역시 가장 침착한 태도로 반항의 눈초리로 백 검사에게 대들었다.

"그러면 말씀해보시오. 당신은 인제 나보고 악마라고 불렀다. 내가 악마라는 것을 당신의 입으로 증명하지 못하는 한에는 나는 반드시 오늘 밤의 모욕을 갚을 테니까!"

"음! 잘 말했다. ……그러면 먼저 결론부터 말해보자. 너는 해왕좌의 좌장 박영민을 살해한 범인이다. 방법은 유불란 씨의 탐정극 「가상범인」과 꼭 같다. 동기는 네가 몽란에게 사랑을 받아보려다 거절

당한 것. 좌장이 너를 독사와도 같이 싫어하고 미워한 것이다."

그때 나용귀는 픽 하고 비웃으면서

"당신은 대체 무엇을 말하고 있는지 나는 도무지 알 수가 없습니다. 그와 같은 방법으로 그와 같은 동기에서 해왕좌의 좌장 박영민을 죽였다고 처음부터 나는 정직하게 자백하지를 않았습니까? 그것은 임 경부가 사진이 어떠니, 시계가 멎어 있었으니 어떠니 하면서 나에게 생에 대한 희망을 가지게 한 것이 아닙니까?"

"응! 확실히 너는 우리들보다는 지혜가 한층 더 앞섰다. 그러나 결국 너는 패부의 길을 걸어야 할 것이다. 네가 네 손으로 너의 무덤을 파고 있었다는 말이다. 그 이유를 이제부터 설명해보마."

백 검사는 잠깐 동안 눈을 감았다가 다음과 같은 길다란 설명을 시작하였다.

"너는 유불란 씨로부터 그가 창작한 「가상범인」이라는 연극에 출연해달라는 부탁을 받았을 때 너는 그의 상상력이 얼마나 정확하였는지를 알았을 것이며, 따라서 너의 놀라움은 진실로 컸을 것이다. 유불란 씨는 타는 불덩어리와 같은 정열을 가슴에 품고 너무도 노골적으로 네게다 싸움을 걸었다. 그러나 너 역시 유불란 씨에 지지 않을 만큼 대담한 사나이였었다. 그리하여 너는 무대에 서기를 승낙하였던 것이다. 연극의 순서를 따라서 너는 제 일 탄으로 박영민을 쏘았다. 아니, 정확히 말하면 박영민으로 분장한 배우를 쏘았다. 거기까지는 괜찮으나, 그러나 너는 거기서 뜻하지 않은 실패를 하였던 것이다. 왜 그러냐 하면 너는 의성술을 가지고 있느니만큼 피해자 박영민으로 분장한 홍이란 배우의 목소리를 흉내 냈으면 그만이었을 것인데, 그러나 너는 너무도 충실한 예술가였다. 연극을 하고 있는 동안 너는 너 자신도 저항할 수 없는 예술적 박진성을 전신에 느꼈던 것이다. 게다가 또 한편 폭로적 흥미까지 느낀 너는 되는 대로 되라는 자포자기에서 연극인지 사실인지를 분별할 수 없을 만큼 너의 정신을 열중하였다. 살인의 혐의라든가 또한 무서운 형벌이라든가, 그러한 속세에서 벗어난 너는 연극에 너무나 충실하였다. 그리하여 너도 모르게 너의 입에서 흘러나온 목소리, 그것은 좌장 그 사람의 음성이었으며 몽란 그 사람의 목소리였다. 이러한 나의 의견을 너는 진심으로 부인할 용기가 있는가?"

그리고 백 검사는 대답을 재촉하는 듯이 나용귀를 바라보았다.

나용귀는 한참 동안 잠자코 있더니 백 검사의 설명을 별달리 부인할 필요가 없다는 듯이

"그렇습니다. 사실 나는 맨 처음부터 자백하려고는 생각하지 않았습니다. 그리고 그런 것이 결론과 어떠한 관계가 있다는 말이오?"

"물론 중대한 관계가 있다. 그날 밤 무대에서 돌아온 너는 자기의 실책을 얼마나 후회하였던가? 그러나 당국이 너를 체포할 아무 증거도 갖지 못하였다는 사실을 너는 잘 알고 있었다. 그러나 하루 이틀 연극을 계속하는 가운데 자자한 사회의 비난과 무서운 유불란 씨의 눈동자가 점점 두려워졌다. 드디어 너는 교묘한 트릭을 남겨놓고 거짓 자백이란 연극을 하였던 것이다."

"뭐, 연극이라고요?"

나용귀의 얼굴이 새파랗게 변하였다.

놀라움에 마지않는 나용귀를 한 번 빗겨 본 후 백 검사는 담배를 한 개 붙여 물고 말을 이었다.

"그다지 놀라지 않아도 괜찮아. 네가 한 거짓 자백이란 한 막의 연

극에는 또 한 가지 중대한 원인이 있었던 것이다. 사랑의 표현기교(表現技巧)가 바로 그것이다. 자기의 일신을 희생하는 사랑의 표현, 그것으로 말미암아 유불란 씨에게 흘러가고 있던 몽란의 사랑을 네게로 돌려놓고자 했던 것이다. 그러나 그것도 결국 실패되고야 말았다."

"어째 그렇습니까? 그것은 모순된 이론입니다. 내가 자백을 하여서 몽란이가 무죄방면이 된다면 그것이야말로 몽란에게는 더할 수 없는 행복이요, 기쁨이 아니겠습니까?"

"응, 누구든지 그렇게 생각하기가 쉽다. 자기에게 누명을 씌우려던 너를 몽란은 물론 마음껏 미워할 테다. 그러나 몽란이가 너를 미워하면 미워할수록 네게는 더욱 좋다."

"그게 대관절 무슨 말씀이오? 너무 명론(名論)이 되어서 나는 도무지 알 수 없소."

"모를 리가 어데 있어? 몽란이가 너를 저주하고 너를 미워할 수가 있는 것은 네가 살인죄로 옥창에서 신음하고 있는 동안뿐이다. 네가 결국 무죄방면이 되어 깨끗한 몸으로 세상에 다시 나오게 되면 어떻게 되느냐 생각 못 해? 자기에게 살인죄를 씌웠다고 원망하던 몽란은 도리어 네게 대하여 동정의 마음을 금치 못할 것이다. 왜 그러냐 하면, 몽란은 자기가 범인이 아니라는 것을 누구보다도 잘 알고 있었던 대신에 네가 진정한 범인이란 것은 알지 못하였던 때문이다. 물론 자기는 박영민을 죽인 자가 아니라 할지라도 자기를 범인이라고 잘못 생각하고 자기를 대신하여 감옥에 들어갔던 사나이를, 그리고 그것도 결국은 수포에 돌아가고 법률을 저주하고 원망하면서 다시 이 세상에 나오게 된 사나이를 몽란은 결코 그대로 내버려두지는 않을 것이라는 것을 너는 잘 알고 있었던 것이다.”

“그러면 미리부터 나는 무죄방면이 될 줄 알고 자백을 하였다는 말입니다그려?”

그때 백 검사는 미움에 찬 시선을 던지며

“뻔뻔한 질문은 그만두어! 대체 이 사진을 누구가 박았다는 말이냐?”

하고 벽력같이 고함을 치며 사진을 움켜쥔 백 검사의 주먹이 테이블을 ‘쾅’ 하고 쳤다.

나용귀는 뜻밖이라는 듯이 놀라며

“하하! 내가 박았다고 말씀하는 것같이 들립니다그려?”

하고 빙글빙글 웃는다.

“물론! 이 한 장의 사진으로 말미암아 너는 임 경부를 속였다. 이 사진은 유불란 씨의 탐정극 「가상범인」을 그대로 승인하고 자백한 네게 객관적 알리바이를 충분히 제공하였다. 이 한 장의 사진으로 말미암아 이익을 보는 자가 대체 누구냐? 너다! 임 경부는 이 사진을 보고 너를 옥창에서부터 구해내려고 애를 썼다. 그러나 이 사진은 임 경부가 생각하고 있던 것과는 판이하다. 이것은 박영민 씨가 생전에 박은 것이 아니고 그가 살해를 당한 후 며칠 있다가 박은 것이다. 다시 말하면 네가 무대 위에서 드라마틱한 자백을 하기 전날, 네 손으로 박은 것이다. 알겠으면 순순히 항복을 하는 것이 어떠냐?”

백 검사의 얼굴에는 더할 수 없는 승리의 빛이 떠돌기를 시작하였다. 임 경부와 유불란 그 외 여러 경찰관도 뜻하지 않았던 백 검사의 설명에 한편으로는 놀라며 또 한편으로는 기뻐함을 마지않았다.

“항복이구 머이구 임 경부가 아까 이 사진을 가지고 와서 시계가 멎어 있었으니 나의 자백이 거짓이라고, 그리고 나에게는 아무런 죄도 없다고…….”

“임 경부로 하여금 그렇게 생각하게 한 것이 즉 너 자신이란 말이다. 이 사진을 보아라. 너의 간계(奸計)를 내가 설명할 테니…….”

하고 백 검사는 나용귀보다도 임 경부에게 설명하겠다는 듯이 사진을 테이블 한복판에 당기어놓았다.

“자, 이 사진을 보라.”

하고 백 검사는 설명을 계속하였다.

“이 사진을 보면 시계 밑에 걸려 있는 화신백화점의 마크가 붙은 일력이 십일월 이십삼일, 다시 말하면 좌장이 살해를 당한 날짜를 보여주고 있다. 그러나 그렇다고 이 사진을 촬영한 날이 십일월 이십삼일이라고는 단정할 수 없다. 왜 그러냐 하면 화신백화점의 상표가 붙어 있는 일력이 경성 시내에 단지 한 개밖에 없다면 모르거니와 적어도…….”

백 검사의 말이 끝나기도 전에 나용귀가 초조한 듯이 입을 열었다.

“그러면 내가 그것과 꼭 같은 다른 일력을 걸어놓고 십일월 이십삼일을 펼쳐놓은 후 사진을 박았다는 말씀입니다그려?”

“암, 그렇구말구! 그러나 너 역시 귀신이 아닌 하나의 사람이었다. 이 렌즈로 자세히 사진을 살펴보라.”

하고 확대경을 나용귀에게 던진 후

“자세히 보면 테이블 위에 금붕어 그릇이 놓여 있는 것을 너는 발견할 수가 있을 것이다. 그리고 그 금붕어 그릇에는 두 마리의 금붕어가 떠 있을 것이다. 한 마리는 전신이 새빨갛고, 또 한 마리는 흰 점이 박히어서 얼룩얼룩하다. 너는 좌장이 살아 있을 때부터 책상 위에 놓인 이 금붕어 그릇에 두 마리의 금붕어가 들어 있는 것을 잘 알고 있었을 것이다. 그러나 그것은 두 마리가 다 전신이 새빨간 금붕어였다. 두 마리 가운데 한 놈이 죽어버리고 흰 점이 박힌 얼룩얼룩한 놈을 대신으로 사다 넣은 것은 좌장이 살해를 당한 이후의 일이다. 알기 쉽게 말하면 네가 무대 위에서 흉측한 거짓 자백을 한 바로 이틀 전이다."

그때 나용귀는 낯빛이 갑자기 변하면서

"뭐요?"

하고 고함을 치고 한 번 더 렌즈를 사진 위에 갖다 대었다.

"너는 트릭 사진을 찍을 적에 시계와 일력에만 주의를 하노라고 금붕어 그릇 가운데 그와 같은 중대한 변동이 있었다는 사실을 꿈에도 몰랐던 것이다."

그러나 한참 동안 사진을 들여다보던 나용귀는 천천히 머리를 들며 자신이 만만한 어조로 대답하였다.

"그것이 만일 사실이라면 이 사진은 확실히 좌장이 살해를 당한 후 박은 것에 틀림이 없겠지요. 그러나 그렇다고 이 사진을 박은 자가 바로 나 자신이란 것은 무슨 증거로 단언하십니까?"

그 말에 백 검사는 만면에 넘칠 듯한 미소를 띠면서

"사실 네가 좌장의 서재에 숨어 들어가서 이 사진을 박는 것을 본 사람은 한 명도 없다. 그러나……."

하고 백 검사는 잠깐 나용귀의 악마와 같은 추한 얼굴을 물끄러미 바라보았다. 인제 자기의 입에서 떨어질 한 마디의 말로 말미암아 자신이 만만한 나용귀의 얼굴이 어떻게 변할는지, 그것이 볼만하다는 듯이 잠자코 바라보았다.

"그러나…… 어떻게 되었다는 말씀입니까?"

"그러나 네가 사진을 찍고 있는 모양을 본 사람이 하나 있다는 말이다."

"누구입니까?"

"너 자신이다!"

"나 자신?"

"그렇다! 너 자신이 보고 있었다. 모르겠으면 렌즈를 가까이 대고 자세히 보라. 너의 악마와 같은 얼굴이 담벽에 걸린 거울 속에 박혀 있을 것이다!"

"뭐, 뭐요?"

하고 부르짖으며 나용귀는 의자에서 벌떡 일어났다가 다시 앉으면서 손에 들었던 렌즈를 또 한 번 눈에 대었다. 놀란 것은 다만 나용귀뿐만 아니라, 임 경부와 유불란도 일시에 일어서며 테이블을 둘러쌌다. 백 검사는 다시 말을 이으며

"네가 만들어놓았던 교묘한 알리바이는 이 우연한 현상으로 말미암아 그만 깨지고야 말았다."

그러나 나용귀는 아무 말도 없이 정신을 잃은 사람과 같이 히쭉히쭉 웃기를 시작하였다.

그 순간, 테이블 위에 놓여 있던 전화의 종소리가 요란히 방 안을 울리었다.

백 검사는 빠른 솜씨로 수화기를 들었다. 사람들은 가장 긴장한 낯빛으로 귀를 기울이며 가늘게 들려오는 전화 소리를 엿들어보려고 애를 쓴다.

"아, 김 군인가? 응응, 그래서…… 뭐? 잡았다? 음! 뭐? ○○복수

단의 잔당? 아, 그런가…… 나용귀도 OO복수단의 일원? 음! 이상하다고 나도 생각은 했지만…… 두 주일 이내로…… 그런가? 하여튼 급히 돌아오게!"

한참 동안이나 전화를 받고 난 백 검사는 가장 흥분한 어조로 다음과 같은 설명을 시작하였다.

"나는 오늘 아침 경찰 당국에 밀고장을 보낸 운전수를 괴상히 생각하여 시내에 있는 자동차 운전수를 전부 조사하여보라고 김 순사에게 명령을 했습니다. 지금 걸린 전화에 의하면 서대문 XX자동차부에서 박병국이라는 괴상한 운전수를 한 명 붙들었다는데 필적이 밀고장의 그것과 대개 흡사하므로 즉시로 엄중히 취조한 결과 어젯밤 조선은행 앞에서 몽란을 태웠다는 운전수, 그리고 오늘 아침 청량리에서 유불란 씨를 태우고 온 운전수인 것을 자백하였습니다."

백 검사는 잠깐 말을 끊었다가

"……그러나 그들이 십 년 전 OO복수단의 잔당이라고야 꿈엔들 생각하였겠습니까? 여러분도 아시는 바와 같이 OO복수단이라는 단체는 개인의 힘으로는 도저히 불가능한 복수를 서로서로 협력하여서 수행합니다. 갑은 을을 위해서 복수를 합니다. 그러니만큼 표면적으로 복수의 동기가 암만 농후하다 하더라도 제각각 본인은 형벌을 피할 만한 알리바이를 가지고 있습니다. 나용귀가 OO복수단에 가입한 것은 그가 해왕좌 무대 위에서 자백한 바로 전날입니다. 두 주일 이내로 자기가 무죄방면이 못 되는 날에는 이몽란을 죽여달라고, 그리고 유불란 씨! 당신의 손으로 몽란을 죽이게 해달라는 조건으로 가입했습니다. 그리고 당신에게 살인 혐의를 씌우려고 계획했던 것입니다."

그때 격노에 가득 찬 유불란의 얼굴과 빙글빙글 조소하고 있는 마귀와 같은 나용귀의 얼굴이 무서운 힘으로 테이블 위에서 서로 엉키었다.

그 순간 유불란의 몸뚱이가

"악마!"

하고 고함치는 소리와 함께 쏜살같이 나용귀를 향하여 날아갔다.

"악마, 악마, 악마!"

미친 사람과 같이 부르짖으며 덤비는 유불란의 모양을 멍하니 바라보고 있던 나용귀의 입에서는 돌연 바보와 같은 무시무시한 웃음소리가 하도 유쾌하게 흘러나오기 시작하였다.

"하하하하, 어리석은 자식! 하, 하, 하, 하…… 자기 손으로 자기가 사랑하는 계집을 죽이고, 하하하하…… 유불란, 만족하겠지? 그만했으면 만족할 테지? ……어리석은 자식! 하하하하……."

"악마!"

하고 유불란이가 달려들려고 한 그 순간

"이 악독한 놈!"

하고 임 경부가 주먹을 든 바로 그 순간이었다.

들창을 열자마자 마치 나는 새와도 같이 캄캄한 어둠 속으로 날아나가는 나용귀의 몸뚱이…….

"앗!"

하고 사람들이 고함을 쳤을 때에는 나용귀의 몸뚱이가 벌써 사층 꼭대기에서 차디찬 페이브먼트 위에 떨어졌을 때였다. 사람들은 창밖을 내려다보았다. 희미하게 비치는 전등 밑에서 사람들은 비참한 나용귀의 최후를 보았다.

밤은 점점 깊어간다. 묵묵히 내려다보는 사람들의 귀밑에는 나용귀의 웃음소리가 아직도 남아 있는 듯하였다. 백 검사와 임 경부는 "후우!" 하고 긴 한숨을 지었다. 유불란은 눈을 감았다. 그들의 가슴속에는 나용귀에 대한 미움도 없고 동정도 없었다. 다만, 한 가지 '애욕'이라는 관념만이 구름 덩이같이 떠오를 뿐이었다.

– 조선일보 연재(1937년 2월 13일 ~ 3월 21일)

절벽

>>>>> 현재훈

1933년 전남 광주에서 태어나 고려대학교 철학과를 졸업했다. 1959년 『사상계』 신인상에 단편 「분노」가 당선되어 등단했다. 초기에는 죽음, 종교, 절망 등 형이상학적인 주제에 집중하여 「분노」「자욱한 강변」「사자의 말」 등의 작품을 썼다. 문학 작품에 추리소설 기법을 사용하여 주제의 무게를 한층 강화했다는 평가를 받았으며, 추리소설을 한국에 뿌리내리게 하기 위해 평생을 고군분투하였다. 주요 장편소설 및 작품집으로 『환』『묵회설』『기만』『유적지』『십자로』『새』『달마대사』『절벽』『누가 도요새를 쏘았나』 등이 있으며, 중단편집 『절벽』으로 제1회 한국추리문학 대상을 수상했다.

1

대영물산의 전무 이승준이 정명희를 다시 만난 것은 김포공항에서였다. 정명희는 H빌딩 야간 관리인 노릇을 하면서 고학으로 대학을 다니던 시절에 처음 사귄 여자였다. 십 년이면 강산도 변한다는 말이 있듯이 거기에 긴 세월의 격절(隔絶)이 있었다.

이미 현재의 자기와는 전혀 무관한 과거의 조그만 점. 그러나 그 여자를 공항의 송영대에서 힐끗 보았을 때 하늘이 무너져 내린 것은 지금의 아내 홍정아와의 사이가 원만치 못하기 때문이었나? 아니면 과거로 흘러가버린 반딧불에 불과하다 할지라도 그것이 여태껏 그의 가슴 어느 한구석에 깊이 매몰되어 있었기 때문이었나?

빈곤이 무엇인지 전혀 알지 못하는 지금의 아내 홍정아에게서 그는 늘 굴욕을 느껴왔다. 자기가 빈민 출신이라는 것이 그녀의 뇌리에는 늘 있지 않았을까. 이승준의 아버지 이도균 씨는 날품팔이였다. 이승준은 그 아버지가 세상을 떠난 후 구두닦이, 라이터 수리상, 가정교사, 막노동 등 안 해본 일이 없었다. 머리 좋고 총명해서 그런

중에서도 S대학을 수석으로 졸업했다. 그러나 그는 '인간과 사회'에 대해서 이제껏 적대감을 씻어버릴 수 없었다. 그것은 학대받은 자의 숙원이었다.

대학을 나온 후 대영물산에 수석으로 들어왔다. 이것이 적대감 해소의 기회가 되었다. 사장 홍진섭 씨의 눈에 띄어 그의 외동딸 홍정아를 '탈취'할 수 있었던 것이다. 돈과 자기만족을 추구할 뿐인 철저한 에고이즘! 이것은 사회의 특성과 여기에 기초한 인간성 일반(一般)에 대한 반작용이었다. 그는 결혼식 전날 혼자 아버지의 산소에 가서 울었다.

좌우간 그 해후는 큰 이변이었다. 그가 그날 공항에 나간 것은 사장 홍진섭 씨가 두 달 예정으로 미국 출장을 떠나기 때문이었는데 이것이 그의 씹다 버린 껌 같은 생활에 커다란 에포크를 갖다준 것이다.

공항의 로비에는 여러 쌍의 송영객들이 웅성거리고 있었다. 이승준 역시 회사의 다른 중역들, 그리고 몇몇 간부들과 함께 대머리 벗어진 사장을 가운데 두고 빙 둘러서서 잡담들을 하고 있는 중이었다. 그 가운데는 사장 홍진섭의 딸 홍정아가 여성으로는 유일하게 끼어 있었다.

홍정아가 그녀의 사치벽을 잘 나타내주는 그 화사한 초록색 한복의 치맛자락을 미풍에 흩날리면서 말했다.

"아버지, 거기 가시거든 아무 생각 말고 요양에만 전념하세요."

그녀의 이 말은 아버지의 병세를 염려하는 괘념이었다. 명목상 출장이라 하지만 내용은 신병 치료가 주목적이었다. 홍진섭 씨는 달여 전에 가벼운 심장마비를 일으켜 잠깐 병원에 입원한 적이 있었는데 그

병원의 주치의가 완벽을 기하기 위해서 미국행을 권유했던 것이다.

홍진섭 씨는 병자답지 않게 안색이 여간 좋지 않았다. 벗어진 이마, 넓적한 코, 그리고 두툼한 두 볼에는 혈색이 불그레했다. 나이는 육십이 불원이지만 이 사람이 심장에 약간의 고장을 일으켰다는 사실, 이 사실만 빼놓으면 독좌대웅봉(獨坐大雄峰)일 것이다. 독좌대웅봉! 이것은 절대불혹의 경지를 이름인데 홍진섭 씨의 태산 같은 거구는 그러나 그런 종교적 수양에서 온 것이 아니었다. 그보다는 막대한 재력! 대영물산 말고도 여러 계열회사를 거느리고 있는 재계의 거물로서 그는 지금 이야기 사이사이에 껄껄껄 호탕한 웃음을 가끔 웃었다.

외양으로는 '독좌대웅봉'이지만 그는 평생을 '일일부작(一日不作)이면 일일불식(一日不食)'으로 살아왔다. 하루 일하지 않으면 하루 먹지 않는다는 것. 그는 나이 이십 이전에 선친으로부터 작은 잡화상 하나를 유산으로 이어받아 이것을 새끼 쳐서 오늘의 거만의 부를 쌓아올린 의지의 사람이었다. 거기에는 하루도 '일일부작이면 일일불식'이 결여된 날이 없었다.

밖으로는 사장의 외유를 축하하는 작은 흥분이 물결쳐 보였다. 하지만 역시 심장병이라는 심상치 않은 병을 앓고 있는 사장을 천리만리 먼 곳으로 떠나보내는 자리였다. 그 작은 흥분의 면면에는 숨길 수 없는 허적(虛寂)이 보였다.

전무 이승준이 말했다.

"여기 일은 일체 잊어버리십시오. 사장님의 기본방침이 계시니까 제가 성심껏 그걸 봉행하겠습니다."

사장이 사위의 얼굴을 잠깐 쳐다보고 또 빙그레 웃으면서 대답했다.

"나야 여기 있으나 거기 있으나 마찬가지야. 그렇지 않아도 사실 이제 난 좀 쉬어야 할 때가 되었어. 자네만 믿네."

이승준의 옛 여자, 정명희는 이쪽에 자기의 옛 남자, 이승준이 섞여 있다는 것을 아직 전혀 감득하지 못하고 있는 눈치였다. 웬 중년의 사내가 하나. 그리고 사십대의 다른 사내가 셋. 거기에 그 여자. 이렇게 다섯 사람이 담소하고 있었다. 그 사내들 중 누군가 하나가 출국하는 모양이었다. 이 광경을 또 힐끗 곁눈으로 쳐다보고 나서 이승준이 말했다.

"저 혼자 힘으로 처결하기 어려운 일이 있으면 전화를 올리겠습니다. 하지만 두 달이면 완쾌되어 돌아오실 텐데 무어 그동안에 그런 일이 있을라구요."

"알았어, 알았어. 허허허."

딸 홍정아가 말했다.

"아버지, 어머니가 계셨더라면 따라가서 간호를 해드렸을 텐데."

사장 홍진섭 씨의 미간에 잠깐 구름이 끼었다. 그 구름은 금방 거두어버리고 홍진섭 씨가 말했다.

"그러게 말이다. 그러나 박복한 사람이라 나를 두고 먼저 갔는데 얘기해 뭘 하니?"

이때 스피커에서 고운 여자 목소리의 어나운스먼트가 흘러나왔다.

송영대 일대가 모두 뒤숭숭해졌다. 떠나는 사람, 보내는 사람 들이 손을 마주 잡고 출렁였다.

"사장님, 이제 나가보셔야겠습니다."

하고 이승준이 말했다.

"음."

사장 홍진섭 씨가 태산 같은 거구를 서서히 움직여 비행장 안으로 걸어 들어갔다. 비서 하나가 그 뒤를 따랐다. 이때 이승준은 정명희 쪽을 한 번 더 훔쳐보았다. 그쪽 역시 훤칠하게 생긴 중년의 사내가 비행장 안으로 걸어 들어가고 있는 중이었다. 명희의 남편인가? 보잉707의 거대한 기체가 은빛 날개를 번쩍이면서 폭음을 내고 이륙했다. 그것을 손을 흔들어 보내고 나서 이승준이 다른 중역들에게 말했다.

"난 시내에서 누굴 만날 약속이 있어요. 먼저들 회사로 들어가지. 곧 나도 들어갈 테니까."

그리고 아내 홍정아에게 말했다.

"당신은 집으로 돌아가요."

정명희를 만나보고 싶었다. 정명희는 십일 년 전에 자기들의 의지와는 달리 부모의 강권으로 딴 사람에게 시집을 간 여자였다. 그것은 정명희의 부친의 정략이었다. 그 정략 때문에 이승준은 인생의 문턱에서 커다란 좌절을 맛보았다. 막노동을 계속하면서 얼마를 실의 속에 살다가 그 좌절을 딛고 일어서서 대영물산에 입사했다.

그리고 사장 홍진섭 씨의 외딸 홍정아를 획득했다. 보복이었다. 그러나 홍정아와의 결혼생활은 처음부터 알맹이를 빼버린 귤 껍질이었다.

정명희는 지금 어떤 여자가 되어 있을까. 어디였는지 서울 근교의 조그만 여관에서 명희의 옷을 처음 벗겼을 때 새콤한 무화과 냄새가 나던 그 순백의 육체는 지금 무엇이 되어 있을까. 그보다도 막노동을 하던 시절이 그리웠다. 그 무화과를 떠나보낸 지가 올해로 십일 년째였다. 그사이에 무화과는 지고 떨떠름한 귤 껍질만 씹어온 것이다.

다른 중역들과 아내 홍정아를 뒤에 남겨두고 바쁜 걸음으로 송영대의 계단을 밟고 아래로 내려갔다. 공항의 청사 앞 광장에는 여러 대의 승용차가 줄지어 늘어서 있었다.

주위를 두리번거렸다. 정명희가 그중 한 승용차에 막 올라타려 하고 있는 것이 보였다.

자기 차 앞으로 성큼성큼 걸어가 운전사에게 말했다.

"저 차 뒤를 따라가게."

젊은 운전사가 졸고 있다가 영문을 몰라하면서 물었다.

"어떤 차 말씀이신지요?"

"저기 저 초콜릿색 차 말이야."

"아, 저 차요?"

차는 김포가도를 앞차와 일정한 간격을 두고 달려갔다. 모내기를 하여 짙푸른 벼가 푸른 물결을 이루고 있는 평야가 차창 밖으로 훤히 내다보였다. 그러나 그의 시야에는 아득히 먼 세월 저쪽에서 보일 듯 말 듯 겨우 반짝이고 있는 작은 반딧불일 뿐이었다.

가만있자. 그때 명희의 나이가 스물셋이었으니까 그로부터 십일 년. 음, 명희는 지금 서른넷이로군. 그래, 그럴 만도 해. 내가 벌써 서른여덟이 아니냐. 눈 깜짝할 사이 같은데 스물세 살의 처녀가 순식간에 서른넷의 중년녀로 변용되어 있는 것이다. 이것은 막이 내리고 조금 있다 다시 막이 오르자 전혀 딴 장치의 무대로 변해 있는 연극이었다.

사실 그 막간은 이승준에게 있어서 연극이었다. 명희의 아버지가 부를 좇아 딸의 일생을 그 제단에 바친 것같이 이승준 역시 인생을 팽개쳐버리고 잡화상점 하나를 굴려 커진 눈사람을 통째로 횡취하기 위해서만 설계해온 연극이었다.

그런데 오늘 정명희가 갑자기 그 무대 위로 뛰어 올라왔다. 그것이 이승준의 현실 감각을 각성시켰다. 아직도 가슴의 동계(動悸)를 진정할 수 없었다. 이것이야말로 인생의 리얼리즘이었다. 지금 오십 미터쯤 앞을 달려가는 초콜릿색 승용차를 놓쳐버린다면 현실은 다시 자취를 감추고 끝이 없는 연극만 계속될 것이다. 그럴 수 없었다. 절대로 그럴 수 없었다. 운전사에게 명령했다.

"혹시 건널목에서 붉은 등이 켜지더라도 그냥 통과하라고. 알겠지?"

"알았습니다."

불문곡직하고 단 한 번만이라도 정명희를 만나보고 싶었다. 기나긴 세월 동안 자기를 연극배우가 되지 않을 수 없게 한 여자! 실인생을 박탈해 가버리고, 그리고 억지로 무대 속으로 자기를 몰아넣어버린 여자!

초겨울, 하늘이 잿빛으로 물들어 있던 날, 아버님의 뜻이 정 그러시다면 우리 함께 죽자고 했더니 머플러 위에 눈을 맞으면서 고개를 숙이고 입을 꼭 다문 채 아무 말도 하지 않은 여자였다. 그것이 마지막 별리였다. 그때 명희는 혹시 속으로라도 네, 우리 함께 죽어요, 하고 혼잣소리를 하지는 않았을지…….

앞차가 건널목을 건너갔다. 조금 있다 붉은 등이 켜졌다. 운전사가 브레이크를 조금 밟으려 했다.

"그냥 쫓아가."

하고 운전사의 등을 향해 소리쳤다. 여기서 현실과 연극이 다시 분리되어버리면 큰일이었다.

차가 다시 속력을 냈다. 앞차와의 거리가 훨씬 좁혀졌다. 뒷좌석에 앉아 있는 명희의 뒷모습이 보였다. 우아한 쇼트커트였다. 그때는 긴 머리를 하고 있었는데…….

이때 패트롤카가 요란한 소리를 내면서 앞질러와 이승준의 차를 막아섰다. 차가 급정거를 했다. 엄한 얼굴을 하고 경관이 패트롤카에서 내려 이쪽으로 걸어왔다. 이 사이에 초콜릿색의 차는 제2한강교를 지나 시내 쪽으로 사라져버렸다. 긴 세월의 격절을 제거하고 잠깐 모습을 나타냈던 현실은 다시 무대 위의 장치로 급변해버렸다. 그는 잠깐 눈을 감고 깊이 한숨을 쉬었다.

눈을 떠보니까 색안경을 낀 경관이 운전석 안으로 고개를 디밀고 운전사에게 뭐라고 얘기를 하고 있었다. 그것도 연극의 한 콤마였다. 연극의 그런 디테일은 아무래도 좋았다. 그는 그런 것을 상관하지 않고 고개를 돌려 광막한 김포평야를 내다보았다. 거기에 자기 모습을 닮은 철 잃은 허수아비가 하나 저 멀리 서 있는 것이 보였다.

경관과의 수속 절차가 끝난 모양인가, 차가 다시 떠났다. 운전사가 차를 서서히 몰면서 말했다.

"전무님, 어쩌죠?"

"신호위반 말인가?"

"아뇨."

"하는 수 없지."

사실 하는 수 없는 일이었다. 운명은 자기편을 들어주지 않았다.

운전사가 공연히 미안해하면서 다시 말했다.

"제가 조금만 더 바짝 따라붙었더라면 신호에 걸리지 않을 수 있었는데요."

"아냐, 자네가 걱정할 것은 없네."

운전사가 감히 여쭈어본다는 듯이 조심스러운 음성으로 물었다.

"전무님, 그 여자분이 꼭 따라잡을 필요가 있는 분입니까?"

"아냐, 이제 끝났네."

"전무님, 이렇게 하면 어떨까요?"

"무얼?"

"제가 그 차의 번호를 보아두었습니다."

어? 이게 무슨 소리야?

"번호를 보아두었어?"

"네."

그렇지! 번호를 조사하면 그 차의 소유주를 알아낼 수 있겠군. 완전히 분리되어버린 줄 알았던 현실과 연극 사이에 또 하나의 가느다란 조교(弔橋)가 걸려 있다는 것을 알았다. 자세를 고쳐 앉으면서 물었다.

"몇 번이야?"

"번호판이 녹색이니까 자가용인 것은 분명하구요. 서울 2나 5368번입니다."

"음."

서울 2나 5368번이라. 이 번호를 몇 번이나 입속으로 웅얼거렸다. 이것이 다리였다. 그 다리를 건너가면 거기에 머플러를 쓰고 눈을 맞으면서 입을 다문 채 아무 말 없이 서 있던 정명희의 스물세 살 적 모습이 보일 것이다.

됐다. 회사로 돌아가자. 차를 회사 쪽으로 몰게 했다. 차가 제2한강교를 건너갈 때 시퍼런 강물을 내려다보았다. 나룻배 한 척이 한가하게 떠 있는데 거기 낚시꾼이 낚싯대를 드리우고 있었다. 세월을 낡는 사람. 현실이건 연극이건 그런 것을 다 내동댕이쳐버리고 시간 자체에 동화되어버린 그 사람이 부러웠다. 그에게는 사람이 산다는 것이 세월아 네월아, 가거나 말거나일 거야.

회사로 돌아왔다. 널따란 전무실의 커다란 의자에 앉아 연거푸 담배 세 대를 피웠다.

그 차는 정명희 남편의 차일까? 아니, 그보다도 오늘 정명희는 누가 출국하는 것을 전송하러 공항에 나왔던 모양인데 그건 누굴까? 그 사내는 훤칠하게 키가 큰 중년의 남자였다. 좋은 곤색 양복을 입고 한 손에 두툼한 책 한 권을 들고 사장 홍진섭과 같은 비행기 편으로 로스앤젤레스로 떠난 사내.

마지막 담배를 재떨이에 비벼 끄고 나서 전화번호부를 뒤적였다. 그리고 전화기의 다이얼을 서서히 돌렸다. 서울 시청의 운수 3과 차량등록계가 나왔다.

계원은 친절했다. 차 번호를 말하고 소유주의 이름과 주소를 물었다.

"잠깐 기다려주세요."

계원이 말했다. 조금 있다 계원이 다시 나왔다.

"그건 정명희라는 분의 찹니다."

정명희의 차! 역시 그랬군. 계원이 이어 말했다.

"주소는요, 서대문구 북가좌동 37의 49번지입니다."

서대문구 북가좌동 37의 49. 이것을 메모지에 적었다.

"전화가 있는데요. 전화번호도 필요하십니까?"

"네, 감사합니다.

"37국에요, 394X번이에요."

37국의 394X. 이것도 주소 곁에 적어넣었다.

"감사합니다."

빼앗겼던 운명의 키를 되찾은 기분이었다. 메모지를 포켓에 집어넣고 천장을 쳐다보았다.

그날 퇴근 후에 절친한 친구 김인기를 단골 술집 은성으로 불러냈다. 김인기는 시대일보의 논설위원이었다. 막노동을 할 때 함께 고생한 대학 동기였다. 김인기에게만은 감출 것이 없었다. 자초지종을 말했다. 김인기는 어린애도 아니구…… 하고 난색을 보였다. 또 술 한 잔을 쭉 들이켜고 이승준은 말했다.

"자넨 날 비난할지 모르지만 난 그렇지가 않아. 피에로에서 잠깐만이라도 인간이 되고 싶네. 멎어버린 심장을 단 한 번만이라도 다시 뛰게 해보고 싶어. 자네는 모럴리스트니까 그걸 악마주의라고 낙인찍을지 모르지. 그러나……."

김인기가 심각한 낯을 하고 말했다.

"여기서 도덕적 논쟁을 하고 싶지 않네. 그건 문제가 아냐. 다만……."

"다만 이제 안정된 생활을 하고 있는 여자를 어떻게 하진 말라, 그 말이지?"

김인기는 대답하지 않았다.

이승준이 다시 말했다.

"자네 말마따나 난 어린애가 아냐. 나에게 일임해주게."

"……."

이 말에도 김인기는 대답하지 않았다. 그들은 술을 더 먹어볼 흥을 잃고 밤 아홉시경에 은성을 나섰다. 이때 길 건너 맞은편 전신주

곁에서 기다리고 있다가 두 사람이 타고 떠나는 이승준의 차 미등을 이를 꾹 악물고 한참 동안 바라보는 사내가 있었다. 바바리코트를 입고 검정 안경을 낀 깡마른 삼십대 초반의 사내였다.

2

밤이 깊었다. 백영호는 무교동에서 이승준의 차 미등을 바라보다가 청량리 뒷골목의 허름한 하숙방으로 돌아왔다. 일주일 전에 시골에서 올라와 이 방을 얻었다. 그는 검정 안경을 벗어놓고 다리 부러진 책상 앞에 앉아 어젯밤부터 쓰기 시작한 긴 원고를 다시 쓰기 시작했다. 이것은 시기를 보아 이승준에게 부치기 위함이었다. 그 원고의 서두는 이러했다.

나 백영흡니다. 오래간만입니다. 나는 소설가가 아닙니다. 지금 여기 적는 것은 어떤 외국 작가 소설의 작은 변형입니다. 그런데 내가 지금 굳이 이런 일을 하는 것은 이것이 나에게 꼭 필요한 일이기 때문입니다. 내가 소설가였다면 더 분명한 글을 쓸 수가 있었을 텐데…….

당신은 아직 모를 것입니다. 이때를 기다리느라 얼마나 긴 세월을 내가 참아왔는지, 또 그 길이 얼마나 형극의 길이었는지를. 당신은 잊어버렸겠지만 이 글을 읽으면 그때의 일이 세부까지 모두 잘 생각날 겁니다. 잊어버리고 싶은 당신의 기억을 환기시키려는 것이 나의 일차 목적입니다. 그럼 본문을 적겠습니다.

팔 년 전의 일이었다. 당시 백영호는 대영물산의 무역부 직원이었다. 29세. 유능한 청년이었다. 전도가 양양했다.

그는 그때 갈현동 이승준의 집 근처에 살았다. 야산 언덕배기에서 인가 쪽으로 조금 내려오면 몇 채 안 되는 고가(古家)들이 남아 있는데 그중 하나가 그의 집이었다. 삼 대째 살아오는 이 집에서 이 년 전에 결혼하고 새 가정의 꿈을 여기서 꾸었다. 그때 양친은 이미 여러 해 전에 돌아가시고 계시지 않았다.

아내 조미애는 본시 문학소녀였다. 그때 나이가 23세였지만 애티가 가시지 않은 명랑한 성격이었다. 특히 이태리의 시인 살바토레 콰시모도의 시를 좋아했다. 그중에서도 「가라앉은 오보에」라는 시를 특히 좋아해서 이 시를 종알거리면서 부엌을 치우기도 하고 빨래를 하기도 했다. 이것이 치기만만해 보여 어떤 때 백영호는 아내를 꾸짖었다. 퇴근 때 집 근처에 이르면, "애타도록 버리고 싶은 인색한 형벌인 나의 이 시간은 당신에게 보낼 선물을 더디게 한다. 차가운 오보에는 내 것 아닌 영원한 풀잎의……" 어쩌고 하는 그런 소리가 집 밖까지 들려오기도 했다. 당시 관리부장이었던 이승준과 함께 퇴근하다가 이 소리를 듣게 되면 부끄러웠다.

"아냐, 명랑해서 좋아" 하고 이승준은 백영호를 보고 웃었다. 여기에 회사 상사의 신임이 들어 있는 것 같아 그는 의기양양했다. 집이 같은 방향이라 퇴근길에는 흔히 동행인 때가 많았다.

"이봐! 소녀도 아니고 가정주부가 그게 뭐야."

대문을 들어서자마자 아내를 꾸짖었다. 아내 조미애는 혀를 내밀면서 말했다.

"어머, 그럼 내가 할머니로 보여요?"

"그래, 스물세 살이 열일곱 살인 줄 알아?"

"아이, 싫어요. 할머니라니! 나더러 아직도 아가씨라고 부르는 사람이 있는걸요."

그것은 사실이었다. 미애는 몸매가 작아 그런지 나이보다 더 앳되어 보였다. 마음이 노상 어리고 사치스러운 빛깔의 옷을 잘 입었다.

"아가씨 좋아하네. 지금도 이 부장님하고 이 앞까지 함께 왔는데 애타도록 어쩌고 하는 소리가 들리니까 웃더란 말이야."

"어머, 그래요? 이 부장님은 나더러 그 시가 무척 좋다고 그러시던데……."

"뭐야, 좋대?"

백영호는 불쾌했다. 그것은 그런 소리를 하는 아내에 대해서뿐 아니라 어느새 아내에게 그런 말을 하게 된 이승준에 대한 감정이었다. 보이지 않는 곳에서 자기와 관계없이 어떤 일이 진행되고 있었다는 것은 그것이 아무리 사소한 일이라 해도 유쾌한 일이 되지 못했다.

이승준은 사장의 사위이며 지금 자기보다 윗자리에 있지 않은가. 이 무게가 자신을 더욱 왜소하게 보이게 했다. 독수리가 암탉을 채가버리면 수탉은 속수무책인 것이다. 이거 조심해야겠다고 생각하고 그때부터 은근히 거기에 주의를 기울였다. 그러나 가정의 평상에는 아무 탈이 없었다. 오히려 자기의 경솔한 과민을 반성했다.

그런 일이 있은 지 몇 달이 지나 초여름이 되었다. 출근을 하려는데 아내가 옷장에서 넥타이를 꺼내주면서 말했다.

"여보, 내일 나 친정에 좀 다녀와야겠어요. 모레가 어머니 생신이에요."

미애의 친정은 전라도 목포였다. 그러고 보니까 미애는 일 년 동안이나 친정에 간 적이 없었다.

"그래? 그럼 진작 말하지 그랬어. 나도 다녀오는 게 좋았을 텐데."

"아니에요. 당신까지야, 뭐."

"그러라구. 출가외인이라지만 모른 척하면 장모가 우실 거 아냐."

그는 쾌히 승낙했다. 그날 회사에서 가불을 해다가 이튿날 아침 버스로 떠난다는 미애의 손에 돈을 쥐여주었다. 여비에 보태 쓰라고. 미애는 사양했다. 그것을 사양한 심리가 어디에 있었는지 그는 나중에 가서야 알았다.

이튿날 아침 그녀는 조그만 슈트케이스 하나만 들고 활개를 치면서 집을 나섰다. 새벽부터 일어나 준비를 하면서 또 차가운 오보에는…… 하고 입버릇이 되어버린 그 시를 종알거리는 것이었다. 그날따라 그 소리가 귀에 거슬리지 않았다. 출근길에 서대문까지 나와 동대문 고속버스 터미널로 가려고 버스를 바꿔 타는 그녀에게 손을 흔들었다.

"다녀올게요."

버스를 내려 그녀도 손을 흔들었다. 아침 햇살이 양장을 한 그녀의 한쪽 얼굴을 빛나 보이게 했다. 이것이 백영호가 본 살아 있는 미애의 마지막 모습이었다. 그 길로 미애는 실종되었던 것이다. 그 사실을 분명히 알게 된 것은 일주일이 지나 미애의 친정으로 보낸 전보가 답신을 보내오고 나서부터의 일이었다. 이게 어찌 된 일인가. 미애는 근래에 한 번도 친정에 온 일이 없다는 것이었다. 백영호는 대경실색했다.

그러나 그는 그 답신이 믿어지지 않았다. 목포까지 달려가보지 않을 수 없었다. 미애는 친정어머니의 생일이라고 말하고 집을 떠나지 않았는가. 백영호가 어렴풋이 기억하고 있는 장모의 생일은 6월 3일임에 틀림없었다. 그러나 결과는 마찬가지였다. 친정에서도 걱정들을 하고 있었다. 장인, 장모, 처남들과 상의한 끝에 상경해서 관할 서에 수색원을 내기로 했다. 나이, 신장, 체중, 가출 당시의 옷차림, 특징 등을 자세히 적고 최근에 찍은 미애의 사진을 첨부해서 제출했다.

불길한 예감이 엄습해와 불안과 위구(危懼)로 잠을 자지 못하는 밤이 계속되었다. 그러나 그 상념은 거의 체념으로 물들어갔다. 경찰이 이런 사소한 일에 전력을 기울여줄 듯싶지 않았다.

미애가 집을 나가버린 이유에 대해서는 전혀 짐작 가는 데가 없었다. 그녀는 항상 명랑하고 현재의 생활에 만족하고 있는 눈치였는데……. 무리를 해서라도 함께 내려갈 걸 그랬어, 하고 후회했다. 그러나 사실은 소녀도 아닌데 따라다닐 수도 없는 노릇이었다. 지금 와보니 그것이 자기의 중대한 실수였던 것을 비로소 깨달았다. 집에서나 회사에서나 전화벨이 울리면 겁이 났다. 경찰서에서 최악의 사태를 통지해오지나 않을까 싶었던 것이다. 신문을 보기도 겁이 났다. 그러나 전화를 받지 않을 수 없고 신문 사회면을 보지 않을 수 없었다. 그는 더욱 사회면을 자세히 들여다보게 되었다.

미애가 집을 떠난 지 나흘쯤 되어서였을까? 그동안 회사에서도 집 근처에서도 잠시 만나지 못한 이승준을 출근길에 만난 일이 있었다.

"요새 부인은 어디 가셨나? 집이 늘 조용해."

이승준이 이런 소리를 했다.

"네, 친정에 잠깐 다녀오겠다고 갔어요."

"음, 친정이 어딘데?"

"목폽니다."

"목포."

아직 미애가 실종되었다는 것을 모르고 있을 때였다. 백영호는 이승준의 차에 편승하고 이 얘기 저 얘기 하면서 출근했다.

마침내 미애가 행방불명되었음이 분명해졌을 때 이승준은 백영호에게 위로의 인사를 했다. 회사의 동료들도 모두 다 알게 된 때라 이승준 역시 다른 사람들처럼 위로의 인사를 한 것이다.

"부인이 실종되었다지?"

"경찰에 수색원을 내보지그래."

"냈습니다."

"그냥 내밀 것이 아니라 위에 선이 닿는 곳이 있으면 손을 써보라구. 그래야 성의를 보일 거야."

그는 이런 조언을 하기도 했다. 그리고 명랑하고 좋은 부인이었다면서 속히 무사히 돌아왔으면 좋겠다고 이런 소리를 하기도 했다.

미애의 소식을 알게 된 것은 집을 나간 지 이십오 일째, 수색원을 낸 지 이 주일째 되는 날이었다. 역시 수색원이 효과를 냈던 것이다.

"비슷한 사람이 있다고 경남 밀양 경찰서에서 연락이 왔습니다. 변사체가 아니라놔서 죽은 여자의 사진은 오지 않았는데 혹시 모르니 가보시지 않겠소?"

회사에서 전화를 받고 서부 경찰서로 달려갔더니 담당관이 말했다. 혹시 이 여자가 아닐까 해서 밀양 경찰서 담당관이 서울 서부 경찰서로 연락해왔다는 것이었다. 그 여자가 묵은 곳은 경남 밀양군에 있는 표충사 근방의 여관이었다. 경남 밀양군! 방향이 너무 달라 백영호는 망설였다.

"인상, 착의, 체격, 연령이 비슷해요. 그 여관에서 갑자기 죽었는데 신원을 알 수 없어서 군청에서 가매장을 했다고 해요."

"갑자기 죽어요? 왜요?"

"뇌일혈입니다."

뇌일혈! 혈압이 높지 않은 사람도 뇌일혈을 일으키는 수가 있나? 아니, 그보다도 만일 그 여자가 미애라면 친정에 간다던 그녀가 표충사에는 무얼 하러 갔을까. 곧 밀양을 향해 떠났다. 고속버스로 대구까지 가서 갈아타는 차편이 있었다. 첩첩이 산으로 둘러싸이고 산수가 철철 흘러내리는, 〈밀양아리랑〉으로 유명한 이곳이 백영호에게는 슬픈 고장이 되었다. 군청 직원의 안내로 표충사 바로 뒤 언덕에 가매장한 것을 발굴해냈을 때 그 여자가 틀림없이 미애라는 것을 알 수 있었다. 관 속에서 시체는 썩어가고 있었다. 그러나 원형을 알아보지 못할 정도는 아니었다. 백영호는 시체 확인을 하고 나서 울었다.

따로 보관되어 있는 양복, 속옷, 화장도구 등을 넣은 슈트케이스와 핸드백을 보았다. 이런 것 역시 모두 미애의 유류품이었다.

"혹시 없어진 것은 없습니까?"

군청 직원이 묻기에 조사해보니 단 하나, 언제나 핸드백에 넣고 다닌 미애의 패스포트가 보이지 않았다. 거기에는 그녀의 주민등록증이 들어 있었다.

"패스포트가 없군요."

"패스포트?"

이때 딴 직원이 슈트케이스의 안쪽 한 부분을 가리켰다. 이름이 붙어 있는 곳이 찢기어나간 것을 볼 수 있었다. 그러고 보니 미애의 이니셜이 새겨진 손수건도 보이지 않았다.

이상해서 백영호는 다시 사정을 자세히 물었다. 미애는 뇌일혈을 일으켜 갑자기 여관방에서 절명한 것이었다. 새벽에 미애가 쓰러지자 의사가 달려왔는데 그때는 그녀가 이미 절명한 뒤였다.

"사실은 어떤 남자 손님하고 함께 오셨답니다."

직원이 민망스러운 듯이 말했다. 혹시…… 하면서도 설마…… 하고 주저했던 일이 백일하에 드러나자 백영호는 얼굴이 달아올라 고개를 들 수가 없었다. 여관으로 가서 폐를 끼쳐드려 미안하다는 인사를 했다. 여관 주인과 종업원이 입장이 난처한 듯한 딱한 표정을 하고 그간의 사정을 설명해주었다.

미애는 6월 2일에 이 여관에 어떤 남자와 함께 투숙했다. 그것은 미애가 백영호와 서대문에서 헤어진 그 이튿날이었다. 서울에서 곧바로 이리 온 모양이었다. 그날 밤은 별일이 없었다. 주위의 경치가 좋아 하루 더 묵겠다고 이틀 밤째 묵은 새벽에 뇌일혈을 일으켰던 것이다.

소동이 벌어지자 함께 온 남자는 매우 당황했다. 의사는 이미 절명했다는 사실을 알리고 종업원이 죽은 여자의 얼굴에 수건을 덮자 남자는 급히 옷을 갈아입고 우체국이 어디냐고 물으면서 여관을 뛰어나갔다. 모두 전보를 치러 가는 모양이라고 생각했다. 그 남자가 언제 자기 가방을 들고 나갔는지, 또 언제 핸드백에서 패스포트를 빼었는지 아무도 본 사람이 없었다. 우체국은 차를 타고 오 리쯤 나가야 있었다. 그런데 그 남자는 돌아와야 할 시간이 되었는데도 여간해서 돌아오지 않았다. 그 후 그 남자의 얼굴을 본 사람은 아무도 없었다.

숙박부에 적혀 있는 이름은 위명(偽名)이었다. 여관에서는 하는 수 없이 군청에 연락해서 시체를 인계했다.

"세상에 그런 남자가 어디 있어."

여관 종업원들은 그때까지도 남자를 욕했다.

백영호는 그 남자의 인상을 자세히 묻고 숙박부에 적힌 필적을 보았다. 백영호는 두 사람분의 숙박비를 지불한 다음 군청 직원의 호의로 아내를 화장했다. 그리고 뼛가루를 들고 서울로 돌아왔다. 낡은 고가가 더욱 을씨년스러워 보였다.

여기까지 쓰고 그는 붓을 놓았다. 이것이 일차로 부칠 부분이었
다. 자리에 들었다. 좀체로 잠을 이룰 수가 없었다. 또 어금니를 꾹
악물었다. 낡은 천장에 서대문에서 헤어진 미애의 빛나는 얼굴이 떠
있었다.

3

정명희의 남편 지문규는 K대학의 교수였다. 핵물리학이 전공이었
다. 아버지가 막대한 재산을 물려주고 오 년 전에 세상을 떠난 후 그
재산을 모두 처분했다. 그 재산은 지금 여기저기에 땅, 건물 등 부동
산으로 바뀌어 보존되어 있었다.

아버지는 자기의 대를 이어 아들이 사업을 계승해주기를 바랐다.
그러나 지문규는 학계에서 성공하는 것이 소원이었다. 아버지 생존
시에는 마지못해 아버지의 사업 중 어느 한 부분을 맡아 경영하기도
했으나 아버지가 타계한 후로는 거기서도 손을 떼고 대학의 연구실
에 파묻혔다.

오늘 지문규가 아내 정명희와 대학의 두 동료 교수의 전송을 받으
면서 조용히 출국한 것은 미국의 어느 지방대학에 초빙교수로 부임
하기 위함이었다. 일 년 예정이었다.

공항에서 지문규는 아내에게 말했다.

"왜 함께 가자는데 마다는 거야? 집은 삼촌에게 맡기면 되는데."

"종석이를 어쩌구요. 이제 겨우 국민학교 이학년인데 그앨 미국 아일 만들 작정이에요?"

그러나 이것은 핑계였다. 남편과 잠시라도 헤어져 있고 싶었다. 자기보다도 학문 쪽에 더 정열을 쏟는 듯이 보이는 남편. 게다가 당초부터 지문규와 결혼한 것이 그녀의 본의가 아니었다. 아버지의 강권에 못 이겨 그와 결혼했지만 그것은 삭막한 생활이었다. 아버지는 시아버지 지인재 씨의 덕으로 쓰러져가던 사업을 다시 일으키고 말년을 편히 보냈다. 그러나 그 친정아버지마저 세상을 떠난 지가 오래였다. 결국 남은 것은 광막한 뜰에 홀로 선 듯한 적막뿐. 그 적막으로부터 도피할 길이 없었다. 그런데 남편 지문규가 일 년 동안 자기 곁을 떠나 있게 된 것이다. 이것은 하나의 안도였다. 그 일 년 동안만은 지어서 웃는 웃음을 웃을 필요도 없고, 밤 한시가 지나 남편의 서재에 커피를 끓여 들고 들어갈 필요도 없었다.

안도의 한숨을 쉬고 일 년 동안 허락된 자유를 어떻게 누리나 궁리하면서 초콜릿색 차를 타고 집으로 돌아오는데 운전사가 백미러를 여러 번 들여다보았다. 늙수그레한 운전사에게 물었다.

"왜 그러우?"

"검정색 코티나 한 대가 우리 차를 따라오는 것 같아요."

"우리 차를 따라오다니?"

하고 잠깐 뒤를 돌아다보았다. 그러나 거기에는 사오십 미터나 떨어진 곳에서 웬 대형 승용차 하나가 달려오고 있을 뿐이었다.

건널목을 지났다. 거기서부터 그 차는 보이지 않게 되었다. 갑자기 차창 밖으로 보이는 하늘이 더 넓어 보였다. 몇 번이나 깊이 숨을 들이마셨다. 그것은 해방감이었다. 늘 졸음을 억지로 참고 밤 한시가 지나도록 기다렸다가 밤 커피를 끓이지 않아도 된다는 것만 해도 얼마나 홀가분한 질곡으로부터의 탈출인가.

북가좌동에 있는 집으로 돌아왔다. 대지 이백 평에 건평 칠십 평의 이층 양관(洋館)이었다. 그 집은 야산 언덕배기에 홀로 떨어진 큰 외딴집이었다. 남편의 차는 일 년 동안 차고에 처박아두어도 되었다.

그녀는 초콜릿색을 좋아했다. 초콜릿색 한복을 벗어 옷장에 걸고 실내의로 갈아입었다.

널따란 방 한가운데 오똑 서보았다. 이제 그 공간은 광막한 뜰이 아니었다. 날개를 펴 한번 훨훨 날아보고 싶은 도솔천.

그런데 수미산 꼭대기에서 십이만 유순 되는 곳에 있는, 미륵보살의 정토라는 그 도솔천(Tusita)에서 그녀는 남편이 떠난 지 이틀 되는 날에 어떤 전화를 받았다. 이 전화 때문에 잔잔했던 그녀의 가슴은 산산조각이 나고 말았다.

밤 열시경이었다. 후덥지근한 여름 바람이 이따금 창문을 두드리는 밤이었다. 동화책을 읽어주다가 종석이를 재우고 자리에 누웠다. 뜰 아래 별채에 정원사 겸 작업부 홍창수가 있고 이층에는 가정부 임동숙이 있었지만 집 안은 쥐 죽은 듯이 조용했다.

이 고요를 찢고 머리맡에 놓여 있는 전화의 벨이 울렸다. 이 밤중에 누굴까? 가만히 전화의 송수화기를 들었다.

"여보세요."

송화기 속에서 웅성웅성 사람들이 떠드는 소리와 무슨 음악 소리가 섞여 들려왔다. 그 잡박(雜駁)에 섞여 웬 여자의 목소리가 말했다.

"정명희 씨 댁이죠?"

"네, 그렇습니다만."

"정명희 씨 계십니까?"

"접니다."

이 소리를 듣고 여자가 말했다.

"잠깐 기다리세요."

곧 전화가 어떤 남자의 목소리로 바뀌었다. 굵고 낮은 목소리였다. 그 목소리가 천천히 말했다.

"정 여사, 날 알아보실지 모르겠습니다."

"?"

"나 이승준입니다."

"누구요?"

이승준! 이승준이라는 사람이 누군지 얼른 머리에 떠오르지 않았다. 그것은 초겨울, 잿빛 하늘 밑에 놓아두고 온 이름이었다. 그 언 땅 위에 눈이 쌓이듯이 오랜 세월의 생활의 찌꺼기가 쌓이고, 그리하여 지금 표면에는 만년설뿐이었다.

남자의 목소리가 다시 말했다.

"나 이승준입니다. 이승준."

갑자기 만년설을 뚫고 올라와 어떤 사람의 얼굴이 커다랗게 클로즈업되었다. 그것은 긴 일상의 퇴적으로도 완전히 묻어버릴 수 없는 섬광이었다. 도솔천이었던 공간은 만년설이 쌓인 극지가 되고 그 땅의 아득한 지평 저쪽에 극광이 언뜻 보였다.

"어머!"

순간 눈앞이 캄캄했다. 잠든 종석이를 힐끗 쳐다보았다. 가슴이 뛰었다.

이승준이 슬픈 듯한 목소리로 같은 말을 되풀이했다.

"나 이승준이에요. 알아보시겠습니까?"

모기 소리만 한 목소리로 겨우 대답했다.

"네."

"무슨 말부터 먼저 할까요. 망설이고 망설이다가 다방에서 전화를 겁니다. 나 술 좀 먹었습니다. 겨우 술의 힘을 빌어서…….."

여기서 그때보다 훨씬 늙어 보이는 이승준의 목소리가 오열로 메었다. 정명희의 가슴에도 갑자기 뭉클한 것이 가득 찼다.

"선생님" 하고 찬란한 극광을 잡으려는 듯이 떨리는 목소리를 전화선에 태워 저쪽으로 보냈다.

"지금 긴 말을 다 할 겨를이 없습니다. 왜 이 따위 전화를 하느냐고 날 나무라실지 모르지만…… 난…… 이 전화 통화가 갖는 의미가…… 뭐라 할까, 불매인과(不昧因果)라더니 사람은 아무리 해도 인과의 세계를 벗어나 살 수 없는 모양이지요."

이승준의 말에는 두서가 없었다. 그의 흥분이 역력히 보였다. 그가 십 년이 훨씬 더 지난 오늘에 와서 정말 왜 이런 전화를 걸어온 것인지 알 수 없었다. 그동안 그들은 같은 서울 장안에 살면서도 각각 따로 흩어진 모래알들이었다. 그동안 그들 사이에는 아무런 연계가 없었다. 그러나 그것은 현상이었을 뿐, 역시 자기들은 어떤 보이지 않는 선으로 묶여 있었던 것인가. 오래전에 이승준이 어떤 갑부의 사위가 되었다는 풍문을 언뜻 들은 일이 있었다. 그것은 해어진 노동복을 입은 이승준과는 견줄 수 없는 이질이었다. 그러나 이승준의 그 변용에서 그녀는 그와의 완전한 단절을 보았던 것이다. 그런데 지금 그 이승준의 목소리가 전화선을 타고 갑자기 들려왔다.

"정 여사."

"……."

그 보이지 않는 선이 이승준의 자기를 향한 변함 없는 풍향계였다면 업이란 무서운 속제였다. 이승준의 전화를 받고 눈앞이 캄캄해진 것을 보면 그동안 종교라도 가져 부처의 진리의 세계에 안주해보려고 노력해온 것 역시 그 속제로부터 도망치려 한 한낱 쓸모없는 안간힘에 불과했던 것이다.

이승준이 또 말했다.

"어저께 댁에 가보았지요. 몇 번이나 댁 주위를 맴돌다가 돌아왔습니다. 아니다, 높다란 담으로 둘러싸인 여기는 내가 손댈 바가 못 되는 성역이다, 하고 발걸음을 돌린 겁니다. 그런데 지금 거기에다 이렇게 세속의 소리를 흘려보내고 마는 것은 그 성역 앞에 무릎 꿇는 죄인의 마음 때문이에요."

쏙 삐져난 눈물 한 방울을 손등으로 닦고 말했다.

"선생님, 그런 말씀 하지 마세요. 그런 말씀은 저에게 너무 가혹한 말씀입니다. 죄인이라면 제가 죄인이지요. 아직도 절 용서하지 못하시겠다는 말씀인 줄 압니다. 선생님, 절 용서해주세요. 용서해주시는 것은 절 영원히 그리고 완전하게 잊어주시는 일입니다. 저에게는 그보다 더한 형벌이 없지만 죄 지은 계집이 감수할 수밖에 없는 벌입니다."

"명희 씨."

"불매인과라 하셨지만 또 불락인과(不落因果)라는 성현의 가르침이 있지 않아요?"

"정 여사, 내 말을 좀 들으세요."

무엇을 막으려는 듯이 정명희는 자기 말을 계속했다.

"없었던 일로 돌리는 겁니다. 저를 말살해주세요. 저는 애당초 이 세상에 있지도 않았고, 또 지금도 없고 앞으로도 있지 않을 여자라야 합니다. 적어도 선생님 앞에서만은요."

"그저께 출국하신 분이 바깥양반이시죠?"

"네?"

"공항에서 정 여사를 보았습니다. 뜻밖의 일이었습니다. 이것을 막을 길이 사람에게는 없다는 것을 알았습니다. 그래서 불매인과라는 것이지요."

운전사가 자기들의 차를 따라오는 차가 있는 것 같다고 하던 말이 생각났다. 그렇지만 그 차는 건널목을 지나면서부터 보이지 않게 되었는데…….

"정 여사의 차 넘버가 나에게 이 전화를 걸지 않을 수 없게 한 거예요. 넘버가 주소를 가르쳐주고 주소가 바깥양반의 성함이 지문규 씨라는 것을 가르쳐주었습니다. 또 그것이 지문규 씨가 K대학의 교수라는 것을 일러준 거지요."

이제야 이승준이 자기 집 전화번호까지를 알아낼 수 있게 된 경위를 알았다. 그러나 그것은 문제가 아니었다. 요는 이 전화를 걸지 않을 수 없었다는 이승준의 마음이었다. 어찌하란 말인가. 이래놓고 자기더러 무엇을 어찌하란 말인가.

이승준의 불매인과에 대해서 자기는 불과인락을 말했다. 인과의 법칙을 어길 수 없다는 것에 대해서 인과로부터 초연하자는 것이다. 그러나 자기의 말이 만년설로 뒤덮인 극지지만 그것을 보호해 보려드는 궤변에 불과하다는 것을 또한 그녀는 알고 있었다. 그렇기 때문에 아닌 밤중에 불쑥 모습을 나타낸 이승준의 자장으로부터 벗어나기 어려웠다. 만일 그가 될 수 있는 대로 빨리 노동복을 좋은 양복으로 갈아입기로 결심한 것이 자기 때문이었다면 그의 영혼의 타락을 부채질한 것도 자기가 아니었을 것인가.

이승준의 말이 또 들려왔다.

"바깥양반이 안 계시는 틈을 타서 이런 전화를 건다고 보진 말아주세요. 그건 그런 게 아니라 계제가 그렇게 된 것뿐입니다."

그건 그렇게 된 것이겠지. 공항에서 나를 보았다고 하니까.

"정 여사."

"……."

"내 말 듣고 있습니까?"

"말씀하세요."

"꼭 한 번 만나고 싶은데 허락해주실는지요."

"……."

안 돼! 그건 안 돼! 하는 커다란 저항이 속에서 꿈틀거렸다. 그러나 그 말을 입 밖에 내지를 못했다. 전화선으로 연결된 인력이 그 말을 봉쇄해버렸다. 잿빛 하늘 아래서 헤어진 사람. 남편과의 부부사 때마다 눈에 보이던 환(幻). 그 환의 실체가 지금 자기에게 말을 하고 있는 것이다.

불매인과가 거짓말이고 불락인과가 사실이라면 이제껏 자기가 환상을 살아온 셈이었다. 가슴의 공동이 거기 있었다. 지금 그 공동으로 전화선을 타고 이승준의 피가 흘러 들어와 고였다. 또 눈물을 닦았다.

"정 여사, 허락해주세요."

"……."

"정 여사."

"……."

이제부터 무서운 일이 폭발하려 하고 있다는 것을 실감했다. 저항은 그 노도를 막을 만한 방파제가 되지 못했다. 생각 같아서는 오히려 이편에서 당장이라도 달려가 만나보고 싶은 사람이 아니냐.

이승준이 다시 말했다.

"허락해주시는 겁니까?"

"선생님, 이렇게 하면 어떨까요?"

"말씀하세요."

"저에게 선생님의 전화번호를 가르쳐주세요."

이것은 도망치려는 구실이라기보다 이승준을 붙들어두려는 기도(企圖)였다.

"그러죠. 73의 918X번입니다. 제 사무실이에요. 사업 성질상 더러 여자 손님들이 전화를 걸어오는 수도 있으니까 딴 염려를 하실 필요는 없습니다."

73의 918X! 이제야 실체를 가슴에 안은 듯했다. 이 번호를 마음에 단단히 치부했다. 그리고 정명희가 자기 차를 버려두고 택시로 녹번동까지 나와 공중전화로 그 번호를 돌린 것은 그로부터 사흘이 지난 후였다. 이 사흘 동안은 불면의 나날이었다. 이것은 사태의 시발이었다.

사태는 급진전했다. 이승준은 정명희의 전화를 받고 곧 뛰어나왔다. 그들은 이승준이 지정한 어느 다방에서 만났다. 이승준은 정명희에게 처음 전화를 걸 때 사용한 단골다방이 생각났다. 그러나 그 다방을 피하고 언젠가 친구 김인기와 함께 들어가 차를 마셔본 적이 있는 다방을 택하는 신중성을 보였다. 마포 변두리의 작은 다방이었다.

정명희 역시 택시로 서대문까지 나와 거기서 다시 딴 택시로 바꿔 타는 신중성을 잃지 않았다. 벌써부터 두 사람에게는 다 죄감(罪感)이 조금씩 있었다.

오후 세시경이었다. 다방 안은 거의 비어 있었다. 낡은 레코드판이 돌아가는 스크래치 소리가 홀 안에 가득했다. 이승준은 창가에 앉아 담배를 연이어 피우면서 정명희를 기다렸다. 마포 강 저쪽에 웅장한 여의도 아파트들의 모습이 멀리 보였다.

몇 번 딴 사람들이 다방 입구를 들락날락했다. 그때마다 입구 쪽으로 고개를 돌렸다. 그 불연속선이 흐르다가 딱 멎은 곳에 정명희가 모습을 나타냈다. 명희구나 하고 바라보니까 알아볼 수 있는 모습이었다. 검은 투피스의 양장을 한 모습.

벌떡 자리에서 일어났다. 정명희가 한참 이쪽을 바라보다가 다가왔다.

"명희."

"선생님."

"앉으세요."

"네."

두 사람은 나무 탁자를 가운데 두고 마주 앉았다. 두 사람 다 거리에서 무심코 스쳐 지나가면 서로 알아보지 못하리만큼 된 상대방 모습에서 십일 년 전의 잿빛 하늘 밑에서의 마지막 모습들을 보았다. 그들은 둘 다 얼마 동안 아무 말도 하지 못했다. 정명희가 고개를 숙이고 있다가 핸드백에서 손수건을 꺼내어 눈 언저리를 닦았다. 그 눈물이 이승준의 가슴속에 들어 있는 자창을 건드려 통각을 느끼게 했다. 그 아픔이 전신으로 번졌다.

애타도록 버리고 싶은
인색한 형벌인 나의 이 시간은
당신에게 보낼 선물을 더디게 한다.

차가운 오보에는
내 것 아닌 영원한 풀잎의 기쁨을
도사리고 잊어버린다.

내 안엔 저녁이 깃들고
풀에 덮인 내 손 위엔 물이 떨어진다.
엷은 하늘에
불안한 날짐승 머뭇거릴 때
네 마음이 옮겨가고
나는 오그라든다.
하루하루가 돌담마냥 무겁구나.

정명희는 눈 언저리를 닦고 좋은 쥐색 양복을 입은 이승준의 모습
에서 젊은 이승준의 모습을 보면서 또 이 시구를 생각했다. 그때 충
무로에 오보에라는 음악다방이 있었다. 높은 음을 내는 관현악용의
목관악기 오보에. 혀가 겹으로 된 애조를 띤 음색의 오보에. 이승준
이 음악을 좋아하는 정명희를 그리 늘 찾아왔다.
잿빛 하늘의 마지막 날에도 거기서 만나 지금처럼 말없이 앉아 있

다가 거리로 나왔던 것이다. 그 시는 이태리의 시인 살바토레 콰시모도의 것이었다. 그 시가 담겨 있는 시집 『황혼이 깃들고』를 그날 이승준이 정명희에게 주었다.

눈을 맞으며 「가라앉은 오보에」라는 그 시를 읽어주고 나서…….

그 시는 십일 년 동안 끝내 머리에서 지워버리지 못한 시였다.

두 사람은 얼마 동안 말없이 앉아 있었다. 이것이 최초의 재회였다.

이 이후 둑은 급속히 무너져갔다. 그들은 일주일에 한 번씩 만났다.

첫 주일의 월요일에는 A호텔의 201호실. 둘째 주일의 화요일에는 B호텔의 202호실. 셋째 주일의 수요일에는 C호텔의 203호실. 그리고 넷째 주일의 목요일에는 D호텔의 204호실이었다.

이것이 그들의 밀회의 예정표였다.

어느 때나 시간은 오후 두시였다.

일시와 장소의 배정에 그들의 정사를 엄비에 부치려는 의도가 들어 있었다. 그때마다 어느 편에서도 먼저 연락을 할 필요는 없었다.

만일 한 시간을 기다려도 두 사람 중 어느 한 사람이 나오지 않으면 그냥 돌아가 다음 주일의 예정일을 기다리면 되었다.

그들의 지금까지의 생애에서 각각 십일 년씩이 함몰되어 있는 이 연애의 계속은 곧 하늘이 잿빛으로 흐리던 날의 그 별리로 접속되는 부분이었다. 그러니까 그것은 십일 년 전으로 거슬러 올라간 현실이었다.

무화과 냄새가 나던 정명희의 육체에서는 맨드라미 냄새가 났다.

그러나 그것을 이승준은 무화과 냄새로 환치하려 했다. 그렇게 하지 않고서는 과거로 소급된 현실을 '현실' 그것으로 살아볼 수 없는 것이다.

이 변형된 현실은 절대로 남에게 누설되어서는 안 될 성질의 것이었다.

그것이 남의 눈에 부도덕하고 반사회적인 것으로 비치건 말건 그런 것이 문제 되는 것은 아니었다. 그것이 누설되면 지금의 아내 홍정아와의 인위적인 사이는 완전한 파탄에 직면하게 될 것이다. 연극은 연극으로서 완성되어야 하는데 파탄에 이르면 지금까지 기어오른 태산은 정복 직전에서 한낱 뜬구름이 되고 말 것이 아니겠는가. 그런데 이승준은 번번이 A, B, C, D의 각 호텔 입구에 가을 코트를 입고 검정 안경을 낀 사내가 그때마다 배회하고 있다는 것을 전혀 알지 못했다.

이것은 이번 일과는 전혀 관계없이 팔 년 전에 그가 떨어뜨린 어떤 인이 당연한 결과로 파생시킨 돌기였다.

한여름이 되었다.

가로수의 잎새가 무성했다.

미국에 가 있는 남편한테서 편지가 자주 왔다. 정명희는 이 편지에 반드시 답장을 썼다.

종석이가 심신양면으로 아무 탈 없이 건강하게 잘 자라고 있다는 것, 집안에도 별고가 없다는 것, 그리고 아무 염려 말고 학구에 전념해달라고 썼다.

그러나 이것은 이제 환에 대한 환각적 답장이었다.

환이었던 이승준이 실체가 되고 실체였던 남편이 환이 되었다.

4

7월달 둘째 주일의 화요일이었다. 오후 두시가 가까워오는데 중역 회의는 여간해서 끝이 나지 않았다. 이승준은 초조했다. B호텔에 가야 하는 시간이었다. 중대 문제가 회의의 의제로 조상에 올랐던 것이다. 회사의 통수권 문제였다. 이것이야말로 아무에게도 침해받을 수 없는 절대 문제였다.

나이 든 뚱뚱한 상무가 앉은 채 말했다.

"지금 사장님께서 와병 중이시기 때문에 전권을 전무님께 위임하고 미국에 계십니다. 사장님의 병환이 언제 완쾌되실지 지금으로서는 예측 불능입니다. 그래서 다시 드리는 말씀인데……."

상무의 말은 요컨대 몇 시간 동안 왈가왈부해온 것처럼 통수권을 전무 개인이 갖고 있지 말고 중역회의로 이양해야 한다는 것이었다. 그러니까 단일 지도체제에서 집단 지도체제로 체제를 변경하라는 것이다.

대영물산은 대영 그룹의 모회사였다. 그러므로 이 회사의 지도력을 상실한다는 것은 곧 대영 그룹 전체의 지도력을 상실하는 것이 되었다. 있을 수 없는 일이었다. 이승준이 말했다.

"여러분의 의사는 충분히 알아듣겠습니다. 그런데 사장님께서 병환 중이신 이때 왜 이런 문제가 거론되어야 하는지 나로서는 납득하기 어렵습니다. 현 체제는 다만 사장 부재중에 그 간격을 메우는 과도체제에 불과합니다. 나는 사장님이 돌아오시는 날 모든 것을 다시 그 어른께 넘겨드리면 그뿐이에요. 실업계의 선배이신 여러분들은 그때까지 나를 도와주시기 바랍니다."

잠시 침묵이 흘렀다. 누구나의 머릿속에는 사장의 여명이 얼마 남지 않았다는 사실이 들어 있었다.

중역들은 전부터 두 파로 갈려 있었다. 사장 홍진섭 씨를 정점으로 전무 이승준파와 이승준의 아내 홍정아파로. 그런데 지금 이승준파 중 몇이 홍정아파로 변절한 것이다. 여기에는 누군가의 계략이 숨어 있다는 것을 이승준은 알고 있었다. 누군가의 계략! 그것이 아내 홍정아 자신인가? 아니라면 홍정아를 조종해서 자기를 거세하려는 어느 삼자인가?

회의 분위기는 침통했다. 시곗바늘이 오후 두시를 훨씬 넘겼다. B호텔의 202호실에서 자기처럼 자주 손목시계를 들여다보면서 녹색 가죽을 씌운 커다란 의자에 앉아 있는 명희의 얼굴이 보였다.

왈가왈부는 한 시간 이상이나 더 계속되었다. 회의는 시간이 길어질수록 형세를 이승준에게 불리하게 이끌어갔다. 연극의 완성이 완성 단계에서 붕괴되려는가. 이때 회의장 안에 큰 돌풍이 불었다. 젊은 비서실장이 로스앤젤레스 지점장이 보낸 급전을 가지고 들어왔기 때문이었다.

―사장 별세, 운구 절차 통지 바람.

홍진섭 씨가 미국으로 떠난 지 달여 만의 일이었다. 그날 이승준은 끝내 B호텔에 가지 못했다.

백영호는 역시 검정 안경으로 얼굴을 가리고 B호텔의 입구를 배회했다. 이승준은 오지 않았다. 중역회의가 길어진 모양이군. 그럴 테지. 통수권 문제가 대두되었으니까. 이승준이 그것을 손에 넣도록 내버려둘 수 없었다. 얼마 전에 이승준의 아내 홍정아에게 편지를 보낸 것은 그였다. 그 편지에는 이승준과 정명희의 밀회 일정표가 적혀 있었다. 그 일정표가 A호텔 201호실에서의 두 사람의 밀회를 홍정아에게 노출시켰다.

이번에는 홍정아가 허행을 하고 이층에서 내려와 호텔 입구를 빠져나가는 것이 키 큰 외국인의 어깨너머로 보였다. 아직 그 일정표의 확실성에 대하여 확신을 가지고 있지 않은지도 모르지. 그러나 내주에는 C호텔의 203호에서 틀림이 없을 거야.

회사의 통수권 문제가 갑자기 대두된 것은 지난주에 홍정아를 A호텔의 201호실 도어가 보이는 기둥 뒤에 서게 한 뒤부터의 일이었다. 지난주에 홍정아는 거기 서서 그 방으로 정명희가 먼저 들어가고 조금 있다 자기 남편 이승준이 또 들어가는 것을 보았다. 내주 수요일에는 C호텔의 203호에서 홍정아는 그 광경을 다시 보게 될 것이다.

사흘 뒤에 사장 홍진섭 씨의 유해가 비행기 편으로 운구되어 왔다. 미국으로 갈 때 타고 간 그 보잉707기였다. 그리고 며칠 후에 화려한 장례식이 있었다. 그것은 장엄한 낙조였다.

홍정아가 실종된 것은 장례식이 있은 지 나흘 후, 그러니까 이승준과 정명희가 C호텔의 203호실에서 또 만나고 난 지 사흘 후였다. 이승준은 실종 이틀 후에 경찰에 수색원을 냈다. 그러나 이것은 위장이었다. 그리고 그날 밤에 이승준은 백영호가 부친 두툼한 첫 번째 원고를 받았다. 이것은 설상가상이었다. 백영호는 잊어버리고 싶은 기억을 환기시키려는 것이 자기의 일차 목적이라고 했다. 사실 그것은 까맣게 잊어버리고 지내온 사실이었다. 여기서 혼란이 왔다.

이 중요한 시기에 그놈이 다가오다니! 죽었는지 살아 있는지 알 수도 없었던 그놈이!

이것은 예기치 않았던 복병이었다.

통수권 문제의 분쟁은 계속되었다. 눈코 뜰 사이 없이 바빴다. 그런 가운데서도 사이클이 돌아와 7월 말에 D호텔의 204호실에서 다시 정명희를 만났다. 거기서 이승준이 말했다.

"우리 함께 죽어버릴까."

그러나 이 말은 십일 년 전의 그 말이 아니었다. 도피로가 없는 캄캄한 무대! 홍정아를 제거했으나 사태가 호전될 기미는 보이지 않았다. 또 완벽한 알리바이에도 불구하고 홍정아 살해의 건이 반대파의 눈에 뜨인다면 어떻게 될 것인가. 홍정아는 그를 용납하려 하지 않았다. 적의 눈이 도처에 있음을 알았다.

도피로가 없는 캄캄한 무대에서 도피할 수 있는 피에로의 길은 이제 우리 함께 죽자고 한 그 길뿐이었다. 그 길에 정명희를 동반하고 싶었다.

아내 홍정아는 어떻게 해서 C호텔의 203호실에 나타날 수가 있었을까. 백영호가 팔 년 전에 그 일 말고 정아에 대한 일, 그 일에 대해서도 알고 있다면…….

그것은 절망이었다. 그것이 곧 자기의 최후라는 것을 그는 의식 속에 담고 있었다.

홍정아는 선언했다.

"당신을 회사에서 몰아내고 말겠어요. 그년이 대체 누구죠?"

하는 수가 없었다. 이제 어떤 장애라도 어떤 수단을 써서든지 제거해야 했다. 그런데 만일 이것마저가 또 백영호의 후각에 닿는다면…….

맨드라미의 냄새가 나는 육체를 이승준의 품에 던진 채 정명희가
말했다.

"네, 선생님이 가는 길이라면 전 어디든지……."

그러나 이것은 십일 년 전의 장면이어야 했는데…….

그날 오후에 다시 회사에 잠깐 들렀다가 집에 돌아와보니까 두툼
한 백영호의 두 번째 수기가 또 배달되어 와 있었다. 그것은 절망의
가속이며 철퇴였다. 손끝이 경련했다. 서재의 문을 안으로 걸어 잠
그고 그것을 읽었다.

이승준! 이승준처럼 비겁한 놈은 없다고 생각했다. 왜 그가 아랫사람
의 아내를 유혹했는지 모르지만 그 유혹에 넘어간 미애에게도 책임이
전혀 없다 할 수 없었다. 다면 벽지의 여관에서 그녀가 갑자기 죽자 시
체를 버리고 혼자 도망친 비겁이 미웠다. 그는 미애가 죽자 부인과 회
사 그리고 세상 일반을 생각했을 것이다. 그에게 있어서 미애의 죽음은
뜻하지 않은 돌발사였을 테니까 도망친 심리는 이해가 간다. 그러나 그
녀의 남편인 백영호는 이승준을 용서할 수 없었다. 그녀의 뇌일혈로 미
루어 그들의 쾌락의 극이 짐작되었다. 그만큼 미애도 미웠다. 그러나
미애 못지않게 이승준이 더 미웠다.

자기의 행적을 감추기 위해서 그녀의 패스포트를 탈취하고 신원불명
의 시체로 만들어 버려두고 도망친 비겁에 백영호는 증오가 끓어올랐
다. 그러고 보니까 "요새 부인은 어디 가셨나?" 하고 백영호에게 말한
것은 표충사에서 도망해온 그 이튿날쯤이었을까? 이승준은 수색원을
내고 위에 선이 닿는 곳이 있으면 손을 써보라고 했다. 이것도 사태가
발각되지 않게 하려는 위장이었던 것이다.

여관에서 들은 인상이나 숙박부의 필적, 이것이 모두 이승준의 것이었다. 회사에서 이승준이 쓴 서류를 은밀히 조사했는데 그 필체는 숙박부의 것과 거의 같았다. 인사과에 물으니 그는 6월 1일부터 일주일 동안 사사로 어디 갔다 온다 하고 휴가를 얻었다는 것이다. 의심할 여지가 없었다. 모든 조건은 미애의 행동과 동일했다.

백영호는 동료들에게 아내가 친정에 갔다가 불행을 당했다고 얼버무려두었다. 미운 아내지만 그녀의 인격을 존중하기 위함이었고 또 자신의 수치 때문이었다. 또 한 가지는 어떤 어렴풋한 계획이 있기 때문이었다.

이승준을 만난 것은 영결식을 하지도 않고 뼛가루를 한강에 혼자 가서 뿌리고 온 그다음 날이었다. 그날 퇴근 후에 백영호는 이승준을 한강 인도교로 데리고 갔다. 왜 그러느냐면서도 그는 백짓장 같은 얼굴을 하고 따라왔다. 얼굴에 가끔 경련을 일으켰다. 표충사에서의 일을 그럴 수 있느냐고 추궁하자 그는 완강히 부인했다. 미애와의 결연 자체를 부인했다.

"나는 그때 강원도 속초에 가 있었단 말이야. 거기가 고향이란 말일세."

백영호는 콧방귀를 뀌고 말했다.

"그래? 그럼 그 여관의 종업원을 데려다가 대질을 시킬까요?"

이 말에 이승준은 입을 다물었다.

그가 고백하기 시작할 때까지는 다소의 시간이 걸렸다. 바람이 불어와 그의 적은 머리카락을 날렸다. 용서해주게! 그는 이렇게 입을 열었다. 이것이 그의 자백의 첫마디였다.

미애와의 관계는 삼 개월 전부터의 일이었다. 이제까지 몇 번의 교섭이 있었다고 했다.

"그건 그 자체보다 지금까지 살아온 내 생애 때문이었어."

이승준은 이런 소리를 했으나 그것이 무슨 의미인지 백영호는 알아들을 수 없었다. 여비를 가불해다 주었을 때 미애는 사양했는데 이제 보니 이승준이 있었기 때문이었군. 백영호는 자신의 어리석음에 화가 났다.

그러고 보니 실종되기 얼마 전부터의 미애의 돌변이 생각났다. 백영호는 아내를 그렇게 음탕한 여자라고 생각하고 있지 않았다. 거기에 음욕의 분출을 불어넣은 것은 이승준이었다. 스물세 살의 철부지가 능숙한 이승준과 몸이 닿았을 때 어떤 속도로 그에게 기울어져 갔으리라는 것은 짐작하고도 남음이 있었다. 그때 미애의 돌변을 보고 왜 그 기미를 포착하지 못했던가! 그러나 이제 후회해도 소용없는 일이었다.

설마하니 죽으리라고는 생각지 않은 이승준은 결과가 엄청나서 잠깐 넋을 잃었다. 그러나 다음 순간 생각난 것은 이 사태로부터의 자기방어였다. 아내 홍정아가 알아서는 안 된다. 미애의 남편 백영호가 알아서는 안 된다. 회사에 이 사실이 알려져도 절대 안 되었다. 그에게는 커다란 야망! 대영물산을 독식하려는 야망이 있었으니까.

사람들이 소동을 피우고 있을 때 그는 허둥대면서 미애의 패스포트를 꺼내고 슈트케이스에 붙어 있는 이름을 잡아떼고 이니셜이 새겨져 있는 손수건을 갖고 도주한 것이다. 필사의 자기방어 수단이었다.

"용서해주게. 내가 나빴어. 날 때려주게."

고백 뒤에 그는 인도교 위에 무릎을 꿇듯이 말했다.

"때려줘?"

백영호는 기가 막혀 이승준을 쳐다보았다.

"얼굴에 침을 뱉어도 하는 수 없지. 그 대신 이 사실을 남에게 말하지 말아주게. 정말 그것만은 안 돼. 그게 남에게 알려지면 난 파멸이야. 살려주게."

파멸! 남의 파멸은 어떻게 하고? 남을 파멸시켜놓고도 가정과 야망을 그대로 지켜가겠다는 말인가? 백영호는 이 파렴치한의 철저한 에고이즘을 뚫어지게 응시했다. 얻어맞는 것만으로 사태를 얼버무리려는 그의 이 파렴치는 한 여자를 농락하고 사후에까지 모욕을 가한 후 도망친 거기에 이어지는 것이었다. 사자의 인격을 무시하고 그것을 단지 나뭇조각같이 버린 이 사람! 이자를 죽여야겠다고 백영호가 결심한 것은 이때였다. 때려달라는 값싼, 뻔뻔스러운 말을 그가 토해내지만 않았더라도 혹시 이승준에 대한 살의가 싹트지 않았을지도 모를 일이었다.

미애의 사후에 이승준이 그녀에게 가한 악덕과 이에 대한 보복! 이것이 백영호의 살의의 근본이었다. 그러나 감정은 그보다 더한 곳에까지 미치고 있었다. 그것은 그녀의 사인이 뇌일혈이라는 점이었다. 요컨대 증오였다. 마침내 이승준이라는 인물이 이 세상에 도저히 살려둘 수 없는 존재가 되었다.

한강 인도교에서 돌아온 후 백영호는 이승준을 살해하는 방법에 대해서 여러 가지로 생각했다. 살해 그 자체는 문제가 아니었다. 살해 방법은 얼마든지 있었다. 필요한 것은 가해자인 자신의 존재를 세상에 노출시키지 않는 방법이었다. 목적을 이루어도 자신이 체포된다면 아무 것도 아니었다.

백영호는 그 방면의 서적을 많이 읽었다. 거기서는 수없는 범죄자들이 범행을 숨기기 위해 눈물겨우리만큼 고심하고 있었다. 그러나 대개의 경우 자멸하고 마는 것은 고심과 노력에도 불구하고 방법이 유치하기 때문이었다. 하기는 소설에 있는 것은 범인이 판명된 후의 결과에 대한 이야기이므로 세상에는 알려지지 않은 범행, 체포되지 않은 가해자가 적지 않을 것이다. 완전범죄의 경우가 그것이었다.

백영호는 이승준을 살해하더라도 그의 시체를 은닉하려고 생각지는 않았다. 많은 범죄자들이 이 시체 은닉에 실패하고 있었다. 그것은 참으로 어리석은 일이었다. 요는 그것이 백영호 그 사람의 범죄라는 것을 알지 못하게 하기만 하면 되는 일이었다.

그중에서 가장 참고가 된 것은 알리바이였다. 체포를 모면할 수 있는 길은 이것 말고는 달리 없다고 생각했다. 그러나 그 알리바이 조작이 얼마나 난사 중의 난사인가도 알았다. 긴 것은 한두 시간, 짧은 것은 이삼십 분의 부재를 증명하기 위해서 혹은 마술사처럼 행동하고, 혹은 시계를 조작하는가 하면, 혹은 배우처럼 변장을 하거나 레코드 또는 그밖의 의음(擬音)을 사용하기도 했다.

이런 것은 읽을거리로서는 재미가 있을지 모르지만 실용성과는 거리가 멀다고 판단했다. 길어서 한두 시간, 그렇지 않으면 이삼십 분의 짧은 시간이 잘못인 것이다. 백영호는 좀 더 큰 시간의 알리바이를 생각해내려고 했다. 이 알리바이의 방법을 택한다는 것에는 변함이 없었다.

또 그는 되도록 용의자의 범위 밖에 서야 한다고 생각했다. 제아무리 교묘하게 행동한다고 해도 용의자 가운데 섞인다면 위험률이 높아질 수밖에 없었다. 요새같이 발달한 당국의 수사나 심문의 그물에 걸렸다가는 결국 파탄이 오고 말 두려움이 다분히 있었다. 용의의 시선을 전혀 돌리지 않는 안전한 지역에 서는 것이 중요했다.

사람 하나가 살해되면 경찰은 그 피해자를 중심으로 온갖 인적 환경을 뒤져내어 면밀히 검토해가는 것이다. 혈연관계, 친구관계, 공적 사적인 교제관계가 그 원주(圓周) 속에 들게 된다. 동기의 실마리는 당겨지게 마련이고, 행동은 본인의 기억보다도 정확하게 조사되는 것이다.

이래 가지고서는 결국 벗어날 재주가 없을 것이다.

백영호는 그 원주 밖에 설 것을 생각했다. 즉, 이승준이라는 인물과의 선을 끊는 일이었다. 가령 지금 당장 그를 살해한다면 둘 다 같은 직장에 몸담고 있는 사람이기 때문에 백영호는 당연히 그 환경 속에 떠돌고 있는 인물이 될 수밖에 없지 않겠느냐. 이것이 위험한 것이다.

몇 날 며칠을 생각한 끝에 백영호는 단안을 내렸다. 이승준과의 선을 끊기 위해서는 회사를 그만두어야 했다. 그러나 이것만으로는 충분치 않았다. 거주지도 서울에서 딴 곳으로 옮길 필요가 있었다. 이승준과의 거리가 멀면 멀수록 용의 조사가 닿지 않는 것이다. 직업 역시 대영물산과는 전혀 다른 직종으로 바꾸는 것이 중요했다.

그러나 그렇게 했다 해도 거기에는 상당한 시간의 경과가 또한 필요했다. 아직도 다른 사람의 기억에 남아 있어 가지고는 위험률에 변함이 없었다. 백영호라는 이름이 완전히 모든 사람의 기억에서 소멸되는 긴 시간, 이승준의 타살체가 발견됐을 때 어느 누구도 백영호라는 사람을 생각해낼 수 없는, 그런 소멸이 필수조건이었다. 이 조건이 갖추어져야 비로소 그는 완전히 수사 범위 바깥 쪽에 몸을 둘 수가 있었다.

백영호는 처음에 그 시간을 사 년으로 정했는데 사 년으로는 아무래도 위험할 것 같았다. 육 년으로 잡았다. 그러나 이 역시 든든치 못했다. 이 년을 더 추가해서 팔 년으로 결정했다. 팔 년이라면 십 년에 가까운 세월이어서 이승준의 주위에서 완전히 소멸될 수 있을 것이다. 한 시간이나 두 시간의 알리바이 트릭은 얼마나 조급하고 초조한 일인가. 그래서들 모두 실패하는 것이다. 팔 년이 너무 긴 것 같지만 실패할 경우 사형대로 가야 할지도 모르는 일이었다. 그에 비하면 그 정도의 시간을 기다린다는 것은 아무것도 아니었다.

그리고 또 한 가지 필요한 것이 있었다. 그것은 동기를 외부에 알려서는 안 된다는 것이었다. 그것은 중대했다. 다행히 미애의 죽음을 이승준에게 결부시키는 사람은 아무도 없었다. 백영호는 그 사실을 누구에게도 입 밖에 낸 일이 없었다. 사실의 인지자는 백영호와 이승준 두 사람뿐이었다.

이승준은 그 사실을 공표하지 말아달라고 애원했다. 그것을 승낙했다. 두 사람만의 비밀로 해두면 외부에서 백영호의 동기를 깨달을 자는 없을 것이다.

백영호는 모든 준비가 갖추어지자 시치미를 떼는 이승준에게 말했다.

"새삼스럽게 부장님에게 화를 내봤자 이제 어떻게 할 수도 없는 일 아닙니까? 미애 역시 애정을 품고 있었던 모양이니까 나도 단념하기로 했습니다. 이 일은 아내를 위해서 영원히 비밀로 해두십시오."

이승준은 얼굴색이 밝아지면서 눈물을 흘릴 듯이 기뻐했다.

"그래? 고맙네, 고마워. 나는 자네가 내 얼굴에 침을 뱉어도 하는 수 없고, 때려도 맞을 수밖에 없는 놈이야. 용서해주니 고맙네. 목숨을 바칠 때까지 비밀로 해두겠네."

이런 소리를 하는 자였다. 이승준에 대한 증오는 한층 더 높아질 뿐이었다. 팔 년을 하루같이 기다린 백영호의 집념은 오히려 당연한 귀결이었다. 이승준은 그것이 어지간히 기뻤던지 그 뒤로는 매사에 친근감을 나타냈다. 백영호 역시 되도록 웃는 낯으로 대했다. 회사를 그만두는 순간까지 두 사람의 사이가 좋지 않았다는 인상을 남에게 주어서는 안 되었다. 그로부터 두 달 후 백영호는 건강 때문이라는 이유를 붙여 회사를 그만두었다.

여기까지 읽고 이승준은 눈을 감았다. 사실 그 일이 있은 지 금년이 팔 년째였다. 그럼 이놈이 그동안 어디 가서 숨어 있다가 정말 지금 서울에 잠입해 들어와 있다는 말인가? 손끝이 떨렸다. 한참 있다 눈을 뜨고 탁자 위의 담배를 집으려다 떨어드렸다. 그러나 더 놀라운 사실은 담배 한 대를 피우고 다음을 읽어나갈 때 나타났다. 다음 문장은 이렇게 바뀌어 있었다.

나는 이렇게 남의 소설의 원형을 빌어서 심정을 토로할 수밖에 없으리만큼 유치한 필력밖에 가지고 있지 않습니다. 그러나 이것은 당시와 지금의 내 심정 그대로입니다. 그 첫 번째 원고와 이 두 번째 원고를 읽고 이제 팔 년이 지나 디테일을 모두 잊어버린 옛일이 훤히 환기되었겠지요. 이것은 당신에게 있어서 생각하기도 싫은 악몽일 터이지만 홍진섭 씨의 장례식마저 끝나 이제 당신에게 결정적 시기가 다가온 지금 나는 당신의 악몽에 불을 지르려는 것입니다.

목하 당신의 부인 홍정아 여사는 실종 중입니다. 이것은 당신의 살인입니다. 이것이 당신의 살인이라는 것을 나는 증명해 보이려고 합니다. 완전히 수사권 밖에 설 수 있게 된 내가 왜 직접 당신의 목숨에 손을 대지 않고 이런 우회적인 방법을 쓰게 됐는지 이제 납득이 갑니까? 그 현장에 내가 서성거리고 있었다는 사실을 당신은 모르고 있었겠지요.

중역들이 두 파로 나뉘었는데 당신에게는 사장의 딸 홍정아를 그냥 두고서는 자파를 확보할 자신이 없었던 겁니다. 타파의 핵 홍정아를 붕괴시키는 것 외에 당신에게는 딴 길이 없었습니다.

아, 그렇지! 또 한 가지. 그것은 옛 여자 정명희입니다. 이 여자를 획득하기 위해서도 홍정아를 제거할 필요가 있었습니다. 일거양득! 당신은 어떻게도 옛날의 당신과 조금도 다름이 없는 사람인가요.

이제 알겠습니다. 당신이 그때 그 사건을 그 자체보다도 지금까지 살아온 당신의 생애 때문이라고 한 것이 무슨 의미였는지를……

당신들은 마포의 어느 작은 다방에서 처음 만났지요. 그때 정명희 씨는 북가좌동에서 서대문까지 택시를 타고 나와 마포 쪽으로 가는 딴 택시를 바꿔 탔습니다. 이때 정명희 씨가 서대문까지 타고 나온 그 택시를 내가 딴 차로 따라오다가 정명희 씨가 버린 택시로 역시 거기서 바꿔 탄 것입니다. 그리고 정명희 씨의 뒤를 따라 마포의 그 다방 앞까지 갔습니다. 그런데 그 택시의 뒷자리에 살바토레 콰시모도의 시집이 떨어져 있었습니다. 경황망조 중에 정명희 씨가 떨어뜨린 것이 분명했습니다. 그것은 '명희에게, 이승준' 이렇게 사인이 들어 있는 묵은 책이었으니까요. 당신을 늘 미행했어요. 당신이 소공동에 있는 그 다방에서 처음 정명희 씨에게 전화를 걸 때 거기 있었다는 사실을 지금 알려드립니다. 당신은 나를 전혀 알아보지 못했습니다. 당신이 다방의 여종업원에게 전화번호를 일러주고 전화를 걸게 하는 것을 보고 이 번호를 전화국에 조회해서 번지를 알아냈습니다. 그 여자가 당신의 지난날에 묻혀 있는 여자였습니다. 내 아내는 그 여자를 연상시켜주는 도구에 불과했던 것이지요. 택시에서 주운 시집의 104페이지에 「가라앉은 오보에」라는 시가 있었는데 거기가 유난히 더 낡아 있었습니다. 이 손때 묻은 책장이 그 여자의 심중이 아니었을는지요. 또 그것은 죽은 내 아내의 마음이기도 했습니다. 나는 아내가 그 시를 읊조릴 때 듣기 싫다고 했는데 이번에는 그리움을 가지고 그 시를 읽을 수가 있었습니다.

애타도록 버리고 싶은

인색한 형벌인 나의 이 시간은

당신에게 보낼 선물을 더디게 한다.

차가운 오보에는

......

......

그 후의 A, B, C, D 이 여러 호텔에서의 밀회. 당신들은 절대로 남이 알아낼 수 없는 방법을 썼지만, 당신 자신이 팔 년 전에 뿌린 씨가 거기에 감시의 카메라를 설치하게 한 거예요. 이것만 가지고도 당신의 멸망은 충분합니다. 그러나 나는 이것만으로 직성이 풀리지 않습니다. 당신을 내 아내처럼 관 속에서 썩게 하는 것! 이것이 나의 최종 목적이니까. 그럼 회사를 그만둔 후 내가 어떻게 했는지 다음 이야기를 들으십시오. 이것은 기회를 보아서 적절한 시기에 다시 부쳐드리겠습니다.

이승준은 원고를 덮고 망연히 천장의 일점을 바라보았다. 백영호! 이놈은 지금 어디 있는가. 이놈이 그 현장에 있었어? 나의 알리바이는 완벽한데 그것을 깨뜨려 보이겠다고? 그러나 목격자가 있으니 이를 어찌해야 할 것인가?

5

타파(他派)는 핵을 잃고 지리멸렬이었다. 적들은 자기들의 구심점의 행방을 찾아 이리 뛰고 저리 뛰었다. 그러나 그것이 지상에서 영원히 자취를 감추었다는 것을 이승준은 알고 있었다. 수색원을 내놓았으나 경찰에서도 소식이 없었다. 시체가 발견되려면 얼마간 시간이 걸릴 것이다. 그녀는 지금 서울에서 멀리 떨어진 산등성이의 잡목림 밑, 지하에 묻혀 깊이 잠들어 있으니까. 이 사실의 인지자 역시 이번에도 자기와 백영호, 이 두 사람뿐이었다.

문제는 이 백영호였다. 이놈을 정말 어찌해야 할 것인가. 그러나 백영호는 손을 잡을 수 없는 허공이었다. 수기 송달의 우편국 소인이 두 번 다 달랐다.

열흘 후에 셋째 번 수기가 또 송달되어 왔다. 그동안 이승준은 두 손으로 머리를 쥐어뜯으면서 민박(憫迫)의 절정을 맴돌았다. 정명희와의 밀회를 당분간 중단해야 했다.

백영호의 소재가 엿보이는 실마리가 혹시 여기에라도 있지 않을까? 밤에 셋째 번 수기를 역시 서재의 도어를 안으로 걸어 잠그고 읽었다.

묘한 심정입니다. 남의 소설에서 힌트를 얻은 것이기는 하지만 왜 그런지 지난 팔 년 동안의 나의 행적을 모조리 당신에게 알려드리지 않고서는 견딜 수 없을 것 같은 심정이에요. 이것은 당초에는 계획에 들어 있지 않은 일이었는데…….

나의 젊음을 모조리 서울에서 천여 리나 멀리 떨어진 시골에 갖다 버린 남자! 그런 당신이 만일 지금과 같은 처지가 아닌 때 이 글을 읽을 수 있었다면 어떤 기분이 들었을까. 그러나 이것은 이제 당신에게 주는 또 하나의 죽음의 독촉장입니다. 한 가지 부탁은 이 셋째 번 원고까지를 다 읽고 먼젓번 것들과 함께 모두 불살라 버려달라는 것입니다. 그것은 당신의 죽음의 원인이 간접적으로 나에게 있었다는 것이 알려지지 않게 하기 위해서라기보다 당신의 사후에 당신의 은폐되어온 또 하나의 불명예가 폭로되는 것을 막기 위해서입니다. 고양이가 쥐 생각하느냐고 당신은 웃을지 모르지만 당신의 죽음의 성격이 팔 년 전에 있었던 내 아내의 죽음에 연루되어 있다는 것이 세상에 알려지는 것, 이것이 나는 싫습니다. 미애가 당신의 유혹만 없었다면 만년 문학소녀일 수 있었으리라는 것을 믿고 있기 때문이에요. 그럼 회사를 그만둔 후의 이야기를 적겠습니다.

백영호는 어떤 사람의 소개로 경상남도 산청에 있는 조그만 피혁공장에 취직했다. 서울과 반도의 남단에 있는 지리산 기슭의 작은 고장. 무역회사와 피혁공장. 환경의 단층은 안성맞춤이었다.

백영호를 송별하는 파티에서 이승준은 가장 많이 떠든 사람이었다. 그는 몇 번씩 백영호의 손을 잡고 흔들면서 헤어지는 것이 섭섭하다고 말했다. 그는 본시 술을 좋아하지 않았다. 그런데 그날은 술을 마시고 백영호의 새 앞길을 축복한다면서 스스로 참석자들을 리드했다. 그는 몹시 기쁜 모양이었다. 그에게 있어 백영호라는 존재는 역시 거북살스러운 것이었음이 분명했다.

이승준은 다른 사람들과 함께 서울역으로 백영호를 전송하기 위해 나갔다. 브라보! 하고 외치면서 몇 번이나 손을 흔들었다. 브라보는 누구를 위해 외치고 있는 것일까. 이제 그 누구도 이승준과 백영호 사이가 험악했다는 것을 짐작하는 사람은 없었다. 용산역의 등불이 사라진 것을 마지막으로 서울과도 당분간 작별이었다. 백영호는 머나먼 장막 저쪽으로 몸을 감추었다.

그러나 백영호는 무작정 서울을 떠난 것이 아니었다. 포석은 이미 되어 있었다. 백영호와 특히 친했던 XXX라는 젊은 사원이 있었다. 평소에 여러모로 돌봐주고 있었기 때문에 백영호를 몹시 따랐다.

"미스터 X. 회사를 그만두지만 원래 오래 몸담았던 곳이라 잊을 수가 없네. 비록 여기를 떠나기는 하지만 옛 동료나 상사들의 소식이 궁금해. 종종 알려주게. 인사이동이 있으면 그것도 잊지 말고 알려주게나."

XXX는 동의했다. 그는 몇 해에 걸쳐 그것을 실행했다. 인사이동이 있으면 편지에 사보를 동봉해주었다.

백영호의 가장 큰 관심의 초점은 이승준이 어떻게 변해가느냐 하는 것이었다. 팔 년 후에 그를 놓쳐버린다면 공든 탑이 무너지는 격이었다. 멀리 떨어져 있어도 늘 그를 감시할 필요가 있었다. 백영호는 XXX의 보고로 이승준의 근황을 앉아서 파악할 수 있었다. 팔 년 동안 그것을 실행하게 하기 위해서는 XXX에게 줄곧 선물을 보내어 호감을 사두어야 했다.

이리하여 백영호는 일 년, 이 년 지리산 기슭에 파묻혀 살았다. 서울이 그리웠다. 그러나 참지 않으면 안 되었다. 그러는 동안에 시골생활에도 익숙해져갔다. 의지는 불변이었다. 가끔 결혼을 권하는 사람이 있었으나 그때마다 거절했다. 생활 조건 때문에 의지가 둔화되는 것을 두려워했기 때문이었다.

삼 년이 지나고 사 년이 지났다. 이승준은 이사가 되고 상무가 되었다. 그의 승진이 빠른 것은 당연한 일이었다. XXX의 보고는 끊이지 않았다. 육 년째 되던 해에 이승준은 전무가 되었다. 마침내 대영 그룹 2인자에까지 기어오른 것이다.

나머지 이 년이었다. 백영호는 끈질기게 참고 기다렸다. 의지에 변화는 전혀 없었다. 사정을 아는 사람이 보면 편집광이라고 할는지도 몰랐다. 보이지 않는 곳에서 이승준에 대한 증오와 적개심을 불태웠다. 이렇게 되자 아내의 복수라는 관념은 오히려 축소된 듯이 보였다.

칠 년째 되는 해에 백영호는 공장장 대리가 되었다. 결혼 얘기가 또 나왔다. 역시 거절했다. 칠 년! 말이 칠 년이지 사실 긴 시간이었다. 이제 일 년만 더 참으면 되었다.

백영호는 이제 완전히 이승준의 환경 속에 존재하지 않았다. 그와의 인연은 모두 끊어지고 시간도 공간도 단절되어 있었다. 이승준의 신변에 어떤 돌발사가 일어난다 해도 이로 인해 백영호라는 인물을 생각해낼 수 있는 사람은 아무도 없게 되었다. 그것은 부재라기보다 소멸이었다.

드디어 팔 년째가 되었다. 그야말로 지루한 세월이었다. 팔 년이라는 중량이 전신을 새삼스럽게 짓누르는 느낌이었다.

이제 서울로 올라가 이승준을 술집으로 유인하기만 하면 되었다. 그놈은 깜짝 놀랄 거야. 술을 먹이고 그놈이 취한 뒤에 슬쩍 청산가리를 조금 그놈의 술잔에 섞기만 하면 돼. 3월달부터 콧수염을 깎지 않았다.

5월 말경이 되자 백영호는 업주에게 일주일 동안의 휴가를 신청했다. 그렇게 길게 시일을 잡을 필요는 없었으나 이승준을 못 만나게 될 경우를 계산에 넣은 것이다. 이승준을 곧 만날 수 있다면 한두 시간이면 결판이 날 일이었다. 일이 끝나면 즉시 서울을 다시 떠날 예정이었다. 이것은 대영물산을 그만둘 때부터 계산에 넣어둔 계획이었다.

청산가리는 이미 장만이 되어 있었다. 공장의 일 관계로 그것을 입수하는 데는 힘이 들지 않았다. 역시 그 독극물이 가장 좋은 재료였다. 승부도 빠르고 확률 역시 높은 것이다.

그것을 포켓에 숨기고 백영호는 가슴이 부풀어 상경했다. 서울역에 내렸을 때 팔 년 전과는 아주 달라진 변화에 놀랐다. 전에 없던 고층 건물들이 우뚝우뚝 솟아 있었다. 오래간만에 보는 서울의 야경은 음산했다.

백영호는 경부선의 하향열차 시간을 모조리 외워두었다. 성사 후의 즉시 탈출을 위해서였다. 시내버스로 ㅇㅇㅇ로 갔다. 뒷골목 허술한 여인숙에서 그 밤을 밝히고 이튿날 그 근방에 하숙방을 얻었다. 눈에 띄지 않는 허름한 방이었다.

"이 전무는 손님 접대 관계로 무교동엘 거의 매일 갑니다. 요새는 아주 술꾼이 되었어요."

XXX의 보고문 가운데 섞여 있는 말이었다. 그날 종일 방에 박혀 있다가 해가 지자 거리로 나가 바바리코트와 검정 안경을 샀다. 노상에서 노인이 팔고 있는 싸구려 안경이었다. 그 안경을 끼고 코트의 깃을 올리고 그리고 그 길로 무교동으로 갔다. 술집 거리는 초저녁부터 소란했다. 아는 사람을 만나게 되지나 않을까 걱정이었다. 그러나 이것은 기우였다. 설사 옛 지기를 만난다 해도 이승준의 변사와 백영호를 연결시킬 자는 절대로 없는 것이다. 이승준과 백영호의 선은 완전히 끊어졌고 팔 년이라는 세월과 천 리가 넘는 공간의 격리를 생각하면 안전도는 백 퍼센트였다. 이승준의 주위 어디에도 백영호는 서 있지 않았다.

그날 밤, 무교동의 술집 거리를 배회했으나 허탕을 치고 돌아왔다. 이때 약간의 염려가 생겼다. 이승준이 병이 났거나 출장을 갔을 가능성도 없지 않기 때문이었다. 그렇게 되면 다시 한 번 또 시작하는 것이다. 백영호는 조금도 낙담하지 않았다. 팔 년간의 기나긴 고초에 비하면 이런 것쯤은 아무것도 아니었다.

그러나 이튿날 밤에 다시 무교동에 나갔을 때 그것은 기우라는 것을 알게 되었다. 밤이 깊어 술집에서 나오는 이승준의 모습을 발견했기 때문이었다.

그의 모습을 보았을 때 백영호의 가슴은 과히 두근거리지도 않았다. 충격이 너무 크면 오히려 침착해지는 수가 있는 것이다. 백영호는 매일 만나는 사람을 대하듯이 조금 비틀거리면서 걷고 있는 이승준의 어깨를 두드렸다. 그의 뒤통수에는 흰머리가 조금 섞여 있었다.

"이 전무님, 오래간만입니다."

백영호는 이렇게 말했다. 예사로 말하고 나서 비로소 감동이 목구멍까지 치밀어 올라왔다. 이승준은 좀체로 자기의 어깨를 두드린 사람이 누구인지 알아보지 못하는 것 같았다. 그는 자기 앞에 서서 웃고 있는 사내가 거래처의 누구였던가 하고 생각하는 눈치였다. 그러나 그것은 잠깐 동안이었다. 그의 얼굴에 경악이 떠오르고 이어 술 취한 사람 특유의 요란스러운 포즈로 두 손을 들어 백영호의 어깨를 치는 것이었다.

"여어! 미스터 백!"

눈을 둥그렇게 뜨고 있는 것은 아직 놀라움이 가시지 않은 증거였다.

그러나 이것은 백영호의 공상이었다. 그날도 백영호는 무교동에서 이승준을 만나지 못했다. 나중에 생각하니 만나지 못한 것이 오히려 다행이었다.

힌트를 얻은 소설에서는 그리하여 P를 술집으로 유인하고 술에 청산가리를 섞어 먹여 살해하는 것이지만, 그리고 H는 곧 수도를 탈출하는 것이지만, P가 술집에서 죽기 직전에 팔 년 전에 유행했던 옛 유행가를 흥얼거린 것이 단서가 되어 오래지 않아 체포되고 마는 것이다. 그러나 백영호에게도 해당되었을지 모르는 그런 류의 불행이 이승준을 만나지 못함으로 해서 곁으로 흘러가버렸다.

  -대영물산 사장 홍진섭 씨 도미

　조그만 이 1단짜리 기사를 3면의 아래쪽 한구석에서 발견한 것은 또
허탕을 치고 돌아가면서 버스 속에서 가판을 뒤적이고 있을 때였다. 자
연히 눈길이 그리 갔다.
　기사의 짤막한 내용에 의하면 홍진섭 씨가 어제 오전에 미국으로 떠
났는데 업무 관계로 여행하는 것이지만 차제에 신병을 치료하게 되리
라는 것이었다. 그리고 기사는 짤막한 사족을 붙이고 있었다.

  -대영 그룹은 전무 이승준 씨와 이에 대립되는 양 세력의 알력이 있
  는 것으로 알려져왔다. 홍 사장이 미국에 가 있는 사이에 이 양 세력
  의 알력이 표면화되지 않을까, 재계의 관심을 모으고 있다.

　이승준과 이에 대립되는 양 세력? 이때 백영호의 머리에 언뜻 떠오
른 것은 여기에 무슨 꼬투리가 있지 않을까 하는 것이었다. 신문기사에
이런 사족이 붙을 정도니까 그 양 파의 충돌은 필지의 것이며 여간 심
각한 것이 아닌 모양이었다.
　그날 하숙방으로 또 돌아와 밤새껏 생각했다. 이승준은 파렴치하고
낯짝 두꺼운 철저한 에고이스트였다. 그의 심리를 이용하면 그를 재기
불능의 궁지로 몰아넣을 수 있을는지 몰랐다. 그를 고통을 맛보지 않고
바로 죽게 하는 것보다 그쪽이 더 충실감이 있지 않겠느냐. 이것은 고
양이가 쥐를 잡아놓고 잡아먹기 전에 실컷 가지고 노는 그런 심리였다.

좋아! 털어서 먼지 안 나는 사람이 없다는데 이승준의 주변을 조사해 보면 반드시 허점이 발견되리라. 이제 일주일 동안으로 한정된 휴가기 간을 염두에 둘 필요가 없었다. 이 주일이건 삼 주일이건 또는 그 이상 의 기간이건 간에 이에 구애받지 말고 이승준을 조사하기로 작정했다.

정명희라는 여자가 이승준의 주변에서 발견된 것은 그로부터 얼마가 흐르지 않은 때였다. 그들이 A, B, C, D의 각 호텔에서 매주 만나고 있 다는 것을 알았다. 이것을 이승준의 아내 홍정아에게 편지로 귀띔해주 었다. 이것이 홍정아를 격분케 했고, 회사의 통수권 문제가 이승준에게 불리하게 기울기 시작했다. 홍정아는 반대파의 우두머리였다. 그러나 이승준이 홍정아의 목숨에 손을 댄 것은 의외의 일이었다. 그것은 백영 호에게 있어서 예기치 않았던 큰 수확이었다. 이것이 이승준의 살인이 라는 것을 증명해 보이기만 하면 그를 사형대로 보낼 수 있는 것이다. 아니, 그로 하여금 스스로 제 목숨을 끊게 할 수도 있지 않을까. 이제 이승준은 양자택일할 수밖에 없게 되었다. 사형대와 자살.

서재의 벽시계가 밤 한시를 쳤다. 백영호의 소재가 엿보이는 실마 리는 여기에도 있지 않았다. 뒷짐을 지고 방 안을 서성거렸다. 그러 다가 의자에 쓰러져 깊숙이 몸을 묻고 담배를 피웠다. 담배를 끄고 또 방을 거닐다가 원고지를 모두 갈기갈기 찢었다. 그것을 서재 곁 에 붙어 있는 수세식 변소의 변기에 집어넣고 물을 틀었다. 종잇조 각들은 변기 속으로 흘러 들어가버렸다. 팔 년 전의 일보다도 원고 에는 정아에 대한 일이 적혀 있으므로 이것을 변기 속으로 흘려보내 버리지 않을 수 없었다.

서재로 돌아왔을 때 전화가 왔다.

"여보세요."

수화기 속에서 정명희의 가느다란 목소리가 들려왔다.

"저예요."

"아니, 지금 어디서 거는 거야?"

"집에서요. 아무도 없어요."

"명희! 정신이 있소, 없소!"

"무서워요. 무섭고 두려워요."

"어서 끊어."

"언제 뵐 수 있게 될까요?"

"어서 끊으라니까!"

그리고 이쪽에서 전화를 먼저 끊어버렸다. 입술이 경련을 일으켰다. 한참 전화기 앞에 서 있었다. 백영호는 현장에 서 있었다고 했는데 이에 대한 신빙성은 희박했다. 장인의 장례식 이후 그는 잠시도 서울을 떠난 적이 없었다.

이것을 증명하기 위해 동원할 수 있는 사람은 수없이 많았다. 회사의 여러 간부나 직원들, 그리고 집에 있는 가정부나 운전사 등등. 현장은 서울에서 먼 거리였다. 한두 시간 사이에 왕복할 수 있는 곳이 아니었다. 그동안에 그는 의식적으로 한두 시간 이상 사무실을 비우지 않았다.

동이 트기 시작했다. 우윳빛 유리창에 새벽이 어렸다. 실신한 사람 모양 의자에 우두커니 앉아 있는데 또 전화벨이 울렸다. 명흰가? 받지 않고 내버려두었다. 벨이 계속 울렸다. 에이, 빌어먹을! 하는 수 없이 송수화기를 집어들었다.

"여보세요."

"새벽같이 전화를 걸어서 미안합니다."

어? 사내의 목소리였다. 경찰? 순간 안전에 캄캄한 빛이 쏜살같이 지나갔다.

"누구요?"

"나 백영홉니다."

백영호! 송수화기를 오른손으로 옮겨 쥐고 말았다.

"오래간만이군."

"오래간만입니다."

"지금 어디 있어?"

"팔 년 만이죠?"

"팔 년 동안 자네가 어떻게 지내왔는지 그간의 사정에 대해서는 잘 알았네."

"그래요?"

"지금 어디 있어?"

"시내에 있습니다. 공중전화예요."

"시낸 줄은 아는데 시내 어디야?"

"그보다도 이 전무님."

"우리 한번 만나지."

"그럴 것 없습니다. 전화루두 충분한데요."

"……."

"그보다도 이 전무님."

"음."

"내 수기에서 다 참말인데 단 한 가지만 거짓말을 한 게 있습니다."

"그래? 뭔데?"

"당신은 당신의 부인을 살해했어요. 그런데 그 현장에 내가 있었다고 한 것은 거짓말입니다."

"그런 줄 알았어. 내가 아내를 살해했다고 하는데 그 자체가 허위니까. 그건 자네가 만들어낸 공중누각에 불과해. 난 경찰에 수색원을 내놓기까지 했단 말일세."

"아닙니다. 그건 사실입니다. 사실인데 내가 현장에 있었다는 그 부분만 거짓입니다."

"아냐! 자넨 사실 자체를 날조하고 있어."

"천만에요. 큰일 날 소릴 다 하십니다. 그게 사실이라는 걸 말씀드려볼까요?"

"그럼 왜 그런 거짓말을 했나?"

"잘 아실 텐데……."

"살해 자체가 사실이 아닌데 날 어떻게 할 수 있어?"

"사실이라니까 자꾸 그러시네. 내 말 들어보세요."

"……."

"홍정아 씨가 실종된 것은 홍진섭 씨의 장례식이 있은 지 나흘 후, 그러니까 당신이 정명희 여사하고 C호텔의 203호실에서 또 만나고 난 지 닷새 흡니다."

"그래서."

"내 얘기 잘 들으세요."

당당한 어투를 만들어서 말했다.

"말을 해."

"이 중요한 시간에 홍정아 여사가 자기의 막료들과 의논 한마디 없이 홀연히 서울을 비우고 잠적해버릴 이유가 없습니다. 이건 인위적인 누군가의 힘이 강제되었다고 보는 수밖에 없습니다."

"그건 나도 의문이야. 세상 사람 모두가 이상하게 생각하고 있네."

"세상 사람 모두가 이상하게 생각하고 있어도 이 전무님만은 사실의 안쪽을 알고 계실 텐데. 홍 여사가 실종된 날이 홍 여사의 시아버지, 즉 당신의 아버지 제삿날이었으니까 말입니다."

"뭐야?"

"우리 그만 전화 끊죠. 통화가 너무 길어지면 남의 방해가 됩니다."

"이보라구."

그러나 저쪽에서 먼저 전화를 끊어버렸다. 또 하나의 힌트를 주어 자기를 얽어매려 하고 있음이 분명했다. 현장에 있었다면서 명희에 대해서 언급이 없는 것이 이상했다. 그런데 백영호는 지금 아버지의 제삿날에 대해서 말하고 있는 것이다. 명희의 알리바이를 조사한 것일까? 외적으로는 나와도 타자이고 정아와는 더더군다나 전혀 관련이 없는 명희의 알리바이를!

제삿날은 7월 20일의 밤이었다. 그날 아침에 집에서 이승준이 홍정아에게 말했다.

"오늘이 아버님의 제삿날이 아니오? 작년에도 참석을 못 했는데 이번마저 가지 않으면 형님이 노하시겠어. 오늘 당신만이라도 먼저 속초로 가요. 제사보다도 우리 거기 가서 의논을 좀 합시다. 알다시피 그 여자는 심심파적이었어. 그런데 여기에 지나치게 당신이 역점을 두는 모양이니까 이 문제도 있고, 장인이 돌아가셨으니 그 문제도 있고 우리 서울을 떠나서 얘기를 좀 하자구."

이리하여 의논이 된 것이 강릉 경포대였다. 홍정아는 시아버지의 제사보다도 회사 문제와 그 여자의 일에 대해서 얘기하자는 데에 더 관심이 있었다.

속초에는 아는 사람이 많고 또 형님 내외가 보면 어색하니까 강릉의 경포대가 어떠냐는 것이 이승준의 의견이었다. 경포대의 그 외식집. 작년에 가본 그 외식집이었다. 오후 여섯시. 이승준은 오늘 못 가면 내일 곧바로 경포대로 가겠다고 말했다.

시체가 대관령에서 나오면 정아가 속초에서 제사를 지내고 무엇 때문에 머나먼 거기까지 경유해서 왔는지 그것이 문제가 될 것이다. 그러나 그 내력을 밝혀낼 수 있는 사람은 아무도 없었다.

홍정아는 7월 20일 오전에 비행기로 속초에 갔다. 그리고 제사 이튿날 속초에서 털털거리는 택시를 하나 대절하여 강릉으로 갔다.

강릉에는 오후 네시에 닿았다. 피서지지만 아직 사람이 붐비지 않았다. 소꿉장난 같은 거리였다. 두 시간 동안 바닷가를 거닐다가 오후 여섯시에 그 외식집으로 갔다. 거기서 홀에 앉아 또 두 시간을 기다렸다. 이승준은 오지 않았다. 사람을 여기까지 오라고 해놓고 이게 뭐야! 화가 났다. 거리로 나섰다. 여관에 드는 수밖에 없었다. 박모(薄暮)의 사양이 경포대의 좁은 거리를 비추고 있었다. 서울로 전화를 걸어볼까?

고개를 숙이고 걷고 있는데 웬 여자 하나가 앞을 막아섰다. 초콜릿색 한복을 입은 여자였다. 정명희. 두 적수는 한참 얼굴을 마주 쳐다보았다.

"얘길 좀 해요."

정명희가 말했다.

"당신 여길 어떻게 알구 왔어요?"

"얘길 좀 하려구요."

"당신 같은 사람하군 얘기가 안 돼."

홍정아는 말하고 걸어가려 했다. 그 앞을 정명희가 다시 막아서면서 말했다.

"이 선생님이 저기서 기다리구 계셔요."

"그이가? 어디예요?"

"대관령 입구 방갈로에서요. 경제인협회의 산업시찰단이 마침 강릉에 와 있어서 오시기가 거북하시다는군요. 여기는 조그만 고장 아니에요?"

6

새벽 다섯시경이었다. 정명희는 불면의 나날을 더 이상 견디어나갈 수 없었다. 이승준은 전화를 어서 끊으라고 했다. 그러나 아직 곤히 잠들어 있는 어린 종석이의 볼을 어루만지다가 다시 이승준에게 전화를 걸어보려고 전화기 앞으로 다가갔다.

"네."

그런데 낯선 사내의 음성이었다. 그 음성이 대뜸 말했다.

"정명희 씨죠?"

가슴이 덜컹 내려앉았다.

"네."

"정명희 씨."

"누구세요?"

"내가 누군지 아실 필요는 없습니다. 나 지금 막 이승준 씨에게도 전화를 걸었습니다."

이승준 씨에게도!

"……."

사내가 다시 말했다.

"내가 누군지 구체적으로 알 수는 없겠지만 당신들의 감춘 부분을 알고 이런 전화를 양쪽에 다 걸고 있는 사람이라는 것은 알 수 있을 겁니다."

급히 말했다.

"누구시죠?"

"나요?"

"여보세요, 왜 이러세요?"

"왜 이러시다니! 이 전화의 의미를 대략 아실 텐데……."

"모르겠어요. 대체 당신은 누구예요?"

"모른다? 그럼 내가 가르쳐드리지."

현기증이 났다. 생각 같아서는 이 전화를 당장 끊어버리고 싶었다.

"당신은 지난 7월 21일에 강릉행 비행기를 탔습니다."

"네?"

"그렇지요?"

"그런 적 없어요."

"이러지 마십시오. 그 전날, 그러니까 7월 20일 날 말입니다. 이승준 씨의 부인 홍정아 여사가 오전에 비행기 편으로 속초를 갔습니다. 그 후 홍 여사는 실종되었습니다. 당신 홍 여사하고 7월 21일에 강릉에서 만났지요?"

"무슨 소린지 도무지 알 수가 없군요."

"이보세요. 난 당신의 남편의 첩자가 아닙니다. 당신들의 불륜을 추궁하고 있는 게 아니에요. 일이 훨씬 더 중대 국면으로 접어들었기 때문에 전화를 건 겁니다. 그래도 내 말 못 알아들으시겠소?"

"……."

사내는 비웃듯이 조금 웃었다. 그 징그러운 웃음소리가 심장 깊숙이 들어와 박혔다.

"난 그날 당신이 자가용을 버려두고 택시로 KAL 서울 사무소로 나가는 것을 보았습니다. 당신이 이승준 씨를 마포에 있는 그 다방에서 처음 만날 때도 그런 수법을 썼지요."

마포의 그 다방? 대체 누굴까.

"이태리의 시인 살바토레 콰시모도의 「가라앉은 오보에」라는 시! 그 시를 아시리라고 믿습니다. 애타도록 버리고 싶은 인색한 형벌인 나의 이 시간은……. 이렇게 서두가 시작되는 그 시! 그 시를 아실 거예요."

"아니!"

"원흉은 그 십니다. 당신이 마포의 그 다방으로 나가면서 택시에 떨어뜨린 『황혼이 깃들고』라는 시집, 그 시집을 곧 댁으로 부쳐드리겠습니다."

힐끗 뇌리를 스치는 것이 있었다. 덤벼들 듯이 말했다.

"여보세요! 댁은 그 음악다방, 충무로에 있었던 음악다방, 오보에 적부터 나를 따라다닌 그 사람이군요?"

"음악다방? 음악다방이라뇨? 아, 당신에게 그런 사내가 또 있었습니까?"

"그 사람이죠?"

그 사람은 그때 결핵 환자였다. 가는 손가락에 담배를 끼우고 자포자기한 모습으로 늘 다방 한쪽 구석에 앉아 있던 사람이었다. 지문규와 결혼한 뒤 얼마 있다가도 한두 번 그 사람의 전화를 받은 적이 있었다. 그러나 그 미치광이가 오늘까지 살아남아서 전화를 걸어오다니!

"당신이 요구하는 게 뭐예요?"

"천만에. 당신이 날 누구로 생각하건 상관없어요."

"돈?"

"돈? 돈이라니."

"그럼 대체 뭐예요?"

"전화를 끊을 테니까 이승준 씨에게 전화를 걸어서 의논들을 하십시오. 십 분 후에 다시 걸겠습니다."

저쪽에서 전화를 끊는 소리가 났다. 송수화기를 내려놓고 한참 생각했다. 좌우간 이승준 씨에게 전화를 걸어보는 수밖에 없었다. 다이얼을 두 번이나 잘못 돌렸다. 세 번 만에 신호가 갔다. 그러나 곧 송수화기를 내려놓고 말았다. 이 계제에 전화를 거는 것이 옳은 일인지 어떤지 알 수 없었다.

조금 있다 전화벨이 또 울렸다. 한참 내버려두었다 하는 수 없이 다시 전화를 받았다.

"네."

그 사람의 목소리가 들려왔다.

"아까 그 사람입니다. 이승준 씨에게 전화를 걸었습니까?"

"아뇨."

"그래요! 그건 아무래도 좋습니다."

잘 들어보라는 듯이 차근차근 말했다.

"정 여사, 당신들에게나 나에게나 이것은 일생일대의 대역사입니다. 나 역시 그렇고 당신들도 그렇고 이것으로 어떤 큰 승부를 내보려는 거예요. 이승준이가 당신을 전화로 불러내지만 않았더라도 당신은 오늘날 이런 일에 휘말려들지는 않았겠지요. 거기에 여자라는 것의 슬픔이 있다는 것을 알겠습니다. 왜 그자는 하나씩 하나씩 여자만을 골라 희생시키는가. 이것은 그자가 비루한 자이기 때문입니다. 나는 그자의 전 생애를 모두 조사했습니다. 속초의 한촌에서 태어나 날품팔이를 하는 아버지 밑에서 고생을 하다가 그 시절에 당신의 몸에 손을 대고, 그리고 당신을 놓쳐버리게 되자 홍진섭 씨의 딸 홍정아를 겨눴어요. 그리고 지금에 와서 당신과 홍정아, 이 두 여자를 모두 악마의 제단에 바치기로 작정한 것입니다. 아 참, 한 가지 더 가르쳐드리지요. 이러는 과정에서 팔 년 전에 그자에게 희생당한 여자가 또 하나 있습니다. 그 여자가 누구인지는 지금 말하지 않겠습니다. 당신은 홍정아의 목숨에 손을 댔습니다. 당신은 왜 그렇게까지 하지 않을 수가 없었습니까? 그놈은 팔 년 전에 죽은 그 여자와 당신의 영육을 모두 진공관처럼 텅 비게 해버리고 그리고 인형 모양으로 자유자재로 조종했습니다. 그놈은 어떤 사람한테서나 그 사람의 인격을 보지 않고 이용 가치만을 보는 놈이에요. 듣고 계십니까?"

"……."

이 사람은 그 폐결핵 환자가 아닌 것이 분명했다. 사내가 다시 말했다.

"당신은 돈이냐고 물었습니다. 그러나 세상이 아무리 썩고 돈이면 그만이라 해도 세상의 모든 사람이 다 그런 건 아닙니다. 그는 여자를 돈을 획득하는 도구로 썼습니다. 아니, 여자들의 목숨마저를 거기에 썼습니다. 그가 그런 사람이 아니었다면 당신을 사주해서 홍정아 씨의 목숨에 손을 대게 했겠나요. 그것은 종국적으로 당신의 목숨마저를 빼앗는 일입니다."

정명희는 울었다. 울먹이는 소리로 말했다.

"당신은 누구예요? 팔 년 전에 죽었다는 그 여자분의……?"

"그건 아무래도 좋아요. 정 여사, 나는 7월 21일 KAL 강릉행 탑승객 명단을 조사했습니다. 당신을 북가좌동에서 탄 택시로 KAL 서울 사무소까지 따라갔어요. 당신이 KAL 버스로 공항으로 간 다음, 사무소 직원에게 부탁해서 탑승객 명단을 보았지요. 승객이 모두 스물일곱 명이었는데 여자 승객은 그중에 세 사람뿐이었습니다. 그런데 두 사람은 다 부부동반이고 한 사람만이 혼자였습니다. 이 사람이 명단에 조명숙으로 기록돼 있었습니다. 삼십삼 세. 주소는 서대문구 남가좌동 38의 58번지구요. 스물일곱 명의 주소에 모두 어떤 상품의 신발매 선전문을 유인해가지고 곧 편지로 부쳐보았는데 조명숙이라는 사람한테 부친 것만 수취인불명이라는 쪽지를 붙이고 어제 되돌아왔습니다. 이것이 정명희라는 것을 알았습니다. 조명숙은 정명희의 유사음위명이고 남가좌동 38의 58번지는 북가좌동 37의 49번지와 유사한 주솝니다. 어떻습니까?"

"……"

"부인을 못 하시는군요. 또 말하겠습니다. 이튿날 그러니까 7월 22일입니다. 초콜릿색을 좋아하는데…… 강릉으로 갈 때도 그런 색의 옷을 입고 있었습니다. 이것이 스튜어디스의 인상에 남아 있었습니다.”

“그만! 그만하세요.”

하고 소리를 죽여 악을 썼다.

“아니오, 조금만 더 들으세요.”

“제발 부탁입니다. 지루하게 무엇을 더 듣습니까? 알겠습니다. 댁은 이승준에게 소홀치 않은 원한을 갖고 있는 모양이군요. 이제 이것이 단 한 사람에게 알려지나 만인에게 알려지나 마찬가집니다. 그래 앞으로 날 어떻게 하실 작정입니까?”

“맘대로 하라는 건가요?”

“그럴밖에요.”

“돈을 요구할까요?”

“알아서 하세요.”

“난 당신을 동정하고 있습니다. 여자의 마음이란 그런 것이겠지요. 그걸 이용한 이승준을 미워합니다. 팔 년 전에 죽은 그 여자를 생각해서라도 당신을 구출하고 싶습니다. 어떻게 하시겠습니까?”

눈앞을 어떤 섬광이 번쩍 스치고 지나갔다. 그것은 하나의 개안이었다. 사실 이승준이 자기를 진실로 사랑했다면 그런 일에 자기를 끌어들였을까? 그는 C호텔의 203호실에서 안정성에 대해 구구이 설명했지만 그건 최면술이었다. 이 하찮은 목숨 하나를 건지겠다는 것보다도 이승준에 대한 분노가 끓어올랐다. 망설이다가 벌레 소리 같은 목소리로 말했다.

“맘대로 하세요. 내가 지은 악업에 대한 보를 받을 각오가 돼 있습니다.”

상대방 남자가 소리를 낮추어 말했다.

"네, 내가 바라는 것은 돈이 아닙니다. 나도 이제 어쩔 도리가 없군요. 그 밖에도 7월 21일과 22일에 당신이 서울에 있지 않았다는 것을 증명해줄 수 있는 사람이 많아요. 당신 집에서 일하고 있는 잡역부 홍창수하고 가정부 임동숙이도 그 사람들 중에 드는 사람입니다. 현장이 어디지요?"

"강릉에서 대관령 쪽으로 들어오다가 왼쪽에 보이는 구릉입니다. 그날 나는 홍정아 씨를 서울행 막차(버스)에 태워가지고 그리 갔습니다. 잡목림 가운데 들어가 앉아 여러 가지 얘기를 하다가 미리 준비해 가지고 간 콜라를 먹였어요."

"네, 전화 끊겠습니다."

사내가 전화를 끊는 소리가 났다. 그녀 역시 송수화기를 가만히 내려놓고 그때 쓰고 남은 청산가리를 문갑 모서리에서 꺼냈다. 호텔에서 이승준에게 받은 독극물이었다.

백영호는 쓴 입맛을 다시고 전화기 속에 십 원짜리 동전 두 개를 더 집어넣었다. 그리고 이승준의 집 전화번호를 또 돌렸다. 이승준이 나왔다.

"납니다."

하고 말했다.

"아, 미스터 백."

"현장이 강릉에서 대관령 쪽으로 들어오다가 왼쪽에 있는 구릉이라는 것을 정명희 씨가 고백했소."

"뭐라구? 그게 무슨 소리야?"

"이봐요, 일은 끝이 났습니다."

"미스터 백, 그건 난 모르는 일일세."

백영호는 고함을 쳤다.

"예끼 이 더러운 자식 같으니! 네놈을 반드시 관 속에서 푹푹 썩게 하고야 말겠다."

전화를 힘껏 끊었다. 그리고 전화기 속에 또 동전을 집어넣었다. 다이얼을 돌렸다.

"서부경찰서 수사과지요?"

백영호는 긴 전화를 하고 끊었다. 그리고 하숙집으로 돌아와 짐을 챙겼다.

경찰이 정명희의 집으로 달려갔을 때 그녀는 이미 절명해 있었다. 잠든 듯이 고요한 얼굴이었다.

이승준은 그날 다른 경찰대에 의해 자택에서 체포되어 준엄한 심문을 받았다. 또 경찰은 그 잡목림 밑에서 홍정아의 시체를 발굴했다. 묻힌 지 얼마 안 되었지만 시체는 거의 썩어 있었다.

– 『월간문학』 1978년 10월호

회색의 벼랑

>>>>> 김성종

1941년 전남 구례에서 태어나 연세대학교 정치외교학과를 졸업했다. 1969년 조선일보 신춘문예에 단편소설 「경찰관」이 당선되어 등단하였다. 1974년 한국일보 장편소설 공모에 『최후의 증인』이 당선된 이래 최고의 한국 추리소설 작가이자 1970, 80년대를 풍미한 최고의 대중소설가로 이름을 날렸다. 특히 한국의 상황을 추리적, 시각적, 영상적인 언어로 담아낸 대작 『여명의 눈동자』와 『제5열』은 동명의 드라마로 만들어져 큰 인기를 얻었다. 현재 부산에 추리문학 전문 도서관 '추리문학관'을 개관하여 추리문학 발전에 힘쓰는 한편 여전히 왕성한 집필 활동을 하고 있다. 주요 작품으로 『후쿠오카 살인』, 『Z의 비밀』, 『백색 인간』, 『죽음을 부르는 소녀』 등 다수가 있다.

1977년 9월 하순 어느 날 밤, 통금에 묶인 서울 거리가 암흑과 정적에 잠겨 있을 때 하늘에서는 가을비가 소리 없이 내리고 있었다.

새벽 1시가 조금 지난 시간에 김포 쪽에서 비를 헤치며 쏜살같이 달려오던 검은 세단 한 대가 제2한강교 위에 가로질러 놓은 철책 바리케이드 앞에 급정거했다.

바리케이드 앞에서 집총 자세로 삼엄한 경계망을 펴고 있던 두 명의 헌병 중 한 명이 운전석 쪽으로 다가서면서 총구를 들이밀었다. 다른 한 명은 불을 켜지 않은 차 속을 플래시로 비춰보고 있었다.

차의 뒷좌석에는 세 사람이 쿠션에 깊이 몸을 묻고 있었다.

두 사람은 남자였고 나머지 한 사람은 여자였는데, 남자들 사이에 끼어 앉아 있는 여자는 짙은 선글라스를 끼고 있어서 전혀 얼굴을 알아볼 수가 없었다.

바리케이드 이쪽에 서 있는 헌병들도 모두 세단을 주시하고 있었다.

운전석의 사나이가 내미는 증명을 받아 든 헌병이 그것을 보기 위해 고개를 숙이자 파이버 챙 끝에서 빗물이 주르르 흘러내렸다. 다른 헌병은 옆에서 플래시를 비춰주고 있었다.

이윽고 증명을 보고 난 헌병은 그것을 운전석의 사나이에게 돌려준 다음 다른 헌병들에게 다급하게 손을 흔들어 보였다.

바리케이드의 이쪽에 서 있던 헌병들이 철책을 치우자 세단은 철책 사이로 미끄러지듯 빠져나갔다.

세단이 출발할 때 뻣뻣이 거수경례를 하고 난 헌병은 세단이 어둠 속으로 사라지고 난 후에야 몸을 움직였다.

"왜 그렇게 얼었어?"

다른 헌병이 우비 속으로 총을 집어넣으며 묻자 그는 잠자코 엄지손가락을 세워 보였다.

제2한강교를 건너온 세단은 빗속을 뚫고 시내 쪽으로 질주해갔다. 신촌로터리에서 과속으로 달리는 세단을 발견한 경찰 패트롤카가 금방 뒤를 따를 듯하다가 그대로 주저앉는 것이 보였다.

10분 후 세단은 시청 앞을 지나 세종로로 들어서다가 갑자기 끼익 소리를 내면서 급히 회전하여 힐튼호텔 앞에 급정거했다.

유리문으로 된 출입구 저쪽에 서 있던 호텔 보이가 우산을 들고 급히 밖으로 나와 그들 쪽으로 뛰어왔다.

차에서 먼저 내린 사나이가 우산을 받아 들고 선글라스의 여인이 비에 맞지 않도록 상체를 조금 앞으로 기울였다. 다른 문으로 내린 사나이는 차 뒤로 돌아 그들의 뒤쪽으로 다가섰다.

"가방을 좀 부탁해요."

여인은 보이에게 부드럽게 이른 다음 호텔 출입구 쪽으로 걸어갔다.

그때 기다렸다는 듯이 비가 거세게 쏟아지기 시작했다.

데스크 앞에 앉아 하품을 하고 있던 프런트 계원이 밤늦게 들어서는 세 사람을 보고 벌떡 일어서서 정중히 인사했다.

"어서 오십시오."

여인은 선글라스를 벗지도 않은 채 고개만 끄덕했다.

"예약을 했는데요."

"아, 그러십니까. 존함이 어떻게 되시는가요?"

"김지숙(金芝淑)이에요."

프런트 계원은 예약자 명단을 체크해보더니 "아, 그렇군요. 그럼 지금 홍콩에서 오시는 길입니까?" 하고 물었다.

여인은 가볍게 미소하면서 숙박 카드에 사인을 했다.

"102호실입니다."

계원은 보이에게 열쇠를 내주면서 여인 곁에 묵묵히 서 있는 두 사나이들을 힐끗 바라보았다.

"실례지만 세 분이 함께 드실 겁니까?"

"아니야. 우린 갈 거요."

40대의 약간 뚱뚱한 사나이기 도무지 감정이라곤 없는 목소리로 말했다.

이윽고 그들은 보이를 따라 엘리베이터 안으로 들어갔다. 엘리베이터 속에서 그들은 한 마디도 대화를 나누지 않았다. 약속이나 한 듯 굳게 입을 다물고 있는 그들을 보고 오히려 보이가 불안한 기색을 보였다.

여인은 코발트 빛깔의 투피스를 입고 있었고, 틀어 올린 머리를 스카프로 싸매고 있었다. 타이트 스커트에 감싸인 하체의 볼륨은 난숙한 여인의 체취를 물씬 느끼게 할 정도로 풍만했다. 하체를 떠받치고 있는 두 다리도 곧고 미끈해 보였다.

엘리베이터 속에서도 그녀는 선글라스를 벗지 않았다.

두 사람 중 한 사람은 중키에 30대 중반쯤으로 보였다. 40대의 뚱뚱한 사나이가 검게 그을린 얼굴인 데 반해 그는 여자처럼 깨끗하고 부드러운 얼굴을 가지고 있었다.

이윽고 엘리베이터를 내린 그들은 102호실 쪽으로 걸어갔다. 보이가 먼저 재빨리 걸어가 방문을 열고 가방을 들여놓았다. 해외여행자의 가방치고는 매우 간단한 짐이었다.

팁을 받아 든 보이가 돌아서자 뚱뚱한 사나이가 방 안으로 들어서면서 문을 닫아걸었다.

"피곤하실 텐데 오늘은 간단히 끝내죠."

뚱뚱한 사나이가 재촉하듯 말하자 여인은 핸드백을 침대 위에 던져놓고 의자에 털썩 주저앉았다. 그리고 천천히 선글라스를 벗었다. 40대 여인의 얼굴이 거기에 나타났는데, 피곤한 탓인지 큰 눈에 아무런 감정도 드러나 있지 않았다. 보기 드문 미모에 사나이들이 한 번씩 몸을 움직였다.

뚱뚱한 사나이는 창가에 기대서 있었고 젊은 사나이는 침대 위에 걸터앉아 있었다. 여인이 담배를 피워 물자 뚱뚱한 사나이도 담배를 꺼내 피웠다.

"왜 그동안 소식이 없었지요?"

사나이는 창문에 부딪혀 흘러내리는 빗물을 바라보며 물었다. 여인이 담배 연기와 함께 한숨을 내쉬었다.

"일부러 안 했어요."

"왜요?"

"이젠 이런 일 하기 싫었어요."

"하기 싫다고 마음대로 소식도 끊고 이쪽을 골탕 먹이면 쓰나요?"

사나이는 여전히 빗물이 흘러내리는 것을 바라보고 있었다.

여인의 표정이 굳어지고 있었다.

"하고 안 하고는 제 자유예요. 전 월급 받는 공무원도 아니고……끝까지 책임져야 할 이유도 없어요."

"그야 그렇지요. 그렇지만 그만둘 때는 사전에 연락이라도 해야 하지 않습니까?"

"그런 걸 꼭 보고해야 되나요?"

"그래야 우리도 대책을 세우지 않겠습니까. 이 여사께서 갑자기 종적을 감추는 바람에 그곳 우리 정보 계통에 한동안 혼란이 일었습니다. 그 피해가 적지 않습니다."

침묵이 흘렀다.

뚱뚱한 사나이는 창문에 비친 여인의 모습을 뚫어지게 바라보고 있었다.

"그런데 문제는 그런 게 아닙니다. 보다 중요한 것은 이 여사께서 우리 쪽에 대해 너무 많은 것을 알고 있다는 사실입니다."

"전 아는 게 없어요!"

여인이 스카프를 풀고 머리를 흔들자 풍성한 머릿결이 어깨 위로 흘러내렸다.

"전 보수를 받고 일한 것뿐이에요!"

"그렇지요. 그렇지만 이 여사께서는 너무 많은 것을 알고 있습니다. 뿐만 아니라…… 여사께서 그동안 마카오에 자주 드나든 것을 우리는 잘 알고 있습니다."

그것이 무엇을 의미하는지 여인은 잘 알고 있는 것 같았다.

여인은 담배를 끼고 있는 손가락 끝이 떨리는 것을 보자 신경질적으로 담배를 비벼 껐다.

"마카오에서 저쪽 사람들과 접촉한 것도 잘 알고 있습니다. 우리는 이 여사께서 그들과 무슨 이야기를 나누었는지 그걸 알고 싶습니다."

"그건 오해예요!"

"부인해도 소용없습니다. 그들로부터 무슨 부탁을 받았습니까?"

"부탁받은 거 없어요! 초청이 왔길래 몇 번 만난 것뿐이에요."

"그들이 구혼을 하던가요, 아니면 부탁을 하던가요?"

그때까지 잠자코 있던 젊은 사나이가 여인의 맞은편 의자에 다가와 앉았다.

"우리는 이중 스파이를 매우 증오합니다. 물론 여사께서 이중 스파이라는 말은 아닙니다. 우리는 여사께서 모든 것을 사실대로 밝혀서 오해가 없게 되기를 바랄 뿐입니다. 그런 다음 여사께서는 자유롭게 거취를 정하셔도 좋습니다. 우리와 함께 다시 일한다면 그야 더욱 좋겠습니다만……."

젊은 사나이는 호주머니에서 종이 뭉치를 꺼냈다.

"여기에다 지난 1년 동안의 행적을 적어주십시오. 답답하시겠지만 문제가 해결될 때까지 이 방에서 외출하시면 안 됩니다. 그리고 여사의 위조 여권은 우리가 보관하고 있겠습니다."

여인이 무슨 말인가 할 듯하다가 도로 입을 다물어버렸다.

젊은 사나이가 일어서서 먼저 밖으로 나가자 뚱뚱한 사나이도 뒤따라 나갔다. 그 사나이는 문을 닫으려다 말고 다시 들어와서 말했다.

"입국 목적도 적어주십시오. 우리는 내일 아침에 다시 오겠습니다. 혹시 다른 친구들이 올지도 모르는데, 그들은 우리처럼 이렇게 예의 바르지는 않을 겁니다."

하얗게 질린 여인의 면전에서 문이 쾅 하고 닫혔다.

일주일 뒤인 10월 초 한밤중의 일이었다. 10층 담당 룸보이는 102호실 앞을 지나다가 이상한 소리를 들었다. 갑자기 무엇인가 와장창 하고 깨지는 소리가 들렸던 것이다. 문 앞에 바짝 다가서서 귀를 기울여보았지만 소리는 갑자기 단절되어버린 듯 깊은 정적만 느껴졌다.

보이는 무심코 시계를 들여다보았다. 손목시계는 새벽 2시 10분 전을 가리키고 있었다.

보이는 망설였다. 102호실의 여자 손님은 일주일 동안 한 번도 외출한 적이 없었다. 그 대신 낯선 신사들이 뻔질나게 그 방을 드나들고 있었다. 신사들은 언행이 점잖고 무거웠는데, 무슨 중요한 일을 토의하려고 여자를 방문하는 것 같았다.

보이는 돌아서려다가 아무래도 미심쩍어 노크를 해보았다. 두 번 세 번 노크했지만 안에서는 아무런 반응이 없었다.

보이는 계단 쪽으로 걸어가 교환전화를 집어들고 102호실을 불렀다. 그러나 신호만 갈 뿐 전화를 받지 않았다. 불길한 예감에 그는 비상 열쇠를 들고 102호실로 다가갔다.

보이가 방문을 열었을 때 느낀 것은 방 안 가득히 들어찬 차가운 공기였다. 박살이 난 창문을 통해 차가운 밤공기가 불어 닥치고 있었다. 보이는 떨리는 손으로 벽을 더듬어 스위치를 올렸다.

방 안에 불이 켜지는 순간 눈에 들어온 것은 어지럽게 흩어진 잠자리였다. 침대 위에는 아무도 없었다. 보이는 욕실문을 열어보았다. 거기에도 여자는 없었다.

그제야 그는 창가로 다가서서 아래를 내려다보았다. 희미한 가로등 불빛에 무엇인가 희끄무레한 것이 보였다. 통금시간인 데다 모두가 깊이 잠들어 있을 시간이라 아무도 거기에 사람이 추락한 사실을 모르고 있는 것 같았다.

보이는 수화기를 떨어뜨렸다가 다시 집어들고 정신없이 소리를 질렀다.

30분 후 부근의 앰뷸런스가 나타났지만 여인은 이미 두개골이 파열되고 목뼈가 부러져 숨을 거두고 난 뒤였다.

홍콩에서 온 교포 여인의 이 투신자살 사건은 극비리에 처리되었다. 몇몇 신문사에서 이 사건에 흥미를 가지고 집중적인 취재를 벌였지만 호텔 숙박 카드에 적힌 김지숙이란 이름과 홍콩에서 왔다는 사실 외에는 아무것도 알아내지 못했다. 결국 사회면에 짤막하게 투신자살한 사실만을 보도하는 것으로 이 사건은 흐지부지되고 말았다.

사흘 뒤 여인의 시체는 서울 어느 공동묘지에 묻혔다. 무덤 앞 팻말에는 서툰 먹글씨로 '金芝淑의 墓 一九七七年十月八日死亡'이라고 적혀 있었다.

두 사나이가 여인이 묻히는 것을 시종 지켜보았는데, 그들의 얼굴에는 하나같이 괴로워하는 표정이 나타나 있었다. 인부들이 사라지고 나자 뚱뚱한 사나이는 무덤 앞에 흰 종이를 편 다음 호주머니에서 소주병과 마른 오징어를 꺼내놓았다.

그들은 선 채로 잠깐 묵념했다. 젊은 사나이는 뚱뚱한 사나이가 무덤 주위에 술을 뿌리는 것을 묵묵히 바라보았다.

이윽고 그들은 조금 남은 술을 나누어 마셨다.

"그 정도 가지고 자살하다니 안됐어."

"너무 신경과민이었던 것 같습니다."

젊은 사나이가 담배에 불을 붙이며 말했다.

"담배 하나 주게."

"네."

뚱뚱한 사나이는 담배를 길게 내뿜으면서 한숨을 쉬며 말했다.

"모든 걸 떠나서…… 아까운 여자였어. 여자로서는 누구나 한 번쯤 탐낼 만했지. 좀 늙었지만 말이야."

"가족은 없습니까?"

"없어. 중국인 남편이 있었는데 작년에 죽었다고 들었어."

"왜 한국에 왔을까요?"

"위조 여권을 가지고 들어온 걸 보니까 무슨 중요한 목적이 있었던 것 같아. 그렇지만 죽었으니 알 수가 있나."

"저쪽의 지시를 받고 들어온 게 아닐까요?"

"그랬을 가능성이 많아. 그렇지만 사실대로 자백했으면 이쪽에서도 가벼운 처벌에 그쳤을 거야."

그들은 비탈진 공동묘지를 천천히 내려왔다. 어디선가 까마귀 우는 소리가 들려오자 젊은 사나이가 신경질적으로 돌멩이를 하나 집어들어 휙 던졌다.

K일보 홍콩 특파원 김윤호 기자는 맞은편 벽 위에 붙어 있는 여인의 나체 사진을 바라보면서 하품을 길게 했다.

창문으로 햇빛이 눈부시게 쏟아져 들어오고 있었다. 거리의 와글거리는 소음이 방 안에까지 시끄럽게 흘러 들어오는 것으로 보아 꽤

늦잠을 잔 것 같았다. 지난밤 늦게까지 마신 술 때문에 머리는 아직도 지근지근 아팠다. 이름도 모르는 여자와 함께 침대에 기어든 것까지는 생각이 나는데 그 뒤의 일은 생각이 나지 않았다. 그는 재떨이에서 꽁초를 하나 집어 물고 창가로 다가가 창문을 활짝 열어젖혔다.

저 멀리 빅토리아 항이 햇빛 속에 눈부시게 빛나고 있는 것이 한눈에 들어왔다. 그가 들어 있는 아파트는 산비탈에 자리 잡고 있었으므로 항구의 모습이 잘 보였다. 밤에 보면 항구는 휘황한 네온사인으로 뒤덮인다. 단 하룻밤도 그 휘황한 불야성이 사라진 적이 없다.

문득 그는 지난밤 전화를 받은 일이 생각났다. 서울의 본사에서 온 전화였는데 그 내용을 기억해낼 수 없었다. 편집국장의 전화였는데 까먹다니 이거 원.

그는 방 안을 서성거리다가 벽에 걸린 거울을 들여다보았다. 1년 전 홍콩에 왔을 때보다 얼굴은 훨씬 수척해져 있었고 눈까지도 뿌우옇게 안개가 서린 듯 흐릿해져 있었다. 인생에 실패한 서른여덟 살 노총각의 슬픔을 말해주는 듯 눈꼬리에는 잔주름이 잡혀 있었고, 약간 비틀어진 매부리코와 뾰족한 턱은 꺼칠한 얼굴을 더한층 못나 보이게 했다.

그는 전기 면도기로 턱을 밀어대면서 책상 위에 놓여 있는 사과를 집어들어 우적우적 씹어 먹었다. 사과 하나를 모두 먹을 동안 곰곰이 생각해보았지만 서울 본사와의 통화 내용은 아무래도 기억해낼 수가 없었다.

그는 수화기를 집어들고 국제전화를 부탁한 다음 부엌으로 들어가 커피 물을 끓였다. 서울 본사와 통화가 된 것은 커피 한 잔을 모두 마시고 났을 때였다.

"자세히 좀 말씀해주십시오. 어젠 제가 좀 취해서……."

그의 변명을 듣고 난 편집국장은 버럭 고함을 질렀다.

"구룡 금파리도 192번지 남화아파트 D동 305호 김지숙!"

김 기자는 급히 메모했다. 구룡 금파리도라면 번화가다. 남화아파트 305호에 살고 있는 김지숙이란 여자를 만나 재미 좀 보란 말인가.

"됐나?"

"아직 안 됐습니다. 좀 더 설명해주십시오."

"그 여자가 어제 힐튼호텔에서 투신자살했어! 경찰은 쉬쉬 하고 있는데 한번 알아봐!"

"자살 이유는 뭡니까?"

"그걸 알면 전화 안 했어. 이쪽에서 아는 건 하나도 없어. 경찰이 쉬쉬 하는 걸 보니까 모종의 뭐가 있는 것 같아."

"알겠습니다."

"다다신문사에는 비밀로 해둬."

전화가 찰칵 하고 끊기는 소리가 들려왔다.

날계란을 하나 입속에 털어넣은 다음 그는 선글라스를 끼고 밖으로 나왔다.

이젠 홍콩 생활도 진력이 났다. 국적 불명의 백만 인구가 뿜어내는 악취로 가득 찬 국제도시는 문화의 사막지대로 전락한 지 이미 오래였다. 인간의 혼을 빼버리는 이 도시에 더 있다가는 뼈와 가죽만 남을 것이다. 빨리 돌아가야지.

그는 다른 기자와 교체되어 본사로 돌아가게 되기를 기다려왔었다. 그러나 본사로부터는 엉뚱한 사건 취재만 지시할 뿐 귀국하라는 말은 없었다.

1년 전 이곳에 처음 왔을 때는 그래도 해외 나들이라는 점에서 꽤 패기만만해 있었다. 홍콩은 특파원을 상주시킬 만큼 그렇게 풍성한 뉴스원이 있는 곳은 아니었다. 따라서 그가 이곳에 오게 된 것은 해외연수를 위해서였다.

본사에서는 이곳의 유명한 신문 연구소에 매년 한 명 정도의 기자를 유학시켜 공부를 시키고 있었다. 그와 함께 특파원 직함도 주어 일석이조의 효과를 노리고 있었다. 1년 동안 연수를 마치고 귀국하면 본사에서의 대우가 달라질 것은 물론이다.

그러나 어느 날 갑자기 그는 허탈감에 빠져버렸다. 기자라는 직업에 대한 환멸과 함께 모든 것에 흥미를 잃어버렸다.

결국 그는 공부도 집어치우고 본사에서 보내주는 특별 수당으로 아파트에서 혼자 자취를 하면서 룸펜 생활을 했다. 때때로 흥밋거리 기사나 보내주는 것이 본사에 대한 그의 인사였다.

그는 연수를 포기한 사실과 함께 빨리 귀국시켜달라는 내용의 편지를 편집국장에게 보냈다. 그러나 국장은 해외연수 계획이 다음 1년 동안 취소되어 대신 보낼 사람이 없으니 당분간 참아달라는 답장을 보내왔다. 그 당분간이라는 것이 1년이 될지 2년이 될지는 알 수 없는 일이었다.

부두까지 걸어온 그는 인종 전시장을 방불케 하는 인파 속에 섞여 한동안 떠밀려 가다가 포장마차 집에 들어가 국수를 하나 들이켜고 나왔다.

10분 후 모터보트 왈라왈라를 타고 구룡 쪽으로 건너온 그는 금파리도 쪽으로 어슬렁어슬렁 걸어갔다.

남화아파트는 금파리 신가에 자리 잡고 있는 호화 맨션이었다. 금파리 신가는 구룡의 번화가로 각양각색의 인파가 들끓고 있었고, 고층 건물과 거미줄같이 퍼진 좁은 골목들로 이루어져 있었다.

남화아파트는 큰길 가에 위치해 있었다. 김 기자는 10층 아파트를 올려다보다가 D라고 써진 입구로 들어섰다. 입구에서 몽둥이를 찬 젊은 중국인이 그를 막았다. 김 기자는 서툰 중국말로 305호 주인을 만나러 왔다고 말했다. 수위는 관리실의 전화로 305호실을 불렀다.

조금 후 김 기자는 수화기를 들고 서울의 신문사 특파원이라고 자기소개를 했다.

"무슨 일로 그러시는데요?"

맑은 여자의 목소리가 수화기를 통해 들려왔다.

"저기 다름이 아니라 김지숙 씨 사건에 대해 알아볼 것이 있어서 왔습니다."

"김지숙 씨 사건이라니요?"

"아직 모르십니까?"

"뭘 말인가요?"

여인의 목소리는 의혹에 차 있었다.

"아직 모르시는가 보군요. 김지숙 씨가 자살한 것 말입니다."

"뭐, 뭐라구요?"

여자의 자지러질 듯한 목소리에 김 기자는 귀가 아팠다.

"놀라게 해서 죄송합니다. 실례지만 김지숙 씨와는 어떻게 되십니까?"

"제가 김지숙이에요!"

"네에?"

이번에는 김 기자가 소스라치게 놀랐다. 그는 수화기를 움켜쥐고 거칠게 숨을 몰아쉬었다.

"저, 정말 김지숙 씨 되십니까?"

"그렇다니까요!"

"하, 하여간 좀 만나 봬야겠습니다. 지금 시간을 좀 내주셨으면 고 맙겠습니다."

"올라오세요."

그는 대낮에 도깨비에 홀린 기분이었다. 엘리베이터도 타지 않고 단숨에 3층으로 뛰어 올라간 그는 5호실의 버저를 꽉 눌렀다.

기다렸다는 듯이 문이 열리면서 빨간 물방울 무늬 원피스를 입은 30대의 교포 여인이 나타났다. 긴 흑발과 눈부시도록 하얀 목이 먼 저 그의 시야에 들어왔다. 여인은 막 외출 준비를 끝내고 난 뒤인 것 같았다.

김 기자는 호화롭게 꾸며진 응접실로 안내되어 들어갔다.

여인의 큰 눈이 두려운 듯이 그를 바라보고 있는 동안 그는 숨을 좀 돌리기 위해 담배를 피워 물었다.

"어제, 홍콩에서 간 김지숙이란 여인이 서울의 힐튼호텔에서 투신 자살했습니다. 본사에서 그것을 조사하라고 저한테 지시가 내려온 겁니다."

사연을 듣고 난 여인은 창백한 얼굴로 한참 동안 그를 바라보다가 고개를 저었다.

"그럴 수가…… 세상에 그럴 수가……."

"죽은 여자의 현주소가 이곳으로 되어 있었던 모양입니다. 물론 그 여자의 여권에 그렇게 적혀 있었겠지요."

여인은 침착해지려고 애쓰는 것 같았다. 그녀는 그를 소파에 앉아 있게 한 후 커피를 끓여 가지고 왔다.

조금 후 그녀는 놀라운 사실을 말했다.

"사실은 제가 얼마 전에 여권을 분실했어요. 아버님 환갑에 가려고 했었는데 그만……."

"그래요? 그럼 그 여자가 그 여권을 위조해서 한국에 간 거군요. 이제 알겠습니다."

김 기자는 눈앞이 갑자기 어두워지는 것을 느꼈다. 정체를 알 수 없는 암흑이 앞을 가로막는 것 같아 그는 가슴이 답답했다.

"한국 신문에 그 사건이 보도됐나요?"

"아직 신문을 보지 못했는데 보도됐겠지요. 신문이 오는 대로 보여드리겠습니다."

"네, 좀 부탁해요. 보도됐으면 그이도 봤을 텐데……."

"부군 말입니까?"

"네, 그이는 아버님 환갑 때문에 서울에 가셨어요. 저하고 함께 가기로 했었는데, 제가 여권을 잃어버리는 바람에 혼자 갔어요."

여인의 풍만한 가슴이 한숨을 들이켜자 풍선처럼 부풀어 오르는 것 같았다.

"어쩌다가 여권을 잃어버리셨나요?"

"글쎄, 그것을 도무지 모르겠어요."

"어디서 잃어버렸는지 기억도 안 나십니까?"

"모르겠어요. 남편과 함께 영사관에 다녀오다가 몇 군데서 쇼핑을 했는데, 그때 잃어버린 것 같아요."

"쓰리맞았군요?"

"그런 것 같아요. 저는 어떻게 되죠?"

"뭐, 상관있겠습니까. 안심하십시오."

"그래도 기분 나빠요. 제 이름으로 죽었다고 보도되었을 텐데……
그이가 그 신문기사를 봤다면 기절했을 거예요. 전화가 없는 걸 보
니까 아마 기사를 못 본 모양이죠?"

"그런 것 같습니다. 실례지만 부군께서는 무슨 일을 하고 계십니
까?"

"조그만 무역 관계 회사를 하나 가지고 있어요."

김 기자는 식은 커피를 마신 다음 일어섰다. 여인이 매달리듯 그
에게 다가섰다.

"그 여자는 왜 제 여권을 위조해서 들어갔을까요? 그리고 왜 자살
했을까요?"

"글쎄, 저도 알고 싶은 내용입니다."

여인은 현관까지 따라 나와 그의 전화번호를 물었다. 김 기자는
전화번호를 알려준 다음 그곳을 나왔다. 국제 전화국은 거기에서 10
분 거리에 있었다. 전화국에 뛰어 들어간 그는 서울 본사로 지급 전
화를 부탁했다.

10분 후에 그는 국장에게 조금 전의 취재 내용을 보고했다.

국장은 깜짝 놀랐다.

"야, 그거 특종감인데…… 계속 조사해봐."

"실리지도 못할 거, 조사해서 뭐합니까?"

"실리고 안 실리고는 여기서 결정할 일이야! 필요하면 인원을 보
강해줄까?"

"필요 없습니다."

그는 수화기를 철컥 내려놓고 얼굴을 찌푸렸다.

"하나 둘, 하나 둘…… 하나 둘."

채소희 여사는 비지땀을 흘리며 팔굽혀펴기를 하고 있었다.

"하나 둘…… 하나 둘…… 하나 둘……."

몸에 착 달라붙은 타이츠가 땀으로 흠뻑 젖어들어 있었다. 그 때문인지 육체의 선이 유난히 선정적으로 드러나 보였다.

여자 48세면 기우는 인생이다. 아무리 발버둥쳐도 시들어가는 육체를 돌이킬 수는 없는 노릇이다. 그런 줄 뻔히 알면서도 그녀는 안간힘을 쓰고 있었다. 세월에 잠식당하는 육체를 조금이라도 붙들어두려는 여인의 본능이 얼굴에 그대로 적나라하게 나타나 있었다.

40줄에 들어서면서 그녀의 몸은 갑자기 변화를 보이고 있었다. 남성이라면 모두가 한 번쯤 탐낼 만큼 젊은 시절 그녀의 육체는 풍만하고 늘씬했다.

그러던 육체가 나이를 먹으면서부터 선이 굵어지고 군살이 여기저기 찌기 시작한 것이다. 글래머 스타, 한국적 고전미의 여왕, 천의 얼굴을 가진 대배우 등 그녀를 지칭해서 부른 온갖 찬사도 옛말이 되었고, 그녀는 이제 한낱 퇴역 배우로서 영화의 단역에나 출연하고 있을 정도였다.

그러나 그녀에게는 여느 퇴역 배우들과는 다른 야심이 있었다. 그녀는 매일 비지땀을 흘리며 자신의 육체에 혹사를 가하는 것 이상으로 퇴역 배우라는 인상을 씻기 위해 노력하고 있었다.

총명한 그녀는 현역 배우로서의 자신의 생명은 이미 끝났다고 생각했다. 거기에 미련이 없는 것은 아니었지만 그녀는 포기해야 할 것은 재빨리 포기해버릴 줄 아는 총명함이 있었다. 그렇다고 포기하고 주저앉는 것이 아니었다. 그녀는 새로운 탈출구를 통해 자신이 지금까지 쌓아올린 이력에 빛을 더할 줄을 알고 있었던 것이다.

단순한 배우가 아닌 영화인으로서, 그리고 여류 명사로서, 그녀는 전보다 더 폭넓은 활동을 하고 있었다. 여배우 협회 회장, 영화 심의 위원회 위원, 연기 협회 부이사장 등 공식 직함 말고도 그녀는 영화 감독 및 제작자로서도 활약하고 있었고, 영화사 설립도 추진하고 있었다. 특히 영화사 설립이야말로 그녀가 가장 심혈을 기울이고 있는 일이라고 할 수 있었다.

그녀가 노리고 있는 것은 남자들도 해내기 어려운 국내 최대의 스튜디오까지 갖춘 영화사 설립이었다. 이 계획은 순조롭게 잘 진행되어나가고 있었고, 예정대로라면 내년 3월 중에는 개막 테이프를 끊을 수 있을 것 같았다. 현재 문제 되는 것은 자금 부족이지만 그것도 잘 풀릴 것으로 그녀는 내다보았다.

이렇게 사회적으로 눈부신 활약을 보이고 있었지만 그녀에게는 단 한 가지 불행한 일이 있었다. 그것은 가정적인 문제로서 그 나이게 그녀에게는 자식이 없었다. 자식 없이 부부가 50줄을 바라보며 살아왔다는 것은 여간 괴로운 일이 아니었다.

그녀가 아기를 가지지 못한 이유는 순전히 남편 쪽에 책임이 있었다. 거기다 남편은 결혼 이후 일정한 직업 없이 그녀의 등에 업혀 살아온 그야말로 무능하기 짝이 없는 사람이었다.

그러나 그녀는 그러한 남편을 무시하지도 않았고 이혼 같은 것은 생각해보지도 않은 채 묵묵히 가정생활을 꾸려왔다.

뭇 남성들의 선망의 대상이 되어온 스크린의 여왕이 온갖 유혹을 뿌리치고 생식 능력도 없는 무능한 남편과 함께 20여 년을 살아왔다는 것은 확실히 놀라운 일임에 틀림이 없었다. 이혼을 누워 떡 먹듯이 하는 연예계 풍토에서 그녀의 이러한 태도는 훌륭한 귀감이 되고도 남았다. 마음속으로야 물론 갈등이 없는 것도 아니었다.

그러나 그녀는 그것을 극복하고 불행을 감수하는 쪽을 택했다. 결벽증이 있는 그녀는 남녀의 불륜 관계를 무엇보다 싫어했고, 그래서 자식도 없이 무능한 남편과의 결혼생활이 가능했는지도 모른다.

땀을 흠뻑 흘리고 난 그녀는 목욕탕으로 들어가 샤워를 했다. 벌거벗은 그녀의 육체는 40대 중년 부인답지 않게 살결이 곱고 아직도 탄력이 남아 있었다. 젖가슴은 아이를 몇씩이나 낳은 다른 부인들처럼 그렇게 늘어진 편이 아니었고 엉덩이도 보기 흉하게 처져 있지 않았다.

샤워를 끝내고 난 그녀는 화장대 앞에 앉아 급히 화장을 하기 시작했다. 저녁 7시에 내셔널호텔에서 열리는 파티에 때맞춰 참석하려면 서두르지 않으면 안 될 것 같았다.

대강 화장을 끝낸 그녀는 운전사에게 차를 대기시키도록 지시했다. 10분 후 그녀를 태운 6기통 크라운 승용차는 수목에 싸인 저택을 천천히 빠져나와 시내 중심가 쪽으로 달려갔다.

그녀는 뒷좌석에 편안히 몸을 기댄 채 막 해가 진 거리를 바라보았다. 거리는 러시아워의 인파로 붐비고 있었다.

생활을 위해 저렇게들 바쁘게 움직이는 사람들을 보니 문득 남편 생각이 났다.

남편은 어디선가 바둑을 두고 있을 것이다. 바둑을 좋아하는 남편은 거의 모든 시간을 기원에서 보내고 있었다. 그러다가 갑자기 집을 떠나 며칠씩 바다 낚시를 다녀오기도 했다. 생각해보면 남편은 단순하기 짝이 없는 사람이었다.

명동으로 들어선 차는 그녀의 단골 미장원 앞에서 정거했다. 그녀가 안으로 들어서자 안에 있던 여자들의 시선이 일제히 그녀에게 쏠렸다. 그녀는 아는 얼굴들을 향해 조용히 미소를 지으면서 가운데 자리에 올라앉았다.

"90분 안으로 해줘요."

"네, 알겠습니다."

미용사가 공손히 대답했다.

파티는 홍콩의 대영회사인 대륙영업공사 부사장 왕탁이란 사람이 주최하는 것이었다. 한국 영화 및 배우들의 홍콩 진출이 두드러짐에 따라 홍콩 영화인들의 한국 방문도 잦았다.

그러나 친목을 도모하기 위해 홍콩 영화인이 이렇게 직접 파티를 연 것은 처음 있는 일이었다. 그래서인지 파티장은 입추의 여지 없이 초만원을 이루고 있었다. 참석한 사람들은 거의가 영화인들이었지만, 그중에는 정부 관리 및 영화와 직접 관계가 없는 사회 명사들도 끼여 있었다. 참석한 배우들 사이에는 이 기회에 홍콩에 진출할 수 있는 기회를 잡아보려는 듯 이미 눈에 보이지 않는 암투가 벌어지고 있었다.

파티장에 들어선 채소희는 사람들 사이를 헤치고 들어가 왕탁과 악수를 나누었다. 반백에 금테 안경을 낀 왕탁 부사장은 온후한 인상의 전형적인 중국인 신사였다. 대륙영업공사 사장과는 아는 사이였지만 부사장이란 사람을 보기는 처음이었다.

"존함은 많이 들었습니다. 이렇게 만나 봬서 반갑습니다."

왕탁은 능숙한 영어로 말했다. 소희도 능란한 화술로 인사했다.

"사장님은 안녕하십니까?"

"네, 잘 계십니다. 채 여사께 안부를 전하시더군요."

"같이 오셨으면 좋았을 텐데요."

"네, 마침 일이 있어서…… 참, 드릴 말씀이 있습니다."

그들은 술잔을 들고 구석진 자리로 걸어갔다. 왕탁은 주위를 자연스럽게 둘러본 다음 속삭이듯이 말했다.

"이런 자리에서 말씀드리긴 안됐습니다만…… 사실은 그 자금 문제에 대해선데……."

"네, 말씀하세요."

귀가 번쩍 뜨인 그녀는 앞으로 바싹 다가섰다. 왕탁은 검은 비로드로 감싸인 그녀의 몸을 힐끗 바라보고 나서 술을 한 모금 마셨다.

"지금 우리 회사에서는 갑자기 할리우드의 워너 브라더스사와 모종의 합작을 하게 됐습니다. 그래서 지금 사정이 어려워 모처럼…… 채 여사께서 부탁하신 것을 당분간 연기할 수밖에 없게 됐습니다. 이 점 매우 미안하게 생각합니다."

왕탁은 말을 마치고 안 호주머니에서 편지 한 통을 꺼내 그녀에게 건네주었다. 그녀는 머리가 어지러워 편지를 잘 읽을 수가 없었다. 그것은 사장이 보낸 것으로 유감의 뜻을 전하고 있었다.

그녀는 국내 최대 영화사 설립의 꿈이 와르르 무너지는 것을 느꼈다. 모든 준비는 다 되어 있었다. 이제 홍콩에서 자금만 오면 즉시 문제가 완전히 해결되는 셈이었다. 대륙영업공사 사장인 대머리는 틀림없다고 몇 번이나 약속했었다. 그런데 이제 와서 발을 빼다니, 도대체 무슨 꿍꿍이속인가.

그녀는 사기를 당한 것 같아 울화가 치밀었다. 파티에 초청해놓고 이런 말을 하다니 도대체 이런 무례가 어디 있는가. 그녀는 술을 단숨에 들이켠 다음 다시 한 잔을 청했다. 왕탁은 거듭 죄송하다고 말했다.

"정말 죄송하게 됐습니다. 괜찮으시다면 제가 다른 곳에 주선을 해보겠습니다만……."

그녀는 미소를 지은 채 대꾸하지 않았다. 부글부글 끓어오르는 분노를 미소로 지그시 누르면서 술잔을 흔들었다.

"사실 우리 회사는 유명세만 있지 내실에 있어서는 신진 회사에 뒤지고 있습니다. 작년에 새로 설립된 구룡영사는 자금도 많고, 특히 한국 시장에 눈독을 들이고 있습니다. 마침 그 회사 간부도 한 사람 같이 왔는…… 괜찮으시다면 그쪽에 제가 힘을 써보겠습니다. 아마 채 여사 정도라면 가능성이 있을 겁니다."

왕탁은 성의껏 말하고 있었지만 채소희는 귀담아듣지 않았다.

"말씀은 감사합니다만, 이젠 홍콩 쪽과는 이런 문제를 이야기하고 싶지 않습니다."

"그러시겠지요. 채 여사의 기분은 충분히 이해합니다. 그렇지만 제 성의로 아시고 한번 인사나 하시지요. 마침 여기 온 사람이 한국인이라 통하는 데가 있을 겁니다. 아, 그 사람 저기 있군요. 잠깐 기다리십시오."

왕탁은 마흔 전후의 사나이가 서 있는 쪽으로 다가갔다. 그 중년 사나이는 젊은 여배우 두 명과 이야기를 나누면서 웃고 있었는데, 얼핏 보기에 단아한 인상을 풍기고 있었다. 채소희는 그 사나이가 구룡영사의 한국인 간부라는 사실에 약간 호기심을 느꼈다.

이윽고 왕탁과 함께 그 사나이가 다가왔을 때 그녀는 그 단아하고 깨끗한 인상에 곧 호감을 느꼈다. 왠지 이 사나이라면 그녀가 안고 있는 자금 문제를 해결해줄 것 같은 기분이 들었다.

"김규박이라고 합니다. 그렇지 않아도 한번 찾아뵈려고 했습니다."

채소희는 사나이가 내주는 명함을 받아 들고 들여다보았다.

거기에는 구룡영업공사 전무이사 김규박이라고 적혀 있었다.

"사실은 올 때 이연희 여사의 부탁을 받았습니다. 서울 가면 채 여사님을 찾아 뵙고 꼭 안부를 전하라고 말입니다."

채소희는 사뭇 놀랐다. 이연희라면 여학교 시절 동창이고, 10여 년 전까지만 해도 동창회 모임 같은 데서 더러 만난 적이 있었다.

그녀와는 가까이 지낸 사이는 아니었지만, 상대가 여배우 뺨칠 정도로 미인이라 누구보다도 인상이 깊게 박혀 있었다. 지난 10여 년 동안은 보지도 못하고 소식도 듣지 못해 어디서 무엇을 하고 있는지 전혀 모르고 지내왔다. 그러던 그녀로부터 느닷없이 소식이 왔으니 놀라지 않을 수 없었다.

"어머, 그래요? 그 애가 홍콩에 있는 줄은 몰랐어요. 만난 지가 하도 오래되어 까맣게 잊고 있었어요. 그 애, 홍콩에서 뭐 하고 있나요?"

"바로 구룡공사 사장님 부인 되십니다."

"네에?"

채소희는 두 번째로 소스라치게 놀랐다. 그 놀라움 뒤에는 무엇인가 척척 맞아 들어가는 기분이 느껴졌지만 그것은 잠깐이었고 그녀는 즉시 현실적인 문제에 집착하기 시작했다.

한동안 놀라움을 나타낸 뒤 그녀는 "사장님도 한국인인가요?" 하고 물었다.

"아닙니다. 중국인입니다."

역시 미인이라 돈 많은 사람을 하나 문 모양이구나 하고 그녀는 생각했다.

"여사께서 영화 관계의 사업을 시작하셨다는 말도 들었습니다."

"아직 시작은 못 하고 계획 중이에요."

"사실은 이번에 저희 회사에서 한국에도 진출해볼 계획이 서 있습니다. 마침 사모님께서 채 여사님과 학교 동창이라고 하시면서 채여사님을 통하면 일이 잘될 거라고 하더군요. 참, 이건 사모님께서 여사님께 보내신 선물입니다."

채소희는 김규박이 주는 조그만 상자를 받아 열어보았다. 다이아몬드 반지가 불빛을 받아 번쩍 하고 빛났다. 어림잡아 기백만 원은 될 것 같은 값진 선물이었다. 그것만으로도 그녀는 이연희의 재력이 어느 정도인가를 짐작할 수 있을 것 같았다.

"사모님께서는 가까운 시일 내에 한번 홍콩을 방문해주셨으면 하고 바라고 계십니다. 만일 의사가 계시다면 저희들이 모든 경비는 준비해놓겠습니다. 가벼운 마음으로 한번 다녀가십시오. 사장님께서도 사업 관계로 여사님을 꼭 한번 뵙고 싶어 하십니다."

그녀는 술잔을 내려놓고 왕탁을 바라보았다. 왕탁은 좋은 기회라는 듯 고개를 끄덕였다.

"머리도 식힐 겸 한번 다녀오시지요. 구룡공사 사장님은 저하고도 잘 아는 사이니까 잘 말씀드리겠습니다."

채소희는 두 손을 깍지 끼어 비틀다가 그것을 풀었다. 그리고 "갈 때 가더라도 우선 연희한테 전화를 걸어봐야겠어요" 하고 말했다.

그것은 홍콩에 가겠다는 간접적인 의사 표시였다. 이미 그녀의 가슴속에는 아까의 그 노여움 따위는 씻은 듯이 사라지고 없었다.

김윤호 기자는 지금 막 서울로부터 도착한 서류 봉투를 난폭하게 찢었다. 봉투 안에서는 여러 장의 사진이 나왔다. 여권에 붙어 있는 사진을 찍은 것으로 같은 장을 여러 장 확대한 것이었다. 복사판이라 사진이 좀 흐렸지만 그런대로 사진의 주인공 얼굴은 충분히 알아볼 수가 있었다.

사진의 주인공은 대단한 미녀였다. 나이가 좀 들어 보였지만 완숙된 아름다움이 깃들어 있었다. 바로 그녀가 위조 여권으로 서울까지 가서 거기서 투신자살을 했다니, 아무래도 믿어지지가 않았다.

아파트를 나온 그는 곧장 한국 총영사관이 들어 있는 코리아센터로 달려갔다. 그리고 거기서 교포들의 신상 카드를 두 시간에 걸쳐 세밀히 검토해보았다.

마침내 두 시간 만에 그는 그가 가지고 있는 사진과 일치하는 여인의 얼굴을 찾을 수가 있었다. 그녀의 이름은 이연희였고, 이름 밑에는 붉은 줄이 그어져 있었다.

"이 붉은 줄은 뭐야?"

그는 친구처럼 지내는 영사관 직원에게 물어보았다.

"아, 그건 요주의 인물이란 뜻이야."

"어떤 점에서?"

"사상이 불온해."

순간 써늘한 바람이 그의 가슴속을 스치고 지나갔다. 그는 카드에 적혀 있는 주소와 가족관계 및 그 밖의 몇 가지를 급히 메모했다.

"왜 그 여자한테 관심을 보이지?"

"미녀라 한번 만나고 싶어서……."

"흥, 찾기 어려울걸. 우리도 찾고 있는데 종적이 묘연해. 그 주소에는 살고 있지 않아."

영사관을 나온 그는 거기서 10분 거리에 있는 교민회를 찾아갔다.

교민회 사무실에서는 몇 사람이 둘러앉아 바둑판에 신경을 쏟고 있었다. 그들은 김 기자가 내보인 사진에 모두 고개를 내저었는데 뒤늦게 들어온 노인 한 사람이 사진을 들여다보고는 알은체를 했다.

"이 여자 황이라고 하는 중국 늙은이하고 살았었지요. 작년엔가 헤어졌다는데 지금은 어디 있는지 몰라요."

"이 여자에 관해서 아시는 대로 좀 말씀해주십시오."

"글쎄, 아는 거라곤 없어요."

"그 중국인 황씨는 어디에 살고 있습니까?"

"네이턴 도에 가면 상해금방이라고 있어요. 그 집주인이 바로 그 사람입니다."

김 기자는 노인에게 공손히 인사하고 그곳을 나와 즉시 네이턴 도로 달려갔다.

상해금방 주인 황씨는 대머리에 왕방울 같은 눈을 하고 있었고, 너무 뚱뚱해서 조금 움직이는 것조차 귀찮아했다.

이연희 같은 미녀가 이런 뚱뚱보 늙은이하고 동거했던 이유가 뭘까. 아마 돈 때문이었겠지. 그런데 늙은이가 돈을 내놓지 않자 그만 헤어진 게 아닐까.

황씨는 처음에는 딱 잡아떼다가 김 기자가 집요하게 물고 늘어지자 마지못해 동거 사실을 인정하고 나왔다. 김 기자는 그녀가 죽은 사실을 숨긴 채 물었다.

"그 여자와 왜 헤어졌습니까?"

황씨는 손가락으로 동그라미를 만들어 보였다.

"그 여자가 예쁘긴 한데 돈, 돈만 알아."

"지금 어디에 살고 있습니까?"

"몰라. 얼마 전에 마카오에 갔다가 한 번 우연히 만났었지. 신마로에 있는 무역 전시관에서 만났는데, 어떤 젊은 남자하고 같이 있었어."

중국인은 기름이 흐르는 얼굴을 씰룩이며 말했다.

"혹시 금강무역 전시관에서 만난 게 아닙니까?"

"맞았어. 거기야."

금강무역 전시관은 금강무역공사 내에 있다. 마카오에 갔던 길에 그 앞을 지나친 적이 한 번 있었다. 북쪽 사나이들이 그곳을 공작 거점으로 사용하고 있다는 말을 들은 터라 그는 상당히 긴장했던 기억이 났다.

이튿날 김 기자는 홍콩 경시청 정치부를 찾아갔다. 스파이나 정치적인 색채가 있는 인물에 대해서는 정치부가 전담하고 있다는 것을 그는 잘 알고 있었다.

특파원이라고 하자 정치부의 책임자가 그를 직접 만나주었다. 김 기자는 이연희가 죽었다는 사실을 덮어둔 채 그녀에 대해서 조사해 놓은 것이 있으면 좀 알고 싶다고 했다. 영국인 책임자는 그런 인물은 조사해놓은 바 없으며, 조사해놓았다 해도 함부로 알려줄 수는 없다고 했다.

김 기자는 특별범죄수사부에 들러 안면이 있는 중국인 형사에게 사정을 이야기했다.

그 형사는 김 기자를 밖에서 기다리게 한 다음 직접 정치부로 가서 친구 한 사람을 끌고 나왔다.

그들은 어느 카페로 들어가서 이야기했다. 정치부 형사도 중국인이었다.

"정치적인 문제가 발생할 것을 고려해서 우리는 조사해놓은 것을 공개하지 않습니다. 그러나 친구의 부탁이고 하니 알려드리겠습니다. 그 대신 제가 알려주었다는 말을 해서는 안됩니다. 그리고 참, 왜 그 여자를 조사하고 있습니까?"

"그건 다음에 말씀드리겠습니다."

"약속합니까?"

"약속합니다."

"두 시간 후에 여기서 다시 만나죠. 자료를 준비해 가지고 오겠습니다."

두 시간 동안 김 기자는 섹스 영화관에 앉아 있다가 다시 약속 장소로 갔다.

정치부 형사는 5분 늦게 나타나 두툼한 서류 봉투 하나를 내놓았다.

"그 여자에 관한 자료는 충분하지 않습니다. 그러나 이걸 참고하시면 어느 정도 윤곽은 파악할 수 있을 겁니다. 그 여자가 주로 접촉하는 사람들에 대해서도 약간의 자료가 나와 있습니다."

"그 여자는 정치부에서 감시할 정도로 요주의 인물입니까?"

"하여튼 북쪽 사나이들과 활발히 접촉을 벌이고 있으니까요. 우리는 한국 측도 감시하고 있는데, 작년까지만 해도 그 여자는 한국 측 사나이들과도 자주 만났어요."

아파트로 돌아온 김 기자는 즉시 봉투를 풀었다. 그 속에는 사진과 함께 영어로 타이핑된 서류가 들어 있었다. 그는 우선 이연희에 관한 것부터 읽어보았다.

- 이연희(李蓮姬) : 국적은 한국. 1968년 5월에서 1970년 5월까지 스탠리(적주)교도소에서 복역. 죄명은 보석 밀수 및 사기. 석방 후 두 남자와 동거생활했으나 현재는 독신. 1973년부터 76년까지 한국 측 에이전트와 접촉했으나 77년부터는 북한의 공작원들과 접촉. 이중 스파이로 사료됨. 현주소는 구룡 마지도 125번지.
- 제3의 인물 : 이자에 대해서는 아는 바 없음. 다만 거물로 짐작될 뿐임. 이연희와 애버딘 항에 나타난 것을 카메라로 포착.
- 왕탁(王卓) : 왕탁은 최근의 가명. 본명은 알 수 없음. 흑사회(黑社會)의 거물로 사기 전문으로 알려져 있으나 증거 불충분으로 법망을 교묘하게 회피하고 있음. 최근 이연희와 자주 접촉.
- 김규박(金奎博) : 국적은 한국. 43세. 최근 마카오의 금강공사에 자주 출입. 이연희와도 접촉. 직업은 무역업이며 현주소는 금파리도 남화아파트 D동 305호.

김 기자는 소스라치게 놀랐다. 김규박의 주소는 바로 김지숙의 주소와 일치하지 않는가.

그는 수화기를 들고 다이얼을 돌렸다. 김지숙은 마침 집에 있었다. 그녀는 그의 전화를 받자 몹시 기뻐했다.

"실례지만…… 부군 존함이 어떻게 되십니까?"

"김규박이에요. 왜, 그이가 어떻게 됐나요?"

"아, 아닙니다. 서울서 돌아오셨어요?"

"며칠 늦겠다고 전화가 왔어요."

김지숙은 남편이 무슨 일을 하고 있는지 전혀 모르는 것 같았다.

김 기자는 제3의 인물, 왕탁, 김규박의 사진들을 눈에 익도록 들여다본 다음 봉투 속에 도로 집어넣었다. 제3의 인물은 대머리에 선글라스를 끼고 있었다.

이틀 뒤 아침 9시 조금 지나 KAL 홍콩지사로부터 김 기자에게 전화가 걸려왔다.

그는 세수를 하다 말고 뛰어가 수화기를 집어들었다. 서울발 홍콩행 각 항공회사의 비행기 탑승자 명단에서 김규박을 체크해달라고 KAL 지사 직원에게 부탁해두었던 참이라 그는 가슴이 두근거렸다.

"김규박이라는 사람의 이름이 오늘 밤 9시에 도착하는 CPA기 승객 명단에 들어 있습니다."

"고맙습니다."

점심때까지 방 안을 서성거리던 그는 아예 이불을 뒤집어쓰고 드러누워 버렸다.

저녁 8시에 그는 카메라까지 들고 택시를 전세 내어 카이탁 공항으로 향했다.

공항에 도착한 것은 8시 30분이었다. 30분 동안 그는 대합실에서 서성거리며 담배를 연달아 피워댔다.

예정 시간보다 10분 늦게 CPA기는 도착했다. 다시 10분이 지나 승객들이 밖으로 빠져나오기 시작하자, 김 기자는 출구로 바짝 다가서서 한 사람 한 사람을 뚫어지게 바라보았다.

마침내 사진에서 보았던 김규박의 모습이 보이자 김 기자는 숨이 막히는 것만 같았다. 그는 혼자가 아니라 동행이 있었다. 동행이 다름 아닌 여배우 채소희 부부인 것을 알자 김 기자는 한층 놀라지 않을 수 없었다. 여배우 채소희도 조직의 일원인가.

그가 당황하고 있는데 그들 일행을 맞이하는 인물이 시야에 들어왔다. 바로 사진에서 보아두었던 왕탁이란 인물이었다.

순간 그는 모종의 음모가 진행 중임을 직감적으로 느꼈다.

그는 그들 곁을 지나치면서 그들이 나누는 대화를 얼핏 들었다.

"연희는 안 나왔나요?"

"아, 네, 갑자기 몸이 불편해서 마카오의 별장에 계신 모양입니다. 오늘은 늦었으니까 내일 찾아 뵙죠."

채소희의 질문에 왕탁이 대답했다.

"어디가 아픈가요?"

"갑자기 빈혈 증세가 일어난 모양입니다."

대합실을 나간 그들은 검은색 벤츠에 모두 올랐다. 김 기자도 뛰어나가 대기해둔 택시에 올라탔다.

30분 후 벤츠는 퓨라마호텔 앞에서 정거했다. 그들이 호텔로 모두 들어간 것을 확인하고 나서 김 기자도 호텔 안으로 들어갔다.

이미 예약이 되어 있었는지 채소희 일행은 보이에게 짐을 맡긴 뒤 커피숍으로 몰려갔다.

그들이 자리 잡은 뒤 김 기자도 커피숍으로 들어가 그들과 가까운 곳에 자리를 잡고 앉았다. 그는 커피를 마시면서 신경을 온통 그들 쪽으로 집중했다.

"사장님도 마카오에 계신가요?"

"네, 사모님하고 함께 계십니다. 우리가 채 여사님께 약속을 못 지켜드린 것을 이야기하자, 진 사장님은 구룡공사의 명예를 걸고서라도 채 여사님을 돕고 싶다고 말씀하셨습니다."

왕탁의 말은 부드럽고 교양미가 있었다. 사기꾼의 전형적인 스타일이라고 김 기자는 생각하였다.

"이렇게 되면 내가 연희한테 너무 신세를 지는데……."

채소희의 중얼거림과 낮은 웃음소리가 들려왔다.

"피곤하실 텐데 오늘은 이만 주무시지요. 내일 11시에 모시러 오겠습니다."

단아하고 깨끗하게 생긴 김규박의 말에 모두가 일어섰다.

김 기자는 채소희가 남편과 함께 엘리베이터 타는 것을 보고서야 호텔을 나왔다.

이튿날 오전 10시 30분에 김 기자는 퓨라마호텔로 나갔다.

현관 로비에 앉아서 그는 초조하게 11시가 되기를 기다렸다.

11시가 되자 어김없이 김규박이 나타났다. 그는 곧장 엘리베이터 속으로 사라졌다.

30분 후 채소희가 김규박과 함께 엘리베이터 속에서 나왔다. 그림자처럼 따라다니던 남편의 모습은 보이지 않았다. 아마 방에 떼어놓고 나온 모양이었다. 채소희가 혼자 외출한다는 사실에 김 기자는 일말의 불안감을 느꼈다.

두 사람을 태운 녹색 임페리얼 승용차가 호텔 앞을 떠나자 김 기자도 급히 택시에 올랐다.

그런데 김 기자를 미행하는 차가 새로 하나 나타났다. 코발트 빛깔의 75년형 닷산인데, 차 뒷좌석에는 두 명의 사나이가 앉아 있었다. 그중 한 명은 대머리에 선글라스를 끼고 있는 모습이 김 기자가 사진에서 본 '제3의 인물'과 비슷해 보였다.

임페리얼 승용차는 곧장 부두로 향하고 있었다. 이윽고 차가 부두에 닿자 채소희 일행은 밖으로 나와 모터선 쪽으로 걸어갔다. 호화롭게 꾸며진 모터선 앞에서 채소희는 잠시 머뭇거리다가 김규박이

내민 손을 잡고 배 위로 올라갔다.

김 기자는 기둥 옆에 붙어 서서 카메라 셔터를 눌렀다. 조금 후 모터
선은 부두를 천천히 빠져나가기 시작했다. 김 기자는 채소희를 태운
그 배가 멀리 수평선 저쪽으로 사라질 때까지 그 자리에 서 있었다.

그가 퓨라마호텔로 다시 돌아온 것은 그로부터 한 시간 후였다.
그는 프런트 데스크에서 채소희가 예약한 호실을 알아낸 다음 엘리
베이터를 타고 위로 올라갔다.

10층 5호실 앞에 이른 그는 잠시 머뭇거리다가 가만히 문을 두드
렸다. 세 번 노크하자 문이 열리면서 채소희의 남편이 나타났다. 그
는 그때까지 자고 있었는지 눈이 게슴츠레했고 머리칼은 마구 헝클
어져 있었다.

K일보 특파원이라고 하자 그는 잠옷을 여미면서 들어오라고 했
다. 자기 마누라가 유명하니까 인터뷰하려고 기자가 찾아온 모양이
라고 생각했는지, 그는 김 기자에게 찾아온 용건도 묻지 않았다.

"주무시는데 미안하게 됐습니다."

"아니요."

그는 짧은 턱을 쓰다듬으면서 씨익 웃었다.

"채 여사께서는 이번에 무슨 일로 홍콩에 오셨는지요?"

"뭐…… 친구가 초대를 한 모양이에요."

"그 친구 되는 분의 이름이 뭡니까?"

"이연희라고 하던가 그러던데요. 고등학교 동창인데 지금은 여기
있는 구룡영화사 사장 부인이라고 하더군요."

김 기자는 눈앞이 아찔했다. 담배를 쥐고 있는 그의 손끝이 가늘
게 떨리기 시작했다.

"오늘 아침 채 여사를 데리고 간 그 사람은 누굽니까?"

"아, 그 사람은 구룡영화사 전무이사라는 사람인데, 집사람을 이연희 씨가 있는 곳으로 데리고 간 모양이에요. 마침 그 여자가 아파서 올 수가 없다고 해서 별장으로 찾아간 모양입니다."

"별장이 있는 데가 어딥니까?"

"마카오에 있다고만 들었어요."

"마카오……."

김 기자는 중얼거리면서 상대방을 쏘아보았다.

"공항에 마중 나왔던 사람은 누굽니까?"

"왕탁이란 사람으로 이곳 대륙영화사 부사장이라고 하더군요."

"채 여사께서는 단순히 초대에 응한 것입니까?"

"그렇지는 않은가 봐요. 뭐, 영화 사업 관계가 주목적인가 봐요."

사내는 남의 일처럼 심드렁하게 말하고 있었다. 김 기자는 벌떡 일어섰다.

"빨리 경찰에 연락하시오. 여사는 납치된 거요!"

"뭐라구요?"

사내는 비로소 잠에서 깨어나는 것 같았다.

"그자들은 모두 가짜요! 이연희라는 여자는 여기 없어요! 며칠 전에 서울서 투신자살했어요!"

김 기자는 사내에게 명함을 던져주었다.

"내 전화번호니까 채 여사로부터 혹시 소식이 있으면 연락해주시오!"

정신없이 방을 뛰쳐나온 김 기자는 아파트로 돌아와 즉시 기사를 작성하기 시작하였다. 이것이야말로 특종감이다. 국제적인 미스터리로 홍콩과 서울이 발칵 뒤집힐지도 모른다. 원고지를 긁어대는 만년필의 사각거리는 소리가 쾌적하게 그의 귓속을 후벼대고 있었다.

그가 원고지 다섯 장을 단숨에 갈기고 났을 때 노크 소리가 들려왔다. 긴장한 그는 문 앞으로 다가서서 조심스럽게 물었다.

"누구십니까?"

"경찰입니다."

굵직한 중국말에 그는 문을 열었다. 순간 해머 같은 주먹이 그의 얼굴에 부딪쳐왔다. 소리 하나 지르지 못한 채 쓰러진 그의 머리 위로 이번에는 쇠뭉치 같은 것이 퍽 하는 소리를 내면서 떨어졌다.

현관에 걸레처럼 처박힌 그는 의식을 찾으려고 기를 써보았지만 소용없는 짓이었다. 흐릿해져가는 의식의 끝에 매달린 채 이것으로 그 지긋지긋한 기자생활도 마지막이라고 그는 생각했다.

그를 내려다보고 있는 선글라스가 점점 확대되는 것을 느끼면서 그는 마침내 지상의 마지막 산소를 깊이 들이켰다. 서른여덟 살 노총각의 비애처럼 눈에는 한 방울의 눈물이 맺혀 있었다.

- 김성종 소설집, 「회색의 벼랑」(주부생활사, 1980)

덴버에서 생긴 일

>>>>> 문윤성

1916년 강원도 철원에서 태어나 2000년 타계했다. 1946년 『신천지』에 「뺨」을 발표하였고, 1967년 주간한국 제1회 추리소설 공모에 장편소설 『완전사회』가 당선되었다. 『완전사회』는 최초의 장편 SF소설로 평가받는다. 그 밖의 주요 작품으로 장편소설 『일본 심판』 『사슬을 끊고』, 장편 서사시 「박꽃」 등이 있다.

1

이건 순전히 한국인을 위한 로스앤젤레스로구나!

LA의 메인 스트리트를 누비고 지나가는 한국의 날 대행진을 보는 사람들이라면 한국인이고 외국인이고 간에 '이건 숫제 한국인이 판치는 LA가 되었군' 하고 감탄할 거다.

그 감탄 속에는 설사 적잖은 질투가 섞여 있다손 치더라도 말이다.

화사한 민속의상으로 단장한 미녀들이며, 의젓한 한국 고유의 전통음악과 춤, 그런가 하면 어린이들의 활기찬 고적대 놀이.

정말 장관이고 신나는 행사다. 미국 이민 오 년째의 나로서는 이곳에 온 후 이렇듯 신명 나는 날을 누려본 적이 없다.

그러니 몇십 년의 연륜을 쌓아온 선배 이민자들의 기쁨이며 감격은 나의 몇 배가 될 게 뻔하다. 기나긴 고생살이의 역사가 오늘의 보람으로 탈바꿈한 것이다.

나는 기쁨이 지나쳐 눈물이 날 지경이다. 이것이 행복이란 것이로구나 하고 나는 자문자답하였다.

이토록 절정에 달한 나의 행복이 불과 몇 시간 만에 산산조각이 날 줄이야!

이날 석간신문의 한 기사가 나를 천당의 정상에서 지옥의 바닥으로 떠밀어버린 거다.

"아빠, 이것 봐요."

나의 둘째 놈 영수가 내민 신문은 '데일리 로스앤젤레스'. 지면 전체가 코리아 퍼레이드로 화려하게 장식되어 있는데, 영수의 창백한 안색이며 신문지를 쥔 손의 경련은 웬일이지?

나는 얼떨떨한 낯으로 잠시 영수의 안색과 신문지면을 번갈아 바라보았다.

"이것 보세요."

영수의 손가락이 가닿은 곳, 그 기사 표제를 보자 나는 심장이 금세 멎는 충격을 느꼈다.

로간 부인 피살체로 발견
범인은 한국인 최영애 부인으로 지목

이게 웬 벼락이냐! 최영애 부인은 나의 고모다. 로간 부인도 내가 잘 아는 사람이다.

고모와 로간 부인은 친형제처럼 가까운 사이고, 두 사람 다 자선사업가로 한국이며 미국에서 제법 이름난 인물들이다.

이럴 수가 있나! 나는 정신을 바짝 차리고 기사를 읽었다.

덴버 시 이스트로즈 거리의 로간 씨 저택에서 어젯밤 로간 부인이 피

살체로 발견되었는데, 살인 혐의자는 피살자의 동거인이며 친구인 한
국인 최영애 부인으로 지목되었다. 경찰이 최 부인에게 혐의를 두는 것
은 피살자의 혈흔이 최 부인의 옷에 묻어 있었고, 피살자의 결정적 사
인이 된 목에 감긴 수건이 왼손잡이 특유의 수법으로 감겼는데, 최 부
인이 왼손잡이라는 점 등…….

나는 기사를 끝까지 다 읽지 못하고 현기증이 나 신문지를 땅에
떨어뜨리고 비실거렸다.

둘레 사람들이 급히 나를 침대로 옮기고 동네 의사를 불렀다.

나는 몽롱한 의식 중에서도 줄곧 외쳤다.

"아니다. 아니다. 절대 아니다."

2

여러 사람들의 도움으로 정상을 되찾은 나는 밤새 궁리하였다.

"고모를 어찌하면 구할 수 있을까?"

물론 나는 고모의 혐의 사실을 믿지 않는다. 경찰이 헛짚은 게 틀
림없다. 로간 부인이 살해된 게 사실이라면 범인은 따로 있다. 아마
십중팔구 그녀의 남편 에드워드 로간일 거다.

에드워드는 이름난 건달이다. 사기 전과가 있고 상습 노름꾼이다.

그는 항상 라스베이거스에서 세월을 보내는 인간으로, 부인과는
별거 상태이고 자주 금전과 재산 문제로 부부싸움이 잦았다고 고모
를 통하여 여러 번 들은 바 있다.

고모로 말하면 내 혈속이라고 해서가 아니라 성품이 천사와 같은 사람이다.

최영애 여사 하면 한국에서는 여류명사로 통한다. MY 고아원 창설자이고 오십이 넘은 오늘날까지 미혼녀로서 오로지 사회사업을 천직으로 알고 있는 그런 분이다.

사회사업가라고 하면 재산이 있어 하는 걸로 알 사람도 있겠으나, 고모는 젊은 날 노동판의 잡역부를 비롯하여 모진 노동은 안 해본 게 없는 고생 속에서도 고학으로 캘리포니아 주립대학의 석사학위를 따낸 맹렬 여성이다.

나는 늘 이 고모를 자랑으로 여기고 나와 내 자식들의 살아 있는 교훈으로 삼고 있다.

고모가 살인을 하다니 말도 안 된다. 그리고 로간 부인은 또 어떤 사람인가. 콜로라도 주의 이름난 재산가의 딸로서, 해외봉사 대원으로 한국에 갔다가 우리 고모 최 여사와 알게 된 후 서로 의기상통하여 한국의 불우아동돕기에 열을 올리고 있는 사람이다.

두 사람이 금년 초에 미국에 온 것도 좀 더 효과적인 한국 아동 구제사업을 펴기 위한 계획 때문이다.

이런 두 사람 사이에 살인사건이 나다니 될 소린가.

나는 로간 부인 남편에게 의심이 간다. 처갓집 덕으로 호의호식하는 로간은 자기 몫으로 돌아올 재산이 한국의 가난뱅이 어린이들에게 흘러나가는 게 몹시 못마땅하여 항상 투정만 부린다고 들었다.

나는 하룻밤을 꼬박 뜬 눈으로 밝히다시피 하고 날이 밝는 즉시 비행장으로 달려갔다.

로스앤젤레스에서 덴버까지는 직선거리로 일천사백 킬로미터로

칼 항공기로 두 시간 반 정도 걸리고 비행장까지의 소요시간을 합치면 네 시간은 잡아야 한다.

나는 아침 일곱시에 뜨는 첫 항공기에 올랐다. 가는 도중에는 저 유명한 그랜드캐니언 국립공원이 있고 북미 대륙을 남북으로 달리는 높고 웅장한 록키 산맥이 있다.

마침 날씨가 좋아 천하의 절경이 눈 아래 펼쳐져 있었으나 나는 절박한 경황에 경치고 뭐고 안중에 들어오지도 않았다.

근심 걱정으로 속이 바삭바삭 타는 사이에 덴버 공항에 도착한 건 오전 열시.

경찰서로 달려갔으나 고모와의 면회는 거절당했다. 변호사를 통해 지방 검사의 허가를 받아야 한다는 경찰서장의 말이다.

허둥지둥 전화번호부를 뒤져 변호사 사무소를 찾아봤다. 제임스 M. 쎄이버라는 이름을 골라 전화를 걸었다.

오후 세시에 만나자는 변호사 말에 따라 그 시각에 그의 사무실로 갔다.

쎄이버 변호사는 사십대 중반의 연배로 인상이 매우 상냥했다.

"좋습니다. 도와드리지요. 선생의 말씀대로라면 그렇게 착한 분이 그런 끔찍한 범행을 저질렀으리라고는 생각할 수 없겠군요. 진상이 밝혀지도록 노력해봅시다."

고모와의 면회는 다음 날 저녁 여섯시에 이루어졌다.

경찰은 그간 사흘간에 그들 나름대로의 수사에 매듭을 지은 듯 느긋한 표정들이었다.

그것은 우리들 면회에 입회한 강력계 주임을 비롯한 여러 경찰관들의 얼굴에 여실히 나타나 있었다.

고모는 나를 보자 울음을 터뜨렸다. 고모의 몰골이 말이 아니다. 안색은 사색이 다 되었고, 얼굴 모습마저 일그러져 있다.

금년 52세의 내 고모는 마치 일흔이 넘은 노파의 모습이라 나는 잠시 고모임을 확인하느라 머뭇거려야 했다.

이 노파가 나의 고모임을 확인하자 가슴이 꽉 메여 아무 말도 안 나왔다. 고모는 내 손을 잡고 전신을 부르르 떤다. 그리고 중얼거리듯 더듬더듬 말했다.

"나, 나는 아, 아니야. 믿어, 믿어줘. 저, 저 정말이야."

나는 고모를 얼싸안았다.

"고모, 염려 마세요. 진상이 곧 밝혀질 거예요. 이분은 쎄이버 변호사예요."

고모는 계속 더듬거린다.

"범인은 에드, 에드워드."

이 말에 나는 즉각적으로 대꾸하였다.

"그렇죠. 에드워드, 그자죠. 나도 그럴 줄 알았어요."

고모와 나는 울음을 터뜨렸다. 세상에 이런 변이 있을 수 있는가! 멀쩡한 사람을 살인범으로 몰다니.

그런데 쎄이버 변호사를 제외한 둘레의 사람들은 모두 냉소의 눈초리로 고모와 나를 쏘아보고 있다.

쎄이버 변호사가 고모에게 몇 가지 질문을 하였다. 어째서 미스터 로간을 범인으로 보느냐, 로간 부인을 마지막 본 게 언제냐 등등.

이에 대한 고모의 답변은 시원치 않다. 하고픈 말은 많은데 감정이 격해 조리 있는 말을 할 수 없고, 거기다 기력이 극도로 쇠진하여 몸을 가누지 못하는 상태다.

쎄이버 변호사가 "우선 급한 건 의사의 응급조치요. 지금 이 상태로는 수사고 증언이고 집행할 상태가 아니오" 하고 선언하였다. 나도 동의하였다.

강력계 주임이 "그렇지 않아도 경찰의가 지금 오는 중이오. 우리의 수사는 더 이상 필요치도 않구요" 하고 자신만만하게 말한다.

고모를 보호실로 들어가게 하고 나서 주임이 우리에게 설명한 수사 경위는 다음과 같다.

삼 일 전 한밤중에 경찰에 비상전화가 걸려왔다. 이때가 오전 한 시. 살인사건이니 빨리 와달라는 건데, 장소는 로간 씨 댁, 신고자는 바로 최영애 부인. 즉시 강력계 형사들이 출동했다.

피살자는 로간 부인으로 일층 거실 마룻바닥에 쓰러져 있었는데, 이미 숨이 끊긴 후고 상처는 머리에 두 군데 둔기로 맞은 자국이 있어 출혈이 낭자하나 결정적 사인은 목에 감긴 비단 수건으로 추측되었다.

이 추측은 검시관의 검시 결과와도 일치하였다.

신고자 최 여사의 설명인즉, 이날 밤 이 집에는 로간 부인과 최 부인 두 사람만이 있어 자정 가까이까지 일층 거실에서 담화를 나누다가 이층에 있는 각자의 침실로 올라갔다는 것.

최 여사는 곧 잠이 들었는데 이상한 소리에 잠이 깨어 귀를 기울이니 아래층 홀에서 남녀의 말다툼 소리가 났다. 귀에 익은 소리로 로간 부인이 남편 로간과 말다툼을 하더라는 것이다.

이 집주인 에드워드 로간은 부인과는 별거에 가까울 정도로 줄곧 외부 생활을 하는 사람인데, 간혹 집에 돌아오긴 하나 그때마다 대개의 경우 부부간 말다툼이 상례였기에 이 밤도 그런 건가 했는데,

이날 밤의 말다툼은 좀 심한 것 같더니 이내 부인의 비명소리가 나고 사람 쓰러지는 소리가 나기에 최 여사는 황급히 침실을 나와 아래층으로 내려갔다는 거다.

층계를 반 정도 내려가며 보니 로간 부인이 쓰러져 있고 딴 사람은 보이지 않았다 한다.

마음이 다급해진 최 여사가 총총히 층계를 다 내려설 찰나, 갑자기 층계 옆 벽 뒤에 숨어 있던 남자가 뛰쳐나와 면상을 후려갈기는 바람에 그 자리에서 의식을 잃고 말았다는 거다.

순간에 당한 노릇이긴 하나 괴한은 분명 미스터 로간이었다는 게 최 여사의 주장이다.

최 여사는 얼마 후 정신이 돌아와 로간 부인의 죽음을 확인하자 즉시 경찰에 신고하였다고 한다.

경찰이 와보니 로간 저택은 대문이며 현관문이 완전히 닫혀 있어 최 여사가 열어줌으로써 집 안에 들어갈 수 있었고, 집 안에는 로간 부인의 시체와 신고자 최 여사 외에 미스터 로간은 물론 어느 누구도 존재하지 않았고, 출입문이나 창으로 누군가 나간 흔적도 발견하지 못하였다.

경찰은 집 안을 샅샅이 뒤졌다. 그 결과 이층 최 여사의 침실 침대 매트 밑에서 피 묻은 잠옷을 발견하였다. 잠옷은 최 여사의 것이고, 혈액형은 로간 부인의 것과 일치하였다.

물증은 또 있다. 최 여사의 손가방 속에서 나온 서류에서 로간 부인의 재산양도증서가 나왔는데, 그 내용은 로간 부인이 소유한 한 건물의 처분권을 최 여사에게 위임하여 한국인 불우아동 구제사업에 쓰도록 한다는 거다. 그런데 이 서류에 있는 로간 부인의 사인이 위조라는 감정이 오늘 오전에 나왔다.

혐의점은 또 있다. 피살자의 결정적 사인인 비단 수건이 시체 목에 감긴 솜씨가 왼손잡이 특유의 것이고, 최 여사가 바로 왼손잡이다.

그리고 최 여사가 주장하는 미스터 로간의 존재인데, 경찰 조사 결과 미스터 로간은 범행이 있던 그 시각에 로간 저택에서 약 이 킬로미터 떨어진 곳에 있는 카페에서 친구들과 포커 놀이를 하고, 이어 술을 마셔 곤드레만드레가 되도록 취해 있었다는 알리바이가 성립되었다. 즉, 최 여사의 말은 거짓이다.

"이쯤 되면 일이 난처하게 되었소."

경찰서에서 나와 돌아가는 차 안에서 하는 쎄이버 변호사의 말이다.

"아니, 그럼 쎄이버 씨는 최 여사를 범인으로 보는 거요?"

나는 애가 탔다.

"아니오."

변호사는 고개를 젓는다.

"나의 직감으로는 최 여사는 범인이 아니오. 내가 본 바 최 여사는 너무나 흥분해 있고 충격을 이겨내지 못하고 있어요. 정말 범인이라면 저토록 완벽한 연기를 할 수가 없어요. 그리고 최 여사가 범인이라는 증거들이 너무나 손쉽게 나타난 것도 의심쩍어요. 진범의 조작가능성이 엿보이는군요."

"그렇소, 나도 그리 생각하오."

나는 변호사의 말에 용기를 얻었다. 이 변호사는 유능한 변호사다. 나는 운이 좋아 이런 사람을 만났구나. 그러나 걱정거리도 있다.

"쎄이버 씨, 에드워드의 알리바이를 어찌 봐야 하나요?"

"지금 당장은 뭐라고 말할 수 없군요. 최 여사가 딴 사람을 에드워드로 봤을지도 모르고, 또 에드워드의 알리바이가 절대적인 것이 아닐 수도 있죠."

"그래요. 카페니, 포커니, 술 취했다느니 하는 제시조건이 모두 아리송한 것들뿐이오."

"우리에게는 충분한 시간이 있어요. 서둘지 말고 차근차근 풀어봅시다."

"나는 변호사님을 믿소. 하나님께서 당신을 우리에게 보내주셨어요. 나는 그리 믿어요."

나는 변호사의 두 손을 꼭 잡았다. 변호사도 내 손을 힘주어 잡아준다.

3

검찰은 주저 없이 고모를 기소하고 경찰서 유치장에서 미겔 감옥으로 옮겼다. 로간 부인 살인범으로 단정한 것이다.

신문들도 검찰의 태도를 정당시하는 기사를 실었다.

고모의 건강은 시간이 갈수록 악화되어 이대로 있다간 정식 재판이 열리기 전에 죽고 말 것 같았다.

나와 변호사는 서둘러 병보석을 추진하였다.

지방판사는 처음에는 일급 살인 혐의자의 병보석은 인정할 수 없다고 버티었으나, 우리들의 끈질긴 진정에 드디어 오만 달러 보석금에 덴버 시립병원 입원실을 거주 제한조건으로 보석 허가서를 내주었다.

여기서 우리들이라고 말한 건 LA 지구의 많은 교민들과 덴버의 적잖은 미국 시민들을 가리킴이다.

LA의 교포들은 진한 동족애의 발로이니 그렇다 하겠고, 덴버 시민의 경우는 나로서는 뜻밖의 구원군이었다.

이 사람들은 로간 부인과 최 여사가 함께 다니는 감리교회의 신도들로, 이들은 최 여사가 절대로 끔찍한 범행을 저지를 사람이 아니라고 확신하고들 있다.

이렇게 많은 사람들이 최 여사를 감싸고 나서자 검찰 당국의 태도도 신중해지고, 신문들의 논조도 최 여사를 진범으로 단정하듯 하던 처음의 기세를 누그러뜨렸다.

나는 서둘러 보석금을 마련하여 고모를 시립병원으로 옮겼다.

쎄이버 변호사는 검찰청에, 경찰이 내세운 여러 가지 증거를 반박하는 의견서를 제출하였다.

첫째, 최 여사의 잠옷에 묻은 피는 진범인이 따로 있다고 가정할 때 충분히 조작할 수 있는 트릭이고,

둘째, 재산양도서의 로간 부인 사인 위조 건도 진범인의 조작으로 볼 수 있다. 이유는, 최 여사로서는 굳이 그런 재산양도서의 필요가 없다는 것. 로간 부인 자신이 한국 불우아동 구호사업의 주인공이니 그렇다.

셋째, 피살자 목에 감긴 수건의 왼손잡이 솜씨도 진범인의 계획된 각본으로 볼 수 있다. 즉, 이것은 최 여사의 신체 조건을 잘 아는 진범인의 짓으로 봐야 한다.

222

넷째, 사건 당시 집 안의 모든 출입구가 잠겨 있었다는 점은 진범인이 이 집 열쇠를 갖고 있는 인물이라면 이상할 것도 없다. 그리고 결정적인 것은 로간 부인의 사망으로 최 여사는 하나의 득도 못 보는 입장에 있고, 득 볼 사람은 따로 있다는 점.

또 한 가지, 최 여사의 인격은 로간 부인의 친구들을 포함한 많은 사람들이 증언하고 있다.

이렇게 해서 쎄이버 변호사는 검찰의 기소포기나 기소유예를 얻고자 노력하였다.

이러는 동안에 일주일이 지났다. 고모의 용태는 많이 호전되었다. 원기가 회복되자 "범인은 틀림없이 에드워드다"라고 더욱 자신 있게 주장하였다.

"최 여사의 저런 주장은 당연하긴 하나 문젯거리일 수도 있소."

하고 변호사는 고충을 말한다.

"즉, 에드워드의 알리바이가 무너지는 날에는 최 여사의 주장이 떳떳하지만, 끝내 그자의 알리바이가 굳어지는 날에는 최 여사는 구제받을 수 없는 거짓말쟁이가 되는 거요. 숫제 그날 밤 괴한에게 기습을 당하여 상대가 누군지 전혀 기억할 수 없다고 하면, 증거 불충분으로 방어할 방도도 있겠는데……."

"그렇다고 최 여사더러 그 주장을 이제 와서 취소하랄 수는 없잖소?"

하고 나.

"그건 그렇고. 허나, 에드워드가 내세우는 알리바이를 깨기 전에는 우리에게 승산이 없소."

하는 변호사.

"쎄이버 씨, 당신은 그자의 알리바이를 믿소?"

하고 나는 물었다.

"믿지는 않아요."

변호사 역시 심증은 나와 같다.

사실, 에드워드가 내세우는 알리바이라는 것은 수상쩍은 것투성이다.

범행 시각에 그가 있었다는 카페는 '저녁의 숲속'이란 이름부터 괴상한 삼류 이하의 카페로, 드나드는 손님들의 질도 껄렁한 건달패들이다.

이런 곳에 모인 사람들의 증언이라 경찰도 처음에는 쉽사리 믿지 않았으나 워낙 증인의 수가 많고 짜임새 있는 증언이라 인정하지 않을 수가 없었던 거다.

그러나 나와 쎄이버 변호사는 물러설 수 없는 입장이다.

에드워드가 일당들과 알리바이를 짜놓고 나서 로간 부인을 살해한 후 최 여사에게 죄를 뒤집어씌운 것이 틀림없다.

부인이 죽으면 에드워드는 큰 재산을 수중에 넣게 된다. 악당들이 여기에 유혹당한 거다.

"그들은 범죄에 찌든 사람들이오. 거기에 큼직한 보수가 달려 있어요. 증언을 번복할 사람은 한 사람도 없을 거요."

"몇 놈 잡아서 족쳐보면 실토할걸."

하고 나.

"민주 경찰은 추측에 의한 혐의만으로 인신구속을 할 수 없소. 고문은 더군다나 말도 안 되오."

변호사의 말.

"그건 내가 맡겠소. 우리 식구 몇이 나서서 그자들을 다루어보리다."

"왜 이러시오. 여기는 미국이오. 섣부른 짓을 하다가 정말 당신 고모를 전기의자에 앉히고 싶소?"

"그럼 어떡하지?"

나는 초조하기만 하다.

"일이란 서두르면 낭패하기 쉬운 법이오. 차근차근 계획을 세워봅시다. 이 사건으로 손해 볼 사람은 누구며, 이득 볼 사람은 누구냐 하는 점을 강조하여 여론을 환기시켜 배심원들을 유도해나가야겠소."

쎄이버 씨의 의견이다.

"그 배심원제도라는 게 불안하오. 전문지식도 없는 아마추어들이 모여 유죄다 무죄다 하니 마치 일종의 도박 같소. 나는 이 점이 현대 미국 사법제도에 남아 있는 시대적 유물이라고 생각하오."

나는 푸념하였다.

"일리 있는 말이긴 하오. 그러나 그런 것이 민주주의라는 거 아니겠소. 허점도 있고 장점도 있고."

"민주주의가 좋긴 하나, 미국의 민주주의는 법을 지키는 자에게는 준엄하고 악용하는 자에게는 허술한 게 탈이오. 이번 경우만 해도 경찰이 좀 더 능률적으로 강권을 발동했다면 사건은 쉽사리 풀릴 것인데……."

"그리 성급하게 대들면 안 된다니깐."

우리들이 이렇게 고민하고 있는 와중에 또 다른 사태가 돌발하여 우리들을 더욱 애타게 하였다.

뜻밖의 사태란 에드워드가 최 여사의 침실을 뒤져 책장 속 책갈피 사이에 끼워두었던 한 통의 편지를 찾아내어 검찰에 신고한 일이다.

이 편지의 수신인은 최 여사, 발신인은 뉴욕에 있는 최영해로 되어 있다. 최영해는 고모의 동생, 즉 나의 숙부가 되는 사람이다.

남매간의 서신이니 별게 아니련만, 문제는 편지의 사연이다. 살인 사건 발생 일주일 전의 소인이 찍힌 이 편지 내용을 간추리면 다음과 같다.

누님, 어려운 청을 해야겠소. 후랫드가 친구의 빚보증을 섰다가 몰리게 되자 회사 공금에 손을 댔다 하오. 삼십만 달러라는군요. 놔두면 징역 간대요.

누님이 무리를 해서라도 임시변통으로 막아주시면 내가 두 달 안에 변상해드리겠소. 부탁이오.

검찰이 고모에게 이 서신을 보이니 고모는 순순히 자기에게 온 거라고 시인하였다 한다.

후랫드란 숙부의 아들, 나의 사촌이다.

나는 깜짝 놀랐다. 하필 이 판국에 이런 편지가 나타나다니!

숙부도 딱하지, 삼십만 달러의 거액을 재산 한 푼 없는 누님에게 부탁하다니.

숙부 생각으로는 누님이 재산가인 로간 부인과 친하니 돌려보라는 거겠지만 어쩌자고 이런 편지를 한 건가.

설사 이번 사건이 없었다 하더라도 삼십만 달러나 되는 거액을 조카가 징역 가게 되었으니 돌려달라고 친누님에게 부탁할 성질의 것이냐 말이다.

이 편지로 해서 고모는 갑자기 돈이 필요하게 된 사람, 다시 말해

범죄의 동기를 지닌 인물로 볼 수 있게 되고 말았다.

편지 내용에 있는 고모의 조카 후랫드는 공금 횡령이 공개되어 철창 신세를 지게 되었다.

죄 있는 자가 벌 받는 건 당연하지만 이 편지로 해서 나의 고모가 받을 고통은 형용할 수 없이 심각하다.

신문들의 동정적이거나 회의적이던 논조는 냉랭하게 홱 돌아섰고, 최 여사를 위로하던 교회 교우들의 발길도 끊어졌다.

고모의 병세도 악화되었다.

4

번뇌의 나날이 계속되던 어느 날 밤.

침대에 눕긴 했으나 좀체 잠을 이루지 못하고 뒤척거리고 있는데 전화벨이 울렸다.

수화기를 드니 한국말이 튀어나왔다.

"최 선생이죠?"

"네, 댁은 뉘시오?"

"이름을 대도 최 선생은 나를 모를 겁니다. 먼저 위로의 말씀을 드리겠어요. 고모님 일로 얼마나 심려가 많으십니까?"

"고맙습니다. 선생은 누구시죠. 어디서 전화하시는 겁니까? LA입니까?"

나는 LA에서 온 장거리 전화거니 했다. 덴버에서 내게 전화 줄 만한 교포는 없기 때문이다.

"아녜요. 덴버 시내예요. 그건 아무려나 나는 선생을 돕고자 해서 전화하는 거예요. 저……."

"우선 댁이 누구신지 알고 싶습니다. 내가 여기 있는 걸 어찌 아셨죠?"

나는 상대의 얘기를 중단시키고 질문을 계속하였다.

실은 내가 이 모텔(모텔이라기보다는 하숙집이라고 말하는 게 어울리는 곳)로 옮겨온 게 바로 어제다. 여비를 절약하느라 처음 있던 호텔로부터 서너 차례 옮겨 이곳까지 온 것으로 내가 여기 있는 걸 아는 사람은 쎄이버 씨뿐인데, 이상한 느낌이 든다.

"글쎄 그런 건 중요한 게 아니지 않소. 급한 건 최 여사님을 구해내야 하는 일 아니겠소. 아무 소리 말고 덴버 주립대학에 가서 윤 박사를 찾으시오. 우리 교포요. 그분에게 살려달라고 매달리시오. 당신 고모님을 사지에서 구해낼 분은 그분뿐일 거요. 아셨죠? 윤 박사를 찾아가세요."

그는 전화를 끊으려 든다.

"아니 잠깐, 말씀은 고마운데 대체 뉘시오?"

"나는 이곳 교포요. 최 여사를 돕고 싶은 사람이에요. 그럼 됐지 않소. 내 말을 믿으시오. 참, 당부할 게 있소. 이 전화를 받은 사실은 아무에게도 절대 말하지 마시오. 비밀이 누설되면 윤 박사는 안 나서줄 거요."

"그럼 윤 박사에게도 이 전화를 비밀로 하란 말씀인가요?"

"그분에게만은 해야겠죠. 그래야 부탁 얘기가 될 터이니깐."

전화는 끊겼다.

정말 아리송한 전화다. 윤 박사라니 처음 듣는 이름이다. 전화 임자는 윤 박사의 이름도 밝히지 않았으나 윤 박사라면 통하는 사람인가?

나는 인터폰으로 모텔 주인에게 전화번호부를 갖다달래서 뒤적거렸다.

덴버 주립 공과대학 물리실험실 주임교수에 윤덕진이란 명단이 있다. 이 사람이 윤 박사인가?

날이 밝는 대로 나는 쎄이버 변호사를 찾아갔다. 간밤의 전화 임자는 전화 내용을 절대 비밀로 하라고 했지만 그 내용이 하도 수상쩍어 나 혼자 감당하기에는 너무 벅찼다.

"뭐라구요? 윤 박사에게 매달리라구요?"

내 얘기를 듣고 쎄이버 변호사는 크게 놀란다. 놀라긴 하나 언짢은 기색이 아니라 반가운 소식을 들은 그런 표정이다.

"좋아요, 전화 임자 말대로 윤 박사를 찾아가 사정을 해보시오."

"쎄이버 씨는 윤 박사를 아시나요? 만난 적이 있소?"

하고 물으니,

"아니오. 나는 만난 적이 없어요. 그러나 윤 박사는 덴버에서는 유명한 사람입니다."

한다.

"어떤 면에서 유명한가요?"

하고 나.

"유명한 물리학자죠. 세계적인 초단파 이론가로 알려져 있어요."

"그런 세계적인 학자에게 전혀 분야가 다른 형사사건을 갖고 매달려봤자 무슨 소득이 있겠소?"

"당연히 그런 의심이 나겠지요. 나 역시 그분이 우리를 도와줄지, 도와준다면 어떤 방법으로 도와줄지 전혀 예측할 수 없어요. 그 점은 막연해요."

"그것 봐요."

나는 시무룩해졌다.

"그건 그런데 이상한 얘기가 있어요. 실은 나도 제대로 감을 잡을 수 없어 좀 우스운 얘기 같소마는 윤 박사는 요즘 덴버에서 불가사의의 인물로 통하오. 작년에 괴상한 사건이 이곳에서 있었어요. 일종의 노상강도 사건인데, 밤거리에서 많은 돈이 든 가방을 지닌 사람이 강도의 습격을 받아 칼에 찔려 숨지고 돈 가방을 뺏긴 사건이 발생했어요. 경찰이 유력한 피의자를 검거했지요. 피 묻은 가방과 강탈당한 현금의 일부 등 증거물을 피의자 집에서 찾아냈어요. 피의자는 자기는 아무것도 모른다고 극구 주장했지만, 뚜렷한 증거물로 해서 꼼짝 없이 유죄 판결을 받고 말았소. 피고는 항소하였죠. 이러는 과정에서 어떤 날 담당검사에게 한 통의 전화가 걸려왔어요. "포리안이란 자가 노상강도의 진범이오. 포리안이란 이름이 본명인지 별명인지는 모르겠으나 좌우간 포리안은 처음에는 죽일 의사는 없었던 모양이나, 피해자가 '이놈, 너는 포리안 아니냐. 네놈이 감히……' 이렇게 말하자 포리안은 '나를 안 이상 할 수 없다' 하며 칼로 찌른 거요. 피살자의 주변에서 포리안이라는 자를 찾으시오" 하더라는 거예요. 반신반의하면서 검사는 그대로 했소. 과연 피살자 주변 인물 중에 포리안이란 자가 있었고, 그자의 집을 뒤지니 문제의 돈이 쏟아져 나오고 포리안의 자백도 받아, 까딱 잘못했더라면 사형당할 뻔한 무고한 시민이 살게 되었어요. 이 사람은 물론 진범인의 계획된 술책으로 죄를 뒤집어쓸 뻔한 사람이죠. 자, 누가 전화를 했을까? 이게 수수께끼가 되었소. 그 강도 사건에는 공범자도 없었으니 공범자의 밀고도 아니고, 범행 현장에 목격자가 있었나 하는 추리도 해봤으나, 목격자가 있었다면 범행을 본 즉시 신고했을 것이지, 사건 발생 후 두 달이 지나도록 잠잠히 있다가 무고한 피의자가 사형당하기 직전에야 신고할 게 뭐냐? 또, 전화 신고에 그치고 오늘까지 내내 본인이 나타나지 않고 있으니 참 이상한 사람이지 뭐요. 그런데 어느 누구의 입에서 나온 말인지는 모르겠으나, 전화 주인공은 덴버 대학의 한국인 학자 윤 박사라는 소문이 나돌기 시작했어요. 소문을 좇아 경찰이 나서고 신문기자들이 따라붙고 하여 한동안 법석을 떨었어요. 윤 박사 자신은 난 모른다고 딱 잡아떼요. 소문은, 윤 박사가 물증(物證)을 찾는 연구와 실험을 하느라 시간이 걸려 신고가 늦었을 거라는 얘기도 나오구요. 윤 박사는 시종일관 난 모르는 일이라고 버티고, 결국 오늘날까지 전화의 임자는 수수께끼로 남아 있어요."

"거, 이상하군."

하고 나.

"어젯밤 누군가 당신에게 전화로 윤 박사를 거론했다니 이상한데……."

쎄이버 변호사는 사뭇 심각한 표정으로 나를 본다.

나는 뭣에 홀린 기분이다.

"최 선생, 좌우간 윤 박사를 만나보시오."

하고 변호사는 명령조로 나온다. 허황하고 장난기 서린 얘기 같긴 하나 실오라기라도 붙잡고 싶은 심정이라, 변호사의 권유가 아니더라도 나는 윤 박사를 안 찾고는 못 배겼을 거다.

"누가 그런 싱거운 소릴 합니까? 천만의 말씀이오. 나는 아무런 힘도 재간도 없는 사람이오."

나의 방문 이유를 듣자마자 윤 박사는 일언지하에 거절하는 거다.

내가 그를 만난 곳은 덴버 대학 안의 그의 전용 연구실. 윤 박사는 오십 중반의 연배로 첫눈에 학자풍을 느끼게 하는 인물이었다.

그러나 그가 너무나 강력하게 부인하는 통에 나는 속수무책 멍하니 윤 박사의 얼굴만 바라볼 뿐.

역시 어느 싱거운 사람의 장난전화였을까 하는 의심이 다시 생긴다.

그러는 한편 쎄이버 변호사의 엄숙한 표정이 눈앞에 어른거렸다. 이와 함께 눈앞의 윤 박사가 풍기는 인상이랄까 매력이랄까 아무튼 야릇한 분위기가 나를 그냥 되돌아서게 하지 않았다.

머뭇머뭇하고 있노라니 윤 박사는,

"미안하오. 돌아가주시오. 나는 바쁜 사람입니다."

냉엄하게 선언하고 나의 등을 떠밀다시피 하여 자기 방에서 내몬다.

그런데 나를 내몰고 나서 자신도 방에서 나와 뚜벅뚜벅 나를 앞질러 복도를 걸어가는 거다.

이때 나는 혹시 이 연구실에는 도청 장치가 있어 윤 박사가 그것을 경계하느라 우선 냉정한 태도를 취하고 나를 연구실 밖으로 유도하는 게 아닐까 하는 생각이 들었다. 그래서 슬금슬금 그의 뒤를 따라갔다.

과연 얼마큼 걷자 윤 박사는 나를 뒤돌아보며,

"왜 돌아가라는데 따라오시오?"

말은 그리 하며 싱긋 웃는다.

"윤 박사님, 제발 저희 고모님을 살려주십시오."

나는 애걸하였다. 윤 박사는

"나는 그런 재간은 없구요, 모처럼 찾아오셨으니 차나 한 잔 대접하리다. 저리로 가시죠."

하고 성큼성큼 앞장선다.

두 사람이 간 곳은 학생회관.

"우리 커피나 할까요."

윤 박사는 자동판매기에서 커피 두 잔을 샀다. 학생들이 붐비는 중에서 빈자리를 찾아 두 사람은 긴 의자에 나란히 앉았다.

학생들이 우리를 의식해서인지 근처에 얼씬거리지 않아 우리는 커피를 마시며 남 보기에 어색하지 않게 얘기를 주고받을 수 있었다.

"사건 내용을 요령 있게 간추려 이야기해봐요."

윤 박사 말에 용기를 얻은 나는 사건의 개요를 설명하였다. 다 듣고 나서 윤 박사는

"그런 거라면 역시 나는 적합하지 않아요. 그러나 같은 동포의 입장에서 한 가지 조언을 해드리지. 시내 25번가 12번지에 가면 이영득 씨라는 우리 교포가 살고 있으니 그이를 만나 상의해보시오. 혹 도움 될 일이 있을지도 모르니깐요."

이렇게 말하고 그는 자리를 뜬다.

"박사님, 고맙습니다."

"한 가지 부탁이 있어요. 내가 지금 말한 얘기는 절대 비밀로 하시오."

윤 박사는 뒤도 안 돌아보고 자기 갈 데로 가버린다.

나는 곧장 25번가로 갔다. 혹시 누가 미행이라도 할까 봐 택시를 세 차례나 갈아타는 세심한 주의를 하였다.

12번지의 이영득 씨는 핫도그 장사를 하는 소시민이었다. 잔잔한

미소가 떠나지 않는 인자한 풍모의 육십대 노인이다.

"윤 박사가 나를 만나라 하십디까? 그분은 위대한 학자십니다. 그리고 참으로 훌륭한 인격자죠. 틀림없이 최 선생을 도와드릴 겁니다."

이씨는 나를 옛 친구 대하듯 따뜻하게 대해주었다. 그는

"사건 내용은 신문을 통하여 대강 알고 있어요. 내 짐작도 에드워드 로간의 짓이거니 해요. 그러나 물적 증거가 있어야 합니다. 변호사는 쎄이버 씨를 대셨더군요. 잘하셨어요. 쎄이버 씨는 유능한 변호사로 평판 나 있죠. 최 선생, 최 선생은 이제부터 내가 시키는 대로 하셔야 하오. 우선 쎄이버 변호사를 내게 보내시오. 남의 눈치 안 받게 은근하게 해야 합니다."

5

이제부터가 쎄이버 변호사의 활약 차례다.

나에게서 전갈을 받은 쎄이버 변호사는 25번가의 구멍가게 주인 이영득 씨를 만나 모종의 연락을 받은 모양으로 검찰청에 범행 현장의 시찰 신청을 냈다.

담당검사는 두 주 전에 실시한 현장 검증 때 쎄이버 변호사도 입회한 사실을 들어 처음에는 거절했으나, 변호사의 끈덕진 요청에 경찰관이 동행하는 조건으로 허가해주었다. 사건 발생 후 한 달이나 지났고 현장에 가봤자 문제 될 건 아무것도 없을 거라고 봤을 거다.

현장 시찰에는 나도 따라나섰다. 사건 현장인 로간 씨 저택에는 집 지키는 영감 한 사람이 있을 뿐 아무도 사는 사람이 없어, 썰렁한

냉기가 감돌아 마치 폐가나 다름없는 상태다.

사건 후 집주인 로간은 기분 나쁘다고 딴 곳에 거처하며 이 집에는 전혀 나타나지도 않는다는 얘기다.

우리 일행이 들어서자 집지기 영감은 반색을 하며 맞이한다. 모처럼 사람 구경을 하는 기쁨이 얼굴에 환히 나타나 있다.

전번 현장 검증 때 거실 카펫 위에 로간 부인이 피살체로 있던 자리에 초크 표시가 있었으나, 이제는 말끔히 지워져 있어 어느 구석이고 범행 흔적은 하나도 없다.

쎄이버 변호사는 집 안팎을 서성거리며 관찰하는 시늉을 하긴 하나 이는 어디까지나 시늉에 그치는 짓이고, 두 눈망울을 쉴 새 없이 굴리는 것은 뭣인가 딴 것을 노리는 폼이 분명하다.

"이것 보게, 전화 수화기가 왜 이 모양으로 놓여 있지?"

변호사는 여러 사람이 들으라는 듯 큰 소리로 떠든다.

모두들 보니 전화기의 수화기 놓인 자리에 전선 코드가 끼여 있어 정상적인 상태가 아니다.

"이러면 전화가 걸려오지 않지. 영감님이 잘못 놓았나 보군."

하며 변호사는 집지기 영감을 바라본다.

"아니오. 난 오늘 만지지도 않았는데."

하고 영감은 부인한다.

"그럼 누가 그랬을까?"

변호사는 이리 말하며 수화기를 바른 자세로 고쳐놓았다.

아주 자연스런 태도라 거기에는 별 뜻이 없는 것처럼 보였다. 그러나 수화기는 처음부터 정상적 상태였는데 변호사가 남몰래 슬쩍 코드선을 끼워놓는 것을 나는 보았다.

쎄이버 변호사의 수상한 행동은 또 있다. 나로 하여금 거실 안의 가구나 비품 등을 매만져 동행한 경찰관과 집지기 영감의 주의를 끌게 해놓고, 그사이 그는 실내에 있는 물건 두 개를 슬쩍 주머니 속에 실례한 것이다.

그것은 탁상 액세서리용 골프공과 자그마한 재떨이다.

"잘 봤어요. 안녕히 계시오."

변호사는 그 집을 나섰다.

동행한 경찰관이

"소득이 있었소?"

하고 묻자 변호사는

"뭐 답답하니깐 한번 들러본 거지."

대수롭지 않게 대꾸한다.

우리들은 그 집에서 나와 뿔뿔이 헤어졌다.

로간 씨 저택 방문이 있은 지 며칠 안 있어 고모의 공판이 열흘 후에 있을 거라는 통지가 왔다.

쎄이버 변호사는 사건 기록 검토가 미진하다는 이유로 연기신청을 냈다.

이 요청은 수리되어 재판은 보름 후로 미뤄졌다.

보름이 지나자 변호사는 다시 보름간의 연기원을 제출하였다. 이유는 기록 검토가 아직 남았고 피고 최 부인의 병세 악화를 내세웠다.

이번에는 일주간의 연기를 받았다. 나는 자세한 내용은 모르나 쎄이버 씨의 재판 연기신청은 물론 핫도그 장수 이영득 씨와 그 배후의 윤 박사의 지시일 거고, 이런 연기신청이 거듭되는 게 이쪽의 재판 대책이 아직 마련되지 못해서가 아닌가 하여 걱정되었다.

이러는 동안 고모의 병세는 점차 악화되어 이래저래 나는 애간장이 타서 죽을 지경이었다.

"어찌 되는 거요. 희망은 있는 거요?"

하고 변호사에게 물으면 그의 대답은 항상

"난들 아우. 해보는 데까지 해보는 모양입니다. 우리가 할 일은 하나님께 기도드리는 일뿐이오."

이렇듯 답답한 나날을 보내는 사이에 문제의 재판 날은 다가왔다.

재판 이틀 전 쎄이버 변호사는 나에게

"오늘 최 부인을 면회하였소. 절대 자신 있으니 안심하시라고 말씀드렸소."

처음으로 그의 안색이 밝은 걸 보고 나는 초조한 중에서도 한 가닥 광명의 빛을 찾은 성싶었다. 그러나 불안감은 어쩔 수 없는데 이틀 후의 재판정에서 벌어진 광경은 실로 놀랍고 신기하고 기막히게 통쾌 상쾌한 바로 그것이었다.

재판은 인정심문, 검사의 기소장 낭독에 이어 피고의 변론 차례에 이르자 재판장이 이례적인 발언을 하여 장내의 주목을 집중시켰다.

"피고 최 부인의 변호사 쎄이버 씨는 이 사건의 범인이 최 부인이 아니라 진범인이 따로 있고 범행 현장을 엿들은 확실한 증인이 있어, 그 증인이 기록한 범행 당시의 현장 녹음을 증거물로 제시하겠다는 증거 신청을 당 법정에 제출하였기에 본관은 직권으로 이 신청을 받아들이니 쎄이버 씨는 그 증거물을 내놓으시오."

"네, 재판장님, 감사합니다. 여기 녹음 테이프가 담긴 녹음기를 갖고 왔습니다."

변호사는 준비해온 녹음기를 증인석 탁상에 올려놓고 버튼에 손

을 댔다. 그는

"녹음 테이프가 돌기 전에 한 말씀 드리겠습니다. 현명하신 재판장님을 비롯하여 판사님, 검사님, 배심원 여러분, 그리고 방청석의 모든 분들은 그런 끔찍한 살인사건 현장을 누가 어떻게 녹음했으며, 그런 결정적 증거물을 왜 이제껏 공개하지 않았나, 혹시 조작한 건 아닐까, 하는 의심을 품고 계실지도 모르겠습니다. 이 녹음 테이프는 우연한 기회에 덴버 시내 모 고등학교 학생인 토미 랙션이 녹음한 것입니다. 랙션 군은 순전한 장난기로 자기 집 전화선을 이용하여 남의 집 통화 내용을 엿듣고 녹음하는 좋지 않은 버릇이 있었는데, 로간 씨 댁 사건이 있던 바로 그 시각에 아무 데고 걸어본 도청장치에 우연히, 실로 우연히 로간 씨 댁 전화선이 연결된 거죠. 로간 씨 댁 전화선이 연결된 이유는 이렇게 상상할 수 있습니다. 그 시간에 그 댁 전화 수화기가 정상적 상태로 있지 않고, 코드선이 수화기를 떠받치고 있었던 것으로 보입니다. 즉, 전화기가 열려 있는 상태였죠. 이런 현상은 로간 씨 댁의 경우 가끔 있었던 모양이에요. 실은 지난번 본인이 경찰관 입회 하에 그 댁에 갔을 때도 수화기 코드가 그런 상태로 있는 걸 발견하고 내가 직접 바로잡아준 일도 있었어요. 그건 그렇고, 그날 도청 녹음을 한 랙션 군이 그 즉시 녹음기를 돌려 봤으면 이 사건이 이토록 시일을 낭비 안 하고도 해결될 수 있었을 텐데, 랙션 군은 한 달이나 방치해뒀다가 그동안 해놓은 여러 통의 도청 녹음 테이프를 정리하는 과정에서 이를 발견하고 대경실색한 거죠. 하도 끔찍하고 무서워서 몇 날을 어찌할 바를 몰라 혼자 고민하다가 결국 부모에게 고백하게 되었고, 랙션 군의 부친은 나를 찾아와 선처를 부탁한 겁니다. 랙션 군과 그의 가족들은 도청행위에 대한 처벌을 겁내고 있습니다. 그러나 이러한 장난이나 불법행위가 불행하게도 이번 로간 부인 살해 사건을 해결하는 데 큰 도움을 준 데 대하여…….”

“잠깐.”

재판장이 변호사의 긴 해설을 중단시켰다.

“쎄이버 씨는 불필요한 해설이 너무 길어요. 빨리 녹음 내용을 들어봅시다.”

“예.”

변호사가 버튼을 눌렀다.

A여인의 목소리 ……왜 이런 시간에 이런 방법으로 몰래 들어올 게 뭐요?

B남자의 목소리 내가 내 집에 들어오는데, 수속을 밟기라도 해야 한단 말인가…….

A여인 나는 자야겠어요. 얘기는 내일 합시다.

B남자 아니, 지금 결론을 내야겠어.

A여인 난 졸려요…….

B남자 안 돼.

(남녀의 다투는 소리)

B남자 내 재산이 더 이상 낭비되는 걸 방관할 수 없어.

A여인 당신 재산은 안 건드렸어요. 모두 내 재산만 썼어요.

B남자 웃기지 마라, 당신 게 모두 내 것이야.

A여인 듣기 싫어요. 어서 나가든지 당신 방으로 가든지 해요.

(남녀의 다투는 소리)

여자의 비명 앗–.

(사람 쓰러지는 소리)

C남자의 목소리 죽었나?

B남자 쉿! 이층에서 들을라…… 기절했을 뿐이야.

(사이)

(층계를 내려오는 발소리)

B남자 쉿, 숨어라.

(사이)

D여자의 비명 앗–.

C남자 됐어. 한 시간 이상 지나야 정신이 들 거야.

B남자 서둘러…… 수건을 그러면 안 되지. 왼손잡이는 이런 식으로
묶는 거야…….

(사이)

C남자 준비한 문서는?

B남자 손가방 속에 잘 넣어놨어.

C남자 피를 더 묻혀. ……그만하면 됐어.

B남자 도로 이 여자 방에 두고 올게.

C남자 그럴싸하게 숨겨놔. 경찰이 찾아낼 수 있도록…….

(사이)

B남자 발자국을 깨끗이 지우면서 나가야 해.

(사이)

C남자 잊어버린 것은 없나?

…….

재판정은 물 뿌린 듯 조용하기만 했다. 테이프가 다 돌고 끝나고 기침 소리 하나 나지 않았다.

무거운 침묵을 쎄이버 변호사가 차분한 목소리로 깼다.

"재판장님, 검사님, 배심원 여러분. 지금 들으신 목소리의 임자들을 본인이 이 자리에서 밝힐 필요는 없겠지요. 더욱 정확을 기하기 위하여 녹음 테이프의 감정과 음성 분석을 절차에 따라 시행해주시기 바랍니다."

6

호외가 불타나게 팔리고 두 사람 이상의 시민이 모이기만 하면 로간 부인 사건 얘기로 덴버 시는 온통 흥분의 도가니.

우리들의 기쁨이란 뭣으로 표현할 수 있을까?

재판 일주일 후 고모는 자유가 회복되었고 에드워드 로간과 그의 공범자는 이보다 앞서 쇠고랑을 찼다. 오직 아쉬움은 다시 소생 못한 로간 부인의 슬픈 사연이다.

기쁨과 흥분의 선풍이 가라앉는 과정에서 나는 크나큰 의문의 뭉치가 머릿속에서 부풀어가는 걸 어찌할 수 없었다.

재판정에서 쎄이버 변호사가 밝힌 녹음의 주인공이라는 토미 랙션은 실존 인물임에는 틀림없었다.

고등학교 학생인 토미는 검찰청과 기타 여러 기관으로부터 수십 차례의 심문을 받았다. 토미는 시종일관 장난기로 한 도청행위라고 우겼다.

그러나 모든 것은 쎄이버 변호사가 꾸민 시나리오가 틀림없다. 누구나 그건 알고 있으나 그걸 따지고 시비 거는 사람은 한 사람도 없었다.

도대체 그 녹음 테이프는 과연 누가 어떻게 만들었느냐, 이것이 모든 사람의 관심사다.

"무슨 소리 하는 거요. 토미 랙션의 우연의 작품, 아니 우연의 발견이라구요."

변호사의 한결같은 주장이다. 나는 나의 고모 최 부인과 함께 LA로 돌아왔다.

이 사건 이후 나는 윤 박사를 다시 만나지 못했다. 그야 의당 찾아보고 감사의 인사를 해야 하고, 또 그러려고 했었으나, 핫도그 장수 이영득 씨가 굳이 말리는 바람에 나는 가슴 가득한 고마움을 안고도 꿀꺽 참아야 했다.

"제발 윤 박사를 괴롭히지 마요. 잠자코 있는 게 최상의 감사 표시라는 걸 알아요."

이것이 이씨의 말이다.

그러나 시간과 세월이 갈수록 나는 윤 박사에 대한 고마움도 고마움이려니와 사건 해결의 열쇠가 과연 무엇이냐 하는 의혹이랄까 관심사랄까, 이 수수께끼에 쏠리는 마음이 커가기만 했다.

사건 해결 반년 후 참다 참다 못한 나는 덴버를 다시 찾아갔다.

이영득 씨와의 굳은 약속이 있어 윤 박사는 감히 못 찾아가고 쎄이버 변호사를 찾아 만났다. 나는

"당신은 나보다는 아는 게 많을 거 아니겠소. 제발 궁금증 좀 풀어 봅시다."

매일 따라다니고 술대접 공세도 하는 나의 끈덕진 물음에, 처음에는 딱 잡아떼던 쎄이버 변호사가 결국 입을 열긴 열었다.

　"나도 궁금하긴 최 선생이나 마찬가지요. 당신보다 더 아는 게 없어요. 뻔히 알다시피 나는 이영득 씨의 지시대로 움직인 거밖에 더 있겠소. 나도 사건이 원만하게 끝나 어깨의 짐은 가벼워졌으나 그 녹음의 출처가 어딘가 몹시 궁금합디다. 이런 궁금증은 덴버 시민 전체가 그럴 거요. 아니, 덴버 시민뿐만이 아니라 이는 국가적 관심사라 해야 옳겠죠. FBI, CIA, NSA, NASA, 전략사령부, 로스알라모스 국립연구소 등등 내가 안 불려간 데가 없어요. 진땀 뺐소이다. 그러나 아는 게 있어야 대답을 하지. 참 애터더군. 할 수 없이 윤 박사에게 떠밀 수밖에 도리 없었소. 그야 애당초 약속은 비밀을 엄수하기로 했지만 국가기관이 총동원되어 조이는 데는 배겨낼 수 있어야지. 윤 박사가 진땀 뺐을 거요."

　"그럼 윤 박사는 좋은 일 하고 큰 욕을 봤군요. 나로서는 더욱 미안해 어떡하죠."

　"할 수 없지요. 윤 박사는 자신이 저지른 일이니 어찌하겠소. 이영득 씨에게서 들은 얘기인즉 윤 박사는, 나는 모른다, 토미 랙션이라는 학생이 별 뜻 없이 도청 녹음한 게 해결의 실마리가 됐다는 걸 신문에서 안 것뿐이다, 라고 완강히 버티었대요. 한동안 바른 대로 대라거니, 나는 모른다거니 실랑이를 벌인 끝에 정부 측은 전문가와 학자들을 비공식적으로 동원하여 윤 박사를 살살 꼬이기도 했대요. 그러나 윤 박사는, 내가 지금 연구 중인 일반물질(一般物質)의 녹음 녹화 기능(錄音錄畵機能)에 관한 얘기는 지금 발표할 단계가 아니다, 좀 더 연구와 실험이 진전되면 떳떳하게 학계에 발표할 날이 있게 될지도 모르나 지금 현재로선 아무 말도 할 수 없다고 내내 버티고 있대요."

"그렇다고 만만히 물러설 사람들인가?"

"최 선생, 너무 걱정할 건 없어요. 우리 미국은 학자를 노예로 취급하는 나라가 아녜요. 학자가 버티면 그것으로 끝나는 거죠. 그야 감시는 대단할 겁니다. 고급 기술이 외국으로 빠져나갈까 봐서죠."

"그러지 말고 진짜 얘기를 해줘요. 당신이 윤 박사를 철저하게 파고들었다는 얘기를 들었어요. 이영득 씨가 그럽디다."

"내가 개인적 흥미에서 윤 박사를 캐본 건 사실이오. 그러나 깊은 건 못 캐냈어요."

"쎄이버 씨, 당신이 아는 범위만이라도 얘기해봐요."

"나는 윤 박사의 출신교인 사우스캘리포니아 공과대학까지 가봤어요. 윤 박사의 석사 논문이 「일반물질의 기록 기능(記錄機能)에 대한 관찰」이란 것도 알았어요. 카피를 해오기까지 했어요. 자, 이거요."

변호사는 두툼한 타일 인서(印書) 뭉치를 금고에서 꺼내 보인다.

"나는 공과 출신의 친구 힘을 빌어 이 논문을 읽어봤어요. 전문지식 없이는 이해하기 곤란한 대목투성이인 이 논문의 내용을 간추려 말하면 '모든 물질은 빛(光)과 소리(音)를 받아들이는 수용성(收容性)을 지니고 있다'는 거예요. 예컨대 에디슨이 맨 처음 축음기를 발명한 동기도 무선전신 수신용지에서 이상한 소리가 나는 걸 그가 발견한 사실에 있다는 거죠. 이러한 녹음 기능은 비단 종이뿐 아니라 모든 물질의 공통성이라는 걸 윤 박사는 석사 논문에서 지적했어요. 윤 박사는 그 논문에서 모든 물질이 외부로부터의 자극, 즉 빛과 소리를 수용하는 기능이 있음을 지적하고 또, 수용 상태의 존속기간

(存續其間)이 다양하여 일률적으로 평가할 수는 없으나 일부 물질에 있어 유효적절(有效適切)한 방식을 적용하면 그 물질이 보유하고 있는 빛과 소리를 환원재생(還元再生)시킬 수 있을 거라는 가능성도 아울러 제시했어요. 예컨대 길가의 가로수나 보도블록이 지닌 속성(屬性)을 이용하여, 이 거리에서 일어났던 과거사를 재생시킬 수 있을 거라는 얘기예요. 타임머신 없이 과거를 찾아낸다는 얘기, 어떻소, 이해되겠소?"

"……."

나는 멀거니 듣기나 할 뿐.

"윤 박사는 대학을 나온 후 계속 연구를 거듭했을 거고, 지금 그가 전공하는 초음파 물리학도 아마 그의 석사학위 논문의 보강(補强)을 위한 수단이라고 볼 수 있지요. 작년 이 도시에서 발생한 노상강도 사건의 진범인 제보자가 윤 박사일 거라는 소문의 근원은 윤 박사의 연구 내용을 짐작하는 사람들 사이에서 퍼져났을 거요. 윤 박사는 극구 부인했지만 말이오."

"딴은."

하고 나는 고갤 끄덕였다.

"아마 윤 박사는 노상강도의 현장에서 어떤 물건을 주워다가 분석했거나 물리 실험을 통하여 범행 과정을 화면(畵面)이나 음향(音響)으로 잡았을 거예요."

"참, 쎄이버 씨, 당신은 지난번 로간 부인 저택에서 골프공과 재떨이를 슬쩍했는데, 그게 문제 해결의 열쇠가 되었겠군요?"

"아마 그랬을 거요. 우리 정부 각 기관의 전문가들도 내 말을 듣고 고갤 끄덕입니다."

"하지만 믿어지지 않는군요."

나는 고개를 외로 꼬았다.

"그 조그마한 골프공이나 재떨이에서 그토록 선명한 녹음이 되살아 나오다니, 글쎄?"

"믿지 못하겠다는 거요?"

하고 쎄이버 씨. 나는

"설사 골프공이나 재떨이가 어떤 영상(映像)이나 소리를 담고 있다 합시다. 그러나 제대로 된 영화 촬영기라 하더라도 필름을 돌리지 않고 계속 영상만 받아 찍기만 하면 필름은 엉망진창이 되어 쓸모가 없을 터인데, 하물며 있을까 말까 한 희미한 영상이나 소리가 겹치고 겹친 물체에서 어떻게 그렇게 선명한 결과를 얻을 수 있단 말이오? 믿어지지 않아요."

"얼핏 믿어지지 않는 게 당연하지요. 그러나 요즘 과학은 영 점 일 밀리미터 정도의 가느다란 광섬유로 십만 회로의 교신을 동시에 보내고 동시에 분류시키는 데까지 와 있소. 과학의 영역(領域)을 우리들 아마추어가 왈가왈부할 바 아니지요. NASA에 근무하는 길버트 박사는 이렇게 추리하더군요. 즉, 윤 박사는 녹화 또는 녹음 기능이 우수한 어떤 물질로 진공상자(眞空箱子)를 만들어 그 속에 대상물체(對象物體)를 넣고, 초음파나 적외선 또는 자기선 따위의 윤 박사가 고안한 수단을 작용하여 진공상자 벽체에 영상이나 음향이 옮겨가게 하고, 옮겨진 상자를 다음 두 번째, 세 번째 상자에 옮겨 빛이나 소리를 확대 고정(擴大固定)시킨다. 이것이 일차 작업이고, 일차 작업의 성과, 즉 중첩(重疊)된 소리나 빛을 분리기(分利機)를 이용하여 몇천, 몇만, 몇십만 개로 나눈 다음 컴퓨터에 걸어 합리적인 모습이"

나 소리가 이루어지도록 유도(誘導)하는 거 아닐까?"

"그럴싸한 얘기군요. 그러나 어떤 물질로 된 진공상자니, 윤 박사가 고안한 수단이니 하는 얘기가 예삿일이오? 윤 박사는 분명 이 분야에서 전인미답의 새로운 발명을 한 모양인데 왜 숨기고 감추기만 한다죠?"

하고 나는 물었다.

"글쎄요, 농담이오마는 한국인들에게는 청기와 장수의 근성이 있다며, 자기가 발견한 비법은 절대 감추고 안 내놓는다던데. 허허허."

"그건 옛날 얘기예요. 청기와 장수의 근성이야 어찌 한국 사람뿐이겠어요? 옛적에는 발견, 발명의 특허 혜택이 없었을뿐더러, 재주가 지나치거나 이득을 많이 보면 관(官)으로부터 위협을 받을 우려가 다분히 있어 자기 보호의 필요가 있었지만, 현재는 다르지 않소. 큰 발명이나 큰 발견에는 엄청난 명예와 이권이 따르게 마련인데 왜 감추고 숨기고 하겠어요. 윤 박사는 아마 자기의 연구가 일부 미진하여 완전단계에 이르면 학계에 발표하려는 거 아닐까요?"

"하하하, 최 선생은 단순하시군. 나는 윤 박사의 연구는 완성에 도달하고도 남았다고 봐요. 작년의 노상강도 사건, 이번의 로간 부인 사건이 그 증거 아니겠소?"

"그렇다면 윤 박사는 참 이상한 사람 아닌가요? 그 정도면 충분한 노벨 물리학상 감인데."

"물론이죠. 윤 박사가 노벨상을 탐냈다면 벌써 몇 해 전에 받아냈을 거요. 이영득 씨가 내게 말합디다. 윤 박사더러 연구 실적을 세상에 발표하라고 했대요. 한국인 최초의 노벨상 수상자가 되어 한국인의 국제적 성가를 높여달라고 권했대요."

"윤 박사는 뭐라고 했을까요?"

"윤 박사 말이 노벨상이 그리 좋은 걸까요, 하더래요. 그러면서 노벨상을 마련한 노벨 선생이 지금 살아 있다면, 노벨상을 마련한 걸 후회하고 있을 거라고 하더래요. 노벨 선생이 핵분열 연구가 수소폭탄을 낳게 한 걸 안 보고 죽은 게 그분의 행복이었을 거라는 거예요. 그리고 이런 소리도 했답디다. 인간들이 신으로부터 멀어져가는 게 말세의 현상이라면, 인간들의 능력이 신에 접근해가는 것도 말세의 촉진과정이 아닐까?"

나는 갈피를 잡지 못해 어리둥절하면서도 뭔지 모르게 등골이 오싹해지는 두려움을 느꼈다.

- 『한국우수추리단편 모음집 1』 (행림출판, 1984)

첫눈 속에
영혼을 묻다

>>>>> 이상우

1961년 대구일보에 『신임꺽정전』을 연재하며 작품 활동을 시작했다. 추리 장편소설 『악녀 두 번 살
다』로 1987년 추리문학대상을 받았다. 『화조 밤에 죽다』 『북악에서 부는 바람』 『정조대왕 이산』 『대
왕세종』 등 30여 편의 장편과 100여 편의 중단편 소설을 발표했다. 소설가로 활동하는 한편, 여러
언론사의 기자, 편집국장, 대표이사 등을 역임했으며, 특히 몇몇 스포츠 신문사를 업계 1위로 올려
놓아 스포츠 신문계의 미다스의 손으로 불리기도 했다.

1

배신이란 언제나 슬프고 가슴 아픈 일이다. 더구나 여자에게는 그 것이 사랑하던 남자의 배신일 때는 더욱 그렇다.

망년회장에서 막 뛰어나온 하유빈에게는 남자의 배신이 가슴 아 픈 정도가 아니라 삶의 의미까지 빼앗아가는 엄청난 상실이었다.

사공윤호, 이젠 기억에서 영원히 지우고 싶도록 미운 이름이지만, 하유빈은 아직도 마음 한구석 어딘가에 미워만 할 수는 없다는 생각 이 고개를 들었다. 유빈은 고개를 흔들어 그 이율배반적인 생각을 떨쳐내려고 했다. 마음대로 되지 않았다.

"가장 치사한 여자가 어떤 여잔 줄 알아? 패배를 인정할 줄 모르 는 여자야."

조금 전 망년회식 자리에서 일부러 가까이 다가와서 술 냄새를 풍 기며 귓속말로 말하고 간 사공윤호의 얼굴이 어둠 속에서 자꾸 떠올 라 괴로웠다.

유빈은 몇 번이나 고개를 흔들다가 택시를 불러 세웠다.

"대치동 오렌지 오피스텔."

하유빈은 택시에 몸을 내던지듯 타고 차창으로 눈을 돌렸다. 눈물이 주르륵 흘렀다. 눈물 사이로 희끗희끗한 물체가 보였다. 눈발이었다.

"올해는 좀 참는 것 같더니……."

택시기사가 혼잣말을 했다. 유빈이 아무 대꾸를 않자 택시기사는 중얼거렸다.

"졸라 새끼들…… 어째 눈이 안 온다 싶더니. 오늘 일당 채우긴 글렀다. 새끼들이 눈만 오면 차를 모조리 몰고 나와 엉금엉금 기는 통에 우리 하루살이들이 왕창 피 본단 말이야. 어휴, 이놈의 세상……."

택시기사는 가득 찬 불만을 유빈에게 다 쏟아붓고는 난폭하게 액셀러레이터를 밟았다.

그때도 그랬다고 유빈은 생각했다. 1년 전, 11월 중순이었다. 사무실에서 열심히 온라인으로 작업을 하고 있는데 '딩동' 하고 새 메일이 왔다는 신호가 울렸다.

유빈이 메일을 열었다.

'밖에 첫눈이 내리는군요. 첫눈이 내릴 때는 누군가가 그립지 않아요? 유빈 씨, 오늘 저녁 퇴근하면서 따뜻한 카페에 가서 한잔할까요? 윤호.'

유빈과 사공윤호가 다니는 (주)큐브시스템은 특수한 소프트웨어를 개발하는 회사였다. 연구실에 근무하는 사공윤호는 일류 대학 출신으로 까도남이라 불리는 미남이었다. 까칠한 성격의 남자지만 여사원들에게 인기가 대단했다.

그러나 유빈에게는 사공윤호가 먼저 접근했다.

'윤호 씨의 읍소를 접수합니다.'

유빈이 미소를 머금으며 장난기 어린 답신을 보냈다.

그날 밤 유빈과 윤호는 '카페 현'에서 첫 데이트를 했다. 거리를 살짝 덮은 순백의 첫눈을 밟으며 카페를 나온 유빈은 행복했다. 사공윤호의 팔이 허리를 살짝 감을 때는 가슴이 두근거리기도 했다.

그로부터 1년. 유빈은 지금의 처지를 생각하며 고개를 저었다. 가슴에 쌓인 첫눈의 추억을 털어내고 싶었다.

그러나 흘러간 영화를 다시 보듯 흘러간 1년이 머릿속에 되살아났다.

첫 데이트 이후 유빈은 세상이 달라 보였다. 늘 걷던 길, 가로수의 앙상한 가지도 무성한 잎이 있을 때보다 더 멋있게 느껴졌다. 길을 바쁘게 지나가는 모든 남녀의 발걸음이 흥겹게 보였다.

두 사람이 사귀기 시작한 지 한 달도 채 되기 전이었다. 언제나 문밖에서 돌아가던 사공윤호가 유빈이 혼자 사는 오렌지 오피스텔에 들어가보고 싶다고 했다.

"저기 불 꺼진 5층 516호실이 제 오피스텔이에요. 17평이라 제일 작은 거예요."

그날 밤 유빈은 태어난 지 24년 만에 처음으로 남자를 알게 되었다. 두 사람의 뜨거운 열기는 영원히 계속될 것 같았다. 유난히 춥던 지난해 겨울이었지만 두 사람은 조금도 추위를 느끼지 못했다.

그런데 그렇게 멋있고 뜨겁던 사공윤호가 지난여름부터 갑자기 달라지기 시작했다. 모든 파국은 사소한 일에서 시작된다고 하는 말을 유빈은 실감했다.

먼저 윤호는 약속 시간을 어겼다. 스마트폰 문자도, 카카오톡도 뜸해졌다. 조금씩 늦어지던 약속 시간은 아예 나타나지 않는 약속으로 바뀌었다.

약속한 카페에서 한두 시간은 우두커니 기다리는 일이 잦아졌다.

뒤늦게야 유빈은 사공윤호에게 새로 사귀는 여자가 있다는 것을 알았다. 여자는 바로 한 사무실에 나란히 앉아서 근무하는 강지현이었다. 유빈은 분노와 배신감으로 전신이 부들부들 떨렸다. 그러나 분노는 억장이 무너지는 비통으로 변해 가슴을 쥐어뜯게 했다. 비통은 다시 자포자기와 자기학대의 좌절감으로 변해갔다.

'죽어야 해. 나 같은 바보 못난이는 죽어야 해.'

유빈은 노트북 일기장에 몇 번이고 이런 한탄을 낙서처럼 올렸다.

그런데 오늘 망년회에서 더욱 참을 수 없는 모욕을 당했다. 강지현이 보고 있는 앞에서 내던진 그 모욕.

"가장 치사한 여자가 패배를 인정하지 않는 여자야."

뜨거운 눈물이 주르륵 차가운 뺨 위로 흘러내렸다.

"손님, 다 왔는데요."

운전사가 오피스텔 앞에 차를 세웠다. 유빈은 거스름돈도 받지 않고 차에서 내려 펑펑 쏟아지는 눈 사이를 걸었다. 천지가 하얗게 변한 것 같았다.

유빈은 계속 두 뺨에 흐르는 눈물을 닦을 생각도 않고 계단을 걸어서 5층 자기 방으로 올라갔다. 쓸쓸하기 이를 데 없는, 이 세상에서 가장 고독한 방으로 들어섰다.

시계가 10시를 가리키고 있었다. 유빈은 테이블 앞에 털썩 주저앉았다. 그러고는 기쁠 때나 괴로울 때나 얘기를 나누던 낡은 노트북을 꺼냈다. 지우고 쓰고 지우고 쓰고 하던 일기장 다음 쪽을 두드리기 시작했다.

죽어야지, 죽고 말아야지. 패배한 여자, 치사한 여자는 죽어 없어져야 해. 그래서 이 서러운 나의 영혼을 하얀 눈에 묻어버려야 해. 눈은 모든 슬픔도, 괴로움도 수치심도 다 덮어주거든.

유빈은 벌떡 일어나 창문을 열었다. 첫눈이 아직도 펑펑 쏟아지고 있었다. 멀리 보이는 서울 도심에는 무수한 불빛이 생명체처럼 깜박였다.

'나는 눈 속에 내 영혼을 묻어버릴 거야.'

유빈은 두 눈을 꼭 감았다. 그리고 나비처럼 가볍게 창문을 뛰어내렸다.

스물다섯, 하유빈의 젊은 영혼은 첫눈 속에 묻혀버렸다.

2

"어떻습니까? 쓸 만합니까?"

추 경감이 원고를 읽는 동안 꼼짝도 않고 한 팔로 턱을 받치고 앉아 있던 강 형사가 침을 꼴깍 삼키며 물었다.

"제법인데? 강 형사가 학교 다닐 때 문학청년이었다는 것은 알지만 이렇게 소설을 잘 쓸 줄은 몰랐는걸."

추 경감이 파이프 담배를 뻑뻑 빨면서 칭찬을 했다.

"예, 뭐. 조금 공부를 했었죠. 반장님께 칭찬 들은 건 8년 만에 처음인데요."

"우리가 같이 일한 게 벌써 8년이나 되었나?"

"8년이 뭡니까? 8년하고도 석 달째입니다."

강 형사가 어깨를 으쓱해 보였다.

"그런데 말이야, 오렌지 오피스텔 여인 투신자살 사건이 정말 이렇게 되었다고 생각하나?"

추 경감이 갑자기 심각한 얼굴을 하며 강 형사의 얼굴을 빤히 들여다보았다.

강 형사는 목을 자라처럼 웅크렸다. 추 경감이 강 형사의 실수를 지적할 때는 언제나 얼굴을 빤히 들여다보기 때문이었다.

"이건, '첫눈 속에 영혼을 묻다'라는 제 소설이긴 합니다만, 잘 된 소설은 언제나 진실을 이야기하는 겁니다."

강 형사가 어색한 표정을 감추려고 슬금슬금 곁눈질을 하면서 담배를 꺼내 물었다.

"그럼 하유빈이 자기 방에서 뛰어내려 자살을 한 것이 틀림없다는 말이지?"

"그야, 여러 가지 정황으로 봐서 그렇지 않습니까? 여자란 그렇게 약한 겁니다. 사랑에 약하고, 분위기에 약하고, 더욱 배신에 약합니다."

"언제 여자 심리를 그렇게 또 연구했어?"

추 경감이 갑자기 잔주름투성이의 눈 가장자리에 웃음을 듬뿍 담았다.

"그야 뭐 상식 아닙니까? 그날 밤 망년회가 그런 분위기였고, 더구나 첫눈이 내리는 날엔 사람들의 마음이 싱숭생숭해지는 것 아닙니까? 그러한 분위기가 하유빈으로 하여금 죽음의 유혹을 떨치지 못하게 한 겁니다."

"하지만 그건 어디까지나 자네 추리지, 진실인지 아닌지는 누가 알아?"

"아니, 경감님, 무슨 말씀을 하시자는 겁니까?"

"그 사건은 수상한 점이 없는 게 아냐."

"수상한 점이라뇨?"

강 형사의 눈이 둥그레졌다.

"자네가 여자 심리를 잘 안다니까 물어보겠는데……."

"제가 언제 잘 안다고 했습니까?"

강 형사 목이 또 한 번 자라목처럼 움츠러들었다.

"여자가 자살할 때도 외출복을 입고 창문에서 뛰어내리나?"

추 경감이 빙그레 웃으며 물었다.

"그야, 그럴 수도 있지요. 여자가 자살할 때는 죽은 뒤의 모습이 추하게 보이지 않도록 노력한다는 이야기를 들었습니다. 그래서 옷을 챙겨 입고 화장도 하고……."

강 형사는 대답은 하면서도 영 자신이 없는 투였다.

"오, 그래? 그래서 스타킹까지 신고 자살하나?"

"그야 그럴 수도……."

말을 얼버무리던 강 형사가 후다닥 일어나더니 캐비닛을 열고 무언가를 한참 뒤적였다. 잠시 후 강 형사는 복사한 것으로 보이는 A4 용지 여러 장을 들고 왔다.

"이게 하유빈의 일기장인데요, 하유빈 노트북에서 출력시킨 겁니다."

"어디 마지막 일기를 읽어봐."

추 경감이 팔짱을 끼고 지그시 눈을 감았다.

"예, 날짜는 없구요, 자, 읽겠습니다. '죽어야지, 죽고 말아야지. 패배한 여자, 치사한 여자는 죽어 없어져야 해. 그래서 이 서러운 나의 영혼을 하얀 눈에 묻어버려야 해. 눈은 모든 슬픔도, 괴로움도 수치심도 다 덮어주거든. ……오늘 밤은 왜 이렇게 잠이 오지 않을까? 벌써 11시 10분. 아무리 잠을 청해도 잠이 오지 않는다.' 이것이 끝이군요."

"입력된 시간이 언제야?"

추 경감이 물었다.

"23시 55분입니다."

"그 일기로 봐서 하유빈은 잠옷으로 갈아입고 침대에 누웠다가 일어난 것이 틀림없어. 그런데 자다가 일어나 일시적 충동으로 창문에서 뛰어내려 자살했다고 한다면, 스타킹을 신고 외출복을 입고 자살했다는 게 정황에 맞는다고 봐?"

추 경감이 부드럽지만 냉철하게 지적했다.

"하지만 패배한 여자니, 치사한 여자니 하는 말은 망년회 석상에서 사공윤호가 한 말이니까, 그날 밤 쓴 것이 틀림없지 않습니까?"

"그야 물론 그럴 테지. 하지만 아무래도 마음에 걸리는 게 있단 말야. 가만있자, 검시 결과는 몇 시쯤 살해된 것으로 돼 있지?"

"살해된 게 아니고 자살한 겁니다. 뛰어내린 시간은 10시에서 12시 사이로 나와 있습니다. 위 속의 음식물 소화 상태나 시체의 경직도로 봐서 그건 거의 확실합니다.

"시신은 누가 발견했나?"

"같은 오피스텔에 사는 김 사장이란 분이 발견했습니다. 김 사장은 새벽마다 조깅을 하는데, 그날도 조깅을 나섰다가 눈 속에 묻힌 물체에 걸려 넘어졌는데 그게 하유빈의 시신이었다고 합니다."

"그날 밤 눈은 몇 시까지 왔지?"

"관상대에 알아봤는데 새벽 3시까지 왔답니다."

강 형사의 말을 들은 추 경감은 뭔가 골똘히 생각했다. 이윽고 추 경감이 다시 입을 열었다.

"이봐, 강 형사. 그날 밤의 상황을 좀 더 자세히 알아봐. 망년회 상황하고 거기 참석했던 사람, 특히 사공윤호인가 하는 사람 알리바이 같은 걸 좀 캐봐."

"공연한 헛수고를 왜 합니까? 다 끝난 사건을 가지고."

추 경감의 지시에 강 형사가 툴툴거렸다.

"하라는 대로 해!"

추 경감이 언성을 높이자 강 형사는 자라목을 하고는 밖으로 뛰어나갔다.

강 형사는 우선 큐브시스템으로 뛰어가 망년회에 참석했던 국중일이라는 팀장을 만났다.

"무슨 일로 다시 망년회 일을 묻습니까?"

국 팀장은 불안한 감을 감추지 못하고 되물었다.

"그냥 사건을 마무리 짓자니까 이러는 겁니다. 관청 일이란 게 쓸데없이 서류가 많아놔서요."

강 형사는 우물쭈물하면서 머리를 긁적였다.

"예, 알겠습니다."

국 팀장은 안심이 된다는 듯이 그날 밤의 상황을 장황하게 설명했다.

원래 망년회는 12월 말이 가까워야 시작되지만, 그때가 되면 적당한 장소를 구하기가 어려웠다. 좀 이르긴 하지만 12월 12일 망년회를 하기로 했다. 참석자는 국 팀장과 사공윤호, 하유빈, 강지현 그리고 같은 과의 남자 직원 4명 등 모두 8명이었다. 사공윤호는 연구실에 파견 나가 있지만 원래 소속은 국 팀장 산하였다.

저녁 6시에 회식이 시작되어 술잔이 몇 잔 오가자 다소 술기운이 오른 남자 직원들이 노래를 부르기 시작했다. 노래방 기계가 비치된 집이라 따로 노래방으로 가지 않아도 되었다.

흥이 오르자 국 팀장이 하유빈과 강지현을 보고 여자들도 한 곡씩 부르라고 재촉했다. 두 사람 다 노래를 못 부르겠다고 버티자 국 팀장이 가위바위보를 해서 진 사람이 먼저 부르라고 명했다. 하는 수 없이 두 여자가 가위바위보를 했는데 공교롭게도 하유빈이 져버렸다. 그러나 유빈은 그래도 노래를 못 부르겠다고 버텼다. 한참 승강이를 하는데 갑자기 사공윤호가 벌떡 일어나 소리쳤다.

"가장 치사한 여자가 패배를 인정하지 않는 여자야."

그러자 분위기가 갑자기 싸늘해졌다. 유빈은 윤호의 말에 이상하리만큼 민감한 반응을 보였다. 벌떡 일어나 코트를 들고 밖으로 뛰어나가 버렸다. 이어서 윤호가 뒤따라 나갔다. 두 사람 때문에 망년회 분위기는 엉망이 되었다.

"그때가 몇 시나 되었습니까?"

설명을 듣고 난 강 형사가 물었다.

"글쎄요, 한 9시 30분쯤 되었을까요?"

"망년회 장소는 어디였습니까?"

"우리 회사 근처지요. 남대문에서 왼쪽, 서소문 쪽에 있는 음식점이에요. 우리가 늘 다니던 집이지요."

"한 가지만 더 묻겠습니다. 사공윤호와 하유빈 씨가 특별한 관계에 있었다는 것을 팀장님은 알고 계셨나요?"

"물론이죠. 사공윤호가 처음엔 하유빈한테 프러포즈를 했다가, 다음엔 강지현과 가까워진 것 같았습니다. 패배자니 어쩌니 하고 사공윤호가 말한 것은 아마 그런 의미였는지도 모르죠."

"잘 알겠습니다. 또 한 가지만 더 묻겠습니다. 그날 밤 팀장님은 그 뒤 어디로 가셨습니까?"

강 형사의 질문에 국 팀장이 강 형사의 얼굴을 멀거니 쳐다보았다.

"아니, 뭐 특별한 일이 있어 묻는 것은 아닙니다. 그냥 참고 삼아서……."

"우리들 남자 다섯, 그러니까 사공윤호만 빼고 우리들은 옆집으로 옮겨 새벽 6시까지 술을 마셨습니다. 정말 망년회다운 망년회를 했죠."

"예, 알겠습니다."

강 형사는 별 소득이 없다고 생각하고 밖으로 나왔다. 강 형사는 휴대폰으로 사공윤호를 불러냈다.

사공윤호와 마주 앉은 강 형사는 추 경감 때문에 쓸데없는 고생만 한다고 생각했다.

3

사공윤호는 과연 이 여자 저 여자를 후릴 만큼 멋진 남자였다. 큰 키에 외모도 훌륭했다.

"하유빈 양 자살 사건을 처리하기 위해 형식적으로 몇 가지만 묻 겠습니다. 기분 나쁘게 생각하지 마시고……."

"얼마든지 답변해드리겠습니다. 유빈이는 제가 죽인 겁니다."

사공윤호는 침울한 표정으로 말했다.

"예?"

강 형사는 깜짝 놀랐다. 하마터면 벌떡 일어날 뻔했다.

"그렇지 않습니까? 그렇게 따르던 여자를 외면해버렸으니 죽음을 택할 만하지요. 제가 죽일 놈입니다."

"아, 네, 그 얘기입니까?"

"그런데 제게 물어보시겠다는 것은?"

"예, 말씀드리지요. 망년회 날 밤 하유빈 양이 뛰어나가자 뒤따라 나가셨지요? 그 후 어떻게 됐습니까?"

"제가 길에 나섰을 때 유빈이는 인파 속에 섞여버려 찾을 수가 없 었습니다. 저는 남대문 주위를 뺑뺑 돌다 결국 외톨이가 되어 청운 동 아파트로 돌아갔습니다."

"집에 갔을 때가 몇 시쯤이었습니까?"

"글쎄요, 한 10시쯤 되었을 겁니다."

"집엔 그때 누가 있었습니까?"

"우리 집엔 아무도 없었습니다. 50평짜리 아파트에 어머니 아버지가 계시는데, 그날 낮에 할아버지 제사를 모신다고 청주 큰집에 내려갔기 때문이죠. 저는 제 방에 가서 혼자 누워 있다가⋯⋯."

"혼자 있다가?"

"예, 집에 아무도 없었으니까요."

"그럼 아무도 사공윤호 씨가 집에 있었다는 것을 증명해줄 사람이 없군요. 그 아파트는 경비원도 없던데⋯⋯."

강 형사가 다그쳐 물었다.

"아니, 그렇지 않습니다. 혼자 조금 누워 있다가 술 생각이 나서 옆집 팽 사장 집에 가서 한잔했죠. 팽 사장은 두타에서 패션 디자인을 하는 동창인데, 그 엉터리 디자인이 동남아에서 대박 나서 젊은 나이에 돈벼락 맞은 놈입니다. 저하고 볼링장에 자주 다닙니다. 땀 흘리고 와서는 툭하면 그 집에서 한잔하죠. 그 집 제수씨 라면찌개 솜씨가 일품입니다.

"그때가 몇 시쯤입니까?"

"한 10시 20분쯤 됐을 겁니다. 제가 들어가니까 팽 사장 부부가 10시에 시작하는 빛과 뭔가 하는 텔레비전 연속극을 보고 있었거든요."

"그 집에서 몇 시까지 술을 마셨습니까?"

"아마 12시가 넘어서 집에 돌아왔을걸요. 12시가 뭡니까? 1시쯤 됐을걸요."

강 형사는 더 이상 묻지를 않았다. 다방을 나와 팽 사장 집으로 가서 사실을 확인했다. 팽 사장은 사공윤호가 자기들과 있다가 12시가 훨씬 넘어 돌아갔다고 답했다. 10시 반 이후 사공윤호의 핸드폰 통화 조회를 해보았다. 11시 50분경 청운동에서 통화한 기록이 있었다. 알리바이는 의심할 수가 없었다.

그렇다면 사공윤호가 하유빈을 죽일 수는 없었다. 하유빈이 죽은 시간은 11시에서 12시 사이인데, 청운동에 있던 사공윤호가 대치동까지 간다는 것은 말도 안 되는 일이었다.

사공윤호가 주장하는 알리바이 중에 망년회장에서 나가서 팽 사장 집에 나타날 때까지 약 한 시간의 공백이 있었다. 그 한 시간 동안 남대문에서 대치동까지 가서 하유빈의 아파트에 올라가 하유빈을 창문으로 떨어뜨려 죽이고 다시 청운동까지 갈 수도 없었다. 아니, 그보다 하유빈이 쓴 일기에 11시 10분이라는 것이 나오는데, 그때는 사공윤호가 팽 사장 집에 있었던 시간이다. 그러면 일기가 조작된 것일까 하는 생각도 해봤다. 그러나 컴퓨터에는 입력 시간이 분초까지 정확하게 나와 있지 않은가.

강 형사는 다시 허탈한 기분으로 사공윤호가 새로 사귄다는 강지현을 만났다. 이것저것을 캐물어보았으나 강지현은 망년회 이후부터 그날 밤의 알리바이가 확실했다. 남대문 근처에 있는 고등학교 동창 집에 10시 30분쯤 갔다가 11시경 그 동창생의 남편이 강지현을 집까지 데려다주었다는 것을 확인했다.

강 형사는 경찰청으로 다시 돌아왔다.

"뭣 좀 알아냈어?"

추 경감이 여전히 파이프를 뻑뻑 빨면서 강 형사를 물끄러미 쳐다봤다.

"다 끝난 사건인데 알긴 뭘 알아냅니까?"

강 형사는 노골적으로 불만을 나타냈다.

"자네가 쓴 그 '첫눈 속에 영혼을 묻다'인가 뭔가 하는 삼류 추리소설 말이야……."

"삼류라니요?"

강 형사가 신경을 곤두세웠다.

"허…… 내가 실수했네. 이 일류 소설에는 하유빈이 투신자살할 때 창문을 열었다고 돼 있는데……."

"그럼 창문도 안 열고 어떻게 뛰어내립니까? 그건 다 확인한 겁니다. 창문이 열려 있었고 방문은 잠겨 있었습니다. 추리소설에 등장하는 밀실의 조건을 갖추었지요. 반장님, 이제 제발 그 사건은 보고서나 올리고 끝냅시다."

강 형사가 지쳤다는 표정으로 어깨를 축 내려뜨렸다.

"정말 그래도 될까?"

추 경감은 빙그레 웃으며 책상 서랍에서 열쇠 한 개를 꺼냈다.

"그 516호 오피스텔 열쇠를 찾아내지 못했지?"

"그런데 이 열쇠는?"

"그 집 열쇠야. 문은 잠겨 있었고, 열쇠는 문설주 위에 숨겨져 있었단 말이야. 하유빈은 외출할 때 열쇠를 가지고 다니지 않고 밖에서 문을 잠근 뒤 열쇠를 문설주 위에 숨겨놓고 다녔거든."

"그러면 하유빈이 자살한 뒤 누가 그 방에 다녀갔다는 얘기 아닙니까?"

강 형사가 목소리를 높였다.

"누가 들어가서 하유빈을 창문으로 떠밀어 죽이고 나와서 밖에서 문을 잠그고 열쇠를 제자리에 가져다 놓고 갔다는 얘기도 되지."

"그렇다면 열쇠에……."

"맞았어. 지문이 남아 있지. 방문 손잡이나 방 안 여러 곳의 지문은 다 지우고 갔는데 열쇠의 지문을 지우지 못한 것이 잘못이야."

"그 지문 임자가 누굽니까?"

"하유빈이 열쇠를 문설주 위에 숨기고 다닌다는 것을 아는 사람이 누구겠나?"

"그야 사공윤호지요. 지난해 겨울 내내 그 집에 살다시피 했으니까요. 그럼 사공윤호의 지문이 거기서 나왔습니까?"

"그렇다네."

추 경감이 난감하다는 듯이 대꾸했다.

"하지만 그건 말도 안 됩니다."

강 형사도 난감한 표정이었다.

4

하유빈 자살 사건은 특별한 진전이 없이 또 며칠이 흘렀다. 그동안 추 경감은 어딘가를 열심히 혼자 나다녔다. 퇴근할 무렵이 다 되어서 추 경감이 눈을 함빡 뒤집어쓰고 경찰청으로 들어왔다.

"아니, 차는 어떻게 하시고 눈을 이렇게 맞고 다니십니까? 너덜거리는 티코는 이제 창피해서 버렸나요?"

강 형사가 코트 어깨의 눈을 털어주며 추 경감의 아킬레스인 고물 티코를 들먹였다.

"눈 속을 좀 걸어봤지. 그 기분도 괜찮던데."

그러나 추 경감은 의외로 기분이 좋아 보였다.

"강 형사, 이번엔 내 삼류 추리소설 얘기를 들어보겠나?"

추 경감은 무척 유쾌한 목소리로 파이프를 꺼내 물고 소파에 기대 앉았다.

"그날 밤 망년회에서 하유빈이 뛰어나가자 뒤따라 나온 사공윤호가 곧 하유빈을 붙들었지. 그리고 거의 강제로 자기 차에 하유빈을 태웠다고 하세. 사과를 할 테니 제발 받아달라, 우리 집에 가서 차근차근 얘기하자, 내가 유빈이 너를 사랑하는 마음은 변함이 없다, 뭐 이런 식으로 달래가지고 청운동 아파트까지 유빈을 유인한 뒤 11층 자기 방에서 유빈을 창문으로 밀어 떨어뜨려 죽인단 말이야. 마침 집에는 아무도 없었으니 누가 볼 리도 없고. 그때 시간이 10시 반쯤이었을 걸세."

강 형사가 어처구니없다는 듯이 추 경감을 멀거니 쳐다봤다.

"그렇다고 합시다. 그래서요?"

"하유빈은 머리에 치명적인 충격상을 입었다고 검시 결과에 나와 있으니 시멘트 바닥 같은 데에 머리를 부딪친 것이 틀림없어. 죽은 것을 확인한 사공윤호는 시체를 자기 차 트렁크에 실어놓고 알리바이를 만들기 위해 팽 사장 집에 가서 밤 12시 30분까지 술을 마시고 나왔지. 사공윤호는 집에서 잠깐 쉬다가 사람들의 발길이 끊기는 새벽 3시쯤 하유빈의 시체를 싣고 대치동 오렌지 오피스텔까지 가서 창문에서 떨어진 것처럼 만들었지. 우선 하유빈의 코트를 방 안에 가져다 놓고 창문을 열어놓은 뒤 창틀에 묻은 지문을 지우고 나와서 현관문을 잠근 뒤 무심코 전의 버릇대로 열쇠를 문설주 위에 얹어놓고 문손잡이의 지문도 깨끗이 지웠지. 그리고 밖으로 나와 그냥 가려다가 다시 뒤돌아서서 하유빈의 시체 위에 눈을 뿌려서 덮어놓았지. 왜냐하면 그날 눈이 새벽까지 내렸으니까. 10시께 죽었다면 시체 위에 눈이 쌓여 있어야 하니까 말이야. 사공윤호가 이런 짓을 하고 있는 동안 세상은 깊이 잠들어 있었으니까 아무도 본 사람은 없었지. 더구나 오피스텔에는 경비원 같은 제도가 없었으니까 말이야. 내 소설이 어떤가?"

추 경감이 빙그레 웃으며 물었다.

"그건 말도 안 됩니다. 그렇다면 하유빈의 노트북에 입력된 일기는 무엇입니까? 그날 밤 망년회에서 망신당한, 치사한 여자니 패배를 인정하느니 안 하느니 하는 것은 하유빈의 유령이 와서 썼단 말입니까? 추리소설이란 앞뒤가 논리적으로 맞아야 하는 겁니다."

강 형사가 코웃음을 치듯이 내뱉었다.

"사공윤호가 치밀하게 범행을 했지만 하유빈의 스타킹을 벗기고 잠옷으로 갈아입힌다는 것은 생각을 못 했어. 그리고 열쇠를 딴 곳에 버려야 했는데 문설주 위에 갖다놓았고. 습관이란 그렇게 무서운 거야."

"하지만 일기는요?"

강 형사가 집요하게 따졌다.

"일기는 하유빈이 쓴 게 틀림없지. 강 형사는 지금 나가서 사공윤호를 좀 데리고 와. 그걸 따져볼 테니까. 임의동행 형식으로 말이야."

"반장님, 괜히 생사람 잡는 거 아닙니까? 그 삼류 추리소설 가지고 말입니다."

강 형사는 불만을 털어놓으면서도 코트를 집어들고 밖으로 나갔다.

강 형사는 30분도 채 안 돼서 사공윤호를 데리고 들어왔다.

"왜 밤중에 사람을 오라 가라 하십니까? 저는 오늘 밤 사무실에서 할 일이 많아 야근하던 중이었습니다."

사공윤호가 소파에 털썩 앉으며 불평을 늘어놓았다.

"미안합니다. 하지만 하유빈 양을 왜 죽였는지 좀 듣고 싶어서요. 실컷 농락해놓고 나 몰라라 하는 것이 요즘 젊은이들의 사랑인가? 아니, 그냥 버렸으면 그만이지, 죽이기까지 해야 한단 말이야?"

추 경감이 화난 표정으로 사공윤호를 쏘아보았다.

"제가 유빈이를 죽였다고요? 웃기지 마십시오. 제 알리바이는 다 조사해보지 않았습니까?"

사공윤호가 웃긴다는 듯 입가에 비웃음을 물었다.

"물론 그 알리바이는 사실이야. 하지만 자네는 하유빈을 자네 집에서 죽여가지고 새벽에 그곳에 갖다놓은 거야."

"예? 참으로 우습군요. 그러면 당신들이 나한테 얘기해준 그 일기는 누가 썼습니까? 그 노트북은 입력 시간도 기록 안 하나요?"

"그거야 하유빈 양이 썼지. 그리고 입력 시간도 정확히 나와 있지. 자살하던 날 밤 11시 55분 말이야."

"그 시간에 저는 청운동 친구 집에서 한잔하고 있었다는 것은 증명된 것 아닙니까? 청운동에 있는 제가 같은 시간에 대치동에 있는 여자를 어떻게 죽입니까?"

"사공윤호 씨! 당신은 컴퓨터 소프트웨어 전문가지요?"

추 경감이 엄숙한 얼굴로 사공윤호를 정면으로 노려보며 물었다. 강렬한 시선이었다.

"그런데요……."

"컴퓨터에 입력된 글의 입력 시간을 바꾸는 것은 당신 기술로서는 누워서 떡 먹기지요?"

사공윤호는 아무 말도 하지 않았다.

"하유빈이 전날 쓴 것을 그날 쓴 것으로 바꾸었지요?"

추 경감이 책상을 치면서 말했다.

"그 일기는 하유빈 양이 그 전날 써놓은 거야. 망년회가 있기 전날 자네는 하유빈 양을 레스토랑으로 불러냈지. 거기서 하유빈이 자네를 혼인빙자간음죄로 고소하겠다고 말하자 자네는 가장 치사한 여자는 패배를 인정하지 않는 여자라고 모욕을 주고 욕설을 퍼부었지. 그것은 그 집 종업원한테서 다 확인한 거야. 하유빈은 그날 밤 집에 돌아가 분을 이기지 못해 잠을 자지도 못했지. 그것이 일기장에 다 나와 있어. 그때 자네는 집 침대에 누워서 하유빈을 죽일 설계도를 그리고 있었고. 그 일기가 우리를 함정에 빠지게 했단 말이야."

그러나 사공윤호는 입가에 빙긋이 냉소까지 머금으며 반박했다.

"내가 전날 써놓은 일기의 입력 시간을 조작했다는 증거가 있습니까?"

"물론이지!"

"당신은 하유빈의 컴퓨터를 열고 일기 파일을 불러내고 입력 날짜를 고쳐서 다시 저장해놓았지. 그러나……."

추 경감이 책상에서 프린트된 A4용지 한 장을 내놓았다.

"하유빈이 자기 컴퓨터에 입력되는 모든 자료는 ucloud라는 KT의 회원 서비스 서버에 기록된다는 것을 몰랐지. 이것이 ucloud에 기록된 하유빈의 첫 입력 내용이지. 죽기 전날의 날짜와 시간이 나와 있어. 우리가 KT에 부탁해서 모두 복원해서 다운받은 거야. 그리고 이 열쇠의 당신 지문. 이 열쇠 지문뿐만 아니라 자네 차의 트렁크에서 하유빈의 머리카락과 혈흔도 발견됐단 말이야."

추 경감이 내민 증거물에 사공윤호는 얼굴이 백짓장처럼 하얗게 변했다.

"사랑이 증오로 변한다고는 하지만, 이렇게 살인으로까지 변하다니…… 무섭군요."

강 형사가 중얼거렸다.

어색하고 분노에 찬 무거운 분위기와는 달리 창밖에는 눈송이가 사뿐사뿐 나비처럼 내려앉고 있었다.

-『소설문학』 별책(1986), 개작

비명(非命)

>>>>> 이가형

1921년 전남 목포에서 태어나 2001년 타계했다. 도쿄제국대학 문학부 재학 중 일제의 학병에 징집되었다가 귀국하였고, 미국 윌리엄스대학을 수료하였다. 전남대, 중앙대, 국민대 등에서 영문학을 강의하는 한편, 수많은 영미 문학을 번역 소개했고, 1949년 월간 문화지 『호남공론』에 소설 「마지막 밤의 대화」를 발표하며 창작 활동을 시작했다. 주요 번역 작품으로 『인간의 조건』, 『모비 딕』, 『피카레스크 소설』 등이 있다. 저서로는 『미국문학사』(공저), 논픽션 『버마전선 패전기』, 연합군 포로 경험을 토대로 한 실화소설 『분노의 강』 등이 있으며, '미스터리 클럽' 결성을 주도하는 등 국내 추리문학 발전에 큰 공헌을 하였다.

모든 일이 일어날 수 있다.

― 애거서 크리스티

1

1987년 추석을 이틀 앞둔 10월 초순. 한국의 하늘은 유난히 드높아 보인다. 이 하늘을 날아 일본의 추리작가들이 서울에 온다.

한국 추리작가협회 총무 김상현은 김포공항을 향하여 프라이드를 조심스럽게 몰고 있다. 뒷좌석에 회장이며 그의 은사인 이명언(李明彦)이 앉아 있기 때문이다.

이명언은 은발의 정년퇴임 교수. 그는 지금 무슨 침울한 생각에 잠겨 있나 보다.

실상 그는, 어제 외무부의 정보 계통 고관을 지낸 바 있고 필명으로 추리소설을 쓰고 있는 주진건과 나눈 대화를 되씹고 있었다.

"국제회의 땐 으레히 제5열의 침투를 경계하지요. 암살 음모가 없다고는 볼 수 없으니까요."

"그럼 나 같은 사람도 암살 대상자 명단에 오르고 있다는 말인가요?"

"예, 그렇죠. 회장님은 이름난 반공주의자이시기 때문입니다."

"최근에 반공 단체의 고문이 됐을 뿐인데……."

"그걸로 충분합니다. 그리고 선생님은 엑스 코뮤니스트……."

"엑스 뭐라고? 난 코뮤니스트가 된 적이 없는데, 무슨 소리요?"

이명언은 엑스 코뮤니스트라는 말에 자기도 모르게 신경이 곤두섰다. '엑스'란 말의 뉘앙스에서 배신을 느꼈기 때문이다. 실상 그는 공산주의자인 적이 없고 그리고 공산주의를 이탈, 전향, 배신한 적도 없기 때문이다.

"하지만 회장님 기록엔 그렇게 돼 있습니다."

"일본 경찰이 조작한 게 틀림없고 그게 그대로 남아 있는 거요. 정말 웃기는 이야기요……. 그래 나는 보호를 받게 되나요?"

"물론 보호를 받습니다. 저도 지켜보겠습니다만 회장님께서도 각별히 조심하시도록……."

그러나 이명언은 야릇한 불안감에 사로잡히고 있었다. 지난날의 망령이 느닷없이 나타나고 있는 느낌이었다.

1943년 봄 그는 동경에서 대학을 다닐 때 하숙에서 가까운 다방 '자매'에 자주 들렀다. 옥호대로 아름다운 자매가 경영하는 다방에는 토요일 오후에 평안도 청년들이 모여들곤 했는데 평양 출신인 신인 작가 박경준이 리더 격이었다.

이명언은 이 다방에서 박경준을 알게 되었는데 그는 명언을 그 '토요일 그룹'에 소개를 했을 뿐 멤버로 끼워주지는 않았다. 그 대신 그는 명언을 아우처럼 아끼며 누이동생 경순의 신랑감으로 생각하고 있었다. 경순은 동경여자대학 영문과의 학생이었다.

그해 여름방학 때 명언은 경준과 경순 남매에게 초청을 받고 평양에 갔다. 그는 마치 백 년 손처럼 대접을 받았다.

명언의 양친도 찬성하여 사성과 봉채가 목포에서 평양까지 감으로써 한 쌍의 남남북녀의 약혼이 성립되었던 것이다.

그러고서 호사다마 격으로 비극은 느닷없이 터졌다.

명언은 자매 다방의 토요일 그룹 일당으로 목포 경찰서에 검거되었다. 경찰은 명언을 그 그룹의 주동자라는 듯이 끈질기게 추궁했다.

명언이 기진맥진하여 어찌할 바를 모르던 차에 뜻밖의 일이 생겼다. 조선총독부가 조선인 청년 학도들을 태평양 전쟁에 몰아넣으려고 반도학도 지원 명령을 내린 것이다.

목포 경찰은 목포부(府) 유지의 외아들이며 동경제국대학생인 이명언이 솔선 지원해야 한다고 판단하고 압력을 가해왔다.

명언은 동경에서의 불온한 그룹 활동을 용서받는 조건으로 학병에 지원하지 않을 수 없게 되었다. 그는 경순과 자매 다방에 서신을 띄웠으나 답장을 받지 못한 채 일본군에 끌려갔다.

그것뿐이었다. 한데 그는 전 공산주의자로 되어 있으니 말이다. 그는 일본 경찰에 철저히 기만당한 셈이다. 일본 경찰은 그에게 공산주의자라는 낙인을 찍고 그를 공산주의의 배신자로 꾸며놓았음에 틀림없다.

공산주의를 배신한 반공주의자가 공산주의자의 제5열에게 암살당하는 건 피할 수 없는 운명일지도 모른다.

이명언은 자기도 모르게 하늘을 날아온 미녀 스파이가 불쑥 내미는 예쁜 권총을 맞고 나가떨어지는 자신의 모습을 상상하고 있었다. '프롤레타리아의 원수, 이명언, 각오하라!'

공항에 거의 도착할 무렵에야 제자는 말문을 열었다.

"주 선생에게 들었습니다. 이 일을 어떡하죠?"

노교수는 아직도 피해망상의 세계에서 깨어나지 못했다.

"아름다운 스파이에게 예쁜 권총으로 사살되는 것도 반공주의자의 최후답지 않는가."

"선생님, 별 말씀을 다하십니다."

한국인 신인 추리작가의 유난히 반짝이는 눈동자는 무엇인가를 궁리하고 있었다. 그는 자신이 암살 음모사건에 말려든 것 같아서 약간 흥분하고 있었다. 그의 대학 때 은사이고 그를 오늘의 작가의 위치까지 이끌어준 노교수를 아무래도 보호해야 한다고 결심하는 것 같았다.

공항 대기실에는 일간신문의 편집국장인 부회장 이상운이 사진기자를 거느리고 작가 현재현과 이야기를 하고 있었다.

주진건이 어느 틈에 나타나 "루머에 그칠 것 같으니 염려 마세요" 하고 이명언에게 귀띔해주었다.

그러나 이명언은 마음을 놓지 못했다.

일본 추리작가협회의 일행은 다섯이었다. 단장 격인 나까가와 씨는 일흔이 넘은 온후한 노신사. 일생을 추리소설의 연구와 평론에 바친 분으로, 지금은 어느 여자초급대학의 학장이다.

단장이 일행을 소개했다. 이명언이 통역한다. 사이토오 호노호 여사는 예순이 넘은 일본의 중진 여류작가인데 지난 10년 사이에 추리작가로 변하고 있었다. 화려한 기모노에 연한 갈색 색안경, 염색한 검은 머리, 그리고 빨간 입술이 10년은 더 젊어 보이게 했다.

스기무라 씨는 50대의 베스트셀러 작가, 짙은 눈썹에 짧게 깎은 머리, 일본의 주간지나 문고본에 나오는 사진과 꼭 같았다.

다음은 사무국장인 오까모토 씨, 그도 30대의 인기 있는 신인작가이나 지나치게 겸손했다. 소개 도중에 뒷줄로 물러가 버린다. 끝으로 40대의 카나우미 케이꼬 여사는 사이토오 여사와는 대조적으로 수수한 투피스 차림, 키가 크고 얼굴이 시원스럽게 생긴 중년 부인, 풍만한 매력이 온몸에서 풍긴다. 그녀는 영미 추리소설의 번역가였다.

이명언은 한국의 작가 이상운, 현재현, 주진건, 김상현을 차례로 소개했다.

오늘의 스케줄에는 저녁 일곱시에 주한 일본대사 공관에서 리셉션이 있다. 김상현과 오까모토 씨 사이에 사무적인 타합이 있은 후, 리셉션 때 만나기로들 하고 양국 측은 일단 헤어진다.

2

시내로 돌아오는 차 속에서 김상현은 고개를 돌리지 않은 채 스승에게 묻는다.

"나까가와 씨, 사이토오 여사, 그리고 스기무라 씨, 그리고는 이름을 까먹었는데요."

"사무국의 오까모토 씨는 신인작가이고, 카나우미 여사는 번역가, 김 군처럼 영어 선생인 모양이야."

"수상한 분은 한 분도 없는 것 같은데요."

"글쎄, 있을 수가 없다고 봐야지. 개인적인 그리고 국가적인 체면도 있지 않을까."

"혹시 그런 음모가 있다면 사람이 북적거리는 파티 때에 제5열이 침입하겠군요."

"허나, 암살이란, 난 잘 모르겠어. 공개적인 장소에서도 있을 수 있겠지만, 남 모르는 장소에서 일어날 가능성이 오히려 많을걸. 제5열이란 유령과 같아서 나타나기 전까지는 곧이들리질 않지."

"하여튼 걱정이 되는데요."

"한데, 김 군, 카나우미 여사를 보고 생각이 달라졌어. 대사관에 가기 전에 내 아파트에 먼저 들러야겠어."

"왜 그러시죠?"

"자네에게 무얼 보여주고 부탁할 게 생겼어."

제자는 좀 놀란 눈치였으나 스승의 분부대로 안양의 주공아파트로 방향을 바꾸었다.

이명언이 사는 29평 아파트는 이층에 마루를 넓게 잡은 실내구조였다. 마루의 양 벽에는 천장까지 닿는 서가에 동서고금의 소설류가 빽빽이 꽂혀 있다.

서가의 한구석에는 영, 미, 불, 일 및 기타 중요한 추리소설들이 대부분 원서로 소장되어 있다. 이명언이 몇 차례 외국을 다니면서 모은 책들이다.

그는 추리소설 연구서로 짐작되는 대형 원서를 뒤적거려 한 장의 낡은 흑백사진을 꺼내 제자 앞에 내놓았다.

사진은 세 사람이 찍힌 꽤 낡은 5/7판이며, 사진에 적힌 날짜는 소화 18년, 즉 1943년 5월로 되어 있었다.

"앉아 있는 두 남녀 중 한 분이 젊은 시절의 선생님이시군요."

"그때 난 학생이고 아직 어렸지. 공부벌레라고들 했지만 실은 아무엇도 모르는 문학청년이었어. 서 있는 분이 작가 박경준, 그리고 앉아 있는 아가씨가 그의 누이동생 경순, 내가 경순과 약혼하기 전에, 그러니까 내가 경준 남매의 집에 초대를 받고 평양에 가기 전에, 경준이 우겨서 갑자기 찍게 된 사진이야. 아마 부모에게 나를 우선 사진으로나마 선보이려고 했나 봐."

"어쩜 남매가 이렇게 닮을 수가 있을까요. 한데 결혼은 하셨나요?"

"못 했지. 내가 학병에 나갔기 때문이야. 그게 아니로군. 멜로드라마와 같은 슬픈 사연이 있어. 이 얘긴 길어. 나중에 해주지. 우선 부탁할 건 이 사진의 남매와 카나우미 여사와의 관계, 얼마나 닮았는가를 살펴봐달라는 거야. 직접 본인에게 묻거나 사진을 보여서는 안 돼."

"공항에서 카나우미 여사의 사진을 찍어놓았으니 사진끼리도 대조해보죠."

"하여튼 오늘 저녁 카나우미 케이꼬 여사를 유심히 관찰해보게. 꼭 부탁하네. 난 시력도 약하고 사람을 잘 못 본단 말이야."

주한 일본대사의 공관까지 제시간에 닿으려면 부지런히 차를 몰아야 했다.

리셉션은 정원에서 뷔페 스타일로 벌어졌다. 한구석에서는 쇠고기를 굽고 있었다.

이명언은 주한 대사와 나까가와 씨와 한 테이블에 어울리게 되어 마치 동경대학 동창회처럼 되었다. 졸업을 못 한 이명언은 입학년도가 두 사람의 중간쯤인 전쟁기간에 있었다.

일본 대사가 먼저 입을 연다.

"저도 소년 때 홈즈와 뤼팽을 탐독했어요. 대학 때 가끔 법률 공부가 지겨울 때 거리에 뛰어나가 탐정소설이나 무협소설을 사가지고 밤새워 읽고 숨통을 트곤 했지요."

김상현은 저 건너 테이블에서 카나우미 여사와 열심히 대화를 나누고 있었다. 두 사람은 영어를 사용하고 있을 거라고 이명언은 짐작했다. 상현은 일어를 몰랐고, 카나우미 여사는 만일 한국어를 알고 있더라도 쓰지 않을 테니까.

미목이 수려한 김상현은 이날 밤 짙은 화장과 실크의 이브닝드레스로 마치 할리우드의 육체파 여배우처럼 꾸미고 나타난 카나우미 여사와 때마침 떠오르는 달빛과 정원 등의 조명을 받으며 열심히 데이트를 하고 있는 듯이 보였다. TV 드라마의 한 장면과 흡사했다.

김상현은 이명언 교수의 대학 영문과의 애제자로 그가 추리소설을 쓰게 된 것도 선생님의 권고에 못 이겨서였다. 그는 친구들이 빈정대는 추리작가가 된 것을 후회하지는 않았다. 이명언의 이름으로 나온 애거서 크리스티의 장편을 그가 대역한 일도 있었다.

아마 영미의 추리소설 이야기만 가지고도 오늘 밤 그들의 화제는 무궁무진하리라.

현재현은 이명언의 옆 테이블에서 사이토오 여사를 상대하고 있었다. 그는 해방 전에 중학을 다닌 세대의 문학소년이어서 일본 소설을 많이 읽었고 일본어를 곧잘 구사했다.

사이토오 여사는 오순도순하게 얘기를 하고 있었지만 이날 밤 현재현은 술을 많이 한 듯 목소리가 높았다. 주위에서 귀를 기울이면 이야기가 모두 들린다.

그도 순문학 작가이면서 추리소설을 쓰고 있기 때문에 사이토오 여사와 이야기가 잘 통하는 모양이다.

"우리 회장 말입니까…… 평론과 번역만 하시지 추리소설을 쓰지 않아요…… 젊었을 때는 소설을 쓰셨대요…… 제가 꼭 추리소설을 쓰시게 하겠어요…… 쓰시겠다고 약속했으니까…… 아마 지금 쓰고 계실 겁니다. 어떠한 경향이냐고요…… 그분께서 제일 좋아하는 작가가 해밋이라니까…… 하긴 모르죠, 『붉은 수확』을 번역까지 하셨지만. 인상으로는 본격을 좋아하실 것 같지 않아요? ……예, 예…… 맨 처음 쓰는 추리소설에서 자기를 죽이겠다고 하시는데…… 추리작가협회장을 죽일 수 있는 자라면 대단한 범인이겠지요. 핫핫하."

이명언은 건너다보았다. 현재현은 소리를 내어 웃고 있었으나 사이토오 여사의 새침한 얼굴에는 웃음이 보이지 않았다.

"대학 말인가요? 아카몽이랍니다. 학병 때문에 졸업을 못 하였죠…… 공부벌레였냐고요…… 그분은 가끔 농담으로 자긴 책을 쓰지 않고 책을 좀먹는 책벌레라고…… 핫핫하."

이상운이나 주진건 등 다른 몇몇 작가들은 스기무라 씨, 오까모토 씨 등과 어울려 있었다.

대사관은 높은 데 자리 잡고 있어서 산을 등지고 앞이 툭 트여 있었다. 때문에 오늘 밤의 정원은 마치 호화 호텔의 전망대 같았다.

이날 밤은 하늘이 유난히 맑은 데다가 하도 날이 밝아서 추리작가들의 마음을 설레게 할 만한 미스터리의 밤다웠다.

리셉션이 끝나자 이명언은 현재현과 함께 김상현의 프라이드에 올라탔다. 도중에서 차를 내릴 때까지 현재현은 대화를 리드했다.

"사이토오라는 분은 원래 프로작가 출신인데 보통 할망구가 아니에요. 추리소설을 쓴 지는 얼마 안 되지만 소신은 뚜렷해요. 직접 작품을 읽고서도 느꼈지만 사이토오 여사의 특이한 점은 가해자라기보다 피해자로 봐요. 사회정의 구현이야말로, 추리소설에 목적이 있다면 바로 그거라고 하던데요. 김 형, 카나우미 여사는 어때요?"

"제 쪽이 영어회화가 달려서 의사가 제대로 통했는지 모르겠어요. 카나우미 케이꼬는 본명이며 필명으로 추리 단편이 당선된 적도 있대요. 미국에는 반년쯤 가 있었고 현재는 여자초급대학 영어 선생인데 추리작가협회에서는 섭외를 맡고 있답니다. 그분의 영어는 일본인 냄새가 나지 않고 용모도 일본인답지 않은 데가 있는데 선생님 의견은 어떠세요?"

이명언은 잠시 머뭇거린 후에 말했다.

"그분의 일본어는 너무 완벽한 일본어야. 한데 용모는 순 일본인의 얼굴은 아닌 것 같아. 대륙의 피라도 섞이지 않았을까."

현재현이 참견했다.

"저도 동감입니다. 사이토오 여사가 전형적인 일본인이라면 카나우미 여사는 이름도 이상하고 어딘지 외국의 피가 섞인 듯한…… 양친 어느 쪽이 한국인 교포가 틀림이 없어요. 카나우미라는 성부터가 김해 김씨의 창씨명 같지 않습니까. 선생님은 어떻게 생각하시나요?"

이명언이 마무리를 짓는 발언을 했다.

"일본인의 성이란 대중 없지. 어머니 성을 따르기도 하고 양가의 성을 따르기도 하고, 시집가면 남편 성을 따라야 하지. 한데 사이토오 여사의 '호노호'란 이름은 만든 이름 같지?"

이명언은 화제를 사이토오 여사에게로 꺾었다.

"호노호란 불꽃이란 뜻이 아닙니까. 계집애 이름을 불꽃이라고 짓는 부모는 없을 겁니다. 본명은 작품집 연보에 나와 있을 테니까 제가 알아보지요. 젊었으면 몰라도 서너 물 간 할망구의 이름이 불꽃이라니 좀 우습지 않아요?"

현재현을 사당동 사거리 근처에 내려놓고 차는 안양으로 향했다.

"현 선생도 그런 느낌이 드신 모양인데 저도 그래요. 사진은 어쩌면 그렇게 닮았죠? 카나우미 여사의 젊었을 적 모습은 사진의 박경준, 박경순과 꼭 닮았을 겁니다. 그렇다면 경준의 딸이거나 경순의 딸이거나 그 어느 쪽이 틀림없지 않을까요."

"그럴 거야. 지금에야 뚜렷이 생각나지만 경준에게는 일본인 애인이 있었지. 부모가 허락을 하지 않아 정식으로 결혼하지 못했어. 그 여자의 성과 이름이 당장 생각나지 않지만…… 유끼꼬는 동생의 이름이었고. 케이꼬는 아버지의 경(敬)자를 따온 게 틀림없어. 그러나 현재현 씨 말마따나 카나우미는 교포인 남편의 성쯤 될 거야."

"경순이 어머니인 경우도 생각할 수 있지 않나요?"

"생각할 수는 있지. 그러나 그분은 일본인과는 결혼하지 않을 거야."

이명언은 박경순의 일본 남자와의 결혼이 있을 수 없다는 듯이 단정적으로 말했다.

과천을 통과하기 전에 이명언의 머릿속에는 한 장의 사진이 형성되고 있었다.

맨 왼쪽에 박경순, 그리고 박경준. 한가운데 갓난애인 케이꼬, 그리고 케이꼬의 일본인 어머니, 맨 오른쪽에 케이꼬의 이모. 케이꼬는 고사리 같은 손을 흔들며 사뭇 행복한 미소를 짓고 있었다. 케이꼬를 끔찍하게 아껴주는 고모와 이모. 단란한 가족사진이었다. 케이꼬의 어머니의 이름도 모습도 희미했지만 이모의 모습은 또렷하게 생각났다. 유끼고, 아니 유끼꼬임에 틀림없었다.

이명언은 앞서의 상상의 그림에다가 두 사람을 첨가하고 있었다. 케이꼬의 고모 옆에는 이명언, 그리고 이모 옆에는 미지의 이모부.

그러나 이 비전은 산산이 조각나지 않았던가. 1943년 8월, 그 그룹을 검거한 특고경찰이 케이꼬의 가족을 박살낸 것이다. 그리고 이명언의 젊은 인생도.

"선생님은 케이꼬를 박경준과 일본 여자 사이에 태어난 소생으로 보시는 거죠?"

"그래, 아까 공항에서 케이꼬를 본 순간 틀림없다고 느꼈어. 케이꼬는 의젓한 중년 부인으로 성장했지만, 케이꼬의 부모와 고모 및 이모는 어떻게 되었는가 참으로 궁금해. 지난 44년간 나는 줄곧 그것이 알고 싶었지."

"카나우미 여사에게 직접 물어보면 어떨까요. 내일 오후 쇼핑 안내를 해주기로 했으니까 그때 물어보죠."

"시치미를 떼면 사진을 보여도 돼."

아파트에 도착하여 스승과 제자는 오붓한 커피 타임을 가졌다. 가정부처럼 머무는 명언의 질녀가 성묘 차 시골에 내려가 있어서 제자가 대신 커피를 끓여 스승에게 바쳤다.

3

밤늦게까지 스승은 제자에게 다음과 같은 이야기를 했다.

그는 1942년 7월 하순에 일본의 구제고등학교를 졸업하고 동경제국대학 불문과에 진학했다.

그런데 동경에 나오기 전 5월에 형무소의 미결감에서 기소유예로 석방될 때까지 경찰서 유치장에서 한 달, 형무소 미결감에서 넉 달, 합쳐 다섯 달 동안 구속되었던 적이 있었다.

일본의 특고경찰은 그를 조선독립운동 책동자로 취조했지만 그에게는 증거가 될 만한 사실이 없었다. 그는 아직 김구 선생의 이름도 모르고 있었던 것이다.

"조선인 주제에 김구도 몰라" 했을 때의 경부보의 눈초리에 나타난 조소는 이명언을 치욕감에 떨게 했다. 이명언에게 있어 다섯 달의 구속기간은 그의 민족적 자존심을 일깨워주기에 충분한 시간이었다.

그는 풀려 나오면 김구 선생에게 달려가 조선독립운동을 할 작정이었다. 한데 그의 작정은 곧장 흔들렸다.

기소유예로는 제적 사유가 될 수 없었던 것이다. 게다가 그해는 졸업이 단축되어 7월 하순까지 두 달 반만 재수하면 졸업할 수 있었다. 이때쯤 창씨개명이 실시되어 이와모토 아끼오(岩本明夫)로 학적부에 올라 있었던 이명언은 조선독립운동의 가싯길보다 별 따기처럼 동경했던 동경제국대학의 문턱을 택했던 것이다.

법과를 희망하셨던 아버지는 아들의 불문과 선택을 못마땅하게 생각했으나 일본제국의 녹을 먹지 않겠다는 아들의 단호한 의지를 측은하게 생각했음인지 한숨을 내쉬면서 묵인했다.

동경제국대학의 불문과 학생이 된 이듬해 봄 명언은 세타가야 구의 시모키타자와로 하숙을 옮겼다.

일본 경찰에 쫓기고 있다는 불안감은 이때쯤 이명언을 좌절과 의욕상실에 빠지게 했고 그를 한결 프랑스의 데카당 문학으로 기울게 했다.

시모키타자와는 시부야–이노카시라 간의 '테이토 선'과 신주쿠–오다와라 간의 '오타 급'이 교차하는 한산한 곳이었다.

그는 오타 급으로 신주쿠로 나가 거기서 전차나 버스를 갈아타고 대학이 있는 혼고까지 갔었다.

하숙과 역 사이에 '자매'라는 순끽다점이 있었는데 학교에 나갔다가 돌아오는 길에는 으레히 자매에 들렀다.

이 아담한 다방은 옥호대로 아름다운 자매가 직접 경영하고 있었다. 언니는 카운터와 레지를 겸하고 있었고 동생은 레지와 그 밖의 다른 일들을 도맡고 있었다.

언니는 얌전한 일본 여성인 듯 기모노를 입고 조용한 데 비해 동생은 얼굴이나 복장에 아직 여학생 티가 그대로 남아 있는 활발하고 명랑한 소녀였다. 언니는 우수를 띤 얼굴이었으나 동생은 항상 미소를 머금고 있었다.

이명언은 학교에 가지 않는 날도 가끔 이 다방에 들렀는데 커피 맛이 딴 곳보다 더 나은지는 몰랐으나 아름다운 자매를 힐끗힐끗 바라보는 것만도 무척 즐거웠다.

어느 날 그는 혼고의 헌책방에서 보들레르의 『악의 꽃(Les Fleurs du Mal)』불어 원서를 사들고 하숙으로 돌아오는 길에 자매에 들렀다.

그가 커피를 시키고서 『Les Fleurs du Mal』을 정신없이 들여다보고 있는데 "불어 시집이죠?" 하며 동생 쪽이 명언의 어깨 너머로 시집을 들여다보고 있었다.

"그래서?" 하고 명언이 되묻자 "전 유끼꼬예요" 하고 그녀는 앞으로 돌아와 의자에 살그머니 걸터앉았다.

"누구 시집이에요?"

"보들레르의 악의 꽃"

"굉장해라. 전 프랑스 상징시인들의 번역 시집을 읽는 중이에요."

"문학소녀로군."

"그래요. 이래도 소녀 시인인 셈이에요. 당신은 시인, 아니면 대학생?"

"마치 심문조로군. 프랑스 시를 공부하는 대학생이야."

"실례가 아니면 어느 대학?"

이명언은 유끼꼬의 순진한 얼굴을 빤히 쳐다보고 난 뒤에 농담 비슷하게 대꾸했다.

"동경제국대학이야. 실망인가?"

"어머, 동대 불문과 학생, 문학소녀의 동경의 대상이군요. 정말이에요. 한데 조선 분이시죠."

이명언은 버릇없다기보다는 너무도 철없는 질문이라고 생각했지만 화를 낼 수도 없었다.

"후테이센징(不逞鮮人)이야. 일본 경찰의 요주의 인물이야."

"일본 경찰이 미워하는 후테이센징이라고요. 더욱 굉장하셔라. 조선 분 동대생은 처음 뵀어요. 그럼 고등학교 출신이시네요."

"모르는 게 없군. 5고야. 1고가 아니어서 어쩌지."

"게다가 넘버 스쿨. 유끼꼬, 항복했어요. 버릇없이 질문한 걸 용서하세요."

이명언을 박경준에게 소개한 건 바로 유끼꼬였다.

평양 갑부의 아들인 박경준은 와세다대학 영문과를 나왔고 '단층파'의 동인이며 한국문단의 신인작가였다. 동경여자대학 영문과에 재학 중인 누이동생 경순과 함께 시모키타자와에 딸 몫으로 아버지가 사준 조그만 일본옥에 살고 있었다.

자매 다방에 자주 들르던 경준은 언니 쪽과 애인 사이가 되었다. 경준의 아버지가 일본 여자와의 혼인을 허락하지 않았으나 두 사람의 애정은 더욱 깊어갔다. 자매 다방의 자매는 소문으론 옥사한 사회주의자의 딸이었다. 일본 경찰의 피해자 가족인 자매는 역시 일본 경찰에게 늘 쫓기고 있는 조선 청년들에게 저항감을 느끼지 않았으리라. 유끼꼬의 언니는 박경준의 내연의 처라는 위치를 감수한 셈이었다.

어느 날 박경준이 먼저 이명언에게 인사를 청해왔다. 박경준은 그야말로 훤칠하게 생긴 청년이었고 명언보다 댓 살 위였는데 이명언이 어리게 보이는 것과는 반대로 어른스러웠다. 이명언은 경준을 형님 대하듯 했고 경준은 명언을 아우처럼 아껴주었다.

토요일 오후에는 으레히 문학이나 예술을 전공하는 듯한, 말투로 보아 평안도 청년들이 이 다방에 모였고 대화는 일본어와 한국어를 섞어 썼다. 박경준은 리더 격이었는데 무슨 이유인지 그의 그룹에 이명언을 소개하기는 했어도 그룹 속에 멤버로 끼워주지는 않았다. 다방 자매는 '토요일 그룹'의 아지트였다.

경준은 다방이 쉴 때는 그들 자매와 명언을 곧잘 집으로 초대했다. 그의 누이동생 경순은 오빠를 닮은 이른바 평양 미인이었다. 남매는 강한 억양의 평양 사투리를 썼다.

그러나 이명언은 스물셋, 박경순은 스물하나, 그들은 아무래도 어렸다. 박경준이 리드하는 대로 둘은 따라간 셈이다. 박경준은 명언을 누이동생의 신랑감으로 점찍어놓았던 것이다.

어느 날 유끼꼬는 "아끼오 씨, 이제부턴 저를 유끼라고 불러줘요"

하고 그를 놀라게 했다. 유끼꼬는 명언의 창씨개명을 알아낸 것이다. 명언은 경순을 대하기는 좀 어려웠으나 유끼꼬와는 허물없이 지냈다.

어느 날 언니도 없고 손님도 명언밖에 없었을 때 유끼꼬는 무슨 말 끝에 "유끼는 아끼오의 색시가 될래" 하고 농담처럼 말했다.

"나도 유끼의 신랑이 되고 싶어" 하고 이명언 역시 농담처럼 되받았다.

"조선의 양반 계급은 이민족의 여성을 싫어하는군요. 조선의 청년들은 혈통 관념이 강해서 부모에게 맹종하는군요. 그러나 언니의 경우는 다르네요."

"박경준과 나는 달라. 박경준은 의젓한 작가이며 어른이야. 난 아직 대학생이고 어리잖아."

"언니는 참 훌륭한 여성이에요. 전 왈가닥인가요?"

"난 주의도 사상도 없는 연약한 문학청년이야. 유끼 같은 일본 왈가닥은 감당 못 할걸."

"아끼오는 겁보. 좋아하는 아가씨의 손목도 못 잡아요."

그러던 유끼꼬도 이명언과 박경순의 사이를 눈치채면서부터 그러한 농담 아닌 진담은 하지 않았다.

김상현이 한밤중에 이웃 동으로 돌아간 뒤에 이명언은 잠을 잘 수가 없었다. 케이꼬의 양친과 그리고 고모와 이모는 어떻게 됐을까.

이튿날 새벽에 놀라운 기별이 현재현에게서 전화로 알려져왔다.

사이토오 여사의 본명은 나까하라 유끼꼬, 옥사한 사회주의자 나까하라 카쓰오 씨의 차녀라고 한다.

"나까하라 카쓰오 씨의 『사회주의 입문』은 제가 중학 때 탐독한 책입니다."

이명언도 나까하라 카쓰오의 『사회주의 입문』은 읽지는 않았으나 이름으로만 알고 있었다.

"그럼 유끼꼬의 본명은 나까하라였군."

순간 유끼꼬의 언니 이름이 카쓰꼬였음을 명언은 상기했다. 그러면 자매 다방의 자매는 케이꼬의 어머니 카쓰꼬와 이모 유끼꼬이다. 사이토오 호노호 여사는 나까하라, 바로 유끼꼬가 아닌가! 유끼꼬라면 명언을 기억할 텐데, 그러나 사이토오 여사에게서 유끼꼬의 모습을 조금도 찾아보지 못한 건 무슨 까닭일까.

유끼꼬는 왜 명언을 모른 척하는가. 44년이라는 세월이 인간의 기억을 그렇게도 흐리게 할 수 있을까. 아니면 전혀 딴 사람인가.

무언가 수수께끼가 짙어가는 것을 이명언은 숨 가쁘게 느끼고 있었다.

4

세미나의 주제는 '국제화 시대에 있어서의 추리소설', 개회는 아홉시 반.

추석 전날의 거리는 새벽부터 붐빈다. 사제 간은 함께 여덟시 조금 전에 안양을 떠나 올림피아 호텔에 여덟시 반쯤 도착하였고 예약된 705호와 706호의 두 방에 들었다. 705호는 회장용이고 706호는 총무 및 회원용으로 잡아둔 것이다. 일본 측은 팔층에 들어 있었다.

스승은 새로 밝혀진 놀라운 사실을 제자에게 요약해서 말했다. 제자는 재빨리 알아차린다.

"놀라운데요. 사이토오 여사가 케이꼬 씨의 이모가 된다면 선생님을 알아봐야 하지 않겠어요? 한데 자신을 감추고 있다면 무언가 수상하지 않겠어요?"

"수상한 게 한두 가지가 아니야."

"그럼 케이꼬 씨의 증언이 꼭 필요하군요. 쇼핑 안내 때 꼭 물어보겠어요."

"옳아, 케이꼬의 증언만이 이 수수께끼의 키포인트를 설명해줄 거야. 잘 부탁해."

김상현은 회장을 살펴보러 나갔고 아홉시가 되면서 한국 측 연사인 두 부회장 황종하 교수와 이상운 국장이, 이어서 주진건과 현재현이 나란히 나타났다. 그리고 인천에서 박민귀, 부산에서 김성종이, 그리고 한국의 유일한 공상과학 소설가인 문윤성 옹도, 그리고 한국의 젊은 작가들이 들어왔다.

세미나의 주제가 이색적인 데다가 신문과 방송의 홍보가 효과를 거두었는지 청중은 추석 전날인데도 불구하고 예상을 훨씬 넘어 좌석이 거의 찼다. 용어는 한국어와 일본어, 동시통역 이어폰이 준비되어 있었다.

일어를 잘하는 여류 추리작가 김애경 여사의 사회로 회의는 시작. 이명언이 인사말을 시작했다.

"이 세미나에 참석한 모든 여러분, 안녕하십니까. 우리 나라는 바야흐로 국제화 시대에 접어들고 있습니다. 한국은 독자층의 지식 수준이나 경제의 고도성장도 국제 수준이고, 폭력 사태도 역시 국제

수준에……."

여기서 웃음소리가 나왔다.

"신문에 매일같이 보도되고 있는 현대사회의 범죄는 국제적 성격을 띠고 있고 종래의 전근대적 범죄와는 성격을 달리하고 있습니다. 사회를 분석하려면 범죄를 분석해야 한다고 말한 분이 있습니다만 그런 범죄란 기성 사회제도에 대한 도전이고 반항이기 때문이 아닌가 합니다."

이명언은 인사말이 딱딱한 횡설수설이 되거나 길어져서는 안 된다고 생각했다.

"3년 전 저는 포르투갈의 남해안에 있는 관광도시의 시장에 거창하게 소집한 '제1회 세계추리작가회의'에 한국 작가 두 분과 함께 참석했는데 추리소설의 사대 왕국인 영·미·불·일에서는 얼씬도 못했습니다. 그때 전 건방진 추리대국들이라고 생각했습니다."

여기서 웃음소리가 나왔다. 일본 작가들은 씁쓸한 표정이었다.

"그러나 한국의 초청에는 일본이 얼씬해주셨기에 일본에 대한 감정을 풀어드리겠습니다."

이 대목에서는 일본 작가들도 웃지 않을 수 없었다.

"추리작가는 어차피 범죄를, 수수께끼 풀이의 여건으로든 피비린내 나는 현실로든 다루기 마련입니다. 높으신 분도 인간이니 죄를 범할 수 있기 때문에 비단 추리작가뿐만 아니라 모든 작가에게는 표현의 자유가 보장되어야 합니다."

이 대목에서는 이명언이 예기하지 않았던 박수가 크게 터졌다.

"요는 민주국가에서 추리소설이 발전한다는 저의 지론을 또 한 번 강조합니다. 이번 모임이 국제화 시대에 있어서의 추리소설의 중요한 역할을 재인식하고, 아울러 한일 양국 추리작가의 유대를 강화하는 기회가 되기를 바랍니다. 여러분 모두의 건승을 빕니다."

끝으로 의례적인 박수 소리.

세미나는 곧 시작되었다. 이상운의 '한국의 추리소설'이, 다음은 나까가와 씨의 '일본의 추리소설'이, 그다음은 황종하의 '한국과 외국의 추리소설'이 각각 삼십 분, 그리고 이십 분 동안의 커피 브레이크.

제2부는 오정 정각에 시작. 사이토오 여사는 '탐정소설이냐, 범죄소설이냐'로 정확히 삼십 분. 여사는 결론적으로 현대의 작가는 범죄를 사회의 현실로 진지하게 받아들여 악의 근원을 도려내어 사회 정의를 구현해야 한다고 강력히 주장했다.

사이토오 여사는 페이퍼를 읽을 때만 여태까지 쓰고 있던 엷은 갈색 색안경을 벗었다.

이명언은 사이토오 여사의 얼굴을 좌석 관계로 측면에서였지만 유심히 쳐다보았다. 차분히 가라앉은 얼굴에 알맞은 목소리, 얼굴은 이목구비가 고르기는 했지만 가면처럼 표정이 없었다. 이 무표정한 냉정이 그녀의 주장을 강렬히 뒷받침하는 것 같기도 했다.

먼빛으로는 사이토오 여사의 얼굴에서 44년 전 유끼꼬의 이미지를 조금도 분간해낼 수가 없었다.

질의 시간에는 사이토오 여사에 대한 반대 질의라기보다는 반대 주장이 나왔다. 질의자가 제 주장을 길게 늘어놓아 진행에 차질이 올 듯하자 사회자는 서울시장 초대의 점심시간이 한시였으므로 서둘러야 했다.

"추리소설을 종래대로 수수께끼 풀이의 탐정소설처럼 쓰느냐, 범죄를 사회의 중요한 문제로서 리얼하게 다루느냐, 이건 결국 작가의 관점의 문제가 아닐까요" 하고 여류 사회자가 총괄 결론을 내림으로써 질의 시간은 우레와 같은 박수로 끝났다.

색안경을 다시 쓴 사이토오 여사는 명언과 마주치는 경우 정중히 묵례를 할 뿐 아무런 내색도 하지 않았고 아무 말도 꺼내지 않았다. '내가 알은척할 때까지 모르는 척할 작정이로군……' 하고 생각하면서 이명언도 굳이 알은척하지 않았다.

점심이 끝나자 김상현은 쇼핑을 하러 카나우미 여사와 함께 따라나선 사이토오 여사를 모시고 나갔다.

이명언은 점심 후 커피숍에서 일본추리작가협회 사무국장 오까모토 씨와 잡담을 나눈 뒤에 피로를 느끼고 방으로 돌아와 더운 물로 간단한 샤워를 했다. 그 뒤 침대 속으로 들어가 한참 동안 눈을 감고 있다가 잠이 들었다.

제자가 스승을 깨운 건 저녁 파티가 시작되기 한 시간 전이었다. 김상현은 쇼핑 중에는 사이토오 여사가 카나우미 여사 옆에서 떨어지지 않았기 때문에 올림피아 호텔로 돌아와 커피숍에서 카나우미 여사와 단둘이 될 때까지 그 얘기를 꺼내지 못했다고 했다.

"처음엔 몹시 놀란 듯했으나 선생님을 파니까 박경준의 딸임을 곧 시인하고서는 한국말을 하던데요. 영어와 한국어를 섞어가면서 얘기를 쉽게 했지요. 선생님 얘기를 묻길래 생각나는 대로 말했지요. 어떻게 자기를 알아보았는가 하기에 선생님이 공항에서 소개할 때 직감으로 알아보았다고 했고, 저도 선생님과 케이꼬 씨의 아버지와 고모가 함께 찍은 사진을 선생님 서재에서 늘 보아서 구면처럼 느꼈다고 거짓말 섞어서 덧붙여 말했더니, 굉장히 감동한 듯이 꼭 그 사진을 보고 싶다고 하더군요. 아버지는 훤칠한 미남이고 고모와 꼭 닮았으니 고모의 얼굴을 아버지의 얼굴이라고 알면 된다고 말하니까 케이꼬 여사는 갑자기 울먹이던데요. 게다가 사이토오 여사의 본명을 알아냈다고 하니까 한국의 추리작가들에게는 못 당하겠다고 말하면서 이것만은 제발 쉬쉬해달라더군요. 그 사건 이야기는 자세히 모르지만 선생님을 뵙고 아는 대로 말씀드리겠다고 하기에, 저녁 파티가 끝난 뒤에 칵테일 라운지에서 만나자는 약속을 받아놓았어요. 케이꼬 여사가 선생님을 원망스럽게 생각하는 눈치는 전혀 보이지 않던데요. 사이토오 여사의 경우는 몰라도……."

제자는 샤워를 하겠다고 제 방으로 건너갔다.

스승은 '원망하는 눈치가 아니더라'는 말을 되새기며 다시금 자리에 누워 눈을 감았다.

경순의 얼굴보다는 유끼꼬의 앳된 얼굴이 추억 속에서 맴돌았다.

이명언은 "유끼, 유끼, 왜 그렇게 몰라보게 변했지" 하고 중얼거렸다.

5

카나우미 케이꼬는 약속대로 파티가 끝난 뒤 칵테일 라운지 창문 곁 구석자리에서 기다리고 있었다.

한국 측 작가들은 두 부회장을 둘러싸고 한 테이블에 모여 회장을 기다리는 눈치였다.

이명언이 술기운도 겹쳐 다리를 휘청거리며 가까이 오자 케이꼬는 벌떡 일어나 "전 박경준의 딸 케이꼬입니다" 하고 말한다.

"난 이명언이오" 하고 이명언은 박경자라는 이름을 가졌을지도 모르는 카나우미 케이꼬에게 말했으나 다음 말이 얼른 생각나지 않는다. 그가 앉자 케이꼬도 앉는다.

"제가 먼저 말씀드려야 했는데 죄송하게 되었습니다. 실은 이번 세미나에 오게 되자 고모님에게서 선생님 얘길 처음 들었습니다."

"고모님께서는 안녕하시고……."

"네, 건강하세요. 선생님은 몸이 불편하신 것같이 보입니다."

"신경통에다가 심장이 약해졌소."

"고모님은 선생님께서 어떻게 살고 계신가 몰래 바라보고만 오라는 분부였어요. 한데 선생님께 들킨 셈이죠."

이명언은 드디어 44년간 그를 괴롭혔던 얘기를 꺼냈다.

"그리고 아버님은……."

"종전 후 풀려 나오셨지만 옥중에서 얻으신 병환으로 곧 돌아가셨어요."

"어머님은……."

"그때 어머님은 저를 잉태하고 있었어요. 풀려 나와 저를 낳고 병고에 시달리시다가 아버님이 돌아가신 후에 역시 병환으로……."

"그럼 케이꼬를 누가……."

"고모와 이모가 아버지와 어머니 역할을 하셨어요. 전 고모를 보고는 조선인 아버지를 생각했어요. 그리고 이모에게선 일본인 어머니를 보았지요. 고모와 이모는 저를 두고 의견이 달랐나 봐요. 고모는 저를 밀양 박씨 가문의 규수답게 기르고 싶으셨고 이모는 저를 이모님처럼 투사로…… 그러나 저는 아버지와 고모가 못다 한 영문학을 하게 됐어요."

"그때 고모는 어떻게……."

"고모님도 붙들려 갔지만 곧 풀려 나왔는데 이모님은 욕을 심하게 보신 것 같아요. 이모님 성격이 남에게 꿀리려고 하지 않는 데다가 제 외할아버지가 사회주의자가 돼서 잊지 못할 수모를 당하신 모양이고 어머님도 후테이센징의 씨를 배다니 일본 여성의 수치라는 둥, 아버지가 역적이니 딸도 할 수 없다는 둥……."

"그럼 이모는……."

"이모는 그 뒤 180도로 달라지셨어요. 한때는 정신 착란까지 일으켰어요. 외할아버지가 옥사하셨고 그 때문에 외할머니도 빨리 돌아가시고 형부도 옥사나 다름이 없었고, 단 하나의 육친인 언니마저 그 때문에 결국 빨리 세상을 떠났으니, 이모는 마치 천하를 상대로 부모 형제의 원수를 갚는 식으로 과격한 공산당이 되었어요. 투사에서 작가로 성공할 때까지 이모님의 안간힘은 참으로 놀라왔어요. 귀엽고 순진했던 소녀가 무쇠같이 강인한 투사가 된 거예요. 종전 후 공장 생활을 하실 때 공장에 불이 나서 이모는 얼굴에 화상을 입었어요. 그래서 얼굴이 흉했어요. 나중에 얼굴을 전면 성형수술 했지만요. 얼굴에 표정이 없는 건 그 때문이어요."

"그 일이 일어났을 때 난 목포에서 경찰에 끌려갔지. 자매 다방에 모인 그룹을 공산주의 단체로 몰아댔어. 경찰이 어떻게 조작했는지 모르지만 학병에 지원하면 내주겠대. 아니야, 학병에 지원하지 않으면 꽁꽁 옭아매어 형무소에서 죽도록 썩게 만들겠다고 위협했지. 내겐 조선독립운동자로서의 전과가 있었지. 난 학도병에 지원하고서 경찰에서 풀려났어. 고모와 이모에게 편지를 띄웠는데 답장을 받지 못한 채 전쟁에 끌려갔었지. 미얀마까지 가서 죽지 않아 개죽음은 면했지만. 종전 후 1년간 포로생활을 했기 때문에 해방 후 1년 만에 한국으로 돌려보내졌는데 남북과 한일 간에는 이미 장벽이 가로놓여……."

"다방 자매 얘긴 저도 듣고 알고 있습니다. 참으로 끔찍한 시대였어요……."

"케이꼬의 아버진 훌륭한 한국 청년이었어. 내 말뜻을 알겠소? 그건 일제 하에선 온전히 살아남기 힘들다는 뜻이오."

이명언은 아까부터 자꾸만 눈물이 나오는 것을 막을 수가 없었다. 그는 손수건을 꺼내 눈물을 닦았다.

"케이꼬의 고모는 한국의 대표적인 재원이었지. 유난히도 닮은 남매였어. 결혼하셨겠지."

"네, 결혼했어요. 시집에서 저를 키워주는 조건으로. 하긴 고모님은 종전 후 1년간 기다렸어요. 그리고 모든 걸 체념하고 저를 키우는 걸 삶의 보람으로 느끼셨나 봐요. 지금은 손주까지 있어요."

"카나우미는 시댁 성인가?"

"네, 제 남편은 교포예요."

"이모는 그때 참으로 명랑하고 총명한 소녀였지. 조금 장난꾸러기이긴 했어도. 나하곤 허물없는 친구처럼 지냈지. 사이토오 여사가 이모라니 그렇게 변할 수가 있을까."

"변한 거예요. 하지만 알은체하지 마세요. 이번에 여기 온 것도 이모는 자원하다시피 했어요. 이모는 자기를 알리지 않고 선생님만 만나보고 싶었던 거예요. 소녀시절의 이모를 아는 사람에게 오늘의 이모를 보이고 싶지 않았겠죠. 고모나 이모는 비슷한 심정이었을 거예요. 이 선생님께서는 이모를 알은체 말아주세요. 이모의 남성 순례는 일본문단에서 유명해요. 남편으로 정한 사람이 전쟁에 나가서 죽어버렸으니까 딴 남자와는 결혼하지 못한다고 입버릇처럼 말하시던데, 혹시 그분이 바로 선생님이셨던가요?"

"설마, 농담이겠지. 이모는 소녀 때부터 버르장머리가 없을 정도로 농담이 심했지. 아니, 순진하고 솔직했지. 한데 사람은 변하는군."

"이모에게 옛날을 상기시키지 마세요. 이모 쪽에서 원하신다면 몰라도요."

이명언은 알고 싶었던 일들을 대강 알아낸 것 같았다. 시간도 꽤 지났다.

"그럼, 참 반가왔소. 내일은 경주 관광이 있으니까 또 만나요."

이명언은 다시 손수건으로 눈물을 닦고 일어섰다. 그리고 한창 술판이 벌어지고 있는 듯한 한국 작가들의 테이블로 건너갔다.

그날 밤 늦게 705호실에서 스승이 제자에게 케이꼬와 만났던 이야기를 하고 있는데 사이토오 여사가 느닷없이 노크를 했다.

잠옷 위에 가운을 걸친 사이토오 여사는 들어서자마자 김상현에게 "우리끼리 데이트할 테니까……" 하고 일어로 말했다.

김상현은 데이트란 말은 알아들었으나 혹시 이 열렬한 공산주의자가 선생님을 배신자로 몰아 해꼬지라도 하지 않나 걱정되어 선생님의 눈치를 살폈다.

이명언은 나가 있어도 좋을 거라는 눈짓을 했다.

문밖에는 카나우미 여사가 서 있었다.

"이모님의 눈치가 이상해요."

카나우미 여사의 입에서는 평양 사투리를 풍기는 한국어가 새어 나왔다. 그녀의 심상치 않은 기세에 놀란 김상현은 멈춰 섰다. 두 사람은 남의 데이트를 엿보는 흉한 꼴이 되었다.

6

사이토오 여사는 이명언 옆에 걸터앉으며 마치 소녀처럼 앳된 목소리로 아양을 떤다.

"아끼오 씨, 난 유끼예요. 기억이 나시죠?"

이명언은 가슴의 한 귀퉁이가 내려앉는 듯했다.

"옛날의 유끼와는 몰라보게 달라졌군. 한데 왜 나를 모른 척했지?"

"늙고 미운 꼴을 보이고 싶지 않았으니까요. 당신 추억 속에 귀엽고 순진한 유끼로 남아 있고 싶었으니까요. 정말 그러네요. 유끼의 소녀시절 모습은 아끼오의 기억 속에만 살아남아 있겠군요. 44년 전에 경찰이 소녀 유끼를 죽였어요. 하지만 오늘 밤 난 유끼로 되살아났어요. 아끼오, 유끼가 불쌍하지 않아?"

"유끼, 44년 전으로 되돌아가자는 거야?"

그러나 오늘 밤 이명언은 너무나 지쳐 있었다. 큰 행사를 치른 데다가 케이꼬와의 면담에서 심한 충격을 받았다. 게다가 술도 좀 과음했다.

"내일은 추석날. 한국의 한가을 밝은 달이 유끼를 44년 전으로 돌아가게 했어요. 유끼는 44년 동안 잃어버린 애인을 찾아서 헤매도 다녔어요."

잠옷 사이로 엿보이는 아직도 윤기를 잃지 않은 하얀 젖가슴과 무릎은 명언의 감정이나 욕망에 아무런 반응을 일으키지 못한다. 오히려 그녀의 얼굴의 무표정과 무감각은 명언의 고단한 심장을 압박하기만 한다.

명언의 무반응에 사이토오 여사의 어조가 달라진다.

"후테이센징을 사모했던 일본 소녀는 그 옛날에 죽었지만 사이토오 호노호 여사의 육체는 아직도 불꽃처럼 타고 있어요."

호노호 여사는 마치 실성한 여자처럼 지껄인다.

"당신은 옛날부터 좋아하는 아가씨가 몸을 내맡겨도 멈칫하는 겁쟁이. 이제 늙어가는 주제에 멈칫거리지 마요. 내겐 아직 젊음이 남아 있을 거예요. 마치 오늘 밤을 위하여 남겨둔 것처럼 말이에요."

이명언은 멈칫거리고 있는 것이 아니라 얼어붙은 듯 꼼짝할 수가 없었다.

유끼꼬의 얼굴은 44년 만에 만난 애인에게 원정하는 노녀의 얼굴이 아니었다. 그것은 희열이나 원한의 감정이 조금도 나타나 있지 않은 목석 같은 얼굴이나 다름이 없었고, 비정하고 괴이한 가면이었다.

"유끼를 껴안고 싶어도 용기가 안 나는군요. 역시 당신은 변함없는 겁보. 소녀의 순정을 업신여기는 벽창호, 죽이고 싶어요. 에잇, 죽여버려야지."

유끼꼬는 핸드백에서 까맣게 반짝이는 조그마한 권총을 꺼내어 명언의 가슴을 겨눈다.

순간 이명언은 미녀 스파이에게서 예쁜 권총으로 사살당하는 자신의 극적인 최후가 바로 이거였던가 하는 생각이 떠올랐다.

"잠깐만, 유끼는 왜 나를 죽여야 하지?"

사색이 된 명언의 목소리는 거의 들리지 않았다.

"왜 죽이냐고? 귀엽고 미우니까, 사랑스러운 배신자니까. 애인을 짓밟고 둥지를 팔았으니까."

그러나 이때 명언이 정신을 잃고 침대 위에 쓰러졌기 때문에 유끼꼬의 다음 말은 듣지 못한다.

사이토오 여사는 여전히 권총을 명언의 가슴에 겨눈 채 형편없는 몰골로 번듯이 쓰러져 있는 늙고 이지러진 얼굴을 물끄러미 내려다보고 있었다.

"아끼오, 당신도 늙었구려……. 그 곱고 맑던 얼굴이…… 왜 그러지? 겁이 난 거야? 문학박사 이명언 교수, 죽고 싶지 않단 말이지. 그럼 쏘지 않을게. 한국추리작가협회장, 그 꼴이 뭐야. 정신 차리고 일어나요. 어유, 일어나지 못해! 못 일어나겠으면 내가 일으켜줘야지."

사이토오 여사는 마치 아기를 껴안을 듯이 이명언에게 두 팔을 내밀었다.

이때 도어를 요란하게 두드리는 소리가 났다.

사이토오 여사는 움찔하며 제정신이 돌아온 듯 권총을 백 속에 넣고 옷매무새를 여밀 사이도 없이 도어 쪽으로 뛰어갔다.

상현과 케이꼬가 뛰어들었다.

사이토오 여사는 나가면서 깔깔거린다.

"멋대가리 없는 녀석들 같으니. 늙은이들의 44년 만의 데이트를 방해하는 게 아니야. 케이꼬, 돌아가자."

그러나 케이꼬는 이모의 말에는 아랑곳없이 상현을 따라 침대 쪽으로 갔다.

제자는 실신 상태에 있는 스승이 심장마비를 일으키지 않았나 하고 겁이 났다. 그는 3년 전 스승을 모시고 포르투갈에 가는 도중 파리의 오를리 공항에서 스승이 오늘 밤처럼 실신 상태에 빠졌던 일을 상기하고는 부리나케 스승의 웃옷 안 호주머니에서 우황청심환을 꺼내 케이꼬가 재빠르게 따른 물과 함께 스승의 입에 부어넣었다.

잠시 후 명언은 거짓말처럼 깨났다. 명언은 모기 소리처럼 가느다란 목소리로 케이꼬에게 말한다.

"케이꼬, 난 심장이 약해요. 오늘 밤, 유끼꼬 이모를 44년 만에 만나 너무나 변한 모습에 충격을 받았을 뿐이야. 케이꼬, 이모에게 전해요. 난 배신자가 아니었다고. 증거로 김 군, 그 사진을 케이꼬 씨에게 드려. 44년간 간직한 거라고."

제자는 솔직한 심정으로 스승이 복상사를 면한 것을 보고 우선은 안심했던 것이다.

케이꼬가 사진을 받아 가지고 돌아와보니 유끼꼬 이모는 수면제를 먹은 듯 침대에 드러누워 눈을 감고 있었다. 이모의 얼굴은 마치 편히 잠들어 있는 소녀의 얼굴과 다름이 없었다. 아끼오의 꿈을 꾸고 있을 거라고 케이꼬는 생각하고 싶었다.

'불쌍한 이모님!'

케이꼬는 들고 온 사진을 들여다보았다. 불행한 시대에 고달프게 살았던 한국의 젊은이들, 참으로 아름답고 슬픈 젊은이들이라고 케이꼬는 가슴에 사무치도록 느꼈다.

사이토오 여사와 카나우미 케이꼬는 스케줄에 따르지 않고 아침 비행기로 서울을 떠났다. 이명언도 경주 관광에 따라가지 못했다.

모든 스케줄을 끝내고 찾아온 제자에게 스승은 그날 밤 있었던 일을 실토했다.

"사이토오 여사가 선생님을 권총으로 죽이려고 했단 말입니까?

한국의 반공주의자를 죽이라는 지명을 받고 나타난 제5열이 사이토오 여사였나요?"

"글쎄 말이야. 그럼 왜 그녀는 나를 쏘지 않았지? 사이토오 여사는 제5열이 아니야. 더구나 개인적 복수심에서 나를 죽이려던 것도 아니야."

김상현은 수려한 미목을 찌푸렸다.

"그럼 뭘까요? 방심하시면 안 됩니다. 어느 쪽이나 살해 동기로는 충분합니다. 살해 방법이 문제가 아니겠습니까. 선생님이 심장이 나쁘시다는 것쯤은 알았을 겁니다."

이명언은 제자의 추리를 멍청하게 듣고 있었다.

"심장이 약한 걸 알고 있다면 충격에 의한 자연사를 꾸밀 수 있고 복상사도 생각해볼 수 있지 않습니까?"

"그렇게도 생각되는군. 일본 경찰이 나를 배신자로 만들고 유끼꼬가 그걸 광적으로 곧이들었다면 유끼꼬는 별 생각을 다 했겠군그래…… 그렇다면……."

약 일주일 후에 뜻밖에도 이명언은 심장마비로 숨졌다. 향년 66세. 그가 심장이 약한 건 다들 알고 있던 터인지라 아무도 그의 죽음에 대해서 의심하지 않았다. 주진건도 사이토오 여사와 이명언과의 관계를 모르기 때문에 더 이상 의심하지 않았으리라.

다만 김상현만은 그의 스승이 사이토오 여사에게 암살당했다는 사실을 굳게 믿고 있었다. 그것도 결과적으로는 교묘한 완전범죄 수법으로, 김상현은 살인 게임에서 일본의 추리작가에게 진 것 같은 분한 기분이 들었다.

김상현이 친 전보를 받고 박경순은 이명언의 장례식에 케이꼬와 케이타로를 데리고 왔다. 케이꼬는 일본추리작가협회의 부의금을 가져왔다.

"케이타로에게 한국을 보여줄 겸 왔어요. 상현 씨는 선생님의 애제자였다죠. 뭐라고 조의를 표해야죠."

"박 여사께서는 선생님의 약혼자였습니다. 저야말로 뭐라고 말씀드려야 할지 모르겠습니다."

박경순은 장지까지 왔고 하관 때 케이꼬에게 대학 때 배우다 만 이반젤린 이야기를 꺼냈다. 이반젤린이 얄궂은 운명 때문에 헤어진 애인 가브리엘을 찾아 헤맨 지 몇십 년 만에 찾아냈을 때 노쇠한 가브리엘은 페스트에 걸려 죽어가고 있었다고.

"제 명까지 사시지 못하셨군요."

고모가 속삭이는 말을 들은 케이꼬는 아버지 박경준을 생각하고 있었다.

그들이 돌아갈 때 공항에서 김상현은 박경순 여사와 케이꼬 앞에서 그날 밤 사이토오 여사가 권총으로 위협한 사실을 터뜨렸다.

이 말을 듣고 박경순 여사는 소스라치게 놀라는 것 같았다.

"케이꼬, 바른대로 말해. 정말로 이모가 선생님을 죽이려고 했나?"

"고모님, 그걸 제가 어떻게 알겠어요."

고모의 얼굴은 새파랗게 질려 있었다.

"케이꼬, 또 묻겠다. 이모는 선생님의 심장이 약한 걸 알고 있었지? 미친년 같으니라고!"

"글쎄요, 전 모르겠어요."

고모의 입에서 욕이 나왔다. 케이꼬는 돌변한 고모의 시퍼런 서슬에 쩔쩔매고 있었다.

"함께 붙어 다니면서 그것도 몰랐어?"

"고모님, 전 정말로 모릅니다. 정말입니다."

"그럼 권총은 어디서 난 거지? 그것도 넌 모를 테지? 죽일년 같으니라고!"

그러나 케이꼬는 이번에는 거짓말을 했다. 케이꼬는 권총의 출처를 알고 있었다. 그날 오후의 쇼핑에서 유끼꼬 이모는 케이타로에게 줄 선물이라며 예쁘게 생긴 장난감 권총을 샀던 것이다.

그 거짓말은 케이꼬의 고모부가 될 뻔한 그리고 일본 경찰에게 젊음을 희생당한 한국의 노(老)문학자에 대한 경애의 표시라고 케이꼬는 순간적으로 생각했던 것이다.

현재현이 끝내 쓰게 하지 못했던 이명언의 제1장만으로 끝난 장편소설의 제목은 '비명(非命)'이었다.

- 「한국우수추리단편 모음집 3」(행림출판, 1987)

광시곡

>>>>> 이경재

1928년 서울에서 태어나 서울대학교 치대를 졸업했다. 1954년 기독교 방송국에 단막극 「코」가, 1955년 조선일보 신춘문예에 라디오 드라마 극본 「산승」이, 1956년 KBS 신춘문예에 「밀고자」가 당선되었다. 방송작가이자 시나리오 작가, 추리소설가로 활발한 활동을 하였다. 주요 방송 작품으로 〈섬마을 선생님〉 〈다큐멘터리 재일동포〉 〈형사수첩〉 〈손오공〉 등이 있고, 주요 저서로 『검은 꽃잎이 질 때』 『앰뷸런스 살인』 『추적』 『비정의 사나이』 『일본을 재판한다』, 서울 정도 600년의 역사를 엮은 『서울 정도 육백년』 등이 있다.

방에는 스테레오의 감미로운 선율이 흐르고 있었다.

여인은 가위를 들고 사진을 자르고 있었다. 관광지를 배경으로 남녀가 나란히 서 있는 사진이었다. 여인은 사진에서 남자의 부분만을 도려냈다.

책상 위에는 그렇게 도려낸 남자의 사진이 여러 장 포개져 있었다. 여인은 남자의 사진들을 핀으로 고정하더니 손에 들고 있던 재단용 가위로 사진 속의 남자의 가슴을 향해 힘껏 내리꽂았다.

"윽!"

그녀는 입속에서 비명을 질렀다. 마치 자신의 가슴을 가위로 찌른 듯이 그녀의 얼굴은 일그러지고 눈에서는 눈물이 한 방울 뺨을 타고 흘러내렸다.

"내일 이 시간에는 쇼스타코비치의 교향곡 10번과 조지 거슈의 랩소디 맨해튼을 레오날드 라스트킨이 지휘하는 세인트루이스 교향악단의 연주로 들으시겠습니다."

여인은 책상 앞에서 물러나 스테레오의 스위치를 껐다.

책상의 사진 위에는 가위가 그대로 꽂혀 있었다.

강 여사가 아파트에 도착한 것은 밤 10시 30분이 넘어서였다. 아파트 안은 그들 부부의 식어버린 애정처럼 썰렁했다.

강 여사와 김상섭이 결혼한 것은 8년 전이었다. 서른을 갓 넘은 강 여사가 아직도 20대 중반처럼 싱싱해 보이는 것은 아직 어린애가 없는 탓도 있겠지만 보기에도 차가운 그녀의 외모에서 오는 청결감 때문이기도 했다.

남편 김상섭이 패션계에서 이름을 날리기 시작한 것은 5년 전부터였다. 김상섭은 이름을 SS 김이라고 바꿨다. 압구정동에 패션 스튜디오와 부티크를 차리고 고급 맞춤양장의 영업을 하는 한편으로 젊은 디자이너를 길러내기도 했다. SS 김이 유명해지면서 그에게는 여자 출입이 잦았다. 그가 길러내는 여성 디자이너와는 스캔들이 뒤따랐다.

천성이 냉담한 강 여사는 남편을 무시했다. 김상섭은 그들의 아파트가 바로 지척에 있으면서, 패션 스튜디오 이층에 침실을 만들어놓고 거기서 자는 일이 많았다. 다만 집에 안 들어올 때는 사전에 전화로 연락을 했고 그 연락을 못 받았을 때에는 강 여사가 스튜디오로 전화를 거는 것이 습관으로 돼 있었다.

강 여사는 수화기를 들고 다이얼을 돌렸다. 신호는 가지만 아무도 전화를 받지 않았다. 강 여사는 차가운 손으로 수화기를 내려놓고 샤워룸으로 갔다.

샤워를 마치고 나왔을 때 마치 기다리고 있었다는 듯이 전화벨이 울렸다. 스튜디오에서 잘 테니 아파트에 못 들어온다는 남편의 전화일 거라고 생각하고 수화기를 들었다.

"여보세요."

"나야, 오래비야."

부티크의 경영을 맡고 있는 사촌오빠 강민구의 전화였다. 목소리가 떨리고 있었다. 불길한 예감이 들었다.

"왜요? 무슨 일이에요?"

"상섭이 죽었다. 빨리 스튜디오로 와!"

수화기를 내려놓고 나서도 강 여사는 영문을 모르는 가운데 남편이 죽었다는 말에 실감이 나지 않았다.

스튜디오 앞엔 경찰차가 와 있었고 행인들이 멀리 스튜디오를 둘러싸고 안을 기웃거리고 있었다. 강민구가 문 앞에서 기다리다가 강 여사를 보자 다가와 부축을 해주었다.

일층은 부티크로서 보통 양장점이나 다름이 없었고 김상섭의 패션 스튜디오는 이층에 있었다. 이층은 스튜디오와 리빙룸과 침실로 되어 있었다.

김상섭은 리빙룸 소파에 반듯하게 누워 있었다. 그냥 누워 있는 것과 다른 것은 그의 가슴에 재단용 가위가 꽂혀 있고, 그가 즐겨 입는 흰 티셔츠에 피가 일장기만큼 번져 있었다.

강 여사는 떨리는 걸음으로 소파에 가까이 가서 남편의 얼굴을 내려다보았다. 얼굴은 싸늘하게 식어 있었지만 고통의 빛은 없었다.

"남편 되시는 분은 약 두 시간 전에 피살되셨습니다."

누군가 바로 옆에서 그녀의 얼굴을 들여다보며 얘기해주었다. 수사과의 안 반장이라고 했다.

강 여사는 피살이란 말에 비로소 자신의 주변에 뜻하지 않은 비극이 들이닥친 것을 실감하며 현기증을 느껴 비틀했다. 강민구가 얼른 가까이 와서 그녀를 부축하여 스튜디오로 데리고 나갔다.

리빙룸 안에서는 감식반과 형사들이 아직 초동수사를 계속하고 있었다.

"S모직의 박 상무를 만나고 돌아가는 길에 가게 앞을 지나가는데 이층, 아래층 모두 불이 환하게 켜 있지 않아. 이상하다는 생각이 들어서 차를 세우구 들어와보니까 이 꼴이지 뭐니. 곧 올케가 올 테니까 먼저 들어가 있거라. 뒤처리하고 나두 아파트로 갈 테니까."

올케가 달려왔을 때 강 여사는 비로소 설움이 북받쳐 올랐다. 간신히 눈물을 삼키고 마음을 가라앉히려는데 안 반장이 그들에게로 다가왔다.

"양장점 안이나 이 이층에 범인이 금품을 물색한 흔적이 전혀 보이지 않는데…… 강 선생, 아까도 없어진 물건은 없는 것 같다고 하셨죠?"

"네, 아래층 금고에 현금이나 수표도 그대로 다 있었으니까요."

"그렇다면 살해의 동기를 원한으로 봐야 할 것 같은데요. 김 선생이 누구한테 원한을 사거나 그런 일 없었습니까? 부인께서 마음에 짚이시는 일 없습니까?"

"전 부티크의 일이나 스튜디오 일에는 전혀 상관을 안 하고 있었기 때문에 아무것도 모르겠어요."

"아, 이층은 스튜디오고, 일층은 부티크라고 그러는군요."

"네, 그렇습니다."

강민구가 대신 대답을 하고 나섰다.

"동생은 갑자기 당한 일이라 충격이 큽니다. 집에 들어가서 좀 쉬게 해주세요. 웬만한 일은 제가 대답해드리겠어요."

"좋습니다. 들어가시죠. 헌데 들어가시기 전에 한 가지만 말씀해주십시오. 오늘 저녁 9시경에 어디에 계셨습니까?"

"아니, 벌써 알리바이를 묻는 겁니까? 앤 자기 남편이 피살당한 거예요! 이건 너무하지 않습니까!"

강민구가 벌컥 화를 냈다. 그러나 강 여사는 냉정하게 안 반장을 쳐다보며 말했다.

"어려울 것 없어요. 얘기하죠. 그 시간에 전 친구들과 압구정동에 있는 '소피아'라는 경양식집에 있었어요. 친구들의 이름과 전화번호를 적어드릴 테니까 나중에 전화하세요."

강 여사가 올케와 함께 아파트로 들어간 다음 김상섭의 시체는 부검을 위해 앰뷸런스에 실려갔다.

앰뷸런스가 떠나는 것을 보고 있던 안 반장이 강민구에게 물었다.

"강 선생은 어떻게 생각하십니까? 김상섭 씨가 누구한테 원한을 산 일이 있습니까?"

"글쎄요…… 매부가 패션계에서 출세를 하기 시작한 것이 갑작스러운 일이라 동업자들 간에는 시기를 한 사람도 있었지만 죽일 만큼 원한을 산 일은 없습니다."

"김상섭 씨의 여자관계는 어떻습니까?"

"네?"

"아파트가 바로 가까운 데 있는데 김상섭 씨는 여기 스튜디오에 따로 침실까지 차려놓고 옷장에는 옷도 많이 갖다 걸어놓은 걸 보니까 부부 사이는 좋지 않으신 것 같은데……?"

안 반장의 관찰은 날카로웠다. 강민구는 아무 말 않고 그의 뒤를 따랐다.

두 사람이 리빙룸에 다시 들어와보니 테이블 위에 있던 코냑 병과 술잔은 치워졌고 놓였던 자리에 분필로 위치가 그려져 있었다.

"술잔하고 술병은 검사를 하기 위해서 보냈습니다. 어때요? 김상섭 씨의 여자관계."

"네, 두 사람 사이가 좋지 않았던 것은 사실입니다. 매부는 여자관계가 좀 복잡했어요. 길러낸 제자들두 몇 사람 있었는데 그때마다 스캔들을 일으키곤 했지요."

"어떤 사람들입니까?"

"한 서너 사람 되는데……."

"여기 이름과 주소, 전화번호를 적어주시겠습니까?"

안 반장은 그에게 수첩을 내주었다. 강민구는 아래층으로 내려가 서류철을 들고 와서 네 여자의 이름과 주소를 적어주었다.

박지연, 29세. 방배동 K아파트 3동 712호, 전화 533-290X

로오즈 리, 28세. 목동 J아파트 31동 100X호, 전화 625-252X

이수화, 27세. 대치동 G아파트 21동 60X호, 전화 525-312X

프랑소아 신, 25세. 압구정동 H아파트 305동 90X호, 전화 593-267X

"이 위의 두 여자와는 갈라선 지 좀 오래됐구, 최근에는 이수화하고 프랑소아 신이란 여자가 매부와 가까이 지냈습니다."

"두 여자를 함께 말입니까?"

"글쎄요…… 프랑소아 신은 프랑스에서 귀국한 지 2주일밖에 안 됐습니다."

이때 문 형사가 비닐봉지에 든 재단용 가위를 테이블 위에 갖다놓았다. 가위 끝에는 그대로 피가 말라붙어 있었다. 문 형사는 범죄학을 전공한 석사 출신의 엘리트 수사관이었다.

"흉기에선 지문이 검출됐습니다."

문 형사는 강민구의 얼굴을 쳐다보면서 안 반장에게 말했다.

"오, 참. 이게 흉기지."

안 반장 역시 강민구를 보면서 말했다.

"선생, 이게 이 양장점에서 쓰는 가윈가요?"

"네, 그렇습니다. 서독제 가윈데요. 아, 잠깐!"

강민구는 대답을 하다가 말고 투명한 비닐봉지 속에 들어 있는 가위를 유심히 들여다보았다.

"왜요? 뭐가 잘못됐습니까?"

"네, 조금 다른데요. 저희 부티크에서 쓰는 가위는 손잡이에다 노란 페인트로 표시를 해놨습니다. 또 매부가 쓰는 가위에는 초록색으로 표시를 하죠. 그런데 이 가위는 메이커는 서독제로 다 같은 가위지만 그 표시가 없군요."

강민구는 문을 열고 디자인룸으로 가서 재단대의 서랍을 열더니 두 개의 가위를 가지고 왔다.

"보십시오. 매부가 쓰는 가위에는 초록색 표시가 있습니다."

"그럼 이 양장점에서 쓰는 가위는요?"

"그것은 아래층에 있습니다. 세 개가 있는데……."

"문 형사, 함께 내려가서 확인해주게."

두 사람은 아래층으로 내려갔다. 아래층 재단대 서랍에도 부티크에서 사용하는 세 개의 재단용 가위가 제자리에 다 있었다.

"그렇다면 이 가위가 어디서 난 거죠? 범인이 가지고 온 거란 말이 되는데……."

강민구는 다시 가위를 자세히 들여다보았다. 가위 윗부분 등에 조각도로 새긴 사인이 있었다.

SS 김.

로마 글자로 된 사인은 분명히 SS 김의 것이었다.

"가위에 피해자의 사인이 있는데……."

안 반장도 사인을 읽고 강민구의 얼굴을 쳐다보았다. 강민구는 잠시 망설이다가 입을 열었다.

"이것은 SS 김이 제자들에게 기념으로 자기 사인을 해서 준 것입니다."

"누구누구한테 줬습니까?"

"아까 제가 적어드린 명부의 여자들입니다. 이런 얘길 해도 될지 모르겠습니다만, SS 김이 자기 사인이 든 가위를 줄 때는 자기의 여자가 됐다는 뜻이라는, 그런 소문도 함께 떠돌곤 합니다."

"그렇다면 그쪽에서 동기도 찾아낼 수 있겠군요."

옆에 서 있던 문 형사가 말했다.

수사의 범위는 상당히 좁혀든 셈이다.

네 사람의 여자가 똑같은 가위를 가지고 있을 것이니 우선 가위를 그대로 가지고 있는지 알아보고, 흉기인 가위에 묻어 있는 지문과 대조해보면 될 것이고, 그다음에 네 여인의 알리바이를 캐낸다면 용의자가 나올 수 있을 것이다.

동기는 원한.

네 여인에게서 가위를 찾아내라.

안 반장이 이런 생각을 하고 있을 때 강민구가 이상한 질문을 던졌다.

"SS 김은 정말 그 가위로 가슴을 찔려서 죽었습니까?"

"네? SS 김이 시체로 발견됐을 때 이 가위가 가슴에 꽂혀 있었다고 한 것은 바로 선생 자신이 아닙니까?"

"제 얘긴 그게 아니고 가위로 가슴을 찔린 것이 사인이 틀림없느냐 그런 말입니다."

"지금까지의 소견으로는 그렇게 돼 있습니다. 물론 정확한 사인은 부검으로 밝혀질 것이지만……."

"그렇다면 더욱 이상하지 않습니까? 시체는 반듯하게 누워 있었는데, 그럼 SS 김이 가위로 가슴을 찔리면서 아무런 저항도 안 했단 말입니까?"

안 반장은 비로소 강민구가 추리소설깨나 읽었다는 것을 알 수 있었다.

"헛헛…… 좋은 데 착안하셨습니다. 나도 그 점이 이상해서 테이블 위에 있던 코냑 병과 술잔을 함께 과학수사연구소로 보냈습니다. 범인이 술잔에 수면제를 타서 마시게 하고 잠이 든 것을 보고 가위로 가슴을 찔렀을지도 모르니까 말입니다."

"술에 취해서 자고 있었을 때 찔렸을지도 모르죠."

"그것은 피살자의 위의 내용물이나 알코올의 혈중 농도를 측정하면 알 수 있죠."

안 반장은 강민구에게 친절히 설명을 해주었다. 그리고 나서 정색을 하면서 물었다.

"이번에는 강 선생의 오늘 저녁의 행동에 대해서 설명을 해주실까요? 강 선생은 오늘 몇 시에 퇴근을 하셨고 그때 양장점에 남아 있던 사람은 누구누구였습니까?"

강민구는 거침없이 대답했다.

"저희 부티크는 8시에 문을 닫습니다. 오늘도 8시에 애들을 다 보내고 이층으로 올라갔죠. 매부에게 아래층 문 닫겠다고 하니까 그대로 열어두라고 하더군요."

"그때 김상섭 씨, 아니 요새는 SS 김이라고 한다지요? 이층에 혼자 있었습니까?"

"물론 혼자 있었습니다. 눈치가 누굴 기다리고 있는 것 같았어요."

"누구를 기다리고 있다는 말은 안 했나요?"

"그런 얘긴 안 했지만 보면 알죠."

"네…… 선생은 8시 넘어서 양장점을 나갔다가 어디로 가셨죠?"

"이번엔 제 알리바이 조삽니까?"

"기분 나쁘게 생각하지 마십시오. 일단은 관계자 전원의 알리바이는 조사하게 돼 있으니까요."

"저는 8시 30분에 잠실에 있는 R호텔에서 S모직의 박 상무와 만나기로 약속이 돼 있어서 제 차로 R호텔에 가니까 8시 25분이더군요. 박 상무도 와 있어서 둘이 식사를 하고 한참 얘길 하다가 10시 30분에 헤어져서 제 차를 타고 집으로 가는 길에 부티크 앞을 지나다 보니까 아래층 위층에 모두 불이 켜져 있었습니다. 아까 처음에 얘기한 대롭니다."

강민구의 알리바이는 확고했다.

다음 날 안 반장은 문 형사와 방 형사를 각각 여자들에게 보냈다. 두 사람씩 나눠서 조사해 오라고 했다. 다른 때 같으면 두 사람을 한 조로 보냈겠지만 다른 사건들이 겹쳐 있을 때라 인원이 부족했다.

압구정동의 프랑소아 신과 방배동의 박지연을 맡은 방 형사가 먼저 돌아왔다.

"먼저 프랑소아 신이라는 여자를 찾아갔습니다. 아주 미인이더군요. SS 김이 피살됐다는 얘기를 했더니 얼굴이 창백해지면서 기절하기 일보 직전까지 갔습니다."

"가위는?"

"가지고 있었습니다. 리본까지 매서 벽에 걸어놓고 있더군요."

"김상섭의 사인이 있는 가위가 틀림없던가?"

"네, 확인했습니다."

"알리바이는?"

"프랑스에서 나온 지 얼마 안 됐다고 T신문의 문화부 기자와 L호텔에서 같이 식사를 하면서 인터뷰를 했답니다. 7시 30분부터 10시까지 같이 있었답니다. 문화부 기자도 만나보고 왔습니다."

"음, 아까 부검 결과가 나왔는데 사망 추정시간은 8시 30분부터 9시 사이라고 하더군."

"프랑소아 신의 알리바이는 틀림없군요."

"그래 방배동의 박지연이란 여자는?"

"그 여잔 자기가 경영하고 있는 양장점에서 만났습니다. 우선 사인이 든 가위는 양장점에서 그대로 쓰고 있었습니다. 그런데 이 여자 얘기가 참고가 될 만한 얘기가 많았습니다."

박지연이 털어놓은 얘기는 이러했다.

박지연이 SS 김 밑에서 양재와 디자인을 배우기 시작한 것은 5년 전이다. 그의 밑에서 일 년쯤 수업했을 때 두 사람은 자연히 맺어졌다. SS 김은 손을 잡고 박지연을 지도해주었고, 박지연은 고마운 마음과 더불어 그에게 남성적인 매력을 느껴 마음이 끌리던 중 단 한 번의 구애에 생각할 겨를도 없이 그의 품에 안겼다.

SS 김은 그녀를 안고 난 다음에 부인과는 이혼하겠으니 그때 가서 결혼하자고 했으나 그녀는 그 말을 믿지 않았다. 그와의 관계는 2년 씩이나 계속됐으나 그사이에도 부티크 점원이나 모델과의 염문이 그치지 않았다.

그런 어느 날 SS 김이 느닷없이 이상한 요구를 해왔다. 자기를 학대해달라는 것이다. SS 김에게 마조히즘의 경향이 생긴 것이다. 이것은 분명히 그에게 또 다른 여자가 생긴 증거였다. 그 여자가 같은 패션 스튜디오에 있는 로오즈 리라는 것을 알았을 때 박지연은 자진해서 SS 김으로부터 멀어지기 시작했다. 그것은 사랑을 빼앗긴 패배가 아니었다. 로오즈 리의 성격을 잘 알고 있는 박지연으로서는 오히려 자위의 길이었다. 박지연은 로오즈 리와는 같은 대학 출신이며 선후배 사이였다. 대학시절 로오즈 리는 열렬한 연애를 했다. 친구의 남편을 빼앗고 또 그 남자를 서슴지 않고 버렸다. 결국 상처를 받은 것은 친구뿐이었다.

김상섭과 로오즈 리와의 관계도 거의 2년이나 계속됐다.

김상섭의 마음이 로오즈 리로부터 이수화로 옮겨간 것은 일 년 전이다. 이수화는 모델 겸 디자이너로 SS 김의 후광을 얻어 화려하게 매스컴에 등장했다. 주변에서는 로오즈 리가 큰 소동을 벌일 것으로 생각했다. 그러나 로오즈 리는 순순히 물러났다. SS 김이 억대의 위자료를 주었다는 소문이 떠돌았다.

이수화와 김상섭의 관계에 금이 가기 시작한 것은 2주일 전에 프랑소아 신이 파리로부터 귀국한 바로 다음 날부터였다. 김상섭이 그대로 프랑소아 신에게 흠뻑 빠졌다는 것이다. 이수화의 성격은 격하면 앞뒤를 가릴 줄 모르는 그런 불 같은 성격이라고 했다. 이수화는 열흘 전에 자살미수극을 연출했다. 손목의 혈관을 면도칼로 잘랐는데 동맥은 잘리지 않고 정맥만 잘랐다. 바로 그 자리에 로오즈 리가 있어서 목숨을 구했다.

"여자가 독한 마음을 먹으면 오뉴월에도 서릿발이 선다는 말이 맞아요."

박지연은 이런 말로 말끝을 맺었다.

"박지연의 알리바이는?"

"어제저녁에 반상회가 있었죠. 바로 박지연의 아파트에서 반상회를 했답니다."

"완벽하군."

"그런데 반장님, 현장에 있던 술병과 술잔에서 뭐 안 나왔습니까?"

"나왔어. 코냑 잔에서 수면제가 검출됐어. 바르비투르 계의 강력한 수면제야."

"그럼 코냑 잔에 수면제를 타서 마시게 한 다음 잠이 드는 것을 보고 가위로 가슴을 찔렀단 말입니까?"

"사인은 심장파열이니까 틀림없을 테지."

"범인이 누구든 간에 피해자의 술잔에 수면제를 탈 수 있는 사람이라면 당연히 면식이 있어야 할 것이고…… 아, 반장님! 범인이 같이 있었으면 함께 술을 마셨거나 아니면 다른 음료라도 같이 들었을 텐데 범인이 마신 술잔은 어디로 갔죠?"

"그걸 찾아내야겠어. 문 형사 오면 얘기 들어보고 현장으로 다시 가보세."

문 형사는 점심시간이 지나서야 돌아왔다.

"대치동 이수화한테 가서 시간을 잡아먹어서 늦었습니다."

"찾아간 순서대로 얘기하게."

"먼저 간 곳은 목동에 있는 로오즈 리의 아파트였습니다."

로오즈 리는 20평짜리 아파트에 혼자 살고 있었다. 통근하는 가정부가 살림을 해준다고 했는데 문 형사가 찾아갔을 때에는 로오즈 리 혼자 있었다. 그녀는 경찰수첩을 받아보고서야 문을 열었다.

리빙룸 소파에 앉자마자 문 형사는 SS 김이 피살됐다는 얘기부터 꺼냈다. 그러나 로오즈 리는 놀라는 기색이 없었다.

"흉기는 SS 김이 자신의 사인을 새겨서 제자들에게 준 재단용 가위였습니다."

"네? 재단용 가위?"

흉기가 재단용 가위였다는 말에 여인은 비로소 경악의 표정을 나타냈다. 그러더니 갑자기 안절부절못했다.

"댁에서도 그 가위를 가지고 계시겠죠?"

"가지고 있습니다."

"죄송합니다만 그 가위를 좀 보여주시겠습니까?"

로오즈 리는 마음의 동요를 감추지 못하는 그런 표정으로 일어나 침실 쪽으로 향했다. 문 형사는 무슨 생각을 했는지 그녀의 뒤를 따랐다. 로오즈 리는 문을 열면서 뒤를 돌아다보았다. 그녀는 웃고 있었다.

"제 침실을 보고 싶으세요?"

문 형사는 당황했다.

"아, 아닙니다."

문 형사가 돌아서려고 하자,

"제 가위는 저 책상 위에 꽂혀 있어요."

하는 소리가 바로 귓가에서 들려왔다.

"네?"

문 형사는 다시 돌아섰다. 문을 가로막고 서 있던 로오즈 리가 한 발 옆으로 물러나자 침실이 눈앞에 다가왔다.

침대 옆에 있는 책상 위에 가위가 꽂혀 있었다. 가위는 여러 장의 사진을 꿰뚫고 있었다.

"SS 김이 죽은 것도 모르고 저런 장난을 했어요."

로오즈 리는 대수롭지도 않은 걸 가지고 뭘 놀라느냐는 듯이 태연스럽게 리빙룸으로 돌아와 소파에 앉았다.

"좀 들어가보겠습니다."

문 형사는 책상 앞으로 갔다. 가위에 찔린 사진들은 모두 죽은 SS 김의 사진이었다.

"필요하시면 가지고 가셔도 돼요."

로오즈 리는 다시 침실로 들어오더니 사진에 꽂혀 있는 가위를 빼내고 그 밑의 사진 두 장을 문 형사 앞에 내밀었다.

"나중에 돌려드리겠습니다."

문 형사는 사진을 받아 들었다. 가위는 정확하게 SS 김의 왼쪽 가슴을 꿰뚫고 있었다.

"전 SS 김을 미워하고 있었어요. 그이는 여자들을 인격으로 대하지 않았어요. 한때는 죽이고 싶도록 미워했어요. 그이 마음이 저한테서 이수화로 옮겨갔을 때 말이에요. 하지만 시간이 갈수록 미움은 약해졌어요. 더군다나 최근에는 또 이수화한테서 프랑소아 신에게로 옮겨갔거든요. 호호……."

로오즈 리는 자조적인 웃음을 터뜨리며 소파에 몸을 던졌다.

"어젯밤 8시에서 10시 사이에 어디에 계셨습니까?"

"저도 의심을 받고 있나요?"

"형식적으로 물어보는 것뿐입니다."

"여기 있었어요."

"아파트에 계셨단 말이죠? 누가 그것을 증명해줄 사람이 있습니까?"

"없어요."

"혹시 전화를 받았다거나 그런 일도 없었습니까?"

"전화 안 왔어요. 저 혼자서 FM의 음악을 듣고 있었으니까요."

"혹시 그 곡목을 기억하십니까?"

"네, 기억하고 말고요. 쇼스타코비치의 교향곡 10번하고, 조지 거쉰의 맨해튼 랩소디를 라스트킨의 연주로 들었으니까요."

"라스트킨이란 사람은 무슨 악기를 하는 사람이죠?"

"관현악 지휘자예요. 레오날드 라스트킨이라구 세인트루이스 오케스트라를 지휘했어요."

"결정적인 알리바이는 안 되지만 참고는 될 겁니다."

"가위를 사진에 꽂고 있었다…… 박지연이란 여자의 말이 맞군. 가학성 취향이지. 그래 방송국엔 확인했나?"

"네. 두 곡 다 어젯밤 8시부터 9시까지 방송했답니다."

"그래, 대치동엔……?"

"이수화란 여자 정말 대단하더군요."

"뭐가 대단해?"

"미인입니다."

"이번 참고인은 모두 다 미인이야!"

안 반장은 괜히 화를 냈다.

"처음엔 경찰수첩을 보이니까 아파트의 문만 열어주구 들어오란 말두 없이 무슨 일로 왔느냐고 하기에, SS 김이 어젯밤에 피살됐는데 하니까, 그대루 얼굴이 하얗게 되더니 저한테로 쓰러지는 거예요. 그래서 그 여잘 안아서 소파에 갖다 눕히구…… 깨어날 때까지 혼났습니다."

"흥! 염복이 터졌군!"

안 반장은 이죽거렸다.

"반장님! 이죽거리지 말구 끝까지 들어보십시오. 이 여자 가위두 없구 알리바이두 없습니다!"

"뭐야!?"

문 형사가 컵에다 냉수를 떠다 먹이고 해서 이수화는 간신히 정신이 들었다.

"죄송해요. 너무너무 놀라서 그랬어요."

"아니, 그런데 그 손목은 왜 그러셨습니까?"

이수화는 왼손 손목에 붕대를 감고 있었다. 그녀는 갑자기 손목을 감추려 했다. 그러나 감춘다고 감춰질 손목이 아니었다. 그녀는 웃으며 말했다.

"설거지를 하다가 유리컵을 깨뜨렸어요. 유리 조각이 하나 박혀가지구 죽을 뻔했잖아요."

문 형사는 얘기를 살인사건으로 돌렸다.

"김 선생을 살해한 흉기가 뭔지 아십니까? 양장점에서 쓰는 재단용 가위입니다. 서독제 가윈데 굉장히 날카롭더군요."

문 형사는 얘기하면서 그녀의 표정을 살폈다. 이수화의 얼굴에 불안의 그림자가 떠오르기 시작했다.

"그리구 그 가위엔 SS 김의 사인이 새겨져 있더군요."

이수화는 시선을 떨어뜨리고 말았다.

"SS 김은 자기가 사인한 가위를 사랑하는 제자에게 주었다는데 이수화 씨도 그런 가위 갖고 계시죠?"

"네? 네……."

이수화는 분명히 떨고 있었다.

"그 가위 좀 보여주십시오."

"어, 없어요! 잃어버렸어요. 벌써 며칠 됐는데 어디서 잃어버렸는지 몰라요!"

"어젯밤 8시부터 10시 사이에 어디에 계셨는지 얘기해주실까요?"

"집에 있었어요. 저 혼자 있었어요."

결국 이수화에게는 가위도 알리바이도 없었다. 문 형사는 이수화에게 멀리 가지 말라는 다짐을 해놓고 돌아왔다.

문 형사는 주머니에서 유리컵 한 개와 로오즈 리가 자른 SS 김의 사진을 꺼내놓았다.

"이 사진에는 로오즈 리의 지문이 찍혀 있습니다. 그리고 이 컵에는 이수화의 지문이 찍혀 있습니다. 이수화가 기절했을 때 부엌에서 물을 떠다 먹이구 주머니에 넣어 왔습니다."

"훔쳐왔군! 핫핫…… 빨리 감식으로 돌려!"

안 반장은 방 형사에게 이수화가 손목을 잘랐을 때 입원한 병원으로 가게 하고 자신은 문 형사와 함께 김상섭의 패션 스튜디오로 갔다. 현장은 그대로 보존돼 있었다. 강민구는 수사 진전 상황이 궁금한지 그들 곁을 떠나지 않았다.

스튜디오의 리빙룸에는 홈바가 있었다. 유리찬장 속에는 술병과 술잔들이 진열돼 있었다. 찬장 속의 술잔은 깨끗이 닦여서 모두 엎어져 있는데 그중에 한 개의 코냑 잔이 바로 서 있었다. 안 반장은 그것을 가리키며 말했다.

"역시 그렇구나! 범인은 면식범이야. SS 김과 함께 코냑을 마시는 척하면서 몰래 수면제를 탔어! SS 김이 잠이 들자 가위로 범행을 하구 자기가 먹던 코냑 잔은 저쪽 수도에서 깨끗이 씻어서 지문도 지우구 다시 찬장에 갖다놨는데, 범인은 평소에 컵을 씻어서 바로 놓는 습관이 있었던 모양이야. 여기 원래의 컵은 모두 엎어져 있는데 코냑 잔 하나만이 바로 서 있거든."

안 반장의 말을 들으면서 문 형사는 문득 이상한 생각이 들었다. 지금 모든 상황은 이수화에게 혐의를 두고 있었다. 가위도 없고 알리바이도 없다. 게다가 동기 면에 있어선 가장 유력한 용의자이다. 그녀의 지문과 가위에서 검출된 지문이 일치하고, 그녀가 입원했던 병원에서 수면제의 입수경로가 밝혀지면 안 반장은 체포 영장을 신청하겠다고 했다.

그러나 문 형사는 뭔가 마음에 걸리는 점이 있었다. 그것은 몽롱한 가운데 아직도 어떤 형태를 지니지 못하고 있었다. 그런데 이제 그것이 조금씩 형태를 나타내기 시작한 것이다.

컵을 놓는 방법.

이수화가 기절을 했을 때, 문 형사는 그녀의 부엌에서 컵을 꺼내 물을 따라 마시게 했다. 그때 이수화의 부엌에 있는 찬장에는 컵들이 모두 엎어져 놓여 있었다.

그리고 또 한 가지.

자기가 마시던 코냑 잔을 깨끗이 닦고 지문까지 지워서 갖다났는데 어째서 흉기의 지문은 지우지 않았는가. 이것은 범인이 아무리 당황했다 하더라도 행동의 통일성이 결여돼 있는 이론이다. 코냑 잔을 갖다놓을 정도의 여유가 있었다면 가위의 지문도 지웠을 것이다.

전화가 걸려왔다. 안 반장을 찾는 전화였다. 전화를 받고 난 안 반장은 자신 있게 말했다.

"자네가 훔쳐온 컵의 지문과 가위의 지문이 일치했다는군!"

이때 병원을 찾아갔던 방 형사가 현장으로 달려왔다.

"Q병원에 다녀왔습니다. 이수화가 손목을 자르고 입원해 있는 동안에 신경이 극도로 날카로워져서 수면제 없이는 한 시간도 잠을 자지 못했답니다. 그래서 바르비투르 계통의 강력한 수면제를 투약한 사실이 있다고 합니다."

"됐다! 수면제의 입수경로도 밝혀졌다. 방 형사! 자넨 들어가서 영장을 신청하게! 우린 대치동으로 갈 테니까."

세 형사는 아래층으로 내려왔다. 부티크 안에서 음악 소리가 들려왔다. 재즈 피아노로 베토벤의 운명 교향곡을 연주하고 있었다.

문 형사의 머릿속에 문득 한 줄기의 광명이 비쳐들었다.

"반장님! 잠깐만요."

"왜 그래?"

"한 가지 확인할 게 있습니다."

문 형사는 수화기를 들고 다이얼을 돌렸다.

"한용하 프로듀서 좀 부탁합니다."

이윽고 상대방이 나왔다.

"저 아까 들렀던 문 형삽니다."

"아, 네. 또 무슨 일입니까?"

"어제 FM으로 내보낸 쇼스타코비치하구 거쉰 말입니다. 거쉰의 맨해튼 랩소디두 라스트킨이 지휘한 세인트루이스 오케스트라였습니까?"

"아, 그건 말이에요. 그 전날 예고를 라스트킨 지휘의 관현악이라고 그랬는데 거쉰의 맨해튼 랩소디만큼은 관현악이 아니라 피아노 연탄이었어요. 그래서 진행자가 정중히 앞뒤로 사과 멘트를 흘리고 했죠."

"피아노를 연주한 음악가는 누구였습니까?"

"피아노는 라베크 자매였습니다."

"고맙습니다."

문 형사는 수화기를 내려놨다.

"뭐야? 무슨 소리야? 피아노는 뭐구 관현악이 어떻게 됐다는 거야?"

"로오즈 리의 알리바이 조작이 드러난 거죠. 그 여자는 그 시간에 집에서 음악을 안 들었습니다. 그리고 그 여자가 이수화가 손목을 자르구 소동을 벌였을 때 옆에 있다가 돌봐주었다구 그랬죠? 로오즈 리에게도 동기가 있고 가위도 수면제도 입수할 수 있는 조건이 다 갖추어져 있습니다!"

그들이 로오즈 리의 아파트에 들이닥쳤을 때 찬장 안의 유리컵들은 모두 바로 서 있는 것을 확인할 수 있었다.

- 『한국우수추리단편 모음집 4』(행림출판, 1989)

정력 전화

>>>> 이원두

언론인이자 번역가, 소설가이다. 『폭군의 아침』으로 1989년 제5회 추리문학대상을 받았다. 장편소설 『찬란한 음모』『아빠의 함정』『잃어버린 항로』『바람언덕의 살인』 등을 발표했으며, 주요 번역 작품 으로 『인간의 증명』『오토의 아들』『그녀는 돌아왔는가』 등이 있다.

동그라미, 0이 여덟 개나 달라붙은 아홉 자리 숫자.

억! 하고 놀란다고 해서 억(億)이라고 부르는 숫자. 그 억에 0이 한 개 더 붙은 열 자리 숫자…….

일계표를 들여다보던 최세훈 사장은 지그시 입술을 깨물었다.

월말까지 지불해야 할 금액이 무려 98억 원이나 되었기 때문이다. 아흔여덟 번이나 억! 하고 경악해야 마땅했으나 최 사장은 놀라는 대신 숨소리를 죽였을 뿐이다.

일계표란 경리부가 그날 그날의 자금 수요와 동향을 과목별로 작성해서 아침 일찍, 사장 출근 시간에 맞춰서 올리는 보고서를 말한다. 따라서 월 단위의 소요자금 총액은 포함되지 않는 것이 보통이다.

그러나 지금은 비상사태. 준법투쟁이랍시고 노조가 태업을 계속하고 있는 상황이기 때문에 어쩔 수 없이 중요 참고사항으로 월간 소요자금 총액까지 일계표에 포함시키고 있는 것이다. 자금 실무 부서인 경리부로서는 일종의 궁여지책인 셈이다.

태업 중이므로 당연히 매출은 바닥으로 떨어졌고 그에 따라 수입, 다시 말해서 들어오는 돈은 전무 상태나 다름없다. 결국은 지출—발행 어음과 수표의 결제, 차입금의 이자, 각종 공과금 일반관리비 등등—만이 남게 되는 것이다.

이번 월말까지 결제해야 할 총액이 98억 원. 실무자로서는 어떻게 할 도리가 없으므로 대표이사인 사장이 특단의 대책을 세우든가, 아니면 부도를 내고 줄행랑을 치든가 알아서 하라는 메시지가 일계표엔 담겨 있는 것이다.

최세훈 사장은 98억 원의 내역을 다시 한 번 찬찬히 살피기 시작했다.

재하청 공장에 지불해야 할 임가공비(대부분이 그쪽 공장 기능공들의 임금이다), 원부자재 대금 등은 지불 연기를 하면 그만이다.

사채시장에서 할인한, 이른바 와리깡 어음도 재발행 와리깡으로 어떻게든 위기를 모면할 수 있다.

여담이지만 어음은 크게 두 가지, 진성어음과 융통어음으로 분류된다. 물품 대금으로 받은 이른바 진성어음은 당연히 거래은행에서 지불일까지의 선이자를 떼고 할인해서 현금화할 수 있다. 융통어음은 문자 그대로 운영자금 융통을 위해 발행하는 어음이다. 거래가 뒷받침되지 않은, 단순히 자금을 마련하기 위해 발행하는 어음이 융통어음이다. 쉽게 말해서 불특정 상대방으로부터 현금을 빌리는 것을 목적으로 발행하는 어음이다. 이 융통어음은 은행의 할인 대상이 아니다. 따라서 사채시장을 이용할 수밖에 없다. 이 경우 용어도 '어음할인'이나 '할인어음'이 아니라 '와리깡'이라는 일본말로 바뀐다. '와리깡'은 더치페이라는 뜻이기 때문에 어음할인과는 관련이 없다.

그런데도 사채시장에서의 어음할인을 와리깡으로 표현하는 것은 할인율이 지나친 고리(高利)이기 때문에 표지금액을 할인자인 사채업자와 어음발행인이 나누어 갖는, 다시 말하면 갈라먹기하는 것이나 다름없다는 뜻에서 그렇게 부르고 있는지 모른다.

어쨌든 어음은 재발행으로, 당좌대월(당좌거래 때 일정한도 안에서 3개월 동안 대출, 다시 말하면 빚을 지는 제도) 역시 지점장에게 두 손을 효율적으로 비벼대면 석 달의 여유를 얻어낼 수 있을 것이다. 그렇다면 월말에 꼭 지불해야 할 자금은 한 30억쯤일까?

누가 뭐라고 하든 이쪽은 연간 매출이 한때 1천억 원에 육박한 중견기업. 비록 노사분규에 휘말려 고통을 받고 있다 하더라도 어디까지나 일시적인 현상이다. 바다 저쪽에 있는 바이어를 비롯하여 국내 거래은행, 사채업자는 말할 것도 없고 재하청 업체까지 이쪽을 단칼에 싹둑 잘라내기에는 아까운 거래처임은 두말할 필요도 없다.

상대방이 그렇게 생각해줄 동안은 이쪽이 강자가 된다. 따라서 지금 최 사장이 초조해하는 것은 자금대책 때문이 아니었다. 이쪽이 강자로 남아 있는 동안, 어떻게 하지 않으면 안 된다는 절박한 압박감이 초조로움으로 나타나고 있는 것이다.

강자가 아직 강한 상황에서 스스로를 던져버리면 누구든 그것을 계획적인, 인위적인 것이라고 의심하지 않는다. 오히려 불운이 엎친데 덮친 격이라고 위로와 동정을 아끼지 않는 것이 인지상정이다. 최 사장은 그러한 사회 통념을 믿어 의심치 않았다.

최세훈 사장은 사장실 안쪽 구석에 설치된 육중한 금고 쪽으로 눈길을 돌렸다. 그 안에는 몇 가지 도구가 최 사장의 결단을 기다리고 있다. 문제는 적당한 시기, 타이밍의 선택이 남았을 뿐이다. 그리고 그 타이밍이 이번 계획의 성패를 가름하는 열쇠라고 믿었다.

그 결단의 순간도 이제 눈앞에 다가왔다는 것이 그의 판단이었다.

—남 보기야 어떻든 꼬여든 인생…….

최 사장은 다 식은 커피를 한쪽으로 밀쳐버리면서 담배에 불을 붙였다.

바둑이나 장기처럼, 아니 고스톱 화투판처럼 잘못된 것이라면 싹 쓸고 새로 시작할 수 있다면, 또 골프처럼 멀리간을 받고 다시 한 번 티샷을 할 수 있다면 얼마나 좋을까? 그럴 수만 있다면 인생은 누구에게나 장밋빛으로 찬란하게 빛날 텐데.

연간 매출이 천억 원 대도 꿈이 아닌 기업의 창업 사장이 스스로 그 기업의 숨통을 조여야 하는—그것도 사고로 위장하여 자연스럽게—세상이라면 농담이라도 좋은 세상이라고는 말할 수 없는 법. 지금 대한민국의 기업 환경이 최 사장의 눈에는 최악의 상황으로 비치고 있는 것이다.

화공학을 전공한 주제에 섬유산업에 손을 댄 것부터가 잘못된 출발이 분명했다. 단추를 잘못 끼워 입은 셔츠라면 처음부터 단추를 다시 낄 수밖에 없다고 생각하기 시작한 것은 노사분규가 시작되고부터였다. 노사분규는 민주화 운동에 맞춰 탄력을 받으면서부터 이른바 '요원의 불길'처럼 앉은 자리 선 자리 가릴 것 없이 거의 모든 기업을 덮치고 있는 것이다. 최 사장의 기업이라고 해서 예외가 되지 않았다.

청계천 화공약품 세일즈맨에서 변신하여 당시 수출 붐을 타고 한창 고도성장하던 섬유업으로 변신한 것이 20년 전이었다. 공업용 미싱 세대로 봉제품 3차 하청 공장에서 시작하여 연간 매출 천억 대에 육박하는 중견 수출기업으로 눈부시게 커왔다.

해마다 한국은행에서 발표하는 국내총생산이나 1인당 GNP 성장률을 저만큼 뒤쪽에 떨어뜨린 채 달려온 기업이었다. 그만큼 자부심도 컸고 애착도 남달랐다.

그런 기업을 다른 사람도 아닌 창업자 자신이 거느리고 밥을 먹여온 종업원에 발목을 잡혀 옴짝달싹도 못 할 궁지에 몰려 있는 것이다. 남에게 발목을 잡혀 넘어져야 할 판이라면 스스로 혀를 깨물자는 것이 뼈를 깎는 아픔과 함께 최 사장이 내린 결론이었다.

단 발목을 잡힌 것도 혀를 깨물어야 하는 것도 인간 최세훈의 몫은 아니었다. 현재 궁지에 몰려 있는 것은 자연인이 아닌 기업, 법인이다. 따라서 잡힌 발목 때문에 넘어지든 혀를 깨물든 그 대가는 모두 기업 쪽이 치러야 한다. 다만 그 과정에서 지난 20여 년 동안 기업 뿌리를 내리기 위해, 또 종업원 생계를 위해 흘렸던 그 많은 피땀의 값을 얼마나 되찾을 수 있느냐가 최 사장의 과제로 남아 있을 뿐이었다.

결코 손쉬운 일이 아니었다. 그래서 초조와 고통의 나날이 이어지고 있는 것이다. 기업은 빈껍데기 되더라도 창업자인 자신은 결코 껍데기 신세가 되지 않아야 한다는 불변의 소신을 현실로 만들어야 하는 것이다.

―이젠 끝낼 때가 되었다!

그는 담배를 비벼 끄면서 인터폰을 눌렀다.

"네, 사장님."

"총무부장, 경리부장 들어오라고 해!"

그런 다음 그는 소파 깊숙이 몸을 묻으면서 눈을 감았다.

두 부장이 허겁지겁 달려올 때까지 걸릴 시간은 길어야 2분. 최 사장은 적어도 3분간은 그렇게 눈을 감고 있을 작정이었다.

아랫사람을 불러놓고 윗사람이 서둔대서야 권위가 서지 않는다. 또 이런 비상사태에서는 사장이라면 다른 사원보다 더욱더 피곤하고 지쳐 보일 필요가 있었다.

두 사람이 들어와서 응접세트 곁에 조심조심 자세를 취하는 모습이 비록 눈은 감았으나 손에 잡힐 듯이 느껴졌다.

"앉지. 그렇게 서 있지만 말구."

정확하게 1분을 기다린 다음 최 사장은 눈을 떴다.

"어떻게 되어가구 있누?"

두 부장이 소파에 엉덩이 걸치기를 기다려 최 사장은 누구에게고 할 것 없이 불쑥 말을 던졌다.

"오늘은 B라인 30명이 몽땅 휴가입니다. 따라서 제품 생산은 여전히 제롭니다."

"잘들 놀고 있군. 휴가는 무슨 얼어 죽을 휴가야? 결근이지!"

"어제 오후 휴가원을 제출했기 때문에……."

"결근은 아니란 말이지?"

"네. 어쨌든 저들은 준법투쟁이라고 기세를 올리고 있으니까 총무부로서도 어쩔 도리가 없습니다."

"준법투쟁? 노동법이 밥 먹여준대? 그래, 나머지 아이들은 출근했남?"

최 사장은 총무부장을 윽박지르면서 벽시계 쪽으로 눈길을 던졌다.

9시 10분 전. 출근했을 턱이 없었다. 쟁의 발생 신고를 해둔 조합 측은 준법투쟁의 첫 걸음으로 여덟 시간 근무를 철저하게 지키고 있다.

9시 출근 6시 칼퇴근. 아침 이른 시간에 어디엔가 모여 있다가 9시 정각이 되면 작업장으로 몰려들었다. 백 수십 명의 종업원이 줄을 서서 질서정연하게 '출근'하는 모습이 평소라면 자랑스러웠을 것이지만, 지금은 사장과 기업의 발목을 잡고 늘어진 웬수나 다름없다. 초창기의 그 자랑스러웠던 모습은 어디로 갔단 말인가!

준법투쟁, 여덟 시간 근로의 칼출근 칼퇴근을 하더라도 제조 라인이 정상적으로 가동된다면 그래도 어떻게든 꾸려나갈 수 있을지 모른다.

하지만 그들은 각 라인이 교대로 정확하게 월차휴가에 들어갔다. 오늘은 B라인, 내일은 C라인 하는 식으로 여섯 개 있는 생산 라인이 교대로 펑크를 내고 있는 것이다. 비용절감과 생산효율을 높이는 일관작업 시스템을 도입한 회사로서는 치명적일 수밖에 없는 '돌림방 월차 휴가'였다.

여섯 라인이 서로 물고 물려 있는 상태에서 어느 한 라인이 펑크를 내면 그다음 공정 라인은 출근을 해봤자 할 일이 없는, 말하자면 합법적인 개점휴업에 들어가는 것이다. 모여 앉아 잡담을 나누거나 담배를 피우는 것이 고작이었다.

그러다가 점심시간이 되면 머리띠를 질끈 동여매고 〈늙은 근로자의 노래〉를 꽥꽥 불러대는 것이 어느 사이엔가 일과처럼 굳어졌다.

여섯 라인이 하루씩 교대로 펑크를 내면 일주일이 되어야 겨우 정상적인 하루치의 물량을 생산할 수 있다는 계산이 성립된다.

준법투쟁 초기 단계에선 금액 규모가 큰 신용장은 로컬 L/C 형태로 위기를 넘기기도 했다. 로컬 L/C란 받은 신용장의 물량 수출을 국내 다른 업자에게 말하자면 하청을 주는 방법을 말한다. 이때 로컬 L/C분도 수출 실적에 잡히기 때문에 그 업체 역시 수출금융 등의 혜택을 받을 수 있다. 그러나 그 방법 역시 한계가 있게 마련, 수출 파트의 납기, 델리버리가 날아가버린 것은 이미 옛날 옛적이었다. 저쪽 바이어들의 숨 넘어가는 텔렉스도 지쳐버렸는지 요 며칠째는 먹통이 된 채다.

"그래 어쩌겠다는 거야? 조합 측은."

"네. 냉각기간 동안 요구조건이 관철되지 않으면 파업에 돌입할 수밖에 없다는 태돕니다"

"요구조건이 바뀔 낌새는 전연 없구?"

"네."

"흥, 마음대로 하라지 뭐. 그들 요구 다 들어주다가는 결국 회사는 문을 닫을 수밖에……. 그건 그렇구 경리부장은 어쩔 셈이야? 자금 계획이 엉망이던데. 월말까지 한 250억 원이 필요하다면서?"

최 사장의 물음에 경리부장은 꼴깍 침부터 삼켰다.

―남의 말처럼 하다니…… 사장이 대책을 세워야지, 경리부장이 어떻게, 어떻게 98억 원이나 되는 자금대책을 마련할 수 있단 말인가? 그게 가능하면 내가 이러구 있을 턱 있나? 벌써 어디선가에서 사장 노릇하고 있지…….

"우선은……."

"우선은 어떻다는 거야?"

"우선 문제가 되는 것이 월급입니다. 봉급날이 며칠 안 남은 지금…….

"봉급날? 그렇군. 하지만 경리부장! 생산 라인이 태업을 하면 자금 라인도 태업을 할 수밖에 없어! 이달 월급은 뒤로 미뤄버려! 급한 불부터 꺼야 회사가 살아남을 수 있어!"

최 사장은 일계표를 들여다보면서 지불 연기, 동결 부문과 와리깡 어음의 재발행 등을 지시했다.

"결국 월말까지 필요한 자금은 30억 원이 되는군. 사채시장에서 신규로 와리깡할 수 있는 것이 얼마쯤 될지 한번 알아봐. 가능하다면 30억 원 모두 사채시장에서 조달토록 사타구니에서 요령 소리가 나도록 뛰어!"

"네, 알았습니다!"

경리부장은 월급 연기가 아무래도 마음에 걸렸지만 달리 방법이 없었다.

자리에서 일어나려는 두 부장을 다시 불러 앉힌 최 사장은 어조에 한껏 힘을 실었다.

"이봐, 총무부장. 회사가 어수선할 때일수록 정신을 바짝 차려야 해! 아이들이 퇴근한 뒤 방화대책, 방범대책을 날마다 부장이 직접 체크토록 해! 그리고 경리부장은 공과금, 각종 보험금을 비롯하여 일반관리가 연체되지 않도록 각별하게 신경을 써야 할 게야. 이 역시 날마다 부장이 직접 챙기도록! 알았나?"

"그렇게 하고 있습니다!"

"경리부장이 그렇게 하고 있다니 안심이 되는군. 그러나 매사가 불여튼튼이라는 말 알지? 다시 한 번 확인한 뒤 보고토록. ……우리 회사 화재보험이랑 손해보험 약정고는 최대 얼마나 되누?"

"네, 최대 300억, 최저 80억입니다."

"최대 최저의 차이가 200억이 넘는군."

"네, 자재창고에 원 부자재가 꽉 들어차고 공장이 풀가동될 때의 완제품 재고 최대치를 전제로 하면 그렇게 됩니다."

"흠, 태업이 계속된다면 보험료도 재조정해야겠군. 기일이 언제까지지?"

"네, 이달 말까집니다. 원 부자재 분은 그대로 두더라도 완제품이 거의 없으니까⋯⋯."

"보험료가 엄청 가벼워지겠군."

"네."

"창고의 자재, 좀 손을 댔지만 장부에 반영하진 않았겠지?"

"네."

"좋아! ⋯⋯제 물건 훔쳐내 찾아 먹어야 할 세상이 되다니, 나 원 참 더러워서."

최 사장이 다시 소파에 몸을 묻으면서 눈을 감자 두 사람은 반사적으로 튕기듯이 자리에서 일어섰다.

원자재에 약간 손을 댔다는 것은 쉽게 말해서 유출시켰다는 뜻이다. 2년간 이어지고 있는 붐을 타기 위해 올해 역시 일찌감치 오리털과 첨단 원단 확보에 심혈을 기울였다. 덕분에 적어도 다섯 손가락 안에 꼽힐 정도가 되었다. 동업자의 부러움을 사고 있는 것은 두말할 필요도 없었다.

몇 해 전, 80년대 중후반부터 오리털 파카는 국내뿐만 아니라 일본을 비롯하여 미국, 캐나다 등에서도 날개 돋친 듯이 팔렸다. 양질의 오리털과 첨단 원단, 거기에다 세계 정상급의 바느질 솜씨가 어우러진 한국산이 인기가 높은 것은 당연했다. 없어서 못 파는 억울함에서 벗어나겠다고 올해는 일찌감치 오리털과 원단 확보에 나섰던 것이다. 누가 뭐라 하든 오리털 파카 시장 중심에는 자신이 서 있다고 최세훈 사장은 자부했다.

올 장사만 잘 되면 노동 집약적인, 그래서 단가가 싼 섬유업에서 고급 모피로 업종을 전환할 수 있는 발판을 마련할 수 있겠다고 기대에 차 있었다.

그런 터에 노사분규가 터지고 만 것이다.

어쩔 수 없이 군색해진 자금 사정에 숨통을 트기 위해 정상조업 중인 다른 업체에 오리털과 원단을 넘겨줄 수밖에 없었다. 그렇다고 헐값에 던지는, 이른바 덤핑은 아니었다. 오리털과 원단이 부족한 탓에 제값을 받을 수 있었다. 그러나 마진이라고 해봤자 완제품과는 비교가 되지 않는 미미한 것이었다.

그렇게 뒤로 빼돌린 것이 어느덧 확보한 물량의 3분의 1에 이르고 있었다. 유출 물량이 늘어남에 따라 새로운 골칫거리로 등장한 것이 관세 문제였다.

수출용 원자재로 수입된 오리털과 첨단 원단은 통관할 때 관세를 유예받는다. 수입된 원자재를 모두 완제품으로 가공, 수출한다는 조건으로 관세가 유예되지만 수출을 않고 내수용으로 돌린다면 유예받았던 관세를 납부해야 한다. 더군다나 지금 최 사장처럼 블랙마켓으로 유출된 것이 들통난다면 돈이 문제가 아니라 관세법 위반으로 형사 처분까지 받아야 한다.

최 사장이 결단을 내려야겠다고 마음을 굳힌 이면에는 이 문제도 크게 영향을 미친 것이다.

두 사람이 물러가자 최 사장은 사채시장 큰손의 하나인 김 사장에게 전화를 걸었다. 비서에게 시키지 않고 직접 다이얼을 돌렸다. 경리부장에게 지시한 어음 재와리깡이 손쉽게 이루어질 수 있도록 사전에 기름을 쳐두기 위해서였다.

"저녁에 시간이 있음 한잔합시다. 살롱 Q에서 걸직하게."

"살롱 Q라면 술값이 농담 아닐 텐데……. 지금 최 사장 입장으론 무리를 하는 것 아니오?"

"이거 왜 이러시우, 김 사장. 우리 회사가 노사분규에 휘말리고 나니까 김 사장까지 간이 쫄아들었수? 아무렴 이 최세훈이 김 사장과 술 한잔 제대로 못 나눌 정도로 궁상이 낀 줄 아시우?"

"좋았어, 그 기백! 그 정도의 호기라면 어음 와리깡은 내가 책임지리다. 한 석 달이면 되겠수? 재와리깡일 때는 이자가 조금 더 올라가겠지만……."

"이자야 어차피 각오한 것 아니겠소! 그럼 오늘 저녁 9시, 거기서 뵙시다."

전화를 마친 최 사장은 흘낏 시계를 곁눈질했다. 9시 20분, 녀석들이 출근해서 작업 라인에 앉아 잡담 꽃을 피우기 시작했을 시간이다.

—빌어먹을 녀석들!

그는 비서인 미스 안을 불렀다.

"나 좀 나가봐야겠어. 아마 못 들어올는지도 몰라."

"네, 사장님. 연락은 어디로 드릴까요?"

"연락처? 여기저기 돌아다녀야 할 테니까 딱히 어디라고 말할 수가 없군. 내가 틈틈이 전화를 넣도록 하지."

"총무과 미스터 박을 부를까요? 사장님이 직접 운전을 하시기에는……."

"미스터 박? 아, 괜찮아. 내가 직접 몰지. 미스터 리는 내일까지라고 했나, 예비군 훈련이?"

"네."

최세훈은 금고 쪽을 흘낏하면서 미스 안의 배웅 속에 사장실을 나섰다.

딱히 갈 데가 정해진 것은 아니었다. 우선 골프 연습장으로 가서 몸을 푼 다음 사우나에 들러 지긋이 땀을 흘릴 작정이었다. 최근 스윙이 무너진 데다 체중 역시 야금야금 늘어나고 있었다. 그 뒤엔 안양 쪽으로 드라이브나 즐기면서 시간을 죽일 셈이었다. 안양보다 더 한적한 곳도 생각해보았으나 지나치게 조용한 곳은 오히려 남의 눈에 두드러질 위험이 있다고 생각했다. 혹시 노조 아이들에게 꼬리라도 잡히면 꼴이 말이 아니게 된다.

안양이 거북하면 고속도로를 적당히 달려보는 것도 방법의 하나였다. 준법투쟁 중인 녀석들이 퇴근할 때까지 시간은 넘쳐날 정도로 충분했다. 서둘 필요가 없었다.

그는 모처럼 홀가분하게 휘파람을 불었다.

회사 숙직실.

6시에 모두 퇴근을 한 탓에 회사 경내는 산골 절간보다 더 조용했다. 총무부장은 그래도 밤 10시까지 회사에 머물러 있을 작정이었다.

초저녁 TV 프로그램은 시시했다.

저녁 반주 삼아 비운 소주 한 병이 적당한 졸음을 몰고 왔다. 총무부장은 TV와 전등을 끈 다음 벌렁 누워 잠을 청했다.

—어수선할 때일수록 안전수칙에 만전을 기하도록!

아침에 있었던 사장의 지시가 마음에 걸려서였다.

최 사장의 심술이라면 그러한 지시를 내린 저녁이나 밤에 회사 구석구석을 기습 시찰할 가능성이 높았다.

―이럴 때 적당히 점수를 따두면……

조만간 분규가 수습되고 나면 상임이사를 몇 사람 둬야겠다고 사장이 몇 번씩이나 강조한 것을 총무부장은 잊지 않았다.

어둠이 깔리기 시작했을 무렵 경비 할아버지와 함께 저녁을 나누면서 담뱃값까지 쥐여준 것도 그 때문이었다.

"혹시 누가 오면 비상벨을 눌러 알려줘요. 난 숙직실에서 잠깐 눈을 붙이고 있을 테니까."

직속 부장이 저녁을 사준 데다가 용돈까지 쥐여줬으니까 당분간은 입안의 혀가 되어야겠다고 마음을 굳힌 경비로서는 어렵지 않은 일, 마음 푹 놓고 주무시라고 대답했다.

신 개발지, 아직은 얼마간 황량함이 남아 있는 주변을 배경으로 회사 건물이 내동댕이쳐진 듯이 자리잡고 있었다. 해가 저물고 나면 야간작업이라도 있으면 모를까, 찾아올 사람이 있으리라고 기대하기 어려웠다.

서울서 자동차로 재수가 없으면 세 시간 이상 걸리고 국도에서 벗어나서 편도 1차선의 지방도를 30분 이상 달려야 겨우 도착할 수 있는 곳이었다.

그래도 한 가지 위안이 있다면 이 지역 땅값이 하루가 다르게 상승기류를 타고 있다는 점이었다. 주변에 드문드문 연립주택 공사가 시작된 것이 이 지역 장래성을 보장하고 있는 것이다. 때문에 역설적으로 경비도 그만큼 손쉬운 편이었다.

―이건 자동차 소리 아닌가.

얼마쯤 잤을까, 총무부장은 후딱 눈을 떴다.

묵직한 자동차 소리. 대형 트럭으로 느껴졌다. 소리는 회사 쪽으로 점점 다가왔다.

그는 식당 홀(식당과 숙직실은 이어진 구조였다)로 나가 바깥을 내다봤다.

트럭 소리는 여전히 어둠 속에서 부릉부릉대기만 할 뿐 모습은 아직 나타나지 않았다.

—?

그때 어둠 속에서 한 그림자가 잽싸게 경비실로 접근했다. 그 그림자는 트럭 소리를 듣고 상황 파악을 위해 밖으로 나오던 경비 할아버지와 겹쳤다.

두 그림자가 겹쳤다고 느낀 순간 경비 할아버지의 허리가 꺾이면서 그 자리에 무너져 내렸다. 또 다른 그림자가 할아버지 겨드랑이를 끌어 경비실 안으로 밀어넣었다.

—이건 보통 일이 아니다!

총무부장은 무릎 관절을 통해 전신의 힘이 스르르 빠져나감을 느끼면서 그 자리에 주저앉았다.

—강도다!

할아버지가 순식간에 무너져 내린 것은 육체적인 폭력이 아니라 마취제 때문인지도 모른다는 생각이 얼핏 머리를 스쳤다. 총무부장은 무너져 내린 몸을 추스르면서 바깥 동정 살피기와 상황 파악에 온 신경을 집중시켰다.

경비 할아버지를 잠재운 검은 그림자는 절도 있는 동작으로 회사 정문을 활짝 열었다. 기다리고 있었다는 듯이 검정색 승용차와 8톤 트럭이 잇대어 구내로 들어왔다.

검정색 대형 승용차가 낯설지 않다는 생각이 든 순간 총무부장은 다시 한 번 숨이 탁 막혔다. 최세훈 사장의 승용차였던 것이다.

승용차와 트럭은 창고 앞에서 멈추었다.

승용차에선 최세훈 사장이, 트럭에서는 세 남자가 내렸다. 경비 할아버지를 처리한 검은 그림자도 합류했다. 어둠 속에서 결코 가깝지 않은 거리였으나 몸집이 건장한 것만은 확신할 수 있었다.

최 사장이 익숙한 손길로 창고 문을 열자 그들은 트럭에서 몇십 개나 되는 뭉치, 마대로 포장된 뭉치를 어깨에 메고 창고 안으로 나르기 시작했다.

이윽고 이번엔 창고에서 지고 나온 짐을 트럭에 싣기 시작했다. 포장된 덩치로 보아 오리털과 원단이라고 생각했다.

그제야 총무부장은 안도의 숨을 내쉬었다. 최 사장의 꿍꿍이를 짐작할 수 있었기 때문이다. 아침 회의 때 보험 규모에 관심을 보인 이유도 알 수 있었다.

결코 찬성하거나 칭찬할 일은 못 되지만 충분히 동정이 가는 일이었다. 노사분규에 휘말려 출구가 보이지 않는 상황에서 비록 최악에 가까운 선택이라 하더라도 그 심경은 충분히 이해할 수 있었다.

그러나 한 가지 이해가 되지 않는 것은 그들이 창고에서 원부자재를 빼내어 트럭에 실음과 동시에 싣고 온 다른 짐을 창고 안으로 옮기기 시작한 점이었다. 바꿔치기도 이해가 되지 않지만 싣고 온 것이 무엇인지 도통 알 수가 없었다.

작업은 30분 이상이나 걸려 끝이 났다.

물건 바꿔치기 작업을 하는 동안 경비 할아버지를 처리한 검은 그림자(가죽점퍼 차림의 젊은이였다)가 경비실에 한 번 다녀왔을 뿐이었다. 아마도 쓰러져 있는 할아버지의 동태를 살피기 위해서였을 것이라고 총무부장은 나름대로 해석했다.

트럭이 떠난 뒤에도 최 사장은 남았다. 총무부장은 나가서 알은체를 할까 말까 망설이다가 그냥 눈을 감기로 했다. 숙직실 안쪽으로 가서 숨을 죽였다. 그래봤자 두 평 남짓한 숙직실, 문만 열면 당장 들통이 나겠지만 어쩔 수가 없었다. 최 사장이 문을 열어보지 않기를 바랄 뿐이었다. 그러면서도 창틈으로 바깥 살피기를 게을리하지 않았다.

최 사장이 승용차 트렁크에서 부피가 있어 보이는 물건을 꺼내어 창고 안으로 들어가는 것이 보였다.

창고 안이 그렇게도 더웠을까, 한참 뒤 이마의 땀을 닦으면서 나온 최 사장은 차 문은 열어놓은 채 카폰으로 어디론가 전화를 걸었다.

숙직실에서 창고까지는 직선거리로 10미터도 채 되지 않았다. 최 사장이 카폰을 건 것과 동시에 창고 안에서 요란한 전화벨 소리가 울려 나왔다.

최 사장이 차에서 내림과 동시에 창고 안의 벨 소리도 끊어졌다.

최 사장은 창고 문을 열어둔 채 주위를 살피면서 사무실로 향했다.

이윽고 최 사장은 나무 상자를 안아 들고 조심조심 새색시 걸음으로 창고 쪽을 향했다.

들고 있는 나무 상자가 그렇게 무겁게 보이지는 않았으나 최 사장은 의외로 조심스럽게 한 발짝 한 발짝 내디뎠다. 마치 처음 스케이팅을 배우는 사람의 발동작처럼 아주 신중했다.

꽤나 힘든 작업이라도 한 것일까, 창고 안으로 들어간 최 사장이

다시 밖으로 나오기까지는 꽤 많은 시간이 걸렸다.

밖으로 나온 최 사장은 손수건으로 이마를 훔친 다음 담배에 불을 붙였다. 첫 모금을 상당히 맛있게 빨아들이는 품으로 봐서는 창고 안에서 신경 소모가 많았던 모양이다.

담뱃불에 비추인 최 사장의 얼굴에는 기분 나쁜, 그러나 아주 만족스러운 웃음이 번지기 시작했다.

최 사장은 일단 회사 구내를 벗어나자 차에서 내려 익숙한 솜씨로 정문을 닫은 다음 뒤도 안 돌아보고(차 안에서 뒤를 보았는지도 모르지만 총무부장 눈에는 비치지 않았다) 떠났다.

한참을 기다려 총무부장은 살금살금 창고 안으로 들어갔다.

훅 끼쳐드는 석유 냄새! 흠칫했던 그는 그러나 어금니를 꽉 깨문 채 벽을 더듬어 전등 스위치를 넣었다.

트럭에서 내렸던 짐은 한쪽에 아무렇게나 쌓여 있었다. 그것은 마대에 쑤셔 박듯이 넣은 휴지와 섬유 자투리 뭉치였다. 단순한 휴지뭉치가 아니라 슈레이터에 걸어 잘게 썬 것들이었다. 제본소 재단기에서 잘린 종이 나부랭이와 오리털 쓰레기도 상당 부분 섞여 있었다.

그 마대가 쌓여 있는 중앙에 나무 상자가 놓여 있었다. 마치 나무 상자를 보호하듯이 마대들이 주위를 삥 둘러싸듯이 놓여 있었다. 조금 전 최 사장이 안아 옮긴 것과는 전혀 다른 상자였다.

가로 1미터, 세로 50~60센티미터로 보이는 나무 상자, 사장이 전 사원을 대상으로 한 조회 때 연단 대용으로 사용해온 바로 그 나무 상자였다.

그 옆에 조금 전 최 사장이 들고 왔던 나무 상자. 내용물은 없어진 채 빈 상자와 솜뭉치가 어지럽게 흩어져 있었다. 총무부장은 조심조심 연단으로 쓰였던 나무 상자를 들어올렸다.

　—이건, 이건······.

　나무 상자를 들어올린 총무부장은 다시 무릎 관절을 통해 전신의 힘이 빠져나가면서 후들후들 떨기 시작했다.

　—오늘 밤에는 무릎 관절까지 바빠졌구나! 그러나 그러한 한가로움을 즐길 여유가 없었다.

　한참 만에 몸을 추스른 그는 나무 상자를 그 자리에 내려놓으면서 한숨을 푹 내쉬었다.

　이제 회사에 더 이상 남아 있을 필요가 없었다. 그렇다고 스스로 경찰을 찾아갈 생각은 더더욱 없었다.

　오늘 저녁과 밤, 이곳에서 목격한 모든 장면과 내용이 어쩌면 자기 생애에 있어서 단 한 번뿐인 최대의 기회가 될지도 모른다는 계산이 이미 서 있었기 때문이다.

　오늘 밤의 최 사장은 조금이 아니라 상당히 이상했다. 적어도 살롱 Q의 곽 마담에게는 그렇게 느껴졌다.

　언제나처럼 억세게, 성난 파도처럼 휘몰아치던 박력이 온 데 간 데 없었다. 실컷 몸만 달구어놓고는 뒤처리를 감당하지 못하고 벌렁 나가 자빠져버린 것이었다.

　그렇다고 미안해하는 기색조차 없었다. 남은 몸이 달아 숨조차 제대로 쉬지 못하는데 그렇게 해놓은 범인 격인 남자는 무슨 생각에선지 전화기에 매달려 있었다. 판검사나 변호사가 즐겨 사용하는 법정 용어를 빌리자면 반성의 정, 개전의 정이 전혀 없었다. 그럴 경우 가중처벌을 내리는 것이 법 정신, 곽 마담 역시 지금부터 최 사장을 가

중처벌하기로 마음을 굳혔다.

여자 몸을 헛스윙하게 만든 복수를 하지 않고 넘어간다면 산전수전 다 겪었다고 자랑하는 살롱 Q의 곽 마담이 아니라고 입술을 지그시 깨물었다.

달구어놓은 여자 몸 하나 제대로 감당하지 못하면서 전화를 잡고 늘어진 최 사장. 지금 이 시간, 자정이 훨씬 지난 이 시간에 전화를 걸어야 할 상대방은 도대체 누구일까?

곽 마담은 침대에 걸터앉아 전화기에 정신이 빼앗겨 있는 최 사장의 다리를 살살 쓰다듬기 시작했다.

……최세훈 사장이 살롱 Q에 들어선 것이 9시께, 초대한 사채꾼 김 사장을 성대하게 접대한 데 걸린 시간이 거의 세 시간. 자정이 좀 지난 시간에 최세훈 사장을 따라 단골 호텔에 체크인한 것이었다.

이 바닥의 매뉴얼대로 샤워를 하고 침대에 든 것이 30분 전. 그러나 오늘 밤의 최 사장은 힘도 없었고 지구력도 말이 아니었다. 눈 깜짝할 사이에 끝이 나고 말았다.

─회사 일로 신경 소모가 그만큼 많았던 거겠지.

마음으로는 그렇게 이해를 했으나 삼십 고개 턱마루에 올라선 곽 마담의 육체는 어쩔 수 없는 목마름에 저절로 몸부림이 이어졌다.

곽 마담은 좀체 식을 줄 모르는 육체를 최 사장에게 밀착시키면서 수화기에 귀를 가져갔다.

이어지는 벨 소리.

"누구예요? 이 시간에 전활 걸게…… 어머, 잠귀가 농담 아니게 어둔 사람인가 보죠?"

곽 마담은 김 사장의 다리를 쓰다듬던 손으로 이번에는 털북숭이 가슴을 어루만졌다.

바로 그때였다, 곽 마담이 수화기에서 튀어나온 폭음을 들은 것은.

환청인지도 모른다는 생각이 들 정도로 당돌하게 터져나온 폭음이었다. 동시에 끝없이 울리고 있던 벨 소리도 거짓말같이 뚝 끊겼다.

곽 마담이 더욱 당황한 것은 최 사장의 태도가 돌변했다는 점이다. 땀이 밸 정도로 꽉 잡고 있던 수화기를 내동댕이친 최 사장이 성난 파도, 아니 쓰나미처럼 덮쳐온 것이었다.

태풍이 지나간 다음 두 남녀는 아무렇게나 몸을 던진 채 한참 동안 꼼짝도 않았다.

"아까 그것, 무슨 전화였어요?"

"왜?"

"갑자기 힘이 넘쳐난 걸 보면…… 정력을 공급해주는 전환가 보죠?"

곽 마담은 스스로 생각해도 아주 멋진 말을 내뱉은 자신이 자랑스러웠다.

"정력 공급용 전화? 허허허!"

최 사장은 유쾌하게 웃음을 터뜨린 다음 말을 이어갔다.

"노조 녀석들 날 보고 뭐라고 했는지 들어볼래?"

"뭐라고 했어요?"

"녀석들 요구가 월급 50퍼센트 인상, 보너스 200퍼센트 인상, 연월차 수당 지급이야! 교통비와 자녀 학비 실비 지급에다 물가수당까지 달라는 거야."

"그래서요?"

"들어줄 수 없는 떼거지지. 노조 녀석들 요구를 다 들어주면 인건비 비중이 회사 매출의 20퍼센트를 넘어선단 말야!"

"겨우 20퍼센트예요?"

"겨우가 아니야, 이런 맹추! 제조업의 경우 인건비 비중이 평균 10 퍼센트 선이야. 15퍼센트가 넘어서는 순간 비상벨이 요란하게 울리게 마련이야. 회사가 망하고 있다고 말이야. 그런데도 녀석들은 요구를 들어주지 않으면 총파업을 하겠다는 거야. 월급에 수당, 보너스를 올려주는 건 회사가 도산하는 것이나 마찬가지라고 설득을 했지. 장부를 가져다놓고 조목조목 알아듣게 말이야. 그랬더니……."

"그랬더니요?"

"싸가지 없는 녀석들 말 좀 들어보게. '사장님 경영이 그처럼 힘들고 어려우시다면 저희들에게 모든 걸 맡기고 물러나십쇼'라는 게야!"

"어머! 그래서 물러나셨어요?"

"내가? 왜, 내가 왜 물러나? 어떻게 세우고 일군 회산데, 내가 왜 물러나? 물러설 바에야 내 손으로 부숴버리지!"

최 사장은 다시 한 번 곽 마담을 꽉 껴안아 품었다가는 침대에서 벌떡 일어났다.

"어머, 가시게요? 이 시간에?"

"응, 넌 그냥 자구 가. 난 내일 아침 일찍 중요한 손님이 있어. 집으로 온다는 손님이……."

"손님이 올 동안 사모님과 또?"

곽 마담은 장난스레 웃었다.

"그러지 마! 내가 뭐 변강쇠인 줄 아남? 그것보다 어디 적당한 곳에서 장급 여관 하나 안 해볼래?"

"여관이요? 갑자기 여관은 왜요?"

"제조업 걷어치우고 서비스업 쪽으로 돌아설까 해. 연습 단계로 여관이 괜찮을 듯싶어서야.”

최 사장은 목에 감겨드는 곽 마담을 풀어 침대에 눕히고는 밖으로
나왔다.

—노조 녀석들, 샘통이닷! 내일 아니 오늘 날이 새면…… 보험회
사부터 발등에 불이 떨어질 테구.

그는 휘파람을 불며 자동차 시동 키를 돌렸다.

현장은 완벽했다. 창고와 이어 붙은 공장이 시커먼 잔해만 남긴
채 완벽하게 사라진 것이다.

다행히 불길이 번져 붙기 전에 잡혔기 때문에 사무실동 건물은 화
를 면할 수 있었다.

예상하지 못한 것은 경비 할아버지가 불길에 말려들어 숨졌다는 점
이다. 창고 안에서 알아볼 수 없을 정도로 까만 숯으로 변해 있었다.

그것도 따지고 보면 오히려 잘된 일인지도 몰랐다.

만약 그가 살아남아 어제저녁 상황 설명이라도 하게 된다면—경
찰이 경비 할아버지의 증언을 놓칠 만큼 멍청하다면 모를까, 그의
증언은 필수적이라고 봐야 한다—자칫 일이 꼬일 수 있기 때문이었
다. 다 된 밥에 코를 빠뜨리지 않도록 죽어준 경비 할아버지의 ‘애사
심과 충성심’엔 최 사장도 감격하지 않을 수 없었다.

아마도 경비 할아버지는 창고 안에서 전화벨 소리가 끊임없이 울
리자 달려갔다가 변을 당한 것으로 짐작되었다.

최 사장은 사장실 소파 깊숙이 몸을 묻은 채 눈을 감았다. 주변은
경찰, 소방관 그리고 직원들로 법석이었다.

……오늘 새벽, 화재를 처음 알려온 것은 총무부장이었다.

─회사 창고에 불이 났습니다. 지금 현장입니다만 빨리 나오셔야 겠습니다.

　총무부장의 목소리는 뜻밖에도 차분했다.

　아나운서라도 사고 사건 뉴스를 전할 때는 조금 흥분하는 법인데 총무부장은 차가울 정도로 차분했다. 한 기업의 총무 일반을 관장하는 실무 책임자로서는 당연한 일인지도 모른다. 해서 최 사장은 자신이 사람 하나는 잘 뽑았다고 어깨를 으쓱대면서 회사로 차를 몰았다.

　그리고 방금 현장을 확인한 것이다. 모든 것은 예상 밖으로, 계산 이상으로 완벽하게 이루어져 있었다.

　이제 보험금을 타서 회사 재건에 시간을 끌다가 적당한 명분을 잡아 뒤로 벌렁 자빠지기만 하면 된다고 속으로 미소를 지었다.

　보험금은 아무리 줄여 잡아도 100억 원은 될 것으로 계산했다. 창고에 가득했던 원부자재와 공장 시설, 그리고 건물.

　시설은 워낙 구닥다리라서 설비 개체를 검토하고 있는 상황이지만 그래도 감가상각을 감안하더라도 장부상의 가격은 시세보다 훨씬 높았다. 보험금 역시 장부가격을 기준으로 삼을 테니까 손해 날 것은 하나도 없었다. 오리털과 원단은 어젯밤에 휴지와 파지 뭉치로 몽땅 바꿔치기를 했으니까 이 역시 보험회사는 피박을 쓸 수밖에 없는 상황이다.

　─화공학을 전공한 게 막판에 효자 노릇을 해줄 줄이야!

　최 사장은 번져나오는 웃음을 깨물며 눈을 떴다.

　어느 사이엔가 총무부장이 곁에 서 있었다.

　"어떻게 했길래 불이 다 나누? 이 마당에 화재까지 겹치다니…… 난 망했구먼!"

"하지만 보험금이 있질 않습니까!"

"보험금?"

최 사장은 움찔했지만 표정은 조금도 변화가 없는 처참한 모습 그 대로였다.

"네, 한 100억 원쯤 될까요? 우선은 화인을 누전으로 보고 있으니 까 별일은 없겠죠?"

"누전 아니란 말인가? 그럼 화인이 뭐란 말인가?"

그러나 총무부장은 그 말에는 대답하지 않고 엉뚱한 방향으로 말 머리를 돌렸다.

"보험금이 얼마가 되었든 한 20퍼센트쯤은 저에게 주셨으면 합니 다만……."

"20퍼센트를 자네에게? 왜? 자네가 불이라도 질렀단 말인가?"

최 사장은 뭔가 좀 이상하게 돌아간다는 느낌에 자세를 가다듬었 다. 그런 최 사장을 무시한 채 총무부장은 한쪽 구석으로 가서 나무 상자와 솜뭉치를 들고 나왔다.

"이것, 사장님 기억이 나시죠?"

"……!"

"제가 설명하죠. 사장님은 어제저녁 8시께 회사엘 오셨죠? 원부자 재를 실어낸 다음…… 그 정도는 괜찮죠, 태업 중인 상황을 고려한 다면. 하지만 이 나무 상자에 들어 있던 액체, 그게 니트로글리세린 이라는 걸 알아내는 데 꽤 고생을 했습니다. 니트로글리세린 용기에 진동자(振動子)를 세팅한 다음 창고 사무실 전화를 연결시키셨죠? 그것도 동시에 3대나…… 그다음 전화벨 소리의 공명효과를 극대화 시키기 위해 나무 상자를 덮어 일종의 밀실을 만드셨죠! 주위엔 석유를 듬뿍 뿌리구…… 적당한 시간에 외부에서 창고로 전화를 걸면 벨 소리에 진동자가 흔들리기 시작, 공명효과로 진동이 격렬해지면서 니트로글리세린이 폭발토록 장치한 것 아닙니까? 과연 화공학과를 나오신 사장님다운 완벽한 트릭이었습니다!"

"……."

최 사장은 전신의 힘이 빠져나감을 느꼈다.

─망할 녀석 같으니라구. 노조 놈들보다 더 지독한 놈!

"얘기가 재미있군. 그래, 결론이 뭔가?"

가까스로 최 사장은 허세를 지탱했다.

"방화에 인사 사고가 겹쳤으니까 최하 20년은 먹겠죠? 그 20년을 보험금 20퍼센트로 사주십사는 게 제 조건입니다"

"20년과 보험금 20퍼센트라, 제법 스마트한 발상이군."

"어떻습니까, 받아들이셔야죠?"

"음! ……좋아, 그렇게 하지!"

최 사장은 벌떡 몸을 일으키면서 결단을 내렸다.

그때였다.

"사장님, 저두요. 저두 다 들었어요!"

비서인 미스 안이 생글거리면서 사장실로 들어왔다. 그 뒤에는 노조 위원장이 따르고 있었다.

- 『자유공론』 1989년 6월호, 개작

그 밤은 길었다

>>>>> 이수광

1983년 중앙일보 신춘문예에 「바람이여 넋이여」가 당선되었고, 중편소설 「저 문밖에 어둠이」로 제 14회 삼성문학상을 받았다. 장편소설 『우국의 눈』으로 제2회 미스터리클럽 독자상을, 장편소설 『사자의 얼굴』로 제10회 한국추리문학대상을 받았다. 『황야의 시』로 1989년 영화진흥공사 시나리오 공모에 당선되기도 했다. 주요 작품으로 『나는 조선의 국모다』 『유유한 푸른 하늘아』 『소설 춘추전국시대』 『충정의 섬 실미도』 『안중근 불멸의 기록』 『소설 정도전』 등 다수가 있다.

이 얘기를 하기 전에 먼저 나를 소개하기로 한다.

나의 이름은 김석민이고 37세다. 은행의 대리를 지냈고 승용차와 아파트를 한 채 소유하고 있고 예쁘장하고 똑똑한 딸까지 하나 두고 있다. 전형적인 중산층인 셈이다. 물론 나름대로 재테크를 하여 약간의 재산까지 소유하고 있다. 그런데 이러한 소개를 하다 보니 억장이 무너지는 듯한 슬픔을 억제할 수가 없다.

나는 영혼이다.

나는 내가 영혼이라는 사실을 깨달았을 때에야 비로소 영혼이 존재한다는 사실도 깨달았다. 뒤늦은 자각이었다. 그러나 내가 영혼이 존재한다는 사실을 깨달았다고 해서 무엇이 달라지겠는가. 내 육신은 차가운 땅속에 묻혀서 썩기 시작했고 아내는 앨범이나 사진틀에서 내 사진을 떼어내기 시작했다.

이유는 간단했다. 죽은 사람의 사진이 벽에 걸려 있으면 자꾸 죽은 사람이 생각난다는 것이었다. 사람들은 아내의 그런 행위를 사랑하는 남자를 잃은 슬픔에서 벗어나려는 몸부림 같은 것으로 생각했다. 그러나 나는 아내의 그런 짓거리가 슬픔에서 벗어나려는 것이 아니라 내 흔적을 없애버리기 위한 교활한 술책이라는 것을 너무나 잘 알고 있었다.

아내는 나를 사랑하지 않는다. 나의 장례식에서 아내가 하얀 소복을 입고 애절하게 우는 시늉을 한 것은 생각하기만 해도 오장육부가 뒤집힐 것 같은 분노를 느낀다.

아내는 지금 화장을 하고 있다. 저녁 시간이었다. 아파트의 광장으로는 어둑어둑 땅거미가 깔리기 시작했고, 거리에는 보안등과 네온사인들이 하나 둘씩 빛을 밝히기 시작했다. 도시의 일몰. 도시의 낮과 밤이 골목과 거리에서 교차되는 시간이었다.

빌딩가에서는 하루 종일 성냥갑 같은 사무실에서 서류 뭉치와 씨름을 하던 샐러리맨들이 쏟아져 나와 더러는 술집으로, 더러는 가족이 기다리는 집으로 퇴근을 서두르고 있었다.

모두 집으로 돌아가는 시간에 아내는 외출을 하기 위해 화장을 하고 있는 것이다. 나는 베개를 베고 비스듬히 누워—아마 언젠가도 이런 일이 있었을 것이다—아내가 화장하는 모습을 참담한 기분으로 쏘아본다. 우윳빛의 파운데이션을 얼굴에 바르고, 눈썹을 뽑은 뒤 초승달 모양의 눈썹을 그리고, 봉긋한 입술에 핏빛의 루주를 바른다. 그리하여 아내는 밤의 여자로 다시 태어난다.

아내는 미인이다. 30대의 여자라고는 믿어지지 않을 정도로 피부가 매끈매끈하고 무르익어 터질 것 같은 농익은 몸을 갖고 있다. 아내의 몸에서는 언제나 잘 익은 과일처럼 단내가 풍긴다. 나는 한때 그 냄새를 미치도록 좋아했다. 그러나 지금은 아내의 몸에서 풍기는 그 냄새에 아릿한 분노와 슬픔을 느끼는 것이다.

나는 문득 아내의 풍만한 둔부를 만져보고 싶은 충동에 사로잡힌다. 아내를 미워하면서도 아내의 육체에 성적 충동을 느끼는 이율배반적인 생각에 나는 당혹스러웠다.

이상한 일이었다. 그러나 나는 나도 모르는 사이에 아내에게 슬금슬금 접근하여 펑퍼짐한 둔부로 손을 가져갔다. 그때 아내가 고개를 홱 돌려 나를 쏘아보았다. 나는 도둑질하다 들킨 사람처럼 깜짝 놀라 멋쩍은 표정을 지었다.

"뭘 보니?"

아내의 목소리는 소름이 끼칠 정도로 쌀쌀했다. 귀찮아하는 기색이었다. 나는 회칠을 한 것처럼 창백한 아내의 얼굴을 멀뚱히 쳐다보았다.

"어디 외출해?"

내 등 뒤에서 풀 죽은 딸아이의 앳된 목소리가 들렸다. 내가 재빨리 고개를 돌리자 반쯤 열린 방문 앞에서 중학교 2학년인 딸아이가 불만이 가득한 얼굴로 아내를 쏘아보고 있었다.

"그래!"

아내도 쌀쌀하게 되받았다. 나는 그때서야 희미하게 웃었다. 나는 내가 영혼이라는 사실을 또 깜박 잊어버린 것이다. 나는 존재한다. 그러나 나는 형체가 없다. 이 엄연한 사실을 나는 자꾸 잊어버리거나 혼동하는 것이다.

"밤인데 어딜 가?"

"어딜 가든 니가 무슨 상관이야?"

"사람들이 무어라 그러는 줄 알아?"

"뭐라 그러는데?"

아내와 딸아이의 대립은 제법 팽팽하기까지 했다.

"사람들이 죄다 수군거려! 엄마가 바람나 돌아다닌대!"

"누가 그따위 소리를 해?"

"엄마는 사람들이 손가락질하는 것도 모르겠어?"

"시끄러워! 누가 그따위 소리나 듣고 다니래?"

"누가 듣고 싶어 듣는지 알아? 듣고 싶지 않아도 들려오는데 어떻게 해!"

딸아이가 소리를 빽 지르고 문을 쾅 닫았다. 그 바람에 창문이 부르르 하고 울리다가 멎었다. 창문의 진동 때문이었다. 나는 가슴이 묵직하게 저려왔다. 딸아이는 분명히 제 방에 돌아가 소리를 내어 울 것이다.

"싸가지 없는 년!"

그때 아내가 욕설을 내뱉고 화장대의 거울로 얼굴을 돌렸다. 아내의 눈에서 파랗게 독기가 뿜어지고 있었다.

"지 애비를 닮아서 성질머리가 저렇게 더럽다니까……."

아내가 혀를 찼다. 나는 갑자기 아내에게 살의를 느꼈다. 나는 아내의 등 뒤로 바짝 다가갔다. 그때 아내가 몸을 일으켰다. 나도 아내를 따라 몸을 일으켰다. 아내에게서 희미한 살 냄새와 함께 독한 화장품 냄새가 풍겼다.

아내가 집에서 입는 주름치마를 벗기 위해 스커트의 호크를 풀었다.

나는 아내의 목으로 두 손을 가져갔다. 희고 가냘픈 목, 피부에는 흠집 하나 없고 그래서 더욱 견고해 보이는 목을 힘주어 졸랐다. 아내의 아름다운 얼굴이 일그러지기 시작했다. 돌연한 습격에 놀란 아내는 반항할 엄두도 내지 못한 채 반사적으로 내 손목을 움켜쥐었다.

나는 아무 말도 하지 않았다. 아내에게 무슨 말을 해야 할지도 몰랐고 해야 할 필요도 느끼지 않았다. 아내의 목을 조르면서 숨이 가빠올 뿐이었다.

아내는 얼굴이 벌겋게 상기되었다. 입으로는 켁켁대는 소리를 내뱉고 있었다.

아내는 기도가 막혀 괴로워하고 있는 것이다.

살 속에 손톱이 박힐 정도로 내 손목을 움켜쥐고 떼어내려고 했으나 켁켁대고 괴로워하다가 이내 축 늘어지고 말았다. 아내의 몸은 나를 향해 쓰러지고 나는 아내를 눕혔다. 그것은 아주 짧은 순간의 일이었다.

마침내 아내가 죽은 것이다.

나는 가쁜 호흡을 고르기 시작했다.

끝났다.

내가 아내를 죽였다, 하는 생각이 뒷덜미를 엄습해왔다. 두렵거나 무서운 생각은 전혀 들지 않았다. 그러나 그것은 나의 착각이었다. 내가 나 자신을 되찾기까지는 그다지 오랜 시간이 걸리지 않았다. 아내의 둔부에서 주름치마가 밑으로 흘러내리고 그 위에 속옷이 떨어져 쌓이고 있었다. 아내가 옷을 갈아입기 위해 옷을 벗고 있는 것이다.

나는 다시 한 번 내가 존재하면서도 형체가 없다는 사실을 뼈저리게 깨달았다.

바람은 검푸른 나뭇잎에서 살랑대고 있었다. 초여름이었다. 거리엔 사람들이 부유하는 물고기처럼 떠다니고 고기 굽는 냄새가 코를 찔렀다. 나는 갑자기 시장기가 느껴졌다.

미니스커트를 입은 아내가 음식점이 즐비한 골목을 둔부를 흔들며 또박또박 걸어가고 있었다. 나는 골목에 즐비한 음식점들을 곁눈질로 살폈다. 나도 언젠가 이러한 골목에서, 이러한 시간에, 직장 동료들과 혹은 아내와 함께 자욱한 숯불 연기를 맡으며 즐거운 저녁 한때를 보낸 일이 있었을 것이다. 그러나 지금은 땅속에 묻혀서 썩어가고 있는 육신처럼 부질없는, 흔적조차 남아 있지 않은 과거에 지나지 않는 것이다.

음식점 골목이 끝나는 모퉁이에 커피숍이 하나 있었다. 2층이었다. 아내는 삐걱거리는 계단을 밟고 2층으로 올라갔다. 나는 아내의 뒤를 따라 천천히 계단을 올라갔고 아내가 커피숍 구석에서 캐주얼한 옷차림의 사내를 만나는 것을 물끄러미 지켜보았다.

나는 그것이 얼마나 부질없는 짓인지를 누구보다도 잘 알고 있었다. 그러나 이 부질없는 짓이라도 하지 않으면 무엇을 하겠는가. 나는 연탄재가 쌓인 더러운 골목이나 인적 없는 공원 따위를 도둑고양이처럼 배회하고 싶지는 않았다. 사람들은 나의 존재를 모르면서도 내가 나타나면 깜짝깜짝 놀라곤 했다.

나는 처음에 내가 공기로 존재한다는 사실을 모르고 있었다. 그러나 사람들은 나의 존재를 분명히 느끼고 있었다. 인적 없는 공원이나 어두컴컴한 골목에 내가 나타나면 사람들의 몸에는 오싹오싹 소름이 돋았다.

그렇다!

나는 공기와 같은 존재였다. 내가 공기와 함께 있으면, 내가 공기 속을 헤엄치듯 떠다니면 사람들은 공기의 떨림, 그 미세한 파장으로 나의 존재를 알아차리고 머리끝이 쭈뼛한 공포를 느끼는 것이다. 그런 경험은 나도 갖고 있었다. 물론 내가 영혼으로 존재하지 않았을 때의 얘기다.

나는 언젠가 나무 밑을 걷고 있었다. 무슨 일 때문인지 알 수 없었으나 인적 없는 공원의 숲을 걷게 되었는데 갑자기 머리끝이 쭈뼛하고 등줄기로 서늘한 공포가 엄습해왔다.

나는 그때 살인자가 나를 죽이기 위해 공원의 숲 어딘가에 숨어서 나를 지켜보고 있는 것이라고 생각했었다. 그런 일은 비교적 자주 있는 편이었다. 밤중에 거실에 나왔을 때 누군가 나를 지켜보는 듯한 느낌, 비 오는 날 창밖에 누군가 서 있는 듯한 느낌, 병원의 영안실에 가면 까닭 없이 뒷덜미가 서늘해지는 느낌…….

그런 것들이 내 주위를 돌아다니는 영혼 때문이라는 사실은 상상도 못 했었다.

놈이 아내 옆에 바짝 붙어서 무엇인가 소곤거리기 시작했다. 아내는 다소곳하게 고개를 숙인 채 놈의 말에 귀를 기울이고 있었다.

눈꼴이 시릴 정도로 다정한 모습이었다.

나는 갑자기 두 눈에서 불이 일어나는 것 같았다. 아내가 나에게 언제 저토록 다정한 모습을 한 적이 있었던가 하는 생각을 하자 가슴이 미어지는 것 같았다.

아내는 간간이 손으로 입을 가리고 웃었다. 구김살 하나 없는 웃음이었다. 놈은 아내의 허벅지에 한 손을 얹어놓고 또 한 손은 아내의 어깨에 두르고 있었다. 그 손은 아슬아슬하게 아내의 가슴께에 접근해 있었다.

(아, 차라리 영혼이 존재하지 않았더라면…….)

나는 비참한 기분이 되어 무겁게 한숨을 내쉬었다. 영혼이 존재하지 않았더라면 아내의 저런 모습은 보지 않아도 되었을 것이고 내 마음이 찢어진 헝겊조각처럼 너덜너덜하지는 않았을 것이다.

아내와 놈이 일어섰다. 놈은 찻값을 계산하는 아내의 핸드백 속을 재빨리 어깨 너머로 살폈다. 놈은 아내가 갖고 있는 핸드백 속의 돈이 탐이 난 모양이었다.

(꿩 먹고 알 먹자는 수작이겠지.)

나는 씁쓸했다. 놈이 아내의 몸만을 노리는 것이 아니라 재산까지 노리고 있다는 사실을 어렵지 않게 짐작할 수 있었다.

아내와 놈이 커피숍에서 나와 골목을 걷다가 들어간 곳은 장어요 릿집이었다. 나는 아내와 놈을 따라 음식점으로 들어가지 않고 밖에서 서성거렸다. 전에 아내와 놈을 따라 생선횟집에 들어갔다가 못 볼 것을 보고 말았던 것이다. 아내는 상추에 생선회를 싸서 놈의 입에 넣어주고 있었다. 나는 눈이 뒤집힐 것 같았다.

어떻게 저럴 수가 있을까.

어떻게 저렇게 창녀처럼 천박할 수 있을까.

나는 여자라는 존재를 이해할 수가 없었다. 여자가 양파처럼 벗겨도 벗겨도 그 속을 알 수 없는 신비한 존재라는 얘기는 수없이 들었으나 나는 이제야 그 실체를 확인한 기분이었다.

아내와 놈이 그 장어요릿집에서 나온 것은 꽤 오랜 시간이 지나서의 일이었다. 아내와 놈은 술까지 걸쳤는지 눈 아래가 불그스레하게 물들어 있었다.

나는 어두운 하늘을 쳐다보았다. 하늘은 별빛 하나 없이 낮고 찌뿌둥했다.

(비가 오려나?)

뺨을 스치는 바람엔 축축한 물기가 섞여 있었다. 이 며칠 건조한 날씨가 계속되더니 빗발을 뿌리려는 모양이었다.

나는 다시 아내와 놈에게 시선을 돌렸다. 어느덧 아내는 놈의 팔짱을 끼고 있었고 놈은 아내의 어깨를 감싸듯이 껴안고 걸어가고 있었다.

다정한 연인, 아니 다정한 부부의 모습이었다.

나는 아내와 놈이 어디로 가고 있는지 짐작할 수 있었다. 아내와 놈은 언제나 그렇듯이 저녁을 마치면 나이트클럽에 가서 춤을 추고 그다음엔 모텔이나 호텔을 찾아 들어갔다.

아내는 단골로 가는 나이트클럽이 있었다. 태극 마크가 네 개나 되는 특급 나이트클럽 '피크닉'이었다. 나는 내가 영혼이 아니었을 때, 다시 말해 내가 살아 있을 때 태극 마크가 있는 나이트클럽이 존재한다는 사실조차 몰랐다.

호텔은 무궁화로 등급을 정하고 나이트클럽이나 카바레는 태극 마크로 등급을 정한다는 사실을 알았을 때 나는 내가 얼마나 세상 물정에 어두웠는지 알 수 있었다. 사실 그 한 가지만 가지고 얘기하더라도 나는 죽어 마땅한 인간이었는지 모를 일이다.

아내가 바람을 피우기 시작한 것은 불과 2, 3년 전의 일이었다. 그때까지만 해도 나는 지극히 평범한 가장이었다. 일요일이나 쉬는 날이면 아내와 함께 테니스도 치고 영화 구경도 같이 갔다. 한 달에 한

두 번은 딸아이까지 데리고 여행을 했다. 소박하면서도 일상적인 생활, 일상적인 삶이었다.

나는 행복했다. 적어도 나는 행복하다고 생각했다. 그때까지만 해도 불만이라고는 터럭만큼도 없었다.

예를 들어 일요일 오후라고 생각하자. 시든 저녁 햇살이 포플러의 무성한 잎사귀 끝에서 금빛으로 살랑거리는 주택가의 테니스 코트, 젊은 부부가 경쾌하게 라켓을 휘두르는 모습을 상상해보라. 그 모습에서 음모와 살인은 분명히 이질적인 풍경이 될 것이다. 그들은 이따금 짧은 기합 소리를 내뱉는다. 테니스는 의외로 격렬한 운동이다. 젊은 부인의 등은 오래지 않아 땀으로 축축하게 젖는다. 남자는 가쁜 호흡을 내뱉고 있다.

이따금 코트의 울타리를 지나가던 사람들이 걸음을 멈추고 구경을 한다. 사람들의 시선은 속살이 보일 듯 말 듯한 여자의 짧은 스커트에 머물러 있다.

여자가 코트 바닥의 공을 줍기 위해 허리를 숙일 때 드러날지도 모를 삼각형 속옷을 볼 수 있는 행운을 기대하며? 그러나 그런 행운은 좀처럼 오지 않는다.

오히려 그들은 테니스를 마치고 어깨를 나란히 하고 집으로 돌아가는 젊은 부부의 모습을 보게 되고 따뜻한 감동에 젖게 될 것이다.

(저것이 부부라는 것이군.)

사람들은 분명히 그렇게 생각할 것이다. 그것이 나의 모습이었다. 아내와 나의 다정한 한때였다. 그러나 아내가 수영을 배우기 시작하면서 그 행복한 평화가 깨어졌다. 나는 여자들에게 수영을 가르치는 코치가 당연히 여자일 것이라고 생각했었다. 그러나 아내가 수영을 배운 호텔의 수영장 코치는 건장한 사내였다. 아내는 그 사내에게서 수영을 배웠다. 3개월 코스의 '주부수영교실'이었다. 고만고만한 또래의 주부들 20명이 회원이었다.

여자들이란 얼마나 속물인가.

그녀들은 어엿이 남편이 있는 여자들인데도 불구하고 하나뿐인 남자 수영 코치에게 잘 보이기 위해 서로 경쟁을 하듯이 애교를 떨었다. 수영교실이 끝나면 다투어 커피나 음료수를 사다가 코치에게 대접을 했고 교습비를 내는데도 또 돈을 걷어서 점심을 사 먹였다. 그 코치는 품행이 좋지 않은 사내였다. 나는 그의 이름을 알지 못했고 그래서 놈이라고 편한 대로 불렀다. 물론 놈이라는 그 말에는 아내를 뺏기고 목숨까지 잃은 나의 쓰라린 감정이 개입되어 있다.

놈은 아내에게 수영을 가르치면서 신체적 접촉을 시도했다. 맥주병인 아내에게 물에 뜨는 것을 가르쳐주기 위해 손을 잡아주고 허리를 받쳐주는 시늉을 하면서 자연스럽게 둔부를 쓰다듬기도 하고 가슴을 슬쩍슬쩍 건드리기도 했다. 그러자 아내에게서 금방 반응이 왔다. 아내는 놈이 신체적 접촉을 시도할 때마다 기다렸다는 듯이 까르르 하고 웃었다.

"차나 한잔하실까요?"

그러던 어느 날 놈이 아내를 유혹했다.

"좋아요."

아내의 대답은 조금도 망설임이 없었다. 놈이 아내를 유혹해주지 않았으면 실망이라도 했을 낯짝이었다. 그다음 수순은 새삼스럽게 설명할 필요도 없는 일이다. 아내와 놈은 내가 숙직을 하는 날을 기다려 서울 교외로 나가 카바레에 가서 춤을 추고 낯 뜨거운 일을 저

질렀던 것이다.

내가 아내의 부정을 안 것은 꽤 오랜 시간이 지나서의 일이었다. 아내와 놈이 나에게 들키지 않기 위해 낮 시간을 골라 부정한 짓을 저지르기 시작했기 때문이다.

아내는 놈과 그 짓을 하고 돌아온 그날 밤에도 나를 품에 안았다. 좀 더 정직하게 말하면 아내의 허여멀건 속살에 놈의 흔적을 묻혀 가지고 돌아와서도 요조숙녀 흉내를 내며 나를 받아들인 것이다.

나는 그 생각을 할 때마다 분노로 머리끝이 곤두선다.

어쨌거나 아내는 부정한 여자였다. 나는 아내가 부정한 짓을 저지르는 현장을 잡기 위해 아내의 뒤를 밟기 시작했다. 그러나 아내는 좀처럼 꼬리가 잡히지 않았다. 오히려 내가 뒤를 밟는다는 사실을 눈치채고서부터 강짜를 부리고 외박까지 하기 시작했다.

아내는 패악질을 하고 달려들었다. 이쯤 되면 나도 참을 수 없는 일이었다. 나는 부엌칼을 들고 아내를 죽여버리겠다고 위협을 했다.

아내는 그때서야 두 손을 모아 싹싹 빌었다. 물론 나는 아내를 죽일 생각은 추호도 없었다. 사람이 사람을 죽이는 것은 얼마나 끔찍한 일인가. 나는 파리조차 죽일 만한 위인이 못 되었다. 아내는 그날 밤 단단히 겁을 먹었던 것이 분명했다. 다음 날 아내는 놈에게 달려가 지난밤에 있었던 일을 낱낱이 털어놓았고 나를 죽이기로 합의했던 것이다.

더러운 연놈들 같으니…….

그날 나는 아침부터 기분이 좋지 않았다. 날씨는 음산했다. 잿빛 하늘은 금방이라도 비를 뿌릴 것처럼 낮고 찌뿌둥했고 살매 들린 바람은 가로수의 무성한 잎사귀들을 검푸른 빛으로 흔들어대고 있었다.

그날은 장모의 생신이었다. 아내와 딸은 아침부터 처가로 갔다.

일요일이었다. 나는 오전 내내 침대에서 빈둥거리다가 오후가 되자 처갓집에 가서 인사를 하고 숙직이라는 핑계를 대고 일찍 나왔다. 처갓집 근처에 숨어 있다가 아내가 나오면 뒤를 밟아 아내와 놈이 만나는 현장을 덮칠 예정이었다. 숙직이라는 것은 새빨간 거짓말이었다.

나는 여전히 기분이 좋지 않았다. 어쩐지 불길한 예감이 들었던 것 같았으나 정확하게 기억할 수는 없었다.

나는 처갓집 앞 골목에서 초조하게 기다렸다. 아내는 좀처럼 밖으로 나오지 않았다. 그러는 동안 차가운 빗발이 뿌리기 시작했고 밤이 왔다. 나는 트렌치코트의 깃을 바짝 세웠다.

아내가 마침내 골목에 모습을 드러냈다. 아내는 박쥐우산을 쓰고 있었다.

아내는 뜻밖에 처갓집에서 얼마 떨어지지 않은, 사람들이 러브호텔이라고 부르는 모텔로 들어가고 있었다. 나는 내 눈이 믿어지지 않았다. 아내가 어떻게 저럴 수가 있을까, 하는 생각이 나의 뇌리를 스쳐 지나갔다.

나는 담배를 피워 물었다. 놈은 모텔에 먼저 들어가 있을 것이고 연놈이 샤워를 하고 나서 침대에서 뒹굴려면 20분은 족히 소요되리라고 생각했다. 그런데 아내가 10분도 못 되어서 다시 모텔에서 나왔다. 모텔 뒷문에서 나와 일부러 그러는 듯 주위를 조심스럽게 살피고는 또박또박 걷기 시작했다. 마치 미행자를 유인하는 듯한 모습이었다.

아내는 큰길로 나가 택시를 탔다. 나는 골목에 세워둔 내 차를 타고 아내가 탄 택시를 미행했다. 아내는 내가 사는 아파트 단지 입구 못 미처 큰길에서 택시를 내렸다. 이상한 일이었다. 아내는 아파트 단지 못 미처의 골목으로 걸어가고 있었다. 나는 고개를 갸우뚱하면서 차에서 내려 아내의 뒤를 따라 골목으로 들어갔다.

아내는 골목 저만치서 또박또박 걸어가고 있었다. 나는 걸음을 멈추었다. 아내에게 너무 바짝 접근하면 아내가 눈치챌 염려가 있었다.

아내가 골목 끝에 이르러 걸음을 멈췄다. 나는 벽 쪽으로 바짝 붙어 섰다. 착각이었을까. 그때 아내가 나를 돌아보며 하얗게 웃었다.

나는 소름이 오싹 끼쳤다.

아내가 골목 모퉁이를 돌아 사라졌다. 나는 재빨리 골목 모퉁이로 달려갔다. 가슴이 터질 것처럼 격렬하게 뛰고 있었다. 나는 그때 골목 모퉁이로 달려가지 말았어야 했다. 골목 모퉁이로 가까이 갈수록 까닭을 알 수 없는 무시무시한 공포가 뒷덜미를 엄습해왔다.

나는 숨이 막힐 것 같았다. 그러나 거역할 수 없는 어떤 흡인력에 빨려 들어가듯이 단숨에 골목 모퉁이로 꺾어 들어갔다. 내가 머리 위로 강한 타격을 느낀 것은 그 순간의 일이었다. 그곳은 캄캄한 어둠뿐이었다. 지옥의 무저갱이 있다면 그곳처럼 캄캄했을 것이다.

나는 몇 번인가 머리에 강한 타격을 느끼고 꼬꾸라졌다. 이마로 끈적끈적한 것이 흘러내리고 비에 젖은 흙냄새를 느꼈으나 고통은 전혀 없었다.

나는 그렇게 해서 죽었다. 내가 숨이 끊어지는 데 얼마나 많은 시간이 걸렸는지는 알 수 없다.

형사들은 집요하게 내 사건을 수사했다. 나는 타살되었고, 금전문제나 여자문제가 복잡하지 않았고, 원한을 산 일도 없어서 형사들은 주변 우범자들과 아내를 의심했다. 그러나 아내는 알리바이가 확실했다. 아내는 형사들에게 처갓집에서 한 발짝도 나가지 않았다고 잡아떼다가 형사들이 계속 닦달을 하자 못 이기는 체하고 처갓집 바로 근처에 있는 모텔에서 놈을 만나고 있었다고 울면서 진술을 했다.

모텔 종업원들이 아내의 알리바이를 증명해주었다. 모텔 종업원들은 한결같이 아내가 모텔에 들어온 뒤로 밖으로 나가지 않았다고 진술했다. 그중에 제법 똑똑한 형사가 뒷문은 없느냐고 추궁하자 뒷문은 언제나 잠겨 있다고 대답했다.

아내의 알리바이가 입증되어 아내는 용의선상에서 벗어났고 사건은 흐지부지되고 말았다. 그러나 아내는 밖으로 나와 나를 유인했다. 아내는 청부살인을 의뢰했고, 살인자는 아내에게 나를 유인하라고 했다. 모텔의 뒷문은 살인자가 열쇠를 복사하여 열었다. 그리하여 아내는 아무도 모르게 뒷문을 열고 나갔다가 돌아온 것이다.

수영 코치를 하는 놈도 잠이 들어 몰랐다.

그것이 1년 전의 일이었다. 아내는 나의 장례식에서 믿어지지 않을 정도로 서럽게 울었다.

아내와 놈이 나이트클럽에서 나온 것은 세 시간쯤 뒤의 일이다. 아내는 내가 은행에 근무할 때의 말투를 흉내 내면서 술에 젖어버렸을 정도로 흠뻑 취해 있었다.

아내도 괴로울 것이다. 아내가 쾌락과 양심 사이에서 비틀거리고 있는 것이 분명했다.

놈은 아내를 껴안다시피 하여 모텔로 데리고 들어갔다.

나는 모텔 앞에 쭈그리고 앉았다. 아내와 놈을 따라 모텔로 들어가고 싶은 마음이 추호도 없었다. 놈은 분명히 모텔 방에 들어가자마자 아내를 침대에 눕히고 옷을 벗길 것이 분명했다. 나는 그 꼴을 보고 싶지는 않았다.

나는 아파트에 혼자 남아 울고 있을 딸을 생각했다. 내 죽음이 원통하거나 억울하다는 생각은 일어나지 않았다. 처음엔 어떻게 하든지 복수를 하고 싶었으나 차츰차츰 복수라는 것이 얼마나 허망한 것인지 깨닫게 되었던 것이다.

나는 영혼으로 존재한 뒤에 분명하게 깨달은 것이 하나 있었다. 그것은 선(善)이든지 악(惡)이든지 인업(因業)을 맺게 되면 반드시 과보(果報)를 받는다는 인과응보의 법칙이었다. 그러나 슬픔에 잠겨 있는 딸을 생각하면 가슴이 천 갈래 만 갈래 찢어지는 것 같았다.

후드득.

빗방울이 떨어지기 시작했다. 나는 차가운 빗발이 뿌리는 거리를 물끄러미 응시했다. 거리는 이미 인적이 끊어지고 차량마저 뜸했다.

나는 몸을 부르르 떨었다. 으스스 한기가 느껴졌다. 비바람은 푸슷하게 차가웠다.

그때 아내가 모텔에서 나왔다. 아내는 혼자였다.

(망할 년!)

나는 입술을 씰룩거리며 일어섰다. 그래도 아내가 집으로 돌아가려고 놈과 헤어져 모텔을 나온 것이 기특했다. 아내가 택시를 탔다. 나는 재빨리 아내 옆에 올라탔다. 오늘 밤도 몹시 길고 지루한 밤이었다. 운전기사는 자꾸 차 안의 백미러를 힐끔거렸다.

아내 때문이 아니라 나 때문이었다. 사람들은 내가 가까이 있으면 공연히 뒷덜미가 서늘해지고 머리끝이 곤두선다.

아내는 지친 표정을 하고 있었다.

놈을 만날 때는 즐겁고 흐뭇했으나 놈과 헤어져 집으로 돌아오려니 걸음이 떨어지지 않는 모양이었다.

아내는 어쩐지 불안해 보였다.

눈빛은 새침하고 눈동자는 까닭을 알 수 없는 공포로 크게 열려 있었다.

아내가 아파트 단지 못 미처 골목에서 택시를 내렸다. 나도 택시에서 내렸다.

아내가 우산을 펴 들고 천천히 골목을 향해 걸어가기 시작했다. 지축을 울리는 아내의 하이힐 소리가 또박또박 들려왔다.

나는 걸음을 멈추었다. 갑자기 가슴이 격렬하게 뛰었다.

비는 어두운 하늘에서 음산하게 흩날리고 있었다.

아내가 골목 끝에서 걸음을 멈추었다.

아?

나는 가슴이 터질 것 같았다. 착각이었을까. 아내가 나를 돌아다보며 하얗게 웃었다.

아내가 골목 모퉁이를 꺾어 들어가 사라졌다.

"왜 이래?"

아내가 꺾어 들어간 골목에서 갑자기 아내의 뾰족한 목소리가 들려왔다.

"야, 이년아! 오늘도 그놈 만나고 오냐?"

"내가 누굴 만나든 무슨 상관이야?"

"서방 죽인 년이 큰소리는……."

"내가 죽였어? 니가 죽였지!"

"네년이 죽여달라고 그랬잖아? 어떻게 할 거야? 해줄 거야, 안 해줄 거야?"

"내가 돈주머니야? 걸핏하면 돈을 달라게?"

"야, 좋은 게 좋은 거 아니야? 천만 원만 해줘!"

"천만 원이 어디 있어?"

"그 핸드백 내놔 봐!"

"왜 이래?"

"이년이 아직 매운 맛을 못 봤군!"

사내의 목소리가 날카로워지고 곧이어 아내의 비명 소리가 들렸다. 나는 눈을 꽉 감았다. 사내는 아내에게 청부를 받아 벽돌로 내 머리를 후려쳐서 나를 살해한 놈이었다. 아내에게 청부금으로 3천만 원을 받았으나 기회가 있을 때마다 아내에게 전화를 걸어 돈을 뺏고 있었다. 아내는 놈에게 시달림을 받아 지쳐 있었다. 그러나 지친 것은 그놈도 마찬가지였다.

그놈은 아내가 돈을 듬뿍듬뿍 집어주지 않자 약이 잔뜩 올라 있었다.

무엇인가 쿵 하고 쓰러지는 소리가 들렸다. 나는 천천히 골목 모퉁이로 돌아갔다. 아내에게서 핸드백을 뺏은 살인자가 보안등 불빛이 희끄무레한 언덕으로 뛰어 올라가고 있었다.

나는 아내를 찾아보았다. 아내는 담벼락에 기대어 앉아 있었다. 스커트가 걷어 올려져 함부로 속옷이 드러나 있었다. 머리에서는 붉은 핏물이 흘러내리고 눈이 부릅떠져 있었다. 목에서는 *끄륵, 끄르륵* 하는 소리가 들렸다. 아내는 숨이 끊어져가고 있는 것이다.

나는 비감했다. 슬픔에 잠겨 있을 딸아이의 얼굴을 생각하자 목이 메어왔다.

나는 담벼락에 머리를 짓찧으며 슬프게 울기 시작했다. 나는 아내가 죽어가고 있는데도 아무것도 할 수 없었다.

나는 영혼이다.

- 「미스터리 매거진」 1994년 7월호

함정

>>>>> 황미영

1997년 「사랑 저편에 선 천사」로 일간스포츠 신문 대중문학상을 받았다. 추리소설을 사랑하는 모임 '금요문학회' 동인이다. 주요 작품으로 「슬픈 단죄」, 「차가운 복수」, 「브로드웨이의 비명」 등이 있다.

그녀가 갔다. 서른셋 여인의 모습을 내 망막에 새겨놓은 채 그녀는 하늘을 향해 날아올랐다. 허공을 휘젓는 그녀의 손짓이 내 삶에 종지부를 찍었다. 나는 낯선 두려움에 두 눈을 감았다. 뇌리를 스치는 수많은 상념들에 소름이 돋았다.

맑은 물 냄새가 코끝에 느껴졌다. 천천히 두 눈을 떴다. 생수가 찰랑거리는 유리컵이 코끝에서 입술로 옮겨왔다. 유리컵을 쥔 뭉툭한 손톱 밑의 검은 때를 보자 토악질이 났다. 뭉툭한 손의 힘줄이 불거지며 유리컵을 꼭 쥐었다. 그리고 또 다른 손이 내 등 뒤로 얹어지며 가볍게 두드리기 시작했다. 난 임산부 모양 헛구역질을 하며 더러운 벌레를 떼어내듯 뭉툭한 손을 밀쳐냈다. 오한이 밀려왔다. 등 뒤에서 밀려났던 손이 다시 내 어깨 위로 얹어졌다.

"저는 도경식 반장입니다. 힘드시겠지만 진정하시고 그때 상황을 다시 한 번 자세히 말씀해주시면 고맙겠습니다."

어깨 위에 얹어진 뭉툭한 손을 따라 천천히 그를 올려보았다. 자기를 도경식 반장이라고 소개한 남자는 우직하게 생긴 것과 어울리지 않는 맑은 눈빛으로 엉거주춤 서 있었다. 그는 한 모금 마시고 진정하라는 듯 내 손에 유리컵을 쥐여주며 앉았다. 나는 그의 친절이 민망하지 않게 유리컵을 입술에 한 번 댔다가 탁자 위에 내려놓았다.

"이웃에서 두 분이 자주 싸우시는 소리를 들었다고 하던데, 오늘도?"

"아닙니다! 오늘은……."

순간 나도 모르게 강하고 단호하게 대답했다. 왜 그랬을까? 그냥 자연스레 대답해도 됐을 텐데. 도경식 반장이 의아한 눈빛으로 나를 보는 것 같아 불안해졌다.

"저는 저녁을 먹고 거실에서 티브이를 보고 있었습니다. 저녁을 먹는 동안 우린 서로 아무 말도 하지 않았고 아무 일도 없었습니다. 평소와 다를 게 하나도 없이 평온했었습니다. 그런데 갑자기……."

나는 다음 말을 삼켰다. 너무도 이해할 수 없는 상황이 벌어졌기에 어떻게 설명할 수가 없었다. 그는 내 입술만 바라보며 조용히 기다렸다. 다음 말을 해야만 이 남자가 갈 것 같았다. 천천히 다음 상황을 설명했다.

"갑자기 설거지하다 말고 뛰어나오더니 이상한 짓을 했어요. 자신의 손가락을 발로 짓밟고 짓이기고……."

난 더 이상 아무런 말도 할 수가 없었다. 눈시울이 뜨거워지는 것이 느껴졌다. 눈물이 뺨 위로 흐르는 것이 느껴졌다. 내 눈앞에서 벌어졌던 상황이 아직도 이해가 되지 않았다. 믿어지지도 않았다.

도경식 반장은 두 손을 맞잡고 손마디를 와드득 꺾었다. 투박한 손이 만들어내는 소리는 맑고 경쾌했다.

"주위 사람들 말에 의하면 부인께서 우울증을 앓고 계셨다고 하던데, 사실입니까?"

도 반장은 부연 설명을 기대하는 표정으로 나를 뚫어지게 보고 있었다. 나는 울컥 치미는 수치스러움과 분노에 침을 삼키며 호흡을 가다듬었다. 순간 도 반장의 눈초리가 날카로워졌다가 이내 내리깔렸다. 나는 무의식 속에 감춰진 내 표정에서 그가 뭔가를 알아챈 것 같은 불길함에 등줄기가 서늘해졌다. 도 반장은 무슨 말을 할 듯 할 듯 입술을 달싹거리다가 이내 앙다물었다.

"네, 사실입니다."

"바깥 분이 정신과 의사신데 부인께서 우울증을 앓았단 말입니까?"

"중이 제 머리 깎지 못한다는 것과 같은 이치죠."

내 입술 사이로 흘러나온 말 한마디에 그와 난 동시에 어이없는 웃음을 흘렸다.

"우리 결혼은 아내가 원해서 한 게 아니었어요. 아내에겐 잊지 못하는 과거의 남자가 있었습니다."

"네, 그랬군요. 그래서……."

도 반장은 뛰어내리는 시늉을 하며 낡은 수첩에 뭔가를 끄적거렸다.

"말리거나 잡을 생각은 안 해보셨습니까?"

나는 도 반장의 어처구니없는 질문에 그를 물끄러미 바라보았다. 정말 맑은 눈빛을 갖고 있는 남자였다. 그도 나를 말없이 보았다. 아니 관찰했다는 표현이 더 어울렸다.

"제가 그 순간 아내가 뛰어내릴 거란 생각을 할 수 있었다고 생각하십니까?"

"아! 그랬겠군요. 설마 그런 일이 벌어질 거란 생각을 못 하셨겠군요."

어눌한 말투로 고개를 주억거리는 도 반장의 모습이 천진스러운 소년 같아 보이기까지 했다.

"그러니깐, 선생님께서는 그냥 우울증으로 자살한 것이라고 생각하십니까?"

나는 재빠르게 생각을 정리했다. '이 순간 이런 질문에 정신과 의사인 나는 전문가 입장에서 무어라고 대답할까' 하고. 그러나 도 반장은 이미 답을 얻은 듯한 말투로 중얼거렸다.

"그러니깐 부인께서는 원치 않는 결혼을 하셨고…… 첫사랑을 잊지 못하고 우울증에 시달리다가 그냥 자살하신 거군요."

그의 목소리에는 힘이 실려 있었다. 그의 확신은 단호한 것 같았다. 갑자기 온몸에서 힘이 쭉 빠지며 나른함이 찾아왔다. 나는 건성으로 들으며 상념에 빠져들었다.

아내는 부모의 반대로 첫사랑과 헤어져야만 했다고 한다. 아내는 착한 딸이었다. 한마디로 착한 여자 콤플렉스 환자였다. 착한 딸 아내는 부모님이 원하는 의사 사위와 결혼을 한 것이었다. 그 의사 사위가 바로 나였다.

우리는 행복해 보였다. 그러나 사실 그렇지 못했다. 아내는 부모님의 사위와 결혼을 한 것일 뿐, 남편과 결혼한 것이 아니었다. 나는 아내 부모님의 사위는 될 수 있었지만 그녀의 남편이 될 수는 없었다. 아내와 나 사이에는 항상 그녀의 첫사랑이 차고 투명한 유리로 존재하고 있었다.

나는 아내의 깍듯한 예의범절이 뼛속 깊이 시렸다. 나는 방황했다. 아내에게서 얻을 수 없는 따스함이 그리웠다. 내 외도를 알면서도 언짢은 기색 하나 없이 친절을 그린 듯한 차분한 표정의 아내를 보면서 더욱더 외로워졌다. 두렵기까지 했다.

도 반장은 이웃에서 우리 부부가 싸우는 소리를 들었다고 했지만 결혼생활 3년 동안 우린 단 한 번도 싸운 적이 없었다. 그냥 나 혼자 미친 듯이 소리치며 발버둥쳤을 뿐 아내는 항상 침착하고 조용했다. 우린 싸우지 않았다, 단 한 번도.

문득 주위가 조용하다는 것을 깨닫고 둘러보았다. 어느새 검시관과 경찰들은 사라지고 도 반장만 투박한 손을 만지작거리며 나를 묘한 눈빛으로 바라보고 서 있었다. 그도 가기 위해 일어선 것 같았다.

"정신과 의사시니 스스로 마음을 다스리시면 되겠네요."

도 반장은 현관으로 발걸음을 옮기면서도 위로를 한답시고 쉬지 않고 중얼거렸다. 그가 내 시야에서 사라지자 나도 모르게 안도의 한숨이 깔깔한 입술 사이로 쏟아졌다. 갑자기 아내의 마지막 말이 내 가슴 언저리를 아리게 파고들었다.

"당신은 당신의 아들을 부인한 죄로 평생을 괴로움과 죄책감에서 벗어나지 못할 거예요."

아내는 억울함도 원망도, 그렇다고 저주도 담지 않은 그녀 특유의 차분한 목소리로, 외워둔 문장을 읽어나가듯 그렇게 담담하게 말했다. 그것도 아파트 베란다 난간에 매달려 죽음을 바로 코앞에 마주한 채……

나는 그녀의 부정한 외도로 얻은 그녀의 아들을 버렸다. 그녀에게 잔인한 고통을 주어야만 했었다. 그런데…… 그녀는 고통 없는 곳으로 가버렸다. 그녀를 너무 쉽게 고통의 굴레에서 벗어나게 해준 것 같아 내 어리석음이 저주스러웠다.

그녀의 말이 사실이라면!?

그 아이가 부정한 아이가 아니라 정말 내 아이라면? 아니, 절대 아니다! 그 아이는 아내의 첫사랑의 아이가 분명했다. 친자확인이라도 한번 해볼 걸 그랬나 하는 후회가 안 드는 건 아니었다. 하지만…….

나는 아내의 마음이 첫사랑에게 향하는 것까지는 참아줄 수 있었다. 그러나 그를 만나러 하와이까지 찾아간 아내의 4박 5일은 용서가 안 되었다. 아내는 아무 일도 없었다고 두 번도 아닌 단 한 번 담담하고 조용하게 말했다. 그렇게도 잊지 못해 가슴 아파했고 보고 싶어 했던 두 사람이 며칠을 같이 지내면서 아무 일도 없었다는 것을 누가 믿을 수 있을까? 그건 있을 수 없는 일이다. 물론 내가 보아온 아내는 충분히 그럴 수 있는 여자였다. 하지만, 그 남자는? 내게 애정 없는 차가운 아내와 그 남자를 사랑하는 뜨거운 아내는 다른 사람일 수도 있다. 그 남자에게 아내는 완전히 다른 여자일 수도 있는 것이다.

눈을 떠도 눈을 감아도 내 머릿속에서는 아내와 그 남자의 눈물겹도록 아름답게 얽힌 나신의 격렬함이 떠나지 않았다. 그들의 모습은 내 망막 위에 지울 수 없는 영상으로 맴돌았다. 지금 이 순간에도…….

아내의 마음을 소유하지 못한 것은 나 스스로에게 이해시키려 노력했다. 그러나 그의 체취와 손길로 전신에 문신이 새겨진 듯한 그녀의 육신은 견딜 수가 없었다. 발기발기 찢어버리고 싶었다. 흔적도 없이.

아내의 빈자리를 느낄 사이도 없이 나는 경찰서로 불려 다니거나 도 반장의 방문을 받아야만 했다.

아내와 그녀의 부모님은 독실한 가톨릭 신자였다. 그녀의 부모님은 가톨릭 신자는 절대 자살을 택하지 않는다며 재수사를 의뢰했다고 한다. 그렇다면 그들은 나를 의심한다는 건가? 하지만 다행스럽게도 사건을 맡은 도 반장은 나를 동정하는 것 같은 눈치였다. 난 그에게 최대한 슬픈 모습만 보이면 될 것 같았다. 그러나 그것도 쉽진 않았다.

그녀가 우울증에 걸려 자살이란 방법을 택한 건 첫사랑 때문이었고, 그들의 아이를 뺏긴 슬픔 때문이었다. 그녀의 고루한 부모님은 당신들의 어리석은 욕심이 어떤 결과를 초래했는지 똑똑히 알아야 한다.

나는 아내의 첫사랑도 그녀가 겪은 만큼의 괴로움과 슬픔을 겪게 해야 한다는 생각에 아내의 핸드폰에서 그의 핸드폰 번호를 찾아냈다. 다행스럽게도 단축번호 1번은 나였다. 그의 핸드폰 번호가 0번에 저장되어 있었다. 1번이 우선일까, 0번이 우선일까, 문득 아리송했다. 상관없다. 이미 다 끝난 일이다. 그래도 왠지 억울했다. 분했다. 그래, 0번이 우선이라면 당연히 그가 그녀의 죽음을 알아야 한다는 생각에 그에게 전화를 했다. 뜻밖에도 그는 이미 한국에 나와 있었다. 그녀의 죽음이 그를 한국까지 오게 한 걸까? 엄마를 잃은 아이를 찾으러 왔는지도 모를 일이다. 만나야겠다. 얼굴을 마주 보고 이야기를 해주어야겠다는 생각이 들었다.

아내의 남자는 신라호텔에 투숙하고 있었다. 내가 아는 아내의 남자는 가난하고 보잘것없는 집안의 아들이었는데. 남자의 용모는 생각보다 훨씬 더 수려했다. 아내가 남자의 외모에 반한 건 아닐까 하는 생각마저 들었다.

"처음 뵙겠습니다."

나는 남자가 내미는 손을 가볍게 잡았다 놓았다. 남자는 용모만 수려한 게 아니고 목소리도 굵은 저음으로 강렬한 매력이 있었다. 강한 힘이 느껴지는 커다란 손이 아주 인상적이었다. 나는 남자를 마주 보고 앉았다. 남자도 나를 마주 보았다. 우린 그렇게 한참 동안 서로를 탐색했다. 침묵을 깬 건 주문을 받기 위해 메뉴판을 내민 웨이터였다. 그는 아메리카노를, 나는 카페모카를 시켰다. 나도 아메리카노가 마시고 싶었지만 왠지 그와 같은 걸 시키고 싶진 않았다. 진하고 달콤한 것을 마셔야겠다는 생각이 들었다. 남자와 나는 말없이 커피 잔에 시선을 박은 채 커피만 마셨다. 커피 잔의 바닥이 보일 것 같아 마시기를 멈췄다.

"얼마나 상심이 크시겠습니까? 뭐라고 위로의 말씀을 드려야 할지 모르겠습니다."

남자의 목소리는 고뇌에 차서 음울하기까지 했다. 나는 남자의 얼굴을 유심히 바라보았다. 그도 내 시선이 느껴졌는지 천천히 내 눈을 마주 보았다. 나는 피하지 않고 마주 보았다. 그는 아주 천천히 찻잔에 시선을 내리며 한 모금 마셨다. 어딘지 아내의 우아한 모습과 남자는 닮아 있었다. 욕지기가 났다.

"혹시 알고 계실지 모르겠지만, 아내가 댁한테 남긴 게 하나 있습니다.”

찾잔을 잡은 손이 잠깐 움찔했다. 내 다음 말이 궁금할 것도 같은데 남자의 얼굴은 그린 듯 똑같은 표정이었다. 찾잔을 접시 위에 내려놓은 남자는 내 눈을 똑바로 보았다. 그의 눈빛이 너무 슬퍼 보여 나마저 울음을 터트릴 것 같았다.

“지금 수원의 한 영아원에 있습니다.”

나를 바라보던 그의 눈빛이 파르르 떨리는 것 같았다. 그리고 이내 그의 젖은 눈빛에 의아함이 짙게 물들었다.

“무슨 말씀이신지?”

“당신과 아내의, 아니 당신과 당신 첫사랑 연희의 아들이요.”

나는 남자의 눈을 뚫어지게 쳐다보았다. 그의 또 다른 좌절, 그리고 또 다른 상실을 조롱해주고 싶었다. 그가 가장 사랑하고 사랑받던 한 여자를 잃은 슬픔이 가시기도 전에 그들 사랑의 결정체인 아들을 잃은 괴로움에 무너져가는 남자의 처참한 모습이라도 보아야만 아내의 배신을 용서할 수 있을 것 같았다.

“연희 아들이라면?”

남자는 수려한 외모를 지닌 깡통 머리인 것 같았다. 그는 내 말뜻을 헤아리지 못하고 멍청한 표정으로 나를 한참 동안 말없이 바라보았다. 나도 말없이 바라보기만 했다. 그가 내 말뜻을 파악하면 두 무릎 꿇고 애원하며 처참하게 무너질 것이다. 느긋한 마음으로 기다렸다. 그런데, 그의 행동은 의외였다. 그는 양미간을 찌푸리며 미심쩍은 눈빛으로 나를 바라보기만 했다. 그리고 뜻밖의 질문을 했다.

“전 딸만 하나 있습니다. 그리고 연희와 제 아들이란 말이 무슨 뜻인지…….”

남자는 뻔뻔스러웠다. 아니, 남자에게 아내는 잊혀진 과거인지도 모른다. 아내만 혼자 잊지 못하고 살았는지도 모를 일이다. 불쌍한 여자, 가엾은 여자.

"아!"

남자가 갑자기 아픈 감탄사를 토해냈다. 이제야 내 말뜻을 깨달은 것 같았다. 남자는 시선을 떨구며 깊은 한숨을 토해냈다. 남자는 그렇게 한참 동안 고개를 숙이고 앉아 있었다. 천천히 고개를 들어 나를 바라보는 남자의 두 눈은 그렁그렁한 눈물로 무척 맑아 보였다. 나는 그의 젖은 시선을 피하지 않고 똑바로 마주 보았다. 그의 두 눈에서 눈물이 주르르 흘러내렸다. 그의 잘생긴 얼굴은 젖은 눈물로 더욱더 분위기가 있어 보였다.

"연희가 절 찾아왔을 때 아이를 가졌다고 하더군요."

이건 또 무슨 소린가? 그럼 하와이 여행 전에 그들이 또 만났었다는 말 아닌가. 내가 그걸 왜 몰랐을까?

"연희는 남편의 아이를 낳기 전에 저에 대한 모든 기억과 추억을 지우고 싶어 절 찾았다고 하더군요."

이건 또 무슨 소리? 남자는 뜻 모를 소리만 계속 쏟아내고 있었다. 알 수 없는 그리고 이해할 수도 없는 말만 늘어놓았다. 무언가로 뒤통수를 세게 얻어맞은 것 같은 아찔한 기분이 들었다. 정신을 차릴 수가 없었다. 모든 생각이 멈춰졌고, 아내의 마지막 표정이 선명하게 떠올랐다. 그녀는 나를 비웃고 있었다. 아니, 아내는 누굴 비웃거나 할 여자가 아니었다. 그건 내 죄책감에서 나온 단순한 환상일 뿐이었다. 그녀는 그냥 무표정한 얼굴로 날 바라보기만 했었다. 아내의 얼굴은 소름 끼치도록 표정이 없었다.

남자와 헤어진 후 내가 달려간 곳은 수원의 영아원이었다. 내 아들을 찾아야 한다. 아이는 이미 해외로 입양되고 없었다. 찾을 수가 없었다. 갑자기 아내의 하나님이 생각났다. 모든 죄를 수십 번씩 수백 번이라도 용서해주신다는 아내의 하나님! 아내가 항상 지니고 다니던 묵주를 찾아 손에 쥐었다. 나는 아무 말도 하지 못했다. 나 자신도 용서할 수 없는 일인데, 어느 누가 용서할 수 있단 말인가? 또 용서를 받아서 뭐할 건가? 아내를 다시 살릴 수도 없고 내 아들을 다시 찾을 수도 없는 이 상황에서 내가 할 수 있는 일이 도대체 무엇이란 말인가? 막막한 심정으로 아내의 묵주만 만지작거렸다.

현관 벨소리가 요란했다. 정신이 산란해져 견딜 수가 없었다. 문을 열자 도 반장의 우직스런 눈빛이 광채를 발하고 있었다. 도 반장의 손에서 나던 '철커덕' 소리가 내 손으로 이어지며 은빛 수갑이 손목에 채워졌다.

"최연희 씨 살해범으로 체포합니다."

도 반장은 참으로 의기양양했다. 그는 정말 지극히 단순한 사람인 것 같았다. 일을 너무 쉽게 풀어가려고 했다. 그렇게 단순한 사건이 아닌데……. 도 반장의 말은 아주 간단명료했다.

아내가 떨어지던 순간에 내가 베란다에 서 있던 것을 본 사람들은 많았다. 그런데 갑자기 그들의 증언이 바뀐 것이다. 떨어지지 않게 잡으려던 내가 어느새 떨어뜨리려는 살인마로 바뀐 것이다. 그리고 떨어지지 않기 위해 난간에 매달려 있던 아내의 손가락을 내가 발로 짓밟았다는 것이다. 아내의 검지와 장지 손톱 밑에 피멍이 들어 있고, 손바닥에는 무언가를 잡으려고 애쓴 흔적이 상처로 남아 있다는 것이다.

도 반장은 나보다도 더 어리석은 확신을 갖고 있었다. 그래도 나는 아내를 추궁할 때 내 생각이 틀려주길 바라는 안타까움이나마 있었지만 도 반장에겐 그마저도 없었다. 그는 자신의 확신이 정답이 아닐 수도 있다는 융통성이라고는 하나도 없이 답을 짜 맞추고 있었다.

나는 아내가 짜놓은 각본대로 함정에 빠져 헤어나올 수 없는 처지가 되고 말았다. 내 아들이 당할지도 모르는 고통과 외로움 그리고 슬픔을 상상하며 괴로움과 죄책감으로 몸부림쳐야 할 나날들만이 내게 남겨졌다. 그리고 아내를 죽인 살인범으로 차가운 교도소에서 죽을 날만 기다리는 비참한 나날이 더해졌다. 아내는 내가 이 함정에서 벗어나려고 몸부림치기를 원할 것이다. 나는 아내의 기대를 저버릴 것이다. 그냥 이대로 조용히 죽음을 맞이할 테다.

나는 도 반장을 돕기로 했다. 나는 그의 추측대로 자술서를 써주었다. 순순히 시인하는 내게 도 반장은 실망하는 눈치였다. 시인하지 않는 상대를 추궁하며 느끼는 희열과 스릴을 나도 안다. 나는 살의와 증오심으로 가득한 추궁이었지만 그는 성취욕과 정의감에 사로잡힌 추궁이란 점만 다를 뿐이다.

아내가 하와이에서 돌아온 날, 난 아내를 추궁했다. 이미 확신을 갖고 덤비는 악랄한 형사처럼 아내를 죄인으로 몰아갔다. 그러나 그건 내 생각일 뿐이었다.

아내는 마치 정신병자 상대하는 정신과 의사라도 된 듯한 표정으로 연민이 가득한 눈빛을 가끔 내게 주었을 뿐이다. 난 미친 듯이 아내를 때렸고 그녀는 시종일관 침묵으로 모든 걸 감내하고 있었다.

그렇게 이틀을 몸부림치던 나는 제풀에 지쳐 쓰러졌고, 아내의 몸과 얼굴은 온통 피멍으로 얼룩져 있었다. 지쳐서 손가락 하나 까딱할 힘도 없던 내 입술 사이로 힘없는 분노의 흐느낌만이 새어 나왔다. 그러자 계속 침묵으로 일관하던 아내가 아주 담담하고 단호하게 말했다.

"당신한테 부끄러운 짓 한 거 없어요, 절대!"

나는 그런 아내의 당당함이 저주스러웠다. 그리고 소유할 수 없는 그녀의 마음도.

아내는 하와이 여행 후 여덟 달 만에 아들을 낳았다. 팔삭둥이를 낳은 걸 보면 내게 시달리는 게 힘들긴 했나 보다고 생각했었다. 퇴원한 다음 날 나는 팔삭둥이를 영아원에 데려다주었다. 문득 아내의 당당함이 마음에 걸려 친자확인을 해볼까 하는 생각이 들기는 했었다.

두 달 후…… 그날! 아내는 자신의 손가락을 짓밟고 있었다. 나는 그녀가 첫사랑의 아이를 뺏긴 충격으로 순간 정신착란을 일으킨 거라고 생각하며 고소해했다. 그리고 더 힘껏 짓이겨라 하며 속으로 응원까지 했다. 그것이 함정인 줄도 모르고, 그녀가 짓밟은 손가락의 피멍이 바로 내 목에 걸리는 밧줄인 줄도 모르고 나는 통쾌해했다.

손가락을 짓밟던 아내가 무표정하게 천천히 베란다로 나갔다. 그녀가 베란다 난간에 매달렸다. 그리고 한 손으로 난간을 잡고 다른 손의 손바닥을 베란다 벽에 마구 비벼대기 시작했다. 그렇게 양손을 번갈아 비벼댔다. 방관만 하던 나는 아내의 끔찍한 행동이 무섭고 놀라웠다. 나는 뛰어나가 베란다 난간에 매달린 아내의 손을 잡았다.

아내는 억울함도 원망도 그렇다고 저주도 담지 않은 차분한 목소리로 외워둔 문장을 읽어나가듯 담백하게 말했다. 아파트 베란다에 매달려 죽음을 코앞에 마주한 채.

"당신은 당신의 아들을 부인한 죄로 평생을 괴로움과 죄책감에서 벗어나지 못할 거예요."

아내는 너무도 담담한 표정으로 두 손을 놓아버렸다.

나는 완전히 함정에 걸려든 것이다. 난 그녀의 함정에서 벗어나려고 허우적거리진 않을 것이다. 불행으로부터 벗어나기 위해 비참하게 몸부림치지 않고 아내처럼 담담한 마음으로 죽음을 맞이할 것이다. 마지막으로 내게 보여준 아내의 당당함을 내 망막에서 지우는 방법은 그 길밖에 없으므로……

- 「유리벽 속의 아내」 개작, 『실종(1998 올해의 추리소설)』(신원문화사, 1998)

IMF 나이트

>>>>> 황세연

1995년 「염화나트륨」으로 스포츠서울 신춘문예 추리 부문에 당선되었다. 장편소설 『나는 사랑을 믿지 않는다』로 제2회 컴퓨터통신문학상을, 1997년 장편소설 『미녀 사냥꾼』으로 제12회 한국추리문학 신예상을, 2011년 단편소설 「스탠리 밀그램의 법칙」으로 황금펜상을 받았다. 주요 작품으로 장편 『디데이』 『디디알』, 단편 「범죄 없는 마을 살인사건」 「예전엔 미쳐서 몰랐어요」 「진정한 복수」 「황당특급」 「농담」 「개티즌」 등이 있다.

"신이시여, 어찌 저 같은 인간을 만드셨습니까?"

마당 한가운데에 서서 신씨는 검은 밤하늘의 무수한 별들을 올려다보며 외쳤다.

"오, 신이시여! 제발 뭐라고 대답 좀 해보십시오!"

그러나 사위는 너무나 고요하기만 했다. 거칠게 숨을 쉬고 있는 자신의 가쁜 숨소리만이 귓전에 맴돌았다.

찬란하게 빛나는 별똥별 하나가 나타나 긴 꼬리를 늘이며 지평선 너머로 사라졌다.

"니체의 말대로 정녕 신은 죽은 모양이로구나……."

밤하늘을 올려다보던 신씨는 비틀거리며 마당을 가로질러 가 두꺼운 나무로 된 광문을 열고 안으로 들어섰다. 광 안은 밖보다도 더 추운 듯싶었다. 벽을 더듬어 전등 스위치를 올리자 백열전구의 불빛이 광 안을 환히 밝혔으나 그 밝음이 결코 따뜻함은 아니었다. 거친 숨을 몰아쉴 때마다 담배연기 같은 입김이 피어올랐다.

열 개쯤 되는 농약병은 소나무 판자로 만든 선반 위에 가지런히 정렬되어 있었다. 살충제, 살균제, 제초제, 전착제……

신씨는 까치발을 하고 서서 휘청거리는 다리에 힘을 주며 가장 가까운 곳에 놓여 있는 병을 집어 살펴보았다. 살균제인 도열병 약이었다. 균을 죽이는 살균제가 인체에도 치명적일까 하는 의문이 든 신씨는 그 병을 있던 자리에 올려놓았다. 그리고 대신 그 옆에 있던 살충제를 집어들었다. 하지만 그것도 다시 제자리에 올려놓았다. 살충제를 먹고 죽으면 스스로 자신을 한 마리 버러지라고 인정하는 것 같은 여운 때문이었다.

신씨는 손을 조금 더 뻗어 안쪽에 있던 제초제를 집어들었다. 얼음처럼 차가운 제초제 병을 들고 있노라니 언젠가 동네 이장으로부터 들은, 사고든 자살이든 많은 사람들이 제초제에 희생되고 있다던 얘기가 떠올랐다. 제초제는 풀을 고사시키는 약임에도 불구하고 인체에도 치명적이었다.

하지만 제초제로 죽으려니 역시 자신의 인생이 이름조차 모를 한 떨기 잡초와 다르지 않았다는 생각이 들었다. 열매가 무성한 키 큰 과일나무들의 그늘에서 살아남으려고 발악하다 결국 제초제에 의해 고사하고 만 이름 없는 잡초. 하지만 그래도 기생충이나 벌레의 이미지보다는 잡초의 이미지가 나을 듯싶었다.

'죽는 마당에 이미지가 무슨 상관이란 말인가!'

차가운 제초제를 손에 들고 비틀거리며 안방으로 들어선 신씨는 이미 내용물을 모두 토해낸 뒤 굴러다니고 있는 두 개의 소주병 위에 쓰러지다시피 앉아서 제초제의 뚜껑을 열고 병을 입으로 가져갔다. 그러나 농약을 입에 대자 맛도 보기 전에 먼저 풍겨 나온 냄새가 헛구역질을 하게 만들었다. 어려서부터 땡볕 아래서 중노동을 하며 코끝에 달고 살아왔던 이 농약 냄새는 신씨가 가장 싫어하는 냄새였다. 지겨운 인생의 냄새! 이 악취를 풍기는 농약보다는 차라리 똥물이나 오줌을 입에 털어넣는 것이 비위가 덜 상할 터였다.

비위가 상하고 헛구역질이 나서 도저히 농약을 마실 엄두가 나지 않자 신씨는 다시 비틀거리며 일어나 벽장문을 열었다. 차디찬 벽장 안에는 며칠 전에 장에 가서 사다놓은 여러 종류의 음료수들이 들어 있었다. 며칠 있으면 설이었다.

벽장 한쪽에서 반쯤 마시고 남겨놓았던 우유팩을 발견한 신씨는 그것을 꺼내 방바닥에 내려놓았다.

신씨가 우유팩을 열어 농약을 섞으려고 하는데 라디오에서 흘러나오던 음악이 멈추고 디제이가 이야기를 시작했다.

— 우유와 약을 같이 먹으면 우유가 약의 흡수를 방해해 약 효과가 현저히 떨어진다는 연구결과가 나왔다고 합니다. 앞으로 약을 드실 때는 우유와 같이 먹지 않는 것이 좋겠습니다…….

물끄러미 우유팩을 내려다보던 신씨는 농약병을 방바닥에 내려놓고 다시 자리에서 일어나 벽장문을 열었다. 벽장 안에는 콜라 박스가 있었고 그 안에 대여섯 개의 1.5리터들이 콜라병이 꽂혀 있었다.

콜라병 하나를 벽장에서 꺼내 덜덜 떨리는 손으로 뚜껑을 열던 신씨는 실수로 그만 콜라병을 떨어트리고 말았다. 탄산가스가 가득 차 있는 콜라병은 내용물을 콸콸 쏟아내며 방구석으로 굴러갔다. 신씨가 기어가서 콜라병을 잡아 세웠을 때는 내용물이 반 정도밖에 남아 있지 않았다. 그래, 오히려 잘된 일이었다. 병에 콜라가 가득 들어 있으면 콜라와 농약을 섞을 그릇이 필요했을 텐데 그 문제가 해결되었다.

반 정도 남아 있는 콜라병에 제초제를 들이붓자 허연 액이 다시 병을 가득 채워갔다. 그리고 곧바로 맥주 거품이 흘러넘치듯 농약 거품이 콜라병 입구로 부글부글 흘러넘쳤다. 그 하얀 거품이 아까워 반사적으로 입을 가져다 대려던 신씨는 어이없는 자신의 행동에 피식 웃음을 흘렸다.

흘러넘치던 거품이 잦아들자 신씨는 농약 칵테일이 든 콜라병을 두 손으로 집어들며 숨을 깊이 들이쉬었다. 숨을 멈추고 단번에 마셔버릴 작정이었다. 그러나 신씨는 곧바로 동작을 멈추고 콜라병 입구에 대롱대롱 매달려 있는 콜라병 뚜껑에 시선을 맞췄다.

"꽝?"

뚜껑의 안쪽에 '꽝!'이라는 글자가 쓰여 있었다.

죽음을 앞두고 있는 그였지만 마땅히 그래야 하는 것처럼 한쪽 손을 떼고 병 옆구리에 쓰여 있는 깨알 같은 글씨들을 살폈다. 경품에 대한 안내문이 있었다. 병뚜껑에서 특정한 그림이 나올 경우 그 그림에 해당하는 경품을 주는데 최고 상품이 서울 강남에 있는 30평짜리 아파트 한 채였다. 거기에는 아파트의 이름과 주소까지 적혀 있었다.

서울에서 아파트 한 채면 아무리 싸게 잡아도 1억 원은 넘을 것이다. 강남이니 한 2억 원쯤 할까?

신씨는 들고 있던 농약 칵테일을 내려놓고 비틀거리며 일어나 벽장 안에 있던 콜라 박스를 꺼내 방바닥에 내려놓고 콜라병 뚜껑을 하나씩 하나씩 차례로 열어갔다. 그러나 언제나처럼 그것들은 모두 '꽝!'이었고 오직 하나만이 콜라병 그림이 그려져 있었다. 그 뚜껑을 들고 가게에 가면 콜라 한 병과 바꿔줄 터였다.

'이 뚜껑으로 바꿀 수 있는 그 콜라병의 뚜껑에 집 그림이 있을지도 모르는데…….'

신씨는 하찮은 콜라병 뚜껑 하나 때문에 삶에 약간의 미련이 생기기는 했지만 그런 가망 없는 희망에 속을 만큼 순진하지는 않았다. 그동안 얼마나 많은 세월을 그 '혹시나'에 속아 개처럼 살아왔던가! 그랬음에도 불구하고 어느 것 하나라도 '역시나'가 아니었던 것이 있었느냔 말이다.

신씨는 엄지와 중지를 써서 콜라병 그림이 그려져 있는 병뚜껑을 방구석으로 퉁긴 뒤 농약 칵테일 병을 다시 양손으로 집어들고 크게 심호흡을 했다. 잠시 뒤 신씨는 숨을 멈추고 단숨에 목구멍 깊숙이 농약 칵테일을 쏟아부었다. 그렇게 하면 비위를 건드리는 농약의 맛을 조금이라도 적게 볼 수 있을 것 같았다.

신씨는 순식간에 페트병의 반가량을 들이켰다. 하지만 그 이상은 먹지 못하고 콜라병을 입에서 떼었다. 콜라와 섞자 농약의 메스꺼운 냄새와 맛은 그런대로 참을 수 있었지만 농약의 얼음 같은 차가움과 콜라의 쏘는 맛이 어우러져 일으키는 고통, 면도칼로 목을 도려내는 것 같은 고통은 더 이상 참을 수 없었다. 그리고 무엇보다 탄산가스 때문에 배가 너무 불렀다. 억지로 더 마시다가는 이미 마신 것까지 모두 토해버리고 말 것 같았다.

이미 마신 양으로도 충분하다는 생각이 들자 신씨는 방에서 가장 따뜻한 아랫목에 자리를 잡고 누워 이불을 끌어다 몸에 덮었다. 사약을 받을 때와 같이, 몸을 따뜻하게 하면 약 기운이 몸에 빨리 퍼져 조금이라도 덜 고통에 시달리고 죽을 수 있을 것 같았다.

그러나 따뜻한 방에 누워 있자 금방 구토가 나오려고 했다. 신씨는 어금니를 꽉 물고 목에 힘을 주며 꾹 참았다.

죽음을 기다리는 동안 신씨는 살아온 날들을 생각하자 마음이 괴로웠고 죽음을 생각하자 공포가 밀려왔다. 무엇이든 생각한다는 것자체가 지금으로서는 괴로운 일이 아닐 수 없었다.

생각을 하지 않기 위해 천장의 벽지 무늬 하나를 뚫어져라 쳐다보고 있던 신씨는 위가 쓰라려오기 시작하자 옆으로 돌아누웠다. 그때어떤 생각 하나가 뇌리를 스쳤다.

'아, 참! 복권이 있었지…….'

그랬다. 며칠 전에 읍내에 나갔다가 지갑을 털어, 가지고 있던 모든 돈으로 '월드컵복권' 몇 장을 샀고 그것은 잠바 속주머니에 잘 모셔져 있었다. 오늘자 신문에 당첨 결과가 실려 있을 것이다.

방구석 어딘가에 놓여 있을 신문을 찾아 눈을 굴리며 자리에서 일어나던 신씨는 다시 제자리에 풀썩 드러누웠다. 당첨이 되었을 리도 없지만, 죽는 마당에 설사 당첨이 되었다고 한들 무슨 소용이란 말인가! 배 속에서는 벌써 죽음의 전조인 통증의 소용돌이가 일고 있었다. 어차피 소용없는 일, 그런 하찮은 일로 몸을 움직여 고통을 가중시키는 것은 확실히 멍청한 짓이었다.

그러나 신씨는 그런 생각을 한 지 채 일 분도 지나지 않아 자리에서 벌떡 일어났다. 고통이 인간의 호기심을 이길 수는 없었다.

신씨는 어지럼증 때문에 벽을 짚고 서서 벽에 걸려 있는 외투의 안쪽 호주머니에서 복권 몇 장을 꺼낸 뒤 머리맡에 어지럽게 널려 있는 옷가지들 사이에서 신문을 찾아 방바닥에 펼쳐놓고 당첨번호와 복권들을 하나씩 맞춰보기 시작했다.

첫 번째 것은 500원짜리에, 두 번째, 세 번째 것은 모두 꽝이었다. 그리고 네 번째……

4조 1998……. 숫자를 하나씩 맞춰나가던 신씨의 손이 심하게 떨리기 시작했다. 그러다 급기야 자리에서 벌떡 일어나며 소리를 질렀다.

"당첨이다!"

신씨가 들고 있는 복권에 쓰여 있는 숫자가 신문에 실려 있는 1등의 번호와 처음부터 끝까지 모두 똑같았다.

"당첨되었어……. 월드컵복권, 3억 원짜리야!"

신씨는 숫자들을 반복해 몇 번이나 맞춰보고 또 맞춰봤다. 틀림없는 1등이었다.

"으아아아하하하……."

신씨는 복권을 손에 꼭 쥔 채 비명을 지르듯 크게 웃어댔다. 그러다 갑자기 왈칵 토악질을 했다. 입안에서 희멀건 내용물이 쏟아져 나오며 농약 냄새와 알코올 냄새가 진동했다. 창자가 끊어진 것처럼 배 속이 아팠다.

'평생 구경도 못 한 3억 원이 이 손안에 있는데…….'

신씨는 복권번호가 나온 신문을 찢어 당첨 복권과 함께 호주머니에 쑤셔넣고는 문 앞에 놓여 있던 우유팩을 발로 차며 급히 방문을 박차고 밖으로 뛰어나갔다. 억울해서라도 이대로 죽을 수는 없었다. 아니, 이제 죽을 이유가 없었다. 3억 원이면 비닐하우스를 하기 위해 빌린 돈을 깨끗이 갚을 수 있었고 남은 돈만으로도 이 시골동네에서는 남부럽지 않게 살 수 있었다. 3억 원이면 도시에 나가더라도 웬만한 규모의 슈퍼 하나쯤은 낼 수 있는 돈이었고 마흔이 넘은 노총각이 늦장가를 갈 수도 있는 돈이었다. 3억 원이면 하루에 100만

원씩 써도 1년 가까이 쓸 수 있는 돈이었고 은행에 저금을 하면 이자로 중견기업의 과장 월급보다 많은 300만 원 이상의 돈을 다달이 평생 동안 받을 수도 있었다. 아이엠에프를 맞아 크게 오른 20퍼센트 대의 이자로 계산하면 한 달에 600만 원 이상도 받을 수 있었다.

수돗가로 달려나간 신씨는 바가지에 식기세척제를 꾹 눌러 짰다. 노란 통에서 흘러나온 꿀 같은 액체가 바가지 바닥에 질펀하게 고이자 신씨는 바가지에 수돗물을 받아 손으로 빠르게 휘저었다. 거품이 일며 식기세척제가 모두 물에 녹자 신씨는 입으로 거품을 한 번 훅 불고 나서 비눗물을 벌컥벌컥 들이켜기 시작했다.

단숨에 바가지의 비눗물을 반쯤 마시고 난 신씨는 손가락을 입에 넣어 목구멍을 찔러 구토를 해댔다. 더 이상 구토가 나오지 않자 다시 남은 비눗물을 들이켜갔다.

몇 번 구토를 반복하고 난 신씨는 119로 전화를 걸기 위해 방으로 들어가려다 잠깐 생각을 했다. 119에 연락이 닿아 그들이 출동을 하고 구급차가 낯선 시골구석의 이 동네를 찾아와 자신을 실어가는 데는, 그냥 이곳에서 출발해 병원에 가는 것보다 시간이 최소 2배는 걸릴 것 같았다. 그렇게 되면 아무리 훌륭한 병원의 훌륭한 의료진 앞으로 실려간다 해도 이미 손을 쓸 수 없는 상태가 되어 있으리라.

신씨는 배를 양손으로 움켜쥔 채 크게 거리며 어둠 속으로 나가 100미터쯤 떨어져 있는 옆집을 향해 뛰기 시작했 는 옆집 정씨의 트럭을 타고 병원에 갈 생각이었다.

정씨네 집은 평소에는 눈을 감고도 갈 수 있었다. 그러나 오늘만큼은 그 거리가 결코 만만치 않게 느껴졌다. 술에 만취한 채 농약에 중독된 신씨는 몸을 비틀거리다 메마른 논으로 굴러 떨어지기도 하고 전봇대에 머리를 부딪히기도 했다.

신씨는 가까스로 정씨의 집 앞에 도착했지만 집 앞에 서 있어야 할 트럭이 보이지 않았다. 정씨의 집에서는 불빛조차 새어 나오지 않고 있었다.

"정씨!"

신씨는 대문을 부수듯이 박차며 마당으로 들어섰다.

"정씨! 사람 좀 살려줘!"

그러나 어디서도 인기척이 들려오지 않았다. 온 가족이 외출한 모양이었다.

어찌할 줄을 모르고 두리번거리는 신씨의 눈에 집 뒤쪽에서 번져 나오는 환한 불빛이 비쳤다. 축사였다. 신씨는 한 가닥 희망을 품고 집 뒤 축사를 향해 절뚝거리며 달렸다.

"사, 사람 살려…."

그러나 축사 안에도 멍청히 서서 두 눈만 껌뻑이고 있는 미국산 젖소들 외에는 아무도 없었다.

쓰라린 배를 움켜쥐고 축사를 살피던 신씨는 터질 듯이 퉁퉁 붇어 있는 미국산 젖소의 젖을 보는 순간 하나의 생각이 떠올랐다. 아까 라디오에서 '우유는 약의 흡수를 방해하는 성질이 있어 약과 우유를 같이 먹으면 약의 효과가 여간 반감되는 게 아니'라고 이야기했다. 신씨는 자신이 마셔버린 농약도 엄연히 내복약이므로 그런 효과를 볼 수 있으리라는 생각이 들었고, 설사 그렇지 않다 해도 어차피 죽을 것이고 보면 '밑져야 본전'이었다.

신씨는 비틀거리면서도 급히 움직여 축사 입구에 놓여 있던 우유 통들을 흔들어보고 또 뚜껑을 하나씩 차례로 열어보았다. 그러나 모두 텅텅 비어 있었다.

젖소를 키워 젖을 짜내다 팔아 먹고사는 집이니만큼 정씨네 집 안 어딘가에는 분명 우유가 남아 있을 것이다. 하지만 지금은 무작정 집 안이나 뒤지고 있을 시간이 없었다. 목숨이 걸린 문제이니만큼 한시도 허비해서는 안 된다.

술기운의 영향 때문인지 배 속의 통증은 더 이상 심해지지 않는 반면 정신은 생각보다 빨리 혼미해지고 있었다. 정신이 더 흐려지기 전에 할 수 있는 모든 응급조치를 하고 구조요청을 해야 했다.

신씨는 젖이 가장 많이 불어 있는 듯 보이는 미국산 젖소 한 마리를 찍은 뒤 우리의 문을 열고 안으로 들어섰다. 다가오는 불청객을 보고 놀란 젖소들이 뒷걸음질을 쳤다. 하지만 좁은 우리 안에서는 물러나봤자 거기가 거기였다.

우리의 쇠창살을 잡고 간신히 몸의 균형을 유지하며 찍어놓은 젖소의 엉덩이 쪽으로 다가간 신씨는 송아지처럼 엎드려 축 늘어져 있는 젖 하나를 손으로 잡아 간신히 입에 물었다. 그러나 신씨가 꾸부정한 자세로 소의 젖을 빨려는 순간 소가 갑자기 움직이는 바람에 신씨는 그만 앞으로 고꾸라지고 말았다. 소가 놀란 모양이었다.

불청객에 놀란 소가 제자리걸음을 하며 신씨가 넘어져 있는 방향으로부터 다른 쪽으로 엉덩이를 돌리려고 했다. 신씨는 급한 마음에 빠르게 일어나 소가 움직이지 못하도록 소의 꼬리를 꽉 움켜잡았다. 그런데 그것은 치명적인 실수였다. 불청객의 갑작스런 자극에 놀란 소가 반사적인 행동으로 불청객을 향해 있는 힘을 다해 뒷발질을 해버린 것이었다.

500킬로그램도 더 나가는 미국산 육중한 소의 뒷발굽에 정통으로 머리를 걷어차인 신씨는 비명 한마디 지르지 못한 채 뒤로 나자빠졌다.

트럭이 동네 입구로 접어들자 정치원은 차의 속도를 줄였다. 길도 좁았지만 돌부리가 불쑥불쑥 튀어나와 있는 비포장 도로여서 차가 심하게 흔들렸다. 게다가 그는 술까지 마신 상태였다.

치원은 인근 마을 초상집에서 돌아오는 길이었다. 아침나절에 처이모가 죽었다는 연락을 받고 아내와 함께 서둘러 초상집에 갔다 이제야 시간을 내 온종일 굶긴 젖소들에게 사료를 주기 위해 혼자 집으로 돌아가고 있었다. 집에서 몇 시간 눈을 붙인 뒤 새벽에 일어나 소여물을 주고 다시 초상집으로 돌아갈 생각이었다.

축사 앞에 트럭을 멈춘 치원은 차에서 내려 곧장 축사로 들어갔다. 축사에는 불이 환하게 켜져 있었다. 아침에 눈을 뜨자마자 초상이 났다는 소식을 접했기에 경황이 없어 불을 끄는 것을 잊은 모양이었다.

우리의 짚더미 위에 엎드려 있던 소들이 주인이 안으로 들어서는 것을 보고 벌떡벌떡 일어나 구유로 몰려들었다. 구유에 차례로 사료와 건초더미를 넣어주던 치원은 통통하게 살이 오른 한 마리의 미국산 젖소 앞에 멈칫 멈추어 섰다. 우리 안쪽에 무엇인가가 있었다. 전등 빛이 들지 않는 곳에 누워 있는 검은 물체…… 분명 그것은 사람이었다.

사람의 그림자에 정치원은 가슴이 철렁했다. 이런 곳에 엎드려 있는 사람이라면? 도둑……?

"누, 누구요?"

치원은 가까이 다가가는 대신 침입자의 반응을 보기 위해 소리를 질러보았다. 그러나 침입자는 여전히 아무 인기척도 내지 않았고 움직이지도 않았다. 그때서야 치원은 침입자의 자세가 이상하다는 것을 깨달았다. 침입자의 자세는 숨기 위해 엎드린 것 같은 그런 자세가 아니라 전쟁터에서 총알이라도 맞아 아무렇게나 쓰러져 있는 것 같은 자세였다. 침입자는 얼굴을 바닥에 깔려 있는 지푸라기에 박은 채 옆으로 누워서 두 다리를 구부리고 있었는데 치원 쪽을 향해 있는 것은 머리가 아닌 엉덩이였다.

도둑이 아니라는 것을 깨달았지만 치원은 여전히 긴장을 늦추지 않은 채 우리의 문을 열고 조심스럽게 안으로 들어갔다. 침입자 가까이 다가가자 치원은 침입자의 얼굴을 보지 않고도 그가 옆집의 신씨라는 것을 알았다.

"이봐요, 신씨 아저씨!"

신씨가 술에 취해서 이러고 있으려니 생각한 치원은 그의 몸을 마구 흔들어댔다. 그러다 얼굴이 위쪽을 향하도록 신씨의 몸을 젖힌 치원은 더욱 놀라지 않을 수 없었다.

"아니, 이런……."

머리카락에 피가 질펀하게 엉겨 있어 신씨는 꼭 묽은 쇠똥이라도 뒤집어쓰고 있는 것 같았다.

상황이 예사롭지 않다는 것을 깨달은 치원은 급히 신씨를 들쳐 업고 축사를 나와 트럭의 보조석에 앉히고 안전벨트를 단단히 조여 맸다.

급히 가속 페달을 밟자 트럭이 덜커덩거리며 비포장 길을 달려가기 시작했다.

동네 입구를 거의 빠져나왔을 때 바퀴가 커다란 돌에 걸려 요동을 치자 신씨를 묶고 있던 안전벨트가 느슨해지며 앞으로 숙여져 있던 신씨의 머리가 앞 유리에 쿵 부딪혔다. 앞 유리에 시뻘건 핏자국이 묻어났다.

"젠장할!"

치원은 차를 세우고 밖으로 나와 보조석 쪽으로 돌아갔다. 그는 앞으로 쓰러져 있는 신씨를 다시 제자리에 앉힌 뒤 안전벨트를 고쳐 매려고 신씨의 손을 잡았다가 그 싸늘함에 얼른 손을 놓았다.

"죽, 죽었다!"

이미 죽은 시체를 병원으로 옮기기 위해 그리 서두르고 있었던 거였다. 영안실로 옮겨야 할 시체를 응급실로 싣고 가기 위해…….

신씨가 이미 죽었다는 확신이 서자 치원은 이제 다급함 대신 다음 행동을 어떻게 할까가 고민거리였다. 그러나 적당한 방법이 떠오르지 않았다. 머리가 깨져 죽은 시체를 그대로 병원으로 싣고 간다면 사람들은 그가 교통사고를 내 사람을 치어 죽인 것으로 오해할 터였다.

처음 발견된 곳에 다시 가져다 놓자니 그것 역시 자신과 관련된 곳이어서 책임을 면할 수 없었다. 이 술주정뱅이가 어떻게 죽었는지는 몰라도 그의 축사에서 발견된다면 누구나 쉽게 축사에 있는 어떤 소의 머리에 받혔거나 발굽에 차여 죽었다는 의심을 할 수 있었고, 그 의심이 의처 사실 여부를 가리기에 별로 근거 삼는다면 그 책임은 소의 주인인 자신이 질 수밖에 없었다.

다른 방법으로, 실족사한 것처럼 외진 낭떠러지 밑에 시체를 가져다 놓자니 아무리 주정꾼이기로 이 추운 겨울 한밤중에 그런 곳에 올라가 떨어져 죽었다는 것이 전혀 설득력이 없어 보였다. 혹 자살로 가장한다면 혹시 몰라도……. 그러나 자살로 가장하려면 하다못해 유서라도 한 장 남겨야 할 텐데 어떻게 남의 필체를 흉내 내 유서를 쓴단 말인가? 그러다 그것이 잘못되면……. 그것은 빼도 박도 못할 살인의 증거였다.

긴장을 해서인지 치원은 무엇 하나 마땅한 방법을 생각해낼 수 없었다.

한참 만에야 그는 모든 책임과 모든 번거로움을 면할 수 있는 방법을 하나 생각해냈다. 그것은 시체가 축사에서 발견되었으니 다시 축사에 가져다 놓는 방법이었다. 물론, 자신의 축사가 아닌 남의 축사에…….

남에게 시체를 떠넘기는 것이 양심의 가책이 느껴지기는 했지만 소가 우리에 뛰어든 술 취한 사람을 죽인 것이 되면 그 소의 주인이 금전적 보상을 하는 정도에서 일이 마무리될 터였다. 자신이 막대한 금전적 피해를 보는 것보다는 양심의 피해를 좀 입는 것이 나았다.

정치원은 옆 동네의 노씨네 집을 향해 천천히 차를 몰아갔다. 도시로, 또는 동네가 외지다는 이유로 사람들이 모두 떠나 달랑 두 집만 남은 그의 동네와는 달리 옆 동네에는 꽤 많은 집들이 있었고 그들의 반수 이상이 소를 키우고 있었다. 하지만 그래도 '이왕이면 미운 놈'이었다. 이런저런 이유로 치원은 오래전부터 옆 동네의 노씨와 원수처럼 지내고 있었는데 어쩔 수 없이 누구를 골탕 먹여야 된다면 바로 노씨가 적당할 것 같았다. 노씨의 집은 외진 언덕 위에 있어 몰래 다가가기에도 안성맞춤이었다.

치원은 트럭을 노씨의 집으로부터 멀찍이 세워놓고 신씨를 조수석에서 내려 등에 업었다. 치원은 시체를 옮기고 있는 장면이 누군가의 눈에 뜨이지 않도록 그늘만을 찾아 밟으며 걸었다.

치원이 축 늘어진 시체를 업고 숨을 헉헉 몰아쉬며 힘겹게 언덕을 올라가자 노씨네 바깥마당이 나왔다. 그런데 노씨의 가족들은 아직 자지 않는 모양이었다. 집 안에서 불빛이 새어 나오고 있었다.

이제 시체를 업고 집 안으로 들어가는 것이 문제였다.

대문으로 들어가면 들킬 확률이 컸다. 다행히 이 집은 집 뒤쪽 담장 일부가 무너져 있었다. 누구네 집에 수저가 몇 벌인지도 아는 시골동네에서 그런 사실을 그가 모르고 있을 리 없었다.

치원이 무너진 담을 통해 집 안을 기웃거리고 있을 때 노씨네 안방에서 누군가의 말소리가 들려왔다. 말투로 보아 텔레비전 소리 같았다.

"……아이엠에프를 맞아 경기가 어려워지면서 부정부패가 어느 때보다도 더 만연하고 있습니다. 우리 주변 어디를 둘러봐도 썩지 않은 곳이 없을 정돕니다. 이렇게 된 원인 중 하나가 바로, 일반인들은 상상조차 못 할 엄청난 부정부패 사건에 관련된 사람들이 한결같이 금방 풀려나고 금방 용서되고 여전히 호화로운 생활을 지속하는 데서 온 불감증 때문이 아닌가 싶습니다. 전 대통령들이 그랬고, 성직자들이 그랬고, 기업인들이 그랬습니다. 이런 상황에서 오늘 또 온 국민을 경악케 하는 비리사건 하나가 터졌습니다……."

논평이 긴 것을 보면 심야뉴스 같았다.

텔레비전 소리를 듣자 치원은 보다 안심이 되었다. 사람들이 텔레비전을 보고 있다면 밖에서 들리는 웬만한 소리는 감지하기 어려웠다.

무거운 시체를 업은 채 무너진 담을 통해 집 안으로 들어선 치원은 헛간 벽에 바짝 붙어 서서 대문 옆의 외양간으로 기다시피 걸어갔다.

그러나 외양간에 도착한 순간 푹 주저앉고 싶은 심정이 되고 말았다. 외양간에 소가 없었다. 사이가 좋지 않았기에 두 사람은 최근 별 왕래가 없었지만, 일주일 전에 치원은 분명 노씨가 소를 준다며 농협에서 사료를 팔아 가는 것을 두 눈으로 똑똑히 보았다. 아마도 며칠 사이 노씨가 소를 팔아버린 것 같았다.

다른 뾰족한 방법이 없다는 생각에 치원은 다른 집 외양간으로 가기 위해 시체를 그대로 업고 발길을 돌렸다. 그는 집 뒤로 가려다 생각을 바꿔 외양간 옆쪽의 대문으로 향했다. 시체의 무게가 온몸을 눌러와 체력이 한계에 다다라 있었다. 급히 집 밖으로 나가지 못하면 시체를 마당에 내려놓고 쉬어야 할 텐데 그사이 누군가가 방에서 나온다면 그야말로 낭패였다.

대문 안쪽에서 치원은 한 손만으로 시체를 업은 채 한 손으로는 빗장을 풀기 위해 노력했다. 그러나 쉽지 않았다. 낡은 문이 문턱과 어긋나 있는 데다 빗장이 너무 녹슬어 있어, 한 손으로 빗장을 연다는 것은 한 손으로 바늘을 들고 바늘귀에 실을 꿰는 것만큼이나 힘들었다. 더구나 어떤 소리도 내면 안 되었다.

한참의 씨름 끝에 겨우 빗장을 푼 그는 대문을 살며시 밀었다. 대문은 소리 없이 열렸으나 시체는 이미 엉덩이 밑으로 흘러 내려가 있었다. 엉덩이에 축 늘어진 시체를 매단 그가 큰일이다 싶어 급히 대문을 빠져나갈 때 외양간 맞은편에 있는 화장실 문이 부서지듯 열렸다.

"어떤 놈이냐!"

갑자기 들려온 고함 소리에 놀란 정치원은 대문 앞에 신씨의 시체를 팽개치다시피 내려놓고 집 뒤쪽으로 재빨리 도망을 쳤다. 정체가 탄로 나면 그걸로 끝장이었다.

전구가 나간 화장실에서 문을 조금 열어놓은 채 용변을 보다 도둑고양이처럼 대문을 빠져나가는 침입자를 발견한 노태돈은 당혹스럽지 않을 수 없었다. 낮에 소를 판 목돈을 장롱 속 깊숙이 넣어놨는데 혹이라도 그것을 노린 강도나 도둑이 아닌가 걱정이 되었다. 아니, 어쩌면 놈은 벌써 그 돈을 훔쳐 달아나는 것인지도 몰랐다.

뒤처리도 하지 않고 급히 바지를 끌어올린 노씨는 마당 구석에 굴러다니고 있던 몽둥이를 집어들고 침입자의 추적에 나섰다. 그는 왼손으로 바지춤을 붙잡은 채 슬리퍼 한짝이 벗겨지는 것도 아랑곳하지 않고 대문을 향해 곧바로 달려갔다. 그가 대문 밖으로 나가려고 하는데 문틈 사이로 사람의 그림자가 어른거렸다. 놈이 도망가지 않고 문 뒤에 숨어 문틈으로 안의 상황을 엿보며 공격의 기회를 노리고 있는 것 같았다.

노씨는 발로 대문을 있는 힘을 다해 걷어찼다. 문 뒤에 숨어 있는 놈에게 일격을 가하기 위해서였다. 발에 육중한 무게가 실리며 대문이 훨쩍 열렸고 노씨의 예상대로 문 뒤에 숨어 있던 침입자가 철문에 맞아 뒤로 대굴대굴 구르는 것이 보였다. 노씨는 그 기회를 놓칠세라 미리미리 준비하고 있던 몽둥이로 대문 앞에 쓰러져 있는 괴한의 머리와 목, 등을 인정사정없이 후려갈겼다.

반격이 두려워 한참 동안 정신없이 몽둥이질을 하던 노씨는 뭔가 이상하다는 생각에 매질을 멈췄다. 수없이 때렸는데도 꿈쩍도 하지 않다니…….

이, 이런! 괴한은 건넌마을의 신씨였다. 괴한의 정체를 확인하고 난 노씨는 무엇인가가 크게 잘못되었다는 생각을 했다. 그가 아는한 신씨는 구걸을 했으면 했지 도둑질이나 강도질을 할 사람은 아니었다. 그리고 설사 한순간에 마음을 잘못 먹어 도둑질을 하려 했다고 해도 너무 심한 매질을 한 것이 아닌가 싶었다.

"이봐요, 신씨?"

노씨는 신씨의 몸을 급히 흔들었으나 미동은 물론 신음 소리조차 없었다.

"앗!"

신씨의 머리를 만지던 노씨는 손에서 느껴지는 물컹한 느낌에 신음을 토했다. 틀림없는 피의 감촉이었다.

"죽, 죽었다!"

피를 확인한 노씨가 밀려드는 공포에 어쩔 줄 모르고 서 있을 때 노씨의 아내 전씨가 대문 밖으로 나왔다.

"무슨 일이죠?"

"내가 사, 사람을 죽였어……."

"예에? 사, 사람을 죽여요?"

"건넌마을 신씨…… 도, 도둑인 줄 알았어. 그, 그래서 문을 걸어찼는데……."

남편의 말에 아내 전씨가 급히 쪼그려 앉아 시체를 흔들어보았다.

"이봐요, 신씨 아저씨……."

그러나 반응이 있을 리 없었다.

"이런…… 정말 죽, 죽었잖아요. 세상에……."

"실, 실수였어. 고의가 아니었어."

노씨는 넋이 나간 사람처럼 중얼거렸다.

"몇 대 때리지도 않았어. 세게 때리지도 않았다구……."

"아, 조용히 좀 해요. 동네 사람 다 깨겠네. 방법을 좀 생각해보자구요."

남편이 살인을 저질렀다는데 전씨는 의외로 차분했다. 전씨는 성격이 남편 노씨보다 훨씬 대범한 편이었다.

"아, 그렇게 하면 되겠다. 아이들이 보기 전에 이 시체를 메고 빨리 나를 따라오세요."

노씨가 신씨의 시체를 어깨에 메는 것을 거들고 난 노씨의 아내 전씨는 앞장서서 빠르게 걸어가기 시작했다. 그리고 곧장 오솔길로 접어들었다. 그 오솔길을 따라 5분쯤 가면 산기슭에 김씨가 살고 있었다.

"어, 어떻게 하려구?"

"이 시체를 김씨네 집에 가져다 놓고 도둑처럼 보이게 하는 거예요. 김씨는 성질이 급하니 분명 도둑에게 몽둥이질부터 할 게 틀림없어요."

"난, 난 싫어……. 그렇게 되면 김씨가 누명을 쓰게 되잖아."

그 말에 성질이 불같은 노씨의 아내 전씨가 발길을 멈추고 노씨를 향해 홱 돌아섰다.

"지금 당신이 뜨신 밥 찬 밥 가릴 형편이에요! 당신이 교도소에 가면 애들과 나는 어떻게 살고 또 이 일이 당신 혼자 교도소에 가는 것으로 끝날 일이냐구요. 합의나 손해배상은 무슨 돈으로 해요? 결국, 그동안 허리 졸라매며 악착같이 모은 돈으로 겨우겨우 마련한 집 팔고 땅 팔 수밖에 없는데……."

"그래도……."

"마음은 불편하겠지만 모든 것을 다 날리는 것보다는 이게 백배 나으니 잔말 말고 따라오세요!"

추위가 아닌 공포 때문에 몸을 와들와들 떨고 있는 노씨를 이끌고 전씨가 도착한 곳은 산기슭에 위치한 김씨의 집 앞이었다.

"담을 타 넘는 도둑처럼 담 위에 시체를 엎어놔요."

노씨는 아내의 말대로 신씨의 시체를 대문 옆의 돌담 위에 엎어놨다. 그러자 아내 전씨가 시체의 자세를 몇 번 수정했다. 전씨의 손질 몇 번에 시체는 살아서 스스로 담을 타넘는 것 같은 형상이 되었다. 주변을 두리번거리던 전씨는 대문 옆에 떨어져 있는 굵은 막대기를 집어 신씨의 가슴 밑에 찔러놓았다. 그러자 시체는 순식간에 몽둥이를 든 강도의 모습으로 돌변했다.

"자, 이제 사람들이 밖으로 나올 때까지 소리를 내요. 그리고 누군가 밖으로 나오면 급히 달아나야 해요."

지시를 하고 난 노씨의 아내 전씨는 왔던 오솔길로 다시 종종걸음을 쳤다.

아내의 지시에도 불구하고 대문 앞에 서서 잠시 망설이고 있던 노씨는 시체보다도 더 무서운 아내의 얼굴이 떠오르자 눈을 질끈 감고 주먹으로 나무 대문을 꽝꽝 두드렸다. 그러자 곧바로 김씨네 안방에 불이 켜졌다.

"뉘시오?"

방문이 열리며 김씨가 얼굴을 내밀자 노씨는 주먹으로 문을 한 번 더 두드리고 나서 뒤도 돌아보지 않고 줄행랑을 쳤다.

"누구냐니까요?"

김원삼은 다시 한 번 어둠을 향해 외쳤으나 아무 대답도 없었다.

"분명 누가 문을 두드렸는데……."

김씨는 잠자리에서 일어나고 있는 아내를 향해 혼잣말처럼 말하고 나서 벽에 걸린 외투를 걸치고 마루로 나와 불을 켰다.

"누가 왔습니까?"

김씨는 눈을 비비며 다시 한 번 불러보았지만 역시 아무 대답도 없었다. 그러자 그는 털신을 질질 끌며 마당으로 나섰다.

마당은 이미 빙판이 되어 있었다. 저녁때 장난꾸러기인 늦둥이 둘째아들 놈이 김씨의 꾸중에도 불구하고 아침에 미끄럼을 타겠다며 온 마당에 물을 뿌려놓았기 때문이다.

김씨는 얼음판 위에서 미끄러지지 않으려고 애쓰다 보니 고개 한 번 쳐들지 못한 채 대문을 향해 종종걸음을 쳤다. 바로 그때, 대문 옆쪽의 담 위에 올려져 있던 신씨의 시체가 조금씩 미끄러지다 쿵 소리를 내며 담 밖으로 떨어져 내렸다.

대문을 연 김씨는 대문 앞에 쓰러져 있는 신씨를 보고 기겁을 했다. 신씨는 대문 앞에 큰 대자로 누워 있었는데, 목뼈가 부러졌는지 얼굴이 등 쪽으로 돌아가 있었고 머리에서 시뻘건 피가 흘러나오고 있는 것이 달빛에 흐릿하게 보였다.

시체를 보는 순간 김씨는 나름대로의 판단이 섰다. 저녁때 자신의 말썽꾸러기 둘째아들 녀석이 얼음이 얼면 미끄럼을 타겠다며 온 마당에 물을 뿌려대는 것을 보았는데, 분명 놈이 대문 앞에도 물을 뿌려놓아 얼음이 얼어서, 읍내에서 술을 한잔 걸치고 오다 자신의 집에 들른 신씨가 빙판에 미끄러져 그만 죽고 말았으리라는 생각이었다.

김원삼은 무척 당황했지만 곧바로 냉정을 되찾고 이 일을 어떻게 처리할까 머리를 굴리기 시작했다. 잔머리 하나는 그 누구보다 잘 굴리기로 유명한 그였다.

신씨가 혼자 미끄러져 죽은 것이니, 왜 대문 밖에 얼음이 얼어 있었는지 모르겠다고 딱 잡아떼면 그리 책임질 일은 없겠지만 그 순진하고 착한 현철이가 자신이 사람을 죽였다는 것을 알게 되면 얼마나 슬퍼하고 또 큰 죄책감을 갖게 될까. 그런 자책감 때문에 앞으로 빗나가기라도 한다면 어쩐단 말인가……

"무슨 일이에요?"

방문을 열고 고개를 내밀며 아내가 물었다.

"아, 아무 일도 아니야. 화장실 갔다 들어갈게……"

아내가 방문을 닫기 무섭게 김씨는 시체를 어깨에 메고 급히 자리에서 일어났다. 빙판에서 미끄러져 죽었으니 시체를 절벽에서 떨어트리면 실족사를 한 것으로 처리될 터였다.

시체를 메고 동네 뒤쪽에 있는 절벽 아래까지 온 김씨는 절벽 옆쪽의 완만한 경사면을 타고 산을 올라가기 시작했다.

절벽 아래의 찻길로부터 산비탈을 20여 미터쯤 올라갔을 때 상향등을 켠 소형차 한 대가 산모퉁이를 돌아 언덕 밑으로 다가오는 것이 보였다. 어두워서 차의 형체를 알아볼 수는 없었지만 그 차가 누구 것인지는 뻔했다. 이 동네에서 자가용을 타고 다니는 사람은 읍내에서 장사를 하고 있는 왕기업뿐이었다.

일부러 유심히 보지 않으면 언덕 밑의 도로에서는 김씨가 시체를 메고 서 있는 산중턱이 보일 리 없었다. 하지만 그래도 모르는 일이었다. 운전을 하는 왕씨 옆에 누구라도 타고 있어 별이라도 보려고 산 위를 올려다본다면……

걱정이 된 김씨는 자동차 불빛을 보자마자 산비탈을 급히 뛰어 올라가기 시작했다. 숨을 곳 없는 벌거숭이 산비탈에서의 은신 방법은 오로지 찻길로부터 조금이라도 더 멀어지는 것뿐이었다.

그런데 급히 서두르던 김원삼은 그만 마른풀에 발이 미끄러지고 말았다. 그는 자신의 몸이 언덕 밑으로 구르지 않도록 급히 두 손으로 땅과 풀을 움켜잡아야 했고, 그때 그의 어깨에서 던져지다시피 떨어져나간 신씨의 시체가 산비탈 아래로 데굴데굴 굴러내리기 시작했다.

쿵!

느닷없이 달려든 시커먼 것이 자동차와 부딪히며 '쿵' 소리가 났다. 왕기업은 급히 브레이크를 밟았다. 무엇인가 커다란 동물을 친 것 같았다.

왕씨는 급히 자동차에서 내려 전조등 앞으로 달려갔다. 처음에 그는 멧돼지를 친 것 같다고 생각했다. 그러나 자동차 전조등 앞에 누워 있는 것은 온몸이 피투성이인 한 구의 시체였다. 목과 팔다리가 뒤틀리고 머리가 깨져 있었다. 즉사했음이 분명했다.

"젠장할!"

깊은 야밤 이런 거리서 미친놈이 산비탈 위에서 뛰어 내려와 자동차로 달려들다니, 분명 죽기로 작정을 한 놈이 아니면 미친놈이 틀림없었다.

깨지고 터진 피투성이의 얼굴을 확인해보니 건넌마을의 술주정뱅이 신씨, 혼자 앉아 시도 때도 없이 샴페인만을 마셔댄던 바로 그 신씨 같았다. 그는 신분을 확실히 확인하기 위해 신분증이 있을까 싶어 주머니를 뒤져보았다. 하지만 호주머니에 들어 있는 것은 복권

한 장과 신문에서 오려낸 복권당첨번호가 전부였다.

"앗!"

월드컵복권과 신문의 당첨번호를 전조등 불빛에 비춰보던 왕씨는 깜짝 놀라지 않을 수 없었다. 복권이 1등에 당첨되어 있었다. 왕씨는 시체와 복권을 번갈아 쳐다보며 귀신에 홀린 것이 아닌가 싶어 머리를 세차게 흔들었다. 분명 꿈은 아니었다.

한밤중에 산에서 뛰어 내려와 차에 치어 죽은 인간은 뭐고, 주머니에 들어 있는 당첨된 3억 원짜리 복권은 또 뭐란 말인가?

그런데 잠시 후 복권을 재차 들여다보던 왕기업은 갑자기 복권을 북북 찢어버렸다.

"그럼 그렇지……."

자세히 들여다보니 복권과 신문의 당첨번호는 그 회가 다른 것이었다. 신문의 복권당첨번호는 지난 일요일의 것이 확실했지만 복권은 아직 추첨도 하지 않은 이번 주 것이었다.

무슨 화풀이라도 하듯 월드컵복권을 찢고 난 왕기업은 이미 신씨가 죽었다는 것을 알면서도 병원으로 싣고 가야겠다는 생각을 했다. 하지만 시체를 자동차 뒷자리에 밀어넣으려던 그는 멈칫했다. 피투성이인 시체를 자동차에 그대로 실으면 자동차 시트를 모두 버릴 게 분명했다. 이게 얼마짜리 가죽 시트인데…….

"사람을 치어 죽인 마당에 차 걱정을 하고 있다니……."

왕씨는 큰일을 저질러놓고 작은 일을 걱정하는 자신의 모습에 어이없어하며 다시 시체를 자동차에 실으려고 들어올렸다. 그러나 다시 동작을 멈추었다.

"누군들 달리는 자동차로 뛰어드는 놈을 감당할 수 있겠어……."

사람을 치었기에 왕기업은 두려웠지만 그보다 먼저 화가 났다. 그리고 또 억울했다. 자신이 잘못한 것이 하나도 없는, 불가항력적인 사고인데 피해자인 자신이 사고의 모든 책을 져야 하다니……. 자동차로 달려들어 차를 망가트린 신씨에게 찌그러진 범퍼와 보닛의 수리비를 받아야 마땅한데 현실은 그 반대여서…….

이런저런 생각을 하던 왕씨는 한참 만에 근처의 논에서 짚단을 가져다 트렁크 바닥에 깐 뒤 시체를 그 위에 실었다.

왕씨는 시체를 실은 차를 30분 정도 몰아서 차가 비교적 많이 다니는 포장도로로 나아갔다. 시체를 도로에 내려놓아 뺑소니를 당한 것처럼 위장할 요량이었다. 하지만 다시 생각해보니 그 계획은 가능하지 않을 것 같았다. 개인 교통수단이 없는 신씨가 한밤중에 집과 꽤 떨어진 도로에서 교통사고를 당했다는 것도 말이 되지 않았고, 또 신씨의 사고가 뺑소니로 처리되면 인근의 자동차들이 모두 그 용의선상에 오를 텐데, 피해자와 넘어지면 코 닿는 곳에 사는 자신이 혐의를 피해갈 수는 결코 없을 것 같았다. 집에 가서 자동차를 깨끗이 세차하면 핏자국 정도는 지울 수 있겠지만 깨진 범퍼와 찌그러진 보닛은 어떻게 할 것인가. 시체를 버렸다 들키면 뺑소니에 시체유기죄까지 추가되어 살인죄와 같은 형벌을 면하기 어려웠다. 아무리 생각해보아도 가해자가 확실일 때에만 자신이 용의선상에서 벗어날 수 있을 것 같았다.

왕씨는 급히 핸들을 돌려 신씨네 동네를 향해 차를 몰아가기 시작했다. 아무리 생각해보아도 차를 가진 집이 많지 않은 시골동네에서 누명을 써줄 사람은 죽은 신씨와 가장 가까운 곳에 사는 정씨밖에 없었다. 정치원은 왕기업과는 먼 친척 간으로 시도 때도 없이 선물을 주거니 받거니 하며 꽤 친하게 지내왔기에 마음속에 약간의 갈등이 생겼으나 내 코가 석자인데 어쩔 수 없는 일이었다.

정씨네 동네에 가까워지자 불을 끈 채 천천히 차를 몰아가던 왕씨는 동네 입구의 으슥한 곳에 차를 세우고 시체를 내려 어깨에 메었다.

시체를 메고 정씨네 집 앞에 도착한 왕 씨는 집 앞의 텃밭에 서 있는 감나무의 Y자 모양으로 된 가지 사이에 신씨의 시체를 끼우다시피 세워놓은 뒤 정씨의 트럭으로 다가가 힘껏 밀어보았다. 예상했던 대로 트럭은 꿈쩍도 하지 않았다. 사이드브레이크가 채워져 있는 데다 기어까지 들어가 있었다.

왕씨는 트럭의 문을 열 도구를 찾기 위해 정씨네 집으로 숨어 들어갔다. 늦은 밤임에도 불구하고 안방에 불이 환하게 켜져 있었다. 하지만 집 안 어디에서도 인기척은 없었다. 불을 켜놓고 자는 모양이었다.

정씨의 집 이곳저곳을 살피던 끝에 왕씨는 마루 밑에서 30센티미터짜리 플라스틱 자를 발견했다.

"누, 누구요?"

왕씨가 막 대문을 빠져나오려고 할 때 등 뒤에서 방문 열리는 소리가 나며 정씨의 목소리가 들려왔다. 도둑질을 하다 들킨 것 이상으로 놀란 왕씨는 급히 몸을 대문 밖의 담에 붙이고 귀에 신경을 집중했다.

아무 소리도 안 냈는데 정씨는 어떻게 사람이 밖에 있는 것을 알았을까? 또 이렇게 늦은 시간에 잠도 자지 않고 뭘 하고 있었지……?

다행히 더 이상의 인기척은 들려오지 않았다. 정씨는 자신이 소리를 잘못 들었다고 생각했는지 잠시 뒤 빙문을 닫았다. 밝은 방 안에 있다 갑자기 어두운 곳을 봤기 때문에 정씨는 대문을 빠져나가는 왕씨를 보지 못한 것 같았다.

한참을 더 가만히 숨어서 동태를 살피고 난 왕씨는 안전하다는 생각이 들자 자를 들고 정씨의 트럭으로 다가갔다. 왕씨는 자를 트럭의 운전석 쪽 유리창 창틀 사이에 밀어넣고 이리저리 쑤셔대기 시작했다.

철커덕!

한참 만에 경쾌한 소리가 나며 잠금장치가 풀렸다.

자동차의 문을 연 왕기업은 사이드브레이크를 풀고 기어를 중립으로 놓은 뒤 핸들을 틀어, 차가 움직이면 신씨의 시체가 서 있는 감나무를 향해 곧장 전진할 수 있도록 만들었다.

왕씨는 트럭에서 내릴 때 문의 안쪽에 있는 잠금장치를 눌러놓고 바깥쪽의 문손잡이를 잡아당긴 상태에서 조심스럽게 차 문을 닫았다. 사고가 났을 때 문이 잠겨 있어야 완전범죄가 성립될 터였다.

순비를 모두 마친 왕씨가 트럭을 힘주어 밀자 좀 전까지만 해도 꿈쩍도 하지 않던 바퀴가 천천히 움직이기 시작했다. 조금씩 가속이 붙기 시작한 트럭은 마당가에 있던 평상을 지나 경사진 정씨의 텃밭으로 접어들었다. 비탈에서 트럭은 더 이상 밀기조차 힘들 정도로 가속이 붙어 신씨의 시체를 향해 곧장 나아갔다. 자동차가 시체를 들이받기 직전 왕기업은 동네 입구에 세워둔 자신의 자동차를 향해 달리기 시작했다.

쿵!

어떤 육중한 물체가 충돌하는 소리에 놀란 정치원은 급히 잠자리에서 일어났다. 그는 자신의 축사에서 죽은 신씨 생각에 잠을 이루지 못하고 있었다. 축사 바닥에 엎어져 있던 신씨의 몸을 뒤집었을 때 본, 허공을 향해 부릅뜨고 있던 허연 눈동자. 그것은 죽을 때까지 따라다닐 기억의 공포임이 확실했다. 게다가 일이 잘못되어 형사들이 들이닥치기라도 한다면…….

"누, 누구요?"

다른 때 같았으면 소도둑이라도 든 것이 아닐까 싶어 몽둥이를 들고 당장 밖으로 뛰어나갔을 그였지만 오늘은 그럴 상황이 못 되었다. 신씨의 시체를 남의 집에 버리고 온 것 때문에 꿈에 신씨의 귀신이라도 나타나지 않을까 싶어 잠도 자지 못하고 빨리 날이 새기만을 기다리고 있었다. 방 안에 불을 밝게 켜놓은 것도 어둠이 무서워서였다.

30분쯤 전에 밖에서 사람의 발걸음 소리가 들렸을 때도 그는 망설이던 끝에 겨우 용기를 내 갑자기 방문을 열어보았지만 아무도 없자 환청이었거니 싶으면서도 한편으로는 귀신의 장난이 아닌가 하는 생각이 들어 더욱 겁이 났다.

"밖에 누, 누구 있소?"

그러나 이번에도 역시 어떤 대답도 없었다.

"분명 환청은 아니었는데……."

손전등을 찾아 들고 밖으로 나온 치원은 신발을 신기도 전에 먼저 마루 밑에 있던 손도끼부터 집어들었다. 그러자 용기가 좀 생겼다.

손도끼를 앞세운 채 치원은 손전등을 사방으로 비추며 바깥 마당을 가로질러 소리가 난 텃밭 쪽으로 천천히 다가갔다. 곧 그는 텃밭

한가운데서 자신의 트럭을 발견하고 연속으로 비명을 지르지 않을 수 없었다. 치원은 텃밭 가운데에 서 있는 커다란 감나무를 정면으로 들이받고 멈춰 있는 자신의 트럭을 보고 한 번 놀랐고, 트럭과 나무 사이에 거의 형체조차 알 수 없는 처참한 시체가 끼여 있어 다시 한 번 놀랐고, 그 사람이 바로 몇 시간 전에 자신이 갖다 버린 신씨의 시체라는 데 또 한 번 놀랐다.

"으악, 으악, 으아악!"

죽은 인간이 어떻게 이처럼 참담한 몰골을 하고 다시 자신의 집을 찾아와 가만히 세워져 있던 트럭에 치일 수 있단 말인가? 귀신의 조화인가, 도깨비의 장난인가?

놀라움과 두려움에 혼비백산이 된 정치원은 앞에 무엇이라도 있는 것처럼 허공을 향해 마구 도끼를 휘두르기 시작했다.

"귀신이다, 귀신…… 물러가라! 물러가!"

도끼를 휘두르던 그는 급기야 신씨의 시체로 달려들어 시체를 향해 마구 도끼질을 하기 시작했다. 공포로 인한 극단적인 행동이었다.

"이놈의 귀신! 죽어라. 죽어……"

이미 형체조차 알아볼 수 없을 정도로 만신창이가 된 시체, 신한국을 도끼로 난자하고 있는 정치원은 분명 제정신을 가진 인간이 아니었다.

—「떠도는 시체」 개작, 『1998 올해의 사이버 소설』(신원문화사, 1998)

드래구노프

>>>>> 김상윤

게임 기획자. 1998년 일간스포츠 신춘문예 대중문학상 공포스릴러 부문에 「VERSUS」가 당선되어
등단하였다. 주요 작품으로 「심연」 「드래구노프」 「컴플렉시티 엔진」 「김성종과 김내성」 등이 있다.

"잡아!"

해럴드의 외침 소리와 함께 릭이 2층 창문을 뚫고 오두막집 밖으로 몸을 날렸다.

COLT M635 기관단총의 9밀리 파라블럼탄이 그의 귓가를 스치며 날아왔다.

'제기랄…….'

릭은 배신당했다는 치욕감에 이를 악물었지만 어쩔 수 없었다. 총 한 자루도 없는 빈 몸인 그에겐 필사적으로 도망치는 것만이 유일한 선택지였다.

몸을 둥글게 굽히며 2층 아래의 눈 쌓인 땅 위에 떨어진 릭은 곧바로 일어나서 달리기 시작했다. 떨어질 때 낙법을 잘못 썼는지 가슴 뼈가 찌르듯이 아파오고 배 속이 울렁거렸다.

해럴드와 랄프가 릭이 뚫고 나온 2층 창문으로 몸을 내밀고 기관단총을 마구 갈겨대기 시작했다.

릭은 본능적으로 지그재그로 달려갔다.

뒤에서 MP5와 COLT M635의 독특한 사격음이 연속적으로 들려왔다. 죽음이 다가오는 소리였다. 그의 주위로 빗발치듯이 총알이 날아왔다. 불덩이같이 뜨겁게 달궈진 총알이 땅 위에 꽂힐 때마다 하얀 눈 뭉치들이 위로 튀어올랐다.

오두막집 현관문이 벌컥 열리며 트레키와 스완이 각자 기관단총과 산탄총을 들고 뛰쳐나왔다.

릭은 달리면서 뒤를 돌아보았다. 현관문을 열고 뛰어나오는 금발 머리 미인이 눈에 들어왔다.

'래티시아……'

릭은 다시 앞만 보고 달려가기 시작했다.

래티시아도 MP5를 손에 들고 그의 뒤를 쫓아 달리기 시작했다. 그녀가 한 걸음씩 내딛을 때마다 풍성한 금발이 물결치듯 출렁거렸다.

릭은 방금 전 래티시아의 총탄에 아킴의 머리가 날아가던 광경을 떠올렸다.

먼저 아킴의 가슴에 세 발 쏴서 그의 행동을 제압한 래티시아는 쓰러져서 경련을 일으키는 아킴의 거구 앞에 다가갔다. 그리고 그의 머리에 정확히 조준사격해서 마무리 지었다.

아킴은 비록 친한 녀석은 아니었지만 그래도 유일한 그의 편이었다.

해럴드와 랄프가 마지막으로 현관문을 박차고 나와서 릭을 뒤쫓기 시작했다.

"이봐, 릭! 어딜 그렇게 뛰어가나? 응?"

숨을 몰아쉬며 해럴드가 비웃었다.

릭의 귀에 꽂혀 있는 이어폰을 통해 해럴드의 징그럽게 낮게 깔리는 목소리가 똑똑히 들려왔다.

"거긴 아무것도 없어."

랄프도 함께 비아냥거렸다.

"이 근방 30킬로미터 이내엔 나무 한 그루도 없어. 사람 사는 곳도 없고. 자네도 잘 알잖아. 그런데 어디로 도망가겠다는 거야? 응?"

해럴드가 계속 말했다.

"가도 가도 끝없는 벌판뿐이야. 몸을 숨길 데가 없다고. 알아?"

릭은 대답하지 않았다.

"그러지 말고 그냥 곱게 잡혀주라. 깨끗하게 한 방에 죽여줄게. 아무 고통 없이. 히히히!"

랄프가 혀로 입술을 축이며 비웃었다.

"있는 거라곤 눈뿐이야. 넌 총도 없잖아. 눈이라도 뭉쳐서 던질 건가? 응? 으하하하하!"

해럴드의 비웃음소리를 들으면서 릭은 눈앞에 펼쳐진 광활한 벌판을 향해 계속해서 달려갔다.

'그래, 여긴 알래스카 대평원이야…….'

정말 눈 닿는 곳 어디에도 풀 한 포기, 나무 한 그루조차 보이지 않았다. 보이는 거라곤 그저 아득히 벌리 보이는 지평선까지 끝없이 뻗어 있는 하얀 눈밭뿐이었다.

5명의 배신자-해럴드, 랄프, 스완, 트레키, 그리고 래티시아가 150미터 뒤에서 그를 죽이기 위해 쫓아오고 있었다.

릭은 호흡을 조절하면서 규칙적으로 발을 내딛었다. 발목까지 들어가는 눈을 밟으며 거친 숨을 내쉴 때마다 하얀 입김이 뿜어져 나왔다.

'그래, 여긴 몸을 숨길 데가 없어. 하지만 그건 너희들도 마찬가지야.'

"질문 있나?"

브리핑을 마친 미스터 옐로우가 앉아 있는 사람들을 둘러보며 물어봤다.

미스터 옐로우, 지난 30년간 공작 업무에 종사해온 이 남자는 가늘고 긴 담배를 한 대 피워 물었다. 그는 CIA의 케이스 오피서(Case Officer)로서 에이전트들을 뒤에서 조종하고 관리한다. DO(Directorate of Operations, 작전부) 소속인 미스터 옐로우는 용병들을 동원한 은밀한 작전이 주요 임무였다. 다시 말해서, 정규 요원을 투입할 수 없는 극도로 위험하고 더러운 작전이 그의 몫이었다.

바로 이번 암살 임무 같은.

CIA에서는 '에이전트(Agent)'와 '오피서(Officer)' 사이에 분명한 차이를 두었다. CIA에서 에이전트란 특정한 정보수집이나 작전을 지원하기 위해 임시 고용된 외국인을 말한다. 반면에 오피서는 CIA에서 일하는 정규직원을 의미하며 공식 명칭은 '인텔리전스 오피서(Intelligence Officer)'다. 때로는 에이전트가 미국인일 때도 있지만, 이 경우에도 정규직원은 아니다. 그리고 가장 은밀하게 활약하는 요원들이 바로 '오퍼레이터(Operator)'다. 이들 오퍼레이터는 일선에서 가장 힘들고 고된 일을 하는 오피서로서 첩보전쟁의 최전선에서 비밀작전을 직접 수행한다.

CIA에서 일하는 직원들이 모두 정규직원인 것은 아니다. 2만 2천 명의 정규직원 외에 약 4천 명의 풀타임 또는 파트타임 계약직원이 있는데, 이들은 보통 2년 계약으로 봉급과 수당을 받으면서 준군사 작전 같은 특수한 임무를 맡는다.

또한, CIA에서는 퇴직한 CIA 요원을 특별한 프로젝트를 위해서 다시 고용하기도 하는데, 이들은 '독립 계약직원' 또는 '연금수령자'라 불리면서 고문 역할을 하고 하루를 기준으로 고액의 보수를 받는다.

지금 이 방 안에 모여 있는 7명의 용병들은 오피서도, 그렇다고 에이전트도 아닌 일개 살인청부업자에 불과했다.

"오두막 안에 있는 녀석들은 다 죽여도 됩니까?"

해럴드가 목 뒤를 주무르며 나지막이 물어봤다. 그가 목을 좌우로 돌리자 우두둑 소리가 들렸다.

릭은 무심히 고개를 돌리다가 자기를 쳐다보고 있는 금발 미인과 눈이 마주쳤다. 릭이 그녀의 새파란 눈동자를 쳐다보자 그녀도 살며시 미소를 지었다. 아름다운 여자였다.

"다 죽이든 살리든 맘대로 해. 이 남자만 없애면 되니까."

미스터 옐로우의 사무적인 대답을 듣고 릭은 사진 속의 남자를 다시 한 번 쳐다봤다. 2주일 후 죽어야만 하는 운명인 이 남자는 조직 안에서 적는 사람이 실내로 밤에서는 안 되는 죄를 저질렀다. 조직을 배신한 것이다.

NSA(National Security Agency, 미국 국가안보국)의 통신엔지니어인 스미스 엘리엇은 지난 6개월간 자기 손에 닿는 NSA의 일급 비밀들을 다른 국가에 팔아서 천만 달러가량의 수익을 챙겨왔다. NSA는 1952년에 세워진, 미국에서 가장 규모가 크고 가장 비밀스럽고 가장 알려지지 않은 정보기관으로서 인공위성과 전자장비를 이용한 통신, 감시, 도청 및 암호해독을 담당한다.

이미 충분한 증거도 확보되었으니까 FBI에서 간첩죄로 체포하면 그만이지만, 이번 경우는 조금 문제가 달랐다. 스미스가 정보를 팔아먹은 국가들이 적성국이 아니라 캐나다, 영국, 일본 같은 우방국들이었던 것이다. 그래서 외교 마찰과 국민 여론을 우려한 정부 고위층에서 이 사건을 조용히 해결하기 위해 스미스를 아예 없애버리기로 결정하고 미스터 옐로우에게 작전을 지시한 것이다.

임무를 받은 미스터 옐로우는 자기가 관리하는 7명의 용병들을 즉각 소집했다.

그가 브리핑한 작전 내용은 아주 간단했다.

- 날짜 : 2주일 후
- 장소 : 알래스카 설원의 외딴 오두막
- 상황 : 스미스 엘리엇이 NSA의 정보가 담긴 디스크 2장을 일본인 에
     이전트 2명에게 넘겨주고 600만 달러를 받을 예정
- 1차 목표 : 디스크 2장 회수
- 2차 목표 : 스미스 엘리엇 제거

릭은 다시 한 번 주위를 둘러보았다. 몇몇은 낯익은 얼굴이었지만 나머지는 낯설었다.

낯익은 얼굴이라도 친구는 아니었다. 오로지 돈을 위해 사람을 사냥하는 용병들의 세계에서 친구는 없었다. 단지 일시적인 동업자만 있을 뿐.

브리핑이 끝나자 방 안에 있던 용병들이 일어나서 밖으로 나가기 시작했다. 이들 7명은 앞으로 '농장'에 들어가서 2주 동안 팀워크를

위주로 한 실전을 방불케 하는 훈련을 받게 될 것이다.

원래 '농장'의 정식 명칭은 '캠프 피어리(Camp Peary)'지만 CIA 오피서와 내부 직원들은 이곳을 그냥 농장이라고 불렀다.

농장이란 한마디로 말해서 CIA가 운영하는 거대한 훈련센터다. 윌리엄스버그 근처에 있는 버지니아 변두리에 위치한 이곳은 480에이커가 넘는 광활한 대지를 차지하고 있다. 겉으로는 국방부의 '연구 및 시험 시설'로 위장하고 있지만 그 내부에는 막사, 교실, 훈련시설, 표적, 점프타워, 장애물 코스, 비행장과 같은 각종 시설이 세워져 있고, 동유럽 마을을 완벽하게 재현해놓은 훈련 코스도 있다.

농장 한쪽에는 별다른 명칭이 없이 그냥 '특별지역(The Zone)'이라고 불리는 훈련지역이 있는데, 이곳은 CIA의 신입요원들이 진짜 총탄을 쏘는 가상 적군을 상대로 온갖 전투와 침입 기술을 훈련받는 울창한 녹지대이다. 릭도 처음 CIA에 들어왔을 때 이곳에서 훈련을 받았다. 비록 지금은 먼 과거의 일이 되었지만.

"안녕하세요!"

자리에서 일어나서 돌아서는 릭의 앞에 아까 미소를 지어 보였던 금발 미인이 환하게 웃으며 서 있었다. 릭은 잠시 머뭇거리다가 그녀가 내민 손을 쥐고 흔들었다. 따뜻하고 부드러운 손이었지만, 총을 오랫동안 쥐온 사람만이 갖고 있는 굳은살이 박여 있었다.

"난 래티시아예요."

외모와 이름으로 봐서 이태리계 혈통 같았다.

"난 릭이에요. 처음 만나는군요."

"시내에 스테이크 잘하는 집이 있는데, 같이 갈래요?"

농장에서 2주 동안 훈련을 받으면서 릭과 래티시아는 무척 친밀한 사이가 되었다. 어둡고 조용한 릭에 비해 화려하고 적극적인 래티시아가 두 사람의 분위기를 이끌어갔다.

릭은 다른 용병들과 호흡을 맞춰가며 함께 뛰고 구르는 동안 그들에 대해 더 많은 것을 알게 되었다.

이번 작전팀의 리더인 해럴드는 40대 초반의 실전 경험 풍부한 베테랑이었다. 남아프리카 출신인 그는 젊은 시절의 대부분을 아프리카의 혼란한 내전에서 보냈는데, 규모가 큰 용병부대의 지휘관 자리까지 올라갔었다. 지금은 주로 유럽에서 일하면서 CIA의 암살자로서 탐욕스럽게 돈을 긁어모으고 있었다.

해럴드의 충직한 오른팔인 랄프는 해럴드가 아프리카의 용병부대를 그만두고 영국으로 건너올 때 함께 왔다.

GSG-9(독일 대테러 부대) 출신인 스완과 트레키는 술에 만취한 채 상관을 폭행해서 반신불수로 만들어버리고 3년 동안 군 형무소에 갇혀 있었다. 인간 쓰레기들이었지만 전투 능력 하나만큼은 인정할 만했다.

팀 내의 유일한 흑인인 아킴은 예전에 한 번 릭과 같이 일한 적이 있었다. 핵탄두 뇌관을 밀매하려는 러시아 과학자를 건물과 함께 통째로 날려버리는 임무였는데, 아킴이 플라스틱 폭탄 설치를 담당했었다. 영국 빈민가 출신인 그는 갱 조직에서 독학으로 각종 폭탄과 기폭장치들에 대해 배웠다고 한다.

"왜 CIA를 그만뒀어요?"

릭의 팔을 베고 누워 있던 래티시아가 그의 목을 쓰다듬으면서 부드러운 목소리로 물어봤다.

릭은 처음 농장에 들어와서 위기대응 훈련을 받던 기억을 떠올렸다.

위기대응 훈련은 신입요원들이 반드시 통과해야 하는 실탄을 사용하는 전투 훈련인데, 생각할 때마다 몸서리가 쳐지는 그런 고통스런 기억뿐이었다.

"움직여! 계속 움직여! 엉덩이에 불이 나게 뛰란 말이야, 이 멍청이들아!"

교관이 뒤에서 계속 닦달하면서 훈련생들을 몰아붙였다.

2킬로미터를 쉬지 않고 뛰어와서 숨이 턱에까지 차오른 릭과 훈련생들은 다시 시그자우어 P226 권총을 뽑아 들고 훈련용 건물 안으로 뛰어 들어갔다.

목표로 지정된 방 앞에 이르자 릭과 한 조가 된 덩치 큰 사내가 릭의 엄호를 받으면서 문을 열었다. 문을 열 때는 반드시 시계 확보를 위해서 경첩이 없는 쪽에서 열어야 한다. 릭은 그동안 이론으로만 배워왔던 실내 전투의 행동요령들을 속으로 되새겼다. 문이 열리자 릭과 파트너가 재빨리 방 안으로 뛰어 들어갔다. 전투시 문 앞에서 머뭇거리는 것은 대단히 위험하다. 문 앞은 적들이 표적으로 삼기에 가장 알맞은 곳이기 때문이다. 문을 열 때도 문의 정면에 서 있으면 안 된다. 방 안에 있는 적들은 문에 총구를 겨냥하고 멍청한 희생자가 그리로 지나길 기다리고 있을 것이나. 만약 문이 닫혀 있다 하더라도 안쪽에 있는 적들이 낌새를 눈치채고 총을 갈겨대면 대부분의 문은 총알이 그대로 관통해버리기 때문에 매우 위험하다.

방 안으로 돌입한 릭과 파트너가 본능적으로 위버 스탠스(Weaver Stance) 사격자세를 취하면서 사람 모양의 표적을 향해 방아쇠를 당겼다. 위버 스탠스는 미국 LA 근교의 보안관 대리인 잭 위버가 처음으로 고안하고 '실전 권총사격술의 신'이라 불리는 제프 쿠퍼가 완성한 자세인데, 현대 실전 사격자세 중에서도 가장 안정된 자세로 평가받는다. 이 자세는 오른손잡이의 경우, 먼저 왼쪽 어깨가 표적을 향하게 하고 양발을 어깨 너비 정도로 벌린다. 그리고 오른팔을 쭉 펴거나 약간 굽히고 왼팔을 50도 정도로 굽혀준다. 그다음 총을 잡은 오른손을 왼손으로 감싸듯이 받쳐준다. 이때 총의 안정을 위해서 방아쇠울 앞을 왼손 둘째손가락으로 눌러주는데, 이 때문에 최근의 전투용 권총들은 방아쇠울 앞의 디자인을 이 자세에 적합하게 만들어준다. 위버 스탠스는 리볼버보다는 자동권총에 적합한 자세로서 어떤 사람들은 멋이 없다고 싫어한다. 하지만 총을 쏘는 개인의 취향에 맞게 다양한 변형과 응용이 가능하기 때문에 현재는 전투사격의 기본자세로 공인되었다.

릭과 동료들은 사격자세와 행동요령이 완전히 몸에 배어서 전투시 조건반사처럼 자동적으로 튀어나올 때까지 연습하고 또 연습했다.

훈련이 막바지에 이른 어느 날 밤, 곤히 자고 있던 릭은 괴한들에게 납치당했다. 잠옷 차림으로 담요에 싸여 근처 비행장으로 유괴되고, 소형 비행기에 실려서 어딘지도 모르는 곳으로 끌려갔다. 그곳에서 릭과 또 다른 납치되어 온 훈련생들은 좁은 방에 갇힌 채 잠도 못 자고, 짐승 같은 심문관들에게 시달리며 쉴 새 없이 고문당했다.

고통을 견디지 못한 릭은 결국 자기가 CIA라는 것을 자백하고 말았다. 하지만, 그렇다고 해서 자백한 훈련생들이 무슨 불이익을 당하는 건 아니다. 모든 훈련생들은 자신이 고문을 받으면 결국은 실토하고 말게 된다는 걸 배우게 된다. 이 훈련을 통해 훈련생들은 자기 자신에 대해 더 잘 알게 되고, CIA에서 일한다는 게 과연 무엇을 의미하는지 뼛속 깊이 기억하게 된다.

그렇게까지 고생하며 들어갔던 CIA였는데…….

"미안해요……. 괜히 물어봤나 봐요."

릭이 생각에 잠긴 채 대답하지 않자 래티시아가 미안해했다.

"아니야. 그냥 말하기 싫어서 그래."

릭은 래티시아의 어깨에 난 흉터를 부드럽게 어루만져 주었다.

이태리 좌파 출신인 래티시아는 총에 대한 모든 것을 좌파 게릴라 그룹에서 배웠다. 그녀의 게릴라 조직이 CIA 행동팀에 의해 기습당했을 때 래티시아도 어깨에 총을 맞고 생포됐다. 그 후 CIA 쪽으로 전향해서 이제는 유럽 지역 용병으로 일하고 있었다.

2주 동안의 훈련이 끝나자 7명의 용병들은 무기와 장비를 챙겨 들고 북서쪽으로 이동했다. 거기서 아무 표시도 없는 경비행기를 타고 알래스카 설원을 한 시간 동안 날아갔다. 목적지 근처에 다다르자 작전팀은 낙하산을 메고 뛰어내렸다.

낙하산을 눈 속에 파묻고 다시 설원을 30분 동안 가로질러 간 용병들은 어두워질 무렵 마침내 목적지인 오두막 근처에 다다랐다.

해럴드가 야시장치가 부착된 망원경을 들고 오두막 주위를 살펴보았다.

온통 하얗게 끝없이 펼쳐진 설원 위에 오두막 한 채가 덩그러니 서 있었다. 그 주위에는 사람의 기척이라곤 전혀 없었다. 단지 스미스와 일본인 에이전트들이 타고 온 걸로 보이는 지프 두 대만 오두막 앞에 나란히 세워져 있을 뿐이었다.

작전팀 7명은 어둑어둑해진 저녁 야음을 틈타서 오두막 바로 옆까지 접근했다.

오두막 벽에 등을 기댄 릭은 천천히 숨을 고르면서 심장이 펌프처럼 고동치는 걸 느꼈다. 바로 이런 짜릿한 맛 때문에 용병들은 평생 이 세계에서 빠져나올 수 없었다.

2층으로 지어진 오두막은 출입구가 현관문과 뒷문 두 개뿐이었다.

"릭, 래티시아, 아킴은 뒷문으로 들어가고, 나머지는 날 따라와."

해럴드의 지시에 따라 용병들이 신속하게 움직였다.

뒷문으로 간 릭은 잠겨 있는 문을 아킴이 만능열쇠로 여는 동안 주위를 경계했다. 소리 없이 문이 열리자 래티시아와 함께 재빨리 안으로 뛰어 들어갔다. 뒷문에 바로 붙어 있는 부엌에는 예상대로 아무도 없었다. 세 사람은 경계 태세를 취하면서 1층에 있는 침실과 화장실을 뒤졌지만 역시 아무도 없었다.

현관문으로 들어온 다른 대원들과 거실에서 합류한 세 사람은 해럴드의 수신호에 따라 계단으로 향했다.

용병들이 총을 위로 겨누고 좁은 나무 계단을 따라 조심스럽게 올라가기 시작했다. 맨 앞에 릭이 MP5를 들고 포인트맨의 역할을 맡고 그 뒤로 스완, 트레키, 래티시아, 해럴드, 아킴, 랄프의 순으로 뱀처럼 꼬리를 물고 올라갔다.

계단을 반쯤 올라갔을 때 2층 거실에서 사람들의 말소리가 들려오기 시작했다. 릭이 즉시 멈춰 서서 뒤쪽으로 정지 신호를 보냈다. 뒤따라오던 팀원들도 모두 동작을 멈추고 릭이 상황을 판단할 때까지 기다렸다.

온몸의 신경을 팽팽하게 곤두세운 릭이 띄엄띄엄 들려오는 말소리에 정신을 집중시켰다.

"……이게 '열쇠'로군……."

일본인 특유의 혀 짧은 목소리가 말했다.

"그렇소. 이 파란 디스크에 담긴 '자물쇠'로 암호화시키면 '열쇠' 없인 절대로 풀 수 없지."

스미스가 한창 신이 나서 떠들어대고 있었다.

"이게 바로 NSA에서 지금 사용하고 있는 암호 프로그램이야. 전 세계의 정보망에서 NSA로 보내오는 통신문들이 전부 다 이 프로그램을 이용해서 암호화되어 있지. 97년에 버클리대학 수학교수인 피터 스털링이 골 때리게 복잡한 수열을 고안한 적이 있는데, 바로 그걸 이용해서 개발한 거야. 미국에선 이걸 '원숭이 의자' 암호라고 불러."

"원숭이 의자?"

세련된 영어를 구사하는 굵은 목소리가 물었다.

"이 수열을 컴퓨터로 돌려서 그래픽을 그려보면, 마치 다리가 네 개 달린 동그란 의자 같은 모양으로 나오는데, 그 가운데에 구멍이 한 개 뚫려 있거든."

스미스가 장난기 가득한 목소리로 설명했다.

"아아!"

이제 알겠다는 듯이 굵은 목소리가 탄성을 질렀다.

"긴 꼬리가 있으면 그 구멍으로 꼬리를 내놓으면 되니까 원숭이 의자로군!"

"으하하하하!"

세 사람이 동시에 웃음을 터뜨렸다.

릭이 자기 뒤에 줄줄이 붙어 있는 팀원들을 돌아보며 손가락 세 개를 내밀었다. 안에 있는 적이 모두 3명이라는 뜻이었다.

릭과 동료들은 발소리를 전혀 내지 않고 살금살금 계단을 올라가서 거실 바로 앞까지 접근했다. 안에 있는 사람들의 숨소리까지 들리는 듯했다.

릭이 다시 손가락 세 개를 위로 들어올리고 일 초에 한 개씩 접었다. 그렇게 셋을 세고 나서 맨 앞에 있던 릭과 스완이 동시에 몸을 굴려 안으로 뛰어들었다. 그 뒤를 이어서 트레키와 래티시아가 선 자세로 돌입하며 엄호 태세를 취했다.

바닥에 납작 엎드려 자세를 잡은 릭은 목소리가 들려오던 방향으로 본능적으로 총을 겨눴다. 통나무로 만든 아담한 테이블 주위에 스미스와 일본인 두 사람이 앉아 있었고, 테이블 위에는 노트북과 파란색 디스크 한 개가 놓여 있었다.

거래 중이던 세 사람은 릭과 팀원들의 갑작스런 침입에 놀라서 이쪽을 쳐다봤다. 뚱뚱한 일본인 에이전트가 재빨리 겨드랑이에서 권총을 빼서 릭을 쏘려 했지만 릭이 더 빨랐다. MP5에서 쏟아져 나온 탄환들이 뚱보의 가슴을 벌집으로 만들어버렸다. 그 옆에 있던 약간 마른 몸집의 일본인은 미처 총을 뽑기도 전에 스완과 트레키의 총에 맞아서 뒤로 나동그라졌다.

너무 놀라 넋이 나가버린 스미스는 제자리에 그대로 앉아 있었다. 바닥에 널브러진 두 구의 시체를 그냥 멍하니 바라보고만 있었다.

계단에서 대기 중이던 나머지 팀원들도 모두 안으로 들어와서 화장실과 옷장을 뒤졌다. 더 이상의 적은 없었다.

래티시아가 테이블 위에 있는 파란색 디스크와 노트북에 꽂혀 있는 흰색 디스크를 모아서 해럴드에게 건네줬다.

잠시 후 정신을 차린 스미스가 자신이 처한 상황을 깨닫고 얼굴이 새파랗게 질렸다. 스완과 트레키가 실룩실룩 웃으면서 그의 머리에 총을 겨누고 있었다.

"당신들…… FBI야? 이런 제길…… 자수하겠소."

"이런 이런, 스미스 엘리엇! 미합중국의 배신자!"

해럴드가 거들먹거리면서 다가와 스미스를 조롱했다. 그의 얼굴에 잔인한 미소가 떠올랐다.

"우린 FBI가 아냐."

랄프가 무표정한 얼굴로 차갑게 말했다.

당황한 스미스가 자기를 둘러싸고 있는 험상궂은 표정의 사람들을 둘러보며 더듬어댔다.

"……그럼, 누구야……? 어디 소속인데? 응……?"

"당신 아주 큰 실수를 했어. 조국을 배신했으면 대가를 받아야지. 안 그래?"

해럴드가 빈정거리며 말했다.

스미스는 이제야 사태를 완전히 깨달았다.

"……당신들, CIA지? 그렇지……? 아냐…… 총잡이들이야! CIA에 고용된 킬러! 맞지? 더러운 인간 사냥꾼들!"

해럴드가 대답 대신 베레타 M92F 권총을 어깨 홀스터에서 천천히 뽑아 들었다.

"이럴 순 없어! 난 재판받을 권리가 있단 말이야!"

스미스가 몸서리치며 울부짖었다.

"죽을 권리도 있지."

차갑게 말을 내뱉은 해럴드가 스미스의 양쪽 무릎에 총알을 한 개씩 박아 넣었다.

"으아아아악!"

바닥에 주저앉은 스미스가 피투성이가 된 양쪽 무릎을 움켜쥐고 비명을 질러댔다.

이번엔 해럴드의 권총이 그의 양쪽 어깨에 불을 뿜었다.

사지에서 피를 흘리며 바닥에 축 늘어져버린 스미스는 가쁜 숨만 몰아쉴 뿐 더 이상 비명도 지르지 못했다. 공포에 질린 그의 눈동자가 경련을 일으키듯 좌우로 바삐 움직이며 자기를 구원해줄 누군가를 애타게 찾고 있었다. 하지만 그의 바람도 헛되게 해럴드가 다가와서 그를 굽어봤다. 마치 벌레를 쳐다보듯이.

"잘 가라. 생각나면 안부 전해주고."

재밌어 죽겠다는 듯이 실실 웃던 해럴드가 그의 가슴에 세 발 쏘고 마지막으로 이마에 한 발 쐈다. 스미스의 몸뚱이는 잠시 경련을 일으켰지만 곧 잠잠해졌다.

"좋아, 집에 돌아가자. 폭파 준비해!"

해럴드가 명령하자 아킴이 배낭에서 폭발물과 뇌관을 꺼냈다. 릭이 아킴을 돕기 위해 뇌관을 두 개 집어들었다.

바로 그때,

"아 참! 한 가지 잊은 게 있는데!"

해럴드의 말에 릭과 아킴이 그를 돌아보았다. 그리고 그 자리에 얼어붙은 듯 꼼짝도 할 수 없었다.

해럴드, 스완, 트레키, 래티시아, 랄프, 5명의 동료들이 그들에게 총을 겨누고 있었던 것이다.

릭과 아킴은 천천히 두 손을 어깨 위로 들어올렸다.

스완과 트레키가 신속하게 다가와서 두 사람의 기관단총과 권총을 빼앗고 몸수색을 했다. 릭은 발목에 숨겨뒀던 전투용 나이프까지 빼앗겼다.

"이봐! 왜 이래?"

아킴이 떨리는 목소리를 억누르며 천천히 물어봤다. 하지만 배신 당했다는 것쯤은 이미 알고 있었다.

"이 디스크 말이야⋯⋯."

해럴드가 주머니에서 파란색과 흰색 디스크를 꺼내 들었다.

"이걸 원하는 사람들이 있거든. 그것도 아주 애타게."

릭은 눈만 움직여서 자기에게 총을 들이대고 있는 녀석들을 재빨리 훑어봤다. 하지만 어디에도 빈틈은 보이지 않았다.

"독일 녀석들이 제일 비싼 값을 부르기에 그쪽하고 거래하기로 했지."

해럴드가 디스크를 도로 집어넣으며 말했다.

"그걸 가져가봤자 소용없을 텐데. NSA에서 이미 암호를 다 바꿨을 거야."

릭이 조용히 말했다.

"그야 당연하지. 독일 놈들도 그 정도는 알고 있어. 저 사람들 중요한 건 '열쇠'와 '자물쇠' 따위가 아냐. 바로 이런 암호를 만들 수 있는 기술이지. 이런 걸 직접 개발하려면 적어도 7년은 걸리겠지만, 이걸 손에 쥐고 모방하려면 6개월이면 충분해."

"얼마나 받기로 했는데?"

릭이 물었다.

"1200만 달러."

"휘유⋯⋯."

스완과 트레키가 징그러운 미소를 지으면서 휘파람을 불었다.

"더러운 새끼들……."

아킴이 하얀 이빨을 드러내고 으르렁거렸다.

"저런, 주둥아릴 조심해야지. 이 깜둥이 자식아."

해럴드가 턱을 끄덕이자 래티시아가 한 걸음 앞으로 나서며 아킴의 가슴에 총을 세 방 쐈다. 거구의 아킴이 고목나무 넘어가듯이 뒤로 쓰러지자 쿵 하는 소리와 함께 바닥이 흔들렸다. 래티시아가 재빨리 그에게 다가가서 이마에 한 방 쐈다. 붉은 피와 하얀 뇌수가 섞여서 바닥에 튀었다.

바로 그 순간 릭이 쏜살같이 뒤돌아서 2미터 정도 떨어져 있는 창문을 향해 몸을 날렸다.

"잡아!"

해럴드의 외침과 동시에 랄프가 COLT M635 기관단총을 완전자동으로 갈겨댔다. 하지만 뿜어져 나온 총알들은 릭의 머리 옆을 그냥 아슬아슬하게 스치고 지나갔다.

"쫓아가! 빨리!"

해럴드가 고래고래 소리 지르면서 창문 밖으로 몸을 내밀고 랄프와 함께 총을 쏴댔다. 나머지 3명은 계단을 구르듯이 뛰어 내려와서 현관문을 박차고 밖으로 나왔다. 곧이어 해럴드와 랄프도 오두막을 뛰쳐나와 릭을 뒤쫓기 시작했다.

5분 후 릭과 킬러들 사이의 거리는 300여 미터로 벌어졌다.

릭은 필사적으로 달아났지만 킬러들은 여유 있게 쫓아왔다.

"저 미친놈이 왜 저렇게 뛰지? 금방 지칠 텐데."

스완이 숨을 몰아쉬며 투덜댔다.

"그러게 말이야. 좀 이상한데."

트레키가 이마에 연신 흘러내리는 땀을 닦으며 말했다.

"이봐! 릭! 넌 달아날 수 없어. 넌 실패자에 불과해."

해럴드가 다시 이죽거렸다.

"넌 CIA에서도 쫓겨났잖아. 안 그래? 흐흐흐."

"예? 저놈이 CIA 오피서였다고요?"

트레키가 믿을 수 없다는 듯이 물었다.

"그래. 한때는 아주 잘나가던 오퍼레이터였지. 인텔리전스 스타(Intelligence Star) 훈장도 받았더군."

인텔리전스 스타 훈장은 CIA 요원이 아주 위험한 상황에서 용기 있는 행동으로 뛰어난 업적을 거뒀을 경우 수여된다.

"근데 왜 쫓겨났지? 마약이라도 하다 걸렸나? 응? 하하하!"

릭은 옛일을 다시 떠올릴 수밖에 없었다.

잊고 싶은 기억일수록 더 생생하고 또렷하게 기억나는 법이다.

마치 어제 일처럼.

4년 전 겨울. 영국에서 작전을 수행 중이던 릭의 팀은 런던 외곽에 있는 작고 허름한 아파트에 침투했다.

최근 들어 아랍계 테러 조직의 신흥세력으로 급부상한 '지하드 엘 암만'이 머무는 곳이 있었는데, 그 무뢰부들 습격하기 위한 작전이었다.

지하드 엘 암만은 6개월 전 사우디아라비아의 미국인 학교를 폭탄 트럭으로 공격해서 122명의 아이들을 학살한 테러로 악명 높았다. 미국과 서방의 모든 정보기관들이 총동원되어 지하드 엘 암만의 리더인 카림의 행방을 뒤쫓았는데, 이틀 전 이스라엘의 모사드로부터 결정적인 정보가 입수됐다. 카림이 비행기 납치를 모의하려고 런던으로 온다는 것이다. 그래서 미국이 사우디에서 당한 일에 대해 보복하려고 CIA 행동팀을 영국에 보낸 것이다.

특수폭약으로 아파트 문을 날려버리고 안으로 돌입한 릭과 5명의 동료들은 곧바로 자기들이 함정에 빠졌다는 것을 알게 되었다. 방 안에는 아무도 없었던 것이다.

위험을 느낀 팀원들이 즉시 빠져나가려 했지만 이미 늦었다. 옆방에 숨어 있던 10여 명의 아랍인들이 AK47 소총과 UZI 기관단총을 난사하며 방 안으로 뛰어들었다. 릭과 동료들은 두 배가 넘는 테러범들에 맞서서 격렬한 총격전을 벌였다.

릭은 정확한 사격으로 서너 명의 테러리스트들을 쓰러뜨렸지만, 결국은 등에 총을 한 방 맞고 바닥에 쓰러지고 말았다. 이제 끝장이라고 생각한 순간, 때맞춰 출동한 영국 경찰들 덕분에 나머지 테러리스트들은 모두 도망쳤다.

살아 있는 사람은 릭 혼자뿐이었다. 5명의 동료들은 모두 온몸이 벌집이 된 채 죽어 있었다.

릭은 살아남았다는 사실에 안도감을 느꼈지만, 그게 바로 문제였다.

릭만 혼자 살아남았다는 사실이.

테러범들이 모여 있던 아파트를 조사한 결과, 술과 음식을 먹다 말고 황급히 옆방에 숨어서 CIA가 오기를 기다렸다는 것이 밝혀졌다. 즉, 누군가 작전이 시작되기 직전에 그들에게 미리 알려준 것이다.

당연히, 혼자 살아남은 릭이 첫 번째 용의자였다.

CIA의 감사관들이 릭의 모든 사생활과 은행 신용 상태, 가족과 친구들까지 샅샅이 파헤쳤다. 오랜 시간에 걸쳐서 그를 조사했지만,

릭이 변절했다는 증거는 끝내 찾을 수 없었다. 하지만 배신자라는 의심의 시선을 도저히 떨쳐버릴 수 없게 된 릭은 결국 CIA를 떠나야만 했다. 그 당시 정보를 누설한 자가 누구인지는 아직도 밝혀지지 않았다.

"릭, 아직도 멀었나? 자기가 죽을 자리도 못 찾아?"

"으하하하하!"

해럴드의 조롱에 스완과 트레키가 낄낄거리며 웃어댔다.

"난 알고 있었어."

릭의 한마디에 해럴드의 말문이 막혔다.

잠시 동안 어색한 침묵이 흘렀다.

"……알다니? 뭘?"

마른 침을 꿀꺽 삼킨 해럴드가 먼저 입을 열었다.

"너희들이 모두 한통속이란 걸 알고 있었어. 문제는 아킴이었지. 그 녀석도 너희들과 같은 편인지 아닌지 확신할 수 없었거든. 이젠 확실해졌지만."

"거짓말하지 마. 네가 그걸 어떻게 알아?"

이렇게 말하면서도 해럴드의 목소리엔 이미 감출 수 없는 불안감이 배어 있었다.

"너희들에 대한 미행은 진작 다 밝혀냈어. 네놈들이 텍사스 모텔에 모여서 작당하는 모습도 사진에 찍혀 있더군. 통화 내용도 전부 다 도청했지. 일회용 휴대폰으로 걸면 못 들을 줄 알았나?"

"웃기지 마! 그런 비밀 파일들을 네가 어떻게 볼 수 있어? CIA 내부 자료일 텐데."

"미스터 옐로우가 보여줬지."

다시 한 번 해럴드의 말문이 막혀버렸다.

"······그걸 그놈이 너한테 왜 보여줘? 네가 뭔데? CIA에서 쫓겨난 쓰레기 용병 주제에!"

해럴드의 목소리가 떨렸다.

악을 쓰고는 있지만 그도 이제 사태를 파악한 것 같았다.

"난 그냥 용병이 아냐. 난 NOA야."

그 말에 해럴드와 스완, 트레키, 랄프, 래티시아가 그 자리에 우뚝 멈춰 섰다.

그들의 얼굴에서 핏기가 싹 가셨다.

NOA(Non Official Agent)란 CIA에서 고용한 '비공식 요원'을 뜻한다.

CIA에서는 주로 불미스런 이유로 인해 정규직원에서 쫓겨난 사람 중에 특히 능력이 뛰어난 사람들을 비밀리에 다시 고용해서 극도로 위험한 작전에 투입하는 경우가 있다. 이런 비공식적인 비밀공작요원들을 NOA라고 부른다.

NOA들은 CIA의 풍부한 정보력과 기술력의 뒷받침을 받을 순 있지만, 어디까지나 정규직원이 아닌 임시 고용된 용병일 뿐이었다. 그래서 임무수행 중에 체포된다 하더라도 미국 정부의 도움은 꿈도 꿀 수 없었다.

CIA에서 쫓겨난 릭은 여러 가지 허드렛일을 전전하면서 8개월 동안 방황했다. 그 무렵 미스터 옐로우가 그를 찾아왔고, 릭은 아무 망설임 없이 NOA가 되었다.

"그랬었군, 젠장····· 좀 더 철저히 알아봤어야 하는 건데······. 하지만, 그래서 어쩔 거야? 넌 총 한 자루도 없어. 넌 죽은 목숨이야."

분노로 얼굴이 일그러진 해럴드가 증오의 말을 내뱉었다. 그가 나머지 네 사람을 이끌고 다시 릭을 뒤쫓기 시작했다.

릭은 마침내 목적지에 도착했다.

그의 눈앞에 허리 높이밖에 안 되는 작고 앙상한 나무가 한 그루 서 있었다.

릭은 뒤를 돌아보았다.

5명의 배신자들은 350여 미터 뒤에서 눈을 밟으며 열심히 달려오고 있었다.

릭은 무릎을 꿇고 앉아서 나무 밑에 쌓여 있는 눈을 두 손으로 파헤치기 시작했다. 이것을 본 해럴드와 부하들이 다시 멈춰 섰다.

해럴드가 쌍안경을 들고 릭의 동태를 자세히 살펴봤다.

그것을 본 해럴드의 얼굴이 딱딱하게 굳어졌다.

그것은 바로 총기 보관용 가방이었다.

"저게 뭐지?"

스완의 말에 해럴드가 벌컥 화를 냈다.

"이 멍청아! 총기 보관용 가방이잖아! 넌 보고도 모르냐!"

"제길! 저기 뭐가 들었는데? 응? 어떤 총인데?"

섬뜩한 기분을 느낀 트레키가 혼잣말하듯이 중얼거렸다. 하지만 그 역시 이게 얼마나 멍청한 질문인지 잘 알고 있었다.

기대은 긴 개 그 안에서 긴 총신을 가진 독특한 형태의 저격총을 한 자루 꺼냈다. 총에는 고성능 스코프까지 달려 있었다.

"드래구노프!"

해럴드가 낮게 탄식했다.

그것은 바로 드래구노프(Dragunov) 저격총이었다.

해럴드는 이제 확실히 깨달았다.

게임이 완전히 끝났다는 것을.

드래구노프는 1958년에 개발된 구소련의 반자동 저격총이다.

원래 구소련의 제식 저격총은 모신/나강 소총에 조준용 스코프를 부착한 M1891/30PU였는데, 2차 대전이 끝날 무렵에는 이게 워낙 구식이 되고 낡아져버려서 더 이상 쓸 수 없게 되었다. 그래서 새로운 저격총을 개발하게 되었는데, 대부분의 나라들이 구조가 간단해서 고장이 적고 명중률이 높은 볼트액션 식을 선호하는 것과 달리, 구소련의 군부는 반자동 저격총을 고집했다. 고장만 안 난다면 방아쇠를 당길 때마다 총알이 발사되는 반자동이 한발 한발 손으로 조작해야 하는 볼트액션보다 유리하기 때문이었다.

이렇게 해서, 세상에 나온 지 벌써 50년이 지났지만 현존하는 반자동 저격총들 중에 가장 튼튼하고 신뢰성 높은 저격총인 드래구노프가 탄생하게 되었다.

이 총을 설계한 예프게니 페데로비치 드래구노프는 1920년에 총기 설계사 집안에서 태어났다. 그는 생애의 대부분을 스포츠용 총기를 만드는 데 바쳤지만, 사회주의 국가에서는 역시 군용 총기를 만들어야 큰돈을 벌 수 있다는 걸 깨닫고 군용 총기 설계에 뛰어들었다. 그리고 드래구노프가 그의 대표작이 되었다.

해럴드와 나머지 4명의 배신자들은 릭을 향해 기관단총과 산탄총을 마구 쏴댔다. 하지만 소나기처럼 퍼부어댄 총알들은 릭의 근처까지 제대로 날아오지도 못했다. 릭과 배신자들의 거리는 300미터가 넘었지만 기관단총과 산탄총의 유효사거리는 200미터도 채 안 되기 때문이다.

하지만 드래구노프의 유효사거리는 천 미터가 넘었다.

그리고 이런 허허벌판에선 몸을 숨길 데도 없었다.

릭이 탄창을 집어넣고 징진 손잡이를 뒤로 잡아당기자 탄알 한 발이 약실에 장전되었다.

스완과 트레키가 황급히 뒤돌아서 지그재그로 달려가기 시작했다.

릭이 천천히 총을 들어 조준했다.

총성이 한 번 울리자 스완의 등 한가운데에 구멍이 뚫리며 앞가슴으로 피가 터져나왔다. 다시 한 번 총성이 울리자 이번엔 트레키의 머리가 수박처럼 터져나가면서 시뻘건 피보라가 솟구쳐 올랐다.

랄프는 망연자실한 표정으로 눈밭 위에 쓰러져 있는 두 구의 시체를 바라보았다.

릭은 스코프를 통해 그의 얼굴을 똑똑히 볼 수 있었다. 체념한 듯한 눈빛까지도.

방아쇠를 당기자 랄프의 이마에 구멍이 뚫리며 뒷머리가 날아갔다. 무릎을 꿇듯이 제자리에 풀썩 주저앉은 랄프는 천천히 앞으로 몸을 숙이며 죽어갔다.

이제 해럴드와 래티시아, 두 사람만 남았다.

해럴드는 얼굴에 경련이 일었지만 억지로 미소를 지으며 말했다.

"그래, 죽여라. 하지만 너도 정의의 편은 아냐. 우리 모두 이따위 식 짓을 뿐이니까. 지옥에서 만나자."

릭은 말없이 방아쇠를 당겼다.

첫 번째 총알이 그의 심장에 명중했다. 그리고 해럴드가 미처 눈 위에 쓰러지기도 전에 두 번째 총알이 그의 머리를 박살내버렸다.

이제 릭은 천천히 총구를 돌려 래티시아를 겨냥했다.

스코프를 통해 그녀의 아름다운 얼굴과 눈이 시리도록 새파란 눈동자가 똑똑히 보였다.

"래티시아……."

릭은 조용히 그녀의 이름을 불러보았다.

래티시아는 웃고 있었다.

서글픈 미소였다.

릭은 잠시 머뭇거렸다.

만약 그녀라면 어떻게 했을까…….

래티시아는 틀림없이 방아쇠를 당겼을 것이다. 그것도 아무런 주저함 없이.

릭은 천천히 방아쇠를 당겼다.

총알이 그녀의 양미간을 깨끗이 뚫고 지나갔다.

릭은 드래구노프를 들고 겨냥한 자세로 눈 위에 쓰러져 있는 배신자들에게 조심스럽게 다가갔다.

붉게 물든 눈 위에 쓰러져 있는 해럴드의 주머니에서 디스크 2장을 꺼낸 릭은 고개를 돌려 래티시아를 바라봤다.

그녀는 평온한 표정으로 마치 잠자는 듯이 누워 있었다.

이제 오두막을 폭파하고 스미스와 일본인들의 시체를 없애면 임무가 완료된다.

여기 널려 있는 배신자들의 시체는 CIA가 처리할 것이다.

릭은 오두막을 향해 천천히 발걸음을 옮기기 시작했다.

쓸쓸히 걸어가는 그의 머리 위로 다시 눈이 내리기 시작했다.

- 『2000년 올해의 베스트 추리소설(씨오점케이알 살인사건)』(태동출판사, 2000)

위기의 연인들

>>>>> 노원

1931년 함북 풍산에서 태어나 연세대학교 영문과에서 수학했다. 1998년 장편 추리소설 『위험한 외출』로 한국추리문학대상을 받았다. 주요 작품으로 『배신의 계절』 『금지된 밀월』 『적과의 동침』 『야간법정』 『바람의 여신』 『위험한 외출』 『블랙 레이디』 등이 있다.

1

"동혁 씨, 엄청 큰 건수가 하나 있거든, 거기 한몫 낄래?"

한 차례 격렬한 정사가 끝나고 어쩐지 나른해서 잠시 휴식을 취하고 있을 즈음, 혜린이 불쑥 던진 말이었다. 나는 어느새 졸음마저 엄습해와 얼른 뭐라 대꾸하지 못했다.

"이건 일생에 한 번 만날까 말까 한 찬스야. 우리가 단단히 한몫 잡을 거라는 건 내가 보장해."

혜린은 언어어 말했다. 혜린이 강조하지 않더라도 실없는 말을 할 그녀가 아니었다. 그리고 그녀는 확실한 결과를 보장할 수 있는 위치에 서 있기도 했다.

서혜린!

올해 나이 삼십대 중반으로, 전신이 나이트클럽 호스티스인 그녀는 얼마 전에 홍콩의 국제무역상에게 시집을 갔는데, 그녀의 동료들은 어느 날 갑자기 신데렐라처럼 수직으로 신분상승한 그녀를 여간 부러워한 게 아니라고 했다.

"뭐, 그까짓 신분상승이 대단하다고…… 한 나라의 대통령 영부인이 된 호스티스도 다 있는데……."

아마도 예전에 인도네시아 스카르노 대통령의 영부인이 된 데위 여사를 빗대어 한 말이리라. 그녀는 일본 여자로, 스카르노를 처음 만났을 적엔 도쿄 나이트클럽의 19세의 어린 호스티스였다. 아무려나 혜린의 친구들은 속깨나 쓰렸을 것이었다. 미스코리아 출신도 아니고 연예인 출신도 아니면서 홍콩의 이름난 무역상을 쟁취하기란 쉬운 일이 아니다. 남다른 매력이 없이는 말이다.

혜린은 뭐랄까, 〈디아볼릭〉의 이자벨 아자니처럼 그 몸매는 가냘프고, 그 얼굴은 갸름하다. 검은 머리는 치렁치렁 늘어뜨렸고, 그 눈은 불안스레 어둡게 빛나고 있다. 바람이라도 불면 금세 휘청일 것 같은 모습이긴 하나, 한 꺼풀 벗겨보면 그 내부에 허영심으로 가득 찬 욕망의 심지가 끊임없이 불타고 있다. 그리고 심줄처럼 질긴 그 성품! 그래서 오늘의 위치도 쟁취했으리라.

"올해엔 무엇을 하긴 해야 하는데……."

나는 졸린 목소리로 겨우 대꾸했다.

"동혁 씨, 거기가 올해 무엇을 해야 한다면 이만한 일도 달리 없을 거야. 내가 장담해."

"그래, 그게 뭔데?"

"잠깐만……."

혜린은 재빨리 침대를 벗어나더니 나신인 채로 화장실로 걸음을 옮기고 있었다. 작은 몸매가 여간 볼륨이 있는 게 아니었고, 그 걸음걸이도 여간 리드미컬하지가 않다. 줄곧 나의 머리를 지배하는 것은 언제까지 혜린을 차지할 수 있을까, 하는 것이었다. 나의 신분은, 겉으로 표방하는 신분은 영화배우! 그런데 잘 뜨는 배우라면 무엇 때문에 여자를 후리는 일에나 종사할 것인가! 그러니 나의 참다운 직업은, 그것도 직업이라고 한다면 여자의 뒤꽁무니나 쫓으며 돈을 뜯어내는 일이다. 이른바 제비족이시다.

내가 혜린을 처음 알게 된 것은 지난겨울 홍콩의 첵랍콕 국제공항 터미널에서였다. 출국 라운지의 체크인 카운터에 들러 탑승수속을 하는데, 퍼스트 클래스의 담당직원이 탑승권을 건네주면서 뜻 모를 미소를 띠더니, "오늘 운수가 좋으십니다. 즐거운 여행 되세요" 하고 말하는 것이 아닌가.

나는 처음엔 그가 의례적인 대사를 던지는 줄 알았다. 그런데 그의 입가에 번진 수수께끼 같은 미소가 마음에 걸렸다. 그러나 그 수수께끼도 금세 풀렸다. 보딩 브리지를 지나 여객기에 탑승해보니 바로 옆 좌석에 심은하 빰치게 매혹적인 여성이 자리 잡고 있지 아니한가. 바로 혜린이었다. 그녀는 다이아가 가득 박힌 꿈의 보석이라는 캐츠아이 반지에, 귀고리를 하고 있었고, 그것도 허니 컬러의 캐츠아이였다. 우린 처음엔 서로를 탐색하는 시선을 보내며 어색한 시선을 보냈으나, 으레 누구나 그러하듯 날씨 이야기부터 시작하게 되었다. 비행기가 부상하면서 눈보라에 휩싸이기 시작해서다.

"제가 지금 무슨 생각을 하는지 아시겠습니까?"

나는 점차 익숙한 솜씨로 말을 붙였다.

"무슨 생각을요?"

혜린은 애써 흥미 있어하는 눈빛으로 되묻는 것이었다.

"이 비행기가 회항하거나 어디 불시착이라도 했으면 하는 겁니다. 지금 기상이 별로 좋은 편이 아니거든요."

"어쩜, 그런 생각을 다…….."

"이 겨울, 눈 내리는 밤에, 알지 못할 낭만이 기다리고 있을 거라는 생각이 들지 않습니까? 가슴 두근거리는 모험이요."

"무슨 뜻인지는 알겠는데요."

혜린은 일순 빙긋했다. 지금쯤 권태에 젖어 있을 나이! 그래서 새로운 전기도 모색하고 싶을 시기도 되었을 것이다.

"난 임자가 있는 여자예요. 어엿한 임자가…….."

혜린은 화려하게 웃음 지으며 덧붙이는 것이었다.

"부인, 전 임자 있는 여자에게 대시하는 데 스릴을 느끼게 되더군요. 쟁취감이 있으니까요. 허구, 정상적인 남자면 부인처럼 매력적인 여성에게 접근할 게 뻔하죠. 부인께서 아름답다는 것은 알고 계시죠."

"그 말이 마음에 드네요."

"제 말이 마음에 드셨다면 오늘 밤 저와 함께 저녁을 나누시죠."

혜린은 내 말에 금세 반응하지 않았다. 한 번쯤 사랑을 나눌 만한 남자인지를 저울질하고 있는 것이다.

"유감스럽게도 오늘 밤엔 선약이 있어요. 나중에 전활 하죠."

이윽고 혜린한테서 돌아온 대꾸였다.

"좋습니다. 오늘은 제가 양보하죠. 이게 제 전화번홉니다. 언제든지 전활 주시죠."

"그럴게요."

나는 나의 휴대폰 번호를 건네었고, 혜린은 선선히 받아 줘었다. 나는 일순 근래에 보기 드문 대어를 낚았다는 생각을 지울 수가 없었다. 그러니 어찌 퍼스트 클래스에 탑승하지 않고 이런 기회를 포착할 수 있겠는가! 모름지기 누구든지 필요한 투자를 해야 하는 것이다.

　

그러나 김포공항에서 작별을 한 혜린은 나의 기대를 배반하고 금세 전화를 주지 않았다.

그렇게 겨울은 지나고 아카시아 꽃이 필 무렵의 5월이 찾아왔다. 그리고 그제야 기다리던 전화벨도 울렸다.

"여보세요!"

귀에 익은 여인의 목소리!

바로 서혜린의 목소리였다. 그리고 그것은 나의 운명의 궤도를 결정적으로 수정하는 전화이기도 했다.

"아, 네에……."

"나는 잠시 더듬거리며 말을 제대로 잇지를 못했다.

"서혜린이에요. 절 기억하세요?"

혜린이 물었다. 어떻게 내가 서혜린이라는 여인의 이름 석 자를 기억하지 못하겠는가! 언제부터인가 그녀는 나의 구원의 여인이었던 것이다.

"저를 기억하시느냐구요?"

혜린은 이 사실만이 궁금한 듯 뇌줄이에서 불었다.

"혜린 씨, 지금 거기가 어디죠?"

내가 이윽고 뱉은 말은 오직 이것뿐이었다.

"여긴 인터콘티넨탈호텔이에요. 테헤란로에 있는…… 알지요?"

"알아요."

나는 잠시 후 인터콘티넨탈호텔의 혜린의 침실을 노크하였고, 우리들의 위험한 관계는 이렇게 막을 올리게 되었다. 그리고 장마전선이 북상하기 시작하는 여름으로 이어졌다.

"동혁 씨, 우리 그이가 무얼 하는 사람인지 알아? 왕가인이라는 사람의 정체 말이야."

언제 샤워를 끝냈는지 혜린은 다시금 침대로 파고들며 물었다. 그래서 과거로 거슬러 올라갔던 나의 상념은 현실로 돌아왔다.

"이름난 국제무역상이 아니던가! 왕가인 씨는…… 정확하게는 국제무기상! 아드난 카쇼기가 중동을 무대로 한다면, 아주 지역을 무대로 하는……."

나는 내가 아는 대로 말했다.

"거기 삼합회(三合會)라고 알아? 흔히 트라이어드로 알려진 홍콩의 범죄조직 말이야."

혜린의 물음은 이어졌다.

"알지."

나는 명쾌하게 대꾸했다. 홍콩의 액션영화엔 으레 삼합회가 등장하지 않던가.

"잔혹하고 비정하기로 악명이 높은 홍콩의 마피아!"

"안데두."

"근데, 알고 보니 우리 그이가 놀랍게도 트라이어드의 핵심 멤버더라구요. 국제적인 무역을 하는 것은 사실이지만, 그게 밀무역이었고…… 요즘은 마약이나 보석의 밀거래에 힘을 쏟는 것 같아."

"흐음, 그랬었나?"

"남편은 한때는 트라이어드의 제1급 킬러였다는 말도 있어. 소문난 사형집행관이었다는 얘기야. 하나도 믿지 못할 얘기지만……."

나는 혜린이 새삼스럽게 전한 소식을 듣는 순간 속으로 찔끔했다. 잘못 처신하다가는 소리 소문 없이 골로 갈 게 뻔했다.

"아니, 그걸 처음부터 알았어?"

"나도 처음엔 몰랐지. 알았다면 시집을 가나?"

하긴 그럴 테지. 아무리 변신하려는 소망이 간절해도 맹목적으로 치달을 수는 없을 거 아닌가! 그런데 이 이야기는 무엇 때문에 끄집어내는 것일까?

"동혁 씨, 너무 신경을 곤두세우지 말고 내 얘기를 들어봐."

혜린은 바야흐로 오늘 밤의 우리들의 주제로 화제를 옮기려 했다.

"우린 앞으로 할 일이 있어. 이건 큰 건수야."

혜린의 말로는 그녀의 남편이 조만간 대량의 다이아몬드를 밀반입한다는 것이었고, 국내 조직과의 접선을 통해서 인수인계한다는 것이었다. 접선 날짜는 8월 8일이고, 접선 장소는 김포국제공항의 4번 주차장이라고 했다.

"내 말은 우리가 그 현장을 덮치자는 얘기야. 그렇게 해서 거래대금도 빼앗고 보석도 가로채자는 거지. 꿩 먹고 알 먹고 하자는 얘기더라고."

"그것 괜찮군. 하지만 그게 우리 마음대로 될까?"

나는 이게 꿈인지가, 그는 마음의 그가 잿생추 마음내로 되는 게 아냐, 하는 생각이 잠시 엇갈렸다.

"우린 밀수단속반을 가장하는 거야. 아마 우리가 나타나면, 어마 뜨거워라, 하며 줄행랑칠 게 뻔해."

"그럴 수도 있겠지. 하지만 당신 남편이 어떤 사람이야? 일을 서툴게 할 사람이 아니지. 산전수전 다 겪었을 텐데……."

"어머, 과대평가하네."

"과소평가해서도 안 될걸."

"동혁 씨, 염려하지 마! 이건 남편하고 짜고 하는 일이야. 말하자면 짜고 치는 고스톱이란 얘기지."

"그게 무슨 소리야?"

"나 원…… 이렇게 둔할까."

"그건 비난인가?"

"내 말을 좀 들어봐요."

혜린의 말에 따르면 그녀의 남편 왕가인이 차제에 그가 평생 몸을 담아온 조직에서 이탈하려 한다는 것이다. 그러고는 이 세상 어딘가에 있을 엘도라도 같은 이상향을 찾아서 떠난다는 것이었다. 물론 아름다운 자기 아내와 함께.

"그래서 마지막으로 한몫 챙긴다는 겐가? 제법 머릴 굴리셨군."

"머릴 굴리기야 했지. 하지만 남편에겐 막상 돈이 문제가 아냐. 다만 이번 기회에 조직에서 감쪽같이 사라지고 싶은 것뿐이야."

"그러니 뭐야, 우린 하나의 자작극에 한몫 낀다는 얘긴가?"

"어쩜, 거긴 이해가 빠르네!"

"하하, 이번엔 칭찬인가?"

"동혁 씨, 이건 거기 말처럼 하나의 기만극일 뿐이야. 누구도 다치는 일이 없는…… 그러니 이건 식은 죽 먹기보다 쉬운 일이라고 할 수가 있어. 그 보수나 그 위험성에 비해서 말이야. 어때, 괜찮지?"

"괜찮군. 하지만 트라이어드가 가만히 있을까? 그 무서운 친구들이…… 자기들 돈과 보석을 탈취하고 행방을 감춘 우리들에 대해서 말이야. 아니, 당신 남편에 대해서……. 조직에서 이탈하는 그 자체도 큰 죄고, 그 형벌은 죽음일 텐데, 조직의 돈까지 가로챘다면, 그 사람들이 손가락이나 빨며 순순히 물러날 서 같냐구? 어림도 없는 소리!"

"그래서 하는 말인데……."

혜린이 일순 빙긋했다. 그것은 음모자에게서나 볼 수 있는 은밀한 미소였다.

"그 현장에서, 접선 장소에서 말이야, 남편이 사살되는 것으로 꾸미려고 해! 장렬한 최후를 맞는 것으로…… 그럼 될 거 아냐?"

"그것참, 그럴듯한 생각이군! 하지만……."

"우린 관객마저 동원해서 화려한 접선공작을 펼치려고 해! 일대 총격전을 가미한…… 그래서 무대도 사람들이 붐비는 공항을 선정했고…… 김포국제공항에서의 총격전! 왕가인의 은퇴식에 어울리는 무대고 연출이잖아?"

"하긴……."

"동혁 씨, 무엇보다도 급선무가 그럴싸한 밀수단속반을 만드는 일이야."

"그야 그럴 테지."

"거기, 친구들이 있죠? 힘깨나 쓰고 마음에 맞는…… 끌어들여요! 모두 입서 세 사람은 되어야 알설."

"그렇게 하지, 뭐."

그리고 무기도 준비해야 하는데, 그것은 왕가인이 준비할 거라고 했고, 경찰 복장이나 차량은 나더러 준비하라고 했다. 총격전 신에서는 왕가인이 새로 마련한 벤츠를 가차 없이 벌집을 내라고도 했다. 그리고 A형의 혈액도 구해 현장에 흩뿌리라고 하는 것이었다.

왕가인의 혈액형이 A형이라나.

"그것 좋은 아이디어군!"

"좋은 아이디어라고? 천만에! 완벽한 아이디어라구요!"

"잘 모르겠지만, 시신부터 마련해야 하는 거 아냐? 가짜 시신을.
사람들이란 의심이 많아, 시신을 확인하고 싶어 할걸."

내가 핵심을 찌른 말을 던지자 혜린은 기다렸다는 듯이 대꾸하는
것이었다.

"염려 마요! 그것도 다 준비해놓았으니까. 총상도 입혀놓았구. 우
리 계획은 하나에서 열까지 빈틈이라곤 없어. 내가 누구야? 그리고
왕가인이 어떤 사람이구?"

혜린의 말처럼 그녀의 계획은, 아니 왕가인의 계획이라고 할까,
용의주도하게 준비된 듯했다. 알고 보면 나를 그녀의 품에 끌어들인
것도 이 모든 계획의 일환이지 싶기도 했다.

그렇다면 우리들의 관계를 혜린의 남편도 다 알고 있는 건 아닐
까? 트라이어드의 비정한 킬러 왕가인도 말이다. 나는 일순 등을 타
고 흘러내리는 전율을 느꼈다.

"적어도 거기 친구들한테는 한 사람 앞에 천만 원을 줄 수가 있어.
동혁 씨, 그쪽한테는 더 후하게 줄 거구."

혜린은 이젠 그녀의 음모가 가득한 이야기를 마무리하려 했다.

"그래, 어때? 할 거지?"

혜린은 다그치듯 물었다.

"좋아! 한번 해보지. 각본도 좋겠다, 연출자도 좋고……."

백수건달로 속절없이 세월을 보내는 나로서는 혜린의 제의를 마
다할 아무 이유가 없었다. 수중에 돈이 있나, 뾰족한 직업이 있나.

내 말에 혜린은 싱긋 웃음 지었는데, 얄밉게도 나의 마음을 속속들이 읽고 있는 것이다.

"일단 모든 준비가 끝나면 난 어떻게 하지?"

내가 물었다.

"그야, 물론 왕가인과 첫 미팅을 가져야지."

혜린이 재빨리 대꾸했다.

"아니, 그 사람과 꼭 미팅을 가져야 하나?"

왕가인과 만나야 하다니! 그건 여간 꺼림칙한 일이 아니었다. 그를 만나는 날이 초상을 치르는 날이 될지도 모르는 일이 아닌가!

"나 참, 우리가 총격전 신마저 연출하는데, 어떻게 리허설을 위한 미팅을 갖지 않을 수가 있지? 무기도 건네받아야 하구, 착수금도 받아야 하는 거 아냐?"

"그야, 그렇지만……."

"동혁 씨, 공연히 쫄 거 없어. 자, 이제 우리 잠이나 자! 내일 또 얘기하구."

"알았어."

나는 혜린을 품에 안으며 잠을 청했으나 잠을 이루지는 못했다. 어쩐지 장밋빛 인생이 펼쳐질 거라는 기대보다는 위험한 다리를 건너는 생각이 앞서는 탓이지 싶었다. 그러나 날이 밝자 나는 혜린과 작별하고는 금세 이번 일에 참여할 사람들을 끌어모으기 시작했다. 살기 쉽지 않은 세상이라 그 일은 그다지 어렵지가 않았는데 나는 절친한 친구 두 사람을 끌어들였다. 진우는 이태원이 활동무대인 게이! 그는 그래도 게이 세계에서는 알아주는 간판스타! 하섭은 호스트 바로 알려진 여성 전용 술집에 나가는 남자 접대부! 그는 얼마

전에 경찰의 일제 단속에 걸려 매스컴의 화려한 각광을 받았다. 그러니 똑같이 얼굴을 밑천으로 여자들에 기생해서 살아가는 골빈 친구들로, 우린 그게 얼마나 치사한 삶인지 잘 알고 있었고, 그런 탓으로 우리 마음속 깊은 곳에서는 언제나 변신하려는 그리고 비상하려는 간절한 소망이 잠자고 있었다.

우린 '수도경찰'이라는 표지가 하얗게 부착된 방탄조끼에, 경광등도 요란스레 달린 대 기동타격용 검은 지프도 마련했다. 그리고 적절히 임무분담도 하고 예비훈련도 하고 해서 실제상황에 대비하기도 했다. 우린 막상 여느 사람들하고는 달라서 군대에도 빠짐없이 다녀오고 해서 총을 쏘는 일쯤은 식은 죽 먹기였다. 이젠 이 일을 꾸민 왕가인과 회합하는 일만이 남았고, 그날도 마침내 다가왔다.

2

바캉스 시즌이 절정을 이루는 8월 초의 어느 날 밤에 우리 모두는 왕가인의 비밀 아지트라 할 청평호반의 으슥한 방갈로에 초대를 받았다.

"나, 왕가인이오!"

사십대 초반은 되었을까, 세 사람의 용병들을 맞는 왕가인의 풍모가 남달랐다. 뭐랄까, 일견해서 멜로영화에 출연해도 손색 없을, 영화배우 저리 가라 할 정도의 핸섬한 남자가 눈앞에 서 있는 것이다. 트라이어드의 킬러답게 소름 끼치는 냉혈한을 연상했었는데, 전혀 그렇지가 않다. 음울하고 과묵할 줄 알았는데, 그렇지도 않다. 오늘

날의 악한의 이미지는 옛날과는 많이 달라진 것일까! 하긴 최민수도 악역을 맡았을 때 더 빛나지 않았던가! 그런데 가느다란 스틸 프레임 안경 저편의 눈은 어둡고 빈틈이 없다. 그리고 입가에 잔잔히 피어난 웃음도 누군가를 차갑게 조롱하는 듯해서 마음에 들지 않았다. 그런 왕가인 옆에 혜린은 다소곳하니 서서는 미소를 흘리고 있었는데, 갑자기 그녀가 십 리만큼이나 멀리 서 있는 느낌이었다.

"형제들! 당신들의 명성은 익히 들었는데, 준비는 다 되었소?"

왕가인은 이윽고 소파에 둘러앉은 우리들한테 물었고, 우린 말없는 가운데 고개만을 주억거렸다.

"자, 이건 착수금이오."

왕가인은 한시도 지체하지 않고 우리한테 약속한 돈다발부터 안기는 것이었다. 살펴보니 100만 원권 다섯 다발씩이었다.

"일이 끝나는 대로 나머지 절반을 주겠소. 그게 우리들의 오래된 불문율이오."

왕가인은 제법 호기 있게 굴었다. 그런데 그의 우리말이 여간 유창하지가 않다. 나는 왕가인 앞에서 점점도 위축이 되는 나 자신을 깨달으면서, 사람이란 죄를 짓고는 못 사는 법이라고 생각했다.

"어떤가? 내 제의가…… 만족스러운가?"

왕가인의 말에 우린 다시금 고개만을 주억거렸다.

"아우님들! 혹시 생각이 달라져서 그 돈으로 바캉스 여행을 다녀와도 난 뭐라 않을 거요. 당신들이 마음에 들어서 하는 말이오."

"천만에요. 그 무슨 말씀을!"

우린 일제히 합창하듯 말했다. 강렬하게 항변하는 제스처와 함께.

"아마, 크게 염려할 일은 없을 게요. 경찰에서 출동했다 싶으면 기겁해서는 보따리도 팽개친 채 줄행랑칠 게 뻔하니까. 하지만 준비는 완벽하게 갖추는 게 좋을 거요. 우리 이렇게 합시다."

왕가인은 말을 이었고, 우린 다만 경청했다. 왕가인의 말로는 접선은 일몰 시각을 앞둔 시점으로 한다고 했다. 아마 그때쯤이면 항공기 이착륙이 많을 시간이고 주차장도 붐빌 것이라나.

"우리가 모처럼 화려한 접선공작을 위한 무대를 마련하고서도 관객이 없어서야 되겠소?"

그리고 그는 총격전은 현실감과 함께 박진감이 있어야 한다고 했다. 그래서 실탄도 지급할 것이고, 박살낼 것은 가차 없이 박살내야 한다고 했다. 그리고 그를 어디 수장할 때에도 사람들의 눈에 띄는 것이 좋을 거라고 했다.

"결론적으로 말해서, 이건 나의 현실도피를 위한 잘 계획된 위장극이라는 것을 명심하도록 하시오. 그래서 하는 말인데, 하도 감쪽같아서 아무도 의심하는 사람이 없어야 할 거요."

왕가인은 그의 브리핑을 마무리하려 했다.

"그냥 호기심으로 묻는데, 어떤가, 재미있을 것 같은가?"

우린 아무 대꾸도 아니 했다.

"형제들, 긴장을 풀게! 우리, 역사를 만들자구!"

왕가인은 어떻게 보면 눈앞의 사태를 즐기는 사람처럼 보였지만, 우린 신경이 곤두서서인지 얼른 그와 쉽사리 장단을 맞출 수가 없었다.

잠시 후 왕가인은 우리들한테 무기도 건네주었는데, 내가 이윽고 지급받은 무기는 독일이 온 세계에 자랑하는 구경 380ACP의 모제르 권총이었다. 그것도 '모제르 HSC 수퍼'였고, 장탄수가 13발이나 되었다. 나는 그 작은 권총의 듬직한 무게를 느끼며 새삼스럽게 일의 중대성이랄까, 위험성을 실감했다. 이렇게 해서 졸지에 완전무장한 밀수단속반이 탄생하게 되었고, 그중 허우대가 멀쩡한 내가 지휘관 역할을 맡은 것은 물론이다.

"동혁 씨, 제법이야! 주윤발 뺨치게 폼이 나는걸!"

숄더 홀스터마저 차고 나타난 나의 모습을 보고 혜린이 던진 말이었다.

"좋았어요!"

왕가인도 덩달아 장단 맞추듯 했는데, 그의 계략이 빛을 볼 거라는 기대감 탓인 듯했다.

3

그리고 마침내 작전을 결행할 날이 왔다.

8월 8일의 그날은 아침부터 부슬비가 내려 어쩐지 우리들의 총격전 신에 어울릴 듯만 싶었다. 우리들은 일찍부터 접선 장소인 김포국제공항 4번 주차장에 잠복해 있었고, 왕가인과 국내 밀수조직의 접선을 참을성 있게 기다렸다. 완전무장을 하고 말이다. 나 자신, 그날이 이렇게 빨리 멀지 않았는데, 나의 동료들도 연신 담배를 피워 물고 있는 걸 봐서는 그러한 듯했다.

정확하게 일몰 시각을 앞두고 검은 벤츠의 왕가인이 모습을 드러냈고, 그와 접선할 국내 밀수책도 자신의 보디가드와 함께 녹색의 볼보를 몰고 나타나는 것이 아닌가! 그들이 현금과 보석이 들어 있는 샘소나이트 가방을 교환하려는 순간, 우린 그들을 향해 일제히

도약했다.

"손 들어! 우린 경찰이다!"

우리들은 그들을 향해 상투적인 대사를 내뱉기도 했다.

"꼼짝하지 마! 승부는 끝났어!"

우린 과감하게 대시하면서 그들이 타고 온 차에 무차별 총격을 가하기도 했다. 검은 벤츠에도, 녹색의 볼보에도! 총소리의 파괴음도 놀라웠지만 차창들이 부서져 내리는 파열음도 이루 말할 수 없는 통쾌감을 몰고 왔다. 우리들의 강습에 놀란 국내 밀수조직원들은 혼비백산해서는 손에 든 가방도 팽개친 채 도망치기에 바빴고, 우린 구태여 그들을 쫓지 않았다. 아니, 그들의 퇴로를 터주었다는 것이 옳을 것이다. 그러나 왕가인은 달랐다. 물론 사전에 약속된 것이지만, 그는 지체함이 없는 반격을 가해왔고, 우린 그런 그를 향해 총격을 가했다. 그를 향해서, 라고 하기보다는 그의 주변 차들을 향해 총격을 퍼부었다는 것이 옳을 것이다. 그 과정에서 왕가인은 그 자신이 총을 맞고 쓰러지는 장면을 실감 나게 연출했는데, 그것은 액션배우 못지않은 박진감 넘치는 연기였다.

누가 보아도 그것은 치열한 총격전의 한 장면이었다. 그것도 필름 느와르라고 하는 영화 장르에서나 봄직한 현란한 총격전이었다. 그 과정에서 나는 한순간 왕가인의 심장을 겨냥해서 방아쇠를 당기고 싶은 강렬한 욕구에 시달렸다. 이 이상의 찬스가 언제 또 올 것인가! 돈과 여자를 쟁취할 절호의 기회가 아닌가!

"상황은 끝났어! 우리, 철수하자구!"

그러나 나는 신속하게 다음 행동으로 옮겼는데, 막상 모든 기회를 상실하는 순간이었다. 우린 쓰러진 왕가인을 서둘러 차에 싣고는,

물론 그전에 바닥에 슬쩍 피도 뿌렸고, 두 개의 가방도 챙긴 뒤 접선 장소를 재빨리 떠났다. 경광등도 밝히고 사이렌 소리도 요란스럽게 말이다. 물론 이 모든 광경을 적지 않은 사람들이 목격하게 되었다. 아마도 뜻하지 않은 총격전 신에 한편으로 놀라고, 한편으로 찬탄했을 것이다.

잠시 뒤에 우리들의 검은 지프는 김포가도 차량의 홍수 속에 파묻혔고, 저녁 어둠도 어느새 우릴 감싸고 있었다. 이윽고 우리들의 안전가옥이라 할 청평호반의 방갈로에 당도하니 혜린이 우릴 맞아주었다. 그녀는 총격전이 펼쳐졌던 그 시간에 조선호텔의 나인스게이트라는 레스토랑에서 저녁을 들며 그녀 자신의 알리바이를 만들고, 곧 이곳으로 달려온 참이었다.

"여보, 실수는 없었지요?"

혜린이 초조한 낯빛으로 물었다.

"실수는…… 내 사전엔 실수란 없지!"

왕가인은 큰 소리로 떠벌리며 혜린을 감싸 안는 것이었다.

"감쪽같았지! 하나의 예술이었다고, 오늘의 작전은……."

"알아요. 낭신은 천재잖아요!"

왕가인은 일순 싱긋 미소 짓고는 우리들한테로 돌아서서 치하의 말을 잊지 않았다.

"아주 훌륭했어요! 어떤 전문가에게도 뒤지지 않는 프로다운 솜씨를 발휘했어요. 조금은 연기 과잉이라는 느낌은 있었지만……. 자, 어서 나머지 돈을 받도록 하시오. 그리고 보너스도…… 적지 않은 금액이오."

왕가인은 마냥 즐거워했는데, 그 차가워 보이던 눈도 지금은 살래 살래 춤을 추고 있다. 그는 빳빳한 새 돈으로 잔금도 지불했고, 그의 말처럼 두둑한 보너스도 건네주는 것이었다. 우리도 크게 만족했다. 모처럼 모험도 즐겼고 적잖은 돈도 챙겼으니 말이다.

"허구, 그 가방들은 넘겨주시구려. 그리고 무기들도. 당신들 선량한 시민들한테는 아무 소용이 없을 테니까!"

우린 왕가인의 말에 따라 지체 없이 두 개의 가방과 세 자루의 무기를 돌려주었고, 그 모두를 혜린이 손수 챙겼다.

"친구들, 지금부터는 즐기는 시간이오. 샴페인에 캐비아가 없는 것이 안타깝지만, 여기 잭 다니엘스는 있소. 우리 축배를 들지 않고 헤어질 수는 없는 거 아니겠소?"

그래서 우린 한동안 거실의 소파에 둘러앉아 크리스털 글라스에 가득 채운 술을 나누게 되었고, 그 모든 시중을 혜린이 분주하니 수행했다. 그리고 언제 준비했는지 슬라이스 훈제 연어에 왕새우구이가 우리들 앞에 놓여지기도 했다.

"이제 우리한테 무슨 문제가 남았지?"

잠시 후 왕가인은 우리를 둘러보며 누구에게랄 것도 없이 물었다.

"아 참, 내 정신 좀 봐! 시신을 구하는 일이 남았군. 그럴듯한 시신을 마련해 전시하는 일이……. 김포공항의 그 화려한 총격전으로는 부족하지. 아암!"

그렇다. 애당초 계획대로 시신을 구해 전시해야 한다. 왕가인의 소지품을 지닌…… 그리고 총상을 입은……. 그래야 우리들의 적들이 왕가인의 죽음을 믿을 것이 아니겠는가!

"당신이 시신을 구할 수 있다고 제법 큰소리쳤었지. 외삼촌이 시립병원에 있다면서…… 어떻게 되었소?"

왕가인이 혜린을 돌아보며 물었다. 왕가인의 물음에 혜린은 금세 대꾸를 아니 하고 다만 빙긋했다.

"여보, 시신을 구하기나 한 게요?"

왕가인은 소파의 상석에 깊숙이 파묻혀 술을 홀짝이면서도 이것 만이 초미의 관심사인 듯 되풀이해서 캐묻는 것이었다. 아무래도 아 내가 시신을 구한다는 일이 못 미더운 듯했다.

"아뇨."

이윽고 혜린한테서 돌아온 대꾸는 뜻밖이었다. 그녀는 서성이던 걸음을 멈추고는 다시금 빙긋했는데, 그녀의 말투엔 어느새 억제된 차가움이 배어 있었다.

"아뇨, 라니? 그 무슨……."

"구태여 따로 구할 필요를 느끼지 않았어요."

"왜지?"

"왜냐고요? 당신, 왜냐고 물었어요?"

"그래, 왜지?"

"눈앞에 버젓이 시신이 있는데, 무엇 때문에 따로 구한다는 거죠? 그게 우습잖아요."

"아니, 그게 무슨 소리지? 눈앞에 시신이 있다니……."

"내 말을 이해하지 못하나 보네요. 당신 언제부터 둔해지셨지요? 맛이 갔냐구요. 여보, 당신은 말이에요, 김포공항에서 죽은 걸로 되 어 있어요. 그 총격전에서요. 아시겠어요? 당신은 이미 죽은 몸이에 요, 죽은 몸! 근데, 따로 시신은요?"

"어렵쇼! 당신 지금 농담을 하나? 하나도 재미가 없군!"

"여보, 농담할 때는 지났어요. 그리고요, 난 하나도 재미없는 농담은 하지 않아요. 잘 아실 텐데…….”

“이거 왠지 썰렁한걸!”

“애당초 시신을 구할 생각일랑 난 하지도 않았어요. 왜냐면 당신을 제사 지낼 생각이었으니까요.”

“이런, 당신 이제 보니 미쳤군.”

“웬걸요. 미친 건 당신인 줄 아는데요. 겁도 없이 조직의 돈을 가로채려 하다니…….”

“제길헐!”

“여보, 내 말을 잘 들어요. 난 말이에요, 다이아몬드와 당신의 목숨을 선택하라면 당신의 목숨이에요.”

왕가인은 혜린이 뭐라 해도 지금은 단지 ‘아뿔싸!’ 하는 표정으로 입을 굳게 닫고 있었는데, 그는 비로소 혜린의 숨겨진 계략을 읽는 듯했다. 그가 자리에서 일어나려 했다.

“움직이지 마요!”

혜린이 대뜸 앙칼진 목소리로 명령했다. 그리고 어느새 혜린의 손엔 22구경의 프랑스제 소형 권총 미크로스가 쥐여져 있었고, 그 총구는 분명히 왕가인의 심장을 겨냥해 있었다. 그리고 또 한 가지 분명한 것은 모든 무기를 지금은 혜린이 회수하고 있다는 사실이었다.

“그 자리에 앉아 있어요. 공연히 용쓸 생각일랑 말고…….”

남편을 향한 혜린의 명령은 이어졌고, 그녀의 사격 자세는 보다 긴박감을 느끼게 했다.

“당신, 내 말을 따라야 해요. 누구보다도 나란 여자를 잘 알 거라고 생각하는데……. 여보, 이제부터 규칙은 내가 정해요.”

엉거주춤하니 자리에서 일어나려던 왕가인은 다시금 천천히 제자리에 파묻히고 있었다. 아마 누구보다도 혜린의 냉혹한 결단력을 아는 듯했다. 그리고 비정한 살의도……. 아니, 무릇 여성의 잔혹한 심층심리를……. 남자들은 도끼를 한 번 후려치는 것으로 만족하지만, 여자들은 열두 번 내리쳐야 직성이 풀린다고 하지 않던가! 그러니 그의 잘생긴 얼굴에서 핏기가 하얗게 가시고 있는 것이다.

지금의 나로서는 눈앞의 사태를 어떻게 파악해야 할지 곤혹스럽기만 했다. 기뻐해야 할지, 두려워해야 할지. 나의 동료들도 그러한 듯했는데, 우린 어느새 한 발짝씩 성큼 물러나 있었고, 관망자의 위치에 서 있었다. 분명한 것은 혜린이 결정적인 찬스를 포착하자 한순간도 망설이지 않고 남편과 결별하려 한다는 것이었다. 그것도 이 세상으로부터의 영원한 결별을 말이다.

역사적으로 얼마나 많은 아내들이 남편들을 소리 소문 없이 저세상으로 보냈던가!

혹은 비소라는 이름의 독약으로, 혹은 도끼를 휘둘러서……. 오늘도 그런 패턴이 되풀이되는 것일 게다.

"여보, 우리 협상하자구! 당신, 다이아몬드가 소원인가 본데, 그래서 이렇게 막 나오는 것 같은데, 당신이 원한다면 모두 주지. 깨끗하게 말이야."

잠시 머뭇했던 왕가인이 애써 자신을 수습하며 건넨 말이었다.

"어때? 내 제의가?"

왕가인은 다급하게 덧붙였다.

"그 제의 흥미롭네요. 기억해두죠. 하지만 그건 새 발의 피예요."

혜린은 남편의 새삼스러운 제의에 시큰둥했다.

"10억 상당의 보석에 10억 상당의 달러인데, 새 발의 피라니?"

"정직하게 말을 할까요? 난 말이에요, 홍콩 저택에 쌓아놓은 엄청 많은 당신 재산을 소원하고 있어요. 그게 아마 100억 상당은 된다던데, 사람들의 말로는……. 어때요? 이만하면 아내가 남편의 심장에 총구를 겨눌 만한 이유가 되지 않을까요?"

"흐음."

왕가인은 일순 신음하더니 주섬주섬 말하는 것이었다.

"그러자면 난 불가피하게 죽어야겠군."

"저런! 눈치 하나는 여전히 빠르시네……."

"으음!"

왕가인이 다시금 내뱉은 신음소리!

"날 용서하세요, 달링! 용서는 하느님께서 하시는 일이라지만……."

혜린의 얼굴에서 서서히 결단의 빛이 떠오르고 있었다. 그 결단의 빛을 읽은 것일까, 왕가인이 잽싸게 도약하려 했다. 그러나 그의 최후의 시도는 어떻게 보면 허망한 시도였다. 혜린은 방아쇠를 당기는 것을 한순간도 망설이지 않았던 것이다. 한 방, 두 방, 그리고 세 방! 다음 순간 우린 왕가인이 피범벅이 된 가슴을 안고 쓰러지는 것을 지켜볼 수밖에 없었다.

정녕 이렇게까지 해야 하는 걸까?

그것은 인생의 저 밑바닥에서 온갖 쓴맛을 맛보며 살아온 한 여인의 집념 어린, 아니 광기 어린 모습이었다. 혜린이 서서히 우리한테로 돌아섰다.

"뭘 해? 냉큼 호수 속에 던져 넣지 않구?"

혜린이 우리한테 지시했다.

"이 사람들아! 당신들을 살려둘 줄 알았어? 모든 비밀을 쥐고 있는 당신들을……. 이렇게 하시 않았으면 우리 모두가 고스란히 당했어. 그렇게 상황 파악이 안 돼?"

우린 혜린의 말에 얼어붙고만 있었다.

"그리고 저 사람이 어떤 사람이야? 한때는 조직의 킬러였어. 그것도 피도 눈물도 없는……."

"흐음."

"꿈도 꾸지 마! 살려서 돌려보냈을 거라는 생각은. 누가 당신들하고 비밀을 나누어 갖겠어?"

"으음."

"이제 알아들었으면 움직여!"

그건 이젠 차라리 질타였다.

글쎄, 그 후의 상황을 어떻게 설명해야 할까. 우린 혜린의 냉혹하고도 빈틈 없는 결단 앞에 한동안 어쩔 줄 몰랐다. 그러나 금세 충실한 용병들답게 혜린의 명령에 따라 왕가인을 검은 지프에 싣고는 그의 권총과 함께 호수 속에 수장했다. 밤은 칠흑같이 어두웠고, 비는 어느새 억수같이 내렸으며, 호수는 음침하니 술렁이었다. 빗속의 수장이었다. 바야흐로 트라이어드의 전설적인 킬러 왕가인의 처참한 최후이며 또한 장신이었다.

세상에 이런 일을 다 해야 하다니! 내 신세가 못내 처량하고 안타까웠다. 비록 오랜 세월 아내에 의해 살해된 남편의 시신을 처리하는 일은 무릇 정부(情夫)들의 소임이라고 해도 말이다. 그러나 이내 족히 몇 억씩은 차지하게 되었다는 계산도 열심히 했고, 남자라면 이런 대담한 도박도 한 번쯤 할 필요가 있다는 자위도 했다. 어디 기회라는 것이 그렇게 자주 찾아오는 것도 아니지 않은가! 그러니 우린 혜린의 행동을 사실상 사후 승인한 셈이었다. 우린 일단 현금과 보석을 방갈로 지하실 아주 깊숙한 곳에 파묻고는 청평호반을 쉼 없이 떠나 서울로 돌아왔다. 나와 혜린은 그녀가 묵고 있는 호텔방으로 가서 밤새도록 술을 마셨고, 질펀한 정사를 펼치면서 보냈다. 방금 남편을 무자비하게 도살한 여자와의 정사였다.

"동혁 씨, 좀 밝은 표정을 지으면 어때? 웃어도 보이고. 밑천이 드는 것도 아닌데……."

"웃으라니? 히스테리를 부리고 싶은 걸 용케 참고 있는데."

"나 참, 간도 약하시지."

"근데 앞으로 우린 무엇을 해야 하지?"

"무엇을 하긴. 오직 기다리기만 하면 돼. 시간이 모든 것을 해결해줄 테니까."

"하긴, 그럴 테지."

혜린의 말대로 그 뒤로는 모든 것을 시간이 해결해주었다. 우린 줄곧 헤어져서 행동했고, 열흘쯤 지나서 내가 경찰에 청평호반에서 검은 지프가 추락하는 것을 본 것 같다고 살짝 귀띔한 탓으로, 왕가인의 시신은 건져 올려지고, 아내의 확인이라는 절차를 걸쳐 시신은 인도되어 장례식도 치러졌다. 혜린은 줄곧 시저의 아내가 그러했듯이 슬픈 아내의 역할을 충실하게 수행해서 사람들의 동정을 사기도 했다.

혜린은 경찰의 사정청취를 받기도 했으나, 총격전 당시의 확고한 알리바이도 있고 해서 무사히 넘어가기도 했다. 문제는 홍콩에서 특별히 엄선해서 파견한 트라이어드의 감찰요원이었다. 그의 이름은 모건! 그는 이른바 살인면허마저 지닌 고도로 훈련된 냉혹한 킬러라고도 했다. 나는 먼발치에서나마 그를 본 일이 있는데, 존 말코비치처럼 대머리에 사시! 벗어진 이마는 강인한 캐릭터를 드러냈고, 불안정한 시선은 전율스런 정신박약아의 느낌마저 주었다. 이 세상에 살인자 타입은 따로 없다고는 하지만, 그는 일견해서 사람을 죽여본 적이 있는 인물이라는 것을 짐작케 했다. 나는 일순 그에게 알지 못할 공포를 느꼈다. 그런데 혜린은 용케도 트라이어드의 자체조사의 손길에서도 벗어나는 듯싶었다. 그러나 그건 알 수 없는 일이었다. 어디 그들이 호락호락한 녀석들인가! 무엇보다도 모건은 마음을 놓을 수가 없는 인물로, 이빨을 감춘 뱀처럼 전율스러움을 느끼게 하는 무언가가 있었다.

모건은 서울을 떠나면서 의미심장하고도 가시 돋친 대사를 남기기도 했었다.

"난 다시 돌아올 거요! 충고하는데, 눈을 뜨나 감으나 나를 잊지 않는 게 좋을 거요!"

4

얼마 후 혜린은 홍콩으로 건너가서는 막대한 유산도 차지하고 적지 않은 보험금도 수령해서, 하루아침에 엄청 돈 많은 미망인이 되어 서울로 금의환향했다.

"동혁 씨, 내가 얼마를 손에 넣었는지 알아? 남편을 잃은 보상으로 말이야."

김포공항으로 마중 나간 나한테 던진 혜린의 첫마디였다.

"얼마나 되는데?"

나는 애써 관심을 드러내 보이며 물었다.

"100억도 넘더라구, 100억! 우린 이젠 기막히게 살게 되었지 뭐야!"

나는 대충 짐작하고는 있었지만 그래도 놀라움을 금치 못했다. 아무려나 그 정도의 금액이면 남편의 가슴에 방아쇠를 당길 수도 있으리라!

"홍콩에선 별일은 없었어?"

"별일은……."

"트라이어드가 뭐라 안 해? 그 무서운 친구들이…… 특히 모건이 말이야."

나는 그사이 밤마다 모건이 혜린을 발가벗기고 잔인하게 고문하는 꿈을 꾸고는 했는데, 그건 여간 소름 돋는 악몽이 아니었다. 언젠가는 모건이 우릴 심판할 것이 틀림없을 거라는 예감도 나를 괴롭혔다.

"모건은 보지도 못했어. 그게 더 께름칙했지만."

"암튼 다행이군."

돈이 그 위력을 발휘해서일까, 그 뒤로 우리의 생활은, 아니 나의 생활이라고 하는 것이 정확한 표현으로, 엄청난 변화를 몰고 왔다. 나는 새 차와 새집을 갖게 되었다. 차는 BMW 로버 코리아가 수입한 사륜구동의 랜드로버 디스커버리 TD5! 가격은 무려 6290만 원! 집은 압구정동의 호화 아파트! 그러니 나는 디스커버리를 몰고 압구정동에 입성하게 된 것이다. 앞으로 사업체 하나라도 변변한 것을 갖게 된다면 나로서는 더 이상 바랄 것이 없을 것이었다.

"저기, 동혁 씨는 사업체 하나를 갖는다면 어떤 사업체를 갖고 싶어? 남자라면 큰 뜻을 펴야지."

어느 날 혜린은 나의 의중을 헤아리고는 물었다.

"영화사업체!"

나는 마음속 깊이 간직했던 대답을 조심스레 제시했다.

"어머, 그거 괜찮은데……."

혜린은 금세 동조를 해주었고, 그래서 나는 평생의 소원이었던 영화사도 하나 차리게 되었다. 나에겐 오랜 동안 공들여 다듬어온 참한 시나리오도 한 편 있었는데, 그것은 이 지구상에서 최대 분쟁지역이라 할 코소보 지역에 UN난민기구의 한 요원으로 참여한 우리나라 젊은 여성이 겪는 참혹한 전쟁터 이야기였다. 그곳에서 펼쳐진 인종청소가 어떻게 자행되었는지도 다루어지고, 프랑스가 파견한 외인부대원과의 애틋한 사랑 이야기도 물론 곁들여진다. 세계 경제가 어려워지면서 우리나라를 비롯한 많은 나라의 청년들이 외인부대에 투신했고, 나도 한때는 도전하려 했었다. 그렇게만 되었더라면 전쟁이 있는 곳에, 사라예보에도, 보스니아 전투에도 참여했을 것이고, 어느새 프랑스 시민권도 쟁취했을 것이다. 그런데 이렇듯 여기의 콩부니에나 매달리는 생활을 하다니…….

"어쩜! 드라마틱하네!"

내 이야기를 듣고 난 혜린의 산난 어린 말이었다.

"내가 추구하려는 것은 궁극적으로는 시적인 리얼리즘이라고 할 수가 있어."

나는 혜린한테 조금은 뽐내는 어조로 말하기도 했다.

"예전엔 태양이 슬퍼 보인다는 알제리의 카스바가 무대라면, 오늘은 발칸반도의 참혹한 땅, 코소보라는 얘기네."

"그렇다고 해야겠지."

"영화 제목은?"

"제목은 '코소보로 가는 길' 어때?"

"느낌이 괜찮네. 코소보로 가는 길이라! 동혁 씨, 한번 전력투구 해봐요. 주연도, 감독도 물론 거기가 다 하구. 지금은 내가 쏟아부을 테니까."

"고마워! 혜린이……."

"무얼……."

나는 마침내 나의 이상을 실현하는 인생의 절정의 시기에 도달해 있음을 절감했다. 나에게는 하루하루가 환희의 나날이었고, 단지 이 것이 한갓 백일몽으로 끝나는 게 아닌가 하는 두려움에 간혹 떨고는 했다.

5

그렇게 얼마나 시일이 흘렀을까.

올 여름의 바캉스 시즌도 막을 내리려는 무렵, 우린 파리를 경유 해서 코소보로 로케 헌팅을 떠나기 위해 아침 일찍 압구정동의 집을 출발했다. 나와 함께 이번 영화 제작에 이모저모로 참여하기로 한 진우와 하섭이도 같이 떠나기로 해서, 우린 김포로 가는 길에 그들 을 픽업해 가기로 했다. 청담동에 사는 진우네 스튜디오식 아파트에 들렀을 때가 아침 8시께였는데, 아침부터 가랑비가 흩날렸다. 그때 주차장에서 멀리 사라지고 있는 한 사나이가 여간 인상적이지 않았다. 요즘 드물게 후드가 달린 판초를 뒤집어쓰고 있어서인지도 몰랐다. 게다가 그것은 빨간색이었다. 그리고 그 뒷모습이 어쩐지 눈에 익었다. 그런데 언제부터인지 진우와의 휴대폰 통화가 잘 이루어지지 않았다.

"혜린 씨, 내가 올라가서 데리고 내려올게요."

"그래요, 동혁 씨."

그래서 내가 홀로 올라가서 아파트 문을 노크했으나 좀체로 응답이 없었다. 부저 버튼을 눌러도 기척이 없기는 매일반이었다. 그런데 도어의 핸들을 돌리니 문이 스르르 열리는 것이었다. 나는 한 발짝 집 안으로 걸음을 옮겼다. 그러자 눈앞에 그 놀라운 광경이 펼쳐져 있는 게 아닌가!

"맙소사!"

거실 바닥에 진우가 총상을 입고 쓰러져 있는 것이다. 그가 이미 숨을 거두었다는 것은 일목요연했다. 총탄은 참혹할 정도로 정확하게 미간에 명중했고, 검붉은 그 핏자국은 마치 카인의 낙인과도 같았다. 진우의 뜻밖의 죽음을 슬퍼하기에 나한테로 몰려오는 충격이 엄청났다. 이신 앞으로 나한테도 어김없이 닥칠 상황인 것이다. 내가 이윽고 얻어낸 해답은 분명했다. 그것은 트라이어드가 마침내 그 그의 개래 전쟁을 습격한 인물들의 정체를 알아냈다는 사실이었고, 보복살인을 감행하고 있다는 사실이었다. 프로페셔널한 킬러를 파견해서 말이다.

"세상에, 그들이 우릴 알아냈어. 우리들의 정체를!"

언제 나를 따라 올라온 것일까, 눈앞의 참담한 광경과 마주한 혜린의 비명에 가까운 소리였다. 나는 그녀의 얼굴에 세찬 충격의 물결이 이는 것을 놓치지 않았다.

"혜린이, 그건 말도 안 돼. 우리 정체를 아는 사람은 왕가인뿐이었고, 그 왕가인도 죽었어. 그러니 누가 우리들의 정체를 안다는 게야?"

나는 혜린에게 강하게 항변했으나, 어떻게 보면 부질없는 항변이었다.

"누군가가 우리 흔적을 찾아낸 거야. 냄새 맡은 거라니깐."

그 누군가는 두말할 것도 없이 모건이리라! 트라이어드의 잔인한 도살자 모건! 그는 다시 돌아온다고 떠벌리지 않았던가!

"하지만 어떻게?"

그건 이젠 멍청한 질문이었다.

"아니, 그걸 지금 일일이 따지게 됐어? 동혁 씨, 우리 한시바삐 여길 떠나요. 어서요."

혜린은 이젠 사색이 되어 팔딱였다.

"잠깐만."

"왜 그래?"

"좀 진정하라구."

"아니, 지금 진정하게 됐어?"

"하섭이한테 전화 한번 해보자구. 그 녀석은 별 탈이 없는지."

"하섭 씨? 그래, 어서 해봐요."

하섭은 여의도의 시범아파트에 살고 있었는데, 나는 떨리는 손으로 재빨리 다이얼의 버튼을 누르기 시작했다. 그러자 기다렸다는 듯이 누군가가 전화를 받는 것이었다.

"여보세요."

그러나 그 저음의 목소리는 하섭의 목소리가 아니었다.

"하섭이를 좀 바꾸어주세요."

"하섭 씨는 돌아가셨습니다."

"아니, 뭐라구요?"

"오늘 새벽녘에 살해되었어요."

"세상에, 그 무슨……."

"근데, 댁은 누구시죠?"

"전 친굽니다. 그런 댁은 누구십니까?"

"강력반 형사올시다. 우린 빨간 판초의 사나이를 쫓고 있어요."

"으음!"

나는 비명에 가까운 신음소리만을 흘리고는 더는 강력반 형사와 말을 잇지 못하고 전화를 끊었다. 나는 본능적으로 우리한테 최악의 사태가 닥친 것을 깨달았다. 조금 전에 본 빨간 판초의 사나이! 그가 바로 모건인 것이다.

"얼른 가! 동혁 씨, 뭘 해?"

모든 사태를 재빨리 깨달은 혜린의 목소리는 이젠 흐느낌에 가까웠다.

"그래, 알았어요, 알았다니."

나는 마냥 허둥대기만 했다.

우린 끝난 거라고 가야 되는 걸까?

이젠 김포공항으로 갈 수는 없다. 살인자가, 아니, 모건이 그곳에서 우릴 기다리고 있을지도 몰랐다. 그리고 서울도 빨리 벗어나야 한다. 서울 탈출 뒤의 목적지도 그 방법도 지금으로서는 분명치가 않다. 하지만 여권도 있겠다, 비행기 표도 있겠다, 우선 해외로 떠나고 볼 일이었다. 그리고 부산이나 제주 공항을 이용하는 게 상책일 듯싶었다.

"우리 우선 부산으로 가요!"

혜린이 금세 결단을 내려 우린 부산으로 방향을 전환해서 달리기 시작했다. 나는 하루아침에 도망자 신세가 되었고, 서울을 벗어나는 동안 내내 전전긍긍했는데, 어느 길목에선가 모건이 뛰쳐나올 것만 같았다. 길은 정체 현상을 빚었고, 비는 하염없이 내렸다. 우린 고속 도로에 접어들어서야 얼마간 두려움에서 해방되는 느낌이었다.

"어휴!"

혜린은 한숨까지 몰아쉬었다.

나는 그사이 우릴 바싹 뒤따르는 차는 없나 하고 몇 번이나 뒤돌아보았다. 운전은 주로 혜린이 했고, 길엔 수막이 형성되어 미끄러웠으나 그녀는 전혀 아랑곳하지 않으며 엑셀을 밟고 있었다. 그건 마치 그녀 자신의 운명의 손길과 경주하는 듯이 보였다. 비는 멈출 줄 몰랐고, 와이퍼도 지칠 줄 몰랐다. 사람들은 무섭게 질주하는 랜드로버 디스커버리의 여주인에게 혀를 내두르고 있을 것이었다. 쿨올의 하얀색 사파리를 아무렇게나 걸친 혜린의 실루엣은 환상적이기까지 했다. 여느 때 같으면 빗속의 여정이 낭만적이었을 테지만, 지금은 서울을 탈출한다는 일념 외에는 아무것도 없었다.

오후 2시께에 우린 목적지인 부산에 도착했고, 해운대의 인파 속에 파묻혔다. 날씨가 궂은데도 적지 않은 사람들이 마지막 여름 바다를 즐기기 위해 해변에 몰려와 있었다.

"동혁 씨, 너무 염려하지 마. 우리가 부산에 내려온 건 아무도 모르는 처지고, 게다가 이 많은 사람들 속에서 우릴 찾는다는 것은 모래사장에서 바늘 찾기보다도 더 어려울 거야!"

글쎄, 어떨까. 아마 쉽지는 않을 것이다.

우린 비행기 표도 다시 예약했는데, 우선 다음 여행지로 일본 도쿄를 정했다. 그러고는 아리타 국제공항을 통해서 남극이나 아니면 북극 저 멀리 날아갈 참이었다.

우린 '바닷가의 낙원'이라는 이름의 파라다이스 호텔에 투숙하고는 초저녁부터 무섭게 서로를 탐닉했다.

"오, 동혁 씨, 난 그렇게 하는 것이 좋아요."

우린 모든 것을 잊으려는 듯이 몰입했는데, 어떻게 보면 내일 당장 지구의 종말이라도 닥쳐올 것처럼 허둥댔다.

밤이 깊어서야 나는 혜린을 해방시켜주었고, 잠시 무료하니 창가에 우뚝 섰다. 비는 시름겹게 내렸고 밤바다는 어둑해서 보이지 않았는데, 파도 소리만이 영겁의 오열처럼 들려왔다. 아득히 먼 곳에서는 청승맞게도 천둥 소리도 들렸다. 해변의 노천카페의 불빛이 잠시 눈에 들어왔으나, 그 불빛은 무등(霧燈)처럼 흐릿했고, 선등(船燈)처럼 가물거렸다.

어떤 사람들이 비 오는 날 밤 저곳에서 고달픈 인생역정의 하순가을 보내고 있을까!

내가 공연한 시름에 잠겨 있을 무렵, 문득 노크 소리가 났다. 밤 더 사계했다.

이 밤에 누가 우리들의 낙원을 노크하는 것일까? 살인자일까?

나는 일순 가슴 두근거림을 느끼며 얼핏 혜린을 쳐다보았다.

"내가 맥주를 시켰어요. 조금 전에요."

혜린은 줄곧 지켜보던 심야 텔레비전 연예 프로에서 눈길을 떼지 않으며 말했다. 나는 공연히 철렁했던 가슴을 쓸어내리며 한숨을 몰아쉬었다.

"객실 웨이터일 거예요. 문 좀 열어주세요."

혜린이 말했다. 침대 밖에서 그녀는 언제나 나의 상전이어서 나는 더는 지체하지 않고 문께로 걸음을 옮겼다.

그러면 그렇지, 우리가 이 호텔에 투숙한 걸 살인자가 알 턱이 없다. 수많은 해변의 한 곳이고, 허다한 호텔 중의 하나가 아닌가. 그래서 그 노크 소리가 나의 운명을 겨냥하는 소리라는 것을 외면하게 되었다.

"누구시죠?"

나는 건성으로 물으면서 도어체인도 풀고, 도어의 핸들도 돌렸다. 그 순간 성채의 견고한 빗장이 풀렸다고 할 수가 있었다. 문은 열렸고, 한 사나이가 들어섰는데, 객실 웨이터는 아니었다.

그렇다면 누구일까?

이윽고 현관의 불빛 속에 심야의 방문객이 형체를 드러냈다.

세상에, 우리들 눈앞에 빨간 판초의 사나이가 서 있지 아니한가! 사내가 천천히 후드를 벗었고, 그 얼굴 모습도 뚜렷하니 드러났다. 그 얼굴을 보는 순간 나는 소스라치게 놀랐다.

"아니, 당신은……."

나는 충격이 지나친 나머지 더는 말을 잇지 못했다. 나는 한순간 피의 이슬을 맞는 것 같은, 그래서 숨이 멎는 것 같은 느낌에서 헤어나지 못했다.

일 초, 그리고 이 초가 흘렀다.

"이봐, 친구! 나를 기억하나?"

사내가 입을 떼었다. 그때 천둥 소리가 다시 들렸고, 그 소리는 점점 가까워졌다.

"신동혁 씨, 나를 기억하냐구?"

사내가 다시금 준비된 대사를 반복했다.

그는 바로 왕가인이었다. 우리가 그토록 두려워했던 모건이 아니고 이미 오래전에 장사 지낸 왕가인이었다. 왕가인의 얼굴을 타고 빗물이 흘러내렸는데, 그는 마치 호수 속에서 막 기어 나온 사람처럼 보였다. 나는 본능적으로 뒷걸음을 쳤다.

어떻게 왕가인이 살아 있을까?

혜린은 분명히 왕가인의 심장을 겨냥해서 프랑스제 소형 권총의 방아쇠를 당겼다. 그것도 세 방이었다. 그리고 우린 그를 검은 지프와 함께 호수 속 깊은 곳에 말끔히 수장했다. 얼마 후엔 그의 시신도 건져 올려졌고, 비록 신부의 기도는 없었으나 화려한 장례식도 치르지 않았던가!

왕가인이 문을 닫으며 한 발 앞으로 다가섰다. 도어록의 실린더가 돌아가는 소리가, 그리고 록 장치가 자동으로 걸리는 소리가 그렇게 메마르게 들릴 수가 없었다.

왕가인은 웃고 있었다. 그 반듯한 얼굴에 순진무구한 웃음을 띠고 있는 것이나. 그러나 그의 한쪽 손에는 소음 장치마저 달린 검은 모제르가 쥐여져 있었고, 그 총구가 분명히 나의 심장을 겨냥하고 있는 것은 볼 수 있었다. 그토록 그 정체를 알고 싶어 했던 살인사가 마침내 베일을 벗고 우리 앞에 그 모습을 드러내는 순간이었다.

"그사이 잘 지냈나? 친구!"

왕가인이 이죽거렸다.

"당신은 죽은 줄 아는데……."

나는 무의미한 대사를 뱉었다.

"내가 당신을 실망시킨 것 같은데, 이거 미안하군."

왕가인은 다시금 히죽 웃는 것이었다.

아무려나 왕가인은 이곳을 어떻게 알게 되었을까?

이 절박한 위기의 순간에조차 나의 마음을 사로잡은 의혹이었다. 나는 혜린을 힐끗 쳐다보았다. 혜린은 어느새 창가에 기대서 있었는데, 놀랍게도 무서워하지도 떨지도 않았다. 당황하지도 않았고, 비명을 지르지도 않았다. 다만 팔짱을 낀 채 눈앞에 펼쳐진 광경을 말없이 지켜보고 있는 것이다. 혜린은 뜻밖에도 한낱 관객이었다. 그것도 지독하게 무표정한 관객이었다.

저 냉담한 무표정은 과연 무엇을 뜻하는 것일까?

"세상에, 이런 변이 있나!"

나는 마음속 깊은 곳에서 울려나오는 찬탄의 소리를 냈다. 나는 비로소 어떤 잔인한 계략이 진행되어왔음을 본능적으로 깨달았다.

그렇다! 혜린의 진정한 동반자는 내가 아니라 왕가인인 것이다. 어처구니없게도 나를 끌어들이는 것을 비롯해서 이 일련의 모의를 처음부터 두 사람이 획책하고 추진했던 것이다. 그럼에도 불구하고 두 사람은 살인자와 피살자로 행동했었다. 치밀하고도 냉혹하게.

'그래, 모든 것이 연극이었어!'

그렇다. 하나부터 열까지 연극이었던 것이다. 혜린이 왕가인을 향해 총을 쏜 것도, 왕가인이 피를 흘리며 쓰러진 것도 모두가 연극이었다. 혜린은 필경 공포탄을 쏘았을 것이고, 왕가인은 토마토 케첩이라도 준비했으리라. 그리고 호수 속 어딘가에 잠수복도 준비해놓고는 헤엄쳐 나왔으리라.

한밤의 청평호반에서의 위장 살인극!

그것은 두 사람의 시나리오에 따라 완벽하게 연출된 한 편의 연극일 뿐이었다. 이들은 이미 시신을 구해놓고도 그 논쟁을 벌였던 것이고, 그 가짜 시신을 건져 올려 장례까지 치른 것이다.

그 뒤의 이야기는 뻔하다.

왕가인이 호수 속에서 기어 나와 한 일이라고는 자신들의 공모자들을 차례차례 제거하는 일이었다. 그래서 진우도 하섭이도 살해된 것이다. 단지 비밀을 안다는 이유로! 이제 마지막으로 남은 사람은 나뿐이다. 어기차게도 혜린은 나의 목숨까지 원하고 있다. 그래서 우리가 묵고 있는 파라다이스도 살인자에게 알려주었으리라! 너무 매몰차다. 너무 냉혹하다. 하지만 누군들 자신들의 범죄의 흔적을 이 세상에 남기려 하겠는가!

얼마나 치밀한 계획인가!

얼마나 비정한 계획인가!

완벽한 변신도 도모하고, 전 재산도 처분하고, 조직에서 이탈해서 새 인생을 펼칠 수가 있는 것이다.

이 모든 것은 막상 한순간 섬광처럼 나의 머리를 스쳐 생각들이었다.

"자, 이젠 작별인사를 해야겠군."

왕가인은 그의 일을, 사람을 저세상으로 보내는 일을 마무리 지으러 왔다.

"자, 미안하이, 친구! 지금은 내가 법률일세!"

나를 바라보는 왕가인의 눈에 일순 슬픈 빛이 감돌았다. 그때 다시금 천둥 소리가 울렸고, 왕가인의 모제르 수퍼는 나의 심장을 겨냥해 불을 뿜었다. 그 순간 나는 큰 바위 덩어리가 날아와 나의 가슴을 짓뭉갠다는 느낌을 받았고, 이내 나무토막 쓰러지듯 쓰러졌다.

이 모든 것이 막상 한 여자에 대한 맹목적인 헌신의 대가였다.

'오, 이 무슨 전생의 업보인가!'

나의 내부에선 오열이 솟구쳤다.

혜린은 무엇 때문에 그녀의 동반자로 나를 선택하지 않고 왕가인을 선택했을까?

그 사실이 나의 빈 가슴에 캄캄한 슬픔을 몰고 왔다. 하긴 어떤 여자가 비전이라곤 없는 백수건달에, 룸펜에, 제비족을 구원의 동반자로 삼겠는가.

그나저나 지금쯤 모건은 어디에서 무엇을 하고 있을까?

아마도 모건은 신기루 같은 배신자를 끝없이 쫓을 것이나, 배반의 흔적이 말끔하게 지워졌으니 그리고 해도 어떻게 하겠는가! 하지만 지금으로서는 복수의 칼을 뽑을 수 있는 사람으로는 트라이어드의 잔혹한 사형집행인, 모건만이 유일한 희망이라면 희망이었다.

마지막 순간, 나의 안개 낀 듯 흐릿한 시야에 해외로 떠나기 위해 대형 점보 여객기의 트랩에 오르는 혜린의 화려하다 못해 현란하기까지 한 실루엣이 스치고 지나갔다. 필경 왕가인이 그녀를 에스코트할 것이다. 이제 나한테 남은 의문은 오직 하나뿐이었다.

'혜린은 코소보에 가기나 할까? 그래, 어쩌면⋯⋯.'

— 「짧은 불륜, 긴 악몽」 개작, 『2000년 올해의 베스트 추리소설(씨오점케이알 살인사건)』
(태동출판사, 2000)

교환일기

>>>> 방재희

1992년 스포츠서울 신춘문예 SF 부문에 「최후의 실험」이 당선되었다. 단편소설 「시간여행」 「사육사」 「나는 와스」 「기억의 펜」 등을 발표하였다. SF소설 집필 외에 번역가로도 활동 중이다.

1

—또 시작이군.

따라붙는 병훈이네 패거리를 뒤통수로 느끼며 나는 속으로만 조그맣게 투덜거렸다. 나는 선천적으로 패거리에 속하는 것을 싫어한다. 하지만 어찌어찌 싸움이 몇 번 붙은 적이 있는 바람에 나는 학교 안의 모든 패거리들에게 찍혀버렸다. 나를 잡으면 1등 패거리가 될 수 있다는 것이다. 그야말로 떡 줄 사람은 생각도 안 하는데 김칫국부터 마시는 격 아닌가.

정색을 하고 거절을 하며 몇 가지 간단한 재주—뭐, 벽을 주먹으로 쳐서 살짝 깨고, 기왓장을 깨끗하게 어디를 가, 대갈에는 걸 손에 쥐고 엄지손가락으로 눌러 부러뜨린다든가—를 보여주는 것으로 간신히 위기를 모면하고는 했지만, 잠시 시간이 지나고 그러한 행동이 다시 소문이 되어 퍼질 때쯤 되면 또다시 한 패거리가 뒤쫓아 왔다.

1년 내내 시달리고 2학년이 된 후로는 그런 일이 팍 줄었는데, 이유는 두 가지였다. 하나는 대부분의 녀석들이 내가 진짜 아웃사이더

494

로 남고 싶어 한다는 걸 깨달아준 것이고, 또 하나는 병훈이 놈이 전학 온 것이다.

병훈이는 두 주일도 못 돼서 학교 전체를 손에 넣었다. 나를 손에 넣으려던 자질구레한 패거리들이 열 개 가까이 있었는데, 금세 독립적 패거리는 하나도 안 남고 모두 병훈이 아래의 분파가 되어버린 것이다. 병훈이의 실력은 소문으로 듣기에도 상당한 듯했다.

게다가 생긴 것도 상당했다. 여자들이 보기에는 어떨지 모르지만, 남자들이 보기에는 진짜 잘생긴 얼굴로 쳐줄 만한 얼굴이랄까. 게다가 싸움 잘하고 터프하고 머리 회전까지 상당히 비상해서, 패거리들 중에는 자진해서 충복이 된 녀석들도 상당하다고 들었다. 나도 먼발치로 몇 번 스치고 지나간 적이 있지만, 상당히 묘한 카리스마가 있는 녀석이었다.

처음에 그는 나의 존재에 대해 전혀 아랑곳하지 않았다. 하긴 나 같은 아웃사이더는 그의 안중에 없었을 것이다. 겉보기로는 제법 평범해 보이는 탓도 있지만, 사실 잠자는 호랑이를 건드려서 좋을 일 없다는 것쯤이야 웬만한 짱들에게는 상식 아닌가.

그러나 이윽고 그는 나를 견제하기 시작했다. 나한테는 못 당할 것이라는 흉흉한 소문이 그의 속을 뒤집어놓았기 때문이다. 원래 소문이라는 게 그렇듯이, 사람들은 단순히 재미로 떠들지만 실제 당사자는 피가 부글부글 끓어서 잠을 못 이루는 법이다.

거기까지는 좋았다. 즉, 그런 정도의 막연한 이유로 시비를 걸 만큼 못난 놈은 아니었다는 거다. 그가 나를 한번 혼내줘야겠다고 생각한 본격적인 사건은 의외로 아주 엉뚱한 곳에서 찾아왔다. 운동장에 앉아 있다가 웬 빈 가방이 놓여 있길래 주인을 찾아주려고 가방을 뒤적인 것이 화근이었다. 가방 하나만 덜렁 놓여 있었으니 잃어 버린 가방이라고 생각한 것은 당연한 것 아닌가. 그런데 그게 바로 병훈이의 가방이었던 것이다.

　나중에 자초지종을 알고 보니 병훈이의 쫄다구 하나가 가방을 지키다 말고 좋아하는 여자애가 교문 앞으로 지나가자 쫄래쫄래 따라가버린 것이었다. (그 녀석은 나중에 혼쭐이 나긴 했지만 결국 그 여자애와 사귀게 되었다.) 목숨 건 사랑이라고나 할까. 쿠쿠.

　가방을 뒤진 것 자체는 예사로울 수도 있었으나, 막상 공을 차던 병훈이가 달려왔을 때 내 손에 들려 있었던 것은 그의 일기장이었고, 그게 말하자면 휘발유에 불을 끼얹은 격이 된 것이었다. 그는 뒤따라 달려온 패거리를 물러나게 하더니 나와 협상을 시작했던 것이다.

　"너, 봤지?"

　"뭘?"

　난 시치미를 떼었다.

　"내 일기장 말이야!"

　"너, 일기도 쓰니?"

　나는 얼굴 가득히 빈정거림을 띠우며 의아하다는 듯이 물었다. 병훈이의 얼굴은 살벌하게 변해 있었다. 멋지다! 운동을 꽤 오래 한 듯 가무잡잡한 얼굴에 오므린 입술 ~~뚝 튀어나온 밤뼘~~……. 한 손으로 찍어 누르면 웬만한 조무래기들은 기절해버릴 것 같았다.

　"사나이답게 솔직히 말해봐. 어디까지 봤어?"

　"나, 본 거 없어. 이상한 연애편지 같은 거밖엔."

　"……!!"

　그 순간에 병훈이의 주먹은 내 얼굴을 향해 날아들었고, 나는 오른쪽 다리를 뒤로 빼며 몸을 뒤로 젖혀서야 간신히 피할 수 있었다. 옆으로 피할 만한 시간이 없었던 것이다. 그러나 다음 순간 병훈이의 다른 손이 내 옆구리를 강타했다. 갈비뼈가 부러지는 것 같은 통증이 있었지만, 다행히 나는 통증에는 익숙하다. 발길질로 똑같은 자리를 차주었더니, 녀석도 비틀거리며 물러나주었다.

"난 싸우고 싶지 않다."

이렇게만 말하고 일그러지는 얼굴을 간신히 펴며 그 자리를 떠나는 나를 병훈이는 말리지 않았다. 그도 옆구리가 나 못지않게 아팠을 것이다. 그러나 그 이후로 병훈이는 계속 날 저렇게 쫓아다니고 있는 것이다.

내가 뭘 보긴 봤냐고? 물론이다. 이상한 연애편지. 그렇지, 이상하다고 하는 게 옳은 것 같다. 병훈이는 생각보다 글 솜씨가 좋아서, 전교를 평정한 얘기를 마치 무협지 쓰듯이 써놓았길래, 슬금슬금 읽다 보니 뭔가 이상했던 것이다.

차근차근 읽어나간 게 아니라 듬성듬성 건너뛰면서 읽었기 때문에 언제부터 그렇게 되었는지는 확실치 않지만 이랬다, 저랬다, 로 서술되던 어미가 때때로 '너도 그렇지?'라든가 '내 마음을 정말로 이해해줄 수 있는 건 너밖에 없어' 등으로 끝나곤 했다.

상대방이 절대로 여자가 아닌 건 확실하다. 여자한테 '내 마음을 이해' 어쩌고 할 녀석이 절대로 아닌 것이다. 그래서 이 녀석 약간 호모 기질이 있나 보다 싶어서 킥 웃고 넘기고 있을 때 그가 나타난 거였다. 그 이후로 이렇게 병훈이네 패거리와 부딪칠 일이 있으면 나는 가능하면 자리를 피해 달아나는 것이고. 뭐, 두려운 것은 아니다. 사실 나에게 있어서 고등학생들 싸움이라는 거야 워낙에 빤한 기술들이기 때문에 한두 명 정도는 물론이고 다섯이나 여섯 정도까지도 한 대도 안 맞고 처리할 수 있으니까. 하지만 그동안 조용했던 평화가 흐트러지는 것은 원하지 않는다. 가능하면 피해버리고 싶다. 솔직히 말해서 싸움이 지겹다.

그러나 원하건 원치 않건 나는 병훈이가 패거리에게 지정한 제1호 공적이었다. 날 잡으면 1계급 특진에…… 하여간 화려한 포상이 걸려 있는 모양이었다.

2

으슥한 시간에 병훈이네 패거리에게 쫓겨 달리다 보니 뒷산을 제법 높이 오르게 되었다. 지금 생각하면 병훈이가 의도적으로 그쪽으로 몰아간 것이 아닌가 싶기도 한데, 그곳에는 유령의 집이라는 소문이 도는 그 괴상한 저택이 있었다. 분명히 오랫동안 비어 있던 저택인데, 사람 그림자가 언뜻언뜻 비치기도 하고, 밤이면 음악 소리가 나기도 하고, 유령을 잡겠다고 들어갔던 사람들이 영영 소식이 끊어지기도 하는 등 이상한 일들이 벌어진다고 흉흉한 소문이 나돌고 있었다.

어느 사이엔가 병훈이네는 보이지 않고 잠깐 새에 해는 까맣게 저물어서 주변은 불빛 하나 없고, 앞쪽에는 기괴한 모습의 저택만 서 있을 뿐이었다. '저택'이라고 할 수밖에 없는 엄청난 크기의 집이다. 방이 서른 개쯤이나 되려나. 규모 면에서는 누군가 개인 소유의 집이라기보다는 병원이나 학교 같은 느낌에 더 가까웠다. 하지만 방마다 드리워져 있는 커튼이라든가 베란다 같은 건축 양식은 집이라는 느낌이었다. 이게 유령의 집이 맞을까? 절대 그렇지 않다고 생각하고 당당하게 현관으로 향한 것은 불이 켜져 있는 방이 서너 개나 있었기 때문이었다.

대문을 지나고, 널찍한 앞뜰을 지나고, 육중해 보이는 양쪽으로 열리는 문에 도달했을 때 내 머릿속에는 〈꼬마 유령 캐스퍼〉〈미녀와 야수〉〈드라큘라〉 등 갖가지 을씨년스러운 장면들이 스치고 지나갔다.

끼이이익. 문이 열렸다. 환상적인 영화나 애니메이션에서라면 바깥에 부는 괴이스런 바람과 달리 이 안에는 훈풍이 불어야 하련만, 역시 이건 만화가 아니라 실제였다. 바람만 안 불었지 바깥과 마찬가지로 황량하기 그지없는 집.

비록 사람을 피해 달아나 온 것이기는 하지만, 역시 이렇게 어둡고 추운 곳에서는 사람을 찾아 불빛이 있는 쪽을 향해 가게 되었다. 사람이 있다면 분명히 물이나 먹을 것도 있지 않을까 하는 희망으로, 나는 바깥에서 보았을 때 불이 켜져 있던 2층의 한 방으로 향했다. 계단을 지나서 어두운 복도를 더듬어 가다 보니 문틈으로 빛이 새어 나오는 게 보였다.

조심스럽게, 가능한 한 소리를 내지 않고 문을 조금 열어보았다. 별로 크지 않은 방이어서 방 안의 정경이 한눈에 들어왔다.

테이블을 둘러싸고 세 명의 남자가 서 있었다. 뭔가 이상한 수학 공식 같은 게 적혀 있는 칠판이 사방 벽에 있었고, 라면 상자만 한 이상한 기계, 그리고 벗어 던져놓은 내복들과 윗도리들, 전선과 쇠꼬챙이 같은 기기묘묘한 쓰레기들이 쌓여 있었다. 그중 두 명의 남자는 더운지 러닝셔츠 위에 단추를 다 풀어헤친 와이셔츠를 입고 있었는데, 그 복장으로 꽤 오래 버텼는지 꾀죄죄하기 이를 데 없었다.

그중에 제일 키가 작은 사내 하나는 그래도 좀 나은 복장이었다. 안경을 쓰고, 속에는 뭘 입었는지 모르겠지만 겉에는 흰 가운을 입고 있었다. 그 사내 때문에 이 방이 노무자들의 합숙소가 아니라 무슨 과학 실험실처럼 보였다.

그들은 테이블 위를 뚫어지게 지켜보고 있었는데, 거기에는 바로 그것! 맙소사, 바로 병훈이의 일기장이 놓여 있었다. 반쯤 벗은 채로 온몸에 전선이 연결된 여자 사이보그의 그림―병훈이가 직접 그린 듯한―이 있었으니까 다른 것일 리가 없다.

그리고 나는 보았다. 아무도 건들지 않았는데 그 물건이 슥 사라져버리는 것을. 아무도 건들지 않았는데!

난 튀어나오려는 눈을 제자리에 붙들어놓느라 한참을 애써야 했다. 대체 저게 뭐지? 타임머신인가? 순간 이동기?

여러 가지 만화나 소설에서 눈앞의 물건이 뿅 하고 사라질 때는 그냥 그런가 보다 하고 재밌게만 생각했는데. 현실에서 겪어보니 이거 상난이 아니다. 무슨 유명한 마술사가 손재주를 부리더라도 뭔가 틈이 있거나 하다못해 '얍' 하고 기합을 넣는 시선 끌기라도 있는 법이건만. 이건 그런 것 하나 없이 그냥 사라진 것이다. 그러나 정작 놀라운 일은 그다음 순간에 일어났다.

그 자리에 뭔가 다른 것이 나타난 것이다.

그건 아무리 봐도 강아지인 것 같았다.

전쟁터에서 죽다 살아난 강아지라면 저렇게 생기지 않았을까? 온몸이 피투성이에 여기저기 크게 상처를 입은 듯하고 신음을 흘리고 있으니.

"아아, 역시 안 되겠군."

가운을 입은 남자가 한숨처럼 내뱉자 와이셔츠 차림의 수염이 더 부룩한 남자가 강아지를 끌어안았다. 귀여워 죽겠다는 듯 목을 쓸어 주면서 감격에 차서 외친다.

"그래도 이 녀석, 살아 있어!"

"저 상태로는 살아 있어봤자야. 체중이 사람의 10분의 1도 안 되는데 저 정도니, 사람이라면 죽었어."

그 순간 나는 뭔가 섬칫한 기운을 느끼고 뒤를 돌아보려 했다. 너무나도 어이가 없는 현상 때문에 누군가가 가까이 온 것도 몰랐던 것이다.

"쉿, 움직이지 마."

내 목덜미를 붙들고 있는 사람은 병훈이었다. 병훈이는 내 목덜미를 그대로 쥔 채로 잡아 끌어 긴 복도를 지나 반대편 구석에 있는 방으로 데려갔다. 병훈이도 나도 발소리를 죽이려고 애를 썼음은 물론이다.

3

"잠깐 얘기 좀 하자."

병훈이는 이렇게 말하더니 나를 놓아주고는 창가로 다가가 커튼을 제쳤다. 어두운 복도를 지나와서인지 눈썹만 한 달빛으로도 방 안의 윤곽이 제법 뚜렷하게 눈에 들어왔다.

그 방은 그렇게 깨끗하지는 않아도 사람이 살고 있는 냄새가 풍겼다. 침대가 있고, 주전자와 물컵이 있고, 벗어 던져놓은 트레이닝복 바지와 돌돌 말린 양말이 있고…….

달빛에 비쳐 보이는 병훈이의 얼굴은 윤곽이 더 뚜렷해 보이고 더 남자다워 보인다.

"잠깐 이리 앉아봐."

침대에 털썩 앉으며 병훈이가 말했다. 별 뜻 없이 한 말이겠지만, 나는 제법 가슴이 두근거렸다. 이유는 모르겠다. 조심스럽게 다가가자 병훈이가 내 어깨에 팍 팔을 걸친다. 으악! 난 그의 팔을 밀어내고 싶은 걸 간신히 참으며 태연한 척 하려고 애썼다.

"놀랐지?"

병훈이가 공포스럽게 씨익 웃는다.

이런 한적한 곳에서 날 잡아 죽이지 못해 안달을 하는 녀석과 단둘이 있다니. 특히 상대방은 맵을 잘 아는 상황이라니.

다만 이상한 건 병훈이에게는 날 해치려는 생각이 전혀 없어 보인다는 거였다.

"긴장하지 않아도 돼. 너랑 싸울 마음은 없어."

"정말?"

"그래 만은 기껏 걸고서 없어.

"왜?"

그 말에 병훈이는 어째야 좋을지 망설이는 듯했다. 한참을 침묵하며 어둠을 응시하던 병훈이가 이윽고 내 어깨를 주물주물하며 입을 떼었다.

"그래, 다 털어놓을게."

"뭘?"

"자아, 넌 내 일기장을 봤으니까 아마 대충은 짐작하고 있지 않겠니?"

꿀꺽. 나는 침을 삼키며 긴장했다. 혹시 자신은 동성연애자라고 밝히려고 하는 건 아닐까? 난 슬쩍 병훈이의 얼굴을 올려다보았다. 긴장된 얼굴. 남성미 흐르는 얼굴이었다. 흠흠, 이상한 얘기 같지만, 이 자리에서 날 사랑한다며 덥썩 안아버린다고 해도 뭐라고 거부하지 못할 것만 같았다. 병훈이의 얼굴은 내가 참 좋아하는 얼굴이니까. 하지만 난 동성연애자는 절대로 아니다. 목에 칼이 들어온다고 해도 그건 아니다. 다만, 인간적으로 병훈이가 멋있어 보였다는 얘기일 뿐이다.

하지만 병훈이의 입에서 나온 건 전혀 엉뚱한 소리였다.

"나, 실험 대상이야."

띠용! 눈이 튀어나오는 소리를 느끼며 나는 말똥말똥 병훈이를 쳐다보았다. 무슨 실험 대상?

4

병훈이가 털어놓은 내용은 이해하기가 어려웠지만, 대충 짐작은 갔다. 평소의 나라면 절대 받아들이지 못했을지도 모른다. 하지만 조금 전에 그 이상한 현상을 목격한 후였기 때문에 나는 무슨 소리를 해도 고개를 끄덕일 수 있는 준비가 되어 있었다.

"무슨 소리냐 하면, 이 세계는 수많은 평행우주들로 갈라진다는 거야. 평행우주란 단어 때문에 골치 아프게 생각할 필요는 없어. 왜 누구나 그런 생각 해보잖아. 나와 똑같은 사람이 어딘가 다른 세계에서 살고 있지 않을까 하는 생각 말이야. 그런 식으로 무수한 세계가 시간적으로 똑같은 지점을 지나고 있는 거야."

무수히 많은 세계와 무수히 많은 나……. 그것참, 소름이 오싹 끼칠 정도로 기분 나쁘고 자존심 상하는 얘기였다. 난 조금 반발해보았다.

"그렇다면 그건 내가 아니지 않아?"

"아니, 분명히 너야. 다만 조금 다른 상황에 처한 너지."

머릿속으로 〈백투더퓨처〉니 〈터미네이터〉니 하는 온갖 에스에프 영화들이 스쳐갔다.

병훈이의 말에 의하면, 이 연구소의 사람들이 어느 날 병훈이에게 접근해와서 두 개의 다른 인생을 살아볼 기회가 있다면 어떻게 하겠냐고 제의를 해왔다는 것이었다. 두 개의 인생을 살아본다고 해도 어차피 인간에게 주어진 수명은 한정되어 있으니, 다른 내가 되어볼 수는 없다. 다만, '교환일기'를 쓸 수 있다는 거였다. 양쪽 평행우주에 상응되는 지점에 일기를 가져다 두면, 또 하나의 내가 그 지점에 왔을 때 그 일기를 볼 수 있다는 거였다.

"이 이해가 돼?"

"그럭저럭."

도통 못 알아들을 정도는 아니었다. 난 에스에프 영화를 좋아하고, 그런 식의 개념으로 볼 때 그럭저럭 이해할 수 있을 만했으니까. 다만, 이것은 현실이라는 점이 다를 뿐.

"그래서?"

"상대방도 역시 나야. 겁대가리 없는 놈이지. 서로 이런 일 저런 일, 서로 해보고 싶은 일 나눠 하면서 경험을 공유하고 있어. 그래서 그런 이상한 연애편지 같은 문투가 된 거야."

말하자면 그 실험을 위해서 전학을 온 것이었고, 저쪽 세상의 자기와 힘을 합쳐 정보 교환을 하는 바람에 쉽게 전교를 평정할 수 있었다는 것이었다.

"이 연구소에 바로 그쪽 세계와 이쪽 세계가 교차되는 지점이 있어. 정확히는 아까 그 방이지."

"아항!"

그 일기장이 없어진 건 저쪽 세계의 병훈이가 그 일기장을 가져갔다는 뜻이 된다는 건가? 골치 아프지만 재미도 있네.

"하여간, 그래서 너랑 안 싸운다는 거야."

저쪽 세계의 나와 싸워서 벌써 졌다는 것이었다. 여섯 시간 동안의 대혈투였다나. 허 참, 이상도 하지. 난 두 시간이 넘게 싸우다가 결판이 안 나면 그냥 항복해버리자는 주의인데. 물론 그런 적은 아직 한 번도 없었지만.

"아쉬운 건 저쪽 세계에선 그렇게 해서 너랑 내가 굉장히 친해졌는데, 여기에선 아직 이런 사이라는 거지."

병훈이가 따뜻한 눈빛으로 날 바라본다. 너도 나랑 친해지고 싶니? 하긴, 나도 사실은 너랑 친해지고 싶어. 하지만 난 이 말을 입 밖으로 내지는 않았다.

"하지만, 너네 애들은 아직도 날 쫓아다니잖아."

"언제나 과잉 충성하는 애들이 문제라니깐."

병훈이는 다시 씨익 웃었다. 이제는 그 웃음이 그렇게 공포스럽게 보이지 않았다.

"그런데 왜 그런 애길 니힌테 하는 거야?"

"날 이상하게 보는 게 싫어서."

"그뿐이야?"

"사실은, 문제가 좀 있어."

"뭔데?"

"아까 강아지 봤지?"

으윽, 설마…….

"그들은 나를 직접 저쪽 세계로 보내보려고 하고 있어."

5

아무 일 없는 것처럼 조용하게 일주일이 더 지났다. 병훈이는 그동안에도 매일 교환일기를 쓰면서 상대방을 정탐하고 있었다. 그들은 수학 공식을 날마다 썼다 지웠다 하며 먼기를 개속 이루하고 있는데, 그 공식의 주축이 되는 변수는 바로 병훈이의 몸무게였다.

그새 또 하나 알게 된 사실은 그 연구소가 평행우주의 교차지점이 고 우연이 발견된 것이 아니고, 그들이 그 연구소에서 시공간을 왜곡시켜 이 세계와 저쪽 세계를 억지로 교차시켰다는 것이었다.

엉겁결에 친구가 되어버렸지만, 난 성격상 친구의 위험을 그냥 두고 볼 수는 없었다. 병훈이가 과잉 충성하는 애들을 다 모아놓은 앞에서 날 한 번 덥썩 껴안고 나자 뒤따르는 패거리는 어느 정도 정리되었기 때문에 난 이 일에만 골몰할 수 있었다.

결국 그 교차지점을 없애버리는 것이 최선이라는 결론이었다. 그들이 수학 공식과 장비로 만들어낸 지점이니까, 그들을 협박해서 그 공간을 원래대로 돌려놓은 다음 그 라면 박스 같은 장비만 없애버리면 되는 게 아닐까 싶었다. 그들과 한바탕 싸워야 한다는 점이 좀 걸리긴 하지만, 병훈이나 나나 장정 세 사람쯤은 몸풀이 정도니까. 그들 중에 딱히 덩치가 있는 것도 아니고.

그러나 그 말을 꺼내자 병훈이는 고개를 저었다.

"안 하는 게 좋겠어."

병훈이가 시무룩한 어조로 말했을 때 난 믿을 수가 없었다.

"네 일이야."

나는 얼마간 뾰루퉁해져서 말했으나, 병훈이는 자신 없는 투로 변명을 늘어놓았다. 저쪽 세계의 자신이 이미 시도를 해보았다는 것이었다. 그리고 여지없이 실패해버렸다는 것.

"나와 함께였대?"

그 질문에 병훈이는 얼마간 나를 물끄러미 쳐다보더니 천천히 고개를 저었다.

"저쪽 세계의 나는 너를 너무 아껴서 안 데리고 간 모양이야."

"그럼 시도해본 것도 아니네 뭐."

"함께 해줄 거야?"

병훈이가 매달리는 듯한 어투로 말했다. 그답지 않다. 하지만, 어쨌든 좋다. 영웅다운 일을 하는데 이것저것 가려서 뭘 하겠느냔 말이다.

저쪽 세상의 병훈이는 실패를 했다지만, 그 실패는 우리에겐 아주 값진 것이었다. 그 과정에 대한 온갖 기록을 자세히 남겨주었기 때문에 우리는 맵을 알고 스타를 하는 식인 것이다. 아니, 게임공략집을 한 손에 쥐고 게임을 하는 기분이라고나 할까.

다만 한 가지 문제가 있었다. 그것은 바로 그 시점에서의 '나'였는데, 아무래도 저쪽 세계의 나와 연락할 수 있어야만 할 것 같았던 것이다. 저쪽 세계에서 처리해주어야만 하는 일이 있는데, 병훈이는 너무 얼굴이 알려졌으니까.

6

저쪽 세계의 나와 이쪽 세계의 나를 연결하는 작업은 생각만큼 까다롭지는 않았다. 솔직히 말해서, 전체 중 가장 어려운 과정은 나의 결심이었다. 저쪽 세계에 또 다른 내가 살고 있다는 것을 인정하고, 그와 대화를 나누겠다는 의지를 가져야 하는 것 말이다. 사실은 정말로 달아나고 싶었다. 병훈이와 전혀 모르는 사이로 돌아가고 싶은 생각이 굴뚝같았지만, 나도 사나이다. 한번 내뱉은 말은 주워 담을 수는 없었고, 양쪽 병훈이의 도움을 빌어서 우리(이쪽 세계의 나와 저쪽 세계의 나)는 우리끼리의 일기장을 서로 전해 받게 될 것이었다.

매일이 인터넷 신들러는 포인트를 이용하는 건 들킬 위험이 너무 컸기 때문에, 우리는 그들의 장비를 훔쳐다가 그 저택에서 조금 떨어진 숲에다가 또 하나의 교차점을 만들어보았다. 별로 어렵지는 않았다. 그리고 사소한 문제를 해결하고 나자 곧 나도 저쪽 세상의 내가 쓴 일기장을 손에 쥐게 되었다. 으아, 그 이상함이라니. 그건 당해보지 않은 사람은 결코 이해하지 못할 것이다.

저쪽 세상의 나는 확실히 나 자신과 아주 많이 비슷했다.

7

일기장을 통한 몇 번의 통신으로 상세한 과정이 계산되었을 무렵, 병훈이는 드디어 그들로부터 저쪽 세계로 가보지 않겠느냐는 제안을 받게 되었다. 말이 제안이지, 사실 그건 협박이었다. 병훈이는 실험 대상이 되는 대가로 그들에게서 상당한 돈을 받았던 것이다.

안 하겠다고 자꾸 거부하자, 그럼 그동안 받은 돈을 내놓으라는 소리를 해대는 것 같았다. 병훈이는 집안 사정 때문에 이미 돈은 바닥이 나고 없는 형편이고. 하긴, 집안 사정이라도 있지 않으면 누가 쉽게 그런 실험 대상이 되겠는가.

다급해진 내가 일기장을 통해 숲속에 숨어 상황을 적어 보내고 있는데, 누군가가 뒤에 섰다. 흘끔 돌아본 나는 기겁을 했다. 세 남자 중 가운을 입었던 사람이 음침한 얼굴로 서 있었던 것이다.

"네놈이었군. 어째 계산이 안 맞는다 했어."

그는 백묵을 세워서 칠판을 긁어대는 듯한 목소리로 말했다.

우리가 한 잘못은 두 가지였는데, 한 가지는 병훈이가 제대로 실험 대상으로서 놀아나 주지 않은 것이고, 다른 한 가지는 두 명의 병훈이가 있는 세계에 대해 두 명의 내가 허락도 없이 연결한 것이었다. 그건 아주 위험한 행위라는 것이었다.

"그게 얼마나 위험한 짓인지 아는가? 두 개의 직선에 교점이 두 개가 생긴다면 어떻게 되지? 그런 이상한 직선을 생각해본 적이 있어? 평행우주는 원래 평행하기 때문에 교점이 생겨서는 안 되는 거야! 평행선 몰라, 평행선? 그런데 우리는 그 공간을 억지로 늘려서 교점을 하나 만들어서 세상이 어떻게 뒤집어지는지 보려고 했어. 그런데…….”

“그런데 왜 직접 안 하고 병훈이를 끌어들인 거죠?”

“그건…….”

그의 말문이 막힌 새에, 어느새 뒤에 병훈이가 와서 서 있었다.

“겁이 많으니까 그렇지 뭐. 원래 말이야, 사람은 나이를 먹을수록 겁이 많아진다구. 나야 세상이 뒤집어진다고 해도 잃어버릴 것도 없으니까 덤벼들었지만.”

병훈이가 손짓으로 ‘둘은 해치웠어’라는 사인을 보내왔다.

사내의 얼굴이 격정적으로 흔들리더니, 옆에 내려놓았던 뭔가를 집어들었다. 나는 기절하는 줄 알았다. 왜냐하면 그 장비가 ‘평행우주 분리기’라는 것을 알고 있었기 때문이다. 차라리 죽어나가는 총이었다면 〈매트릭스〉처럼 샤샤샥 피하는 흉내라도 내보며 즐거워해 볼 수도 있었을 텐데.

서쪽 세계의 병훈이가 보내온 정보에 의하면, 두 평행우주에 교점을 만드는 것과는 다른 방식으로 현재의 평행우주를 두 개로 갈래치□□□□ 장치였다. 즉, 이 장치가 지정하는 위치에 사람이 있었다면 그 사람이 속하는 우주가 둘로 분리된다는 것이었다. 〈슬라이딩 도어즈〉라는 영화를 보았는가? 전철을 타는 나와 못 타는 나. 말하자면, 그런 식으로 갈래치기를 하게 된다는 것이었다.

그 순간의 생각대로, 실제의 나는 한쪽에 속하게 된다. 가령 내가 학교를 갈까 말까 갈등하고 있었다면, 학교를 갈까 하고 생각하는 순간에 평행우주 분리기에 맞으면 학교를 가는 것이고, 가지 말까 하고 생각하는 순간에 맞으면 학교를 가지 않게 된다고나 할까. 물론 갈까 말까 갈등하고 있으니만큼 두 갈래의 반대쪽으로 갈라진 세계의 나는 반대의 행동을 취하게 될 것이었다.

난 내 운명이 내가 아닌 다른 사람에 의해 결정되는 것은 질색이다. 지금까지 내가 살아온 것이 아닌, 다른 평행우주로 튕겨나가는 것은 정말 싫단 말이다. 둘로 분열되건, 셋으로 분열되건 지금의 나는 이 순간에 없어지는 것이나 마찬가지 아닌가. 병훈이 역시 그 느낌에 동의하는 것 같았다. 그렇게 내 곁에서 죽어라고 달려가고 있는 것을 보면.

그리고 쫓아오는 그 사내 역시 정말로 죽어라고 달리고 있었다. 그 총을 한번 쏴보겠다고 죽어라고 쫓아오다가 이윽고 총을 겨누었는데, 그 총은 그 사내가 들기엔 지나치게 무거운 것 같았다. 나는 모퉁이를 돌면서 뒤를 슬쩍 쳐다보았는데, 그 사내는 총의 무게 때문에 휘청하더니 애꿎은 길가의 강아지를 쏘았다. 그리고 그 강아지가 맞았다. 그 순간 겉보기로는 아무 일도 일어나지 않았다.

그러나 모퉁이를 꺾어 도는 순간 나는 그 강아지로 인해 이 세계가 두 개로 분열되었음을 알 수 있었다. 내가 속한 쪽은 그 강아지에게서 지옥 쪽인 모양이었다. 깨갱! 소리와 함께 꽁지에 불이 붙은 그 강아지가 내 곁을 순식간에 스쳐 지나갔으니까. 난 나도 모르게 걸음을 멈추고 병훈이와 함께 눈물을 쏙 빼도록 웃고 말았지만, 생각해보면 엄청난 일이었다. 그들은 글자 그대로 미래를 조종하는 도구를 손에 넣은 것이 아닌가.

간신히 눈물을 진정시키고 허리를 편 순간, 뭔가가 내 뒤통수에

와 닿았다. 거대한 총구. 바로 평행우주 분리기였다. 시간이 멈춰버린 것만 같았다. 두려움에 손이 떨려왔다. 갑자기 내가 사는 세계가 분열되어버리는 것이라니. 그리고 그 분열된 두 개의 나는 교환일기라도 쓸 건가?

뻐억!

병훈이었다. 갑자기 위로 휙 뛰며 총을 걷어차 올린 것이었다.

총구가 위로 휘익 돌더니 그대로 그 사내의 정수리를 강타하고 사내는 길게 누웠다. 역시 무거운 총이었다. 병훈이가 씨익 웃으며 엄지손가락을 추켜올렸다.

나 역시 만족스럽게 웃으며 병훈이와 손바닥을 맞부딪쳐 자축했는데, 그 순간 짜라라…… 뭔가가 온몸을 스쳐 지나가는 것 같은 느낌이 왔다. 쓰러져 누웠던 그 사내가 우리를 향해 평행우주 분리기를 쏜 것이었다.

눈앞이 빨개졌다 파래졌다 했다. 빨간색일까, 파란색일까. 우리가 동시에 갈래를 치는 것이니 4명의 내가 생기는 판일지도 모른다. 정말 반갑지 않다. 나는 나 하나인 게 좋다.

나는 마음을 굳게 가라앉히고 가능한 한 나인 채로 있으려고 숨을 들이마셨다. 내가 분열되지 않아야 한다. 내가 분열되면 어느 쪽으로든 생기게 될 것이니. 나는 결동하지 않는다. 나는 내가 나인 새로 있는다.

그 순간, 나는 집중할 수 있는 거리를 찾았다. 그건 바로, 병훈이었다.

─저놈과 함께 한다!

난 어떻게든 무슨 행동이든 병훈이와 함께 한다는 걸로 정신을 집중했다. 말로 설명하자니 이렇게 길지만, 실제로는 순식간에 머릿속을 파파팍 스쳐 지나간 생각들이었다.

번쩍! 온몸이 빠개지는 듯한 통증이 온몸을 스치고 지나갔다.

8

내가 제대로 둘로 갈라졌는가?

하하, 이렇게 생각하는 게 우습긴 하지만 난 정말로 병훈이와 함께 있었다. 내가 알지 못하는 곳에 어떤 뭔가가 생겼다고 하더라도 그건 나와는 별로 상관없다는 생각까지 들었다.

아무리 많은 평행우주를 살더라도 결국 내가 느끼는 건 나 하나뿐, 다른 '만약에'는 아무런 필요가 없는 것이다. 내가 살아가면서 그저 좀 더 다채롭고 풍요로운 상상을 가능하게 해주는 것일 뿐. 만약 이 순간을 살지 않는 내가 있다면, 그건 그저 나와 참 비슷한 또 하나의 다른 인간일 뿐, 나라고 할 수야 없지 않을까?

솔직히, 내가 분열되었는지 안 되었는지 나는 알지 못한다. 눈앞에 번개 같은 것이 번쩍한 순간, 나는 왠지 모를 분노에 격렬히 휘말렸고, 주먹으로 그 빌빌한 사내를 퍽! 하고 까버렸던 것이다. 그리고 아무 생각 없이 터벅터벅 원래의 자리로 돌아가서 평행우주 분리기를 길옆의 낭떠러지로 던져버렸다. 콰콰콰쾅! 폭발음과 함께 주위의 공기가 이상해지며 흔들렸다.

잠시 정신이 아득해졌다가 제정신을 차려보니 황당하게도 연구소 자체가 없었다. 그 연구소라는 것 자체가 그들이 평행우주 분리기로 만들어낸 것이었을까? 아니, 어쩌면 이 세계가 그 연구소가 없는 다른 평행우주와 합쳐져버린 것인지도 모른다. 어쨌든 간에 우리는 그 연구소가 없는 평소의 우리로 돌아와 있었고, 나는—황당하게도—병훈이 패거리에게 쫓기며 그 연구소가 있던 빈터를 달리고 있었다. 우으으…… 날 좀 그냥 놔두지.

스윽.

뭔가가 옆에 와서 선다 싶더니 병훈이가 옆에 와 서 있었다. 나는 지쳐서 정말 더 이상은 한 발자국도 걸어갈 수가 없었다. 옆에 와 선 게 병훈이의 쫄다구가 아니라 병훈이 자체라는 것을 느낀 순간, 나는 뭔가에 걸려 나동그라졌다.

"달아나지 마."

병훈이가 곁에 와 쭈그리고 앉으며 말했다. 내가 그를 올려다보았다.

"달아나지 않아도 돼."

병훈이가 다시 섬뜩한 눈빛으로 말했다. 분명히 섬뜩한 눈빛인데, 이상도 하지. 나는 그의 눈빛에서 기묘한 장난기와 함께 기묘한 친밀감을 느낀 것이다.

"내가, 꿈을 꾼 게 아닌 모양이지?"

나는 이렇게만 말했다. 병훈이가 씨익 웃으며 손을 내밀었다. 악수. 이렇게 우리는 화해를 했다. 그리고 보았다. 내가 무엇에 걸려 나동그라졌는지를. 그건 라면 박스만 한 바로 그 기계였다.

9

어떤 평행우주를 살더라도, 갈등의 순간에 나 대신 나와 똑같은 어떤 누군가가 대신 그 경험을 해봐 준다고 해도 결국 우리는 우리 자신이 해보는 수밖에 없다. 그렇지 않으면 아무리 좋은 일도, 그리고 아무리 나쁜 일도 대신 해준 그 사람의 것일 뿐, 나 자신의 것은 결코 될 수가 없다.

병훈이와 나는 그런 것을 깨달은 것이다. 그래봤자 크게 달라진 것은 없다. 할 수도 있고 안 할 수도 있는 선택의 순간이 왔을 때 별로 갈등 없이 '해치워버리는 것'을 선택하게 된 것밖에. 여러 순간을 살아볼 수 있는 기회가 없고, 내 인생은 한 번뿐이라는 것을 깨달았으니 이건 정말 절실해진 문제가 아니겠는가.

그러고 보면 그러한 여러 가지 평행우주를 살아보겠느냐는 선택에서 살아보겠다는 것을 선택한 것 역시 그에게는 또 하나의 평행우주였는지 모르겠다. 나에게 있어서 그를 만난 것이 평행우주였듯이.

에필로그

그로부터 며칠 뒤 나는 내 일기장에서 이상한 현상을 발견했다. 내가 쓴 기억이 전혀 없고 나의 일상과도 다른 어떤 부분이 발견된 것이다. 게다가 그 내용에는 나에게 교환일기를 요청하고 있었다. 나 자신으로서 말이다. 그는 이쪽에서 사라져버린 그 라면 박스만한 장치와 매뉴얼을 어딘가에서 우연히 구한 모양이었다. 그리고 현명하게도 어떤 지점이 아니라 일기장 자체에 교차점을 걸어서 언제든지 일기를 교환할 수 있게 했다. 어쩌면 기계 자체가 훨씬 입그레이드된 것이었는지도 모른다.

문득 다른 상황을 살아본다는 것도 나쁘지는 않다는 생각이 들어서, 우리(나의 복수인)는 편안한 마음으로 일기를 교환하고 있다.

30년 넘게 교환하고 있는 일기. 처음에는 나 자신이라는 생각에 거부감이 심하게 들었지만, 이제는 전혀 그런 생각이 들지 않는다. 게다가 상황이 다르니까 편안한 마음으로 객관적으로 나 자신을 짚어볼 수 있게 되기도 한다. 내가 감정에 휘말리지 않는 상태에서 나 자신으로서 판단해보는 기회라고나 할까. 그런 경우에 주로 사용하는 문장은 이렇다. '나라면 말이야, 그런 경우에는 이렇게 해볼 텐데……'

다른 상황을 살아본다는 게 아니라 두 개의 나가 되어 냉철하게 판단해본다는, 진정한 의미의 '일기장'으로서의 역할을 해주는 것은 아닌가 싶다.

지금 그 친구(?)는 내가 한 번도 본 적이 없는 여자와 결혼을 해서 내가 한 번도 가본 적이 없는 이집트에서 살고 있다. 그리고 지금까지도 좋은 벗으로서 일기를 교환하고 있다. 결혼을 할 때도, 직장을 옮길 때도, 내가 정말 가장 어려운 고비를 맞았는 결론이나. 아마 그 어디에서도 들을 수 없는 진지한 조언이었을 것이다. 정말로 상대방의 입장이 되어 생각해줄 수 있는, 어쩌면 단 하나의 친구일지도 모르니까.

당연히 싸우기도 엄청 싸웠다. 그러나 언제나 상대방의 생각이 옳다는 것을 인정하게 되었다. 당연하다면 정말 당연한 일이다. 아주 냉정하고 다른 상황의 나이니까.

그렇게 멀리 떨어져 살면서 어떻게 일기를 교환하냐고?

하하. 시대의 발전은 정말 무섭지. 인터넷의 홈페이지 주소에 평행우주의 교차지점을 설정한 바람에 인터넷으로 교환일기를 쓰고 있으니까.

– 『2000년 겨울 올해의 베스트 추리소설(코카인…여인)』(태동출판사, 2000)

내가 죽인 남자

>>>>> 권경희

1990년 장편 추리소설 『저린 손끝』으로 제1회 김내성 추리문학상을 받았다. 주요 작품으로 장편 추리소설 『거울 없는 방』 『물비늘』, 장편 실화소설 『트라이앵글』, 수필집 『요설록』, 상담 학술서적 『붓다의 상담—꽃향기를 훔치는 도둑』, 상담 에세이집 『흔들리는 삶을 위한 힌트』 『처음도 좋고 중간도 좋고 끝도 좋은』 등이 있다. 소설가인 한편 상담심리 전문가로서 착한벗심리상담센터 센터장으로 활동 중이다. 「불경에 나타난 석가모니의 상담사례」 등의 상담 관련 논문을 발표했다.

그가 죽었다!

그의 '사망' 기사가 오늘 아침 스포츠 신문의 머리를 장식했다. 순수를 지향하는 그가 가장 경멸했던 신문, 스포츠는 무슨 스포츠? 연예인 꽁무니나 핥고 다니는 옐로우, 아니 스칼렛 페이퍼라고 비난했던 신문, 그런 스포츠 신문 중에서도 다른 신문들과 달리 스무 살 처녀의 허리처럼 날렵한 판형에 나긋나긋한 종이로 인쇄한 신문, 그가 가장 혐오했던 그 신문에 독점적으로 실렸다.

전라(全裸)의 여자가 헤벌쭉 웃고 있는 바로 옆자리에 실린 그의 사진. 세상의 번민을 다 짊어진 듯 무겁게 고뇌하는 그의 흑백 얼굴과, 낙낙빛깔 와사인 살결을 나 드러내고 유두와 음부만 진분홍 하트 모양의 스티커로 살짝 가린 여자의 사진은 참으로 대조적이었다.

사실, 내가 처음부터 그를 죽이려고 한 것은 아니었다. 그래도 한때 사랑했던 사람, 아이 아버지가 될 뻔했던 사람, 그런 사람을 죽인다는 게 어디 쉬운 일인가?

그에 관한 진실을 처음 전해 들었을 때도 나는 믿지 않았다. 믿기지 않았다. 그러나 단 한 마디, 그 한 마디에 나는 살인을 결심했다.

그 여자애가 내 아파트에 전화를 건 시각은 밤 1시였다. 술에 잔뜩 취한 목소리였다.

"여보세요. 어머, 안녕하세요? 지훈 씨 이모님이시군요? 김치 담가주러 오셨나 보죠? 제가 너무 일찍 전화드렸죠? 오늘이 시작되고 한 시간밖에 안 지났으니까 말이에요. 호호호."

목소리가 앳되어 보였다. '일찍'이란 말의 '일' 자에 유난히 힘을 주어 발음하는 데다, 끝말을 길게 끌어 애교와 응석을 얹으려는 어투만 갖고도 나보다 한참 신세대라는 걸 알 수 있었다.

"무슨 일이에요?"

전시회 준비로 늦게까지 작업하다가 잠이 든 나로서는 한밤중에 걸려온 전화가 못마땅하기만 했다. 게다가 어린 처녀가 그에게 '씨'라는 호칭을 붙이는 것도 불쾌했다. 하지만 내색을 할 수 없는 처지라 용건만 물었다.

"지훈 씨랑 12시에 만나기로 했는데, 한 시간이 지나도록 안 오는 거예요. 기다리다 지쳐서, 혹시 약속을 잊었는가 싶어서 전화 걸어본 거예요."

여자애는 취기가 심해지는지 혀가 점점 꼬여갔다.

"아직 안 들어왔는데요."

12시에 만나자고 약속을 했다니, 밤 12시에 만나서 무얼 하겠다는 게야? 얘가 정신이 있는 애야, 없는 애야?

나는 두 사람이 12시에 만나기로 했다는 말에 어처구니가 없었다.

"이모님, 그 사람 어쩌면 그래요? 번번이 약속을 어기고 그럴 수가 있는 거예요? 그 사람 본래 그런 사람인가요? 흑흑."

저 혼자 괜히 호호거리던 여자애는 이번엔 제풀에 흐느꼈다.

"이모님, 저 좀 만나주세요. 오늘 밤 이대로 집에 돌아갔다가는 자살할 것만 같아요. 저 좀 만나주세요, 네? 제가 택시 타고 바로 갈게요."

여자애는 내가 집 위치를 알려주지도 않았는데 전화를 끊었다. 그리고 30분쯤 후에 내 아파트로 찾아왔다. 그러니까 새벽 1시 반에 온 것이었다.

"저, 실례 좀 할게요."

여자애는 얼굴에 솜털이 보송보송했다. 아파트 현관문을 열어주자 입에서 술 냄새를 풍기며 화장실부터 찾았다.

"화장실은 저쪽……."

내가 화장실을 가리키려고 몸을 돌리는데, 여자애는 톡톡톡 뛰어가 화장실 문을 열고 벌써 안으로 들어가고 있었다.

쟤가 우리 집 화장실을 사용해본 적이 있나? 금세 찾아 들어가네.

또 한 번 불쾌감이 밀려왔다. 그러나 대체 무슨 말을 하려고 찾아왔는지 궁금해 여자애가 나올 때까지 기다리기로 했다.

오랫동안 참았던 듯, 화장실 안에서는 쏴아 하는 오줌 소리가 들려왔다. 쇠오줌같이 소리가 컸다. 그러더니 이내 웩웩 하고 구역질을 해대는 소리가 들려왔다. 그 소리를 듣고 있자니 아이 낳은 이후 비위가 약해진 내 속까지 울렁거렸다.

나는 속을 달래려 냉장고로 가서 찬물을 따라 마셨다. 내 목 축이는 김에 여자애의 몫까지 따라서 거실 탁자 위에 올려놓았다.

"고맙습니다."

화장실에서 나온 여자애는 마시라는 말도 안 했는데 물컵을 들어 벌컥벌컥 마셨다.

술을 어지간히 먹었나 보군. 물 들이켜는 걸 보니…….

"전 이제 어떡하면 좋아요, 이모님."

물을 마시고 난 여자애는 갑자기 굵은 눈물을 뚝뚝 흘리며 울기 시작했다. 아닌 밤중에 홍두깨라는 말이 딱 어울렸다.

"뭘? 뭘 어떡하면 좋겠냐는 거예요? 아가씨는 대체 누구고, 나는 왜 만나려는 거예요?"

나는 여자애의 호들갑에 말려들지 않으려 목소리를 낮게 깔고 물었다. 내 귀에도 내 목소리가 차분하다 못해 서늘하게 느껴졌다.

"저는요, 올해 여대 1학년에 입학한 학생이에요. 이름은 홍민아고요."

"그런데요?"

난 이번엔 건조한 목소리를 내보았다. 내가 말해놓고도 이 상황에서 참 잘 어울린다 싶었다. 내 목소리 탓인지 여학생은 들떴던 감정이 조금 가라앉는 듯했다. 흐느낌을 멈추고 대답을 했다.

"지훈 씨랑은 독자 캠프에서 만났지요. 방학 기간에 그 출판사에서 주관한 독자 캠프에 참석했거든요. 그때 송 선생님, 아니 지훈 씨도 강사로 오셨어요. 그때 알게 됐어요."

"그래서요?"

난 피곤했다. 얼른 자고 싶었다. 두 사람이 어떻게 알게 됐는지, 그런 것에 관심 두기엔 너무도 몸이 고단했다.

나는 일부러 하품을 크게 했다.

"그날은 캠프가 끝나는 날이었어요. 서울에 도착한 우리는 뒤풀이를 하기로 했지요. 강사 몇 명과 편집장, 그리고 독자들이 모여 호프 집엘 갔어요. 지훈 씨도 같이 왔어요."

여학생은 담배를 한 개비 꺼내 입에 물었다. 검지와 중지 사이에 담배를 끼우고 첩보 영화에 나오는 늘씬한 여배우처럼 과장되게 포즈를 잡고 담뱃불을 붙였다.

"술이 웬만큼 취하게 됐을 때 지훈 씨가 폭탄주를 먹자고 제의했어요. 그리고 맥주 가운데에 소주잔을 넣고 소주를 부은 다음 한 사람씩 돌렸어요. 다들 거절하지 않고 순서대로 먹기로 했는데, 중간에 나가떨어졌죠. 전 워낙 술이 세어서 끝까지 남았어요. 지훈 씨도 끝까지 남았어요. 둘이 두 잔씩을 더 주거니 받거니 했는데, 지훈 씨마저 나가떨어진 거예요."

"그런데?"

그게 뭘 어쨌다는 거야, 하는 마음에 나는 초면에 예의상 붙이던 '요'자도 빼고 '—데'에는 짜증까지 붙여서 다음 말을 재촉했다. 어서 말을 끝맺게 하고 내보내고 싶은 심정뿐이었다.

"그날 일이 벌어졌어요. 지금 생각해보니 지훈 씨가 일부러 취하적했던 것 같아요."

여학생은 이 대목에 와서 울먹이기 시작했다.

"무슨 일이 벌어졌다는 거야?"

드디어 나는 반말로 묻기 시작했다. 그러지 않고는 피곤함과 짜증을 견딜 수 없었다.

"정신이 없다며 집까지 택시를 태워달라기에 태워주었지요. 그런데, 자기가 집을 제대로 찾아갈 수 있을지 모르겠다고 중얼거리면서 택시 안에서 잠들어버리는 거예요. 그래서 제가 함께 타서 이 아파트 앞까지 왔지요. 어떤 동네 무슨 아파트에 사는지는 알고 있었거든요. 그런데 알려주는 동까지 왔는데도 내려서는 땅바닥에 주저앉아서 그대로 자려고 하는 거예요. 수위 아저씨한테 아파트 호수 물어서 간신히 여기까지 데려왔지요."

여기까지 얘기를 듣고 나니 그날 뭔가 심상치 않은 일이 일어난 것 같아 졸음이 조금 물러갔다.

"아파트 안에 들어서자 지훈 씨는 커피 한 잔만 타달라고 하더군요. 커피를 마시고 나더니 술이 깼는지 비틀거리지 않았어요. 그러면서 여학생이 그렇게 취한 채 술 냄새 풍기며 집에 가면 야단맞지 않겠느냐며 술 깨거든 가라고 했어요. 저는 부모님과 함께 살고 있지는 않았지만 그러마고 하면서 자리에 앉았어요. 그러자 지훈 씨가 이제부터 자신을 송 선생님이라고 부르지 말고 이름을 불러달라고 하더군요."

여학생의 이야기를 듣는 순간, 내가 그를 처음 만났을 때 생각이 났다. 그와는 남편과 이혼한 후 착잡한 심경으로 홀로 여행을 갔을 때 우연히 만났다. 그는 작가협회에서 주최하는 e북 세미나 참석차 강릉 호텔을 찾았고, 나는 심란한 마음을 달래기 위해 바다나 보자며 바닷가의 그 호텔을 찾아갔다.

일출을 보러 아침 일찍 일어났으나, 아니 밤 내 잠을 이루지 못하고 뜬눈으로 지새운 것이 억울해 일출이나 보려고 전망이 좋은 스카이라운지로 올라갔더니, 몇몇 사람이 먼저 와서 커피를 마시고 있었다.

나 역시 창가의 자리에 앉아 커피 한 잔을 주문했다. 그때 뒤쪽에서 힐끗힐끗 쳐다보는 눈길이 느껴졌다.

대한민국 남자들은 여자 혼자 여행도 못 하게 하는군.

남자들이란 대개 여자 혼자 커피 한 잔만 마시려 해도 집적거리고, 혼자서 술이라도 마실라치면 마치 날 당장 잡아채 가슈 하는 창녀처럼 가벼이 여기며 접근해오곤 했다. 웬 촌스런 남자 하나가 또 여자 혼자 내버려두어선 안 된다는 강박관념에서 접근해오는 건 아닌가 하는 생각이 들어 나는 그 자리가 거북해졌다. 그래서 커피를 반이나 남기고 일어서서 객실로 내려가려는 순간, 내게 끊임없이 시선을 주던 그 남자가 다가왔다.

"저, 진숙희 님 아니십니까?"

내 이름을 정확히 기억하고 있는 이 사람은 누구?

돌아보니 어디선가 본 듯 낯익은 얼굴이었다.

"선생님 그림을 제 책 표지로 쓰지 않았었습니까?"

내 그림이 책 표지에 맞는지 몇몇 출판사에서 그림 사용 허락을 받아간 적이 있었다. 그 가운데 한 작가였다.

"저, 미래북 출판사에서 소설을 낸 송지훈입니다.『그 여자의 늪』을 썼지요."

이렇게 해서 그와 대화를 하게 되었다. 그와 일행은 정보화 시대의 문학의 전망에 관해 토론을 하느라 커피숍의 그 자리에서 밤을 새웠다고 하면서 일출을 보러 일찌감치 나온 나의 부지런함을 칭찬했다.

그는 그날 세미나가 끝나고 서울로 돌아가는 대절 관광버스를 타지 않았다. 나와 대화를 더 나누고 싶다며 강릉에서 하룻밤 더 머물겠다고 했다. 자기는 돈이 없으니 민박집을 알아보겠다며 마을로 내려갔다가 저녁때 다시 호텔 커피숍으로 찾아왔다.

"이제부터는 제 이름을 불러주세요. 막내 이모 같은 분이 선생님,

선생님, 하시니까 송구스럽습니다."

그는 내게 '송 선생님'이라는 호칭 대신 이름을 불러달라고 청했던 것과 마찬가지로 그 여학생에게도 같은 주문을 한 듯했다.

"처음엔 어색했지만, 지훈 씨라고 몇 번 부르고 나니 무척 가까워진 듯했어요. 송 선생님이라고 부를 때는 나이 차이가 엄청나게 나는 아저씨라는 생각뿐이었는데, 지훈 씨라고 부르니까 친구 같은 기분이 들었어요."

여학생의 눈빛이 몽롱해졌다. 그 눈빛을 보며 난 그날 정말 뭔가 일이 있었구나 하고 알아차릴 수 있었다.

"둘이 식탁에 마주 앉아 이런 얘기, 저런 얘기 나누는데 지훈 씨가 말하더군요. 입술이 아름답다고요. 제 입술이요. 앵두 같대요. 그러면서 앞으로 저를 앵두라고 부르겠다고 했어요."

오호호, 그랬어? 내게도 비슷한 말을 했지. 몇 번 만나 친해졌을 때 그는 내 입술이 풀잎 같다고 했다. 내 곁에만 오면 싱그러운 풀잎 냄새가 난다고 했다. 그러면서 내게 풀잎이라고 부르겠다고 했다.

"제 곁에 있으려니 달착지근한 앵두 냄새가 난대요. 그러면서 천천히 다가오더군요. 전 눈을 감았지요. 그리고 우리는 키스를 했어요."

말을 하고 난 여학생은 혓바닥으로 입술을 축였다. 당시의 키스 맛을 회상이라도 하려는 듯.

나도 입에서 침이 고여 나왔다. 그걸 눈치채지 못하게 하느라 여학생 몰래 침을 삼켰다.

"지훈 씨는 절 침대로 데려가서 옷을 벗겼어요. 전 처음에는 반항했지요. 그러나 결국은 지훈 씨의 말을 들어주기로 했어요. 지훈 씨가 너무 불쌍해 보였기 때문이에요."

그가 이 여학생에겐 무슨 말을 했을까? 나와 보낸 첫날밤처럼 어린 시절 세상을 떠난 어머니 같은 여인이라고 하진 않았을 테고……. 설마 나한테 했듯이 어머니의 품이 그립듯 당신 품안에 안기고 싶다고 이 여학생의 젖가슴에 얼굴을 파묻지는 않았겠지.

"지훈 씨, 불쌍한 사람이에요. 어린 시절에 하나밖에 없는 여동생과 마을 앞 강가에서 물놀이를 하다가 동생이 급류에 휩쓸려가는 바람에 잃고 말았다더군요. 그 동생의 죽음이 너무도 충격이 컸던가 봐요. 그래서인지 저를 처음 보는 순간, 여동생과 너무도 닮아 가슴이 철렁 내려앉았대요. 게다가 제 모습이 지훈 씨의 첫사랑과도 닮았대요. 콧날이 말이에요. 그 여자는 지훈 씨가 삶과 죽음의 문제를 해결하기 위해 입산했을 때, 지훈 씨를 잃은 슬픔에 자결했대요."

호오, 그랬군. 첫사랑 이야기도 했군. 어머니가 여동생으로 바뀐 것만 빼놓고는 똑같은 스토리야.

"전 지훈 씨를 안아주고 싶었어요. 불쌍하고 외로운 지훈 씨의 영혼을 달래주고 싶었어요. 이제 막 세속으로 내려온 지훈 씨가 만난 첫 인연을 소중하게 맺어주어 도로 산에 들어가게 하고 싶지 않았어요. 나이 차이 같은 건 조금도 느껴지지 않았어요. 그래서 그와 몸을 합쳤어요."

머리에 꽃 넣고, 비처럼 고추 말이는, 맑은 빛 짤이는 수순이 깊은가 봐. 유치하면 할수록 더 감동하니까 말이야.

그가 서른다섯 살이니 이 여학생과는 열다섯 살쯤 차이 날 것이었다. 나와는 열 살 차이. 그러나 세상에서는 그와 나의 나이 차이나, 여학생과 나는 나이 차이나 비중을 같게 볼 것이었다. 오히려 연상인 나와 그가 맺어진 것을 더 신기해할 수도 있었다.

"그는 내가 첫 여자라고 했어요. 대학 다닐 때 입산했으니 그렇겠지요. 첫 여자니만큼 각별한 의미라고 했어요. 넌 나를 이 세상으로 끌어내린 악녀이면서 영혼을 구해준 천사라고 했어요. 그 말을 들으면서 속으로 미안했어요. 사실 저는 아직 나이는 어리지만, 고등학교 시절에 남자친구와 자본 적이 있거든요. 그때 그 애는 서투르게 서둘러서 불안했는데, 지훈 씨는 나이가 있어서 그런지 처음이면서도 부드럽고 자상했어요. 그게 좋았어요. 음, 아마 난 이 남자를 영원히 사랑하게 될 거야 하는 예감을 느꼈어요."

나도 그와 처음 섹스를 하던 날 몹시 미안했다. 나는 이미 결혼했다가 이혼한 몸. 그는 산속에서 청청(淸淸)하게 살아온 몸. 경험 많은 내 몸과 순결한 그의 몸이 섞일 때 마치 맑은 시냇물이 오염된 한 강물로 흘러 들어오는 듯한 느낌이 들어 민망했다. 더구나 나는 그때 임신한 몸이었다.

남편과 나는 유학을 마치고 만난 터라 결혼이 늦었다. 그런 만큼 어서 아이를 갖기를 원했으나 임신이 되질 않았다. 병원을 찾아가보니 내 자궁에 문제가 있었다. 수정이 되어도 착상이 잘 안 된다는 것이었다. 그래서 시험관 수정을 하여 주입식으로 착상을 시도하는 등 여러 번 시술을 했다. 그때마다 번번이 실패했다. 그래서 나는 탈진해갔고, 남편은 불만이 커져갔다. 내 나이가 마흔을 넘자 남편은 초조한 기색을 감추지 못하더니 급기야 이혼까지 요구했다.

유학까지 다녀온 엘리트 부부가 아이 문제로 이혼한다? 내 친구들은 어울리지 않는다며 고개를 갸우뚱했다. 그러나 유학파 가운데 더 보수적인 사람이 많다는 건 아는 사람만 아는 사실이었다.

이혼을 하고 두 달쯤 지났을 때 이상하게 속이 느끼해 내과를 찾아갔다. 그랬더니 어이없게도 임신이라는 것이었다. 벌써 3개월이 지났다고 했다. 생리불순이 심했던 나로서는, 현대 의학의 힘을 빌려 그렇게도 임신하고자 노력했으나 실패했던 나로서는 기가 찬 노릇이었다.

나도 한 생명을 잉태했다는 자부심은 잠깐이었다. 이혼한 처지에 아이를 가졌으니 이를 어쩌란 말인가? 아이 가졌으니 도로 합쳐? 그러나 결혼생활에서 남편에게 받은 상처가 너무 심해 재결합은 상상도 하고 싶지 않았다.

아이를 지워야 하나, 말아야 하나? 아빠도 없는 아이를 낳아 키운다는 건 천형이나 마찬가지란 생각이 들었다. 그러나 나이 마흔이 넘은 나로서는 인생에서 단 한 번밖에 없을 생명 잉태의 기회를 소멸시키고 싶지도 않았다.

이런 혼란 속에서 여행을 떠났다가 만난 사람이 그였다. 그는 내 사연을 듣더니, 거룩한 생명을 앞에 두고 떼느냐 마느냐 하고 고민하는 것 자체가 삶에 대한 예의가 아니라며 준엄하게 질책했다. 아이 아버지가 필요하면 자기가 되어주겠다. 친자식으로 받아들여 키우겠다며 절대로 없애지 말라고 신신당부했다.

내 아이는 그 덕분에 이 세상의 빛을 보게 되었다. 아이가 태어나고 나서 생각해보니 그의 말이 백번 맞았다. 이 귀한 생명을 지우느니 마느니 했다니, 생각만 해도 내 자신에 대해 소름이 끼쳤다.

그는 기꺼이 아이를 자신의 호적에 입적시켰다. 아직 결혼을 한 것은 아니므로 호적에 둘의 혼인 관계는 표시되지 않았지만, 가족관계등록부에 내 아이가 그의 친자로 올랐고, 나는 생모로 적혔다.

나는 그런 그가 고마웠다. 가족관계등록부를 떼어보는 순간, 이 남자를 영원히 사랑할 것 같은 예감, 아니 영원히 사랑하리라는 맹세를 하게 되었다. 그리고 아기를 낳은 이후 본격적으로 동거생활에 들어가면서 아이를 친아들처럼 귀여워하며 키우는 그의 모습을 보고 진정으로 마음속 깊이 사랑하게 되었다.

"이후 우리는 자주 만났지요. 그는 여관이나 호텔처럼 여러 사람이 거쳐 가는 곳은 불결해서 싫다며 집에서 만나자고 했어요. 저는 정말 행복했어요. 사랑이 이런 거구나 하고 처음으로 알게 됐어요. 고교생과 했던 풋내기 사랑과는 다른, 세련된 사랑을 우리는 나누었어요."

여학생은 말을 하면서 안방을 가리켰다. 내 침대가 있는 방, 그와 내가 함께 자던 그 방이었다.

나는 눈앞이 아뜩해지면서 여학생의 얼굴이 가물가물하게 느껴졌다. 나와 사랑을 나누었던 그곳에 저 애를 끌어들였다고? 이럴 수가, 이럴 수가……

"그때가 언제예요?"

내 물음에 여학생은 손가락을 펴며 계산을 해보았다.

"3, 4개월쯤 전이에요. 2학기 시작하고 얼마 안 돼서니까요."

그렇다면 내가 아이를 낳으러 미국에 있는 친정에 갔을 때였다. 노산이니만치 어머니의 도움이 절실히 필요했다.

"그런데 어느 날이었어요. 아침에 일어나니까 오늘은 이모가 빨래도 해주고 김치도 담가주려고 집에 다니러 오실 거라면서 서둘러 청소를 하더군요. 그러고는 여자라고는 모르는 자기가 여자를 데리고 와서 잔 표시가 나면 충격 받으실 거라면서 이불에 떨어진 머리카락을 주우라고 했어요."

흥, 증거를 남기지 않으려고 했군. 교활해, 교활해.

여학생은 긴 생머리에 포도주 빛깔의 염색을 한 상태였다. 그러니 짧은 머리에 파마를 하고 벌써 희끗희끗해진 새치를 가리려고 흑갈색 염색을 한 나와 확실히 구별이 될 것이었다.

"저는 머리카락을 한 올 한 올 주웠지요. 결혼도 하기 전부터 남자 집에 와서 잔 걸 아시면 이모님께서 좋지 않게 여기실까 봐서요. 그 것보다도 지훈 씨가 이제껏 쌓아온 이미지를 나로 인해 깨트리고 싶진 않았어요."

그는 문단과 독자들에게 청정한 승려 같은 이미지를 갖고 있었다. 강릉에서 처음 그와 만났을 때 나는 그의 존재를 모르는 척했지만, 실은 꽤 많은 것을 알고 있었다. 그가 처음 문단에 데뷔하면서 받은 문학상 수상 작품이 베스트셀러가 되었고, 여성지마다 그의 범상치 않은 삶이 소개되었기 때문이다.

그는 중학교 때 고아가 되어 고학으로 공부해 명문대를 갔고, 부모의 죽음과 여동생의 죽음을 목격한 충격이 가시지 않아 생사 체탐을 하려고 입산을 했다는 것이었다. 그러나 첫사랑이었던 여학생이 자신의 입산 사실에 충격을 받아 자살하자, 그는 자신이 살생한 거 니 비신가시니 능러가 될 사색이 없다고 하여 정식 승려가 되진 않았다고 했다. 그는 이후로 깊은 산속에서 화전민 같은 생활을 하면서 죽은 여학생을 위한 시를 썼고, 그 시를 엮어낸 시집이 문학상을 받게 된 것이었다.

한 남자가 자신 때문에 죽은 여자를 기리며 참회하는 마음으로 산간 생활을 하고 시를 써서 만인을 울린 사연은 당시 여러 사람의 가습을 파고들었다. 특히 소녀적 감성이 많은 여성들 가운데서 인기가 높았다. 이후로도 그는 산 생활을 계속하면서 시를 발표해왔다. 주로 논밭을 갈고 곡식과 채소와 나무를 가꾸며 산과 구름과 바람에 대해 느끼는 바를 묘사한 것이었다.

사람들은 그를 만나면 산을 만나는 것 같다고 하였다. 그가 서울에 나타나면 푸르른 산이 성큼 내려와 앉은 느낌이 든다고 표현한 기자도 있었다. 적어도 서울 사람들에게 그는 무공해 청정인이었다. 그래서 사람들은 이름 대신 그를 '산'이라고 불렀다.

나도 그런 그의 이미지가 다치지 않게 하려고 둘이 동거하는 사실을 철저히 숨겨왔다. 자칫 실수라도 할까 봐 평소에도 그로 하여금 나를 이모라고 부르게 했고, 나는 그를 '산'이라고 불렀다.

우리가 서로 사랑하며 아이까지 두고 있다는 사실은 이번에 쓰고 있는 새 작품을 발표하면서 출판기념회 겸 결혼식을 올리고, 그 자리에서 알리기로 했다.

자신보다 열 살이나 많은 이혼녀랑 결혼한다는 게 부끄럽지 않느냐고 묻자 그는 고개를 설레설레 흔들었다. 내가 당신을 사랑하는데 나이 차이가 무슨 문제냐며 그런 걱정을 하는 나를 오히려 속되게 볼 정도였다.

우리 사이에 아기까지 있다는 사실을 알면 세상 사람들이 놀랄 텐데 그래도 괜찮으냐고 물으니까 그는 더욱 펄쩍 뛰었다. 세상 사람들이 날 어떻게 보더라도 난 당신과 '우리' 아기를 위해 모든 걸 희생할 각오가 돼 있다는 것이었다.

아, 이렇게 전적으로 날 수용해주는 사람이 세상에 있을까? 자신의 명예도 인기도 다 버릴 각오까지 하면서 나와 아기를 지키려는 사람을 위해 내가 뭔들 못 하랴 싶었다.

그런 그였다. 사랑스럽고 믿음직스러운 그였다.

"이상하게 그 이후로 지훈 씨는 나를 멀리 대했어요. 내가 연락해도 새 작품 쓰느라고 바쁘다며 만나주질 않았어요."

여학생의 말을 듣고 벌렁거리던 내 가슴이 진정되었다.

그러면 그렇지. 그럴 거야. 그 사람이 잠시 뭔가에 씌어서 그랬을 거야. 여동생 귀신이 씐 건 아닐까? 그렇지 않고서야 나와 아기를 위해 모든 걸 감수하겠다던 그가 어린 여학생과 그런 유치한 육체놀음을 했겠어?

내가 없는 동안 그 공백이 너무도 커서 그랬을 거야. 그 허전함을 달래지 못해 이 아이를 대용물로 삼았겠지.

나는 가슴을 쓸어내리면서 여학생을 다시 바라보았다. 세상 물정 모르는 것 같은 순진한 얼굴이었다. 아이를 낳은 후 살이 투덕투덕 찐 나와 달리 여학생은 앙상하리만큼 마른 체구였다. 손가락도 길쯤 길쯤했고, 목선은 처량하리만큼 길었다.

"그런데 제 몸에 이상이 생겼어요. 생리가 없는 거예요. 임신이라고 직감했죠. 저는 남자랑 자기만 하면 금세 임신이 되거든요. 고등학교 때도 사귀었던 남학생이랑 딱 한 번 잤는데 임신을 해서 부모님의고 한 바탕 난리 치느라고 얼마나 고생했는지 몰라요.

뭐라? 임신?

갑자기 열등감이 확 밀려왔다. 아이가 들어앉을 궁[子宮]은커녕 정자가 헤엄칠 통로도 없을 것같이 빼빼 마른 계집애가 임신은 잘 된다고?

"그래서 저는 더욱 지훈 씨를 만나야 했어요. 새 작품 마무리 작업에 여념이 없다고 했지만 임신 문제는 빨리 해결해야 하잖아요."

여학생은 낙태를 해본 경험이 한두 번이 아닌 듯했다. 마치 귀찮은 혹이라도 떼어내듯 부담 없이 말했다. 생명을 귀중히 여기는 그가, 그래서 다른 남자의 아이도 자신의 호적에 친자로 입적시켜준 그가 저런 여학생을 보고 얼마나 정나미가 떨어졌을까? 이런 생각을 하니 웃음이 새어 나오려고 입이 실룩실룩 움직였다.

그는 결코 너같이 참을 수 없이 가벼운 아이는 좋아하지 않을 거야.

"가까스로 만나서 임신 얘기를 하니까, 그는 냉정하게 돌아섰어요. 그러면서 이렇게 말했어요. 현명한 여자라면 그런 문제는 알아서 처신할 거야. 남자한테까지 가져와서 징징거리다니, 천박하고 추하기 이를 데 없군."

의외의 반응이었다. 그러면 생명을 없애지 말라고 꾸중을 했을 거라고 짐작했다. 그런데 그게 아니었다. 그러나 그럴 수도 있다는 생각이 들었다. 소중한 사람의 몸에 있는 생명은 남의 생명이라도 귀하지만, 소중하지 않은 사람한테 있는 생명은 상대적으로 비중이 덜할 테니까 말이다.

"아이를 떼라는 말 같았어요. 저는 너무도 절망스러웠어요. 임신 사실을 알면 지훈 씨가 결혼하자고 할 줄 알았거든요. 저를 사랑한다면 결혼해서 아기를 낳으면 아무 문제 아니잖아요. 지훈 씨가 나이가 많으니 아이가 급하기도 할 거고요."

그럴 리가 있나? 새 작품 발표하면서 나와 결혼하기로 돼 있는데……. 넌 그저 그가 잠시 허한 틈을 타서 비집고 들어왔던 허깨비에 지나지 않아. 스쳐 지나가는 환영이라고. 자기 주제를 파악할 줄 알아야지.

"그렇지만 지훈 씨를 위해서라면 좀 더 기다릴 수 있다는 생각을 했어요. 새 작품 완성하느라 바쁜 그에게 부담 주고 싶지 않았어요. 그래서 그의 말을 따르기로 했지요. 그렇지만 돈이 없었어요. 부모님이 부쳐주신 용돈은 지훈 씨랑 데이트하면서 이미 다 써버렸거든요. 그래서 수술비를 좀 대달라고 했지요. 제 속마음으로는 둘이서 절반씩 책임이 있으니까 지훈 씨가 수술비 대주는 건 당연하다고 생각을 했어요."

그 주장도 일리는 있군. 그런데? 그랬더니?

"그랬더니 지훈 씨가 화를 벌컥 내는 거예요. 알아서 하라니까 추접스럽게 웬 구걸이야? 넌 앵두가 아니라 앞으로 칡덩굴이라고 불러야겠다. 다른 나무를 칭칭 감고 올라가는 귀찮은 존재, 칡덩굴. 웬 젊은 애가 그렇게 의존적이니?"

여학생은 마침내 울음을 터뜨렸다. 그때 받은 상처가 너무도 큰 모양이었다.

과장하는 거겠지. 이 아이가 덧보탠 부분이 많을 거야. 그가 그럴 리가 있나? 그렇게 자상한 사람이……

"그러면서 제게 10만 원짜리 수표를 던져주더군요. 임신한 지 오래 안 됐으니 이 정도면 되지? 하면서요."

10만 원. 애에 비용이 그렇게 싼가? 한 생명을 이 세상에서 제거하는 비용이 그렇게 싸단 말이야?

생명을 갖기 위해 시험관 수정으로 수백만 원씩 여러 차례 지불해본 경험이 있는 나로서는 참으로 불공평하게 느껴졌다.

하긴 뭐, 없는 걸 있게 하는 것보다 있는 걸 없애는 게 더 쉽겠지.

"아이를 낙태하고 난 후 우리는 사이가 많이 회복되었어요. 그때부터는 지훈 씨가 제 원룸으로 찾아왔지요. 자기 아파트는 이모님이 자주 오셔서 부담스럽다고요. 우리는 다시 사랑을 나누었지요. 그럴 때마다 그는 제게 알아서 피임을 철저히 하라고 다짐시키곤 했어요. 지난번 낙태 수술로 힘들지는 않았느냐고 위로해줄 줄 알았는데, 그런 말은 한 마디도 없더군요. 섭섭하긴 했지만 그건 잠시였어요. 그와 함께 있는 시간이 많아졌으니까요. 그가 원고를 출판사에 넘긴 이후로 아예 제 원룸에 와 있었거든요. 바로 며칠 전까지만 해도 저와 함께 행복한 시간을 보냈어요."

뭐? 너와 있었다고? 탈고하러 며칠 절에 가 있겠다고 가방을 싸더니 네 집에 가 있었다고?

"그런데 며칠 전 그가 집으로 돌아가겠다며 짐을 정리해 제 오피스텔을 떠났어요."

그때 그는 원고를 완성했다며 집으로 왔다. 절에서 방금 내려오는 길이라고 했다. 그런 그에게선 싱싱한 산 냄새가 물씬 풍겼다. 그 냄새가 코를 자극해 나는 그의 목을 끌어안고 키스를 퍼붓고 말았다.

이 여학생의 원룸에서 왔다면 어떻게 그렇게 신선한 산 냄새를 풍길 수 있었던 것일까? 그 냄새란 게 실체가 없는, 내가 만들어낸 환취에 불과한 것인가?

"그 이후 벌써 몇 번째 만날 약속을 어기더니, 오늘 밤 12시까지 제 원룸 앞 까페에서 만나기로 해놓고 나서도 안 오는 거예요."

사연은 여기까지였다. 전말이 이러했다.

이 아이의 말을 믿어야 하나, 말아야 하나? 그의 행적이 정말 이러했을까? 도무지 믿기지 않았다.

그러나 지어냈다고 하기엔 너무도 스토리가 완벽하고 묘사가 정교했다. 그리고 이런 이야기를 지어내서 이 아이한테 도움이 될 게 무엇이 있겠는가 생각해보니 그럴 만한 동기가 전혀 없었다.

"너, 참 경솔하다!"

이야기를 다 들은 나는 어떻게 하면 한마디로 이 아이를 퇴치할까 궁리하다가 결정적인 말을 찾아냈다. 그리고 다음과 같이 덧붙였다.

"네 말이 사실인지 아닌지 모르겠지만, 만에 하나 사실이라고 치더라도 그래. 그런 이야기를 왜 내게 와서 하는 거니? 그 사람의 이미지를 위해 여태껏 비밀을 지켜왔다면 지켜주어야지, 발설해서 어쩌자는 거야? 네 자신이 지금 얼마나 경망스러워 보이는지 알기나 하니? 그는 자유인이야. 자유혼을 가진 사람이야. 그런 사람을 속박하려 들다니, 그런 어리석은 짓이 어디 있어?"

여학생은 내 말에 눈물을 펑펑 쏟았다. 그러고는 힘없이 일어났다.

"제 생각이 짧았나 봐요. 사랑이란 소유하는 게 아니라는 걸 알면서도 지훈 씨를 온전히 혼자만 차지하고 싶은 욕심이 자꾸 앞서요. 기다릴게요. 지훈 씨의 영혼이 자유롭게 절 찾아올 때까지요. 이모님께서 그렇게 전해주세요."

여학생은 순순히 내 충고를 그대로 받아들였다. 그러면서 등에 멘 배낭을 도로 내리더니 무엇인가를 주섬주섬 꺼냈다.

"이거요, 지훈 씨가 짐 챙길 때 빠뜨리고 간 건데요, 귀한 자료인 것 같아서 가져왔어요."

하나는 면도기고, 또 하나는 누런 대봉투에 담긴 서류 같은 거였다. 면도기는 그가 즐겨 쓰는 질레트였다. 서류 봉투는 겉에 출판사 주소가 인쇄돼 있는 것이었다.

여학생이 돌아가고도 나는 한참이나 멍하니 앉아 있었다. 도무지 믿기지 않는 이야기를 여학생은 너무도 실감나게 자세히 풀어놓고 갔다. 그러나 여학생이 돌아가고 나니 모든 게 다 꾸며낸, 황당한 이야기처럼 느껴졌다.

작가들 따라다니더니 스토리 하나 완벽히 꾸며 왔는가 보군.

난 이렇게 일축해버렸다.

그는 절에서 돌아온 뒤 작품 탈고한 후유증을 심하게 앓았다. 세상이 모두 끝나버린 듯 허탈하다고 했다. 산고를 겪은 산모의 산후 우울증 같은 모습이었다. 그는 며칠을 무기력하게 보내더니 여행을 다녀오겠다며 훌쩍 떠나갔다. 나는 그 틈을 타 전시회에 출품할 작품을 그리기 위해 아기까지 고모에게 맡기고 작업을 하던 중이었다.

나는 여학생이 건네준 서류 봉투를 그의 방 책상 위로 갖다놓았다. 이걸 누가 어떻게 전해주었다고 말하나 하고 고민하느라 그의 방 침대에 한참이나 걸터앉아 있었다.

이 속에 뭐가 들었을까? 갑자기 서류 봉투 안의 내용물이 궁금했다. 봉투를 봉한 테이프를 뜯어내고 내용물을 꺼냈다.

『그 여자의 늪』의 작가 송지훈 실화소설
그 여자의 성(城)

책을 내기 위한 교정지였다. 그가 최종 교정을 본 듯 곳곳에 그의 필체로 수정이 되어 있었다. 내겐 책으로 나올 때까지 비밀이라며 굳이 보여주지 않았다. 그렇지만 실화라고 한 걸 보니 완전한 허구를 쓴 것은 아닌 듯했다.

진성희는 호텔 스카이라운지로 올라갔다. 간밤에 전남편 생각을 하느라 한잠도 자지 못한 것이 억울해 일출이라도 보자는 생각에서였다.

여주인공의 이름이 나와 가운데 글자만 달랐다. 스토리는 바로 내이야기였다. 나는 마치 내 자신의 나체 사진을 잡지에서 보는 듯 얼굴이 화끈 달아올랐다.

그가 내 이야기를 썼구나. 이래도 되나? 나한테 아무런 양해도 구하지 않고 이래도 되는 건가?

내 이야기를, 가슴 아픈 얘기를 만천하에 드러내고 싶진 않았다. 굳이 까발리고 싶을 만큼 아름다운 이야기도, 감동적인 사연도 아니었기 때문이다. 그가 나를 모델로 신작을 썼다는 게 당황스러웠지만, 질퍽거린 내 인생이 그의 손을 거쳐 괜찮은 작품으로 승화되었을지도 모른다는 기대감이 일말 들기도 했다.

나는 단숨에 작품을 읽어 내려갔다. 대학을 수석 졸업해 유학 가서 세계적 화가들과 어깨를 나란히 한 이야기, 거기서 사진작가인 전남편을 만나 결혼한 후 이혼한 내 과거가 적나라하게 들추어져 있었다. 그리고 다시 현시점으로 돌아와 그와 스카이라운지에서 만나는 장면이 펼쳐졌다. 그는 소설 속의 남자 주인공 이름을 자신의 실명으로 해놓았다.

누군가의 시선이 계속 뒤에서 느껴졌다. 홀로 일출을 보며 기를 흠뻑 들이마시고 있는 내가 신비스럽기라도 한 듯. 그러더니 얼마 후 시선의 주인공이 내게 다가왔다.

또각, 또각, 또각.

하이힐 발걸음 소리. 정갈한 소리였다.

"저, 송지훈 선생님 아니신가요?"

그는 실제 있었던 일과 반대로 당시의 장면을 묘사했다. 그가 내게 말을 건 게 아니라 내가 그에게 접근한 것으로……

이 부분부터는 픽션이 꽤 많이 가미되었다. 남자 주인공은 최대한 미화되었고, 여자 주인공은 최대로 슬프고 가련해 보였다. 그렇게 하니 소설적으로 완성도가 더 높아 보이긴 했다.

용서하자. 작품을 위해서야 이 정도의 가필은 있을 만하지 않겠어? 실화라고는 하지만 다큐멘터리는 아니니 소설적 요소는 어차피 있어야 하겠지.

나는 이렇게 마음을 달래며 계속 읽어나갔다. 그러나 뒷부분에 가서는 손이 부들부들 떨려 글씨가 보이지 않을 정도가 되고 말았다. 이건 가필이 아니라 곡필이기 때문이었다.

전처가 임신한 사실을 안 진성희의 남편은 재결합을 원했다. 그러나 진성희는 결코 재결합을 원치 않았다.

진성희는 재치를 발휘했다. 이 아이는 당신의 아기가 아니다, 나는 이혼 전에 이미 다른 남자를 사귀고 있었다, 바로 그 남자의 아기다, 하고 선언한 것이었다.

진성희는 송지훈에게 찾아와 도움을 요청했다. 자기의 남자가 되어달라는 것이었다. 전남편이 자기 말을 믿지 않으니 그를 찾아가 아기 아빠라고 고백해달라는 것이었다.

그때까지 우리는 각자 독특한 예술 세계를 가진 담백한 도반 관계였다. 그런데 갑자기 자신의 남자가 되어달라니…….

진성희의 하소연을 들으며 송지훈은 옛 스님의 이야기가 머릿속에 떠올랐다.

절 아랫동네 과부가 불륜을 맺어 아기를 낳았다. 동네 사람들이 손가락질하자 과부는 윗절 스님이 탁발하러 왔다가 자신을 겁탈해 아기를 낳게 되었다고 소문을 내고는 핏덩이 아기를 절에 갖다놓았다. 스님은 이렇다 저렇다 부인하지 않고 아기를 자신의 아기로 키웠다. 동네 사람들의 손가락질과 돌팔매질을 심하게 당하면서도…….

'인륜 도덕을 심히 따지던 옛 시절에 사음을 금기시하는 스님의 신분에서도 받아들였는데, 내가 곤경에 처한 여자를 돕지 않는대서야…….'

송지훈은 이렇게 생각했다.

다음 글을 읽으면서 나는 숨이 턱턱 막혔다.

송지훈은 진성희와 아기를 받아들이기로 했다. 그러고 보니 진성희에 대한 자신의 감정이 그렇게 담백하지만은 않다는 생각이 들어다. 자주 만나다 보니 정이 들고, 전남편의 아이를 임신한 사실도 모르고 이혼해 마음고생이 심한 모습을 보고 연민도 쌓였다.

송지훈은 산에서 풀을 가꾸듯, 나무를 가꾸듯 모자를 받아들여 가꾸기로 했다. 그도 인간인지라 남의 아이를 친자로 입적하기가 께름칙했다. 그러나 기왕 입양하는 것, 친자로 올리기로 생각하고…….

이때까지 한 거짓말은 모두 용서할 수 있었다. 그러나 입양이라는 말에 나는 화가 머리끝까지 치밀었다.

나쁜 자식. 결국 진심은 그것이었구나. 이 글을 쓰기 위해 나를 만났구나. 소설을 실화로 만들기 위해 나와 아기를 이용한 거야.

그는 실화라고 하면서 왜곡해놓은 걸 들킬까 봐 내게 미리 보여주지 않은 게 분명했다. 결혼식 겸 출판기념회까지 비밀로 했다가 그날의 이벤트로 내가 소설 속의 내용을 기정사실로 간접 입증한 뒤에야 읽히려고 한 게 틀림없었다. 그야말로 나를 빼도 박도 못 하는 처지에 몰아넣으려 했던 것이다.

하! 두 중년 남녀의 지고지순한 사랑 이야기?

책 뒷면의 광고 문구를 보고 나는 웃음이 절로 나왔다.

어쨌든 책이 나오기 전에, 결혼식을 하기 전에 교정지를 읽게 되었다는 건 나로서는 커다란 행운이었다. 하늘의 도우심이었다.

나는 밤새도록 어떻게 복수전을 펼칠까 연구했다. 그리고 다음 날 그 여학생을 불러냈다. 일부러 아기를 데리고 약속 장소에 나갔다.

"이 소설, 읽어봤어요?"

난 그 여학생이 가져온 교정지를 도로 건네주었다. 여학생은 고개를 가로로 흔들었다.

"실화소설이라지만 반쯤은 실화고, 반은 허구예요. 아무리 실화소설이라도 완성도를 높이기 위해서는 허구가 반쯤은 섞이는 법이지요."

여학생은 묵묵히 내가 건네준 소설을 읽었다.

끝부분을 읽어갈 즈음, 내가 물었다.

"이 아기가 누구 아기 같아요?"

난 으스대면서 아기에게 우윳병을 물렸다. 내 아기는 태어난 지 백일이 채 안 돼 얼굴 모양이 제대로 갖추어지질 않았다. 외할아버지를 닮았다면 그런 것도 같고, 이웃집 아저씨를 닮았다면 또 그런 것도 같은 얼굴이었다.

"우리는 이혼 전부터 사귀었어요. 나는 그 일로 이혼당했지요."

이로써 나는 답을 모두 준 거나 마찬가지였다. 그러니 이 아이의 아버지는 송지훈이고, 소설 중에서 어느 부분이 사실이고 어느 부분이 허구인지 충분히 암시가 되었을 것이었다.

"어쩌면 이럴 수가 있어요, 어쩌면……."

여학생은 읽고 있던 교정지를 내려놓고 망연자실했다. 나는 그런 여학생에게 잔인하게 말했다.

"아이 아빠가 학생을 만났는지 안 만났는지, 난 그건 모르겠어요. 만났더라도 아이 아빠가 잠시 마음이 흔들려 일시적으로 만난 것일 테고, 아니면 문학 지망생인 학생이 꾸며낸 이야기인지도 모르지요. 어쨌든 나는 아이 아빠를 사랑해요. 그리고 아이 아빠의 명예를 지켜주고 싶어요. 아이 아빠는 순수하고 청정한 이미지가 깨지면 치명적인 분이에요. 더구나, 얼마 전에 새로 창간된 스포츠 신문에서 그의 작품을 비판하는 바람에 그가 얼마나 마음에 상처를 받았는지 몰라요. 그 신문이 진열된 가판대 옆에도 안 가려 해요. 난 아이 아빠를 지키고 싶어요. 그러니 학생도 그와의 만남을 없었던 일로 지워버리고, 새로이 출발하길 바라요."

내가 한 말은 이게 전부였다. 그러고 이틀 후, 바로 그 스포츠 신문에 그의 '사망' 기사가 실렸다.

청정 승려의 이미지를 표방하는 시인 송지훈의 가증스러운 실체!

얼마 전에는 그의 시가 사춘기 소년의 시같이 유치한 감성을 표현하고 있으며, 조잡하기 이를 데 없다고 비판을 했던 그 기자, 너무도 화가 난 그가 명예훼손죄로 고소한 대상자인 그 기자가 작심하고 쓴 기사 제목이었다.

이것으로 내 복수극은 완결되었다. 어떤 영문과 교수의 부인은 분신자살하는 희생을 치름으로써 남편의 남은 인생을 철저히 죽였지만, 나는 손 하나 안 대고 그를 죽였다. 그 여학생이 기삿거리를 제공하고 인터뷰에 응함으로써 나 대신 그를 죽여준 것이었다.

살인이란 육신을 죽이는 것만이 살인이 아니다. 명예를 소중히 여기는 자에게서 명예를 빼앗으면 그것이 살인이요, 사랑을 소중히 여기는 자에게서 사랑을 빼앗아가면 그것이 살인이요, 부(富)를 소중히 여기는 자에게는 부를 앗아가면 그것도 바로 살인이다.

나는 그를 죽였다. '입양'이라는 말로 그가 내 아이를 죽였듯, 나 역시 그의 이미지를 짓밟음으로써 숨통을 막아버렸다. 그리하여 문학보다 인생이 더 소중한 것임을, 인생은 문학처럼 허구가 아님을 죽은 그에게 절실히 깨닫게 했다.

- 「그 남자의 늪」 개작, 『2000년 겨울 올해의 베스트 추리소설(코카인…여인)』(태동출판사, 2000)

정형외과 의사 부인
실종사건

>>>>> 정현웅

1976년 장편소설 『외디푸스의 초상』으로 도의문화저작상(지금의 삼성문학상)을, 1986년 『여대생 살인사건』으로 제2회 한국추리문학 신인상을 받았다. 주요 작품으로 『마루타』 『잃어버린 강』 『조선에 영웅이 있다』 『전쟁과 사랑』 『화산에 묻다』 『바람과 초분』 『화려한 승부』 『광개토대왕비』 등이 있다.

처음에는 실종으로 신고되었던 그 사건이 나중에 살인 신고로 바뀌었다. 그래서 하는 수 없이 강력계에서 맡게 되었다.

여기서 하는 수 없다고 한 것은 직무유기하려고 하는 말이 아니다. 강력계 반장인 나로서, 이제 은퇴를 몇 개월 앞두고 미제 사건을 남기고 싶지 않은 바람이 전혀 없었던 것은 아니지만, 그렇다고 국민의 세금을 먹는 입장에서 피하려는 것은 아니다. 내가 하는 수 없다고 한 것은 부부싸움으로 빚어진 단순 가출을 가지고, 납치니 살인이니 하는 엄살을 많이 보아왔기 때문이다.

지난번에도 비슷한 사건을 만난 일이 있었다. 처음에는 아내의 가출로 신고했다가 나중에는 납치라고 하면서 정정신고가 들어왔다. 하는 수 없이 수사를 해보니 결국 마누라가 다른 남자와 눈이 맞아 도망간 것이었다. 남편은 자신의 손으로 아내를 잡을 길 없어서 수사의 힘을 빌었던 것이다. 대한민국 경찰이 남의 부부 애정 싸움에 개입하는 흥신소가 아닌 이상, 그런 일에 관여할 수는 없는 일이다.

548

오랜 수사생활의 직감에 의하면 이번에도 부부싸움으로 빚어진 가출이 아닐까 하는 생각이 들었다. 그러나 아내가 타살되었을 것이라고 신고한 사람이 사회적으로 명의(名醫)로 이름을 떨치고 있는 모 종합병원의 전문의였다. 여기서 병원 이름을 밝히지 못하는 사실을 양해해주기 바란다. 이 일이 사실이라 할지라도 해당 병원 측에서는 기분 나쁘게 생각할 것이기 때문이다.

정형외과 전문의 박재문 박사는 서른두 살의 젊은 나이지만, 병원에서 과장직을 맡고 있으며, 대학에 강의도 나가고 있는 의과대학 교수였다. 그가 박사 학위 논문으로 발표한 「뼈의 분자구조에 의한 융합 유전자 연구」는 세계적으로 획기적인 것이었다고 평하고 있다. 그래서 그는 또 다른 뼈의 연구를 위해 매진하고 있다고 한다.

어쨌든 나는 인체의 뼈에 대해서는 흥미가 없고 아는 바도 없어 관심이 없다. 중요한 것은 그가 아내가 실종되었다고 신고를 하였다가 일주일이 지나서는 납치되었다고 신고한 점이었다. 단순히 납치된 것이 아니고, 집에서 죽인 다음 트렁크에 넣어 내갔다는 것이다. 마치 본 것같이 구체적으로 신고했기 때문에 수사를 하지 않을 수 없었다. 처음에는 수사과에서 현장을 다녀왔는데, 근거 있다는 보고가 있어 강력계에서 떠맡게 되었다. 나는 두 명의 형사를 데리고 그 현장에 갔다. 먼저, 신고를 한 그 정형외과 의사를 만나보고, 현장을 확인한 다음 감식반을 투입하기로 했다.

사건 현장은 구기동에 있는 북한산 산자락에 위치한 고급 빌라촌이었다. 빌라라고 하지만 단독주택처럼 1층에서 2층, 그리고 다락방까지 3층 구조로 되어 있었다. 100평 전후의 이 고급 빌라는 시가 10억 원이 넘는다고 한다. 의사가 돈을 잘 번다고는 알고 있지만, 이렇게 호화로운 곳에서 살 줄은 몰랐다. 그러나 실제 알고 보면 의사 박재문은 가난하기 그지없고, 그의 아내가 받은 상속금으로 사들인 집이었다.

오랜 수사생활의 직감에 의하면(그러면 어느 독자는 처음에 직감으로 단순 가출일 것이라고 했다가 말을 왜 바꾸냐고 하겠지만, 나도 사람인 이상 틀리기도 할 것이 아닌가. 그러나 지금의 직감은 믿는다) 강력범죄는 항상 필연성이 있다. 달리 말해서 우연이란 없다는 것이다. 이러한 필연성에는 남편이 가난하고 아내가 부자라는 점도 무엇인가 관련이 있다는 뜻이다.

잠깐 짬을 내어 집에 들어온 박재문 전문의를 만났다. 그는 뿔테 안경을 끼고 있었는데, 키가 작달막하고 왜소했다. 눈이 작으면서 옆으로 찢어져 있어 얼굴이 마치 쥐새끼처럼 못생겼다. 그에 비하여 거실에 걸려 있는 사진 속 그의 아내는 대단한 미녀였다. 같이 찍은 결혼사진을 보면 야수와 미녀가 함께 서 있는 느낌마저 들었다.

"자녀는 있습니까?"

나는 먼저 그의 가정 상황부터 파악했다.

"열 살 된 딸아이가 하나 있는데, 방학 중이라 시골 할머니 집에 가 있습니다. 이제 방학이 끝나면 오겠지만, 이 집으로 부르는 것이 끔찍하군요. 그래서 아이가 돌아오기 전에 집을 팔고 다른 곳으로 이사를 갈까 합니다. 하지만, 이 집이 사건 현장이니 단번에 팔 수도 없고, 더구나 이 집에서 살인사건이 일어났다고 하면 누가 사겠습니까? 제발 부탁인데 신문이나 방송에는 알리지 말아주십시오."

"우리가 일부러 신문이나 방송에 알리지는 않습니다. 그러나 본격적으로 수사가 시작되면 알려질 수도 있습니다. 그런데 이 집에서 부인이 타살되었을 것이라는 생각의 근거는 있습니까?"

"내가 본 것은 아니지만, 거의 틀림없을 것입니다. 그것은 내 추측이지만, 틀림없습니다."

"뭐가 틀림없다는 것입니까?"

"처음에 나는 단순 가출로 보았습니다. 집에 들어오지도 않고 연락도 되지 않아 실종신고를 하였지요. 그런데 집 안을 살펴보니 놀라운 사실이 발견되었던 것입니다."

그는 질렸다는 듯이 몸을 약간 떨었다.

"이쪽으로 오십시오."

정형외과 의사 박재문은 나를 데리고 2층으로 올라갔다. 두 명의 형사들도 뒤따라 올라왔다. 2층에는 1층과는 다른 넓은 거실이 있었다. 아래층은 주로 침실 구조였으나 2층은 운동기구가 놓여 있는 체력단련실과 영화감상실, 컴퓨터실, 그리고 박재문 전문의가 연구하는 연구실이 있었다. 연구실 벽에는 각종 뼈다귀와 인체 표본 그림, 그리고 무엇인지 잘 알 수 없는 기계들이 있었다. 벽 한쪽의 진열대에는 시험관과 표본 유리관이 놓여 있었다. 특히 뼈의 표본들이 즐비하게 진열되어 있었다.

나는 처음 보는 뼈의 표본에 흥미가 당겨서 그곳을 살펴보았다. 그러나 전문의는 뼈의 표본을 보여주려는 것이 아니고, 창가로 가서 유리창을 가리켰다. 유리창이 깨어져 있었는데, 완전히 파손된 것이 아니고 여러 개의 금이 가 있었다. 그는 금이 간 한 부분을 손으로 가리키면서 말했다.

"여기 자세히 보십시오. 피가 묻어 있지요? 유리창이 깨어지면서 묻은 피입니다. 이것은 분명히 아내 한지숙의 피일 것입니다. 나는 그 사실에 대한 확신을 갖기 위해서 이 피의 일부를 떼어 병원으로 가져가서 혈액검사반에 의뢰해서 알아보았습니다. 역시 아내의 혈액형인 AB형이 나왔습니다. 좀 더 세밀한 유전자 검사를 하려고 했지만, 그럴 필요가 없을 듯했습니다. 그것은 당신들이 해보시지요."

그는 그렇게 말하고 나의 얼굴을 쳐다보았다. 나는 아무 말 없이 깨어진 유리창을 들여다보았다. 깨어진 유리창에 피가 붙어 있는 것은 사실이었다. 그러나 그것이 언제 어떻게 붙었는지는 알 수 없었다.

"이 유리가 깨어진 것을 언제 보았습니까? 그리고 이 유리가 깨어졌다고 해서 부인이 죽었을 것이라는 확신을 했습니까? 운동을 하다가 유리에 부딪힐 수도 있는 일이고, 피가 났다고 해서 반드시 죽었다고 볼 수도 없을 텐데요."

"아내가 사라진 이후에 발견한 유리입니다. 이 깨어진 유리와 피가 검출되었다는 것만을 가지고 아내가 죽었다고 생각한 것은 아닙니다. 범인은 이 거실에서 아내를 폭행했을 것입니다. 이쪽으로 오십시오."

전문의는 나를 데리고 거실 옆에 붙어 있는 화장실로 들어갔다. 그것은 샤워 시설과 욕조 시설이 되어 있는 매우 넓은 방이었다. 욕조와 바닥이 붉은 대리석으로 깔려 있었고, 수도꼭지로 바닷물 받기가 보고 되새겼다. 논 냄새가 물씬 풍기는 화장실이었다.

"아내는 여기서 죽었습니다."

화장실 안에서 전문의는 그렇게 말했다. 나를 따라 들어온 두 형사가 터지려는 웃음을 억지로 참는 기색이었다. 아내를 잃은 충격 때문인지 의사의 태도가 정상적이지 못하다고 느꼈던 것이다.

"보지 않았다고 하면서 어떻게 알지요?"

"반장님, 살인사건이 반드시 목격자가 있어야 확인되는 일입니까? 주변 정황이 그렇게 나타나면 살인이지요. 왜냐하면 이곳에서 피를 씻어낸 흔적이 있기 때문입니다. 나는 지금까지 보름 동안, 특히 아내가 사라진 이후 일주일 동안 2층에서 운동을 한 일이 없습니다. 나는 주로 2층 연구실에서 연구만 하였지요. 그래서 운동을 한다음에 들르는 이 샤워실을 한 번도 사용한 일이 없습니다. 하루 전에 처음 이 방에 들어왔을 때 피비린내를 맡았습니다. 깨어진 유리창과 욕조의 피비린내, 그 순간 나는 아내가 흘린 피라는 것을 직감했습니다. 그래서 조사를 해보니, 역시 씻어내리던 피의 일부가 묻어 있는 것을 발견했습니다. 역시 그 일부를 떼어서 혈액검사를 하였더니 아내의 혈액인 AB형이었습니다. 유전자 감식을 하면 더 정확하게 나올 것입니다. 여기 아직도 남아 있는 피가 보이지 않습니까?"

의사가 가리키는 벽 한쪽에 혈흔이 보였다. 수도꼭지 옆에도 피가 말라붙어 있었다. 피가 묻어 있는 곳은 여러 곳이었다. 이 상태가 되자 나는 긴장을 하지 않을 수 없었다. 그렇다고 그 의사의 말을 그대로 믿는 것은 아니었다. 거실의 깨어진 유리창에 묻은 피와 욕실에 묻은 피가 그의 아내 것이라고 해도 그것이 아내의 실종과 반드시 결부된다고 할 수 없을뿐더러, 더구나 죽었을 것이라고 할 수도 없었다. 왜냐하면 그의 아내가 사라지기 이전에 흘린 피일 가능성도 있기 때문이다. 무엇 때문에 흘렸는지는 알 수 없지만. 그러나 흘린 피와 실종은 방치할 수 없는 단서였다. 그래서 나는 부하 형사를 시켜 감식반을 부르라고 지시했다.

감식반을 부르라는 나의 말을 듣자 의사는 다소 안심하는 기색이었다. 그는 내가 이 사건을 가볍게 처리하고 그의 주장을 무시하면 어떻게 하나 하는 걱정을 한 듯했다. 그러나 대한민국 국민의 세금을 믹는 나로서 국민의 요청을 소홀히 할 수 없는 일이다.

"이것이 전부입니까?"

나는 그에게 물었다.

"아니지요. 깨어진 유리창에 묻은 피와 욕실의 피 때문에 아내가 타살되었을 것이라고 신고하겠습니까? 더 확실한 증거가 있지요."

그는 우리를 데리고 다시 아래층으로 내려갔다. 그는 앞서 계단을 내려가면서 지껄였다.

"아내의 실종을 확인한 것은, 아니, 실종의 확인이라는 말이 어폐가 있군요. 집에 있어야 될 아내가 아무 소식도 없이 연락이 끊어진 것은 5일 저녁부터입니다. 그날은 토요일이었지요. 그날 나는 횡성 청계산 휴양림에서 열리는 추리소설 여름학교 캠프에 초대받아 가서 강연을 하고 있었습니다. 나는 한때 의학범죄에 대해서 관심이 깊었는데, 그것이 계기가 되어 강사로 초빙을 받은 것이지요."

그는 우리를 데리고 밖으로 나갔다. 정원수가 있는 마당을 돌면 바로 수위실이었다. 그는 수위실로 갔다. 수위실에는 두 명의 노인이 앉아 있었는데, 머리가 하얀 노인은 파리채로 파리를 잡고 있었고, 안경을 쓴 노인은 TV 수상기를 보면서 웃고 있었다.

"그날이 토요일이었지요. 하오에 강연이 끝나고, 그냥 머물면서 그곳에 참석한 과학수사연구소의 최 박사를 비롯한 추리소설가들 몇 명과 술을 마셨습니다. 밤 12시가 넘게 술잔을 기울이면서 과학 수사와 범죄에 대한 토론도 벌였지요. 그러다가 갑자기 생각이 나서 집에 전화를 한 때가 12시 반 무렵인데, 아내가 전화를 받았다가 말을 못 하고 끊는 것입니다. 무슨 일일까, 다시 아내에게 전화를 걸었지만, 받지 않았습니다. 휴대폰에 전화를 해도 받지 않았습니다. 불안해진 내가 옆에 앉아 있는 최 박사에게 그런 말을 하자, 최 박사는 웃으면서 졸려서 자느라고 전화를 못 받은 것이겠지요, 하는 것입니다. 집에 무슨 일이 있는지 불안해서 견딜 수 없다고 하면서 나는 새벽에 가야겠다고 했습니다. 날이 새는 6시 무렵에 나는 청계산 휴양림을 출발해서 집으로 왔습니다. 아내는 없고, 연락이 되지 않았지요. 그녀가 갈 만한 곳에 모두 전화를 했지만 온 일이 없다고 했습니다. 실종신고를 했지만, 어제 의심이 들어서 이곳에 근무하는 두 분의 수위에게 물어보았습니다."

의사 박재문은 우리를 세워놓고 한동안 설명을 하고 나서 밖으로 나와 서 있는 두 명의 노인에게 말했다.

"아저씨, 저한테 얘기했던 그대로 이분들에게 말씀하세요. 일주일 전 밤에 보았던 일을 말입니다."

머리가 하얀 노인은 어리둥절한 표정이었고, 안경을 쓴 노인은 안경을 벗었다 썼다 하면서 나를 쳐다보았다.

"이 빌라에는 모두 열 세대가 살고 있는데, 수위실에 있는 이 두 분의 노인은 출입하는 외부 사람들을 모두 체크합니다. 그런데 그날, 토요일 밤에 저희 집을 찾아온 여자가 있었다고 합니다."

노인들이 머뭇거리자 의사 박재문이 먼저 입을 열었다.

"아저씨, 일주일 전, 그러니까 8월 5일 밤 12시경에 한 여자가 우리 집을 방문했지요?"

"예, 왔습니다." 안경을 썼다 벗었다 하는 노인이 대답을 했다. "검은 에쿠스 승용차를 주차장에 세워놓고 내리더니 수위실에 와서 9호실의 박 박사님 댁을 찾아왔다고 했습니다. 그래서 인터폰으로 확인을 하니까 들어오시게 하라고 사모님이 말씀하셔서 들어가시게 했습니다."

"커다란 트렁크를 들고 왔다고 했잖아요?"

박재문이 그 말을 빠뜨리면 어떻게 하느냐는 어투로 물었다. 그러자 노인은 그렇다고 고개를 끄덕이면서 대답했다.

"예, 커다란 트렁크를 들고 왔어요. 안이 비어 있는지 가볍게 보였습니다. 그런데 그것을 들고 나갈 때는 무거운지 겨우 들었지요. 그래서 우리가 들어주려고 하자 완강히 사양하면서 혼자 차로 가서 뒤칸에 넣었습니다."

그 말이 떨어지자 전문의 박재문이 설명을 했다.

"그 트렁크에 아내의 시체가 들어 있었던 것입니다."

나는 웃음이 터지려는 것을 참았다. 어쨌든 아내의 실종으로 침통해 있는 남편 앞에서 웃는다는 것은 실례일 것이다. 그러나 그의 말은 터무니없었다. 추리소설 여름캠프에 다녀왔다고 하더니 추리가 너무 지나친 것은 아닐까. 나는 수위 노인에게 말했다.

"그날 깊은 밤에 방문한 여성의 인상 착의를 말씀해주십시오."

두 노인은 서로 얼굴을 보더니 머리가 하얀 노인이 입을 열었다.

"키가 크고 검은 안경을 쓰고 있었을거요. 검은 우우 입었기면, 밤이어서 싶게 보였는지 그건 모르겠습니다."

"얼굴은 화장을 많이 하고 있었고, 얼굴선이 굵다고 할까, 어두워서 잘 모르겠습니다."

안경을 썼다 벗었다 하는 노인이 말했다.

"트렁크를 들고 들어갔다가 다시 가지고 나가는 것을 보았습니까?"

556

"두어 시간 후에 가지고 나가는 것을 보았습니다. 나갈 때는 무거워서 여러 번 땅에 놓았다가 다시 들었습니다. 내가 도와주려고 하자 사양을 하면서 혼자 들고 주차장으로 갔습니다. 그리고 떠났지요."

"그렇지만 여자의 힘으로 트렁크에 시체를 넣고 들고 나가기는 어려운 일입니다."

내가 전문의 박재문의 생각을 바꾸게 하려고 그렇게 말했다. 그러자 의사는 약간 화난 목소리로 반박했다.

"아니요. 그 사람은 여자가 아니라 여장을 한 남자지요."

"여장을 한 남자라고요? 그런 엉뚱한 상상을 하시다니. 대관절 어떤 근거로 그런 생각을 하십니까?"

이제는 웃지 않을 수 없었다. 뒤에 있는 두 명의 형사도 웃었다.

"그것은 사실입니다. 다른 증거를 보여줄 테니 이리 와보십시오."

박재문은 우리를 데리고 다시 집으로 들어갔다. 그 의사와 우리는 마치 대적해서 싸우는 적처럼 견해를 달리하고 있었다. 아직도 단순 실종사건으로 밀어붙이려는 수사진을 완강히 거부하면서 타살의 정당성을 확인시키기 위해 안간힘을 쓰는 인상을 주었다. 어쨌든, 그 깊은 밤에 그 여자는 왜 정형외과 의사 부인을 방문했으며, 그녀가 들고 들어갔다가 나온 트렁크의 의미는 무엇일까. 그리고 그날 이후 의사 부인이 실종되었다면, 의사의 말을 노파심에서 나온 피해의식으로 묵살할 수만은 없는 일이었다. 시간이 경과되면서 나는 긴장이 되지 않을 수 없었다. 의사의 주장이 엽기적이긴 하지만, 그것이 사실일지 모른다는 생각이 들었던 것이다.

정리하자면 이렇다. 의사가 추리소설 여름캠프에 강사로 초빙을 받아 횡성 청계산으로 떠난 깊은 밤에 의사 부인과 알고 있는 한 여인이 방문한다. 그 여인은 큰 트렁크를 들고 들어갔다가 약 두 시간 후에 나올 때는 들기도 힘겨운 무거운 트렁크를 들고 나와서 승용차에 싣고 사라진다. 그 이후 의사 부인이 실종된다. 그렇다면 과연 깊은 밤에 방문한 여인은 누구이며, 그 트렁크에는 무엇이 들어 있었던 것일까. 의사의 주장처럼 그 트렁크에 들어 있는 것이 의사 부인의 시체라면 왜 죽인 것일까. 더구나 트렁크를 들고 들어온 여자가 여자 아닌 여장 남자라면 두 사람의 사이는 어떤 관계인가.

단순 가출로 보았던 사건이 아주 복잡해지고 있었다.

우리를 데리고 집 안으로 들어간 의사는 의자를 가리키면서 말했다.

"형사분들께서는 자리에 잠깐 앉아주시지요. 수치스런 일이지만, 사건의 진실을 알리기 위해 이것을 보여드리지 않을 수 없겠습니다. 아내가 단순히 가출한 것이 아니고, 납치를 당하거나 타살되었을 것이라는 의심이 들면서 집 안을 샅샅이 뒤져보았습니다. 돈이나 물건은 그대로 있었습니다. 아내가 항상 들고 다니는 핸드백도 그대로 있었습니다. 만약 아내가 가출을 했다면 돈과 핸드백을 들고 나갔을 것이고, 무엇보다 아내는 저금통장을 들고 나갔을 것입니다. 더구나 내가 알고 있는 아내의 옷도 모두 그대로 있습니다. 만약 가출을 한다면 가출이면 수십 벌를 옷가지와 핸드백, 화장품, 통장이나 돈을 챙길 것입니다. 그것이 그대로 있습니다."

긴장한 얼굴로 그의 말을 듣고 있는 형사들을 돌아보면서 그는 이제 자신을 가지고 말했다. 형사들의 표정이 굳어지는 것을 보고 이제는 그의 말을 수긍한다고 느꼈던 것이다.

"더구나 그때 이것을 발견했던 것입니다. 이것은 나도 어제 발견한 것으로 나로서는 충격이 컸습니다. 아내가 왜 타살되었는가 그 이유를 밝혀줄 비디오이기도 합니다. 한번 보십시오."

그렇게 말하고 그는 시디롬 하나를 컴퓨터에 장착하였다. 디지털로 되어 있는 비디오였다. 처음에는 TV 화면에 일렁이는 물결이 나오다가 밝아졌다. 침대 위에서 한 여인이 옷을 벗는 모습이 나왔다. 그 옆에서 한 남자가 지켜보았다. 여자는 옷을 하나하나 벗어 알몸이 되었다. 카메라가 고정이 되어 있었는데, 피사체의 각도로 보아서 약간 높은 위치의 천장 아래 벽이었다. 침대를 대각선 각도로 비추고 있었다.

화면에 나타난 여자의 피부는 하얗게 빛났다. 마치 백인처럼 깨끗한 피부였고, 젖가슴이 봉긋하고 탄력이 있었다. 두 다리는 통통하면서 매끈한 각선을 주었다. 허리는 잘록하고, 엉덩이는 매우 컸다. 여자는 틀어 올린 머리카락을 풀었다. 그러자 고운 선을 그은 목덜미와 어깨를 온통 뒤덮었다. 옆에서 지켜보던 남자가 입고 있던 와이셔츠를 벗었다. 그는 황급히 옷을 벗고 나체가 되더니 여자를 끌어안았다. 그러자 여자가 카메라 쪽을 손가락으로 가리키면서 말했다.

"아이, 괜찮은 포르노 영화를 만들자고 해놓고 이렇게 달려들면 어떻게 해. 좋은 연출을 해야지. 먼저 애무를 해주란 말이야."

"참, 그렇지."

사내는 카메라 쪽을 힐끗 보고는 자세를 바꾸더니 여자의 다리 쪽으로 몸을 돌렸다. 그리고 여자의 허벅다리를 혀로 핥으면서 천천히 내려가서 그녀의 발목을 잡았다. 사내는 여자의 발목을 깨물면서 발가락을 입안에 넣었다. 여자가 탄성을 질렀다.

"저 여자가 내 아내입니다. 그리고 저기 나오는 남자는 내가 아니라 아내의 정부지요. 아까 수위가 말하던 여자입니다. 보십시오. 키가 크고 건장하지요? 여자처럼 곱살하게 잘생긴 미남 청년이지요? 아마 스물다섯 살 전후로 보이는 청년일 것입니다. 아내의 나이는 나와 동갑인 서른두 살인데, 일곱 살 연하와 놀아나고 있는 것입니다."

의사가 침통한 어조로 말했다. 말을 하는 순간 나는 그의 목소리에서 강한 증오감을 읽어낼 수 있었다. 그럴 수밖에 없을 것이다. 아내가 다른 남자와 정사하는 장면을 보면서 증오감을 느끼지 않을 수 없을 것이다.

나는 매우 당혹스런 기분이 들었다. 당혹스런 것은, 상당히 짙은 섹스 장면이었기 때문에 그것을 지켜보는 기분이 어색해서였다. 두 명의 부하 형사들도 계면쩍은 표정을 지었다. 화면에 나오는 의사 부인은 상당한 미인이었고, 그 상대역을 맡은 청년도 미남이었다. 아름답고 농염한 육체와 건장한 남자의 나신이 벌이는 그 장면은 마치 에로 배우들이 출연해서 영화를 찍은 것과 같았다.

여자는 탄성을 지르면서 남자의 애무에 호응했다. 연출을 하는 것인지 실제 흥분이 되는 것인지 알 수가 없었으나 여자의 울부짖음은 마치 동물의 몸부림처럼 격렬했다. 흥분이 된 여자는 남자의 머리카락을 움켜잡고 비틀었다. 그러면서 소리쳤다.

"더 세게 해줘. 그러면 더 좋을 거야."

"알았어. 그렇게 해주지."

남자는 대답하고 미리 준비한 듯한 칼을 집어들었다. 시퍼런 칼날이 흐릿한 조명에 비쳐 번쩍거렸다. 남자가 그 칼을 여자의 목에 대었다. 그리고 마치 찌를 듯이 겨누었다. 그러자 여자가 까무러치는 표정을 지으면서 흥분했다.

"아아, 좋아 죽겠어. 나를 죽여줘. 그냥 죽여줘."

"그래, 죽여주지. 죽여주고말고."

남자가 여자의 머리카락을 잡고 잘랐다. 자른 머리카락을 여자의 입에 틀어넣었다. 여자가 악 하는 비명을 질렀다. 그러나 그녀는 정신을 차리면서 말했다.

"어머, 이렇게 많이 자르면 어떡해?"

"자르라고 했잖아."

"그래도 머리카락을 많이 자르면 우리 그이가 눈치를 챘단 말이야. 그렇지 않아도 나는 그이한테 머리를 뽑아달라는 말을 자주 하는데."

"자르지 말고 뽑아야 하는데."

사내가 빙긋 웃으면서 말했다.

"그럼 아파서 어떻게 견디니? 그건 그렇고 참, 지금 돌아가고 있단 말이야. 계속해."

여자가 카메라 쪽을 힐끗 보면서 말했다. 사내가 그녀의 목덜미를 애무하면서 말했다.

"어차피 편집을 해야지, 뭐. 엔지 낸 것은 삭제하고 다시 편집해. 내가 준 프로그램으로 편집하면 기똥찰 거야. 저 카메라는 고정되었지만 편집할 때는 어느 부분에 포인트를 주었다가 그 부분을 확대할 수 있어. 그러면 내 그것도 확대해서 볼 수 있을 거야, 조또 시팔."

화면을 통해서 본 의사 부인은 마조히스트적인 성도착성이 있는 듯했다. 그녀는 끊임없이 학대해주기를 바랐는데, 특히 위협적인 상황에 더 반응을 보이고 있었다. 그것을 형사들과 함께 지켜보고 있던 남편이 말했다.

"내 아내가 저런 마조히스트라는 것을 미처 몰랐습니다."

"아이가 열 살이라면 스물두 살에 결혼을 했다는 말이 되는데 일찍 결혼하였군요?"

내 말에 그는 피식 웃으면서 대답했다.

"대학 다닐 때 코가 꿰어서 결혼했지요. 아내는 간호대학에 다녔지요. 불장난한 것이 문제가 되어 어쩔 수 없이 결혼을 하였습니다. 그녀의 아버지가 변호사였는데, 내가 자기 외동딸을 범했다는 것을 알고 나를 협박했던 것입니다. 결혼하지 않고 방치하면 내 인생을 망쳐놓겠다는 것입니다. 의사의 꿈을 펼치지 못하게 혼인빙자 간음으로 고발해서 감옥에 넣겠다고 했습니다. 겁이 난 나는 재학하면서 결혼을 했습니다. 나는 가난해서 학자금조차 없었는데, 실제 그녀의 부친이 장학생으로 선발해서 도와주고 있었지요. 여러 가지 이유로 나는 아내의 아버지를 거역할 수 없었습니다. 그리고 못생긴 나의 몰골에 비해서 아내는 대단한 미인이었지요."

"결혼생활 10년이 지나는 동안 부인이 마조히스트라는 것을 몰랐습니까?"

"전혀 몰랐지요. 우리의 성관계는 정상이었지요. 가끔 흥분이 되면 이상한 소리를 하였습니다만, 때려달라요 살려달라는지, 복을 좀 더달라고 했지요. 그래서 약간 성도착증은 있는 것으로 알았지만, 항상 나타나는 일이 아니었지요. 아내는 오르가슴에 오르는 경우도 드물었습니다. 내가 무능력해서지요. 나는 삽입을 하고 10초도 못되어 사정을 하는 조루 환자였습니다. 그러고 보니 아내가 불만이 많았지요. 그렇다고 아내가 다른 남자와 사귀기를 바란 것은 아닙니다. 저 비디오를 보면 아내는 다른 남자에게서 성적인 만족을 해소했던 것입니다. 아마, 저 청년이 처음은 아닐 것입니다. 남자를 바꿔가면서 즐겼겠지요."

화면에서는 여자의 목을 조르는 장면이 나왔다. 남자가 심하게 조르자 여자의 눈이 까뒤집어지면서 흰자위가 보였다. 좀 더 계속되었다면 여자는 죽었을 것이다. 목을 조르던 남자가 놀라면서 얼른 손을 떼었다. 여자는 컥컥거리면서 숨을 들이켜고는 남자의 가슴에 얼굴을 묻으면서 말했다.

"아, 좋았어. 더 졸라주지 그랬어."

TV 화면에서는 기괴한 일이 벌어지고 있었다. 당사자들에겐 재미있는 게임이겠지만, 나의 눈으로는 기괴하게 보일 수밖에 없었다. 남자가 성기를 내놓고 뒷걸음치면서 그것을 쳐들고 여자의 입 가까이 가져갔다가 뒤로 물러섰다. 여자는 엉금엉금 기어가면서 그것을 입에 물려고 하였다. 그러면 사내는 뒤로 피하면서 그녀로부터 물리지 않으려고 했다. 여자는 계속 기어가면서 남근을 물려고 했다. 입을 실룩거리기도 하고, 입을 크게 벌리기도 하였다. 마치 짐승이 된 것같이 기괴한 표정마저 지으면서 괴상한 몸짓을 하였다. 여자는 혀를 길게 내밀고 다가가면서 침을 줄줄 흘렸다. 그것을 지켜보고 있던 그 여자의 남편이 말했다.

"인간이 짐승보다 더 추해질 수 있는 순간이지요. 그것은 인간의 욕망이 짐승보다 더 추한 실체라는 말과 같습니다. 인간의 속성은 짐승보다 더 추한 요소를 지니고 있다고 보아야지요. 저 여자뿐만이 아니라 나도 마찬가지이고, 이곳에 서서 재미있게 지켜보고 있는 형사님들도 마찬가지입니다."

"인간에게 짐승보다 더 추한 속성이 있다는 것을 굳이 거부하고 싶지는 않지만, 저런 장면을 보고 어떤 생각을 하였습니까?"

나의 질문에 의사는 빙긋 웃었다. 그 웃음이 소름 끼칠 만큼 잔혹스러워 보인 것은 왜일까.

"어떤 생각을 했느냐고요? 죽이고 싶을 만큼 분노했지요."

그리고 그는 나를 돌아보며 미소를 지었다. 그 차가운 미소에 나는 무엇인가 강한 느낌을 받았다. 나를 조롱하는 그의 눈길을 느꼈기 때문이다.

"그런데 부인이 정말 죽었다면 소원성취를 한 것이군요."

나는 그의 눈을 쳐다보면서 물었다. 그는 나를 보면서 대답했다.

"우리는 가끔 가장 가까운 사람을 죽이고 싶은 충동을 느끼면서 삽니다. 자기가 사랑하는 연인을 죽이고 싶다든지, 부모를 죽이고 싶다든지, 남편이나 아내를 죽이고 싶은 충동을 느끼면서 세상을 살지요. 그것이 바로 인간의 속성이라는 것입니다. 바로 인간의 부조리지요."

"그래서 소원성취를 했다고 느끼십니까?"

"다행스럽게 걱정이 대신 내 일을 했다고 보는 것입니까? 그러니 죽이고 싶도록 우리는 사랑하는 법도 알고 있습니다. 나는 아내를 사랑합니다."

그는 눈물을 글썽이면서 허공을 쳐다보았다. 그때 그의 표정은 전혀 꾸밈이 없는 진솔한 모습으로 느껴졌다. TV에서 여자가 말했다.

"송 사장, 우리 이래도 되는지 모르겠네."

"뭐가 두려운 겁니까, 사모님?"

"그이가 알면 난 죽어."

"항상 죽고 싶다고 하면서 죽는 것이 두려울까?"

"내가 흥분해서 죽겠다는 것은 절정의 최고봉을 갈구한다는 뜻이야. 그걸 몰라서 딴청이야? 그건 그런데, 이렇게 얼굴이 나와도 괜찮을까? 저 비디오가 화근이 되는 것이 아닐까?"

"그러니까 편집을 하라고 했잖아. 어려우면 내가 해줄까?"

"싫어. 송 사장에게 비디오를 맡겼다가 그걸로 날 협박하면 어쩌지? 그렇게 되는 거 아니야?"

"날 그런 사람으로 보다니 실망이 큰데? 내가 준 프로그램 무비 버전 공오(PM 버전 0.5) 있지. 그걸로 편집하면 얼굴을 지우고 다른 얼굴을 넣을 수도 있어. 프로그램 중에 아바타 포지션이 있는데, 바로 그 아바타 프로그램을 사용하면 감쪽같지. 나는 곧 그 프로그램을 시판해서 떼돈을 벌 수 있을 거야. 자기가 조금만 더 도와주면 곧 성공해. 성공하면 기업을 코스닥에 상장시킬 것이고, 그러면 자기가 가지고 있다는 100억 원짜리 산인가 뭔가 하는 것은 새 발의 피지."

"100억 원짜리 산이라니 그게 무슨 말이야?"

"다 알고 있는데 왜 그래? 당신 아버지가 남긴 상속이 있잖아. 정선에 100만 평 산. 평당 1만 원이니 100억 원은 되지 않겠어?"

"그걸 어떻게 알았지? 남 뒷조사했어?"

"왜 그러슈. 주위에서 다 알고 있는 사실인데 왜 그래?"

"주위에서 다 알다니, 그 사실은 남편조차 모르는 일이야."

"그런 비밀이 지켜질 것 같소? 재산세 추적하면 단번에 나오는데."

"상속받은 것은 두어 달 전의 일이야. 송 사장이 내 뒷조사한 것이 틀림없어. 뒷조사를 하다니."

여자가 토라지면서 자세를 바로 가졌다. 그러자 사내가 두 손으로 빌면서 무릎을 꿇었다.

"아이고, 잘못했습니다. 용서해주십시오."

여자가 손을 번쩍 들어 따귀를 때리려다가 멈추었다. 그러자 사내가 얼굴을 내밀면서 말했다.

"멈추지 말고 때려주시옵소서."

그 말이 끝나기도 전에 여자의 손이 휙 올라가면서 사내의 뺨을 후려쳤다. 얼마나 세차게 때렸는지 사내의 머리가 옆으로 돌아갔다. 뺨에 손자국이 났다.

뺨을 맞은 사내는 당황하면서 멍하니 바라보았다. 여자가 히히 하고 웃으면서 남자의 뺨을 쓰다듬었다. 여자가 그의 입술과 뺨을 핥으면서 말했다.

"어머, 미안해. 정말 세게 때렸네. 자기 아프지 않았어?"

사내는 화를 내려다가 참으면서 여자의 몸을 받아들였다. 두 사람은 다시 애무를 시작했다.

호출했던 감식반이 왔다. 그들은 의사 박재문의 빌라로 들어서다가 거실 한쪽에 있는 TV에서 벌어지고 있는 정사 장면을 보더니 모두 지켜보았다. 감식반이 올 무렵에 애무가 끝나고 본격적인 성행위 장면이 시작되었다. 여자가 남자의 위로 올라가서 반대 방향으로 앉았다. 기마 자세로 앉아 허리를 구부린 여자가 능동적인 몸놀림을 했다. 남자는 그대로 반듯하게 누워 있었다.

"반장님, 지금 뭘 보고 있는 것인가요? 우리가 올 때를 기다리느라 시간을 죽이고 있었던 것인가요?"

감식반의 김 경위가 히죽 웃으면서 물었다.

"저것도 단서일세. 근무 중에 포르노를 보고 있는 줄 아나?"

"단서라니요?"

"저기 나오는 여자가 바로 의사의 부인이야. 상대 남자는 정부이고. 의사 생각은 저 정부가 아내를 납치해갔다고, 아니 죽였다고 주장하고 있는데…… 글쎄, 그건 수사해봐야 알겠지."

김 경위는 한쪽에 서서 TV 수상기를 노려보고 있는 의사를 힐끗 쳐다보았다. 의사 박재문의 얼굴은 더할 수 없이 평온했다. 분노하거나 계면쩍은 기색이 없었다. 평온한 그의 표정도 풀리지 않는 수수께끼 중의 하나였다.

이윽고 정사 장면이 끝났다. 여자는 오르가슴에 오르면서 남자의 등을 할퀴었다. 사내의 등에서 피가 번졌다.

"나는 아직 안 끝났는데?"

사내가 말하면서 몸을 흔들었다. 그러나 여자는 잔인한 태도로 몸을 빼고는 그것을 손으로 움켜잡았다. 그러자 남자의 그것이 몸 밖에서 폭발했다. 정액이 튀는 것이 눈에 보였다. 사내는 고개를 뒤로 젖히면서 신음소리를 내었다. 여자가 그것을 지켜보면서 잡고 있는 손아귀에 힘을 주고 부르르 떨었다. 여자는 또 한 번 오르가슴에 오르는 것이었다. 두 사람은 지쳐서 푹 쓰러졌다. 쓰러져 있는 두 사람의 몸을 고정되어 있는 카메라가 비추었다. 침묵이 흘렀다. 화면뿐만이 아니라 지켜보고 있는 형사들조차 조용했다.

얼굴을 침대에 묻고 엎드려 있는 여자의 몸은 비너스 상처럼 매끈하고 곡선이 완만했다. 땀으로 축축하게 젖은 몸에서 빛이 반사되어 번쩍거렸다. 그 육체는 매우 아름답게 보였다. 그들의 행위가 비도덕적이긴 하지만, 육체에서 풍기는 아름다움은 전혀 추한 느낌이 들지 않았다. 육체의 아름다움은 축복일지 모른다는 생각이 들었다.

의사가 다가와서 마치 내 생각을 읽어내기라도 한 듯이 말했다.

"몸은 그럴 수 없이 아름답지요? 타고난 아름다운 육체입니다. 신이 준 축복이지요. 그 신이 준 육체를 인간이 해체시킨다는 것도 멋진 일이 아닙니까?"

"해체라니요?"

나는 무슨 말인지 알아듣지 못해서 반문했다.

"저런 정사를 상징적으로 육체의 해체라고 보아야지요."

여자가 몸을 일으키면서 침대 머리맡에 놓아둔 리모컨을 들어 카메라 쪽을 겨냥했다. 그리고 화면이 꺼졌다.

"그 시디는 증거품으로 우리에게 제공해주겠습니까?"

내가 말하자 의사는 흔쾌히 내주면서 말했다.

"물론이지요. 범인은 바로 그 송 사장이라는 놈입니다."

"이 시디는 편집을 하지 않은 것이군요. 그런데 어제 찾았다고 했는데, 어디서 발견했습니까?"

"아내의 비밀 보석함 아래에 있었습니다. 이중 서랍 바닥에서 보았습니다."

"부인께서 이중 서랍을 사용합니까?"

"비밀이 많은 여자니까요."

의사는 아내를 경멸한다는 어투로, 마치 침을 뱉듯이 말했다. 감식반의 감식이 시작되었다. 지문을 뜨고, 사진 촬영을 하고, 족적을 떴다. 그리고 의사가 아내의 피라고 주장하는 혈흔을 채취했다.

1층에는 의사의 아내 방이 따로 있었는데, 벽으로 둘러쳐진 선반에는 각종 골동품이 진열되어 있었다. 특히 도자기들이 많이 눈에 띄었다. 의사가 나의 옆에 바싹 다가와서 설명을 했다.

"아내의 취미는 골동품 수집입니다. 고가의 골동품도 사들이고 있지만, 돈이라고 해야 아버지 재산이니 마음대로 쓸 수도 없지요. 그렇지만 아내는 모든 재산을 털어 나에게 병원을 차려주려고 했습니다. 아까, 시디에서 송가라는 놈하고 이야기하는 것을 들었겠지만, 아내는 아버지로부터 재산을 상속받았습니다. 그것으로 병원을 차리려고 했지요."

도자기들이 놓여 있는 진열대의 한쪽이 텅 비어 있었다. 도자기를 놓는 받침대는 있었으나 도자기들이 없어서 물었다.

"여기 비어 있는 곳에 도자기들이 없었나요? 혹시 도적이 들어와서 훔쳐간 것은 아닐까요?"

"다른 보석들을 놓아두고 처분하기 어려운 도자기를 훔쳐가는 도적은 없을 것입니다. 더구나 도자기를 보는 눈이 상당한 수준이 되지 않고서야 이렇게 많이 진열되어 있는 것 중에 고를 수도 없을 것이고요. 아내는 이조백자라든지 상감청자 같은 고가품도 구입하지만, 또 팔기도 합니다. 아내는 골동품을 순수하게 모은다기보다 그것을 사고팔면서 그걸로 돈을 벌지요. 여기 비어 있는 자리는 도자기들이 놓여 있었던 곳이 틀림없지만, 아마 팔려나간 것일 겁니다. 그리고 나는 아내의 골동품 수집에 대해서 관심이 없습니다. 뭘 구입했는지, 뭘 팔았는지 그래서 돈을 얼마나 벌었는지 상관하지 않습니다."

나는 감식반이 조사를 하고 있는 2층으로 올라갔다. 감식반은 화장실 안을 세밀하게 조사하고 있었다. 김 경위가 거실로 나오면서 나를 보더니 빙끗 웃고 말했다.

"정말 피비린내가 납니다. 일주일이 지났는데도 피비린내가 나는 것을 보면 피를 많이 쏟았다는 말이 됩니다."

"난 축농증이 걸려서 잘 모르겠네. 남편의 주장처럼 그 화장실에서 살인을 하여 토막을 내고, 피를 모두 뽑아낸 다음 그것을 트렁크에 넣어 가지고 나갔다는 게 어쩌면 사실일지 모른다는 말인가?"

"그렇지요. 지금 하수구 쪽에 흘러나가다가 멈춘 피가 응고되어 있는 것이 발견되고 있습니다. 이 경우 상당량의 피가 쏟아져 나왔다는 것을 뜻합니다. 단순히 부상을 입은 차원이 아니라, 사람의 모든 피가 나온 것은 아닐까 합니다."

나는 심각해지지 않을 수 없었다. 의사 부인이 사라졌던 토요일 자정에 트렁크를 들고 들어와서 다시 무거운 것을 들고 나갔던 자가, 그자가 여자이든 아니면 여장했던 남자이든 범인일 가능성이 농후했다. 다만, 그자가 여자의 정부 송 사장인지, 아니면 또 다른 인물인지 알 수 없다.

나는 의사 박재문의 연구실에 들어가서 벽에 진열되어 있는 뼈 표본들을 구경했다. 기다란 시험관 속에 있는 뼈들은 더러 알코올 속에 있는 것도 있고, 어느 것은 건조시킨 상태 그대로 있었다. 뼈 가운데는 사람의 해골도 보였다. 방 안으로 들어온 의사에게 내가 물었다.

"이거 모두 진짜입니까?"

"물론, 모두 사람의 뼈입니다. 이것은 내 개인 재산이기보다 거의 우리 병원 자산이지요. 이것은 해부용으로 사들인 사체를 해체해서 표본으로 뜬 것입니다."

사람의 시체에서 나온 뼈를 재산이라고 생각하는 사람을 나는 처음 보았다. 허긴, 돈을 주고 산 것이니 재산일 수도 있을 것이다.

모든 뼈가 실제 사람의 것이라는 말을 듣자 왠지 을씨년스러운 느낌이 들었다. 특히 밤이면 기분이 나쁠 것이다. 그런데도 이들 가족은 아무렇지 않게 살아왔던 것이다. 역시 정형외과 의사 가족다운 일이다.

"이 뼈 중에 남자 것과 여자 것이 섞여 있습니까? 보면 압니까?"

"물론이지요. 이것은 여자 것이고, 저것은 남자 것입니다. 먼저 크기가 다르지요? 어느 것은 크기가 비슷하기도 하지요. 골격이 큰 여자의 뼈는 남자 못지않게 크고 강합니다."

나는 표본들을 둘러보면서 어느 것이 여자 것이고 남자 것인지 알아맞혔다. 크기가 작은 것이 여자 것이기도 하지만, 어느 것은 컸으나 여자 것이었다. 특히 둔부 쪽이 발달되어 있으면 그것은 거의 여자의 것이었다. 다리의 경우는 잘 구별이 되지 않았으나, 알코올이 담긴 시험관 속에 있는 두 개의 다리는 매우 곧고 아름다운 느낌마저 들어서 여자의 것이라는 짐작을 했다. 그래서 내가 여자의 것이라고 하자 의사는 맞다고 칭찬했다.

"아주 잘 보셨습니다. 수사생활 오래 하셔서 그런지 관찰력이 대단하십니다. 단번에 보시는 안목을 길렀군요. 이것은 여자의 다리입니다. 언뜻 보아서 구별이 안 되지요. 그러나 뼈의 구조를 잘 관찰하면 여자의 것이라는 것을 알 수 있습니다."

"나는 구조에 대해서는 모르겠고, 언뜻 보기에 아름답다는 느낌이 들었습니다. 뼈가 휘지 않고 곧고 가늘어서 말입니다."

"뼈로서 아름답다는 느낌을 받다니 대단하십니다. 뼈는 역시 뼈에 불과한데 그것을 미적인 감각으로 보시는 안목은 대단하십니다. 아름다운 여자라 할지라도 일단 해체되면 하나의 물체가 되지요. 부품이 됩니다. 부품은 표본에 불과하고, 표본은 표본일 따름입니다."

나는 알코올 시험관 속에 들어 있는 해골을 가리키면서 물었다.

"이 해골도 어쩐지 여자 것 같은데요? 맞습니까?"

"맞습니다."

의사가 손뼉을 쳤다. 나는 당혹스런 시선으로 그를 돌아보았다. 아내가 화장실에서 토막 나서 죽었을 것이라고 하는 사람이 손뼉을 치면서 좋아하는 것이 이해되지 않았다.

나의 시선을 받자 그는 어색하게 웃으면서 말했다.

"직업은 못 속이죠. 뼈에 대해서 말하니 감정에 말렸던 것입니다."

그것을 구태여 변명하는 것도 이상했다. 어쨌든 의사 박재문은 평범한 사내는 아니라는 생각이 들었다. 그때까지도 그가 아내를 죽인 범인이라는 생각은 하지 못했다. 왜냐하면 그냥 실종으로 처리될 수 있는 일인데도 구태여 나서서 납치되었다거나 살해되었을 것이라고 주장을 하였으니 전혀 감을 잡지 못했던 것이다.

이 사건에서 열쇠를 쥐고 있는 것은 바로 의사 부인이 실종되기 전에 마지막으로 만났을 것으로 추측되는, 토요일 자정에 트렁크를 들고 집을 방문한 사람이었다. 의사의 주장대로 여장을 한 남자라고 하면, 그가 왜 여장을 했으며 무슨 목적으로 방문한 것일까.

일단 송 사장이라고 하는, 여자의 정부를 찾아내기로 했다. 그자를 찾아내는 일은 그렇게 어렵지 않았다. 먼저 의사 부인 한 씨의 휴대폰으로 오고 간 전화를 체크했다.

시디를 통해서 얻은 단서로는 송 사장은 벤처기업을 운영하고 있는 스물대여섯 살의 청년이다. 건장한 체격에 미남이며 서울 표준말을 쓰고 있다. 그 벤처기업에서는 PM 버전 0.5라는 소프트웨어를 개발해서 시판 직전에 있다는 것을 알 수 있다. 이 소프트웨어는 컴퓨터 영상처리 기술을 접목한 아바타 프로그램이었다. 아바타는 변조

또는 개조한다는 의미를 내포한 컴퓨터 용어였다. 게임 프로그램에서도 아바타 용어를 쓰고 있었지만, 여기서 말하는 아바타란 변형시키는 영상 처리 기술을 말하고 있었다.

시디에 나타난 대화로 보면 한지숙은 그 벤처기업을 후원하고 있다. 젊은 청년에게 사업 자금을 대주면서 욕망을 풀고 있다.

컴퓨터 소프트웨어를 개발하는 벤처기업은 4천여 군데 있었는데, 그중에 송씨 성을 가진 사장을 찾았다. 그리고 특허청에 PM 버전 0.5를 출원한 업체를 파악했다. 동시에 한지숙의 휴대폰과 통화를 한 일이 있는 사람을, 그가 남자이든 여자이든 모든 전화번호를 추적했다. 그 결과 시디에서 얼굴을 드러낸 송시훈을 찾아냈다. 그를 임의 동행해서 경찰서로 데려왔다. 그를 취조실에 넣어놓고 흔히 써먹는 수법으로 겁을 주면서 심문했다. 여기서 흔히 써먹는 수법으로 겁을 주었다는 말에 오해 없기 바란다. 절대 가혹한 행위나 고문을 하는 것은 아니다. 다만 심리적으로 좀 위축되게 해야만 제대로 털어놓기 때문에 밀폐된 공간에서 그의 얼굴에 밝은 조명을 비추고, 수사관 서너 명이 삥 둘러서서 심문하는 방법을 썼다는 것이다.

"정형외과 의사 박재문의 부인 한지숙을 언제부터 알고 지냈소?"

"1년 됩니다."

"어떻게 알았소?"

"군대 갔다 와서 복학을 하면서 아르바이트를 했는데, 출장 가서 고장 난 컴퓨터 수리하는 일이었지요. 그때 한지숙을 만났는데, 자기는 컴퓨터에 대해서 잘 모르니 개인교습을 해줄 수 있느냐고 물었어요. 돈만 제대로 준다면 좋다고 했지요. 그래서 일주일에 한 번씩 집을 방문해서 컴퓨터를 가르쳐주었습니다. 그러던 어느 날……."

"그 어느 날이 언제야?"

"작년 여름인가 봅니다. 잘 기억나지 않지만, 여름의 어느 날이었습니다. 교습을 시작한 지 한 달이 지나면서였지요. 여자는 그날따라 얇은 잠옷 차림이었어요. 잠옷이라기보다 가운이었는데, 내 눈에는 잠옷처럼 보였습니다. 옷 입은 것이 심상치 않더니 나중에 수작을 부립디다. 내가 의자에 앉아 시범으로 자판을 두들기면서 컴퓨터 프로그램을 작동시키고 있는데, 그녀가 등 뒤로 바짝 다가와서 유방을 어깨에 밀착시켰습니다."

"그때가 낮이야, 밤이야?"

"아이는 학교 가고, 남편은 병원에 출근한 낮이었지요. 내가 흥분해서 그녀를 끌어안으니까 마치 기다렸다는 듯이 매달리는 것이 꼴때리더군요. 아이구, 이제 죽었구나."

"엄살 피우지 말고 사실대로 말해. 그래서 교습할 때마다 정사를 벌였단 말이오?"

"뭐, 그렇지요. 컴퓨터 교습하러 먼저 들어서면 침대로 가서 한바탕 뛰었지요. 여자는 목욕을 하고 몸에 향수를 뿌린 다음 나를 기다리고 있다가 침대에 자빠져주는 것인데, 어쩌면 나는 컴퓨터를 가르치러 오는 것이 아니라 그 여자의 성적인 욕망을 채워주러 오는 남장이 아닐까 하는 비애감도 들더군요. 그래도 컴퓨터는 가르쳐야 했기 때문에 교습을 시키지만, 그녀는 공부할 생각은 하지 않고 내 옆에 앉아서 내 사타구니를 주무르면서 장난만 했습니다. 그러다 내가 또 흥분이 되어 또다시 정사를 하기도 하지요. 그리고 떠날 때 한 주일 못 보면 아쉽다고 하면서 또 한 번 정사를 해서 보통 세 번씩 그짓을 하기도 했습니다. 그녀는 남편에게서 채우지 못한 욕정을 나에게 모두 쏟아내는 인상을 주었습니다. 그래서 안 되겠다 싶어 이제 가정교습을 그만 하겠다고 하였습니다. 그러자 그 여자가 나에게 한 가지 제안을 했습니다. 돈을 대줄 테니 벤처기업을 해보라고 했습니다."

송시훈은 둘러서 있는 수사관들을 보면서 히죽 웃었다. 마치 자기 이야기가 재미있지 않느냐는 표정이었다. 그의 태연한 태도로 보아서 그가 그 여인을 죽인 살인자로는 보이지 않았다. 하긴, 살인자 가운데 더러는 죄를 짓고 그것이 죄가 된다는 생각을 전혀 하지 않는 자도 있다. 다만, 재수 더럽게 없어 잡혔다는 생각만 하는 것이었다.

"벤처기업이라는 말이 나오자 내 피가 끓었습니다. 나는 사실 대학에 다니면서 꿈이 벤처기업을 세우는 일이었지요. 그동안 연구하고 있던 소프트웨어도 있었지요. 그래서 나는 여자를 잡고 도와달라고 솔직하게 말했습니다. 그것이 나의 꿈이라고 했지요. 그러자 여자는 구체적인 것을 제시했습니다. 앞으로 1년이든 2년이든 모든 것을 지원하겠다. 특히, 자금을 지원하겠다. 그러나 프로그램을 개발해서 성공을 하고, 주식을 코스닥에 상장시킬 경우 지분을 49퍼센트 갖겠다고 하더군요. 아예 처음부터 49퍼센트를 가지라고 했지요. 그래서 설립한 것이 주식회사 PM소프트웨어입니다. 처음에 5억 원의 주식으로 시작했는데, 한 해가 되면서 그동안 추가로 들어간 돈이 5억 원이 됩니다. 한지숙은 아버지가 변호사인데, 그 당시 거의 식물인간이나 다름없었습니다. 그녀의 아버지는 재산이 많았지요. 그녀의 남편은 종합병원의 정형외과 과장이기는 하지만, 월급쟁이에 불과하지 돈은 없었습니다."

"그렇게 1년 동안 사귀면서 동업도 하고 정부 노릇도 하였는데 왜 그 여자를 죽였지요?"

"죽이다니요? 그 여자가 죽었나요?"

송시훈은 매우 놀라는 시선으로 나를 쳐다보았다. 놀라는 그의 표정이 과장되어 보이지는 않았다.

"죽었나요? 아, 그래서 휴대폰도 안 되고, 전혀 연락이 안 되었구나. 그런데 왜 죽었나요?"

"당신이 죽였잖아."

"시팔, 사람 미치게 하네. 난 안 죽였어요."

"지난 8월 5일 토요일 밤에, 정확히 말해서 자정에 여장을 하고 한지숙의 집을 찾아갔지요?"

"그…… 그것은 한지숙이 여장을 하고 오라고 해서. 남자가 밤늦게 찾아오면 수위는 물론이고 다른 사람들의 시선이 있다고 해서요. 나는 가끔 여장을 하고 그 집을 찾아갑니다. 그게 한두 번이 아닙니다."

"트렁크는 왜 가져갔소?"

"도자기를 담아오려고요. 그 여자가 가져오라고 해서요."

"도자기는 무슨 말이야?"

"자금이 모자란다고 하자 돈이 없다고 하더군요. 부동산은 있지만 팔리지 않고, 결국 현금이 없다는 것이었습니다. 그럼 골동품이라도 팔아넘기라고 아니까 사기는 귀찮으니 가져가서 나보고 팔라고 하더군요. 2억 원에 해당하는 도자기를 준다고 해서 트렁크를 들고 가서 담아온 것입니다. 모두 13점이었는데, 그중에는 이조백자도 있고, 유명 화가의 그림이 들어 있는 고가품의 현대 자기도 많았습니다."

"그날 밤에 있었던 일을 자세하게 말하시오. 그날 밤에 한지숙이 실종되었지."

나는 한지숙의 방에서 도자기를 진열해놓은 선반의 한쪽이 비어 있었던 것을 떠올렸다. 그 빈자리는 그날 밤 송시훈이 도자기들을 가져갔기 때문이었다. 송시훈은 그날 밤에 여자가 실종되었다는 말을 듣자 심각한 표정을 지었다. 잘못하면 자신이 범인으로 몰릴 것이 뻔했기 때문에 긴장하는 눈치였다.

"그날 밤에, 집 안에 들어가서 먼저 여자와 정사를 하였지요. 한참 열 내고 있는데 전화벨이 울렸습니다. 나는 겁이 나서, '남편이 들어온다는 전화 아니야?' 하자 그녀는 웃으면서, 지금 남편은 횡성 청계산인가 어딘가에 무슨 추리소설 여름캠프에 갔다는 것입니다. 당신 남편이 추리소설을 쓰냐고 하니까, 그게 아니고 강사로 초빙을 받았다고 하더군요. 내일 오후나 돌아올 것이라고 하면서 수화기를 들고 뭐라고 말하려는 것을 내가 코드를 뽑아버렸습니다. 전화받지 말라고 했죠. 그때 나는 그녀와 성기를 접합시킨 상태로 흥분이 되어 모든 것이 싫었던 것입니다. 아니면 심술을 부렸던 셈이지요. 그런데 여자가 다시 코드를 꽂으려고 해서 내가 그러지 못하게 짓눌러버렸습니다. 나는 여자와 정사를 벌였습니다. 그리고 일을 마치고 트렁크에 도자기를 넣고 나갔습니다. 다른 때 같으면 더 머물다 갔겠지만, 전화를 도중에 끊었기 때문에 좀 그랬던 것입니다. 정사를 마치고 코드를 꽂아놓았지만 다시 전화가 걸려오지 않았습니다. 여자보고 남편에게 전화해보라고 하였지만, 그녀는 지가 궁금하면 다시 하겠지 하고 무시하더군요. 나는 도자기를 담아 나왔습니다. 그것이 그녀를 만난 전부입니다."

"그 후에 여자와 통화한 일이 있소?"

"도자기를 팔았더니 시세가 떨어져서 1억 8천만 원 정도 받았습니다. 생각보다 2천만 원을 덜 받은 것이지요. 그래도 모두 팔아서, 자금을 잘 쓰겠다고 고맙다는 인사를 하려고 했는데, 집 전화도 그렇고 그녀의 개인 휴대폰도 받지 않는 것입니다. 그래서 음성 녹음을 해놓기도 했지만, 시간이 지나도 아무런 기척이 없어 혹시 외국에 나간 것이 아닐까 생각했습니다. 전에도 가끔 아무 연락도 없이 외국으로 훌쩍 떠났다가 보름 만에 나타나곤 했으니까요. 그렇다고 그녀의 남편에게 물어볼 수도 없어서. 그런데 오늘 당신들이 나를 연행해서 난 순간적으로 그녀의 남편이 간통으로 고소한 것이 아닌가 하는 생각을 했는데, 실종이 되었다니 왜 실종인지 이해가 안 되네요. 혹시 남편에게도 말하지 않고 외국으로 나간 것이 아닐까요?"

"아니오. 여권은 그대로 집에 있어. 남편의 주장은 실종이 아니라 살해된 것이라고 하지. 당신이 죽였다고 생각하고 있던데?"

"망할 새끼. 그놈은 내가 자기 마누라하고 좋아 지내는 것을 알고 있었을 것입니다. 그래서 나를 골탕 먹이려는 것입니다."

"그 셀카는 언제 찍었지?"

"셀카라니요?"

"시침 떼지 마. 동영상으로 한지숙과 정사 장면을 찍어서 당신이 개발했다는 PM 버전 0.5 소프트웨어로 편집하라고 했잖아."

"그걸 보았습니까? 그건 두어 달 전에 찍은 것입니다."

"그때 나눈 대화를 다시 말해보시오."

"대화 없이 섹스만 했는데요."

"거짓말 마시오. PM 버전 0.5로 편집하라는 말도 있던데?"

"……."

"편집한 것은 대화를 뺐단 말인데, 우리가 본 것은 초기 것이었소.

578

그렇다면 송 사장이 편집한 것을 본 것이 언제지요?"

"내가 본 것은 그로부터 사흘 후입니다. 바로 편집에 들어가서 아바타 포지션의 프로그램으로 얼굴을 다른 사람, 즉 외국인으로 교체해서 꼭 외국 포르노처럼 만들었습니다."

그렇다면 그녀의 남편이 찾았다고 하면서 우리에게 보여준 것은 원본이었던 셈이다. 그럼, 편집한 것은 왜 발견이 안 된 것일까.

"편집하기 전의 것을 보았습니까?"

송 사장이 물었다.

"원본인 모양이지?"

"나는 만약을 생각해서 원본은 없애라고 했고, 그녀는 편집을 한후 즉시 원본은 파괴했다고 했습니다."

이때 나는 정신이 번쩍 들었다. 남편이 우리에게 보여준 원본은 원본이 아니었다. 그렇다면 그것은 적어도 두어 달 전에 편집하기 전에 원본에서 복사한 것이 틀림없다.

이틀 전에, 아내의 이중 서랍 속에서 찾았다는 남편의 말이 거짓말이라는 결론이었다. 아니면, 한지숙이 원본을 감추어두고 파괴했다고 송 사장에게 거짓말을 했든지. 그러나 그런 거짓말을 할 이유가 없었을 것이다. 남편은 왜 거짓말을 한 것일까. 그 엇갈린 진술 때문에 나는 정형외과 전문의 박재문을 의심하기 시작했다.

나는 그 심증을 확인하기 위해 보충 질문을 했다.

"송 사장, 한지숙에게는 아버지로부터 상속받은 부동산이 많은 것으로 아는데, 그 부동산을 현금화시켜 남편의 병원을 차려주려고 했다는 사실을 알고 있소?"

"병원요? 하하, 누가 그럽디까? 한지숙은 하루바삐 남편으로부터 벗어나려고 하고 있습니다. 병원을 차리게 부동산을 팔자고 하는 것을 거절했다는 말을 들었습니다. 헤어지려고 생각하는 사람이 미쳤다고 그런 일을 하겠습니까? 그들은 이혼 직전입니다. 한지숙은 혼자 살고 싶다고 했습니다. 애정도 없는 부부생활을 지속하고 싶지 않다고 했습니다."

"헤어져서 당신과 살려는 것은 아닐까?"

"그것도 아니지요. 그 여자는 상당히 이기주의적인 사고방식을 가진 여자입니다. 많은 재산을 가지고 있으면서 무엇이 아쉽습니까? 완전 자유인이 되어 여행을 즐기면서 살기를 바라고 있었습니다. 나역시 그 여자에게는 일부분의 액세서리에 불과했지요. 없으면 좀 아쉽지만, 없어도 그만인 액세서리지요. 그녀의 남편은 오히려 없으면 더 편한 장애물이었지요. 그런데 그 막대한 재산을 투자해서 남편에게 병원을 차려주겠어요?"

그것은 아내가 병원을 세우기로 했다는 의사의 말과 상충되고 있었다. 그때 나는 확신을 가지게 되었다. 그래서 송시훈의 혐의를 풀어 그를 내보내고, 이 사건은 신고한 남편을 추궁하기 시작했다.

그로부터 일주일 후에 모든 것을 파악했을 때 나는 경악하지 않을 수 없었다. 이 사건은 미제사건으로 끝나지 않고 해결은 보았기에 사나이 비세로 끝났으면 싶을 만큼 경악을 금치 못했던 엽기적인 일이었다.

확실한 증거를 가지고 영장을 청구해서 박재문을 체포했다. 체포영장을 보자 박재문의 눈에 알 듯 모를 듯한 웃음이 감돌았다. 그것은 비웃음만은 아닌, 어떤 자조가 섞인 허탈함이었다. 그는 진술서에 아주 자세하게, 그것이 너무나 세밀해서 소름이 끼칠 만큼 리얼

하게 다음과 같이 진술했다.

아내는 나를 경멸하고 있었다. 내가 가난하고 못생겼다는 이유이다. 내가 의과대학을 무사히 졸업한 것도 장인 덕분이다. 그리고 젊은 나이에 출세를 해서 과장이 된 것도 장인 덕분이다. 장인 덕분이라는 것은 곧 아내 덕분이라는 말이 된다. 10억 원이 넘는 이 호화 빌라도 아내 돈이고, 내가 타고 다니는 고급 승용차도 아내 돈이다. 내가 전문의가 된 것은 한 해 전이지만, 월급 받고 일하는 전문의가 돈을 많이 버는 것은 아니다. 윤택하고 문화적인 생활을 할 만큼 돈을 벌지만, 소위 호화판 생활은 오직 아내 덕이다. 그런 아내는 기회가 있을 때마다 나를 비웃는다.

특히 아내가 나를 비웃는 가장 큰 것은 잠자리였다. 나는 마치 주눅이 든 것처럼 아내의 아름답고 풍만한 육체 앞에서 오므라든다. 그녀 앞에 서기만 하면 그것이 졸아들면서 맥을 못 추는 것이다. 조루증을 치료하려고 비뇨기과의 동료 전문의에게 상의도 했으나 아무 소용이 없었다. 그러던 어느 날 나는 아내가 다른 남자와 부적절한 관계를 유지하는 것을 알게 되었다.

얼마나 놀랐는지 모른다. 배신감도 컸다. 이혼도 생각했다. 나는 놀람과 배신감에 몸을 떨었으나 그녀를 보았을 때 그 사실을 밝히지 못했다. 그것을 밝힌다는 것은 모든 것을 끝낸다는 것을 의미했다. 그것은 용서한다는 의미와 달랐다. 나는 용서하고 싶지도 않았지만, 그렇다고 분노하지도 않았다. 분노하지 않았다기보다 못했다는 것이 정확할지 모른다.

그러나 아내를 보는 순간마다 그 생각이 떠올라 같이 살기가 힘들었다. 그러면서 나의 마음속에서는 서서히 증오가 심어져갔다. 그것은 또 다른 의미에서 그녀를 사랑하는 본질이었다. 내 식으로 아내를 사랑하기로 결심했다.

나는 내 결심을 합리화시키기 위해, 이 합리화는 내 마음을 향한 것이지만, 유일한 혈육인 딸에게 용서를 구했다. 자고 있는 딸의 얼굴을 보면서 용서해달라고 했다. 나는 지금 너의 엄마를 영원히 소유하려 한다고 말했다. 그러자 왠지 슬픔이 밀려왔다. 이 슬픔이 사치한 것이라는 생각은 하면서도 나는 내 아내에게 보내는 마지막 선물이라는 듯 울었다. 잠자는 딸을 내려다보면서 눈물을 주르르 흘렸던 것이다.

이제부터 작전이 시작되었다. 아내를 이 지구에서 실종되게 하려는 것이다. 그렇지만 그녀는 항상 나의 곁에 있을 것이다. 나의 작전 선상에 떠오르는 하나의 인물이 있다. 그자는 송시훈이라는 벤처기업 사장이다. 그가 아내의 정부라는 사실은 오래전부터 알고 있었다. 나는 그자를 희생양으로 제단에 올릴 생각을 했다.

아내의 휴대폰과 집 전화를 도청하였다. 그들이 언제 어떻게 만나고 무슨 일을 벌이는지 파악하기 위해서였다. 그리고 단순히 아내의 실종으로 처리하면 당장 아내의 재산을 상속받을 수 없다. 실종에 따른 죽음 사망으로 인정하는 데는 통상 5년이 지난 다음 민사법원에서 판결이 나야 한다. 즉시 사망청구를 할 수도 있지만, 실종된 즉시 아내가 죽었다고 우기는 것도 이상한 일이다. 판사는 특별한 이유 없이 그렇게 처리해주지도 않을 것이다. 빨리 병원을 차려야 하는데, 5년을 어떻게 기다리는가. 그런 만큼 실종이 아닌 살인사건으로 종결할 필요가 있다. 그 제물로 나는 송시훈 사장을 선택했다. 그 역시 그만큼 아내로부터 누렸던 일이 많으니까 그 정도의 희생은 받아들여야 한다.

나는 덫을 놓았다. 8월 5일을 기해서 1박 2일간 출장을 가기로 했다는 것을 아내에게 말해준다. 그 좋은 기회에 아내는 정부를 끌어들여 즐길 것이다. 송시훈이 가끔 여장을 하고 집으로 찾아오는 것을 안다.

훗날 혹시 문제가 복잡해지면 빠져나가기 위해 나는 일단 알리바이를 만들었다. 추리작가 여름캠프에서 사람들과 술을 마시면서 사귀었다. 그중에는 과수연의 최 박사같이 구면인 사람도 있고, 독자 입장에서 소설을 읽은 기억이 있는 『마루타』의 저자 정현웅도 있었다. 나는 그들과 함께 술을 많이 마셨다. 많이 마시는 척했다. 캠프파이어를 하고 난 다음 마시는 술자리였기 때문에 어둠침침했고, 술을 마당에 뿌려도 그만이었다. 그러면서 취한 척했다. 훗날 나의 알리바이를 증명해줄 그 사람들이 보기에는 술이 만취되어 도저히 운전을 할 수 없는 상태로 보였을 것이다.

그리고 나는 더욱 합리화시키기 위해 자정이 넘어 아내에게 전화를 걸었다. 분명히 정부와 함께 있으리라는 것을 알고 있다. 그런데 아내는 전화를 받았다가 끊었다. 아마도 정부가 코드를 뽑았던 것으로 상상된다. 오히려 잘되었다. 아내를 걱정하는 독백을 할 수 있기 때문이다. 그리고 나는 새벽에 집으로 가야겠다고 큰 소리로 말했다. 여러 명이 들었을 것이다. 이것은 심리적인 것이지만, 그 말을 들은 사람들은 나를 본 것이 아닌데도 내가 새벽에 떠난 것으로 인식한다.

나는 술자리를 슬쩍 빠져나갔다. 어둠 속에서 차를 몰아 캠프촌을 나왔다. 정부와 함께 자고 있을 아내에게 달려가는 것이다.

여름 휴가철이기는 하지만, 자정이 넘은 영동고속도로는 비어 있다. 나는 무인속도감시기에 찍히는 우를 범하지 말아야 한다는 생각으로 정속 주행을 하였다. 그 순간에도 아주 사소한 그런 것에 신경을 썼다는 것이 참으로 기특했다.

내가 집에 도착할 무렵이면 송 사장은 아내가 준 도자기를 한 아름 싣고 그곳을 떠나 있을 것이다. 그 도자기가 담긴 트렁크가 아내의 시체 토막이 들어 있는 것으로 둔갑할 것을 생각하면 재미있다. 어디 한번 골탕 먹어보라는 생각이다. 나는 빌라에서 조금 떨어진 골목에 차를 세웠다. 그리고 검은 운동복으로 옷을 갈아입고 뒷산으로 올라갔다. 뒷산에서 준비해간 밧줄을 늘여서 빌라로 들어가려는 것이었다. 빌라 앞으로는 개울이 흘러가고, 그곳은 수위실에서 내다보였다. 수위실에서 사각지역은 빌라 뒤쪽인데, 그곳은 산으로 이어진 벼랑이어서 접근하기 어렵다. 한때 의과대학 산악 팀에 들어가서 산을 좀 탄 것이 이때처럼 큰 도움이 될 줄은 몰랐다. 참으로 다행스러웠다.

벼랑을 타고 내려가는데 눈앞에 보이는 어느 빌라에서, 아마도 변호사의 집으로 보이는 그 집 침실에서 정사하는 모습이 보였다. 달은 일이 깨 가능는 침실에 발가벗은 여자가 있다. 그 여자는 나도 알고 있는 중년 여인인데, 그녀이 남편은 연하였다. 말로는 다섯 살이 연하라고 하지만, 실제는 열 살 연하라는 말도 있었다. 그들이 마치 레슬링을 하듯이 뒹굴기에 나는 밧줄을 타고 내려가다 잠시 멈추고 구경을 했다. 참으로 뜻밖의 자리에서 뜻밖의 광경을 보게 되었다. 나중에는 구경도 좋지만, 밧줄에 매달려 있는 팔이 아파서 지켜보는 것을 포기하고 내려갔다.

집에 가서 나는 열쇠로 문을 열고 안으로 들어갔다. 그때가 새벽 4시경이었다. 아내가 잠들어 있을 것으로 생각했다. 서로 눈을 마주치는 것도 나쁠 것 같아 자자고 있는 상태에서 숨통을 죄어 끝내려고 생각했는데, 뜻밖에도 그녀는 2층 운동실에서 운동을 하고 있었다. 새벽 4시에 운동을 하다니. 전에 안 하던 짓을 하는 것을 보면 아마도 송 사장 같은 젊은 놈과 놀아나기 위해 여간 체력에 관심을 기울이는 것이 아니구나 하는 생각이 들었다.

나는 2층으로 올라가서 거실로 들어섰다. 그리고 활짝 열려 있는 운동실로 들어섰다. 너무나 조용히 들어섰기 때문에 나를 발견한 그녀가 소스라치면서 주저앉았다.

얼마나 놀랐는지 그녀는 자리에서 일어나지 못하고 한동안 멍하니 앉아서 나를 쳐다보았다. 그녀의 눈빛은 처음에 놀람이 전부였지만, 다음 순간 아주 교활하게도, 아, 다른 남자와 놀아난 것을 알았구나 하는 두려움이 되었다. 그러나 다음 순간 아내의 눈빛은 바뀌면서, 제까짓 것이 사실대로 알았다고 해도 어쩔 것이야, 이혼하면 그만이지, 재산도 없는 주제에 이혼한다고 별수야, 라고 말하는 듯했다.

나는 처음에 그녀의 숨통을 죄어 죽이려고 했지만, 만약을 생각해서 칼을 품고 갔다. 무기를 지닌 것은 혹시 아직도 가지 않고 그녀의 정부가 침대에 누워 있을 가능성이 있기 때문이었다. 그렇다면 나는 계획을 바꾸는 한이 있어도 그 정부를 찔러 죽일 생각이었다.

그 칼로 아내를 죽일 생각을 한 일은 없었다.

아내는 고통 없이 죽게 하고 싶었다. 물론, 숨통을 죄는 순간 고통을 느끼겠지만, 그것은 칼에 찔려서 죽는 것보다 훨씬 나았다. 그러나 나는 잠을 자지 않은 그녀를 보자 나도 모르게 칼을 뽑아 들었던 것이다. 내가 빼든 칼은 집도할 때 쓰는 것 중 가장 길고 큰 것으로, 우리 의사들은 그것을 무협 영화에 나오는 삼지창이라고 부르기도 한다.

그 시퍼런 삼지창을 보는 순간 아내는 정신이 퍼뜩 드는지 눈을 크게 뜨고 소리쳤지만, 목소리는 모기 소리처럼 가늘게 떨렸다.

"여보, 사실대로 말할 테니 정신 차리고 나하고 얘길 해요."

그녀는 송 사장과의 부적절한 관계를 알고 내가 분노하는 것으로 이해한 듯했다. 나는 그런 일로 분노하지는 않지만, 그렇다고 그녀에게 설명할 필요는 없었다. 그냥 아내에게 다가갔다. 내가 외과의사인 만큼 사람의 몸에 칼을 대는 일은 자신 있었다.

"여보 왜 이래요? 정신 차려요."

아내는 내가 정신을 잃은 것같이 말했다. 칼을 들고 다가오니 그렇게 소리칠 만도 하였다. 그 순간 아내의 표정은 사색이 되었다. 오금을 펴지 못하고 오싹하고 떨었다. 그녀의 눈빛이 파르르 써지면서 마지 살려달라고 애원하는 듯했고, 눈꺼풀이 내리깔리면서 제대로 떠지지도 않았다. 그 처량한 눈을 보았을 때 나는 화가 빠기 났다. 그 곳인 나날, 그렇게 도도하고 자신만만하던 눈은 어디로 간 것일까. 나를 항상 멸시하던 표정과 오만한 눈빛은 어디로 간 것일까. 그 순간 차라리 그녀가 발악을 했다면, 아니면 평소의 그 오만한 눈빛으로 계속 나를 멸시했다면, 나는 차마 그녀를 죽이지 못했을 것 같은 생각이 든다.

하지만 그녀는 죽음 앞에서 너무나 무력했다. 정신 차리라고 거듭

해서 말했지만, 그 목소리는 힘이 없이 기어들었고, 눈은 감기다시 피 처졌으며, 표정은 공포로 떨었다. 나는 아무 말도 없이 그녀에게 다가가서 칼을 높이 추켜들었다. 그때 여자가 악 하는 비명을 지르 면서 몸을 피해 거실로 뛰어나갔다. 달아나는 그녀의 머리를 잡아당 기자, 팔꿈치로 나를 치면서 또다시 달아났다. 내가 문 쪽으로 서 있 어선지 이번에는 베란다 쪽으로 뛰었다.

그녀는 창문을 열려고 하다가 당황한 나머지 실패하고 팔꿈치로 깨려고 했다. 유리창에는 금이 가고, 팔꿈치에 상처가 났을 뿐이었 다. 그사이에 나는 그녀에게 달려들어서 덮쳤다. 그녀를 바닥에 깔 고 칼을 추켜들었다. 그 순간 그녀가 나를 쳐다보았다. 그녀와 시선 이 마주쳤을 때 나는 차마 찌르지 못했다. 하지만 계획했던 일을 변 경시킬 수는 없었다.

나는 그녀의 목에 칼을 대었다.

그런데 바로 그 순간 이상한 변화가 왔다. 조금 전까지만 하여도 공포로 떨던 그녀가 황홀한 표정으로 바뀌면서 신음이 흘러나왔다. 그녀의 입에서 침이 흘러 입 가장자리로 넘쳤다. 이제까지 본 일이 없는 환희의 얼굴이 되었던 것이다. 아내는 속삭이듯이 말했다.

"아, 정말 좋아. 이렇게 황홀해보기는 난생처음이야."

나는 심한 배신감을 느끼지 않을 수 없었다. 그때 문득 두어 달 전 에 보았던 아내와 송 사장의 셀카가 연상됐다. 송 사장이 그녀의 목 에 칼을 겨누자 황홀해하던 일이었다. 그 배신감은 나를 다시 한 번 격분시켰다. 차라리 살려달라고 매달렸으면 차마 찌르지 못했을지 모른다. 아니면, 죽이라고 달려들었다고 해도 상황이 달라졌을지 모 른다. 그러나 그녀가 보여준 그 행동은 나의 자존심을 뭉갰다.

아내는 위협 상황에서 극도로 흥분이 되어 다리를 꼬았다. 그녀는 두 다리를 쭉 벌리고 엉덩이를 들썩이면서 나를 유혹했다. 눈은 게슴츠레하게 떠지면서 이 세상 사람 같지 않은 이상한 표정을 지었다.

나는 황홀해하고 있는 그녀의 목덜미에 수술 칼을 깊숙이 찔렀다. 마치 그녀의 아래에 내 성기를 찔러 넣듯이 칼을 박았다. 그녀에게 고통을 주지 않기 위해서 급소를 찔렀다. 그것이 마지막 떠나는 아내를 위해서 내가 해줄 수 있는 전부였는지 모른다.

나는 거실에 피가 흐르지 않게 하려고 칼로 찌른 부분을 손으로 막고 그녀의 몸을 안아 화장실로 들어갔다. 안고 있는 그녀의 몸에서는 아직도 따뜻한 체온이 느껴졌다. 손으로 막았지만 잘린 동맥에서 흘러나온 피가 옷을 적셨다. 죽은 상태에서 몸이 꿈틀하였지만, 그것은 근육이 경직되면서 일어나는 현상에 불과했다. 체온뿐만이 아니라, 아직도 숨을 쉬고 있는 듯한 착각이 들었다. 그 순간 왜 그런 생각이 났는지 모르지만, 나는 그녀가 다시 살아났으면 얼마나 좋을까 싶었다. 그러면 우리는 다시 부부생활을 할 텐데 하고 말이다.

그렇지만 그것이 얼마나 부질없는 생각인지 깨달았을 때 그녀의 죽음이 나행이라는 생각도 들었다.

나는 아내의 몸을 뉘어 옷을 모두 벗긴 다음 천둥의 내부터 내렸다. 옷은 이제껏 왜 그렇게 아름다운지 나로서도 알 수 없었다. 아내의 육체는 역시 아름다웠다. 그렇지만 그 아름다운 육체를 영원히 소유하기 위해 나는 내 식대로 해체를 할 것이다. 해체 작업을 하였다. 해체 작업은 칼만을 가지고는 할 수 없었다. 더러는 도끼로 잘라야 하기도 하고, 톱으로 썰어야 하는 일도 있었다. 그래서 나는 연구실에 갖다놓은 기구들을 모두 가져다놓고 밤을 새워서 작업을 하였다.

아름다운 아내의 몸을 썰면서 나는 회한이 어렸다. 그녀와 함께 살았던 지난 10년간의 일이 떠올라서 눈시울이 붉어졌던 것이 사실이다. 가능하다면 목을 놓고 울고도 싶었지만, 그것은 아내의 죽음에 내가 취할 수 있는 일은 못 되었다. 내가 그녀를 죽였기 때문이다.

사람의 몸을 해체하고 살을 발라내는 데는 또 다른 특수기구가 필요했는데, 나는 그것을 연구실에 갖다놓았다. 이를테면 만반의 준비를 해놓은 셈이다. 그 기구는 원심분리기와 같은 구조로서 우리도 필요상 원심분리기라고 하지만, 실제는 뼈에 밀착한 살을 발라내는 세척기구였다. 이렇게 발라낸 살은 다시 분쇄기에 넣어 분해시켰다. 그리고 욕조에 물을 가득 넣고 물과 함께 하수구로 쓸려내려 가게 하였다.

머리의 골을 빼내고 그 골은 분쇄기에 넣어 완전히 부쉈다. 골처럼 잘 분해되는 것도 없는 듯했다. 머리 가죽을 벗기고 그것 역시 분쇄기로 잘게 썰었다. 뼈를 제외한 것은 모두 분쇄기로 부숴서 분해하는 작업을 한동안 했다.

머리를 해체하는 작업이 가장 신경 쓰였는데, 그것은 얼굴이 낯익기 때문이었다. 미우나 고우나 10년을 같이 살았으니 늘 보았던 얼굴이다. 그녀의 코라든지 입술은 그런대로 모른 척하고 찢어낼 수 있었지만, 무엇보다 눈알을 빼낼 때는 신경이 쓰였다. 빼낸 눈알을 들고 들여다보니 나에게 윙크를 보내는 듯한 착각이 들어 얼른 분쇄기에 던졌다. 원심분리기에 머리를 넣어 붙은 살점을 떼어내었다. 해골의 모든 살점이 깨끗하게 떨어져 나갔다. 상당히 만족스럽게 해체된 것을 보고 나는 의기양양하기까지 하였다. 그녀의 형태는 완전히 사라지고 오직 뼈만이 남았다. 그 뼈는 진실이다. 육체를 둘러싼 살점은 허상에 불과하다. 나는 앙상하게 발려진 뼈를 준비한 시험관에 모두 넣었다.

　이 뼈의 표본은 나와 함께 영원히 같이 머물 것이다. 이제는 그녀가 나를 경멸할 일도 없을 것이고, 멸시받지 않으면서 같은 집안에서 공존한다는 것은 더할 수 없이 다행한 일이었다. 그 당시만 하여도 나는 그렇게 생각했다. 지금이라고 크게 다를 것은 없지만.

- 파이낸셜뉴스, 2000년 8월 연재

포커

>>>>> 오현리

1955년 서울에서 태어나 한국외대를 졸업했다. 이현세 만화 『검은 천사』의 원작이 된 추리소설 『블랙 엔젤』을 썼으며, 동양학을 비롯한 여러 깊이 있는 학식과 정보력을 갖춘 수십 종의 저서를 냈다. 주요 저서로 『21세기 CEO 고사성어』 『정통 관상 대백과』 『부적 대사전』 『세계의 명탐정 77인과 떠나는 특급 추리여행』 『강호무림 최종분석』 『병법 36계』 등이 있다. 수만 종의 만화와 서적, 비디오 등을 보유한 컬렉터로도 유명하다.

방 안은 흡사 짙은 안개라도 깔린 듯 담배 연기로 자욱했다. 막 방에 들어선 사람이라면 눈이 매워 뜨지 못할 정도였다. 재떨이마다 담배꽁초가 수북했고, 빈 음료수 병이며 찌그러진 종이컵 그리고 음식물을 담았던 봉지들이 어지러이 널려 있었다.

　그러나 테이블을 가운데 두고 앉은 다섯 사람은 이에는 전혀 아랑곳하지도 않고 게임에만 열중해 있었다.

　그들 가운데 가장 많은 지폐를 앞에 쌓아놓고 있는 인물은 무스를 발라 머리를 올백으로 넘긴 삼십대 중반 정도의 사내였다. 깊은 멋니에 네 인 쉼 없는 하얀 티셔츠 그리고 묵직해 보이는 금목걸이를 한 것이 무척이나 외모에 신경을 쓰는 인물인 듯했다.

　제법 오랜 시간 동안 게임을 한 모양인지 대부분 흐트러진 자세였지만, 그는 허리를 곧추세운 바른 자세이면서도 여유 있는 표정을 하고 있는 것이 승자(勝者)라는 사실을 알려주고 있었다.

　"나는 죽었어!"

"드롭(drop)!"

"다운(down)이야. 정말 패가 환장하게 안 들어오네."

세 사내가 손에 들었던 카드를 내던지며 게임을 포기했다. 이제 남은 것은 두 사람.

"케이 하이! 배팅하시죠."

무스의 사내가 상대의 오픈카드를 보고 말했다.

"첵(check)—!"

"그렇게는 안 되죠. 백만 가겠습니다."

무스의 사내가 수표를 판돈 위에 놓았다. 그의 상대, 넥타이를 느슨하게 푼 샐러리맨 타입의 중년인은 잠시 망설이는 빛을 보이다가 돈다발을 던졌다.

"콜(call)!"

배팅이 끝나자 딜러(dealer)가 카드를 돌리며 한마디 덧붙였다.

"라스트 카드입니다. 에브리바디 굳럭!"

그들에게 마지막 일곱 장째의 카드가 돌아갔다.

무스의 사내는 마지막 카드를 받았지만 보지도 않고 마주한 상대의 표정을 주시하고 있었다. 이미 여섯 장째 메이드(made)가 된 것일까?

맞은편에 앉은 넥타이의 사내는 두 손으로 카드를 거머쥐고는 최대한 천천히 앞쪽의 카드를 밀어 내리고 있었다. 소위 '패를 쪼는 것'이었다.

극히 낮은 확률임에도 불구하고 바라던 카드가 왔을 때의 쾌감은 그 무엇과도 비길 수 없을 터였다. 특히 마지막 카드는 환희의 송가를 부르느냐, 절망의 나락으로 떨어지느냐가 갈리는 그야말로 축약

된 운명의 결정(結晶)인 셈이었다.

담배를 문 그의 입꼬리가 순간적으로 슬쩍 올라갔고, 얼굴에는 환희의 빛이 힐끗 스쳤다가 사라졌다.

넥타이를 맨 사내의 오픈카드는 스페이드 에이스와 5, 다이아몬드 10과 잭이었고, 무스를 바른 사내의 오픈카드는 클럽 7, 다이어 6과 잭, 스페이드 7이었다.

이미 카드를 덮은 세 사내는 호기심 가득한 눈으로 두 사람을 지켜보고 있었다.

"이 부장님! 케이 스틸 하이(still high)입니다. 배팅하시죠."

이 부장이라 불린 사내가 백만 원 묶음 두 다발을 테이블로 던지며 소리쳤다.

"이백!"

무스의 사내는 전혀 동요함이 없이 그를 물끄러미 쳐다보더니 천천히 손을 지폐 더미로 가져갔다.

"이백 받고 사백 더!"

사내의 배팅에 이 부장은 혀를 하며 다시 한 번 상대의 오픈카드를 바라보더니 다시 판돈을 올렸다.

"사백 콜. 거기에…… 사백 레이즈(raise)!"

이 부장의 공세에 무스의 사내는 고개를 한 번 갸웃하더니 천천히 입을 열었다. 여전히 비아냥거림이 섞인 어조였다.

"사백을 레이즈하셨다? 자신 있으신가 보네요."

무스의 사내의 말에 이 부장은 다소 신경질적인 반응을 보였다.

"남 형(南兄)! 흰소리 그만하고…… 받을 거야, 안 받을 거야?"

"아! 급하시긴…… 그러니까 사백에 사백이니까 합이 팔백이란 말

594

이죠. 좋습니다! 거기에 팔백 더! 마지막 레이즈입니다."

"파, 팔백이라니…… 맙소사, 더 친단 말이야?"

남씨 성을 가진 사내는 말없이 고개를 끄덕이며 백만 원짜리 수표를 세어 이미 수북이 쌓인 판돈 위에 얹었다.

눈을 동그랗게 뜨고 그 모습을 바라보던 이 부장이 결심한 듯 손을 품에 넣으며 소리쳤다.

"조, 좋아!"

안주머니에서 꺼낸 수표책을 펼친 그는 떨리는 손으로 '금 팔백만 원정'이라고 썼다. 그리곤 수표를 찢어내어 테이블로 던졌다.

무스의 사내는 이 부장이 던진 수표를 집어들고 불빛에 비춰 보면서 천천히 말했다.

"가계수표라? 개운치는 않지만…… 대그룹의 경리부장께서 부도를 내진 않으실 테니 받기로 하죠."

"잔소리 말고 카드나 까봐."

이 부장은 기분이 상한 듯 큰소리를 쳤지만, 사내는 유들유들하다 싶을 정도로 여유를 잃지 않고 있었다.

"급하시긴…… 대체 무슨 패를 들고 있기에 가계수표까지 쓰셨나요?"

"자! 에이스와 킹이 낀 플러시(flush)야."

이 부장이 펼친 패는 히든(hidden)의 스페이드 K와 3, 9 그리고 오픈의 스페이드 A와 5로 제법 높은 플러시였다. 오픈카드에 두 장, 히든카드에 두 장, 합이 넉 장인 상태에서 이 부장은 마지막 일곱 장째 스페이드를 쥔 것이었다.

놀라는 표정을 짓는 남씨 성의 청년을 보더니 이 부장은 득의양양하게 말했다.

"또 블러핑(bluffing)인 줄 알았나?"

이 부장이 판돈으로 손을 뻗는 순간, 청년의 음성이 들려왔다.

"잠깐! 아직 판돈을 가져가긴 일러요. 내 패는 확인하지도 않았잖습니까?"

사내가 손을 들어 이 부장을 저지했다.

"뭐, 뭐라고? 대, 대체 무슨 패를 들었기에……?"

사내는 빙그레 웃으며 손에 들고 있던 카드 석 장을 펼쳤다. 다이아몬드, 클럽, 하트의 킹 석 장으로 킹 트리플(triple)이었다. 오픈의 클럽 7과 스페이드 7을 합치면 풀하우스(full house)인 것이다.

"풀하우스? 마, 말도 안 돼. 킹이 한 장 빠졌는데……."

그랬다. 비록 두 장을 들고 있다 하나 이미 킹이 한 장 빠진 상태에서 마지막 남은 킹을 받았다는 것은 확률적으로 거의 불가능한 것이었다.

"가장 희박한 확률이 들어맞는 곳이 바로 노름판 아니겠소?"

"그, 그럼…… 네가 ㄴ, ㄴ .니는 쟉던 건……?"

"그토록 형편없는 패로 어떻게 레이즈를 할 수 있는가 해서죠."

"으흑!"

이 부장은 패를 내던지며 머리를 쥐어뜯었고, 사내는 입가에 미소를 떠올리며 판돈을 챙겼다. 이번 판의 판돈만 해도 오천만 원에 달하는 거액이었다.

돈을 챙긴 그는 자리에서 일어서서 방을 나서다가 몸을 돌려 망연자실 앉아 있는 이 부장에게 말했다.

"즐거웠습니다, 이 부장님! 수표 결제일 잊지 마십시오. 그럼, 안녕히!"

　하우스를 나선 사내, 남명호(南明鎬)는 느긋하게 담배를 꺼내어 물고는 불을 붙인 다음 한 모금 깊숙이 연기를 빨아들였다가 천천히 내뿜었다.

　허공에 흩어지는 연기를 물끄러미 바라보던 그가 갑자기 오른손을 앞으로 뻗었다. 그리고 손짓을 한 번 하자 그의 손에는 어느새 카드가 한 장 쥐여져 있었다. 다름 아닌 하트 킹이었다. 다시 한 번 손짓을 하자 하트 킹은 스페이드 킹으로 바뀌었고, 손목을 한 번 꺾었다가 펴자 다이아몬드 킹으로 변했다. 그리고 손목을 슬쩍 돌리자 카드는 어느새 사라지고 말았다. 정말 귀신이 곡할 솜씨였다.

　"후후후! 이 맛에 산다니까…… 그나저나 오늘은 너무 일찍 끝났군. 조금 섭섭한걸."

　남명호는 직업적인 노름꾼, 즉 '타짜'였다.

　요즘은 사기도박도 그룹을 이루어 행동하고, 몰래카메라나 도청기 같은 첨단장비를 이용하는 경우가 많지만, 그는 철저히 혼자서 그리고 고전적인 손기술만을 이용하는 한 마리 외로운 늑대와도 같은 존재였다.

　도박에 빠진 아버지로 인해 불우한 어린 시절을 보낸 그는 몇 년 동안 마술사의 조수 노릇을 한 적이 있었다. 그때 배운 손기술 덕으로 아직까지 누구에게도 들키지 않고 도박판에서 재미를 볼 수 있었던 것이다.

　그의 스승은 지방 무대를 전전하는 삼류 마술사였으나 카드 마술에 있어서는 국내에서 따라올 사람이 없는 실력자였다.

어느 시골의 싸구려 천막 극장에서 그의 솜씨를 보고 반한 남명호는 제자가 되기를 간청하여, 무려 2년이나 허드렛일을 하는 조수 생활을 했다. 목적은 오로지 카드 기술을 배우는 것이었다. 하지만 스승은 도무지 기술을 가르쳐줄 생각을 하지 않는 것 같았다.

그러던 어느 날 그의 명성을 들은 한 폭력 조직의 두목이 대신 노름을 해줄 것을 부탁해왔다.

"이번 한 번만 부탁합니다. 딴 돈의 반을 주지요."

"싫소. 카드 기술은 노름을 하라고 있는 게 아니오."

"이렇게 부탁하는데도?"

"절대 안 됩니다."

완강한 태도에 기분이 상한 두목은 수하를 시켜 마술사의 손가락을 잘라버렸다.

그 사건으로 더 이상 마술사로서 활동할 수 없게 되자 그는 비로소 후계자를 키울 생각을 하곤 남명호에게 기술을 전수하기 시작했다.

스승은 그에게 카드를 가르치며 늘 이렇게 말하곤 했다.

"카드란 본래 점을 치기 위한 수단이었다. 오늘날 남아 있는 타로(tarot)가 그것이지. 그래서 옛날에는 주술사는 외에는 카드를 만지지도 못했지. 세월이 흘러 인쇄술이 발달하여 카드가 대중에게 퍼져서 도박의 도구로 전락하였지만…… 카드는 본래 신성한 것이다. 그러니 절대 카드 기술을 함부로 사용하지 마라. 신벌(神罰)을 받는다."

그러나 애초에 염불보다는 잿밥에 관심이 있었던 남명호는 어느 정도 기술을 터득하자 스승의 문하를 떠나 도박판을 떠돌며 기술을 부려 딴 돈으로 호화스런 생활을 하고 있었던 것이다.

잠시 옛일을 떠올린 남명호가 이미 끝까지 타들어간 담배를 바닥에 버리고 발을 옮기려는 찰나, 택시 한 대가 지나가고 있었다. 그는 손을 들어 차를 세웠다.

　차에 오르자 룸미러를 통해 언뜻 기사의 얼굴이 비쳤다. 코를 중심으로 얼굴 좌우의 색이 확연히 달라 보였다. 흡사 서커스에 등장하는 광대처럼 언밸런스 화장을 한 것 같기도 했고, 아니면 조명 때문에 그렇게 보인 것일지도 몰랐다. 기괴하고 어딘지 모르게 익숙한 얼굴이었지만 가물가물하니 기억이 나지 않았다.

　남명호는 그저 밝은 데 있다가 어두운 차 속으로 왔기 때문이리라 지레짐작했다.

　"어디로 모실까요?"

　특별한 목적지도 없던 터라 그는 차라리 기사에게 되물었다고 하는 편이 옳을 정도로 아리송한 대답을 했다.

　"글쎄! 어디로 가야 하나?"

　기사는 슬쩍 그의 눈치를 살피며 한마디했다.

　"좋은 일이 있으신가 보군요?"

　"아, 그저 약간……."

　"노름에서 큰돈을 따셨나 보죠? 아마도 포커를 하셨겠구요."

　"아니! 그걸 기사 양반이 어떻게 아쇼?"

　명호가 깜짝 놀라 되물었다.

　"직업이 직업인지라 시내 구석구석 안 가본 곳이 없습니다. 밝은 곳에서부터 어두운 곳까지 두루 꿰고 있지요. 방금 차를 타신 곳 근처에 물 좋은 하우스가 있다는 건 기사들 사이엔 비밀도 아니죠. 그리고 손님 분위기로 보아서는 동양화가 아닌 서양화를 즐기실 테고요."

"……."

"아마도 한 건 크게 터뜨리신 모양인데…… 제가 정말 좋은 곳을 소개해드릴까요?"

기묘하게도 기사의 눈에 녹광(綠光)이 언뜻 스쳤다. 하지만 남명호는 중대한 비밀을 들켰다는 생각에 미처 그 같은 변화를 눈치채지 못했다. 게다가 귀를 솔깃하게 하는 말을 들었으니.

"그런 데가 있소?"

"물론이죠. 당장 모셔다 드릴 수 있습니다. 대신 특별요금을 주셔야 합니다."

"그게 문제겠소? 물 좋은 곳만 소개해준다면……."

"알았습니다. 역시 첫인상대로 기분파시군요."

기사는 입가에 미소를 떠올리며 기어를 넣었다.

얼마를 달렸을까? 차가 멈춰 서자 명호는 눈을 떴다.

"다 왔습니다."

"이상하군. 깜빡 졸았나?"

명호는 고개를 갸웃거리며 혼잣말을 했다. 어느 길을 통해서 왔는지 전혀 기억이 없었다. 게다가 대껌도 산이 생소한 곳이었다.

"저 앞에 보이는 이층 양옥이 바로 그 집입니다. 초인종을 길게 한 번 누르고 다시 짧게 세 번 누르세요. 출입 신호니까요. 그리고 안내인에겐 이걸 보이세요. 아마 VIP룸으로 안내해줄 겁니다."

기사는 그에게 명함보다 조금 큰 종이 한 장을 건네주었다. 그것은 다름 아닌 카드의 조커(Joker)였다. 남명호는 카드를 받아 들며 문득 기사의 얼굴이 조커와 닮았다는 생각을 했다. 어디서 본 듯하다고 느낀 것은 그 때문인지도 몰랐다.

"고맙소. 이거 받으시오. 거스름은 필요 없고……."

방금 전에 거액을 딴 터라 명호는 지갑에서 십만 원짜리 수표를 꺼내 기분 좋게 기사에게 주었다.

"어이구! 이렇게나 많이…… 감사합니다. 그럼 재미 많이 보십쇼."

명호가 준 특별요금이 예상보다 훨씬 많았던지 기사는 연신 머리를 숙였다.

차에서 내린 그는 가볍게 기지개를 펴며 천천히 주위를 둘러보았다. 주위는 조용했고, 기사가 알려준 하우스 외에 다른 집은 눈에 띄지 않았다. 멀리 불빛만 반짝일 뿐이었다.

집도 드물고 공기도 차갑게 느껴지는 것으로 보아 아마도 서울을 벗어난 듯했다.

'혹시 내가 딴 돈을 노리고 자신의 패거리가 있는 곳으로 유인한 것이 아닌가?' 하는 의심도 들었지만 크게 걱정될 것은 없었다. 그도 완력에는 어느 정도 자신이 있는 데다가 만약 힘이 부친다면 적당한 선에서 타협을 보면 될 것이었다.

'노 리스크 노 게인(No Risk, No Gain)'이라고 무언가를 얻고자 하면 당연히 위험은 감수해야 하지 않는가? 최악의 경우, 가진 돈을 몽땅 쥐버려도 크게 아쉬울 것은 없었다.

마음을 정한 그는 기사가 알려준 집 앞으로 다가갔다.

집 규모만큼이나 커다란 철문에는 이른바 '그림'으로 통하는 잭, 퀸, 킹의 하이카드(high card)가 조각되어 있었다.

"정말 웃기는군. 하우스라는 걸 아예 광고하고 있잖아. 백이 든든한 모양이야."

남명호는 쓴웃음을 지으며 기사가 일러준 대로 초인종을 눌렀다. 길게 한 번, 짧게 세 번.

철컹!

과연 암호는 효과가 있었다. 누구인가를 확인하지도 않고 자동 로커가 풀어지면서 육중한 철문이 열렸다.

녹색의 잔디가 깔린 넓은 정원을 지나 본채로 들어가자 백 평은 됨직한 넓은 거실에 이미 몇 패거리의 사람들이 둘러앉아 카드나 화투를 치고 있었고, 종업원인 듯 짧은 치마의 여인과 흰 와이셔츠의 사내들이 분주하게 왔다 갔다 하는 모습이 보였다.

벽지 문양은 다이아몬드, 스페이드, 하트, 클럽 카드의 무늬와 같았고, 바닥에 깔린 카펫은 카드 뒷면의 복잡한 꽃 문양이었다.

얼마 안 있어 검은 양복을 입은 사내와 타는 듯 붉은 원피스를 걸친 여인이 그에게로 다가왔다.

"어서 오십시오. 하우스 오브 앨리스에 오신 것을 환영합니다. 어떤 레벨의 게임을 원하십니까?"

명호가 아무런 말 없이 기사가 준 카드를 꺼내 보이자, 여인은 고개를 끄덕이더니 사내에게 눈짓을 했다.

무뚝뚝한 표정의 사내가 명호에게 가볍게 고개를 숙여 인사를 하곤 앞장을 섰다.

"저를 따라오십시오."

일층과 달리 이층은 사람이 보이지 않았다. 마치 호텔처럼 복도 양옆으로 굳게 닫힌 방문들이 보였고, 각 방의 문에는 카드의 무늬 가운데 하나가 크게 그려져 있었다. 사내는 그중에서 조커가 그려진 방으로 그를 안내했다.

안으로 들어서자 열댓 명이 둘러앉아도 될 만큼 커다란 테이블을 가운데 두고 세 사람이 앉아 있었다.

뚱뚱한 체격에 턱수염을 기르고 금테 안경을 낀 나이 든 사내, 말끔한 양복에 콧수염을 기른 귀족풍의 젊은 사내, 그리고 중년이지만 아직은 매력을 간직하고 있는 갸름한 얼굴의 여인이었다.

명호가 들어서자 턱수염의 사내가 미소 띤 얼굴로 그를 맞았다.

"VIP만 오는 조커룸으로 모셔진 걸 보니 대단한 분이신가 보군요. 마침 인원이 안 맞아 무료하던 참인데…… 성함이?"

"남명호라고 합니다."

"아! 요즘 남씨 성을 가진 분이 포커판을 쥐락펴락한다던데…… 본인이신가요? 함께하게 되어 영광입니다."

"무슨 말씀을…… 제가 오히려 영광이지요."

"다른 분들은 내가 소개하지요. 우선 이 하우스의 주인으로 영원한 매력을 간직한 신비의 여인 마담 미스터리(Madam Mystery)!"

소개를 받은 여인은 그에게 화사한 웃음을 지어 보이며 고개를 가볍게 숙여 보였다.

"그리고 이쪽은 영국에서 오신 제이콥(Jacob) 경(卿)!"

콧수염의 사내는 명호에게 가벼운 목례를 보냈다.

"나는 조그맣게 무역을 하는 왕(王)이라고 하오! 화교지요."

그의 말을 들은 여인이 눈을 흘기며 입을 열었다.

"왕 사장님은 농담도 심하셔. 세계 곳곳에 수십 개의 기업체를 가진 분이 조그만 사업을 하신다고요?"

"하하하! 그게 뭐 그리 중요하겠소. 자, 이렇게 모였으니 오랜만에

멋지게 한판 놀아봅시다. 종목은 포커, 늘 하던 대로 기본 천에 하프 배팅으로 하지요. 포커 중에서도 화이브드로우(five draw)로. 어때요, 괜찮겠죠?"

왕 사장이 명호를 쳐다보며 물었다.

"기본 천이라니요?"

그가 이해가 가지 않는다는 듯 되묻자 왕 사장은 얼굴을 붉히며 답했다.

"일천 달러요. 에구! 너무 작게 시작해서 불만이신가 보군요. 그러면 액수를 좀 올릴까요?"

명호는 억지로 태연을 가장하며 답했다.

"아, 아닙니다. 제가 현금을 가진 게 별로 많지 않아서요."

"뭐 우리가 돈 벌자고 하는 일은 아니니까 그렇게 합시다. 어떻습니까, 마담?"

제이콥 경이 은근히 마담의 동의를 구했다.

"다른 분들이 좋다면 저도 반대할 이유가 없지요."

마담이 승낙하자 왕 사장이 개당 천 달러짜리의 칩을 내려주었다.

"일단 오십 개만 바꿔주십시오."

남명호를 시작으로 모두가 현금을 내고 칩으로 바꾸기 위 시간이 새 기프의 보상을 들으며 말했다.

"모두들 당신이 마음에 든 모양이군요. 좋습니다. 그럼 시작할까요?"

명호는 재빠르게 머릿속으로 계산을 해보았다.

'기본 천 달러라면 쉽게 계산해도 백만 원…… 현재 가진 돈은 육천만 원 정도…… 그러니까 약 오만 달러다. 제대로라면 몇 판을 버

604

티기 힘든 액수…… 무조건 처음부터 땡겨야 한다!'

명호가 고개를 끄덕이며 동의하자, 왕 사장은 카드를 섞기 시작했다. 익숙한 솜씨로 몇 차렌가 셔플을 하더니 명호에게 카드 뭉치를 내밀었다.

"커트(cut)하시죠."

첫판은 비교적 싱겁게 끝났다.

마담은 카드를 두 장 바꾸고는 폴드(fold)를 했고, 딜을 하던 왕 사장도 두 번째 체인지 후에 카드를 내려놓았다. 남은 것은 제이콥과 명호뿐이었다.

"카드 체인지! 몇 장을 바꾸시겠소?"

왕 사장이 물었다.

"나는 한 장."

"나도 한 장이오."

카드를 받아 든 제이콥은 조심스럽게 손안에 들고 살펴보더니 낮지만 힘이 실린 음성으로 말했다.

"오천!"

"콜!"

명호가 콜을 하자 제이콥이 카드를 뒤집었다.

"퀸 투페어(two pair)!"

"미안하군요, 킹 투페어입니다."

간발의 차이로 명호는 승리를 거둘 수 있었다.

게임이 거듭되면서 판의 열기는 점차 달아오르기 시작했다.

행운의 여신은 오늘 명호의 편인 듯싶었다. 아직까지 기술(?)을 부리지 않았음에도 무척이나 패가 잘 들어왔다. 그래서 두 시간 가까이 지나자 그의 앞에는 칩이 수북이 쌓였다.

왕 사장이 너털웃음을 터뜨리며 카드를 펼쳤다.

"하하하! 스트레이트(straight)요."

마담이 손에 든 카드를 펼쳐 보이며 말했다.

"난 퀸, 텐 플러시(flush)예요."

"죄송하게 되었군요. 저는 에이스가 있는 플러시입니다."

명호가 카드를 뒤집자 세 사람은 눈을 크게 뜨며 동시에 탄성을 질렀다.

"정말 못 당하겠군!"

제이콥이 피우던 시거를 재떨이에 비벼 끄면서 사람들을 둘러보았다.

"어때요? 시간도 늦었고 하니…… 액수를 올려서 몇 판 더 하고 끝내는 게?"

"좋아요. 마침 피곤한 참인데."

마담이 동의하자 왕 사장도 그게 또 이어졌다.

"나도 좋소. 헌데 남 선생은 어떻소?"

'현재까지 딴 돈이 이십만 달러 정도…… 이 정도의 신뢰라이라면 해도 됩니다.

다시 한 번 계산을 마친 남명호가 웃음을 지으며 입을 열었다.

"여러분께서 사정을 봐주셔서 제게 어느 정도 여유가 생겼군요. 좋도록 하시지요."

"자! 모두가 동의했으니…… 기본을 오천으로 올려 시작합시다. 마담, 딜 하실 차례요."

마담이 카드를 돌리기 시작했다.

명호의 패는 하트 3, 6, 퀸 그리고 스페이드 7과 다이아몬드 잭이었다.

'플러시 파서블(possible)! 좋아, 가는 거야.'

명호가 자신 있게 배팅을 했다.

"오천!"

"콜!"

"나도!"

"오천에 만 더!"

레이즈를 한 것은 제이콥이었다. 여태까지 가장 많은 돈을 잃었기에 다소 무리를 하는 것 같았다.

모두가 레이즈를 받고 카드를 바꾸었다. 왕 사장과 마담은 석 장씩, 남명호와 제이콥은 두 장이었다.

두 번째 레이즈 역시 제이콥이 했다.

"이만!"

"콜!"

"나도."

"받았소."

판돈은 십오만 달러가 넘었다. 남명호는 다시 두 장을 바꿨는데 하트 잭이 떴다. 다섯 장 중 넉 장이 맞은 것이다. 게다가 잭과 퀸이 있으니 플러시가 된다면 꽤 높은 패일 것이었다. 제이콥은 원하던 패가 들어왔는지 스테이(stay)를 했다.

세 번째. 왕 사장과 마담은 드롭을 했고, 제이콥은 여전히 스테이였다.

"한 장!"

남명호는 카드 한 장을 버리고 마담이 건네는 카드를 받았다. 그리고 카드를 맨 뒤에 끼우고 천천히 앞의 넉 장을 밀어 내렸다.

붉은색이 보였다. 다이아몬드나 하트일 테고, 게다가 끝이 뾰족하니 에이스란 얘기였다. 확률 오십 퍼센트!

카드를 조금 더 내렸다. 둥근 부분이 보였다. 하트 에이스, 가장 최상의 패를 띄운 것이다.

"오만!"

제이콥이 배팅을 했다.

"오만 받고…… 오만 더!"

남명호가 레이즈를 하자 제이콥은 잠시 망설이는 듯하더니 다시 레이즈를 했다.

"거기 오만 더!"

자금이 넉넉지 않은 게 원수였다. 돈이 있다면 더 레이즈를 했을 텐데…… 아쉬움을 삼키며 남명호는 콜을 했다.

"콜!"

"스트레이트! 육, 칠, 팔, 구, 텐!"

제이콥이 자신 있게 패를 펼쳤다.

"저는 에이스가 있는 플러시입니다."

이번 판에서 딴 돈만 해도 삼십만 달러가 넘었다. 이제 자금은 오십만 달러가 된 것이다.

그 뒤로 열 판 가까이가 진행되었고, 그동안 남명호는 특별한 기술을 쓰지도 않고 여섯 판을 땄다. 이제 그가 가진 돈은 백만 달러가 넘었다.

"이번을 마지막 판으로 하면 어떨까요? 앤티(ante)는 만, 게임은 텍사스 홀덤(Texas Holdem)으로요."

"좋습니다."

"역시 탁월한 선택."

"굳!"

텍사스 홀덤은 포커의 한 종류로, 두 장의 핸드카드(hand card)와 다섯 장의 커뮤니티 카드(community card)를 가지고 진행하는 게임이다.

두 장의 핸드카드는 각각의 플레이어가 가지는 카드로 남에게 보이지 않는 히든카드(hidden card)이며, 커뮤니티카드는 오픈카드로 플레이어 모두가 동일하게 사용할 수 있다.

플레이어에게 먼저 두 장의 카드를 나눠주고, 커뮤니티카드를 한 장 펼칠 때마다 배팅을 할 수 있다. 커뮤니티카드 다섯 장과 핸드카드 두 장, 총 일곱 장의 카드 중에서 임의로 다섯 장을 사용하여 가장 높은 패를 가진 사람이 승자가 되는 게임이다. 족보는 세븐카드와 동일하다.

배팅 횟수가 많은 데다가 무슨 카드가 나올지 모르기 때문에 중도에 폴드하는 경우가 적으므로 도박성이 큰 방식이며, 다니엘 크레이그가 주연한 〈007 카지노 로열〉에 소개되기도 했다.

모두의 합의로 마지막 판이 시작되었다. 딜러는 또 마담이었다.

남명호의 핸드카드는 다이아몬드 3과 스페이드 4였다. 그다지 좋지는 않았다. 예상할 수 있는 높은 패라야 스트레이트나 풀하우스 정도였으니까. 그것도 카드가 원하는 대로 떠주어야 가능한.

모두가 칩 다섯 개씩, 즉 오천 달러의 앤티를 대자 마담은 각자에게 두 장씩의 키드를 나눠주곤 천천히 한 장의 카드를 오픈했다.

첫 번째 커뮤니티카드는 스페이드 A. 폴드하는 이가 한 사람도 없이 진행되었다.

두 번째 커뮤니티카드는 스페이드 5였다. 역시 모두가 참가했고, 마담이 레이즈를 하여 판돈은 십만 달러가 넘었다.

세 번째 커뮤니티카드는 클럽 A였다. 제이콥이 레이즈를 하여 총판돈은 사십만 달러가 되었다.

네 번째 커뮤니티카드는 하트 9였다. 아무도 레이즈를 하지 않아 판돈은 사십팔만 달러 그대로였다.

마지막 다섯 번째 커뮤니티카드는 스페이드 2였다.

커뮤니티카드 ♠A, ♠5, ♣A, ♥9, ♠2 / 남명호의 핸드카드 ♦3, ♠4

모두가 긴장하고 있는 순간, 남명호는 재빨리 머리를 굴렸다.

'스페이드가 석 장이니 모두 플러시 가능성이 높고, 에이스가 두 장 깔렸으니 풀하우스나 또는 포카드도 가능해. 페어는 끼지도 못할 테고…… 지금 내 패라면 스트레이트데…… 너무 약해.'

"패스!"

제이콥이 치자 마담이 레이즈를 했다.

"십만에 십만 더!"

"합이 이십만이지? 이십만 받고 사십만 레이즈!"

왕 사장이 지폐 뭉치를 던졌다.

'좋아, 이번이 기회야. 이들 실력이라면 내 기술을 알아챌 사람은

없어.'

결심을 굳힌 남명호는 카드를 내려놓고 양손으로 앞에 놓인 돈을 앞으로 밀며 말했다.

"육십만 받고…… 나머지 올인입니다. 대략 오십만 달러쯤 되겠네요."

모두가 콜을 했다. 판돈 삼백만 달러가 넘는 초대형판이 된 것이다.

"딜러부터 카드 오픈하시죠."

왕 사장의 말에 마담이 카드를 펼쳐 보였다.

"플러시예요. 바닥에 스페이드 에이스, 2, 5 그리고 내 핸드카드는 스페이드 8과 잭이죠."

커뮤니티카드 ♠A, ♠5, ♣A, ♥9, ♠2 / 마담의 핸드카드 ♠8, ♠J
마담의 패 ♠2, ♠5, ♠8, ♠J, ♠A − Flush

마담이 떨리는 손으로 카드를 펼치며 말했다. 그 역시 플러시로는 무리인 줄 알면서도 혹시나 하는 마음에 끝까지 따라온 듯했다.

"에이스 풀하우습니다."

제이콥의 핸드카드는 다이아몬드 5와 하트 5였다. 커뮤니티의 에이스 두 장과 스페이드 5를 합치면 풀하우스가 된다.

커뮤니티카드 ♠A, ♠5, ♣A, ♥9, ♠2 / 제이콥의 핸드카드 ◆5, ♥5
제이콥의 패 ♠5, ♥5, ◆5, ♠A, ♣A − Full House

"미안하게 되었네. 나는 에이스 풀하우스일세."

왕 사장이 카드를 오픈했다. 그의 손에서 나온 카드는 하트 에이스와 클럽 9였다. 커뮤니티카드와 합치면 에이스 풀하우스인 것이다.

커뮤니티카드 ♠A, ♣5, ♣A, ♥9, ♠2 / 왕 사장의 핸드카드 ♥A, ♣9
왕 사장의 패 ♠A, ♣A, ♥A, ♥9, ♣9 – Full House

"자, 내가 위너(winner)인 듯싶군요. 헌데 남 사장 패는 뭔가요?"

남명호는 천천히 카드를 뒤집었다. 첫 번째 카드 스페이드 4를 뒤집고 나서 천천히 두 장째 카드를 오픈했다. 놀랍게도 다이아몬드 3이어야 할 그의 카드는 스페이드 3으로 바뀌어 있었다.

놀라운 손기술이 다시 한 번 위력을 발휘한 것이다. 그것도 결정적인 순간에.

"커뮤니티에 스페이드 에이스, 2, 5가 있고, 제게는 스페이드 3과 4가 있으니…… 스트레이트 플러시(straight flush)로군요."

커뮤니티카드 ♠A, ♣5, ♣A, ♥9, ♠2 / 남명호의 핸드카드 ♠4, ♦3(→♣3)
남명호의 패 ♠A, ♠2, ♠3, ♠4, ♠5 – Straight Flush

빙 안은 정적에 휩싸였다. 남명호는 승리의 미소를 지으며 돈이 쌓인 테이블로 손을 뻗었다. 그때 왕 사장이 그를 저지했다.

"웬만하면 적당히 해서 보내주려 했는데…… 여기서도 사기도박을 하는군."

명호는 속으론 뜨끔했지만 약세를 보이지 않기 위해 일부러 큰소리를 쳤다.

"사기도박이라니, 그게 무슨 소립니까?"

"나머지 카드를 펼쳐서 확인하면 분명 스페이드 3이 또 한 장 나올 테지만 그렇게 할 필요까진 없지."

왕 사장은 잠시 말을 끊고 남명호를 바라보았다.

"내 얼굴을 한번 보게. 어디서 많이 본 듯하지 않은가?"

어느샌가 왕 사장은 안경을 벗고 있었다. 그러고 보니 옷도 갈아 입은 상태였다. 마치 사극에나 나옴직한 붉은색과 노란색이 뒤섞인 이상한 의상이었다. 더구나 그는 머리에 번쩍번쩍 빛이 나는 왕관까 지 쓰고 있었다.

정말 많이 본 모습이었다. 그랬다! 그것은 카드의 킹이었다. 그림 속의 인물이 현신(現身)을 한 것이었다.

"내 모습도 익숙하지 않소?"

제이콥의 음성이 들려왔다. 그의 모습은 카드의 잭으로 바뀌어 있 었다. 멋진 콧수염과 시커먼 안대를 한 원아이드잭(One-eyed Jack)이 었다.

"호호호! 저는 어떤가요?"

어딘지 모르게 우울한 얼굴. 마담은 바로 카드의 마담, 즉 퀸으로 변해 있었다.

카드 속의 잭, 퀸, 킹이 실물로 나타난 것이었다.

남명호는 너무도 놀라 비명조차 지르지 못하고 말을 더듬을 뿐이 었다.

"대, 대체 이, 이런 일이 어떻게⋯⋯?"

비로소 그는 깨달을 수 있었다. 잭(Jack)은 제이콥의 애칭이요, 마 담은 퀸(Queen)을 가리키는 것이고, 왕(王)이란 다름 아니라 킹(King)

이 아닌가?

"하하하하!"

"호호호!"

"으하하!"

세 사람의 웃음소리가 높아졌고, 남명호는 눈을 허옇게 까뒤집으며 혼절하고 말았다.

*

텅 빈 방, 어지러이 흐트러진 카드만 테이블에 남아 있을 뿐이었다.

문이 열리자 한 사내가 들어왔다. 바로 남명호를 안내한 택시기사였다. 얼굴 좌우를 다른 색으로 칠하고 방울이 달린 모자에 풍성한 옷을 입은 그는 익숙한 동작으로 조용히 방을 치우기 시작했다.

테이블을 치우는 중에 카드 한 장이 바닥으로 떨어졌다. 스페이드의 킹이었다. 하지만 카드 속 킹의 얼굴은 공포에 질린 남명호의 것으로 바뀌어 있었다.

카드를 집어든 사내의 입이 크게 일그러지며 웃음소리가 흘러나왔다.

"우-우-우-우-우!"

음산한 웃음, 바로 조커(Joker)의 것이었다.

용어 설명

• 하우스(House) : 불법으로 운영되는 사설 도박장을 가리키는 은어.

• 카드(Card) : 서양 노름 도구. 본래는 점치는 도구로 주술적 의미가 강했으나 인쇄술의 발달로 민간에 퍼지면서 각종 게임이 만들어졌다. 스페이드(Spade), 하트(Heart), 다이아몬드(Diamond), 클럽(Club)의 4가지 무늬가 있는데, 스페이드는 귀족의 창을, 하트는 교회 기사의 방패를, 다이아몬드는 상인의 교역권을, 클럽은 농부의 생활을 의미한다. 클럽은 토끼풀처럼 생겼다고 해서 우리나라에서는 클로버(Clover)라고도 한다. 흔히 트럼프(Trump)라고 하는데, 이는 잘못된 용어이다. 트럼프는 카드 게임의 으뜸패 또는 게임의 한 종류를 가리키는 말이다.

• 포커(Poker) : 카드 게임의 일종. 높은 끗수만을 비교하는 하이 게임과, 가장 높은 패를 가진 이와 가장 낮은 패를 가진 사람이 판돈을 나누는 하이로 게임이 있다. 또한 7장을 사용하는 세븐오디너리(Seven Ordinary)와 5장으로 하는 파이브드로우(Five Draw), 그리고 4장을 사용하는 골프(Golf) 등으로 나뉜다. 일반적인 게임일 경우 족보는 다음과 같다.
  - 스트레이트 플러시(Straight Flush) : 같은 무늬로 숫자가 나란히 된 것.
  - 포카드(Four Cards) : 똑같은 숫자가 4장인 것.
  - 풀하우스(Full House) : 트리플과 원 페어가 있는 것.
  - 플러시(Flush) : 똑같은 무늬가 5장인 것.
  - 스트레이트(Straight) : 숫자가 나란히 이어진 것. 무늬는 달라도 된다.
  - 트리플(Triple) : 같은 숫자가 3장인 것.
  - 투페어(Two Pairs) : 원 페어가 2벌인 것.
  - 원페어(One Pair) : 같은 숫자가 2장인 것.

• 파이브드로우(Five Draw) : 처음에 다섯 장의 카드를 주고, 3장, 2장, 1장씩 3차례에 걸쳐 카드를 바꿀 수 있는 포커 게임. 카드를 바꾸고 싶지 않으면 스테이(stay)를 할 수 있다.

- 셔플(Shuffle) : 카드를 섞는 것.

- 커트(Cut) : 섞은 카드를 떼는 것.

- 딜(Deal) : 카드를 돌리는 것.

- 칩(Chip) : 노름에서 현금 대신 사용하는 플라스틱 조각. 동전 모양으로 액수가 적혀 있다.

- 앤티(Ante) : 게임에 참가하기 위해 처음에 내는 돈.

- 배팅(Betting) : 게임을 진행하며 돈을 거는 것.

- 콜(Call) : 상대가 배팅한 만큼의 액수를 받는 것.

- 레이즈(Raise) : 콜을 한 다음 다시 배팅을 하는 것. 그만큼 판돈이 오르게 된다. 노리미트(No Limit), 풀배팅(Full Betting), 하프배팅(Half Betting), 쿼터배팅(Quarter Betting) 등이 있다.

- 체크(Check) : 배팅을 하지 않고 판을 돌리는 것. 단 하이 카드로서 첫 배팅의 자격이 있을 때만 가능하며, 다른 사람이 배팅하면 콜은 할 수 있지만 레이즈는 하지 못한다.

- 블러핑(Bluffing) : 약한 패를 가지고도 강한 척 허세를 부리는 것.

- 올인(All in) : 가진 돈 전부를 배팅하는 것.

- 메이드(Made) : 완성된 패.

- 퍼시블(Possible) : 어떤 패가 만들어질 가능성.

- 다운(Down), 드롭(Drop), 폴드(Fold) : 가진 패를 내려놓고 판을 포기함.

- 에이스(Ace) : A를 지칭하는 말.

- 마님(Madam) : 카드의 퀸(Queen)을 가리키는 말.

- 제이콥(Jacob) : 애칭은 잭(Jack) 또는 애꾸눈.

- 조커(Joker) : 우스갯소리를 잘하는 사람, 광대. 포커의 패로 게임에 따라 무소불위의 권력을 가지기도 한다.

- 『2001년 올해의 베스트 추리소설(오해)』(태동출판사, 2001)

인간을 해부하다

류성희

1996년 스포츠신문 신춘문예 추리소설 부문에 「당신은 무죄」가 당선되었고, MBC 베스트극장 극본 공모에서 「신촌에서 유턴하다」로 최우수상을 받았다. 주요 작품으로 장편소설 『장미가 떨어지는 속도』 『사건번호 113』, 단편소설 「21세기 묵시록」 「코카인을 찾아라」 「사쿠라 이야기」 「벽장에서 나오기」 등이 있다.

죽은 사람 속이나 뒤지고 있다…… 그런 내가 무섭다……. 그녀는 날 그렇게 생각하고 있었던가?

무슨 생각을 어떻게 해야 되는지, 아직도 코끝에선 치자꽃 향기만 아른거리는데…… 인적 없는 적막한 가로등 아래 은행나무는 여전히 노오랗게 서 있었다. 나는 그 나무에 잠시 기대어 서 있었다.

은행나무. 오억만 년 전, 어디선가 나타나 지금까지 살아 있는 그 질기고 질긴 생명력. 암나무와 수나무가 따로 있으면서도 오직 한 속, 한 종반을 유지하는 그 결벽증. 한 번도 생각해본 적이 없는 나의 유전자를 지닌 아이가 태어난다니. 아이…… 아! 지긋지긋한 삶에의 집착.

1

오늘은 내가 해부 당번이다.

습관처럼 책상 위에 놓인 차트를 훑어보았다. 사인을 밝혀내야 할 사람은 모두 세 명. 그중 남자는 한 명뿐. 오늘도 역시 여자 해부 의뢰가 더 많다. 살아서나 죽어서나 여자는 참 알 수 없는 존재다, 내게는.

나는 깊은숨을 들이쉬며 해부용 장갑을 끼었다. 빈틈없이 손에 달라붙는 얇은 촉감의 비닐, 달걀 속의 얇은 막처럼, 시체와 나를 완벽히 가르는 이 장갑을 낄 때면, 예외 없이 어렸을 적 기억 하나가 떠오른다. 제기차기. 그것이 콘돔이란 것도 모르고 풍선처럼 부풀려 그 안에 물을 집어넣고 제기로 차곤 했었다.

퍽, 퍽, 퍽.

물컹거리는 물풍선이 발 옆구리에 닿을 때면 간지러운 것 같기도 하고 묵직한 것 같기도 해 한바탕 차고 난 후에 애매한 발만 긁적였었다. 지금 생각하면 발 옆구리는 아주 예민한 신경이 집중되어 있는 부위, 그러니까 당시 어린 소년이 느꼈던 이상한 간지러움은 일종의 성적 쾌감일 수도 있다.

쾌감이라구? 성적 쾌감이란 말이지…….

나는 해부용 장갑을 낀 손을 꽉 힘주어 깍지 끼었다. 그러자 뇌에서 가장 먼 곳에 위치한 발뒤꿈치에서부터 찌르르 전기가 종아리를 타고 등줄기로 올라왔다. 온몸이 짜릿하다. 아, 어쩌면 성적 쾌감은 이처럼 뜻하지 않은 순간에 뜻하지 않게 느껴야 제맛인지도 모른다.

해부실 안에서는 금속성의 달그락거리는 소리가 차갑게 들린다.

닥터 최가 수술도구를 준비하는 소리다. 그는 오늘도 저 수술도구를 소독하지 않았을 것이다. 나와 첫 해부를 같이 할 때 내가 수술도구를 소독하는 걸 보고 참 쓸데없는 짓을 다 한다는 듯 고개를 설레설레 흔들던 그였다. 그리고 그날 밤 억병으로 취해 말했다. 법의학 의사가 된 이유 중 하나는 수술 도중 사람이 죽을 염려가 없어서라고. 이후로 나는 대놓고는 아니지만 그를 경멸하기 시작했다.

"장 선배님, 준비 끝났습니다."

닥터 최가 불렀다. 죽음과 맞부딪치는 순간이다.

나는 해부실의 문을 열고 안으로 들어갔다.

차가운 해부대에 여자는 마치 개막식 직전의 동상처럼 하얀 천을 쓰고 누워 있다.

나는 방금 전에 읽은 여자의 신상명세서를 떠올렸다.

성별 : 여

이름, 나이, 주소 : 미상

발견 장소 : 북한산 등산로 옆 흙더미

상황으로 보아 이런 사람의 사인은 액사나 교살, 즉 타살일 확률이 높다.

인간이 인간을 죽이는 것, 이것만큼 드라마틱하고 흥미로운 게 또 있을까?

죽었다고 해서 다 같은 시체가 아니란 걸 난 첫 번째 해부를 하면서 알았다. 특히 사고사나 자연사가 아닌 타살이나 자살한 사체는 너무나 달랐다. 역설적으로 표현하자면 시체는 살아 있다쯤 될까, 죽은 자가 내게 말을 하는 것이다.

이 여자는 내게 무슨 말을 걸어올 것인가?

나는 제막식의 줄을 잡아당기듯 여자 위에 덮힌 천을 쭈욱 잡아끌어 내렸다. 순간 옆에 메스를 들고 대기 중이던 닥터 최가 얼른 눈을 감는다.

저런, 아직도.

처음부터 낯선 것은 끝까지 익숙해지지 않는다. 나는 그런 닥터 최를 보고 혀까지 끌끌 찰 뻔했다. 하긴, 아닌 게 아니라 여자의 시신은 막 부패가 진행되고 있어 흉측하긴 했다. 시반검사를 해봐야 정확한 사망 날짜를 알겠지만 언뜻 육안으로 보아 2주 정도 지난 것 같았다. 인간이 완전히 흙이 되기엔 터무니없이 짧은 시간이다.

부검을 하기도 전에 나는 여자의 푸르데데한 시신에서 사인을 알아낼 수 있다.

눈꺼풀에 일혈 반응.

얼굴에 무수한 점상 출혈.

경부 압박에 의한 질식사의 징후이다.

그렇다면…… 명백한 타살이다.

이 여자는 누구에게 목이 졸려 죽었을까? 물론 법의학 의사인 나의 임무는 사인만을 밝히는 데까지이다. 하지만 언제부턴가 이렇듯 타살이 명백한 시신을 보고 있노라면, 누가 왜 죽였을까 하는 의문을 갖게 되었다. 내가 점점 우물 밑바닥에 가라앉아 있는 인간의 어두운 심상에 다가가고 있는 모양이다.

나는 해부용 메스를 들었다. 간호사가 없는 풍경도 산 자와 죽은 자를 가르는 것 중의 하나다.

여자의 위 속에는 소화되다 만 새우가 약간, 밥이 약간, 낙지 다리가 퉁퉁 불어 있다. 해물탕이라도 먹은 건가? 잠시 후면 자신이 살해될지도 모르고 이것을 먹었을 것이다. 아니, 어쩌면 알았을지도……

"이런 재수 없이!"

닥터 최가 침을 뱉듯 말했다. 그가 해부하고 있던 곳을 보았다.

태아였다. 이제는 아무 기능도 못 하는 여자의 자궁 속에는 10주 정도 되는 태아가 꼬들꼬들 말라가고 있었다. 드물긴 하나 있는 일이다.

"뭐예요? 애입니까?"

지금까지 벽 한쪽에 기대어 서 담배만을 피우고 있던 강 형사가 긴장하며 다가섰다.

"어째 어젯밤 꿈자리가 뒤숭숭하더니만. 제기랄, 일이 복잡하게 꼬였구먼. 이 짓 보기 싫어 강력계 그만둬야겠습니다. 안 그래요, 장 선생님?"

나는 그에게 아무 대답도 하지 않았다. 그는 나를 이유 없이 싫어하거니와 나 또한 그를 싫어한다.

"하긴 장 선생님은 배 속에 세 쌍둥이가 들어 있대도 눈 하나 깜짝 안 할 두둑한 배짱을 갖고 있습디다만. 내가 이곳 출입 십수 년인데 지금까지 장 선생님처럼 꼼꼼하게 시체를 살펴보는 의사는 처음이라니까요."

또 비꼰다. 죽은 자에 대한 관심이라곤 자신의 승진 수단쯤으로밖에 취급하지 않는 쓰레기 같은 놈.

닥터 최가 고개를 돌려버렸다. 나는 그의 뒤통수에서 강 형사와 나에 대한 외면을 동시에 본다. 그는 지금 이렇게 생각하고 있을 것이다.

'저 자식이랑 같은 조가 될 때부터 알아봤어.'

그건 나도 같은 심정이다. 우린 한동안 무슨 일이든지 꼬이면 아무런 상관도 없는 이 일을 갖다 붙일 것이다.

어쨌든 이로써 여자를 죽인 살인자는 두 명을 동시에 죽인 중죄인이 되는 것이고, 여자가 만약 생명보험이라도 들었다면 그 가족은 두 배의 돈을 받을 것이다. 똑같은 하나의 사건이 입장에 따라 천지차이가 되는 이런 경우, 살아가면서 충분히 겪을 수 있는 일이다.

2

"누가 그러데요."

거품이 이미 사그라진 맥주가 은우의 손에서 이리저리 쏠린다.

"살인자와 외과의사는 아드레날린 분비량이 같다면서요?"

"어떤 시러베 같은 자식이 그래?"

나는 되는대로 대답해버렸다.

"본질은 같은데 그것을 푸는 방법이 다르다. 어떤 시러베 같은 자식이 하고 싶은 말 아닐까요?"

맥주잔을 잡고 있는 그녀의 손이 창백하다. 지금 저 손을 잡는다면 깜짝 놀랄 정도로 차가울 것이다. 그녀의 목소리만큼이나.

사람의 손 모양에 그 사람의 성격이 들어 있다고 생각한 적이 있었다. 일테면, 손가락이 날렵하고 섬세할수록 그 사람의 성격도 그럴 거라는. 하지만 지금은 그렇게 생각하지 않는다. 농구선수의 손은 클수록 좋듯이, 치과의사의 손은 작을수록 좋고, 외과의사의 손은 살 없이 건조할수록 좋다. 단지 필요에 충족하면 되는 것이다. 그렇다면 지금 술잔을 빙빙 돌리는 그녀의 저 창백한 손은 어떠한가. 거친 흙을 파고 나무를 심고 가지를 치며, 자신의 표현대로라면 식물의 사생활을 연구하기에는 터무니없이 작고 여리다. 가끔 전혀 어울리지 않은 손을 가지고도 완벽하게 일을 해내는 사람들이 있긴 하다. 그녀나 나처럼. 뭉툭하고 짧은 내 손가락.

"식물에게 꽃은 무슨 의미인 줄 알아요?"

그녀의 목소리가 갈라진다. 그제야 나는 그녀의 얼굴을 쳐다보았다.

"바로, 생식기관. 꽃 속에는 암술과 수술이 있어 바로 그 안에서 섹스를 하는 거죠. 그러니까 크고 아름답고 향기로운 꽃일수록 생식기관이 발달했다고 볼 수 있죠."

그녀의 눈이 더할 수 없이 깊다. 내게 할 말이 따로 있다.

"임신했어요, 7주래요."

순간 왜 그랬을까. 난 헛 하고 바람 빠지는 소리를 내고 말았다. 이런 아이러니가…….

이런 아이러니가…….

아이러니라니…… 밑도 끝도 없다. 성처녀가 성령으로 임신한 것도 아니고, 명색이 의사인 내가 그동안 임신에 대한 걱정을 전혀 안 했던 게 아이러니라면 아이러니였다.

나는 헛바람을 내쉰 탓에 텅 빈 것 같은 내 안에 맥주를 들이부었다. 그때였다. 왜 하필이면 죽은 여자의 자궁 안에 들어 있던 태아의 모습이 떠오른 걸까? 그 틈에 꼬들꼬들 멸치처럼 마른 10주 된 태아가 맥주를 타고 안으로 주르륵 흘러 들어왔다. 야릇한 비린내가 확 끼쳤다. 그 바람에 입안에 있던 맥주를 다 마시지 못하고 기침을 해 버렸다. 미처 가릴 새도 없이 맥주가 구토처럼 쏟아져 나왔다. 식도를 타고 내려갔어야 할 맥주가 기도로 잘못 들어간 것이리라.

"괜찮아요?"

놀란 그녀에게 괜찮다는 표시로 손사래를 쳤다. 그녀가 움찔 놀랐다. 아마 지금 내 눈은 심한 기침 때문에 실핏줄이 터져 벌게졌을 것이다. 마치 실컷 운 사람처럼. 그런 나를 그녀가 바라보았다. 그 눈은…… 말할 수 없이 복잡했다.

3

"어디서 실려왔다고?"

"호텔이랍니다. 보나 마나 뻔하죠. 제가 보니까 그것이 아직도 꼿꼿이 서 있더라구요. 세상에서 제일 행복한 놈이죠."

그 말끝에 닥터 최가 웃음을 참느라 얼굴이 벌게졌다.

나는 닥터 최의 벌게진 얼굴을 무시했다. 물론 그도 알고 있다. 복상사는 아니란 걸. 하지만 그는 죽은 자를 두고 웃는다. 내가 그를 경멸하는 이유 중 또 하나다.

흔히들 남자가 성행위 도중 여자의 몸 위에서 사망하는 경우, 성기가 오므라들지 않고 발기해 있다고 알고 있다. 하지만 이건 사실이 아니다. 인간은 죽는 순간 신경계의 모든 긴장이 풀리기 때문에 성기는 오므라들 수밖에 없다. 그런데도 그 남자의 성기가 발기해 있다면 신경 계통의 과다한 약물 복용일 확률이 높다. 그는 이미 몸 따로 마음 따로의 상태가 돼버렸을 것이다.

"신고한 사람은 밑에 깔려 있던 여자랍니다. 그 여자도 참, 평생 재수 옴 붙었네."

사람들은 죽은 자를 보면 재수 없다고 생각한다. 머지않아 자신도 싸늘한 시체가 될 거면서. 어쩌면 죽음에 대한 공포를, 아니 삶에 대한 애착을 그렇게 표현하는지도 모른다.

해부대에 누워 있는 남자를 보았다. 차가운 해부대에 누워서도 여전히 꼿꼿이 서 있는 남자의 그것은 너무도 추해 보였다. 죽어 있는 고목을 파먹고 자라는 버섯처럼. 때로는 배설을 위해, 때로는 쾌락을 위해, 때로는 종족 보존을 위해…… 나 역시 똑같은 행위를 하는 남자다. 싫은 생각에 오소소 소름이 돋는다.

아직 사후강직조차 일어나지 않은, 불과 한 시간 전까지만 해도 살아 있었을 그의 벌거벗은 피부를 슬쩍 만져보니 아직도 따뜻하다. 이런 경우 나는 급해진다. 사실 따뜻한 체온을 가진 사람을 해부해 보기란 기껏해야 일 년에 한두 번 정도? 아직 미진한 온기가 남아 있는 남자의 피부에 날카로운 메스를 대면 깜짝 놀란 남자가 눈을 번쩍 뜨고 벌떡 일어나, 지금 뭐 하는 짓이냐고 멱살이라도 부여잡을 것 같았다. 나는 추한 남자의 피부에 여느 때보다도 강도 세게 메스를 밀어넣었다.

"장 선생님, 그렇게 서두는 이유가 뭡니까?"

강 형사가 담배를 피우며 들어섰다.

빌어먹을. 이곳에서 담배는 금물이라고 그렇게도 주의를 줬건만.

"아직 가족하고 연락도 안 됐는데."

하다가 더 가까이 와 시신을 찬찬히 쳐다봤다.

"이 사람 진짜로 사망한 거 맞아요? 죽은 사람 같지 않네⋯⋯."

그는 마치 내가 살아 있는 사람을 해부라도 한다는 듯한 표정으로 빤히 봤다. 나는 그의 의구심을 일말에 제거하듯 두개골 사이에 전기톱을 밀어넣었다.

"오늘 닥터 장 팀의 그 남자 말이야, 상마풍 당한 남자."

"하마풍인데요"

닥터 최가 잽싸게 대답했다.

"그랬어? 말에서 내려왔는데도 그것이 여전하더란 말이지?"

역시 오는 게 아니었다. 이 술좌석도 분명히 저 느글느글한 웃음을 짓고 있는 박 과장이 만들었을 것이다. 그는 유난히도 복상사에 대한 관심이 많다. 대만에선 복상사를 상마풍(上馬風)이라 한다며, 달리는 말 위에서 바람을 피운다, 얼마나 운치가 있느냐고 멋대로 해석하기도 했다.

"무슨 약물이야?"

그가 은근한 목소리로 물었다.

"무슨 약물이라뇨?"

물론 나는 그 말뜻이 무엇인지 안다. 하지만 선뜻 대답하기가 싫다. 내 목소리가 터무니없이 딱딱했을까? 박 과장이 나를 흘깃 쳐다보았다. 그리고 이내 그 눈이 차가워졌다.

나의 심기를 알아차린 것이다.

"일급비밀인가?"

목소리에 조소가 섞여 있다.

"아닙니다. 아직 정확한 약물조사가 끝나지 않았을 뿐입니다."

"호오, 약물조사가 끝나지 않았다? 그러니까 기다려달라. 보고서가 올라올 것이다. 그때 보면 되지 않겠느냐? 내가 너무 성급했군. 좋아, 맘에 들어. 이래서 난 닥터 장이 좋다니까. 자, 그런 의미에서 내 술 한잔 받게. 근데 그 손 스크럽은 충분히 했겠지?"

스크럽.

이 말이 나를 비아냥거리는 말이란 건 이 국립과학수사연구소 직원이라면 누구든지 안다. 내가 처음으로 해부하던 날, 수술실에 들어가기 전에 스크럽을 찾았던 것이다. 손을 소독하기 위해. 수술환자가 병균에 감염되지 않도록 외과의사가 하는 그것을.

나는 관자놀이가 두근거리는 것을 어금니를 꽉 깨물어 진정시킨 후 양주를 입에 털어넣었다.

찌르르르.

독한 술이 식도를 타고 내려가는 동안 어깨가 으으 쓱 했다 밥이 동시에 내려갔다.

세상에서 가장 맛있는 음식은 살아 있는 거위의 식도를 통해 갓에 더 깬 매달 쫒긴 뭐 그것들 부북 빨아먹는 거래요.

은우, 너는 그 말을 할 때 알고 있었니? 인간이 얼마나 잔인해질 수 있는가를?

4

이 길을 걸었던 때가 언제였던가? 가로등 아래 은행나무가 벌써 노오랗다. 나는 은행잎을 하나 따보았다. 쉽게 똑 따질 거라 생각했는데 의외로 이파리는 나무에 단단히 매달려 있었다.

무슨 미련이 아직도 남아서…….

나는 새삼스럽게 이파리를 보았다. 부챗살 모양의 잎에 굳이 없어도 되는 골이 가운데 파여 있다.

하나이면서도 둘 같고, 둘이면서도 하나 같은…… 마치 사랑처럼.

은행잎을 두고 괴테가 한 말이랬지.

오피스텔 문을 여는 은우에게 은행잎을 불쑥 내밀었다.

"들어와요."

울고 있었던가? 은행잎을 받고 돌아서는 그녀의 눈자위가 붉다.

"무슨 일…… 있었니?"

뜻하지 않은 아이를 임신한 그녀에게 무슨 일 있었느냐고? 나는 지금 그녀에게 무슨 말을 듣고 싶어 하는가.

"무슨 일 있었냐고요? 그래요. 그럴 줄 알았어요. 당신은 내가 왜 우는지 절대로 이해하지 못할 종류의 인간이에요."

돌아서서 커피포트에 물을 받는 그녀의 등이 유난히 피곤해 보인다.

젖은 그녀의 눈에서 눈물이 후두둑, 커피 잔 안으로 떨어졌다.

눈물…… 그래, 살아 있는 자만이 흘릴 수 있는 것이지.

"커피 다시 타줘요?"

난 조용히 고개를 흔들었다.

세상에, 다른 사람의 눈물이 섞인 커피를 마시다니…….

이런 경험을 해본 사람은 그리 흔치 않을 것이다.

난 그녀의 눈물이 섞인 커피를 한 모금 마셨다. 그러자 어디선가 아련한 치자꽃 향기가 스며 나왔다. 내가 무언가 혼란을 느낄 때면 맡는 냄새다.

넌 지금 혼란스러운가?

다시 한 모금을 마셨다. 그러자 이번엔 치자꽃 향기가 밴, 참을 수 없는 슬픔의 맛이 온몸을 휘익 돌았다.

참을 수 없는 슬픔이라고 했나? 무엇 때문에…….

"당신을 사랑했어요. 그리고 당신도 날 사랑한다고 생각했어요. 하지만 그 사랑이 조금 달랐던가 봐요."

"은우야……?"

"그러니까, 뭐랄까…… 그래요, 이 은행잎 같은 거겠네요. 내가 사랑은 둘 같으면서도 하나라고 생각했다면, 당신은 하나 같으면서도 둘이라고 생각하는 그런 거 같에요."

"그렇지만 말이다, 아무리 하나건 두 개건 어차피 끝이 조금 갈라졌다뿐이지, 한 이파리 아니니?"

"이 이파리가 너 사란다고 상상해봐요. 처음엔 별거 아니었던 그틈이 점점 더 벌어지겠죠. 그리고 끝내는 서로를 바라보기도 힘들 정도로 멀어질 거예요."

그녀는 지금 무슨 말을 하는가? 이건 순 억지다. 어차피 은행잎은 끝까지 자란 게 지금의 모양이다. 왜 일어나지도 않을 일을 가지고 두려워하는가? 여자란 정말 알다가도 모를 존재다.

"우리 헤어져요."

그녀가 벌떡 일어나 팔짱을 끼며 창문 쪽으로 성큼성큼 걸어갔다. 화가 머리끝까지 났다는 말이다.

"아이는 나 혼자 낳을 거예요. 그리고 힘들겠지만 혼자 기를 거예요. 당신은, 절대로 아빠가 될 수 없는 사람이에요."

아련한 치자꽃 향기……. 가닥을 잡을 수 없는 혼란스러움.

"죽은 사람 속이나 뒤지고 있는…… 당신이 무서워요."

나는 그녀의 오피스텔을 나왔다.

죽은 사람 속이나 뒤지고 있다…… 그런 내가 무섭다……. 그녀는 날 그렇게 생각하고 있었던가?

무슨 생각을 어떻게 해야 되는지, 아직도 코끝에선 치자꽃 향기만 아른거리는데…… 인적 없는 적막한 가로등 아래 은행나무는 여전히 노오랗게 서 있었다. 나는 그 나무에 잠시 기대어 서보았다.

은행나무. 오억만 년 전, 어디선가 나타나 지금까지 살아 있는 그 질기고 질긴 생명력. 암나무와 수나무가 따로 있으면서도 오직 한 속, 한 종만을 유지하는 그 결벽증. 한 번도 생각해본 적이 없는 나의 유전자를 지닌 아이가 태어난다니. 아이…… 아! 지긋지긋한 삶에의 집착.

5

지금 해부대 위에는 다섯 살 사내아이가 누워 기다리고 있다. 아마 이 아이는 세상에서 가장 두렵고 무서운 죽음을 맞이했을 것이다. 자신이 왜 죽어야 하는지도 모른 채. 더군다나 이 아이는 유괴된 지 12일 만에 죽은 채 발견되었다고 한다.

해부실 안에는 빌어먹을 강 형사, 그리고 삼십대 중반의 남자가 망연히 서 있었다. 사건이 사건이니만큼 구타 여부나 살해방법 등 몇 가지 확인작업이 필요하기 때문이다.

제발 아이가 고통 없이 단숨에 죽었기를…….

아이는 태아처럼 웅크린 자세로 굳어 있었다. 보통은 사람이 죽으면 온몸을 쫙 펴는데 아이는 작은 공간 속에 있었던 모양이다. 나는 우선 아이가 입고 있는 주황색 옷부터 잘라내기 시작했다. 가위 끝에 뭔가가 거치적거렸다. 꺼내어보니 아주 작은 미니카다.

사내아이는 지금 왜 맞아야 하는지 알지 못한다.

억세고 두툼한 어른의 손.

처음엔 따귀를 때리다가 이젠 분에 못 이겨 닥치는 대로 사정없이 팬다.

아이는 너무 무섭고 겁이 나 무조건 잘못했다고 빈다.

그렇게 억센 손은 한참을 두들겨 패더니 아이를 질질 끌고 어디엔가 내팽개친다.

제발, 제발, 어두운 곳에 가두지만 마세요…….

그러나…… 덜커덩! 두꺼운 문이 닫히고 칠흑 같은 어둠.

손에 잡히는 것은 주머니 속의 미니카뿐. 몇 날 며칠. 배가 고프다…….

"직접적인 사인은 빈사 같습니다."

"빈사요?"

강 형사의 눈이 휘둥그레졌다.

사실 위를 열어보는 순간 알았다. 빈 주머니처럼 아무것도 없었기 때문이다. 그때부터였다. 한 아이의 숨찼던 소리가 점점 사그라지는 소리가 끈질기게 귓가에 들렸던 것은. 대장, 소장에도 아무것도 없다. 마지막 배설 후 일주일 이상 아무것도 못 먹었을 것이다.

"그러니까 거 뭐냐…… 굶어 죽었다는 말인…….."

강 형사는 그 말을 다 끝내지 못했다. 지금까지 조용히 숨소리조차 내지 않고 있던 삼십대 중반의 그 남자가 벽을 쾅 하고 주먹으로 내리쳤기 때문이다.

그래, 저 남자가 있었지.

남자는 벽만을 사정없이 내리칠 뿐 쿵 하는 소리조차 내지 않았다.

아이의 아버지일 게다.

해부에 들어가기 전 처음엔 그 남자가 걸렸다. 통상적으로 가족들은 훌쩍이기만 하다가 끝까지 보지 못하고 나가버린다. 그러나 해부가 진행되는 동안 나는 이 남자를 잊었다. 어찌 보면 담담하다라고 해도 좋을 만큼 아무런 표정도 없이 바라보고 있었기 때문이다. 아비라면 저럴 수 없다. 나는 막연히 아이의 아버지가 아닐 거라고 생각했었다.

"자식이 굶어 죽었다는대야, 어느 부모가…… 에이, 이 죽일 놈, 내 잡기만 해봐라, 똑같이 굶겨 죽여버릴 테니…… 안 그렇습니까, 장 선생님?"

강 형사가 나를 또 걸고넘어진다.

개자식.

밖으로 튀어나오려는 말을 이로 지그시 눌러버린다.

남자의 주먹에선 피가 스며 나왔다. 그러나 남자는 여전히 끙 소리 한 번 내지 않고 벽만을 사정없이 두들겨 팼다. 마치 자기 자신을 때리듯.

소리 없는 아우성.

갑자기 남자가 스르르 주저앉았다. 그리고 뭔가를 울컥 토해냈다. 검붉은 핏덩이였다.

아들을 사랑하는 저 아버지는 나의 아버지와는 많이 다르다.

인간이 굶어 죽는다…….

인간을 굶겨 죽인다…….

주머니에 미니카를 넣고 다니던 아이는 바로 나다. 어렸을 적 나는 어두운 곳에 갇혀 죽을 뻔한 일이 있었다. 나를 가둔 사람은 아버지였다. 그는 날 어두운 곳에 가둬두고 낚시를 갔고 어머니는 아버지가 날 데리고 간 줄 알았다고 변명했다. 나흘 동안. 그때 난 배고픈 것보다 더한 고통은 세상에 없다는 것을 알았다.

나는 인간을 굶겨 죽인 그 인간을 해부해보고 싶어졌다.

6

식물원이라기보다는 비닐하우스에 가까운 이 안은 늘상 그렇듯이 비릿한 흙냄새가 여전했다. 나는 제법 넓은 하우스 안을 휘익 둘러보았다. 은우가 보이지 않는다. 그제야 그녀가 이곳에 있는지 없는지 전화조차 해보지 않고 왔다는 데 생각이 미쳤다.

벌써 퇴근했을 리는 없고 어디 묘목이라도 가지러 갔나?

일단 기다려보기로 하고 빈 의자에 걸터앉았다.

가을이 깊어 을씨년스러운 바깥 날씨와는 달리 하우스 안은 물주전자가 와글와글 끓고 있는 연탄난로 덕분에 훈훈했다. 나는 새삼스레 안을 둘러보았다. 솔직히 그녀를 만나기 위해 이곳에 몇 번이나 들락거렸으면서도 한 번도 이 안에 무엇이 자라고 있는지 관심조차 없었다. 그저 대학교에 딸린 식물원이라니까 식물이 자라고 있을 거란 막연한 생각만 했을 뿐. 그러나 이 안에 살고 있는 식물들은 내 생각처럼 그렇게 단순하게 살고 있는 것만은 아닌 모양이다.

한쪽에선 넝쿨장미가 버팀목을 의지하여 한껏 피어 있었다. 이 탐스럽고 붉은 꽃송이들을 어디선가 본 듯한데…… 어디서였더라……? 아, 그래 그 검붉은 핏덩어리.

나는 이제야 알 것 같다. 내가 왜 무작정 이곳에 오고 싶었는지, 왜 그녀가 갑자기 보고 싶었는지. 자식을 잃은 아비가 토해낸 핏덩어리. 그게 아니었을까?

"웬일이세요? 다시는 못 볼 줄 알았는데."

언제부터 거기 서 있었을까? 은우가 불쑥 나타났다.

"은우야."

"손부터 씻구요."

그녀가 제법 튼실해 뵈는 나무에서 이파리를 하나 똑 땄다.

"무환자나무예요. 무환자, 환자가 없다는 뜻이죠. 이름 때문에 그런지 모르지만 어쨌든 이 씨로는 염주를 만들기도 해요."

그녀가 양동이에 손을 담그고 그 잎을 문지르자 희한하게도 비누처럼 거품이 일었다.

"마음의 병을 없애주듯 육신의 때도 없애주는 고마운 나무지요."

"은우야."

"이유는 모르지만 이 나무는 다른 나무와 접목이 되지 않아요. 마치 당신처럼. 당신도 다른 사람과 접목이 되지 않은 종류의 인간이잖아요."

"밥 먹으러 가자."

그녀가 나를 빤히 쳐다보았다.

지금 저 남자, 무슨 말을 하고 싶은 거지?

나를 바라보는 은우의 표정이 그랬다.

"가자, 굶어 죽지 않으려면."

그녀가 나더러 무어라 해도 상관없다. 나는 그저 그녀와 해물탕을 먹고 싶을 따름이다. 해물을 좋아하지 않는 나로선 마지막으로.

7

지금 나는 이제까지 해왔던 그 어느 해부보다도 특별한 해부를 준비하고 있다.

솜에다 알코올을 듬뿍 묻혀 반짝반짝 윤이 나도록 해부대도 닦아냈다. 그리고 가장 아끼는 메스. 그 옛날 어둠 속에 날 가두었던 아버지를 해부한 이래 한 번도 사용한 적이 없는 메스다. 그때 해부대에 누워 날 쳐다보는 아버지의 겁먹은 눈을 보고 처음으로 내가 그를 닮았다는 것을 알았다. 그래봤자 손톱만큼의 동요도 일어나지 않았지만.

나는 차 안에서 정신을 잃고 쓰러져 있는 은우를 조심스레 안아다 해부대 위에 눕혔다. 그녀에게선 아직도 포르말린 냄새가 난다. 너무나 익숙해 오히려 안심이 되는 냄새다.

가위로 옷을 찢어버리니 실오라기 하나 걸치지 않은 그녀의 창백한 나신이 매혹적이다.

은우.

그녀를 언제 어떻게 만났는지 정확히 기억이 나지 않아 유감이긴 하지만, 나는 그녀를 사랑했다. 그녀가 헤어지자고 하지만 않았어도, 아니 아이를 낳겠다고만 하지 않았어도…… 이렇게까지 하지 않았을지도 모른다. 난 그저…… 그녀의 표현대로 하자면 '다른 인간과 접목되지 않은' '아빠가 될 자격이 없는' 종류의 인간일 뿐이다. 그런 나를 '죽은 자의 속이나 뒤진다고' 무서워하긴 했지만.

지금 자신에게 무슨 일이 일어난 줄도 모르고 창백하게 누워 있는 그녀는 해물탕을 먹자고 했을 때 처음엔 아주 의아해했다. 내가 해물을 먹지 않는다는 걸 알고 있기 때문이다.

팔팔 끓는 해물탕 속에서 낙지를 듬뿍 골라 그녀에게 주며 나는 얼마 전에 해부했던 여자의 위 속에서 낙지가 나왔다는 이야기를 해줬다. 그녀는 두 눈을 동그랗게 뜨고 쳐다보았다. 뭔가를 미심쩍어하는 그녀에게 그 여자의 자궁 속에서 10주 된 태아가 나왔다는 얘기도 해주었다. 그녀는 숟가락질을 할 수 없을 정도로 덜덜 떨기 시작했다. 그리고 아닌 척하며 내게서 벗어날 방법을 열심히 생각하는 것 같았다. 나 몰래 어딘가로 전화를 거는 것 같았지만 그냥 모른 척

해줬다. 왜냐면 상대방은 전화를 받지 않았고, 자신의 위치를 알릴 문자 메시지를 보낼 여유도 없었기 때문이다. 영리한 여자다. 하지만 거기까지다. 조금만 더 영리했더라면 내가 그녀를 해부해보고 싶어 한다는 것을 진즉 눈치챘을 텐데.

나는 신중을 기하여 천천히 해부용 장갑에 손을 들이밀었다. 뭉툭하고 짧은 내 손가락 사이사이를 꾹꾹 눌러 장갑에 밀착시켰다. 그러자 예외 없이 찌르르 발뒤꿈치에서부터 전류가 흘렀다.

스크럽만 할 수 있다면 완벽할 텐데…….

쌍, 쥐뿔도 모르는 무식한 새끼들.

죽은 자에게 예의를 다하지 않는 이곳 국립과학연구소의 누구에게랄 것도 없이 욕을 날렸다.

나는 그녀의 배에 살며시 손을 얹어보았다. 이 안에 어둠 속에 갇혀 너무 배가 고파 차라리 빨리 죽어버리길 바라던 아이의 자식이 들어 있다니. 겁먹은 눈동자로, 메스를 손에 든, 자신을 꼭 닮은 자식을 바라보던 아버지. 아아, 끈질긴 삶에의 집착은 이게 정말 지긋지긋하다.

너무도 손질을 잘 해 갖다 대기만 해도 피가 배어 나올 것 같은 메스가 조심스레 집어들었다.

제일 먼저 그녀의 배에 메스를 갖다 대었다. 움찔. 아직 살아 있다. 하지만 무슨 상관이람.

어차피 잠시 후면 죽을 것을.

사르르. 피가 배어 나온다.

은우야, 무서워하지 마라. 나는 너를 사랑한다. 나는 너를 알고 싶다. 사랑하는 사람을 해부해보고 싶다. 단지 그것뿐이란다.

어디선가 아련히 치자꽃 향기가 나는 것도 같은데…….

"나는 당신이란 인간이 정말 싫었어. 왠지 알아? 살인자를 쫓는 내 감각에 의하면 말이야, 해부하고 있는 당신을 보고 있노라면, 마치 살인을 저지르고 있는 모습 같았거든."

나는 강 형사가 무슨 말을 하고 있는지 얼른 이해가 되지 않는다.

"당신은 그 어떤 살인자보다도 더 악질적이고 잔혹하고 악랄해."

나는 때로 나보다 다른 사람이 나를 더 잘 알고 있는 것에 놀랄 때가 있다. 은우가 나에 대해 그랬던 것처럼. 강 형사도 나를 잔인한 살인자라고 단칼에 말한다.

"애인을 죽여놓고 해부해서 이리저리 나눠버리면, 완전범죄로 끝날 줄 알았어?"

완전범죄? 범죄라고? 나는 한 번도 은우를 해부하는 것이 범죄를 저지르는 일이라고 생각해본 적이 없다. 난 그저 그녀를 좀 더 알고 싶었을 뿐이다. 내 아이를 가진 그녀를 내 식대로 최대한 사랑하고 싶었을 뿐이다. 그것도 내가 가장 아끼는 메스를 사용해.

사람은 각자 좋아하는 음식이 다르듯 사랑하는 방식도 다 다를 뿐이다. 그 점에 대해 그 누구도 나를 비난할 수 없다.

"얼마 전 내가 국과수 담당 형사라는 걸 알고 당신 애인, 김은우 씨가 날 찾아왔어. 아무래도 당신이 무슨 일을 저지를 것 같다는 거야. 그래서 은우 씨와 난."

"강 형사님, 그다음부턴 제가 말할게요."

나는 은우를 해부할 수 없었다. 그날 막 그녀의 배에 메스를 댔을 때 그놈의 강 형사가 사정없이 뛰어 들어와 다짜고짜 나의 턱에 주먹을 갈겼기 때문이다.

"……언젠가 당신에게 말한 적 있죠. 외과의사와 살인자의 아드레날린 분비량은 비슷하다고. 실제로 그런지는 잘 모르겠지만, 당신을 보고 있으면 인간을 해부하는 것을 마치 즐기는 것 같았어요. 그리고 임신한 이후 날 바라보는 당신의 눈은 항상 나의 속을 들여다보는 것만 같았어요. 그 눈이 너무나 무서웠어요. 상상하는 것조차 끔찍했지만 어쩌면 날 해부해보고 싶어 할지도 모른다는 생각을 했어요. 그래서 강 형사님께 도움을 청했죠. 형사님과 난 둘만의 암호를 정했어요. 위급한 상황이 되면 핸드폰으로 문자 메시지를 날리기로. 가장 간단하게 숫자를 눌러 현재의 위치를 알려주자고요. 1번은 해부실, 2번은 식물원, 3번은 나의 집, 4번은 알 수 없는 장소…… 그날 당신이 해부한 여자의 자궁 안에 10주 된 태아가 있었다는 말을 했을 때 직감적으로 알았어요. 당신이 날 해부실로 끌고 가리란 걸……. 그래서 난 숫자 1을 눌렀어요. 당신은 아마 내가 누군가와 통화를 못 했다고만 생각했을 거예요. 그날 형사님이 조금만 늦게 도착했더라면……."

이런, 이 여자는 생각했던 것보다 훨씬 영리했다. 사람들은 어떻게 자기의 내장이 어고서 하는 일을 나보다 먼저 알고 있는 걸까. 어떻게 그럴 수 있는지 그런 사람들을 해부해보고 싶다.

나는 날마다 죽은 자의 배를 가르고 두개골을 절단한다. 날마다 인간의 장기를 하나하나 적출해내 그 무게를 달고 상하지 않게 포르말린 속에 집어넣는다. 날마다 미로처럼 연결돼 있는 동맥과 정맥을 따라 인간의 속을 이리저리 헤집고 다닌다. 그러면서 인간은 겉모습만큼이나 속모습도 다르다는 것을 매번 느끼기도 한다. 그렇게 이 일은 처음부터 나에게 잘 맞았다. 그런데 이제는 이 일을 할 수 없을 것 같다. 다른 무엇보다도 나는 이 점이 말할 수 없이 섭섭하다. 인간을 해부할 수 없다면 나는 이제 날마다 무엇을 해야 하나?

- 『계간 미스터리』 2002년 여름호(창간호)

포말

>>>> 현정

2001년 스포츠서울 신춘문예 추리 부문에 「거울 여자의 죽음」이 당선되어 등단하였다. 주요 작품으로 추리 단편소설 「가면유희」 「활자」 「분홍신」 「야수」 「어느 갠 날」, 추리동화 「소라섬의 비밀」 「어릿광대의 비극」 등이 있다.

박우식이 유럽으로 떠나기 전날 밤이었다. 여행용품 몇 가지를 사 가지고 귀가 중이던 그는 병원에서 걸려온 전화를 받았다. 어머니가 응급실에 실려왔다는 것이다. 혈압으로 인한 뇌출혈. 당장 수술을 요한다고 했다.

다행히 수술 경과는 좋았다. 어머니는 빠른 회복을 보였다. 우식은 계약금을 떼고 난 여행경비를 톡톡 털어 겨우 수술비의 일인비를 마련했다.

우식은 다시 일자리가 필요했다. 그는 석 달간의 멋진 여행을 위해 대리인 제 직장을 찾아갔다. 하지만 그의 자리는 이미 신입사원의 차지가 되어 있었다. 사장 조카라고 했다.

우식은 인터넷 구인 사이트를 뒤적여 몇몇 회사에 이력서를 넣어 보았다. 그러나 어느 곳에서도 연락이 없었다. 일자리를 찾아 헤맨지 석 달이 지나자 우식은 한계에 다다랐고 급기야 노트북을 부숴버렸다. 오랜 유럽여행의 꿈이 물거품이 된 것도 모자라 백수가 된 것이다. 그는 곧장 비 오는 거리로 뛰쳐나갔다.

여름의 막바지. 형형색색의 우산을 쓴 행인들이 흠뻑 젖어 거리를 헤매고 있는 그를 힐끔거리며 지나쳐갔다. 누구든 불러내어 소주한잔하고 싶은 마음은 굴뚝같았으나 막상 불러낼 놈이 없었다. 그는 친구들 중 누구에게도 자신이 여행을 떠나지 못하게 되었다는 사실을 알리고 싶지 않았다. 여행을 간답시고 배짱 좋게 직장까지 걷어치운 놈이었다. 그런 놈이 돈 몇 푼이 없어 여행을 못 갔다고 하면 웃음거리가 될 게 뻔했다. 수술비는 수술비여야 했고 여행경비는 여행경비여야 했다. 여행경비가 수술비가 됐다고 말하는 것은 자신의 변변치 못함을 광고하는 일밖에는 되지 못했다. 죽으면 죽었지 쪽팔리는 것은 못 참았다.

물론 가난이 그의 책임은 아니었다. 그는 홀어머니 밑에서 나름대로 열심히 살아왔다. 그의 어머니는 시장에서 생선 장사를 했고 그는 줄곧 우등생이었다. 그러나 심한 당뇨 증세로 어머니가 일을 못하게 된 이후로 그가 학업과 생계를 동시에 꾸려가야 했다. 그의 나이 겨우 열여덟이었다. 그는 학교 수업이 끝나면 곧장 시장으로 달려가 생선을 팔았다. 성적이 중하위권으로 떨어지면서 결국 그는 4년제 대학을 포기하고 게임제작을 배우기 위해 전문대 관련학과로 진학했다. 학업과 생선 장사와 어머니 간호까지 두루 해내기를 이 년. 졸업과 동시에 게임회사에 취직하면서 그는 생선 장사를 그만두었다. 그리고 삼 년이 지난 후…… 백수가 됐다.

우식은 죄인이 된 듯한 기분이었다. 실상 죄인이었다. 건강이 좋지 못한 어머니를 몇 달씩이나 떠나 있어도 상관없다고 생각한 죄. 목구멍에 풀칠조차 어려운 형편에 호사스런 유럽여행이나 획책하고 있던 죄…….

8월의 비는 거세게 퍼붓고 있었다. 우식은 갈증이 났다. 아니, 가슴에 구멍이라도 난 것 같았다. 하늘을 향해 입을 벌리고 목구멍으로 흘러드는 빗물을 마셔대도 계속 목이 말랐다. 우식의 옆을 지나가던 나풀나풀한 원피스의 여자가 혐오스럽다는 표정을 짓고는 비켜갔다. 우식은 순간 자신의 눈에 맺힌 빗방울 속에서 여자의 일그러진 얼굴을 보았다. 우식의 눈은 여자를 쫓았다. 여자의 발걸음은 L백화점 정문으로 향하고 있었다. L백화점의 문은 들어가려는 사람들과 나오려는 사람들로 북새통이었다. 우식의 눈에 그것은 마치 지옥문처럼 보였다. 흡혈귀의 최면에 걸린 사람들이 자신들의 피를 빨리기 위해 꾸역꾸역 들어가고 있는 것처럼 보였다. 나풀나풀한 원피스의 여자도 총총 그 지옥문으로 들어섰다. 우식은 자신도 모르게 여자를 따라 그곳으로 들어갔다.

여자의 행방을 찾아 두리번거리던 우식은 여자가 막 에스컬레이터에 오르는 것을 보고 그 뒤를 쫓았다. 3층에서 내린 여자는 숙녀복 매장을 한 번 돌고 나서 수영복 매장으로 가 진열된 수영복들을 훑어보더니 주황색 바탕에 노란색 아가일 문양이 있는 비키니 수영복을 집어들었다. 그러고는 입어보지도 않고 점원에게 포장을 부탁했다.

우식이 보기에 여자는 그 수영복이 잘 어울릴 것 같았다. 후리후리한 키에 도도한 눈빛을 지니고 있었으며 귀티가 흘렀다. 분명 여자는 우식의 이상형이었다. 그러나 그는 그녀가 너무 화사하며 매끈하다고 생각했다. 빗방울 속에 맺혔던 그 일그러진 얼굴의 주인공은 아니었던 것이다. 그는 조금 전 보았던 그 일그러진 얼굴의 여자와

술을 마시고 싶었다. 그러나 그 여자는 없었다.

우식이 그만 돌아서려는데 아는 사람 같기도 하고 아닌 것 같기도 한 여자가 앞을 지나갔다. 얼굴은 시장 골목에서 꽃가게를 하는 노처녀 김순홍이었지만, 자신이 알고 있는 김순홍과는 옷차림과 분위기가 사뭇 딴판이었다. 그녀의 손에는 이미 백화점 쇼핑백이 여러 개 들려 있었다. 우식의 앞을 지나쳐 서너 걸음을 뗀 그녀가 한 숙녀복 매장 앞에서 멈춰 섰다.

김순홍이 맞았다. 우식은 그녀의 옆에 선 한 남자를 발견하고서야 비로소 그녀가 김순홍임을 확신했다. 김순홍의 옆에 선 남자는 민일태였다. 시장 입구에서 부동산을 하는 민일태가 특유의 노리끼리한 눈으로 흠실흠실 웃음을 흘리며 김순홍에게 이런저런 옷가지들을 골라주고 있었던 것이다. 민일태의 손에도 여러 개의 쇼핑백이 들려 있었다. 마치 잉꼬부부가 쇼핑이라도 하는 듯한 모습이었다.

우식은 차돌같이 반질반질한 이마 아래에서 노리끼리하게 빛을 발하는 민일태의 눈을 보자 역겨움을 느꼈다. 그는 돈은 많았지만 두 번의 이혼 경력이 있는 데다 소문난 바람둥이였다. 광대뼈가 크고 얼굴이 살짝 얽은 김순홍은 강한 인상과는 달리 온화한 성격의 소유자로 사람 좋기로 평판이 나 있었다. 우식은 그런 김순홍을 누나처럼 따르고 좋아했었다. 생선이 잘 팔리지 않는 날이면 그녀는 종종 가게를 찾아와 따뜻한 말로 용기를 주며 생선을 사가곤 했다.

반면 민일태는 외상 전문이었다. 그는 늘 "이따가 줄게" 하고는 비싼 돔이나 전복 같은 것들을 답삭답삭 집어갔다. 우식은 그가 돈 내는 것을 한 번도 보지 못했다. 장사를 그만둘 당시 달아놓은 금액만 해도 이백만 원이 넘었다. 날 잡아 외상값을 받으려 하면 돈이 없다고 죽는소리를 해댔다. 그럼에도 우식의 모친이 계속 외상을 주고 굳이 외상값을 받아내려 들지 않은 것은 그가 빈빈이 좋은 조건의 전셋집을 소개해준 탓이었다. 그가 소개한 집은 늘 최고로 싸면서도 이렇달 만한 흠이 없는 집이었다. 그러나 우식은 그가 전셋집을 무기로 어머니의 피를 빨았다고 보았다. 형편을 빤히 알고도 내내 흡혈귀 짓을 일삼은 것이 우식은 분하고 괘씸했다.

두 사람이 계산을 치르고 밖으로 나가자 우식은 그들의 뒤를 따랐다. 그들은 이후에도 숙녀복 매장 다섯 군데를 더 들어가 옷을 샀다. 계산은 전부 민일태가 치렀다. 우식은 믿기지 않았다. 지독한 짠돌이로 소문난 민일태가 하루아침에 딴사람이 된 것이다. 설사 두 사람이 결혼을 했다손 치더라도 지금의 행동은 그가 미치지 않고서야 불가능한 일이었다. 김순홍도 이상했다. 우식이 아는 김순홍은 늘 온화한 얼굴에 수수한 차림새였고, 물질에는 별반 관심이 없는 사람이었다. 그러나 지금의 김순홍은 온갖 귀금속을 치렁치렁 휘감고 있었으며 표정도 어딘가 거만해 보였다.

택시 승강장에서 김순홍은 혼자 택시에 올라탔다. 김순홍을 택시에 태워주고 난 민일태는 어딘가로 종종걸음을 쳤다.

우식은 김순홍을 따라가보고 싶었다. 쇼핑이 끝났으니 짐이 많은 김순홍은 빈빈 집으로 돌아갈 것이리라……. 그녀가 살고 있는 집이 어딘지 궁금했다. 사람들 몰래 둘이 동거라도 하는 것일까? 아니면? 하지만 택시비가 아까웠다. 잠시 망설이던 우식은 결국 뒤에 서 있던 택시에 잽싸게 올라탔다. 호기심을 참을 수가 없었다.

김순홍은 시장 입구에서 내렸다. 그리고 잰걸음으로 시장 맞은편 주택가를 향해 갔다. 우식은 취직 후 이 동네를 떠났다. 하지만 십

년이 넘도록 살아온 곳이어선지 그는 마치 고향 땅을 밟는 것 같은 기분을 느꼈다.

김순홍은 녹색 대문의 단층 양옥집으로 들어갔다. 예전부터 김순홍이 살던 집이었다. 그것으로 보아 그녀는 민일태와 결혼을 했다거나 동거를 하는 것 같지는 않았다. 실망스러웠다. 그 실망감이 어디에서 비롯된 것인지는 알 수 없었지만 그는 그만 기운이 빠졌다.

버스를 타고 집으로 돌아오며 우식은 하늘을 보았다. 해를 넘긴 하늘은 말간 푸른빛으로 개어 있었다. 우식은 어쩐지 그 빛이 이항도의 눈과 닮았다고 생각했다.

고등학교 선배인 이항도의 눈에는 말간 푸른빛이 섞여 있었다. 때문에 이항도는 한때 혼혈아 취급을 받기도 했었다. 그때마다 그는 그게 다 눈에다 지중해의 하늘을 담아온 탓이라며 너스레를 떨어댔다. 그러나 그것은 과장이 아니었다. 결국 검정고시를 보겠다며 부모를 끝끝내 설득하고 자퇴서를 낸 그가 버릇처럼 몇 달씩 세계를 떠돌다가 돌아올 때면 그의 눈은 이상하게도 그 푸른빛이 더해져 있었다.

"형, 렌즈발이지?"

어느 날 우식이 이항도의 옆구리를 쿡쿡 찔렀다. 이항도는 우식을 학교 근처 습지로 데려갔다. 바람이 없는 날이었다. 허우대 좋은 갈대들마저 미동조차 하지 않았다. 이항도는 갈대숲을 등지고 섰다. 그는 혹시라도 햇빛으로 말미암아 자신의 눈에 갈대 따위가 비칠 가능성이 있기 때문이라고 말했다. 그러고는 곧장 우식에게 자신의 눈을 들여다보라 하였다. 우식은 웃음이 나오려는 것을 간신히 참고 시키는 대로 했다. 일 분쯤 지났을까? 우식의 눈에는 그때까지도 아무엇도 보이지 않았다. 이항도가 자신을 놀리고 있다는 생각에 그는 불쑥 화가 났다. 그때였다. 이항도의 눈에 무엇이 어른거리기 시작했다. 투명한 실 같은 것이었다. 무수히 많은 투명한 실이 이항도의 푸른 눈 속에서 빠르게 지나가고 있었다. 우식은 순간 놀라 뒤로 물러났다. 그러고는 다시 천천히 다가가 그것을 들여다보았다. 여전히 눈 속에서는 투명한 실들이 눈동자를 가로질러 힘차게 돌진해가고 있었다. 그것은 마치 눈보라의 질주 같았다. 이항도는 그것을 '세상꼭대기의 바람'이라 불렀다. 그는 자신이 세상꼭대기의 바람을 보았고 그것을 눈 속에 담아왔다고 말했다. 그리고 다른 사람의 눈에서 세상꼭대기의 바람을 본 사람은 반드시 그 세상꼭대기의 바람을 직접 찾아나서야 한다고 덧붙였다. 일주일이 지난 뒤 이항도는 유럽 어딘가로 떠났다. 그리고 다시는 돌아오지 않았다.

세상꼭대기의 바람을 본 이후 우식에게 변화가 생겼다. 그는 생선 장사가 싫어졌다. 아니, 그보다 생선이 싫어졌다. 이유는 비린내 때문이었다. 생선과 함께 자라온 그는 여태껏 한 번도 비린내를 느껴본 적이 없었다. 그런데 갑자기 비린내가 느껴진 것이다. 생선을 토막 내고 재빨리 봉지에 담아 건네는 그의 손길에는 늘 생기가 넘쳤었다. 그러나 이후 그의 통통 튀는 팔 근육은 굳어버렸고 손놀림은 느려졌다. 구이용이요, 조림용이요? 고등어를 손질해 팔 때마다 그는 속이 메슥거려 참기가 힘들었다.

그는 생선으로 인해 자신의 삶이 파괴되고 있음을 깨달았다. 생선 때문에 그의 학교 성적은 바닥으로 치달았고 미래는 암흑 속에 던져졌다. 생선은 그를 만성 수면부족에 시달리게 했고 다른 아이들처럼 연애도 못 하게 했다. 그는 몸서리를 쳤다. 이대로라면 영원히 생선으로부터 벗어나지 못할 것 같았다.

그는 자신의 영혼을 붙들어 매고 있는 삶으로부터 될수록 멀리 떠나고 싶었다. 그는 세상꼭대기의 바람을 자신의 두 눈으로 직접 보고 싶었다. 그것을 보고 나면 진정한 자유인이 될 수 있으리라 믿었다. 그러자면 우선 돈을 모아야 했다. 그는 최선을 다했다. 그러나 결과는 원점이었다. 물론 여전히 기회는 있었다. 돈은 또다시 모으면 그만이었다. 그러나 그는 벌써 석 달째 백수였다. 그의 인내심은 바닥을 드러냈다. 이대로라면 여행은 고사하고 머지않아 어머니 약값조차 대지 못할 것 같았다. 그는 단 한 번의 명쾌한 승부수를 원했다. 그리고 그의 머릿속으로 한줄기 빛이 지나갔다.

윤청미는 서울의 Y건설회사에서 경리일을 보다 한 달 전 고향인 몽유포로 내려왔다. 그녀는 네시가 되자 해수욕장 편의점으로 출근했다. 당분간 부모가 운영하는 편의점을 오후 시간에만 보아주기로 한 것이다. 윤청미가 나타나자 상가 사내들의 느물느물한 시선이 청미의 몸을 훑어내렸다. 스물한 살. 그녀는 웬만한 남자들은 아래로 볼 만큼의 훤칠한 키와 수영으로 다져진 탄탄한 몸매를 지니고 있었다. 그들의 눈길을 의식한 청미는 썩은 해삼이 목 아래로 미끄러지는 것처럼 불쾌했으나 곧 신경을 꺼버렸다. 그녀는 소위 그릇이 작은 사내들을 경멸했다. 이곳 몽유포에서 태어나 스무 해를 보낸 청미는 좁은 바닷가에 인생을 맡기는 자들을 도무지 이해할 수 없었다.

그녀는 큰 세상으로 나가고 싶었다. 일 년간의 경리 업무는 그녀에게 아무런 만족감을 주지 못했다. 손가락만 놀리는 답답하고 지루한 일상 속에서는 나날이 멍청이가 되어갈 뿐 희망이 보이지 않는 듯했다. 모델학원 코스를 밟아 연예계로 진출하는 미래를 그려보기도 했다. 그러나 그녀는 단 한 번의 명쾌한 승부수를 원했다. 스타는 먼저 운을 타고나야 했다. 고작 방송에 두어 번 코빼기나 들이밀자고 무턱대고 자신의 소중한 피와 땀을 바칠 수는 없었다.

노력. 성실. 그녀는 그런 것들이 인생을 좀먹는다고 여겼다. 성실한 자들은 그 성실함으로 인해 자신들의 인생이 저당 잡히고 있음을 몰랐다. 그들의 성실한 행위는 자신이 아닌 다른 무엇을 위한 것이었다. 일. 생계. 가족. 그들은 그것들로부터 자유롭지 못했으며, 창의성은 그러한 구속에 의해 늘 갉아먹혔다. 그들이 성공으로부터 멀어져가는 동안 그 자리는 이기적이고도 제멋대로이며 멋진 상상력을 지닌 자들이 메워나갔다. 그들은 교활했으며 담대했다. 그들은 승리자였다. 그들은 결코 시간을 끄는 법이 없이 목표에 단박에 도달했다. 청미는 그러한 부류에 속하는 한 사람을 알고 있었고, 자신도 그를 닮고 싶었다. 하지만 성공이란 우선은 기회를 요하는 것이었다. 기회를 잡아야 했다. 하지만 어디에서, 어떻게? 청미는 아직 해답을 몰랐다. 그녀는 자신만의 시간이 필요했고 그런 그녀에게 한적한 여름 바닷가는 제격이었다.

원래 해수욕장 규모가 작은 데다 휴가철을 넘긴 때라 편의점에 손님이 들지 않았다. 해거름이 되도록 어린아이 한 명이 아이스크림을 하나 사간 것이 고작이었다. 에어컨 없는 편의점 안은 찜통 같았다. 그녀가 팩이나 하려고 얼굴에 마스크를 붙였을 때 한 사내가 들어섰다. 사내는 덥다는 듯 손으로 부채질을 해가며 선풍기 앞으로 가서 잠시 가게를 둘러보고 있었다. 사내의 목에는 은으로 된 굵은 체인 목걸이가 걸려 있었으며 카고 반바지는 금방이라도 아래로 흘러내릴 듯이 위태롭게 골반에 걸쳐져 있었다. 이십대 중반. 군살이 없었고 밀가루같이 허연 어깨와 가슴에는 근육이 적당히 올라 있었다. 헬스클럽에서 공을 들인 티가 났다. 그것은 햇볕 아래서 되는대로 구워지고 먹고살기 위해 안간힘을 쓰느라 생성된 싸구려가 아니었다. 청미는 피부를 부풀리고 있는 발효된 이스트와도 같은 근육에 성욕을 느꼈다. 좋은 물건. 그것은 때때로 열정과 시간을 소모케 했으며 소모의 정도가 치명적일수록 값이 비쌌다.

'사람들은 모두 좋은 물건을 갖고 싶어 하지. 하지만 좋은 물건을 손에 쥐려면 우선 스스로 좋은 물건이 되어야 해.'

사내를 바라보던 청미는 문득 어느 나지막한 목소리를 기억해냈다.

사내의 머리카락은 무스로 범벅이 되어 주변이 가운데로 닭 볏처럼 모아져 있었다. 더위에 지친 사내는 미간을 찌푸렸다. 눈은 가늘고 긴 육각형이었으며 코와 턱 선이 갸름했다. 사내가 카운터로 치명적인 미소를 던지며 다가왔다.

"저…… 조개 캐는 도구 어디 있죠?"

사내는 물과 조개 캐는 도구 몇 가지를 사가지고 나갔다. 생뚱맞을. 꼴같잖게 촌스럽다고 청미는 생각했다. 그녀는 사내가 송림을 지나 해변으로 가는 것을 지켜보았다. 문득 동전 하나가 바닥으로 떨어지고 있었다. 동전을 주워 올리다가 청미는 자신의 오른손에 잔돈이 놓여 있는 것을 발견했다.

사위가 어둑해지도록 드나든 손님은 나이 지긋한 신혼부부와 아이들 손을 잡고 온 몇몇 아줌마 정도였다. 청미는 연방 하품을 해댔다. 도저히 지루함을 참을 수가 없었다. 청미는 퇴근 후 집으로 돌아와 있는 큰오빠를 불러다 앉혀놓고 편의점을 빠져나오고야 말았다.

그리고 어제 서울에 있는 언니를 만나러 갔다가 L백화점에 들러 장만한, 주황색 바탕에 노란색 아가일 문양이 있는 비키니 수영복으로 갈아입고서 해변으로 나갔다.

조수간만의 차가 연중 가장 큰 때였다. 물이 쑤욱 빠져나간 탓에 십 분은 족히 걸어간 뒤에야 겨우 바닷물에 몸을 적실 수 있었다. 말간 보름달 위를 옅은 안개가 드라이아이스와도 같은 혀를 날름거리며 움직이고 있었다. 청미는 마치 달이 무대 위의 조명 같다고 생각했다. 검푸른 바다와 하늘에 자리한 객석은 내내 스타를 기다리고 있는 듯했다. 청미는 일순 자신이 스타가 되어 무대를 걷고 있는 듯한 착각에 빠졌다. 무대 저편의 어둠이 어느 순간 일제히 불을 밝히며 자신에게 갈채를 보내올 것만 같았다. 청미의 몸은 새털처럼 가벼워졌고, 걸음이 빨라지기 시작했다. 그리고 그녀는 달리기 시작했다. 그녀는 달을 품에 안기 위해 두 팔을 벌렸다. 그러나 달은 품안으로 들어오지 않고 자꾸 옆으로만 비켜 달아났다.

'좋은 물건이 되려고 노력했어. 사람들은 이제 나더러 좋은 물건이라 하지. 너도 알아둬. 좋은 물건은 더 좋은 물건을 필요로 해. 사람의 눈이란 게 원래 그렇잖아. 가끔 바닥도 봐야 하는데 저기 하늘꼭대기만 본단 말이지. 좋은 물건을 찾고 있었어. 넌 내가 찾는 물건이 아니야.

또다시 한 사내의 나지막한 목소리가 들려왔다. 청미의 눈에서 뜨거운 것이 흘러내렸다. 바람이 불어대자 눈에서 흘러나온 것이 옆으로 흩어졌다. 달은 조금도 가까워지지 않았다. 그녀는 달리기를 멈추고 싶지 않았다. 그러나 발이 돌부리에 걸리면서 개펄에 넘어져 처박히고 말았다. 청미는 일어설 생각이 없었다. 오히려 몸을 뒤채며 미꾸라지처럼 조금씩 개펄의 품으로 파고들었다. 그녀는 가끔 자신에게도 아가미 같은 것이 있어주었으면 싶었다. 젖은 모래 속에 온몸을 파묻고만 싶었다. 하지만 그러면 숨을 쉴 수 없었다. 그녀는 호흡을 위해 구덩이 바깥쪽으로 고개를 돌렸다. 울고 싶은 것은 울고 싶은 것이고 숨은 쉬어야 했다. 삶이란 구차한 것이었다. 울고 싶은 날이면 청미는 개펄을 찾아 몸을 묻었다. 이번에도 그녀는 개펄을 찾았다. 그리고 한참을 울었다. D가 떠올라서였다.

D는 낮에 편의점에서 보았던 카고 바지와 무척 닮았다. 그녀는 한 달 전 직장 상사이자 애인이었던 D가 자신을 떠나 부장의 소개로 만난 돈 많은 '좋은 물건'과 결혼을 한 것이 분했다. 그러나 이별을 통해 배운 것이 하나 있었다. 나쁜 물건은 다치기 쉬웠다. 상처받지 않기 위해 우선 스스로 좋은 물건이 되어야 한다는 것이다. 어떻게 하면 좋은 물건이 될 수 있을까? 아직 해답을 몰랐다. 그러나 언젠가 자신에게도 분명 기회가 올 것이라 믿었다. 기회가 온다면 반드시 그것을 놓치지 않으리라……. 눈물이 얼굴에 달라붙은 모래와 섞여 내려 그녀의 입술 사이를 비집고 들었다. 그녀는 서걱거리는 그것을 삼키고 또 삼켰다. 그러고는 때가 되면 그것들을 모두 세상에 토해주리라 다짐했다. 눈물이 말라가자 나른해지면서 졸음이 쏟아졌다.

김순홍은 우식을 반가이 집 안으로 맞아주었다. 김순홍을 보자 우식 역시 반가운 감정이 앞섰다. 비록 속 깊은 대화를 나눈 사이까지는 아니었어도 누나, 누나, 하며 따르던 때가 바로 엊그제 같았다. 그러나 감정을 다스리지 못하면 일을 그르칠 게 뻔했다. 시간을 끌수록 마음은 약해질 것이고 그렇게 되면 시도를 아예 못 하거나 하더라도 실패로 돌아갈 가능성이 높았다. 우식은 냉큼 해치우리라 독하게 마음먹었다.

그는 김순홍이 차를 내오겠다며 주방으로 들어선 틈을 타 거실 탁자 밑에서 비닐 테이프를 찾아냈다. 또한 거실 창 쪽으로 가 창밖을 구경하는 척하면서 커튼 끈을 풀어내어 바지주머니에 쑤셔넣었다. 그리고 거실 탁자에 놓인 백과사전을 들고 주방으로 갔다. 로봇처럼 딱딱하게 굴다가는 의심을 사게 될까 유행가를 나지막이 흥얼대 주는 것도 잊지 않았다. 마침 그릇장에서 찻잔을 꺼내려던 김순홍이 적당히 허리를 구부려주자 알맞은 높이가 되었다. 우식은 손에 든 백과사전으로 김순홍의 뒤통수를 재빨리 내리쳤다.

쓰러진 김순홍이 미동도 않자 우식은 아찔했다. 힘 조절이 문제였나? 그는 입술이 바짝 타는 듯했다. 충격이 너무 커서 혹시라도 김순홍이 죽어버린 게 아닌가 하는 불길한 예감도 들었다. 그러나 다행히도 김순홍은 정신을 차리려는 듯 신음을 내고 있었다. 우식은 기회를 놓치지 않고 김순홍의 팔과 다리를 커튼 끈으로 묶었다. 그리고 테이프로 입을 봉한 뒤 식탁 의자를 가져다가 앉혔다. 대신에으로 다시 테이프를 가져다가 팔과 다리를 의자에 단단히 묶어두었다. 정신이 들기 시작한 김순홍이 몸을 마구 뒤틀었다. 우식은 처음의 계획대로 서둘러 일을 마치고 싶었다. 그는 즉각 김순홍에게 이천만 원을 요구했다. 그러자 김순홍은 신음을 더 크게 냈다. 그 소리에 어쩔 줄 몰라 우왕좌왕하던 우식은 자신이 실수를 저질렀음을 알아챘다. 김순홍은 인질이 아니었다. 처음에는 김순홍을 인질로 삼아 민일태의 돈을 뜯어낼까도 생각했지만 민일태와 김순홍의 사이가 모호해 보여 그만두었던 것이다. 인질이 아니라면 최소한의 의사 표현은 하도록 해야 했다. 그래야만 거래가 가능할 수 있었다.

그는 생각 끝에 왼쪽 손을 풀어주고 글을 쓰도록 했다. 김순홍은 처음에는 "무슨 짓이야" "까불지 마" "가만 안 둔다" "미친 X" 식으로 나가다가 한 시간 정도가 흐른 뒤에야 겨우 "그래, 줄게"라고 썼다. 우식은 안도의 한숨을 내쉬었다. 그러나 김순홍은 거기서 그치지 않았다.

"대신 돈 줄 놈 따로 있어. 민 사장, 그 인간 찾아가. 그 인간 주식하다 땅 사서 돈 많이 벌었어."

"언제부터?"

"꽤 오래됐다. 계속 재투자해서 수십억 벌었다."

순간 우식은 머리가 도는 것 같았다. 그렇게 돈이 많은 놈이 그깟 이백만 원을 떼먹으려고 갖은 수작을 다 부렸던 것이다. 어머니 병원비가 필요해 전화를 걸었을 때도 돈이 없다고 죽는소리를 했었다.

감정이 점점 격해지면서 우식은 어머니의 병이 악화된 게 바로 민일태 때문이라는 생각이 들었다. 그자가 액수 키워줄 테니 수고비나 조금 달라는 사탕발림만 하지 않았어도 어머니는 쌈짓돈 천만 원을 주식에 넣지 않았을 것이고 그것을 몽땅 날릴 일도 없었을 것이며 당신의 병을 악화시키지도 않았을 것이다. 그런데 놈은 떼돈을 벌고도 외상값조차 안 갚고 있었다. 우식은 자신의 삶을 망쳐버린 장본인을 찾아냈다고 판단했다. 자신의 삶을 망친 것은 생선도 아니고 어머니의 병도 아니었다. 그것은 바로 민일태였다.

우식은 김순홍에게서 민일태가 곧 서해안 몽유포로 낚시를 떠나리라는 것을 알아냈다. 그리고 그는 김순홍의 왼손을 다시 의자에 묶어놓은 뒤 그대로 집을 나섰다. 그게 어제였다. 김순홍 처리 문제를 두고 생각할 여유가 그에게는 없었다. 그의 머릿속은 오직 민일태뿐이었다. 김순홍 문제는 민일태를 치리하고 나서 생각해야 했다.

우식은 만일을 대비해 렌터카를 빌려 타고 왔다. 헤어스타일도 바꾸고 반바지도 엉덩이를 반쯤 꺼내놓은 역겨운 것을 입었다. 그는 사이드미러를 통해 딴사람이 된 자신을 힐끔 보았다. 단지 그의 멋진 팔 근육만큼은 정직한 노동의 대가로 생성된 진짜였다.

해수욕장에서 일행도 없이 나다니면 의심을 살 수 있기에 우식은 조개 캐는 도구를 사서 가족 단위로 놀러 온 사람들 옆에서 조개를 캐며 돌아다녔다.

민일태가 호텔로 돌아가자 우식도 그 뒤를 다시 따랐다. 그런데 민일태는 밤이 되자 다시 해수욕장으로 나왔다. 아마도 새벽 만조 때나 낚시를 할 모양이라고 우식은 생각했다. 그는 괜히 방파제 쪽에 주차를 해놓았다고 투덜댔다. 절호의 기회였다. 낚시꾼들이 더러 모여 있는 방파제 쪽보다는 한산한 해수욕장 쪽이 일을 해치우기에 수월했다.

민일태는 바로 바다로 들어가지 않고 해변에서 어슬렁거리다가 이삼십 분 후에나 바다로 들어갔다. 우식은 해변을 둘러보았다. 그렇게 늦은 밤이 아닌데도 사람은 코빼기도 보이지 않았다. 취객이라 도 와 훼방을 놓기 신에 서눌러야 했나. 연중 불이 가장 많이 빠지고 찬다는 때였다. 바다는 마치 다시는 돌아오지 않을 것처럼 멀리 빠져나가 있었다. 모든 조건들이 훌륭했다. 우식은 행진을 하는 병사처럼 씩씩하게 바다로 나아갔다. 그는 민일태의 수영 솜씨가 제법 쓸 만하다고 생각했다. 그러나 우식 또한 만만치 않았다. 일곱 살 때까지 우식은 바닷가에서 살았다. 낚싯줄에 걸린 생선이나 다름없는 민일태를 향해 그는 주저 없이 나아갔다. 민일태라는 생선은 마치 자신의 운명을 미리 알고라도 있었던 것처럼 척척 수월하게 우식의 각본대로 따라오고 있었다. 그리고 우식은 그 생선을 잡았다. 생선을 잡아 해안까지 끌고 온 우식은 낮에 구입한 작은 쇠스랑으로 솜씨를 부렸다. 한 사람의 인생을 망가뜨린 죄. 그는 그것을 절대 용서할 수 없었다. 민일태만 아니었어도…….

그는 잡은 생선을 해변으로 끌고 와 깊이 구덩이를 파고 그 속에 묻었다. 바다로 띄워 보내면 조류에 밀려 다시 돌아올 가능성이 있었다. 우식은 시체를 깊게 파묻으면 안심할 수 있다고 생각했다. 이곳까지 물이 빠지는 일은 앞으로 일 년 후에나 있을 일이었다. 그리고 그는 포구에 세워둔 렌터카를 향해 서둘러 갔다. 그러나 차 앞까지 갔을 때 그는 바지주머니 지퍼가 열려 있는 것을 발견했다. 주머니 지퍼가 주머니의 아래쪽에 나 있었는데 아마도 처음부터 지퍼를 제대로 잠그지 않았던 것 같았다. 덕분에 그곳에 넣어두었던 쇠스랑이 사라지고 말았다.

서걱서걱. 밤바다의 모래가 소리를 내고 있었다. 쿡 처박히다가는 이내 질질 끄는 소리…….. 누군가 가까운 곳에서 조개라도 캐고 있는 것 같았다. 얼마나 잤을까. 청미가 눈을 뜨자 엉망으로 뒤엉킨 거미줄에 달빛이 부서지고 있었다. 그녀는 숨쉬기가 불편했다. 뒤엉킨 것은 거미줄이 아니라 그녀의 머리카락이었다. 짠바람이 계속해서 젖은 머리카락을 그녀의 얼굴 위로 사정없이 몰아붙이고 있었다. 폭풍이 닥치려 하고 있었다. 이대로 손을 쓰지 못한다면 죽을 수도 있으리라……. 돌연한 공포가 엄습하자 숨이 멎는 듯했다. 문득 그림자 하나가 그녀의 얼굴을 빠르게 스쳐갔다. 그녀는 몸을 황급히 일으켰다. 그림자의 주인일 것이 분명한 한 사내가 뭍을 향해 무엇에라도 쫓기듯이 달아나고 있었다. 청미는 문득 사내의 사라져가는 뒷모습에서 흔들리는 검은 영혼을 보았다. 금방이라도 무너져 내릴 듯한 그것의 회색 눈이 허공 속을 느릿느릿 배회하다 그녀와 딱 마주쳤다. 그리고 그 회색 눈이 말갛게 살아 오를 무렵 청미는 소스라치며 외면했다. 그녀가 오소소 서늘해지는 두 팔을 감싸 안았을 때, 서너 걸음 떨어진 곳에서 무엇인가 빛을 발하고 있는 것이 눈에 띄었다. 그녀는 그리로 가서 그것을 주웠다. 자동차 열쇠. 열쇠와 함께 독일 B사의 엠블럼, 그리고 차량번호가 새겨진 메달이 각각 열쇠고리에 달려 있었다.

물은 더 빠져나가 있었다. 뭍으로부터 한참을 달려온 탓에 어느덧 눈곱만해진 해수욕장 점포의 불빛들이 희미하게 명멸하고 있었다. 돌아가야만 했다. 곧 물때가 바뀔 것이다. 그러나 초라한 불빛들을 보자 그녀는 돌아가기가 싫어졌다. 열쇠가 떨어진 곳으로부터 바다를 향해 길게 발자국이 나 있었다. 청미는 발자국이 끊어진 곳까지 걸어가 멈추어 섰다. 개펄이 고르지 못했다. 조개를 캔 것이겠거니 싶었다. 하지만 쫓기듯이 달아나던 사내의 모습이 떠올랐다. 뭔가 수상했다. 그녀는 그곳을 파보기로 했다.

손으로 꽤 많은 모래를 긁어내자 부드러운 흙이 출렁거리기 시작했다. 흙을 좀 더 쓸어냈다. 잠시 후였다. 사람의 배꼽 같은 것이 드러났다. 이어서 드러난 형체……. 청미는 자신의 눈을 몇 번이고 의심했다. 사십대 중반쯤. 남자는 머리가 으깨져 있었고, 체구가 왜소했다. 남자의 가슴팍에 귀를 가져다 댔다. 죽은 지 오래지 않은 듯

체온은 남아 있었으나 심장박동이 멈추어 있었다. 반대로 그녀의 심장은 요동을 쳐댔다. 두통이 치밀고 사지는 의지와 상관없이 부들부들 떨렸다. 그럼에도 그녀는 그곳을 떠나지 않았다. 오히려 시체로부터 눈을 뗄 수가 없었다. 좋은 꿈이라도 꾸는 듯 잔잔한 미소를 머금은 얼굴. 그것은 이대로 자신을 버리지 말아달라고 하는 간절한 표현 같기도 했다. 그것은 조금씩 청미를 끌어당겼다. 날 버리지 마. 날 봐. 그래, 이쪽으로 더 가까이…….

청미는 무엇에라도 홀린 듯 점차 시체에게로 허리를 숙였다. 그때 시체의 눈 하나가 부릅떠졌다. 악마의 눈이었다. 숨이 컥 막혔다. 그러나 시체의 눈이 떠진 것이 아니라 실은 조금 전에 주운 자동차 열쇠가 시체의 한쪽 눈두덩 위로 떨어진 것이었다. 청미는 잠시 호흡을 가다듬고 자동차 열쇠를 천천히 집어올렸다. 그것은 달빛을 부수고 폭풍 속에서 한동안 흔들거렸다. 빛과 소리, 작은 진동이 어둠의 공간으로부터 그녀의 짜디짠 젖은 몸으로 흘러들었다. 그리고 그것은 그녀에게 상상력을 부여했다. 다음 순간 그녀는 열쇠를 자신의 발찌에 걸었다. 그리고 승리자의 미소를 지으며 일어섰다. 그녀는 속으로 외쳤다. 기회가 왔다!

청미는 시체를 끌고 바다로 나아갔다. 자동차 열쇠는 살인자의 것일 가능성이 높았다. 아마도 시체를 파묻다가 실수로 떨어뜨린 것 같았다. 그렇다면 살인자는 곧 이리로 돌아올 것이 뻔했다. 바로 차를 몰아 이곳을 떠나려 했을 것인즉 열쇠가 사라진 것을 알고도 멍청히 있을 리는 만무했다. 청미는 시체를 숨길 곳이 필요했다. 살인자가 돌아오면 그에게 돈을 요구할 계획이었다. 비싼 외제차를 끌고 다니는 것을 보면 있는 집 도련님일 수도 있었다. 그리고 초콜릿 같은 목소리로 '네놈이 한 짓을 녹화해두었어'라고 덧붙여주리라 마음 먹었다.

서늘한 물결이 청미의 발목을 휘휘 감아왔다. 청미는 바닷물로 시체를 끌어당겼다. 사자는 물이 밀려오면 그 속으로 사라졌다가는 물이 밀려나면 허연 거품을 뒤집어쓰고 흉물을 드러내곤 했다. 바닷가에서 시체를 숨길 곳이라고는 바다뿐이었다. 다만 곧 물때가 바뀔 즈음인지라 위험요소가 있었다. 밀물을 타고 다시 해안으로 떠밀려올 가능성이 있었다. 그녀는 어릴 적 큰오빠에게서 들은 이야기를 기억해냈다. 우리나라 서해안에는 난류가 흐르고 있는데 그것은 남에서 북으로 흐른다는 이야기였다. 그렇다면 아마도 북한의 어느 해안으로나 떠밀려가지 않을까? 그녀는 제멋대로 생각했다. 또 아무렴 시체가 떠밀려온들 무슨 상관이랴. 살인사건과 자신은 직접적으로는 아무런 관련이 없는 것이다. 단지 자신은 인생의 전환점을 필요로 했으며 자신에게 찾아온 기회를 활용했을 뿐.

그녀는 17년 베테랑 수영 실력을 발휘해 파도를 뚫고 나아갔다. 그러나 사자의 늘어진 몸을 이끌고 드센 파도와 맞서기란 그녀의 힘으로는 감당키 어려운 것이었다. 그녀는 얼마 가지 못해 힘이 빠졌다. 가슴에 통증을 느낀 그녀는 그만 시체를 놓아버렸다. 그리고 해변으로 돌아왔다. 가슴과 목구멍이 찢어질 것 같아 그녀는 한참을 쓰러져 있었다. 겨우 한숨을 돌릴 무렵 갑자기 머릿속이 싸늘해지고 있음을 느꼈다. 뒤엉킨 머리카락 너머로 보이는 세상은 어둠뿐이었다. 검은 바다. 검은 하늘. 그들 사이에 경계는 없어 보였다. 그것은 검은 장막 같았다. 그리고 장막 뒤에 숨어 빛을 발하는 것은 달이 아니라 조명일 것이다. 그녀는 지금까지 일어난 일들이 현실로 여겨지지 않았다. 현실이 아니야. 그럴 리 없어. 그러나 그녀의 발찌에 채워진 낯선 열쇠가 그녀의 바람을 부정하듯 폭풍 속에서 딸랑거렸다. 대체 무슨 짓을……. 그녀는 더럭 정신이 나고 있었다.

그때 한 사내가 그녀를 향해 무서운 속도로 달려오는 것이 보였다. 그녀는 질끈 눈을 감았다. 이어 퍽퍽, 하는 거친 마찰음이 들려왔다. 그녀가 다시 눈을 떠보니 채 오륙 미터도 떨어지지 않은 곳에서 한 사내가 맨손으로 개펄을 파헤치고 있었다. 그는 누군가 가까이에 있다는 사실조차 의식하지 못하고 있는 듯했다. 한참을 파낸 사내는 문득 동작을 멈추었다. 원하는 것을 찾지 못한 그는 잠시 망연히 있다가 개펄을 양손에 움켜쥐었다. 그리고 그것을 공중에 냅다 휘갈기고는 곧바로 다른 곳을 마구 파헤치기 시작했다.

살인자였다. 돌연 그녀의 숨구멍이 묵직한 것으로 막혔다. 예상대로 살인자가 찾아온 것이다. 그녀는 호흡곤란과 현기증 때문에 사내의 거동을 그대로 지켜볼 수조차 없었다. 살인자와의 흥정이라고? 얼토당토않았다. 최선은 되도록 빨리 이곳을 벗어나는 것뿐이었다. 그녀는 흔들리는 두 다리를 일으켜 죽을힘을 다해 뛰었다. 멀리 보이는 해수욕장의 초라한 불빛은 이제 구원의 빛이 되어 그녀를 향해 손짓하고 있었다. 그러나 구원의 빛은 좀처럼 가까워지지 않았다. 뛰어도 뛰어도 제자리였다. 개펄이 자꾸만 뒤로 물러나는 것만 같았다. 제발, 뛰어!

얼마 못 가 무지막지한 힘이 그녀의 머리카락을 잡아챘다. 그녀는 애써 목을 움직여 그 힘의 정체를 올려다보았다. 그는 낮에 보았던 카고 반바지였다. 그의 얼굴은 마치 '그걸 어쨌지?'라고 묻는 것 같았다. 청미는 고개를 저었다. 몰라요. 몰라요. 청미는 기어들어 가려는 소리를 겨우 입 밖으로 토해냈다. 일순 청미는 사내의 얼굴이 심하게 일그러지는 것을 보았다. 곧상 사내의 손방망이가 그녀의 **뺨**으로 날아들었다. 그녀는 쓰러져 주춤주춤 물러났다. 모른다? 대체 뭘 모른다는 거지? 사내는 소리쳤다. 청미는 그제야 자신의 대실수를 알아챘다. 묻지도 않은 것을 모른다고 했으니 다 알고 있다고 스스로 고한 셈이었다.

사내의 두 손이 그녀의 목을 죄어왔다. 그녀는 많은 것을 생각할 수 없었다. 그저 초콜릿 같은 목소리로 '네놈이 한 짓을 녹화해두었어'라고 말하는 자신의 모습이 뿌옇게 흐려져가고 있을 뿐. 교활하고도 담대한 그녀의 모습은 승리자였다. 동전 하나가 떨어지고 있었다. 잔돈……. 그녀는 낮에 사내에게 돌려주지 못한 잔돈이 생각났다. 삶은 온갖 시시콜콜한 것들을 등에 지고 있었다. 집으로 돌아가면 먼저 누렁이 밥을 주자. 이대로 잠들면 안 돼……. 자기 전에는 꼭 클렌징을 해줄 것……. 요즘 들어 여드름이 지독해지고 있었다. 그리고 더는 아무 생각도 안 났다.

시체가 사라졌다. 옆을 파보아도 마찬가지였다. 우식은 쇠스랑을 찾으러 왔다가 더 큰 봉변을 당하고 말았다. 시체는 없었다. 빔니치 파서를 캐냈기 때문인지 않았지만 우식은 그곳을 충분히 짐작만으로 알 수 있었다. 그런데…… 시체가 정말 사라진 것이다. 우식은 누군가가 자신의 옆으로 후다닥 달려나가는 것을 보았다. 혹시나 하고 그를 쫓았다. 여자였다. 우식은 자신도 모르게 여자의 머리채를 잡고 말았다. 지나치게 흥분한 탓이었다. 그런데 여자는 모른다, 모른다고만 하는 것이었다. 아…… 여자가 목격을 한 것이다. 그리고 시체를 다른 곳으로 옮겨놓은 것이다. 왜? 왜? 그는 심장이 터져나갈 것 같아 견딜 수가 없었다. 그러나 그가 여자의 목을 힘껏 조르고 있는 자신을 발견했을 때는 이미 모든 것이 끝난 상태였다. 여자의 몸이 축 늘어졌다. 어둠 속에 스러진 것은 이제 하나의 회색 무생물에 불과했다. 그것은 키가 컸으며, 회색 몸뚱이를 가졌고, 회색 수영복을 입고 있었다. 실상 그것들은 원래 회색은 아니었을 것이라고 그는 생각했다. 어둠이 그것들에게서 색을 빼앗아 희미한 형체만을 눈앞에 그려놓고 있었다. 그는 그 회색의 덩어리에 대해서 알지 못했다. 또한 알고 싶지도 않았다. 물때가 바뀌고 있었다. 여자를 파묻으려면 아까보다도 더 깊게 구덩이를 파야 했지만, 그러자면 물이 밀려들 것이었다. 그렇다고 밀물에 시체를 띄울 수도 없었다. 길은 하나뿐. 우식은 여자를 등에 업고 차를 세워둔 포구로 향했다. 날이 밝기 전에 다른 곳에 시체를 파묻어야 했다.

그는 모텔이 늘어서 있는 지름길을 택했다. 그러나 지름길이라고 해도 포구까지 삼백 미터는 됐다. 거기다 시체를 업고 얼마나 빨리 달릴 수 있을지⋯⋯. 조금만 더. 조금만 더. 백 미터 앞에 방파제가 나타났다. 차를 방파제 옆에 세워둔 것이다. 우식의 눈에 노란 불빛이 보였다. 이십 미터 전방에 파출소가 있었다. 쌍, 하필이면⋯⋯. 게다가 경찰 둘이 그 앞에 나와서는 고개를 주억거리며 서로 무어라고 떠들고 있었다. 여자의 발목에 있는 무엇이 자꾸 우식의 허벅지 뒤쪽을 찔러댔다. 조금만 더. 조금만 더. 우식은 허둥대는 기색을 보이지 않으려 애썼다. 자연스럽게만 행동하면 취객이나 환자쯤으로 여길 것이리라⋯⋯. 그런데 자꾸 뾰족한 쇠붙이 같은 것이 다리를 찌르는 것이었다. 조금만 더 힘을⋯⋯.

그때였다. 우식은 버려진 그물코에 발을 빠뜨리고 말았다. 앞으로 고꾸라지면서 그는 시체와 함께 대굴대굴 굴렀다. 제길. 그 쇠붙이 같은 것이 자꾸 다리를 찔러 신경을 거스르지만 않았어도. 그는 일어나 앉으면서도 여자의 발목에 있는 그것이 무엇인가를 보았다. 자동차 열쇠였다. 그는 그 엠블럼을 보고는 대뜸 그것이 민일태의 것이라고 생각했다. 우식은 끝까지 자신의 인생을 물고 늘어지는 민일태가 이제는 징그러웠다. 이런⋯⋯. 우식이 넘어지는 것을 본 경찰들이 달려오고 있었다. 우식은 재빨리 몸을 일으켰다. 도망쳐야 했다. 하지만 섣부른 행동을 하면 더 큰 의심을 받을 게 틀림없었다. 이러지도 저러지도 못하고 있는 사이, 경찰이 손전등을 켰다.

"어라, 편의점집 딸인데?"

얼굴에 개기름이 번질거리는 경찰이 여자를 흔들어댔다. 잠시 후 돌연 그자가 우식을 째렸다. 우식은 무조건 방파제 쪽으로 뛰었다.

"거기 섯!"

호각 소리가 요란했다. 어둠 속에서 낚시꾼들이 무슨 일인가 하고 하나둘 몸을 일으켰다.

파도가 검푸른 입을 벌려 우식을 향해 덤벼들고 있었다. 그는 그 것이 아주 큰 생선의 아가리 같다고 생각했다. 어 디 딘 우 닌 방파 제 든에 와버렸다. 너는 길이 없었다. 그는 바다의 검푸른 아가리 속으로 뛰어들었다. 그것이 입을 닫자 허연 포말이 일었다 흩어졌다.

- 「계간 미스터리」 2005년 가을호

살인 레시피

>>>> 김차애

1994년 『미스터리 매거진』 2호에 「밀회」가 당선되어 등단하였다. 소설을 쓰는 한편 드라마 작가, 방송작가 등으로 활동하고 있다. 주요 작품으로 단편소설 「열대어를 사랑한 남자」 「하이에나 살인」 「아틀란티스의 연인」 「행복한 남자들의 죽음」 「SAD BLUE」 등이 있고, 단편집 『이별의 목적』이 있다.

재료 : 남자 68kg, 소금 약간

1. 메뉴를 짜고 예산을 세운다.

남편이 실종되기 두 달 전부터 그녀는 등산을 다니기 시작했다. 아직 잔설이 남아 설익은 밥처럼 들떠 있는 삼월의 흙에 아이젠을 박으며 그녀는 그의 목덜미를 상상했다.

남편은 그녀와의 이혼을 원했다. 다른 남자와의 채팅으로 밤을 새우고 불륜을 저지르지도, 흥청망청 쇼핑을 해대 카드 수십 개로 돌려막기를 하지도 않았는데 그는 그녀를 더 이상 견딜 수 없다고 했다.

그녀가 그에게 견딜 수 없어질 때마다 그녀의 몸 여기저기엔 상처가 하나씩 생겨났고, 상처는 시간이 지날수록 더 많이, 그리고 조금씩 더 깊어졌다.

그러던 어느 날 짙은 화장으로 푸른빛 피부를 감추고 남편의 아침을 차려주면서 그녀는 문득 관계의 끝을 상상했다. 결혼 일 년, 첫 결혼기념일을 일주일 앞둔 목요일이었다.

그녀는 결혼기념일 선물을 홈쇼핑에서 골랐다. 너무나 갖고 싶었던 헨켈 트윈 셀렉트 식칼 세트였다. 사십만 오천 원을 4개월 무이자로 결제하면서 그녀는 남편의 카드번호를 불러주었다. 남편도 이칼의 느낌을 좋아하리라.

2. 파, 마늘 같은 양념은 미리 다지고 썰어두면 편리하다.

그녀는 스카이라이프의 요리 채널을 즐겨 본다. 하지만 금요일 오후 7시 40분의 본방과 월요일, 화요일 오후 3시 재방 프로는 보지 않는다. 음식도 호감 가는 사람의 요리가 더 맛있게 느껴지는 법이다.

그녀는 지금 요리를 하고 있다. 오늘의 메뉴는 오징어링 튀김이다. 여럿이 둘러앉아 적은 양으로 공복을 채우기에는 튀김이 제격이다. 그녀의 반상회 준비는 항상 이렇게 요리로 시작되었다.

그녀는 오징어의 몸통에서 다리를 부드럽게 잡아 뽑았다. 다리와 함께 내장이 딸려 나왔다. 먹물과 터진 내장으로 얼룩진 오징어 몸통을 흐르는 물에 씻고 껍질을 벗겨냈다. 그리고 뒤집어서 다시 한 번 깨끗이 씻어낸 다음 6밀리미터 간격으로 몸통을 잘라나가기 시작했다. 새로 산 헨켈에 닿는 신선한 오징어 살의 느낌은 남편의 귓불처럼 부드럽다.

냉장고에서 미리 만들어 차갑게 식힌 튀김옷을 꺼냈다. 그녀는 링모양으로 토막 낸 오징어를 조심스럽게 그 속으로 밀어넣었다. 조금씩 침잠하면서 자신의 흔적을 지워가는 동그란 토막들. 신혼 살림으로 장만했던 테팔 그릴구이 판에 사은품으로 따라왔던 튀김기가 가벼운 신음 소리를 내며 그들을 받아들였다.

레몬 조각과 파슬리로 한껏 치장한 오징어링 튀김이 708호 거실에 앉아 있는 사람들 앞에 놓여졌을 때 그녀는 기대했던 대로 사람들의 가벼운 탄성을 들을 수 있었다.

손가락으로 튀김을 집어 입속에 넣고 너무 맛있다는 말과 함께 우물거리는 304호, 매번 이렇게 신세만 져서 어떡하냐며 웃음을 흘리지만 요구르트 하나도 아직 사온 적 없는 503호, 두 달 뒤에 602호네서 할 반상회가 기대된다며 은근히 압력을 주는 708호, 모두들 역겨운 인간들이지만 그녀들은 내가 자기들과 흉허물 없는 사이라 생각하고 있다. 그래서 만날 때마다 흉허물을 하나씩 토해내고 있는지도 모른다.

아이 내신 때문에 담임선생과 불륜을 유지하는 눈물겨운 모정의 304호와, 쇼핑 중독으로 카드 돌려막기를 하다 결국 신용불량자가 되어 이혼당할 위기에서도 아이를 방패 삼아 꿋꿋하게 버티고 있는 503호, 그리고 남편의 박봉으로는 도저히 이제 현대인들의 대중 레저가 된 골프비를 감당할 수가 없다며 필드피와 캐디피를 대주는 남자라면 누구에게라도 기꺼이 열아홉 번째 구멍이 되어주는 708호, 이들이 그녀가 관심을 갖고 관리하고 있는 이 아파트 단지의 실세들이다. 다른 이들은 모두 무기력한 삶을 살아내고 있는 상상력 없는 건실한 주부들이므로 그녀가 관심을 가질 이유도 필요도 없다. 아파트 내의 모든 여론과 소문은 상상력 있는 이들 세 사람에 의해 조성되고 부풀려지고 퍼져나가고 있는 것이다.

그녀들에게 그녀는 602호로 기억되는 약간 불쌍한 여자다. 요리하기 좋아하는 천생 여자지만 불쌍하게도 일편단심 민들레인 사랑하는 남편에게는 사랑받지 못하는 여자. 남편의 손찌검에 짙은 화장을 하지 않고는 외출할 수도 없는 무기력한 여자. 그녀는 이러한 인식을 심어주기 위해 매달 반상회에 출석하여 일 년을 노력했다.

3. 정확한 용량을 지켜라.

그녀는 이름을 기억하지 않는다. 이름이란 사실을 부풀리고 왜곡하며 감성을 자극하여 실수를 유발한다. 모든 사물엔 거기에 어울리는 숫자가 있다. 아파트 여자들이 동호수로 기억되는 것처럼 남편은 3, 그리고 그녀는 0이란 숫자가 어울린다. 정확한 용량을 지켜야 제맛이 나는 요리처럼 인생도 정확한 숫자를 지켜야 제대로 된 인생을 살아갈 수 있는 것이다.

그래서 그녀가 결혼 후 가장 먼저 산 주방용품은 계량컵과 계량스푼, 그리고 저울이었다. 그녀는 그것들로 정확한 용량을 측정하여 요리했고 그녀의 요리는 한 번도 예상을 벗어난 적이 없었다.

남편과의 결혼 일 년도 그녀가 정한 숫자였다. 너무 길지도 짧지도 않아야 했다. 너무 길면 그녀의 동정받을 만한 사건은 당연한 일상으로 변질되어버릴 것이고, 너무 짧으면 호의적인 증언으로 그녀를 도와줄 이웃 하나 없이 남편의 실종에 대해 가장 의심받을 사람이 그녀였다. 적절한 용량을 지키는 것, 그것이 그녀에겐 제대로 된 인생을 사는 법이었다.

4. 고기는 숙성기간이 맛을 결정한다.

살인도 마찬가지다. 적당한 기대감으로 기다리는 시간이 있어야 실행의 순간이 더 달콤한 법이다. 하지만 너무 긴 숙성시간 역시 고기의 맛을 떨어뜨린다.

그녀의 첫 번째 살인은 십오 년간의 기다림 끝에 실행되었다.

강원도 삼척시 임원항. 이곳에서 그녀는 첫 살인을 했다. 환상적인 해안도로인 7번 국도를 끼고 있는 그림 같은 바닷가 마을. 그 그림 같은 마을 한구석에서 그녀는 소설 같은 어린 시절과 청소년기를 겪었다. 그리고 순전히 그녀의 의지로 그 시절을 끝냈던 것이다.

술 취한 아버지에게 살아서는 끝날 것 같지 않던 구타를 당하면서 그녀는 때리는 아버지보다 이런 곳에 자신을 남겨두고 혼자 도망간 엄마란 인간이 더 미웠다. 아니, 처음에 아버지는 그녀에게 미워할 수조차 없는 두려운 존재였다. 하지만 아버지의 발길질에 의식을 잃어가면서 이대로 내 인생을 끝낼 수는 없다는 생각이 드는 순간 그녀는 제일 먼저 아버지에 대한 두려움을 버리기로 했다.

어차피 세상은 동물의 왕국이다. 아버지는 강하니까 날 때려도 되는 것이고 난 약하니까 맞을 수밖에 없는 것이다. 이 상황을 역전시키려면 사자를 속이는 여우가 될 수밖에.

이것이 그녀가 내린 결론이었다. 살고 싶다는 의지가 그녀를 이성적으로 만들었고, 그때부터는 아버지에게 맞는 일이 조금은 수월해졌다. 아버지의 마지막을 상상하며 문밖의 파도 소리에 귀를 기울이면 몸 구석구석에 와 닿는 둔탁한 감각이 조금씩 무디어지고 했다.

그녀는 일기를 쓰기 시작했다. 일기란 성실한 인간이라는 증명서 같은 거다. 그녀는 사람들이 보고 싶어 하는 여중생의 마음을 일기에 썼다. 아무도 이런 일기를 쓰는 그녀의 마음속에 살의가 가득 차 있으리라고는 상상하지 못할 것이라는 생각이 그녀의 새로운 기쁨이 되었다. 세상을 속여 넘기고 있다는 작은 쾌감은 그녀가 아버지의 구타를 견딜 수 있는 또 하나의 진통제로 그녀에게 없어서는 안될 소중한 삶의 이유가 되었다. 어차피 사람들은 그녀처럼 맞아본 적도 없을 테고, 그녀의 인생을 책임질 수도 없는 방관자일 뿐이니까 내 일은 내가 알아서 할 밖에.

일기를 쓰기 시작한 지 삼 년째 되던 날, 드디어 그녀는 아버지를 죽였다. 기다림이 길었던 만큼 살인의 순간은 너무 짧아 허무하기까지 했다.

파도가 높아 배가 출항하지 못하자 아버지는 집 근처 갯바위에서 낚싯대를 드리우고 깡소주를 들이켜기 시작했다. 운이 좋아 감성돔이라도 잡히면 안줏감이라도 할 모양이었겠지만 술 취한 아버지는 미끼가 사라진 빈 낚싯바늘만 자꾸 끌어올리고 있었다. 사 홉들이 소주병을 세 병까지 셌을 때, 그녀는 조심스럽게 문을 열고 아버지에게 다가갔다. 하늘이 조금씩 핏빛으로 물들고 있었고 아버지의 얼굴도 자신의 죽음을 예감한 듯 온통 핏빛이었다. 소주 때문에 썩어버린 간이 해대는 토악질을 막으려고 다시 소주병을 입에 문 아버지의 얼굴이 잠시 처량해 보였다. 그녀를 그렇게 고통스럽게 했으면서 자신 역시 조금도 행복했던 기억이라곤 없어 보이는 아버지의 얼굴. 오랜 가뭄에 갈라진 논바닥 같은 깊은 주름이 이미 아버지의 얼굴을, 손을, 그리고 온몸을 산산조각 내고 있었다. 그녀는 잠시 흔들렸으나 다시 마음을 다잡았다. 그것은 그녀의 살의가 순간의 망설임을 잘라버릴 만큼 충분히 길고 깊었기 때문이다. 영원처럼 느껴지는 찰나의 순간, 아버지는 바다 속으로 사라지고 그녀는 그토록 바라던 고아가 되었다.

5. 재료 준비가 철저해야 시간 낭비가 없다.

요리시간을 단축시키는 방법은 철저한 사전준비뿐이다. 남편을 죽이기로 결심하고 두 달 동안 그녀는 철저하게 사전준비를 했다. 우선, 아파트 내 소문의 진원지인 세 여자에게 그동안 쌓아왔던 이미지를 계속 보여주며 남편이 여자가 생겨 자신을 떠나려 한다는 하소연을 했다. 남편을 사랑하기에 이혼해줄 수 없는 자신의 안타까운 심정을 말하며 남편을 위해 준비했으나 남편은 입도 대지 않은 요리를 그녀들에게 먹였다. 채식주의자인 남편이 육류에는 입도 대지 않는 것이 당연했으나 세 여자는 그것을 알 리 없었다.

다음은 남편의 직장에 투서를 보냈다. 남편을 눈엣가시처럼 생각한다는 전무이사에게 남편이 그동안 회사에서 저질러온 비리와 뇌물 받은 증거들을 날짜별로 스크랩하여 빠른등기로 보내자 남편이 직장을 잃는 데는 일주일도 걸리지 않았다. 직장을 잃자 남편은 더욱 그녀에게 난폭해졌고 그녀의 온몸엔 제비꽃이 퍼렇게 피어났다.

다음은 시댁. 엄밀히 말하면 그녀의 시댁은 없다. 삼 년 전에 남편은 부모를 교통사고로 잃었다. 그리고 유일한 혈육인 큰형은 미국 보스턴에 살고 있는데 사이가 나빠 왕래가 없다고 들었다. 결혼식에도 참석하지 않았을 정도니 앞으로도 연락할 일은 없을 것이다.

준비는 끝났다. 이제 남편이 실종되어도 그를 찾으려고 애쓰는 사람은 없을 것이다.

6. 재료는 종류별로 미리 손질해둔다.

그녀는 결혼 후에 섹스를 하지 않았다. 그녀에게 섹스는 결혼을 하기 위한 미끼인 셈이었다. 그래서 그녀는 연애시절 철저하게 오르가슴을 연기했고 남편은 여자에게 그런 황홀한 느낌을 주는 자신이 대견해서 그녀를 사랑해버린 것 같았다. 결혼 후 섹스 없는 결혼생활을 남편은 못 견뎌했지만, 섹스를 했더라도 그는 자신의 무력함에 못 견뎌했을 것이다. 그녀는 그 누구를 통해서도, 어떤 사랑으로도 치료될 수 없는 완벽한 불감증 환자였으므로.

그녀는 일 년 동안이나 섹스를 하지 못한 남편이 혹시 다른 여자와 연애라도 하지 않을까 걱정했지만 다행히 그런 일은 없었다. 남편은 다른 여자와 섹스는 했지만 아직 연애를 하지는 않았다.

이것은 좋은 징조였다. 그녀가 일을 진행하는 데 있어 망설일 이유는 없었다. 이미 해본 일을 그대로 다시 하면 되는 것을.

그녀의 두 번째 살인은 그녀의 첫 남편이었다.

아버지가 죽고 보험설계사인 고모가 아버지에게 억지로 가입시켰던 생명보험을 타게 되었을 때 그녀는 자신의 인생이 달라지리라 예감했다. 칠천만 원이란 돈을 들고 서울 가는 버스를 탔을 때 그녀는 지금부터가 바로 자신의 인생이라고 생각했다. 지금까지 있었던 일은 다 꿈이라고, 꿈일 뿐이었다고 자신을 설득했고 또 그렇게 믿었다.

서울에 도착한 그녀가 짐을 풀기도 전에 찾아간 곳은 원장이 티브이 아침 요리 프로에 나오는 종로의 한 요리학원이었다. 그녀는 그 원장과 같은 요리사가 되고 싶었다. 누구나 살 수 있는 흔한 재료들로 누구도 흉내 낼 수 없는 환상적인 모양과 맛을 창조해내는 요리사. 누구도 그런 그녀를 사랑하지 않고는 배길 수 없으리라.

그녀는 요리학원을 다니면서 갈비집 주방보조로 아르바이트를 시작했다. 생활비도 벌고 경험을 쌓기엔 그만한 자리가 없다고 생각했다. 그곳에서 그녀는 첫 번째 남편을 만났다. 한식 조리사 자격증을 가진 주방장. 그녀가 꿈꾸던 모습을 현실로 살아가는 남자. 남자로 인해 두려움이 아닌 설렘으로 가슴이 뛰어보기는 태어나서 처음이었다.

누군가에게 소중한 사람이 된다는 것은 이제까지 그녀가 경험해 보지 못한 황홀한 경험이었다. 그녀는 그런 느낌을 준 그와의 영원한 사랑을 꿈꾸며 결혼식을 올렸다. 하지만 동화는 거기까지였다. 첫날밤, 그녀를 찍어 누르는 남편 아래서 그녀는 얼어버렸고 그녀의 몸을 퍼렇게 물들이던 제비꽃이 그녀의 의식을 지배했다.

남편은 괜찮다고, 처음이라 그럴 거라며 그녀를 위로했다. 하지만 고아로 자라 자신을 버린 세상에 편입되기 위해 이를 악물고 살아온 그의 밑천은 금방 드러났다. 섹스를 할 때마다 사후 강직된 시체처럼 뻣뻣해지는 그녀에게서 자신이 위로받을 희망이 영영 사라졌다고 생각하자 남편의 미소가 사라졌다. 그리고 조금씩 죽은 아버지를 닮아가기 시작했다. 천천히, 그리고 조금씩 빠르게 그녀가 꿈이라고 믿었던 그녀의 과거가 다시 살아나려 하고 있었다. 그녀는 상황을 되돌릴 수 없다는 결론에 도달하자 마지막 방법을 생각했다. 끝내고 싶었다. 그것도 아주 행복하게.

7. 요리시간은 가능한 짧게 한다.

그녀에게 결혼은 사랑의 완성이었다. 사랑받고 있다는 느낌, 소중한 사람이라는 존재감의 절정이 바로 결혼식이었다. 그녀는 마약처럼 그 느낌에 중독되었다.

이제 그 느낌이 사라진 이상 그녀는 이 결혼을 끝내야 한다.

그래서 일 년이란 시간을 지루하게 기다렸고, 오늘이 그 기다림의 끝이 될 것이다.

68킬로그램의 남자를 처리하는 데는 75분 정도의 시간이 필요하다.

첫 번째 남자는 75킬로그램쯤 나갔고 처음이었기 때문에 시간이 조금 더 걸렸다. 사람은 처음이었지만 그리 어렵지는 않았다. 갈비집 주방장의 수제자로 매일의 일상이 소와 돼지의 뼈와 살을 자르고 토막 내고 발라내는 것이었으니 야근하는 정도의 느낌이었다고 할까. 그녀의 첫 번째 남편은 자신이 토막 냈던 수백 마리의 소와 똑같은 모습으로 조각조각나 그들 속에 섞여 들어갔다.

그리고 이번이 두 번째다.

그녀는 우선 욕실로 가 입고 있던 옷을 다 벗고 샤워 캡을 썼다. 그리고 샤워를 하며 다리와 겨드랑이 털을 깨끗하게 밀었다. 음모도 민 것은 물론이다. 언제나 사소한 것이 결정적인 증거가 되는 법이다. CSI 시리즈를 보고 느낀 점이랄까. 만에 하나 시체 조각이 발견된다 하더라도 그녀를 연상시킬 수 있는 그 어떤 증거도 발견되면 안 되는 것이다. 티브이는 이렇듯 사람을 소심하게 만드는 구석이 있다.

그녀는 작년에 김장할 때 사용했던 라텍스 장갑을 끼고 알몸으로 서서 잠든 남편을 바라보았다. 저녁에 항상 마시는 녹차에 수면제를 넣어둔 덕분이다.

그녀는 100리터짜리 쓰레기봉투 세 장을 이어 붙인 비닐을 침대 옆바닥에 깔고 남편을 침대에서 밀어 떨어뜨렸다. 매트리스가 피에 젖으면 곤란해지기 때문이다. 그런 다음 그의 왼쪽 젖가슴 바로 아랫부분에 헨켈 과도를 손잡이가 살갗에 닿을 때까지 깊숙이 밀어넣었다.

사랑했는데…… 날 사랑한다고 믿었는데…… 왜 그게 계속되지 못한 거지?

당신도 어쩔 수 없었겠지. 내가 이 일을 멈출 수 없는 것처럼…….

그녀는 누워 있는 남편에게로 다가가 조심스레 입을 맞췄다. 식어가는 입술의 촉감이 그녀의 혈관을 조금 확장시켰다. 하지만 그뿐이었다. 그녀는 천천히 헨켈을 들고 남편의 발목부터 작업을 시작했다.

우선 그녀는 오른쪽 발목에서 다리의 중앙선을 따라 외피를 잘라 나갔다. 그런 다음 계속해서 발등에서 발끝까지를 잘랐다. 다시 발목을 가로지르며 대각선으로 두 번째로 칼집을 낸 후 엄지와 검지를 살갗 속으로 밀어넣고 관절의 연골 부위를 찾아 그곳에 헨켈을 대고 망설임 없이 힘을 주었다. 머뭇거리는 것은 언제나 위험하다. 소심한 손놀림으로는 깔끔하게 잘라낼 수 없다는 것이 그녀의 첫 경험에서 얻은 교훈이었다.

남편의 발목은 쉽게 잘라졌다. 하지만 그녀가 쓰레기봉투 위에서 무릎으로 조금씩 움직일 때마다 그녀의 살갗엔 정전기가 일었다. 그것은 그녀가 이 일을 빨리 마치고 싶은 또 하나의 이유가 되었다.

무릎은 발목보다 훨씬 힘든 작업이었다. 허벅지 뒤 승앙을 따라 손부 밑이 접혀진 부분에서부터 무릎관절까지 7센티미터 정도를 수직으로 자른 후 다리 안쪽에서 바깥쪽까지 비스듬히 잘라나갔다. 그런 다음 허벅지 아래 3분의 1 지점을 가로지르며 세 번째 칼집을 내고 무릎의 연골을 찾아 헨켈을 찔러 넣었다. 손질이 덜 된 도가니 재료를 손질할 때의 느낌과 별다르지 않아서 역겨운 느낌은 없었다. 하지만 피로 얼룩진 자신의 몸에 대고 남편의 무릎관절을 부러뜨릴 때의 기분은 해보지 않은 사람은 모른다. 그녀는 그 기분을 지우려는 듯 인대만 남을 때까지 힘껏 무릎관절을 비틀었다.

이제 그녀의 손은 남편의 골반 근처 근육과 지방 조직에 묻혀 보이지 않는다. 장골 윗부분의 외피를 엉덩이뼈 중앙까지, 그리고 그곳에서부터 꽁무니뼈 끝까지 이어서 자르고, 그 지점에서 커다란 두 번째 다리 관절 밑으로 10센티미터 정도 허벅지 바깥쪽을 비스듬하게 잘라서 뼈와 뼈가 만나는 부드럽고 둥근 표면까지 깊숙이 칼집을 넣어나갔다.

다리에 비하면 팔을 토막 내는 것은 훨씬 쉬운 일이었다. 그녀는 우선 손목을 손쉽게 잘라냈다. 그런 다음 팔꿈치는 겨드랑이 맨 안쪽에서부터 팔꿈치 관절 아래로 외피의 중앙선을 따라 5센티미터 정도 수직으로 자른 후 팔뚝 안쪽에서 바깥쪽으로 비스듬히 잘랐다.

다음은 어깨.

우선, 쇄골에 붙은 근육과 흉부, 늑골 연골 바깥쪽으로 붙은 근육을 수직으로 자른 후 흉근 조직을 떼어내고 관절의 연골을 자른 다음 힘을 주어 비틀었다.

마지막으로 목.

목은 한 컵 정도의 혈장이 나오는 곳이므로 그녀는 근처에 시트를 둥글게 말아 괴었다. 그런 다음 흉골 바로 위의 기도에 헨켈을 찔러 넣자 툭, 하는 소리가 났다. 식도 역시 같은 방법으로 자른 후 척추의 앞부분과 인두를 연결하는 느슨한 근육 조직을 가르고 잘라진 기관과 식도를 잡아 뽑자 남편의 몸에서 머리가 거짓말처럼 쉽게 뽑혀져 나왔다. 남편의 얼굴은 아직 잠에서 덜 깬 듯 평온해 보였다.

이것으로 작업은 모두 끝났다. 일을 마친 그녀가 침실 벽에 걸린 시계를 보니 예상했던 시간보다 7분이 더 지나 있었다.

8. 요리의 완성은 뒷정리다.

조각조각난 남편의 몸은 하나씩 검은 비닐봉지에 싸여 냉장고에 차곡차곡 채워졌다. 손과 머리는 빨리 부패시키기 위해 찜통에 넣고 한 번씩 찐 후 다시 포장했다. 이제 이 조각들은 두 개씩 4주에 걸쳐 수도권의 명산에 묻힐 것이다. 그녀는 두 달 전부터 일주일에 두 번 다니던 산행을 한 달 더 지속했다.

냉장고가 다 비워지던 날, 그녀는 반상회 겸 환송회를 자신의 집에서 열었다. 두 달 전부터 계획했던 반상회에 갑작스럽게 환송회까지 겹치게 되어 사람들은 많이 아쉬워했지만 푸짐한 음식에는 다들 만족스러워했다.

여느 때처럼 일은 쉽게 풀렸다. 급하게 내놓은 집은 쉽게 임자가 나서 손해를 덜 보고 팔 수 있었고, 남편의 퇴직금은 남편의 통장으로 정확하게 입금되어 그녀에게 마음의 여유를 갖게 했다. 아파트 아줌마들은 세 여자에게 이미 들어 그녀가 갑자기 이사 가는 이유를 그녀의 의도대로 말없이 짐작하고 있었다. 이제 그녀는 그곳을 떠나기만 하면 되었다.

9. 요리는 영원히 지속된다.

바다가 내려다보이는 부산 달맞이 고개에 새로운 아파트를 마련했다. 서울보다 집값이 많이 싸서 그녀의 통장 잔고는 더욱 두둑해졌다. 힘든 일을 겪고 나면 찾아오는 이런 휴식 같은 평온함 때문에 인생은 살 만한 것인지도 모른다.

뫼비우스의 띠처럼 인생은 항상 끝과 시작이 맞물려 돌아가는 법이다. 그리고 그녀에게 시작은 다시 찾아왔다.

그녀는 일식 조리사가 되기로 했다. 케이트 모스같이 기름기 빠진, 살갗을 헤집기 위해 태어난 듯한 회칼을 손에 쥐고 사용해보고 싶었기 때문이다. 부산에서도 꽤 유명하다는 요리학원에 등록하고 참석한 첫 요리강좌에서 그녀는 자신을 향해 웃어주는 한 사람의 남자를 만났다. 3개월 시한부 인생인 말기 암 어머니와 외롭게 살아가는 조리사 지망생. 그를 알게 되면 될수록 그녀는 그에 대한 사랑을 멈출 수 없었다. 그리고 또한 너무도 당연하게 사랑이 끝난 뒤의 살인 역시 멈출 수 없을 것이다…….

- 김차애 소설집, 『이별의 목적』 (산다슬, 2006)

반가운 살인자

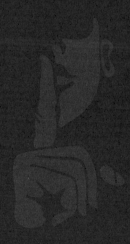

>>>> 서미애

1986년 대전일보 신춘문예에 시가 당선되었고, 1994년 스포츠서울 신춘문예 추리 부문에 「남편을 죽이는 서른 가지 방법」이 당선되었다. 추리 전문 방송작가이자 추리소설과 영화 시나리오 작가로도 활발히 활동하고 있다. 2009년 『인형의 정원』으로 한국추리작가협회 추리문학대상을 받았다. 주요 작품으로 장편소설 『인형의 정원』 『잘 자요, 엄마』 등이 있고, 단편집 『반가운 살인자』 『세기말의 동화』(공저) 등이 있다. 단편 「반가운 살인자」는 동명의 영화로 제작되기도 했다.

또다시 목요일이 되었다. 그리고 기다리던 대로 비가 내리고 있다.

어제 아침부터 잔뜩 흐린 채 무겁게 가라앉아 있던 하늘은 정오가 지나면서 비를 뿌리기 시작했고, 그 기세는 시간이 지날수록 점점 거세지더니 자정이 가까워지며 장마가 시작된 게 아닌가 하는 생각이 들 정도였다. 하지만 자정을 넘기며 비는 수그러들었고 지금은 추적추적 귀를 기울여야 소리가 들릴 정도로 비가 내린다. 이 정도면 완벽하다. 그놈이 원하는 것은 바로 오늘 같은 날. 어쩌면 비 오는 창밖을 보며 '살인하기 좋은 날이로군' 이렇게 중얼거리고 있을지도 모른다. 아마도 놈은 오늘 모습을 드러낼 것이다. 아니, 꼭 모습을 드러내야 한다. 지난 한 달 동안 나는 놈을 만나기 위해 내가 할 수 있는 모든 방법을 동원했다.

사건이 시작된 것은 지난 2월. 일하러 나가는 어머니를 배웅하던 여고생이 첫 피해자였다.

새벽 5시가 안 되는 시간, 도심의 한 빌딩에 청소부로 일하는 어머니를 배웅하고 집으로 돌아오던 길, 관악구 신림시장 골목으로 들어서던 여고생은 괴한을 만나 흉기로 10여 군데를 찔리고 그 자리에서 죽었다. 겨울비가 소리 없이 내리는 목요일이었다.

여고생이 죽고 한 달 뒤, 이번에는 구로구 고척동에 사는 여대생이 괴한에게 습격당해 사망하는 사건이 발생했다. 이제 막 대학에 들어간 피해자는 선배들과의 회식으로 늦은 귀가를 하던 중 자신의 집 앞에서 괴한과 마주친 듯했다. 역시 비가 내리고 있었고 목요일이었다.

그리고 2주 뒤 목요일, 이번에는 신대방동에서 사건이 발생했다. 역시 피해자는 여성이었고 남자친구와 막 헤어지고 돌아가던 길에 변을 당했다. 사건 직후 핸드폰으로 남자친구에게 연락을 해, 구급차에 실려갈 때만 해도 살아 있었지만 병원에 도착하기 전 과다출혈로 사망했다. 덕분에 처음으로 범인에 대한 인상착의가 밝혀졌다. 그녀가 남긴 말에 의하면 범인은 사십대의 남자로 보통 체격이며 검은 잠바를 입었다고 한다.

그때부터 신문에서는 이 사건을 '비 오는 목요일의 살인사건'이라고 부르기 시작했다. 경찰은 아직 동일범의 소행으로 벌어지고 있는 연쇄살인인지 분명하지 않다고 발표했지만 신문에서는 세 번째 사건부터 동일범이라고 확신하고 있었다.

신문이 그렇게 확신하는 것은 몇 가지 공통점 때문이었다. 우선 사건 발생이 목요일, 그것도 비 오는 날이라는 것. 사건 발생 시각은 주로 새벽 2시에서 4시 사이로 가장 인적이 드문 시간이라는 것. 또 범행 장소는 가로등의 불빛이 미치지 못하는 어두운 곳으로, 범인은 어둠 속에 숨어 있다가 그 어둠 속으로 피해자가 들어오는 순간, 피해자에게 칼을 휘두르고 그대로 사라진다는 점 등이다. 범인은 오로지 살인에만 관심이 있는 듯 피해자를 칼로 찌른 뒤에는 그대로 현장을 떠났을 뿐 지갑이나 금품에 손을 대지도 않았고, 다른 어떤 폭행의 흔적도 남기지 않았다. 그리고 무엇보다 중요한 것은 지금까지 일어난 여섯 건의 사건이 모두 서울 서남쪽을 중심으로 반경 5킬로미터 안에서 일어났다는 것이다.

이 사건들이 연쇄살인사건이라고 신문에 보도된 이후 흉흉한 소문은 꼬리를 물고 사람들의 입에 오르내렸고 온갖 억측과 추리가 난무했다. '사건이 특정 버스노선을 따라 발생한다'거나 '범인은 지하철 2호선을 따라 움직인다'거나 '흰옷의 여자만 노린다'는 등의 소문이 사실인 양 떠돌았고, 그 바람에 흰 블라우스의 하복을 입어야 하는 여학생들은 사건이 해결되기까지 교복 착용을 거부하겠다는 소동을 벌이기도 했다. 이제 막 여고생이 된 딸 하린이의 학교 역시 예외는 아니었다.

"그래서 결국 교복은 안 입기로 한 거냐?"

"신생들이 그런 말 듣겠어? 사건은 새벽에 일어났다면서 그 시간에 싸돌아다니지만 않으면 된다고 오히려 훈계만 잔뜩 들었는걸 뭐……"

"그래, 밤에만 안 돌아다니면 돼……."

나는 건성으로 하린이의 이야기를 듣고 있었다. 식탁 위에 펼쳐놓은 신문에서 또 사건과 관련된 기사를 발견한 것이다. 가위로 기사를 오리고 있는데, 구멍 난 틈으로 하린이가 빤히 나를 올려다본다.

"도대체 이건 뭐하러 스크랩을 하는 거야?"

딱히 좋은 변명이 떠오르지 않았다. 뭐 때문이라고 대답해야 하나. 범인을 추적하고 있다고? 하지만 형사도 아닌 내가 그런 얘기를 하면 코웃음을 칠 게 분명하다. 이리저리 머리를 굴려가며 적당한 변명거리를 찾고 있는데 하린이가 먼저 정곡을 찌르는 말을 한다.

"하긴 이렇게라도 소일거리를 찾아야지 뭐…… 성인오락실 가는 거보다 훨씬 낫네."

그 말이 맞을지도 모른다. 처음에는 바로 우리 동네 주변에서 일어난 사건이라 관심을 가졌지만, 결국 그 사건 덕에 무료하던 나의 매일매일이 조금씩 흥분과 스릴로 변하고 있으니까.

새로 오린 기사를 스크랩북 위에 올려놓고 풀로 붙이기 시작했다. 이번 기사는 경찰청에서 이 사건들을 '범죄 프로파일링 기법'을 적용해 분석한 결과 동일범일 가능성이 있음을 확인했고 결국 연쇄살인 사건으로 수사 방향을 잡았다는 내용이다. 돌다리도 두들겨보고 가라고는 하지만 늦어도 한참 늦은 대응이다.

기사 하단에는 서울 경찰청에 근무하는 수사관의 사진과 함께 국내 유일의 프로파일러라는 글이 보였다. 그는 이 연쇄살인사건에 대해 '낯선 사람에 의한 이유 없는 살인'이라고 정의를 내렸으며 범행 정황으로 보아 정신이상자의 소행일 확률도 있다고 했다. 전문가의 말치고는 실망스러웠다. 신문기사만 챙겨 본 나도 이런 말은 할 수 있다.

미국 FBI 프로파일러들은 범인의 나이나 외모, 가정환경, 심리 상태까지 정확하게 집어내던데, 우리나라는 아직 그 정도 수준은 아닌 모양이다. 하긴 연쇄살인이 수십 건씩 일어나는 미국과 우리나라를 비교한다는 것 자체가 무리일지도 모르겠다. 자료가 없으니 정확한

데이터가 만들어져 있을 리 없고, 그렇다고 미국식 프로파일링이 우리에게 맞을 리 없을 테니까.

"아빠, 혹시 그거 들어봤어?"

냉장고에서 요구르트를 꺼내 밑동부터 깨물어 먹던 하린이가 한참 생각에 잠겨 있다 불쑥 말을 꺼낸다. 멀쩡한 요구르트를 얼려 먹는 것도 마음에 안 들지만, 정서불안 장애를 가진 것처럼 밑바닥부터 잘근잘근 씹어서 플라스틱 병을 분해하며 먹는 건 더 신경에 거슬렸다. 한마디했다가는 또 잔소리가 될까 봐 시선을 거두고 스크랩에 열중했다.

"왜, 빨간 마스크 말이야……."

"빨간 마스크?"

"응. 이번 사건이 빨간 마스크의 짓이라는 얘기도 있어."

이런 한심한…… 나도 모르게 입이 딱 벌어졌다. 하린이에게 신문기사 스크랩 중 하나를 보여주고 싶었다. 피해자가 죽어가며 남긴 증언으로 분명 범인은 사십대의 남자라고 밝혀졌는데도 이런 터무니없는 이야기를 믿다니…….

"아빨이번 여사반 죽이는 것도 범인이 빨간 마스크라서 그런 거래. 비 오는 새벽에…… 어둠 속에 숨어서 지나가는 사람들을 보다기 저 기고니 더 이쁜 여자를 발견하면 그 뒤를 따라가서 이렇게 물어본대."

"……?"

"나 이뻐?"

"푸하하하……."

얼굴을 들이대고 한참 심각한 듯 폼을 잡고 말하는 하린이의 표정이 우스워 나도 모르게 폭소가 터져나왔다. 내 웃음이 갑작스러웠는지 하린이는 금방 샐쭉한 표정이 되었다.

"진짜란 말이야. 진짜 그렇게 물어본다니까."

"그걸 믿냐? 참, 요즘 애들은 덩치만 컸지, 생각하는 거 보면 아직 멀었다니까……."

"치, 관둬. 아빤 맨날 혼자만 잘난 척이야. 남은 진지하게 얘기하는데 비웃기나 하고……."

"야, 비웃은 건 아니다……."

하지만 기분이 상한 하린이는 쾅 하는 문소리를 내며 자기 방으로 들어가버렸다.

빨간 마스크라니, 이건 여름밤 할머니가 들려주는 처녀귀신 이야기 수준이 아닌가. 하긴 여고생인 하린이와 친구들에게는 그게 더 믿고 싶은 가설일지 모른다. 오랫동안 한동네에 살았고 지금도 아침저녁 지나치며 인사하는 이웃이 연쇄살인의 범인이라고 하는 것보다, 있지도 않은 가상의 인물을 등장시켜 범인으로 몰아붙이는 게 훨씬 공포감을 줄이는 방법일 테니까. 하지만 진실은 외면한다고 가려지지 않는다. 범인은 바로 평범한 우리의 이웃들 속에 숨어 있는 것이다.

하린이가 자기 방으로 들어가자 비로소 조용히 작업에 몰두할 수 있었다. 신문기사 스크랩이 끝나자 식탁 위에 서울시 지도를 펼쳤다. 이미 여섯 개의 붉은 표시가 서남쪽으로 몰려 있다. 그 여섯 개의 점은 정확히 우리 집 주변에 몰려 있다.

놈의 다음 목표 지점은 어디일까? 각 사건 발생 지역들의 연결고리가 무엇인지 이리저리 머리를 굴려 생각해보았다. 처음엔 떠도는 풍문처럼 버스노선이나 지하철 2호선을 생각해볼 수도 있다고 생각했다. 하지만 새벽이라는 시간을 계산해보면 굳이 버스노선이나 지하철을 떠올릴 이유가 없지 않을까 싶었다. 더구나 범행 후 피해자의 피라도 묻었다면 그대로 대중교통을 이용한다는 가설은 무리일 수밖에 없다. 범인은 자가용이나 택시를 이용해 이동했을 가능성이 더 크다.

한참 동안 지도 위의 붉은 점들을 이리저리 이어보며 사건에 집중하려고 했지만 하린이가 한 말이 계속 머릿속을 맴돌며 가시지 않았다. 무엇인가 자꾸 신경을 자극하고 있다. 그게 뭐지, 뭐지…… 그렇게 생각을 더듬다 그래, 빨간 마스크…… 빨간 마스크였다. 왜 이 말이 지워지지 않고 계속 머릿속을 헤집고 다니는 것일까? 한참 기억의 창고를 뒤적거린 뒤에야 왜 '빨간 마스크'라는 말이 쉽게 사라지지 않았는지 알 수 있었다.

대학 때 일로 기억하는데, 85년쯤엔 화성 연쇄살인사건 때문에 전국이 떠들썩하던 때였다. 화성에 사는 친구 한 놈이 우리 집에 놀러와서 기가 막힌 이야기를 해주었다.

그때 화성 연쇄살인사건의 범인은 빨간 잠바를 입은 남자라는 목격자의 증언이 있었는데, 그 탓에 평소 빨간 잠바를 즐겨 입던 친구가 경찰서에 끌려갔었다는 얘기였다. 단지 빨간 잠바를 입었다는 이유만으로 용의자 신상에 오를 수 있다는 건 말도 안 된다고 일축했지만 친구는 꽤나 진지한 얼굴로 '니가 지금 화성의 분위기를 몰라서 그런다'고 했다. 그 친구 말고도 빨간 잠바를 소지한 몇 명의 청년이 더 불려갔다 풀려났다는 얘기다.

수백 명의 화성 주민이 용의자 선상에 올라 경찰서에서 심문을 받았으며 제대로 알리바이를 대지 못하거나 얼버무릴 경우는 고문수

690

사까지 행해졌다고 했다. 그 친구와 한동네 사는 청년은 그보다 더 끔찍한 일을 당했는지 경찰서에 다녀온 뒤로 정신병원에 들어갔다는 이야기도 전했다.

몇 년을 끌면서 수많은 희생자를 낸 연쇄살인사건의 범인이니 경찰들은 어떤 무리수를 두더라고 꼭 놈을 잡고 싶었을 것이다. 아무튼 그 일로 친구는 집에 돌아가자마자 빨간 잠바를 아궁이에 처넣었다고 했다. 그때 그 수많은 사건들을 저지르고 몇백 명이나 되는 경찰과 주민들의 눈을 피해 어둠 속으로 사라진 범인은 과연 누구일까? 놈은 정말 빨간 잠바를 입고 있었을까?

멍하니 두서 없는 생각에 끌려가다 정신을 차려보니 지도 위 한 지점이 붉게 주변을 물들이고 있었다. 손에 쥐고 있던 붉은 사인펜이 나도 모르는 사이 한 지점을 찍어 누르고 있었던 모양이다. 그렇지 않아도 놈이 어디에 나타날까 하고 고심하던 차라, 그 붉은 점을 보니 그것이 마치 놓치면 안 될 계시처럼 느껴졌다.

거실에 있던 뻐꾸기시계가 1시를 알리자 나는 기다렸다는 듯이 이부자리를 털고 일어났다. 백수 남편인 나 대신 직장에 다니고 있는 아내는 세상모르게 잠이 들어 있다. 거실로 나와 건넌방의 기척도 살폈다. 하린이 역시 잠들었는지 방 불이 꺼져 있었다.

우산 대신 우의를 입기로 했다. 우산을 들 경우 시야를 가리는 것은 물론이고 한쪽 손마저 자유롭지 못할 거라는 생각에서였다. 비오는 목요일 새벽, 아마 놈 역시 나처럼 다른 사람의 시선을 피해 조용하고 은밀하게 거리로 나서겠지. 등줄기로 차가운 얼음 한 조각이 미끄러져 내려가는 것 같은 기분. 과연 그 붉은 점이 계시가 되어줄 것인가. 모든 것은 운명에 맡겨보기로 하자.

밖으로 나오자 생각보다 비는 잦아들고 있었다. 분무기로 뿌리는 물방울처럼 빗방울의 무게도 거의 느껴지지 않았다. 우선 집 주변을 확인했다. 혹시라도 이 밤늦은 외출을 아내나 하린이에게 들키지나 않았나 해서 잠시 기다렸다. 집 안에서는 아무 소리도 들리지 않았다. 서둘러 지도 위에 찍혀 있던 붉은 점의 그 지역으로 걸음을 옮겼다.

큰길로 나서자 도로 위에는 아직도 자동차 불빛들이 이어지고 있다. 이따금 택시가 승차라도 하려는가 싶은지 내 곁을 머뭇거리다 지나갔다. 그럴 때마다 나는 마치 범죄자라도 되는 양 불빛을 피해 인도 쪽으로 더 깊숙이 걸음을 옮겼다. 더 이상 곁에 와서 속도를 늦추는 택시는 없었다.

지도상으로는 단지 붉은 점 하나에 지나지 않지만, 그 붉은 점은 수십 채의 집들과 골목과 가로등을 의미한다. 인적이 드문 길을 골라 다니며 가로등 불빛이 사라지는 어두운 골목에 들어설 때마다 놈의 흔적을 찾게 될 것 같은 기분이 들었지만 한 시간이 넘도록 나는 아무것도 보지 못했다.

놈은 오늘 일곱 번째 희생자를 찾기 위해 거리로 나섰을까? 아니면 안락한 이부자리에서 자신이 죽인 자들에게 쫓기는 악몽을 꾸고 있을까?

비닐 우의 속으로 축축한 습기와 함께 땀내와 체취가 뒤섞여 올라왔다. 비도 거의 그쳐가고 갑갑하기도 해서 결국 우의를 벗었다. 주택가 골목으로 꺾어 들어서며 우의를 접기 위해 팔을 펴는 순간 누군가 골목을 나오며 나의 어깨에 부딪쳤다. 생각지도 못한 순간에 사람을 발견했는지 그의 눈이 커졌다. 나 역시 갑작스레 나타난 사람 때문에 적잖이 당황스러워 멍하니 그를 쳐다보았다. 짧은 순간 그와 눈이 마주쳤고 이내 그는 잠바에 손을 집어넣으며 골목을 벗어나 큰길로 걸어갔다.

사내의 얼굴은 금세 머리에서 지워지고, 나는 다시 몸을 돌려 우의를 구겨 넣었다. 골목으로 걸음을 옮기는데 뭔가 아릿한 통증 같은 것이 느껴졌다. 아프다고 말할 수는 없지만 묘하게 신경을 자극하는 느낌. 손을 들어보니 팔뚝에 가느다란 상처가 생겼다. 손가락으로 상처를 만져보자 기다렸다는 듯이 피가 배어 나오기 시작했다. 종이에 베인 상처처럼 아주 살짝 스치며 생긴 상처라 피는 이내 멈추었고 잠시 상처 부근이 근질거렸다. 어디에서 생긴 상처일까, 우의를 펼쳐 뒤져보았지만 상처를 낼 만큼 날카로운 장식물 같은 것은 달려 있지 않다. 고개를 갸우뚱거리며 몇 걸음을 옮기던 나는 뭔가에 걸려 휘청거렸다.

발밑으로 물컹하는 느낌. 사람이다. 순간 머릿속에 비상등이 켜졌다. 팔뚝에 베인 상처, 몸을 돌려 큰길로 나서며 두 손을 잠바 주머니에 찔러 넣던 그의 뒷모습. 그놈이다. 그놈과 부딪친 것이다. 발밑에 쓰러진 여자는 이미 숨을 거둔 듯 아무런 움직임도 없다. 혹시나 싶어 가슴에 손을 대어보았지만 심장은 이미 멈춰 있다. 아직 체온은 따뜻하지만 심장은 더 이상 움직이지 않고 있다.

그제야 정신이 돌아온 나는 몸을 돌려 미친 듯 달리기 시작했다. 잡아야 한다. 놈을 잡아야 한다. 몇 걸음만 뛰어가면 놈을 잡을 수 있다. 골목을 벗어나 큰길로 나가는 것을 봤으니 방향은 알고 있다. 놈과는 불과 1, 2분 전에 만났다. 놈은 여자를 죽이고 현장을 벗어나다 나와 마주친 것이다.

어쩐지 그 눈빛이 심하게 불안해 보였어. 잘 기억도 나지 않지만 나는 그렇게 단정짓고 싶다. 드디어 놈을 찾아냈다. 이제 놈을 잡기만 하면 된다.

*

나에게 있어 가장 슬픈 일은 무엇일까? 그것은 사랑하는 사람에게 아무것도 못 해주는 것이다. 사업 실패로 5억이 넘는 부도를 맞고 2년 동안 노숙자 생활을 할 때 가장 마음에 걸린 것은 사랑하는 딸 하린이였다. 어쩌다 아내와 연락이 닿을 때면 아내는 차라리 죽어버리라고 했다. 그러면 그 많은 빚은 내 죽음과 함께 사라질 테니. 하지만 하린이는 돌아오라고 말해주었다. 아무것도 가진 것 없는 초라한 아빠라도 좋다, 제발 돌아오기만 하라고. 결국 나는 하린이 말대로 집으로 돌아왔다. 이미 집은 넘어갔고 내 소유의 그 무엇도 남아 있지 않았다. 집사람은 처갓집에서 빌린 5천만 원으로 허름한 빌라 14평짜리를 빌려 살고 있었다. 그날부터 나는 아내에게 얹혀사는 처지가 되었다.

아내는 오랜만에 집에 돌아온 나에게 무언가 기대하는 눈치였지만 곧 실망을 깨달았다. 나는 무슨 대책이 있어서 돌아온 것이 아니었다. 아무런 답안지도 가지고 있지 않은 채 집으로 돌아온 내게 아내는 노골적으로 경멸의 시선을 보냈다.

밖에서 지낸 2년 동안 나는 완전히 다른 사람이 되어 있었다. 2년이라는 시간 때문인지, 아니면 죽어버리라던 아내의 목소리를 기억하고 있는 때문인지 나는 서먹함을 감출 수 없었다. 하린이가 없으면 우리 사이에는 아무런 대화도 이어지지 않았다. 10년 넘는 세월 동안 함께 산 부부였지만 그런 건 이미 빛바랜 사진처럼 기억 한쪽에 걸려 있을 뿐이었다. 우리는 유통기한이 지난 통조림 같았다. 버리자니 아깝고, 그렇다고 먹자니 왠지 꺼림칙한 물컹하고 비릿한 고등어 통조림.

그래도 처음엔 새출발을 할 수 있을 거라 생각했다. 새로운 직장을 찾아 이력서도 내고 면접도 봤다. 하지만 신용불량자에게 일자리 같은 건 없었다. 막노동이라도 하려고 했지만 그 역시 여의치 않았다. 공사현장에서 나는 쓸모없는 인간이었다. 결국 집에 들어앉아 하루 종일 잠만 잤다. 노숙자 생활을 하며 나 자신에게 놀랐던 일 중의 하나가 잠이다.

공원이나 지하도 어느 곳이든 몸을 기대기만 하면 잠이 들었다. 사업할 때 미처 자지 못한 시간들이 비축되었던 것인지, 자고 또 자도 여전히 졸음이 쏟아졌다. 사실 그것은 현실도피였다. 잠을 자는 동안은 나를 짓누르던 모든 것에서 자유로울 수 있으니 말이다.

가끔은 엄지손가락을 빨던 어릴 때의 하린이가 꿈에 나타나 하루 종일 내 기분을 가라앉게 하기도 했지만 그럴 때도 역시 다시 잠을 청했다. 기분은 우울한 대로 접어두고 꿈속에라도 하린이를 볼 수 있다는 게 행복했다. 어쩌면 나는 매일 잠만 자던 그 생활에 익숙해져버렸는지도 모른다. 그래서 집으로 돌아온 뒤에도, 매일 아침 일찍 일어나 넥타이를 매고 흔들리는 만원 전철에 떠밀리며 직장에 나가고 시간에 쫓기며 점심을 먹고 그런 생활로 다시 돌아가는 것이 끔찍했던 것은 아닐까?

아내의 잔소리나 경멸 어린 시선 같은 건 아무래도 좋았다. 그런

건 이미 노숙자 생활 2년으로 단련될 만큼 단련되었으니까. 하지만 무엇보다 견디기 힘든 건 하린이의 아픈 눈빛이었다. 이 볼품없고 무능력한 아빠를 원망하거나 짜증스러워하는 눈빛이 아닌, 안쓰러워하고 가여이 여기는 눈빛. 2년 못 본 사이에 하린이는 훌쩍 어른이 되어 있었다. 아마 집으로 돌아온 뒤 한두 달 동안 뭐라도 해보려고 발버둥쳤던 것도 하린이 때문일 것이다.

한창 친구들과 어울리며 웃고 떠들 나이지만 하린이는 갑자기 철이 들어버렸다. 가지고 싶은 것도 많을 텐데 그 무엇도 먼저 사달라고 하지 않았다. 반에서 유일하게 핸드폰이 없다는 걸 알았을 때 나는 내 심장을 찌르고 싶었다. 친구들과 집에까지 와서 떠들고 싶지 않다고, 아무렇지도 않은 듯 이야기했지만 나는 안다. 하린이는 그런 일로 내가 상처 받을까 두려워하고 있다. 하지만 그런 하린이의 배려를 깨닫게 될 때마다 나는 오히려 나의 처지를 뼈저리게 느낄 뿐이다.

하린이에게 아무것도 해줄 수 없다는 사실을 인정하고 싶지 않았다. 나 같은 건 죽어버리라고, 아내의 그 말을 들었을 때 이미 나는 사라지고 없었다. 사회에서도, 가정에서도 존재 가치가 사라졌지만 하린이에게만은 무능력한 아빠로 남고 싶지 않았다. 아무것도 없는 내가 하린이를 위해 할 수 있는 일은 무엇일까? 그 해답은 아내의 지갑에서 나왔다.

생명보험증서였다. 한창 사업으로 바쁜 와중에 보험회사에 다니는 친구의 실적을 위해 적선하는 셈 치고 몇 개 들어두었던 보험이다. 수혜자는 아내였다. 내가 죽으면 아내 앞으로 6억이 넘는 돈이 남겨진다. 부도가 나서 정신이 없던 와중에도, 남편이 사라진 2년 동안에도 아내는 꼬박꼬박 보험금을 지불하고 있었다. 그제야 죽어버리라고 했던 아내의 말은 진심이었을지도 모른다는 생각이 들었다. 아니, 이미 알고 있었던 것 같다. 다만 믿고 싶지 않았을 뿐.

나는 보험회사에 있는 친구에게 전화를 걸었다. 몇 년 만의 전화를 반가워하던 친구는 곧 다른 보험 상품도 권했다. 하지만 나는 한두 가지만 확인하고 전화를 끊었다. 다행히 내가 원하는 대로 보험금의 수혜자를 바꿀 수 있었다. 이것으로 하린이를 위해 내가 할 수 있는 일을 찾았다.

조금씩 세상이 푸른빛을 띠어가고 있을 때 집에 도착했다. 시계를 보니 5시가 조금 넘은 시간이다. 잠시 후면 아내와 하린이가 깨어날 시간, 서둘러 문을 따고 현관으로 들어섰다. 신발을 벗는데, 비로소 손에 피가 묻어 있는 것을 발견했다. 팔에 생겼던 상처는 이미 아물었다. 어디서…… 하다가 여자의 가슴에 손을 대고 심장 소리를 확인하던 것이 떠올랐다. 아마 지금쯤 여자의 시체는 발견되었을 것이다. 현관 손잡이에 묻은 피를 수건으로 닦아내고 서둘러 욕실로 향했다. 수돗물을 틀어놓고 손에 묻은 피를 씻어내고 있는데, 하린이가 문을 열고 쳐다본다. 나는 얼른 손을 뒤로 감추고 하린이를 향해 어색하게 웃었다.

"왜 벌써 일어났어?"

"아빠는?"

"나? 나야 뭐…… 낮에 많이 자서…… 일찍 깼어. 화장실 쓰려고? 금방 하고 나갈게."

하린이는 뭔가 할 말이 있는 것처럼 나의 표정을 살핀다. 이럴 때면 무섭다. 얼른 문을 닫고 손에 남은 비누를 씻어냈다. 하린이가 봤을까? 아니, 그럴 리가 없다. 이미 손에 묻은 피는 거의 다 씻겨 내려가고 없었다.

뒤늦게 일어난 아내는 늦었다며 아침도 먹지 않고 서둘러 집을 나갔다. 하린이와 둘이 식탁에 앉았다. 고개를 숙인 채 묵묵히 식사에 열중하고 있는 하린이의 표정에서는 아무것도 읽을 수가 없다. 거실에 켜둔 텔레비전에서는 아침 뉴스가 들린다. 부시 행정부가 북한을 점점 고립시키고 있고, 정치권에서는 보궐선거에 내보낼 후보 공천으로 바쁘고, 상반기 경제지수는 또 떨어졌다고 한다. 어떤 뉴스를 전해도 아나운서의 목소리 톤은 변하지 않는다.

"그만 봐, 나 하린이 맞아."

"어?"

"왜 아까부터 자꾸 내 눈치를 보냐구……."

"눈치는…… 내가 무슨 눈치를 봤다구……."

다시 하린이의 시선이 탁자로 떨어진다. 그제야 내가 계속 하린이를 쳐다보고 있었다는 것을 깨닫는다. 너무 과민하게 생각한 것인지도 모른다. 그래. 그저 아무도 없을 줄 알고 욕실 문을 열었다가 내가 있어서 당황했던 것이겠지. 괜히 불안불안해할 필요 없다. 마음을 단단히 먹고 태연한 척 식사를 계속했다. 뉴스를 전하는 아나운서의 목소리가 다시 들려왔다.

"오늘 새벽, 영등포구 문래동 주택가 골목에서 삼십대 여성이 가슴에 칼을 맞고 숨진 채 발견되어 경찰이 수사에 나섰습니다. 숨진 이 모 여인은 가족들의 옷을 사기 위해 야시장에 다녀오다가 변을 당한 것으로 알려졌습니다. 경찰에서는 이 사건이 비 오는 목요일 새벽 일어났다는 점을 주시하고, 그동안 발생했던 연쇄살인사건의 연장선상에서 수사를 해나가기로 방침을 정한 것으로 알려졌습니다."

얼핏 쓰러진 여자의 주변에 쇼핑백이 떨어져 있던 게 기억났다. 가족들의 옷을 사기 위해 한 푼이라도 더 싼 곳을 찾아 야시장을 찾았겠지. 하지만 그녀는 자신이 사온 옷을 입은 가족의 모습을 보지 못하고 죽었다. 그런 생각을 하니 나도 모르게 주먹에 힘이 들어갔다. 그놈을 잡았어야 했다. 어떤 일이 있어도 놓치지 말았어야 했다. 오늘처럼 우연찮게 부딪치는 기회가 또 오지 않을 테니 절대…… 절대 놓치지 말았어야 했다. 하지만 나는 두 눈 멀쩡히 뜨고도 내 앞에서 사라져가는 놈을 잡지 못했다. 놈을 잡기 위해 큰길로 뛰어갔을 때 거리를 걷는 누구의 모습도 보이지 않았다. 이제 막 운행을 시작한 버스와 손님을 태우지 못한 택시들만이 도로를 질주하고 있었다.

"……아빠?"

"응? 왜? 뭐? 물 줄까? 뭐라고 그랬어? 못 들었는데……."

"아니야 됐어…… 그냥……."

갑자기 허둥거리는 내가 이상했는지 하린이는 더 이상 아무 말도 하지 않고 한참을 쳐다보더니 빈 그릇을 싱크대에 넣고 자기 방으로 들어갔다. 새벽의 사건을 전하던 텔레비전은 이제 날씨와 함께 다가오는 주말 여행하기 좋은 곳을 소개하고 있다. 그래, 산 자는 그렇게 또 살아가는 것이다.

*

나의 목적은 간단한 것이다. 연쇄살인범의 손에 살해당하는 것.

그러면 하린이 앞으로 6억이라는 보험금이 지급된다. 수혜자를 변경했다는 사실을 알고 아내는 이를 갈겠지만, 내 목숨의 대가를 누구에게 줄 것인지 정도는 내가 정해도 되는 일 아닌가? 물론 보험금을 꼬박꼬박 낸 것은 아내지만, 10년이 넘는 지난 세월을 내 덕에 아무 걱정 없이 잘 먹고 잘 살았으니 그 정도 보답은 해야 계산이 맞다.

아내의 서랍에서 보험증서를 발견한 뒤 며칠 동안 그 보험증서가 뜻하는 게 무엇인가 고민했다. 아내에게 물어볼까도 생각했지만 그냥 덮어두기로 했다. 노숙자 생활 2년 만에 터득한 것은 세상을 한 걸음 뒤로 물러서서 바라보게 되었다는 것이다. 거리에 누워 사람들의 발에 시선을 맞추고 있다 보면 사는 것 역시 그렇게 대단하게 느껴지지 않았다. 동동걸음으로 바쁘게 살아야 할 거창한 일도, 아등바등 허우적거릴 만큼 절실한 것도 없었다. 구름이 흐르다 비가 오는 것처럼 때가 되면 조용히 떠나면 되는 것이다. 이미 몇 번이나 죽으려고 마음먹었던 목숨이다. 아내가 그 목숨을 담보로 한몫 노린다면 못 줄 것도 없다는 생각이었다. 어느 날 아내의 핸드폰에 찍힌 문자 메시지만 보지 않았다면, 나는 그렇게 아내가 원하는 대로 조용히 시대나 아내의 통장에 6억의 돈을 남기고 죽었을 것이다.

아내에게 남자가 있다는 사실도 그다지 충격적이지 않았다. 노숙자 생활을 정리하고 집으로 돌아온 이후 나를 대하는 아내의 태도를 보면서 어렴풋이 느끼고 있었다. 여자의 육감은 놀랍도록 정확하다고 하지만 남자의 육감 역시 마찬가지다. 그렇지만 아내에게 남자가 있다는 것과 하린이 문제를 함께 생각하니 머리가 복잡해졌다. 물론 자기 자식이니 쉽사리 버리거나 하지는 않겠지만, 남편인 내게 했던 걸로 봐서 장담할 수 없는 일이다.

하린이 앞으로 보험금 지급을 돌려놓고 보험약관에 대해 알아보았다. 첫 번째로, 피보험자가 고의로 자신을 해친 경우 보험금이 지급되지 않는다고 적혀 있었다. 그런데 예외사항이 있다. 계약 후 2년이 지난 뒤 자살했을 경우는 보험금이 지급된다는 것이다. 친구에게 전화를 걸어 알아보니, 그런 보험도 있지만 내가 든 것은 자살일 경우 보험금 지급이 안 되는 상품이라고 했다. 친구는 "설마 진심으로 죽으려는 건 아니지?" 하고 조심스럽게 물었다. 사는 게 워낙 힘들어지다 보니 가족들을 위해 생명보험에 들어놓고 자살을 하는 경우도 가끔 있다고 했다. 하지만 그럴 경우 지급액이 사고사에 비해 훨씬 적다고 했다.

자살을 택하지 않으면서 빠르게 죽을 수 있는 방법을 찾는 건 쉬운 일이 아니다. 그렇게 죽을 방법을 찾고 있던 중 신문에서 연쇄살인에 관한 기사를 읽었다. 그래, 이거다. 나 자신을 위험에 노출시키면 된다. 이미 몇 명이나 사람을 죽인 살인자에게 나 하나 더 죽이는 것쯤은 일도 아닐 것이다. 다소 무모해 보이는 계획이었지만 사건 자체에 대한 호기심과 우리 동네에서 일어나고 있다는 가능성 때문에 해볼 만하다는 생각이 들었다.

우선 할 일은 그동안의 사건들을 정리해서 과연 범인의 활동범위가 어디며, 다음은 어디를 노릴 것인가 하는 것을 추측해내는 것이었다. 경찰도 아닌 내가 겨우 신문에 난 기사만 가지고 범인의 다음 목적지를 찾아낸다는 건 그야말로 어불성설이었다.

내가 할 수 있는 일이라곤 목요일이 되면 무작정 집을 나서 여기저기 거리를 쏘다니는 것이었다. 하지만 비 오는 목요일의 연쇄살인범은 맑은 날 결코 살인을 하지 않았다. 결국 나도 비 오는 목요일에만 외출하기로 했고 겨우 네 번째 외출에서 살인범과 마주친 것이다.

아내도, 하린이도 없는 낮 시간 동안 나는 새벽에 만났던 살인범에 대해 생각했다. 막연히 살인범에게 내 목숨을 맡겨야겠다고 생각하던 내가 얼마나 유치하고 어리석었는지 뼈저리게 느낄 수 있었다.

살인범과 마주치고, 그의 눈빛을 보고, 그가 죽인 희생자의 시체와 부딪친 순간 정신이 번쩍 들었던 것이다. 그동안 나는 어리광을 부리고 있었을 뿐이다. 내게 남아도는 무료한 시간들을 흥분과 스릴로 바꿀 무엇이 필요했을 뿐이다. 무능력한 나를 바꿀 자신도 없고 무력감에 빠져 있는 이 상황에서 벗어날 방법도 몰랐다. 그렇게 계속되는 시간이 참을 수 없을 만큼 갑갑해졌던 것이다.

몇 시간이고 멍하니 살인범의 얼굴을 떠올려보았다. 단 한 번, 살인범과 몇 초도 되지 않은 짧은 순간의 마주침이었지만 왠지 그의 본질을 들여다본 것 같은 기분이 들었다. 그 역시 어떻게 하지 못하는 자신의 상황 속에서 발버둥을 치고 있는 것은 아닐까? 그것이 무엇이든지간에 그는 비 오는 목요일마다 칼을 들고 어둠 속을 방황하며 자신의 문제로부터 도망치고 있는 것이다. 하지만 사건이 되풀이될 때마다 범인은 자신의 문제로부터 도망치기보다는 점점 더 깊은 구렁으로 빠지고 있는 것은 아닐까?

"이게 뭐야?"

"풀어봐."

하린이가 돌아오자 나는 기다렸다는 듯 하린이를 식탁에 앉히고 상자를 내밀었다. 하지만 하린이는 꼼짝하지 않고 내 얼굴만 쳐다보았다. 하린이의 기뻐할 얼굴을 생각하니 내 마음이 더 급해져 얼른 상자를 풀어 보였다.

"어때? 맘에 들어? 이게 제일 잘나가는 디자인이라는데……."

하린이의 눈빛이 흔들렸다. 핸드폰을 꺼내 하린이에게 건네줬다.

"열어봐, 번호는 아빠 맘대로 정했다."

팔짝팔짝 뛰며 기뻐할 거라 생각했던 하린이는 묵묵히 손에 들린 핸드폰을 쳐다보고만 있다. 전혀 예상하지 못한 반응이었다.

"왜? 디자인이 맘에 안 들어? 다른 걸로 바꿀까?"

이미 내 기분도 가라앉아 버렸지만 하린이의 표정이 심상치 않았다.

"……어디서 났어?"

"……하린아?"

"돈이 어디서 생긴 거야?"

"야, 임마, 아빠 그 정도 돈은 있어."

선물을 받아도 기뻐하기보다 아빠의 빈주머니를 생각하는 녀석. 그것이 오히려 나를 더욱 슬프게 한다는 걸 하린이는 알고 있을까? 새삼 비참한 기분이 들었다. 하지만 하린이의 다음 말은 내게 충격을 안겨주었다.

"거짓말하지 마. 내가 모를 줄 알아?"

"무…… 무슨 소리야? 내가 무슨 거짓말을 한다는 거야?"

나를 쳐다보는 하린이의 눈에 그렁그렁 눈물이 고이기 시작하더니 이내 주르륵 뺨을 타고 흘러내렸다. 도대체 하린이가 왜 이런 반응을 보이는지 알 수 없었다.

"하…… 하린아……."

"놔, 놓으란 말이야…… 아빠가…… 아빠가 그런 무서운 짓을 하는 사람인지 몰랐어…… 어떻게…… 어떻게 그런…….”

하린이는 다음 말을 채 잇지도 못한 채 터져나오는 울음을 틀어막으며 자기 방으로 들어가버렸다. 도대체 하린이가 하는 얘기는 무엇인가? 무엇을 알고 있는 것일까? 섬광처럼 번쩍, 머리에서 하얗게 빛이 들어왔다 사라졌다.

그렇다. 욕실에서 피 묻은 손을 닦고 있던 나를 보았던 것이다. 그리고 우리 집과 멀지 않은 곳에서 일어난 살인사건을 전하던 아침 뉴스. 두 개의 퍼즐이 모이면서 하린이는 고민에 빠졌을 것이다. 두 개의 잘못된 퍼즐은 차츰 신문기사를 스크랩하고 있는 모습과 목요일 새벽마다 사라지는 나의 알리바이(이걸 하린이가 알고 있을 거라고는 확신할 수 없다), 이런 것들을 떠올리게 만들었을 것이고, 하나하나 완성되어가는 그림을 보면서 결국 하린이를 어떤 결론에 도달하게 했을 것이다. 연쇄살인범의 정체가 빨간 마스크일지도 모른다는 풍부한 상상력을 가진 하린이에게 그 정도의 정황증거들이라면 절대적일 것이다.

‘이런 말도 안 되는…….’

지금 하린이를 붙들고 어떤 변명을 한다고 해도 하린이는 듣지 않겠지. 그렇다면 내가 할 수 있는 일은 한 가지뿐. 진범을 잡는 것이다. 세 번째 연쇄살인범은 집이 아닌 하린이의 오해를 풀어야 한다. 하린이를 위해서 죽을 수도 있다고 생각했지만, 억울한 누명을 쓸 수는 없다. 다른 사람도 아닌 하린이에게 그런 누명을 쓴다는 건 상상도 할 수 없다.

살인자와의 만남 이후 두 번 다시 목요일의 어둠 속을 서성거리는 일은 없을 거라고 생각했지만 지금 나는 다음 목요일을 기다리고 있다. 몇 가지 걱정거리는 있다.

첫 번째, 혹시라도 그와 마주치지 못하면 어떡하나? 다음 주를 기다리면 된다.

두 번째, 마주쳤을 때 그의 손에 죽게 되면? 아쉽지만 누명은 벗을 수 있다. 그리고 하린이 앞으로 6억이라는 보험금을 남길 수 있다.

세 번째, 내가 그를 잡게 되면? 무슨 걱정인가, 하린이에게 결백을 증명하게 되고 범인 앞으로 걸린 현상금도 있을 테니, 일석이조다. 어쩌면 골치 아픈 범인을 잡아준 공로로 경찰에서 일자리를 마련해줄지도 모른다. 그렇다면 더 바랄 게 없겠지.

*

나에게 있어 가장 슬픈 일은 무엇이라고 했던가? 사랑하는 사람에게 아무것도 못 해주는 것이라고 생각했다. 하지만 지금은 아니다. 내게 있어 가장 슬픈 일은 사랑하는 사람을 잃는 것이다. 어쩌면 죽을지도 모르는 상황임에도 살인자를 만나기 위해 목요일 새벽 거리로 나선 것도 그런 이유였다. 내 결백을 증명하지 못하면 나는 영원히 하린이를 잃게 된다. 무엇보다 그것이 두려워 나는 등줄기의 잔털들이 쭈뼛 서는 느낌을 안겨준 그 섬뜩한 눈빛의 범인을 다시 찾아 나선 것이다.

또다시 우연하게 만날 가능성이 있을까? 0.0001퍼센트의 확률도 없는 일이다. 그 실현 불가능해 보이는 가능성에 한 가닥 희망을 걸고 거리로 나섰다. 그리고 나는 그 거미줄보다 가늘고 약해 보이는 가능성이 사실은 확률 1백 퍼센트의 현실이며 내가 거리로 나오기를 기다리고 있다는 것을 알게 되었다.

목요일 새벽 1시 30분. 어디로 가야 할지도 모른 채 무작정 집을 나섰다. 날씨는 잔뜩 흐렸고 하늘에는 무거운 구름이 가득했지만 비는 오지 않았다. 어쩌면 어두운 거리를 헤매고 다니다 보면 비가 내릴지도 모른다. 하지만 이제 그런 건 아무래도 상관없었다.

5월이 지나면서 어느새 도시는 여름으로 접어들고 있다. 그 때문인지 늦은 시간인데도 사람들이 많았다. 도로 위를 지나는 자동차도 끊임없이 이어지고 있다. 그는 지금 어디 있는가? 차가 뜸한 도로를 걷다가 거리에 세워진 자판기 앞에서 걸음을 멈췄다. 주머니에 있는 동전을 꺼내다 보니 하린이에게 주었던 핸드폰이 들어 있다. 끝내 하린이는 핸드폰을 받지 않았다. 방문을 열었을 때 하린이는 울고 있었다. 말을 걸었지만 돌아보지도 않았다. 눈물로 젖은 손등 위에 핸드폰을 내려놓고 나왔지만 조금 전 집을 나설 때 보니 그 핸드폰은 식탁 위에 놓여 있었다. 내 선물을 거부하겠다는 의사표현인 것이다.

끈적한 자판기의 종이컵을 들고 돌아서는데 택시가 한 대 앞에 와 선다. 나를 손님으로 오해했나 싶어 고개를 돌리는데 차에서 운전사가 내린다. 그 역시 한 잔의 커피가 그리웠던 것인지 주머니 속의 동전을 짤랑거리며 자판기 앞으로 걸어간다.

"이젠 여름이죠?"

자판기 앞에 서며 어색했던지 내게 말을 걸었다. 커피를 마시는 척하며 대답을 피했다. 그 역시 딱히 대답을 기대한 것도 아닌지 묵묵히 커피잔을 꺼내 홀짝홀짝 마시기 시작한다. 다 마신 종이컵을 구겨 휴지통에 던지며 걸음을 옮기려 할 때 운전사가 다시 말을 걸었다.

"시체를 본 건 처음이죠?"

벼락에라도 맞은 듯 머리부터 전율이 흘러 발끝까지 파르르 경련이 일었다. 이놈이다. 이놈이 바로 비 오는 목요일의 살인자. 나도 모르게 고개가 휙 돌아갔다. 그는 태연히 커피를 마시고 있다.

"다…… 당신이지?"

남자는 나를 바라보고 반가운 친구라도 되는 듯 고개를 끄덕이며 미소를 지었다. 그 눈빛, 순간적으로 스치던 그날을 떠올리게 했다. 얼굴은 웃고 있는데 그 눈빛은 지난번 보았던 그대로다. 감정이 사라진 것처럼, 칼날만 남은 것처럼 날카롭고 공허하던 눈동자.

"어…… 어떻게?"

"당신을 기다리고 있었지. 그날 허둥지둥 달아나는 당신 뒤를 밟아서 집까지 알아두었거든."

그제야 알 것 같았다. 놈은 자신의 얼굴을 아는 목격자를 그대로 돌려보낼 수 없었던 것이다. 이렇게 나를 기다리는 줄 모르고 어떻게 이놈을 찾아야 하나 고민하고 있었다니…… 나도 모르게 주먹에 힘이 들어갔다. 손에 든 하린이의 핸드폰이 느껴졌다. 하린이가 어떤 기분으로 그 핸드폰을 다시 내다 놓았을지 떠올려보았다. 그렇게 한참을 핸드폰만 바라보다가 그를 향해 고개를 들었다.

"……날 죽이려고?"

살인자가 손에 든 커피잔을 구긴다. 잠시 생각에 잠기더니 천천히 고개를 젓는다.

"글쎄, 호기심이 생겼다고 할까…… 그날 이후 나의 몽타주가 전국에 깔릴 거라고 생각했거든. 그런데 너무 조용하더군. 왜 경찰서에 가지 않았는지 궁금해졌지…….”

왜 경찰서에 가지 않았을까? 그것을 한마디로 설명하기란 쉽지 않다. 살인자와 마주친 충격 때문에 잠시 몸이 굳었고, 그 뒤로는 피를 닦고 있는 모습을 하린이에게 들킨 게 마음에 걸려 내 손으로 살인자를 잡아야겠다고 생각했다. 그러면서도 경찰에 신고를 해야겠다는 생각은 한 번도 하지 않았다. 내가 경찰서에 가지 않은 것은 하나를 생각하면 다른 건 까맣게 잊어버리는 나의 단순함 때문이다.

“그런데 목요일 밤 또 외출을 하는 걸 보고 나니 당신에게 흥미가 생겨서 말이야…… 설마 나를 따라 목요일의 살인자가 되려는 생각인가?”

갑자기 웃음이 터져나왔다. 몇 명의 사람을 죽이고 몇 개월 동안 도시를 공포에 떨게 하며 경찰까지 우습게 만들었던 살인자가 이렇게 자기도취에 빠진 별 볼일 없는 놈이었다니, 기가 막힐 따름이었다. 내 웃음소리가 신경을 건드렸는지 그의 미간에 주름이 생겼다.

“뭐가 우스운 거지?”

“텔레비전과 신문에서 계속 떠들어주니까 무슨 영화 주인공이라도 된 것 같은 모양이지? 한 번도 살인 같은 거 생각해본 적도 없고, 너 같은 놈 뒤를 이을 생각도 없어.”

자존심이 상했는지 그의 표정이 한순간 돌변했다. 금방이라도 나를 잡아먹을 듯한 눈빛으로 다가왔다. 하지만 이상하게도 두렵지 않았다. 그가 걸어오는 모습을 바라보며 나는 손에 든 하린이의 핸드폰을 더욱 꼭 쥐었다.

어느새 그의 한 손에는 칼이 들려 있다. 일부러 칼은 쳐다보지 않았다. 다만 그의 얼굴을 뚫어져라 바라보았다. 그의 얼굴은 당혹감

708

과 수치심, 어찌할 수 없는 공포감 같은 것마저 스며든 것처럼 보였다. 그가 몇 번 팔을 휘두르자 내 몸이 뜨거워졌다. 얇은 티셔츠에 피가 흥건히 젖기 시작했다.

이런 것이구나…… 칼에 찔리면 이렇게 통증이 무지근하게 밀려오는구나. 마치 타인의 몸에서 일어나는 변화를 구경하듯 나는 내 몸에 느껴지는 감각들을 하나씩 지켜보고 있다. 태연히 그에게 팔을 벌리고 있는 내 모습이 오히려 그를 당황하게 한 모양이다. 그는 휘두르던 칼을 거두고 땀에 젖은 얼굴로 나를 바라보았다.

"뭐가…… 뭐가 우스운 거지?"

그의 목소리는 당혹감으로 쉰 소리를 내며 갈라졌다. 내 얼굴에 퍼지기 시작한 미소가 또다시 그의 신경을 자극한 모양이다. 하지만 나의 미소는 이내 고통스럽게 비틀리다가 사라졌다. 무릎에 힘이 빠진다. 저절로 몸이 꼬꾸라져 바닥에 주저앉았다. 간신히 몸을 끌어 자판기에 허리를 기대고 앉았다. 고개를 드니 하늘이 눈에 들어왔다.

검게 가라앉은 구름 여기저기서 섬광이 번쩍이는가 싶더니 곧 후드득후드득 빗방울이 떨어지기 시작했다. 머리를 들 힘도 없다. 고개가 앞으로 꺾이고 눈이 감긴다. 간신히 눈을 뜨고 보니 앞가슴에 찔린 상처에서 피가 뚝뚝 떨어지고 있다. 내 심장의 박동 소리에 맞춰 피가 흐르고 있다. 머리 위로, 가슴으로, 온몸으로 비가 느껴진다. 내 몸 위로 뜨거운 수증기가 올라온다.

몸 밖으로 나온 뜨거운 피는 비를 맞으며 빠르게 식어간다. 비와 섞인 피는 도로에 고이기 시작하더니 하수구를 찾아 흘러간다. 세상의 모든 더러운 것들은 빗물에 씻겨 하수구로 내려간다. 이 별 볼일 없던 서른아홉 사내의 생명도 이렇게 하수구로 흘러 들어가고 있다.

손가락에 기운이 빠진다. 손에 든 하린이의 핸드폰이 무겁게 느껴진다. 이걸 하린이에게 전해줘야 하는데…… 녀석이 기뻐할 얼굴을 생각하며 한 시간이 넘게 용산상가를 돌며 고르고 고른 건데…… 이게 마지막이 될 줄 알았으면 녀석의 자는 얼굴이라도 보고 나오는 건데……. 머릿속으로 수십 가지 생각이 떠오르고, 하린이의 뺨 위로 흐르던 눈물이 녀석의 손등에 툭 떨어지던 모습이 생각났다. 문득 얼굴을 적시는 빗방울이 녀석의 눈물처럼 느껴졌다. 그때 핸드폰이 울렸다.

이미 손을 들 힘도 남아 있지 않은 나는 안간힘을 쓰며 손가락을 펴고 핸드폰 액정화면을 확인했다. 집이다. 아내일까? 아니다. 아내는 이 핸드폰이 있는 줄도 모른다. 하린이구나. 어떻게든 전화를 받아보고 싶은데 몸이 말을 듣지 않는다. 시야도 점점 흐려지고 귀를 울리던 빗소리도 점점 줄어든다. 마지막 내 심장에서 토해내는 생명력으로 있는 힘을 다해 겨우 핸드폰 폴더를 열었지만 그때 살인자가 핸드폰을 빼앗았다. 누구의 전화인지 확인이라도 하려는 듯 핸드폰을 귀에 대는 모습이 어렴풋이 시야에 느껴졌다. 눈이 감긴다. 머리로, 손가락으로, 겨우 지탱하던 척추로 느껴지는 이 소멸감. 죽음이다. 하지만 이상하게도 귀만은 점점 예민해진다. 보도블록을 때리는 빗소리가 폭포 소리처럼 들려온다. 그 거대한 빗소리 사이로 소녀 특유의 맑고 불안정한 톤의 하린이 목소리가 비집고 들어왔다.

"아빠, 나야. 지금 어디야? 그러지 마. 난 아빠가 무슨 짓 하려는 건지 다 알아. 아빠 죽으려고 그러지? 보험금 때문에 일부러 죽으려고 그러지? 저번에 전화하는 거 들었어. 나 그런 거 필요 없어. 그런 돈 필요 없어. 난 아빠만 있으면 돼. 돈 한 푼 없어도, 노숙자도 상관없어. 그래도 내겐 좋은 아빠니까…… 아빠 죽지 마…… 절대 죽으면 안 돼. 집에 있는 게 싫으면 나가 살아. 보고 싶으면 내가 만나러 갈게. 아빠…… 아빠 듣고 있어? 듣고 있는 거지? 딴생각 안 하는 거다? 약속해. 응? 뭐라고 말 좀 해봐…… 아빠……?"

한참 동안 살인자는 내 귀에 핸드폰을 대어주었다. 덕분에 마지막으로 하린이의 목소리를 들을 수 있었다. 무슨 말인가 하고 싶었지만 기운이 없다. 얼굴을 적시는 차가운 빗줄기 사이로 뜨거운 눈물이 뺨을 타고 흘렀다. 작별인사라도 해야 하는데, 이런 아빠여서 미안하다는 사과라도 해야 하는데……. 있는 힘을 다해 입을 움직이려 해보았지만 살인자는 핸드폰의 폴더를 덮었다. 사랑한다는 말은 끝내 해줄 수 없었다.

흐릿해진 눈으로 살인자를 바라보았다. 이제 더 이상 그의 모습은 보이지 않는다. 그래도 느낄 수 있다. 그도 역시 나의 얼굴을 가만히 쳐다보고 있겠지. 나는 하린이에게 말해주려고 모았던 마지막 힘으로 그에게 말을 건넸다.

"뭐라구?"

잘 들리지 않는지 그는 내 얼굴 가까이 귀를 들이댄다. 나는 거의 입을 움직이지 않고 낮게 속삭였다. 그것이 세상에서 내가 했던 마지막 말이다.

"반가웠어…… 살인자……."

- 『2005 올해의 추리소설(반가운 살인자)』(산다슬, 2005)

7번째 신혼여행

>>>>> 강형원

한국추리작가협회 회장을 맡고 있다. 소설가이며 변호사이다. 1987년 월간 소설문학 장편 추리소설 공모에 『증권살인사건』이 당선되었고, 1989년 장편소설 『푸른빛 왕관』으로 한국추리문학 신인상을, 1992년 장편소설 『서울 에펠탑』으로 한국추리문학 대상을 받았다. 그 밖의 주요 작품으로 단편소설 「신혼여행. 이번이 몇 번째?」「황금거위」「샤갈의 눈 내리는 밤」 등이 있으며, 꽁트집 『청와대를 임대합니다』가 있다.

1

소금기를 먹은 바람이 살랑살랑 불어왔다.

나는 야자나무 그늘 아래 벤치에 누웠다. 하늘에 커다란 뭉게구름이 몇 점 떠 있었다. 연초록 바다가 눈앞에 기다랗게 펼쳐져 있었다. 바다에 들어간 사람이 서너 명도 되지 않았다. 늘씬한 서양 미녀가 비키니 차림으로 커다란 엉덩이를 양쪽으로 씰룩거리며 바다를 향해 걸어가고 있었다. 선글라스를 낀 나는 위안에 들어간 사탕을 우
누둑 씹었다. 그 앞에 갑자기 여자가 나타났다.

"뭘 그렇게 뚫어지게 보시나?"

새색시일 아내가 뽀로통해가지고 말했다. 비키니 미인이 가려지자 나는 짜증이 났다.

"신혼여행 중에는 자기 색시에게만 집중하는 것이 예의 아닐까?"

내가 아무 대답도 없자 아내는 머쓱해서는 노랗게 익은 망고 껍질을 벗기기 시작했다. 망고는 필리핀 것이 최고다. 색깔이 노란 데다 무엇보다 맛이 좋았다. 껍질을 벗기는 아내 손이 뚝뚝 떨어지는 망고 즙으로 흠뻑 젖었다. 손질을 하자 소 갈비뼈 같은 길쭉한 씨가 드러났다.

나는 필리핀이 좋다.

얼마 전 필리핀에 와 골프장에 갈 때다.

왕복 2차선 시골길이었지만 출근 시간이어서 우리 진행 차선은 차가 꼬리에 꼬리를 물고 늘어서 있어 언제 골프장에 도착할지 알 수 없었다. 동행한 사람이 부근 교통경찰을 불러 돈 봉투를 주머니에 찔러주자 효과는 금방 나타났다. 교통경찰이 반대 차선에서 달려오는 차를 길가에 비키게 하더니 반대 차선으로 우리 차를 들어오게 했다. 곧 싸이 카를 탄 교통경찰 몇 명이 나타나 헤드라이트를 번쩍거리며 앞장을 섰다. 거기서부터 우리 차량이 달리는 도로는 고속도로가 됐다.

국가 원수급 대우를 받은 것이다.

그 뒤로도 비즈니스로 필리핀에 왔다가 이보다 더 높은 수준의 경찰 서비스를 여러 번 받았다. 경찰 같은 공권력도 얼마든지 주물럭거릴 수 있었다. 공무원 부패의 질을 정확히 저울질해본 셈이다. 한때 우리보다 국민소득이 세 배나 높았던 나라, 서울의 장충 체육관을 지어줄 정도로 앞서가던 나라였으나 리더를 잘못 만나 그 대가를 호되게 치르고 있었다. 필리핀을 보면 가정이나 국가나 리더가 얼마나 중요한지 새삼 느끼게 된다.

바다 위에 요트가 한 척 떴다.

연초록 위에 그려 넣은 작고 흰 천 한 조각.

멋진 동양화를 그리고 있었다. 한가하니까 졸음이 밀려 들어와 눈이 가물가물했다. 세부는 이제 낯설지 않았다. 최근 몇 달 동안 세부를 자주 찾아왔기 때문이다. 물론 이곳 경찰과 어울렸다. 사이드 탁자 위에 내가 가져온 카세트에서 영화 〈태양은 가득히〉 주제곡이 드럼펫 연주로 흘러나왔다. 하늘은 그야말로 태양이 가득했다. 새신부도 분위기를 느꼈는지 카세트 볼륨을 높이자 음악 소리가 커졌다. 트럼펫으로 연주되는 〈태양은 가득히〉 주제곡이 내 귀에 꽉 들어찼다.

2

"오늘 늦어요."

아내가 전화를 했다.

"회사 일로 꼭 저녁 접대 해야 할 일이 있어요. 혼자 있다고 저녁식사 건너뛰면 안 돼요, 터프가이 님～, 꼭 챙겨 드세요. 사랑해요～."

애교 넘치는 아내 목소리를 들으면 몸이 다 간지러워진다.

"쪽!"

아내 쪽에서 쪽 소리가 나고 끊어졌다. 일찍 퇴근한 나는 혼자 저녁을 먹었다. 그러고는 거실에서 TV 드라마를 보았다. 10시 넘어 요즘 아내가 읽는 책이 어떤 것들인지 궁금하여 서재에 있는 책장을 뒤지다가, 내 키보다 높이 꽂혀 있던 책 사이에서 밑으로 떨어졌다.

사진을 집어들었다.

결혼식 사진이었다. 식을 막 끝낸 웨딩드레스 차림의 신부와 검은 양복을 입은 남자가 주례와 함께 나란히 서서 포즈를 취하고 있었다. 신부는 아내였다. 그러나 신랑은…… 신……랑……은 내가 아…… 니……었다. 내가 있을 자리에 엉뚱한 사람이 서 있었던 것이다.

'누구야, 이놈은?'

아내에게 나 말고 또 다른 남편이 있다? 그렇다면 나는? 처녀인 아내와 결혼식을 올린 사람은 나다. 그런데 이 무슨 황당한 일인가. 머릿속 회로가 갑자기 얽혀버렸다. 도대체 뭐가 뭔지 모르겠다. 내가 있을 자리에 서 있는 이 남자, 가만히 보니 70세가 훨씬 넘은 노인이어서 도저히 새신랑과는 거리가 먼 사람이었다. 그러나 노인은 당당해 보였다. 아내는 스물을 갓 넘긴 앳된 모습이었고 몹시 만족한 표정이었다.

'이럴 수가……'

의문으로 가득한 가운데 이번에는 분노가 속에서 끓어올랐다. 나를 속인 것인가. 지금껏 아내가 나와 초혼이라는 데 의심을 해본 적이 없었다.

'어디 연극에 출연하여 찍은 사진일 거야. 교회 같은 곳에서는 연말에 연극을 하잖아, 맞지?'

흥분을 가라앉히고는 좋은 쪽으로 해석해보려고 했다.

서울 역삼동에 있는 '멋진웨딩'이라는 결혼중매 회사의 중매로 아내와 만났다. 노총각, 노처녀이긴 했으나 둘 다 초혼이었다. 결혼중매 회사 커플 매니저가 그렇게 소개했다. 결혼중매 회사는 초혼, 재혼은 따로 분류해놓고 특히 재혼하려는 사람은 미리 알려주었다. 나는 아내가 초혼인 점을 의심해본 적이 없었고, 아내도 지금까지 자신이 결혼 전력이 있다는 이야기를 해본 적이 없었다. 부부 사이에 한번 믿으면 그뿐이지 상대가 초혼이 아니라고 의심하거나 뒷조사를 할 이유도 없었다.

결혼중매 회사 멋진웨딩은 지명도 높은 회사였다.

이런 것을 가지고 거짓말을 하거나 아무런 증빙서류 없이 재혼녀를 처녀라고 무책임하게 소개할 그런 회사는 이니었다.

호적상으로도 아내는 분명 처녀였다.

아내가 전에 결혼을 했다면 호적에 혼인, 이혼, 사별 날짜, 이런 것들이 올라 있었을 것이다. 그러나 호적증명서엔 결혼 기록이 없는 처녀였다. 혼인 신고는 내가 구청에 가서 직접 했다. 그렇다면 전에 결혼식만 올리고 혼인신고는 미뤘다가 남편과 헤어지거나 아니면 사별했다는 것인가? 그런데 이 남자는 할아버지뻘 되는 사람이다. 나이 차가 커도 너무 컸다.

'도대체 무슨 일이 있었던 것인가.'

아내가 들어오면 바로 추궁하려다 나는 일단은 참기로 했다. 아무런 사실 확인 없이 흥분하다 나중에 사실과 다른 것으로 판명 나면 그 무슨 망신인가. 아내 마음에 상처만 남기게 될 것이다. 거기다 나는 지금 사업상 아내 도움이 절실히 필요했다.

'먼저 확실하게 알아보자.'

12시가 다 돼 아파트 출입문 열리는 소리가 나고 아내가 들어왔다.

"오옹, 우리 신랑 자지 않고 기다렸네."

아내가 나에게 다가와 입을 맞췄다.

"천히 가도 하시며 식민데요, 더일 싱."

입에서 술 냄새가 났다. 나는 억지로라도 웃어 보이려 했지만 그럴 기분이 아니어서 부자연스럽게 미소가 그려졌다. 눈치 빠른 아내가 금방 알아챘다.

"당신답지 않게, 왜 삐졌어?"

"……."

"내가 늦었다고 그러는 거지? 아잉, 그러지 마. 변강쇠 님~."

내가 대답을 하지 않자 이번에는 아내가 비음 섞인 목소리를 냈다.

3

나는 37세다.

결혼한 지 이제 겨우 5개월째.

대학을 졸업하고 편의점 프랜차이즈 회사에 취업하여 샘솟듯이 솟아나는 아이디어를 제안하였고, 이들 대부분이 회사에 반영돼 일찍부터 능력을 인정받았다. 나를 눈여겨본 미국 투자은행으로부터 투자를 받아 프랜차이즈 회사를 설립하고 독립하였다. 그 뒤로도 끊임없이 떠올린 아이디어를 회사 영업에 바로 반영했다. 운도 따라주어 선발업체와의 경쟁에서 살아남았을 뿐만 아니라 지금은 업계 상위권을 달리고 있었다. 얼마 전 한 증권회사에 의뢰하여 코스닥에 상장 작업을 하고 있었다.

결혼중매 회사에서 나는 거물급 고객이었다.

나에게 걸맞은 신붓감을 여럿 소개받았는데 아내가 그중 하나였다. 34세의 아내도 일찍 사업에 뛰어들어 지금은 의료기 회사 대표였다. 아내 역시 결혼중매 회사에서는 회사 이름을 빛내주는 보배 같은 간판 스타였다. 처음 만났을 때 여성스럽기만 하던 아내는 몇 번 더 만나면서 여성 CEO의 당당하면서도 자신감 넘치는 모습이 나타났다.

나는 청혼했다.

아내는 내 애간장을 몇 번 태워놓더니 승낙했다. 이제껏 노총각으로 지내온 것은 아내를 만나려는 운명이었다고 나는 생각했다. 그런 아내였는데 이제 과거가 수상쩍은 여자가 돼버린 것이다.

다음 날 점심에 변호사 친구를 만났다.

식사를 하면서 내 이야기를 듣던 친구는 조언을 하나 해줬다.

"원적지에서 원적을 조회해봐. 호적부에는 결혼했다가 이혼한 것이 기록돼 있어도 친정 호적으로 전적했다가 다시 여자 혼자 분가해 나와 단독 호주가 되면 결혼 전력이 지워지거든. 호적 세탁이지. 전의 결혼 여부는 그것을 확인해보면 알 수 있을 거야."

회사로 돌아온 나는 거래하는 신용정보회사에 전화를 했다. 내가 큰 고객이라 신용정보회사는 오 팀장을 직접 보냈다.

"원적을 조사할 일이 있어요."

"사장님, 우리 회사는 그런 일을 하지 않습니다."

오 팀장이 거절하려 했지만 나는 거듭 부탁하였고 돈 봉투를 따로 찔러줬다.

"서류를 떼는 대로 갖다줘요. 시간과 장소를 가리지 말고 가서와요."

며칠 뒤 서울 여성 기업가 연합회 모임에 나는 아내와 함께 참석했다.

부부 동반으로 이너 만찬을 하면서 진행하는 행사였다. 아내는 이 연합회 이사였다. 이날 소년소녀 가장 후원행사를 하였는데 아내는 5천만 원을 선뜻 후원금으로 희사했다.

아내는 이런 자선사업에 적극적이었다.

비즈니스나 남에게 보이려고 하는 것이 아니고 진심에서 우러나 돈을 기부하였고 그럴 때마다 흡족해했다. 이날도 회원 중 가장 많은 돈을 기부했다. 큰돈을 기부하자 사회자가 예정에 없던 연설 기회를 아내에게 주었다. 아내는 사양하지 않고 조용한 목소리로 이야기를 시작했다. 처음에 조크를 하나 던져 청중을 크게 웃게 하더니 이어서 가슴 뭉클한 이야기를 한 꼭지 꺼내 많은 사람을 숙연하게 했다. 마이크를 놓으려 하면 모임에 참석한 회원들이 못 놓게 해 무려 20분간 아내 손에 마이크가 잡혀 있었고, 아내는 배짱 좋게 원고도 없이 사람을 열 번 정도 웃게 하고 또 대여섯 번 콧등을 시큰하게 하고는 기립박수를 받으며 내려왔다.

이어서 연합회 회장이 등장하여 원고를 보고 책 읽듯이 연설하는 바람에 아내의 연설은 더욱 감동적으로 오래 남았다.

아내 연설 중간쯤 오 팀장이 나에게 다가와 서류 봉투를 전달해주고는 가버렸다. 나는 다른 사람이 보이지 않게 봉투 속에서 서류를 일부만 약간 꺼내 보았다. 속에는 아내의 원적 증명이 들어 있었다.

'이럴 수가……'

연설에 귀를 기울여 이쪽에 시선을 두는 사람이 아무도 없는 것을 다시 확인한 나는 원적을 봉투에서 꺼냈다. 원적부에 아내는 나 이전에 이미 결혼한 것으로 기재돼 있었다. 11년 전인 23세 때 아내는 김호윤이란 남자와 결혼을 하였는데 당시 남자는 72세였다. 얼마 뒤 남편은 사망하였다.

'이런, 나를 속이다니.'

배신감을 느꼈다.

'무엇이 아쉬워 이런 노인네와 결혼을 했을까.'

원적을 읽어 내려가던 나는 새로운 사실을 하나 더 발견했다.

아내 결혼 경력은 한 번이 아니었다. 첫 결혼으로부터 5년 뒤인

28세 때 최광수라는 75세 남자와 또 결혼한 것으로 기재돼 있었다.

뒤통수를 망치로 두 번 맞은 기분이었다.

아내가 두 번씩 결혼한 것도 기가 찰 일이었으나 또 하나 뜻밖의 사실을 발견했다. 신랑 두 사람 모두 결혼한 지 2, 3일 만에 사망한 것이다. 나는 밖으로 나와 핸드폰을 꺼내 들었다. 사망한 두 사람을 더 조사해야겠다. 가족관계, 재산, 회사, 평판 그리고 어떻게 어디서 무슨 이유로 사망했는지 모조리 조사해 알아내야겠다.

"오 팀장, 사망한 두 노인네 호적증명을 떼줘요. 그리고 이 사람들 뒷조사도 해줘요."

이번에는 좀 시간이 걸렸다.

며칠 뒤 저녁, 아내 회사와 거래하는 서울 K대의 병원장 부부와 워커힐 호텔 식당에서 저녁식사를 하고 있었다. 아내는 접대를 야무지게 잘했다. 나와 병원장 부인은 자기 배우자 말고는 첫 대면이므로 서먹서먹하기 마련인데, 아내는 적절한 농담을 몇 번 던져서는 금방 참석자 마음을 편하게 만들어주었다. 병원장과의 대화에서 이따금 전문용어들이 튀어나왔기면 아내는 조금도 막힘이 없었다.

식사 중에 웨이터가 귓속말로 손님이 왔다고 나를 찾았다.

식당 밖으로 나오자 오 팀장이 기다리고 있었다.

오 팀장이 서류 봉투를 건네고 갔다. 봉투 속에는 인터넷으로 검색한 신문기사가 들어 있었다. 10년쯤 전 부산 신문 기사였다. "20대와 결혼한 72세 신랑 김 모 씨, 인도네시아 발리로 신혼여행 갔다가 심장마비로 사망"이라는 제목이 눈에 들어왔다. 아내 이름은 나오지 않았으나 부부 나이와 사망 날짜, 김 모 씨로 처리된 신랑 이름 등을 보면 결국 아내와 관련된 기사였다. 또 남편은 부산에 빌딩 세 채,

부산 근교에 땅을 많이 보유한 부동산 알부자라고 소개됐다.

며칠 뒤 회사에서 오 팀장의 정보 서류를 받았다.

나는 혼자 점심식사를 하면서 두 남자의 호적증명과 보고서를 보았다.

첫 번째 늙은 남편에게는 원래 처와 아들이 하나 있었다. 영감 50세에 모자가 아들이 운전하는 차로 절에 가다가 교통사고로 둘 다 사망하여 혼자 됐다. 그 후 내 아내와 결혼을 한 것으로 돼 있었다.

아내는 영감 사망으로 재산을 모두 상속받은 것이다. 내가 알기로도 아내는 부산 쪽에 부동산을 꽤 소유하고 있었다.

두 번째 남편은 전주에서 대부업을 하던 사람으로 자식 없이 상처를 했다.

하루 뒤 아내와 음악회에 갔다가 쉬는 시간에 오 팀장으로부터 이번에는 아내에 대한 자료를 넘겨받았다. 대부업자의 현금을 상속받아 아내는 많은 현금을 보유하고 있었다.

어려서 술에 찌들고 폭력을 일삼는 아버지 밑에서 불우한 어린 시절을 보냄. 15세에 아버지 사망. 중학교 중퇴함. 식당 일, 신발공장 등을 전전하다 23세에 부산 부동산 부자와 결혼, 신혼여행 중 남편 사망. 그 후 중고등학교 검정고시를 거쳐 뒤늦게 대학교에 입학, 졸업함. 25세 때 어머니 사망. 두 번째 결혼은 28세 때 전주의 75세 갑부와 함. 두 번째 남편도 신혼여행 중 바다에서 배를 타고 낚시하다 심장마비로 사망.

아내는 언젠가 어려서 가난으로 고생했다는 이야기를 한 적이 있었다. 그러나 더 이상은 깊은 이야기를 하지 않았다.

신혼여행 중 아내가 남편들을 살해한 게 아닐까.

오 팀장으로부터 자료를 하나씩 건네받으며 이런 의심이 들기 시작했다. 그러다가 금방 '설마 살인을 했겠어, 내가 괜한 오해를……' 하고는 고쳐먹었다. 그러다 다른 자료를 받아 들면 어김없이 또 그런 의심이 들기 시작했다. 자료가 모아지면서 그런 의혹은 더욱 강해졌다.

'무엇 때문에?'

재산을 노리고. 아내는 엄청난 부자다. 중학교를 중퇴할 정도로 가난했던 아내가 지금은 많은 부동산과 기업을 거느린 부자가 돼 있었다.

'어떻게 살해했을까?'

여자로서 쉽지 않은 일이다. 그러나 전남편들이 아내가 자신을 살해하리라는 것을 꿈에도 생각 못 했기 때문에 의외로 손쉽게 해치울 수 있었을지 모른다.

'왜 모두 외국에서?'

사고 직후 아내는 그 나라 경찰 조사를 받았을 것이다. 어쩌면 그 나라 경찰이 부패하여 뇌물에 넘어가 적당히 처리할 수도 있다. 그래서 심장마비를 가장한 살인이 모두 무혐의 처리됐을 가능성이 있다.

'증거가 없지 않은가?'

증거만 없을 뿐 의심을 받을 정황 증거는 많았다.

두 번째 남편은 모든 것이 첫 번째 남편과 복사판이었다.

재산이 많은 점. 그리고 첫 결혼에서 자식이 없는 상태에서 이혼하여 처자식이 없는 사람이었다. 만일 처자식은 없으나 부모라도 있다면 아내는 상속법상 남편의 부모와 공동상속을 받았을 텐데 부모조차 없어 아내는 남편 재산 전부를 단독으로 상속받았다. 두 번째 신혼여행을 말레이시아 페낭으로 갔고 거기에서 남편은 역시 심장마비로 사망했다. 똑같은 일이 한 여자에게 몇 년 주기로 똑같이 반복되고 있었다.

둘 다 혼인신고가 신속하게 이루어진 점도 같았다.

혼인신고는 결혼식을 끝내고 신혼여행을 다녀온 뒤에 구청에 신고를 하는 것이 보통이다. 물론 식을 올리기 전에 미리 신고부터 하는 사람도 있지만. 아내의 경우는 두 번 다 결혼식도 올리기 전에 이미 혼인신고가 돼 있었다. 이 혼인신고로 아내는 불과 2, 3일의 짧은 결혼기간이었지만 유산을 합법적으로 상속받은 것이다.

그런데 가만히 생각해보니 내 경우도 다르지 않았다.

아내는 나에게도 결혼식을 올리기 며칠 전부터 혼인신고를 먼저 해놓자고 졸랐다.

"아직 남남인데 무슨 혼인신고를 벌써 해?"

"뭐예요, 남남?"

아내 안색이 싹 바뀌었다.

"나를 사랑한다더니 이제 보니 다 거짓말이었네, 흥."

아내는 이야기를 이상한 방향으로 끌고 가고 있었다.

"결혼식을 올리지 않았으면 법적으로는 아직 남남이라는 거지."

"법적으로? 법을 그렇게 잘 알아요. 언제부터 법대로 살아왔어요?"

"아니, 무슨 소리야?"

"난 그렇게 생각하지 않아요. 사랑하니까 우리가 결혼을 약속한 것이고 결혼 약속 했으면 이제 부부나 마찬가지지. 결혼을 약속해놓고 이제 와서 뭐, 남남?"

"내 말은…… 결혼 약속만으로는 부부가 아니라는 거지, 아직은."

"어렵게 말 돌리지 마요. 나를 사랑한다는 말 다 거짓말로 알겠어요. 어쩜 나한테 이럴 수가 있어, 응?"

자칫 파혼이라도 할 분위기였다.

내가 한발 물러서지 않을 수 없었다. 어차피 결혼하기로 마음먹었으므로 아내 원대로 혼인신고를 먼저 해버렸다. 아내가 이런 식으로 전남편들에게도 혼인신고를 유도했을지 모른다. 아내 말솜씨에다 억지까지 써대면 어떤 남자도 결국은 거절할 수 없었을 것이다. 그러고 보니 나도 여러 가지로 두 전남편과 복사판이었다.

부모가 일찍 돌아가셔서 혼자이다.

당연히 애도 없다. 거기다 상당한 재산을 보유하고 있고 식도 올리기 전에 혼인신고를 마쳤다. 다른 점이 있다면 신혼여행에서 나만 용하게도 살아 돌아온 셈이다. 그러나 신혼여행도 곰곰이 따져보면 썩 다르다고 할 것이 아니었다. 태국 푸켓으로 신혼여행을 갈 예정이었다. 그런데 결혼식을 올리던 날 폭우로 비행기가 뜨지 못해 어쩔 수 없이 서울에서 첫날밤을 보냈다. 만일 그날 푸켓으로 신혼여행을 떠났다면…… 나도 돌아오지 못했을지 모른다.

끄응.

거기까지 생각이 미치자 저절로 내 손이 내 목을 감싸고 말았다.

식은땀이 등뼈를 타고 주르르 흐르고 있었다. 그러다가 얼른 좋은 쪽으로 생각해보았다. 아내는 그동안 두 번의 결혼과 거듭된 남편의 사망으로 재산이 많이 늘어난 데다 전남편들과는 달리 내가 젊은 남자이므로 아내 마음이 달라지지 않았을까. 진정 새출발하려는지도 모른다. 그러나 혼인신고를 먼저 해놓자고 졸라댄 것은 다른 두 남자와 똑같은 수순을 밟겠다는 것을 입증하고 있었다. 아내가 마음을 바꿨다면 굳이 혼인신고를 서두를 필요가 없었다.

결혼 이후 지난 다섯 달 동안을 생각해보았다.

결혼을 하고 두 달쯤 뒤에 제주도로 여행 갔다가 호텔 객실에 독사가 출몰하여 물려 죽을 뻔했다. 내가 슬리퍼를 신은 상태에서 욕실에서 나오다 뭔가를 밟았다. 물컹했다. 아직 죽을 때가 되지 않았던지 내가 발로 독사 머리를 밟고 있었다. 만일 몸통 쪽을 밟았다면 나는 살아남기 힘들었을 것이다.

녹사는 나보다 더 불운했다.

뱀은 미처 공격도 못 하고 내 발에 머리를 밟히고는 짓이겨져 몇 번 꿈지럭대다가 내가 내는 비명 속에 죽었다. 그때 아내는 미용실에 갔었다. 직원들이 달려오고 소동을 벌였지만 호텔 측이 소문을 차단하려고 경찰에 신고하지 않고 무마해 누구의 소행인지 끝내 밝혀지지 않았다. 그리고 지난달에 내 승용차가 양평 부근에서 대형차와 충돌하여 한강으로 추락하는 사고를 당하였다. 마침 나는 차에 타고 있지 않아 운전기사만 죽었다. 가해 차량은 물론 뺑소니를 쳤다. 그리고 아파트에 혼자 있을 때 도시가스가 새는 것을 뒤늦게 발견했다. 하마터면 큰 사고가 날 뻔했던 것이다. 평생 한 번 부딪히기도 힘든 사건이 불과 다섯 달 사이에 세 번씩이나 터진 것이다. 내가 모르고 지나친 사고도 있었을지 모른다.

이 일련의 사건은 우연이 아니었다.

계획적으로 나를 살해하려고 했던 것이다.

갑자기 공포의 구름이 나를 덮쳐왔다. 그런데 난 지금 아내로부터 벗어날 수 없는 상황에 빠져 있었다. 최근 미국 투자자와 나는 거듭된 의견 충돌로 관계가 불편하였고, 결국 그들은 나에게 철수를 통보했다. 나는 속으로 쾌재를 불렀다. 전부터 경영 간섭이 심해 저들을 떼버렸으면 했었다. 미국 측 지분 인수 대금을 마련하는 것이 큰 문제였으나 내 이야기를 들은 아내가 돈을 빌려주기로 했다. 그래서 미국 쪽 지분 모두를 내가 인수하기로 하고 인수 약정서에 서명했다.

코스닥 상장으로 얻는 이득은 이제 모두 내 것이 되는 것이다.

그런데 만일 아내와 사이가 나빠져 보름 뒤로 다가온 인수 대금을 지급하지 못하면 나는 거액의 페널티를 물게 되고 회사 신용에도 치명타를 받게 돼 코스닥 상장도 못 하고 알거지가 된다. 코스닥 상장으로 부자가 될 수도 있지만 자칫 파산으로 거지가 될 수도 있는 극단적인 상황에 처해 있었다. 아내의 살인에 대한 강력한 심증을 굳히면서도 아내를 벗어날 수 없는 것이 내 처지였다.

5

이번 추석 연휴는 길었다.

주중에 추석이 끼어 있어 월요일과 금요일 이틀만 더 쉬면 내리 9일의 황금 연휴였다. 아내 회사는 월요일에 근무하고 금요일은 쉰다고 한다. 내 회사는 월요일을 쉬고 금요일은 출근한다. 이번 연휴 동안 청평 호숫가 별장에서 우리 부부는 지낼 계획이었다. 아내나 나나 추석 때 딱히 만날 가족이나 갈 데가 없었다.

별장은 아내 회사 소유였다.

아내는 절대로 돈을 헛되게 쓰지 않는 여자였다. 여간해서 자신의 지갑을 열지 않았다. 꼭 써야 될 경우에는 회사 비용으로 처리할 수 있는지를 먼저 확인하고 회사 법인카드로 결제를 했다. 다만 한 가지 예외가 있다면 불우한 사람에게만은 돈을 아끼지 않는 여자였다. 별장은 아내 회사 소유지만 거의 우리 부부가 개인 용도로 사용하였다. 드물지만 아내 회사가 거래하는 병원의 간부에게 빌려주었다. 별장에 근무하는 관리인 부부는 회사 계약직 직원이었으므로 역시 아내 주머니에서 돈이 나가지 않았다.

별장은 2개월 전에 보름 동안 내부수리를 했다.

나는 아내의 혼인 비밀을 알게 되자 아내의 일거수일투족을 의심의 눈초리로 보기 시작했다. 여러 날 동안 추리한 결과 이번 수리는 무엇인가 작업이 시도되었다는 사실과 그 작업이 나를 향하고 있음을 감 잡았다. 아내는 이런 일에 회사 직원을 보내지, 자신이 직접 챙기지 않는다. 그러나 아내는 현장에 수시로 내려가 직접 감독을 하였다. 나는 공사 중에 별장에 가지 않았으므로 어디를 수리했는지 알 수 없었다.

또 공사 업자도 멀리 전라남도 순천에서 불러다 맡겼다.

관리인 부부도 수리를 시작하기 직전 내보내고는 수리가 끝나고 공사 업자가 철수하고 나서야 비로소 새로 다른 사람을 채용하였다. 따라서 그 동네에서 아내 말고는 어떤 공사를 했는지 아는 사람이 없었다.

아내의 비밀을 알고 난 이후 나는 불안한 나날을 보내야 했다.

불과 10여 일 사이에 몸무게가 5킬로그램이나 빠졌다. 밤이 깊도록 잠을 이루지 못하고 뒤척였다. 바람 소리에 화들짝 놀라곤 했다. 그러나 적어도 아파트에서는 나를 공격하지 않을 것으로 결론지었다. 아파트에서 나를 공격할 것 같으면 벌써 공격을 했을 것이다. 거기다 주변에 너무 많은 눈이 있었다. 그런 것을 짐작해내고도 불안하기는 마찬가지였다.

아내는 별장에서 나를 노리고 있을 것이다.

최근 돌아가는 일을 보면 그쪽밖에 없다는 생각이 들었다.

"저녁에 나 퇴근하면 같이 별장에 가요?"

월요일 아침에 아내가 출근하며 말했다. 나는 이날부터 쉬었다.

"안 되겠는데. 먼저 별장에 가서 준비하고 있을게."

"뭘 준비하려고요?"

"당신 맞을 준비, 하하. 사실은 내가 요즘 머리 아픈 일이 많아요. 호수 보면서 머리 좀 식히고 있을게."

"하긴 당신 요즘 잠도 잘 못 자더라. 뭐 고민 있수?"

"고민 많지. 이따가 봐요."

나는 차를 몰아 별장을 향해 달려갔다.

서울을 벗어나자 차창 밖으로 북한강의 수려한 경치가 펼쳐졌다. 아까부터 흐리기 시작하던 날씨는 빗방울 그친내로 될 만했다. 별장에 도착하자마자 나는 아내가 무엇을 수리했는지 조사를 시작했다.

목숨이 달려 있었다.

별장은 호숫가에 자리 잡고 있었다.

가을이라 호수는 잉크 빛을 띠었다. 나는 탐정처럼 별장을 하나하나 수색하기 시작했다. 별장은 2층 본 건물과 50미터쯤 호숫가 쪽으로 떨어져서 관리인 부부가 사는 별채 등 모두 두 채로 이루어져 있었다. 2층 본 건물 아래층은 출입문을 들어서면 바로 응접실이 있고 한쪽 벽 쪽에 주방과 식당이 있었다. 그리고 그 반대편 쪽으로 방이 두 개 있었으나 평상시에는 쓰지 않고 손님이 오면 손님방으로 쓰고 있었다. 응접실 중앙에 2층으로 오르는 층계가 있었고 층계를 오르면 커다란 거실이 있었다. 거실 옆에는 우리 부부가 쓰는 침실이 있었다.

1, 2층 벽 도배를 새로 한 것이 먼저 눈에 띄었다.

2층 거실, 침실 쪽 벽에는 전에 없던 홈바가 새로 설치돼 있었다. 나는 홈바를 차근차근 살펴보았지만 뭐 특이한 것은 발견하지 못했다. 침실 출입문 안쪽에 빗장을 옆으로 찌르는 문고리형 잠금장치를 새로 해놓았다. 출입문 손잡이 잠금장치만으로는 불안했나?

나는 상당한 시간을 살펴보다가는 1층에 내려와 식당에서 관리인 처가 만들어준 점심을 먹었다. 음식 솜씨가 좋은 여자였지만 나는 몇 젓가락 들다 말았다. 식사를 차려준 여자는 별채로 돌아갔다가 식사를 마칠 때쯤 돌아왔다.

"잘 먹었어요."

내가 말했지만 여자는 아무 소리 없이 설거지를 했다.

입이 무거워 보였다. 여자가 다시 돌아가자 별장은 절간처럼 조용해졌다. 이번에는 1층을 살피기 시작했다. 1층은 벽을 새로 손보았다. 기존의 낡은 벽지를 뜯어내고 새 벽지로 도배를 했다. 창호나 욕실의 세면대, 욕조, 변기를 새로 고쳤다. 저녁해가 떨어질 때까지 살펴보았지만 특별히 수상한 것을 밝혀내지 못했다.

입술이 바짝 말라왔다.

다시 저녁을 먹고 또 작업을 계속했다.

아내가 길이 막혀 늦어진다고 핸드폰으로 알려온 게 그나마 다행이었다. 시간을 번 셈이다. 밤 10시가 돼도 아내는 나타나지 않았다. 벌써 세 번씩이나 별장을 샅샅이 뒤졌지만 아무것도 나온 것이 없었다.

마지막으로 다시 홈바를 살펴보았다.

벌써 네 번째다.

나는 의자를 가져다 놓고는 천장부터 시작해서 바닥까지 훑었다. 안방으로 들어가 그쪽에서도 살펴보았다. 다시 밖으로 나와 과도를 손에 들고 엎드려서는 바닥과 벽 사이에 난 미세한 틈까지 살펴보고 칼로 긁어도 보았다. 그러고는 일어나려는데 뭔가가 눈에 들어왔다. 나는 자세히 들여다보다 중얼거렸다.

"찾았다."

아내가 이번 연휴 중에 나를 공격할 수단을 찾아낸 것이다.

"뭐 하는 거야, 당신?"

그때 갑자기 아내 목소리가 들렸다. 어느새 아내가 층계를 올라와서는 소리쳤다. 나는 놀라 하마터면 비명을 지를 뻔했다.

"언제 왔어?"

내가 엉거주춤 일어서서 말했다. 아내 눈빛이 예사롭지 않았다.

"과도를 놓지 시 짓고 있었어."

어디서 이런 답이 순발력 있게 튀어나왔을까. 나 스스로도 놀랄 일이다. 아내는 내가 과도를 들고 있는 데다 홈바에서 먹다 남은 맥주와 사과들을 보고는 의심스러운 눈초리를 거두었다.

"서울 빠져나오는 데 세 시간, 서울 나와서 여기까지 오는 데 두 시간, 도로가 온통 주차장이지 뭐예요."

"고생했소. 텔레비전에 수도권이 다 막혔다고 나오더만."

아내가 몸을 씻고는 늦은 저녁식사를 했다.

그러는 동안 나는 2층에서 혼자 TV를 보는 척하면서 앞으로 어떻게 해야 할지 고심했다. 숨이 꽉 막혀왔다. 아내는 이곳에서 나를 공격해올 것이다. 천만다행으로 아내의 공격, 그 이후 시나리오를 나는 알게 됐다. 물론 내 예상대로라면, 너무나 감쪽같아 완전범죄가 될 것이다. 내가 죽으면 내 재산은 아내가 단독상속을 받을 것이다. 아내가 지난 두 번의 남편으로부터 받은 것처럼. 그리고 또 호적을 세탁하고는 새로운 신랑을 찾아 나설 것이다. 별장을 벗어나 달아나야겠다는 생각도 불현듯 들었지만, 그리 되면 나는 곧 파산을 맞을 것이다. 어떻게 모은 재산인데, 이대로 망할 수는 없었다.

아내가 식사를 마치고 올라왔다.

미소를 짓고 있었지만 더 이상 착한 아내가 아니었다. 인간으로 둔갑한 백년 묵은 여우였다. 관리인 처가 설거지하는 것을 보고 아내 제의로 산책을 나갔다. 아내가 다정하게 내 팔짱을 끼었지만, 아내 손이 내 겨드랑이에 들어올 때 차가운 비수가 들어오는 줄 알았다. 호숫가 선착장으로 내려갔다. 우리는 모터보트와 2인용 노 젓는 배를 한 척씩 가지고 있었다. 나무로 만든 선착장에 배 두 대가 정박해 있었다.

날씨가 제법 싸늘했다.

파라솔 아래에 앉아 관리인 처가 타온 차를 마셨다. 하늘엔 은하수가 흐르고 있었다.

"오늘은 시 낭송 안 해?"

나는 이곳에서 아내 무릎을 베고는 포의 시 「애너벨리」 낭송을 자

주 했었다. 먼저 영어로 읊고는 내가 번역한 우리말로 읊었는데 아
내는 무척 좋아했다.

"시를 읊기엔 너무 추워."

설사 춥지 않았어도 이제 아내와 시 낭송을 할 상황이 아니었다.
나로서는 지금 그야말로 생명을 건 줄타기를 하고 있었다. 날씨만큼
이나 내 마음은 차기만 했다.

"금침 사업에 투자를 검토하고 있어요."

아내가 분위기를 바꾸려고 그랬는지 사업 이야기를 꺼냈다.

"금침?"

내가 건성으로 물었다.

"경혈 자리에 금실을 삽입해 넣는 것이지요. 보통 침은 경혈에 침
을 찔러 경혈을 잠시 자극하고 빼지만, 금침은 아예 경혈 자리에 금
실을 집어넣고 봉합해버리는 거예요. 그러면 금실이 몸속에서 늘 경
혈을 자극해 병을 치료해주고 또 예방도 되는 거지요."

"금이 살 속에 들어가면 살이 썩지 않을까?"

"금은 살균력이 강해요. 은도 살균력이 있어 은나노 세탁기 같은
것이 나왔지만 금을 따라갈 수 없어요. 이런 살균력 때문에 금이 몸
에 들어가도 살이 썩지를 않아요."

"일본에서는 초밥에 금가루를 뿌려 먹어요. 술에 타 마시기도 하
고요."

나도 그렇게 해서 마신 적이 있었다.

"금은 곧 질병 치료와 예방에 의료혁명을 일으킬 거예요. 건강이
요즘 관심사로 떠오르고 있어요. 금은 세계를 상대로 블루오션을 개

척할 수 있는 우리의 중요한 아이템이지요."

전에 같으면 흥미를 느끼고 내가 먼저 물어보기도 했겠지만 지금은 머리에 아무것도 들어오지 않았다.

"우리 회사는 손쉽고 위생적으로 시술할 수 있는 금침 주입기를 개발했어요."

"그런데 뭐가 문제요?"

"금을 몸에 심는 시술이라 의료법상 한의사는 안 되고, 일반 의사만이 가능해요."

"일반 의사는 경혈점을 모르잖아?"

"그런 것들이 앞을 가로막는 장애물이에요. 하지만 의사가 금침을 시술하여 명의로 소문나면 다른 의사들이 너도나도 금침을 시술하려 들 거예요. 의사에게 어떻게 이해를 하게 하고 경혈점 교육을 어떻게 시키느냐를 연구하고 있어요."

"금침으로 어떤 치료가 가능해?"

"거의 모든 질병. 더구나 예방까지도 가능해요."

"그러면 오히려 의사들이 반대를 하겠네. 예방까지 돼 환자가 없어지면 어떤 의사가 환영하겠어."

아내가 웃었다. 그러나 나는 웃지 않았다.

귀뚜라미 우는 소리가 오케스트라를 이루고 있었다. 그러다가 서로 메시지가 오고 갔는지 어느 순간 갑자기 딱 그쳤다. 귀뚜라미도, 우리도. 그때 갑자기 공포심이 파도처럼 밀려왔다. 물론 아무 일도 일어나지 않았지만 심장이 호도만 하게 오그라드는 것을 느꼈다. 난 공황 상태에 빠져 있었다. 잠시 뒤 다시 귀를 꽉 메울 정도로 귀뚜라미 소리는 크게 울려 퍼졌다.

6

아침이 됐다.

밤을 거의 뜬눈으로 지새웠다. 도대체가 잠들 수 없었다. 그런데 가만히 보니 아내도 쉽게 잠이 들지 못하는지 뒤척거렸다. 또 하나의 남편을 저세상에 보내는 것이 두려운 것일까.

새벽녘에 난 잠깐 눈을 붙였다.

관리인 처가 아래층에서 아침식사 준비하는 소리를 듣고 눈을 떴다. 아내는 늦게 잠에 들었는지 곤히 자고 있었다. 그 모습을 보고 아직 살아 있구나 하고 나는 비로소 숨을 크게 내쉬었다. 해가 중천에 떴을 때 아내와 나는 아침식사를 했다.

"어머 어쩜, 이거야말로 우리 엄마 손맛이야!"

아내는 관리인 처의 음식 솜씨를 극찬해주었다. 관리인 처는 입이 함박꽃처럼 벌어졌다. 똑같은 칭찬인데도 아내는 사람을 감동시키는 말솜씨를 가졌다.

아침식사를 마치고 호숫가로 산책을 나갔다.

다시 돌아오자 실기시를 마친 관리인 처가 거실이며 방까지 청소를 깨끗이 해놓고 돌아간 뒤였다. 별장은 바다 속에 들어간 것처럼 다시 조용해졌다. 2층 침실에서 나는 침대에 누워 잡지를 뒤적이고 있었고, 아내는 오디오를 틀었다. 영화 〈태양은 가득히〉 주제가 음악이 흘러나왔다. 아내가 좋아하는 음악이었다. 반복을 눌러 거듭같은 음악이 연주되고 있었다.

"맥주 한잔할까요, 우리?"

아내가 물었다.

"좋지."

내가 고개를 끄덕였다.

아내가 드디어 결행을 하려는가 보다. 모든 여건이 다 성숙돼 있었다. 숨이 갑자기 가빠왔다. 아내가 밖으로 나가더니 맥주와 컵 두 개 그리고 안줏거리로 멸치를 쟁반에 담아 들어와 침대 옆 사이드 탁자에 올려놓았다. 아내가 내 잔에 맥주를 가득 따랐다.

나도 아내 잔에 맥주를 따라주었다.

안주를 손에 집다가 일부러 멸치를 담은 접시를 쳐 방바닥에 떨어뜨렸다. 그러자 아내가 황급히 머리를 숙여 멸치를 주워 담았다. 그때 내가 쟁반을 180도 돌렸다. 그러자 아내의 맥주잔이 나한테 왔고 내 잔이 아내 쪽으로 갔다.

우리는 맥주잔을 부딪쳤다.

그러고는 동시에 맥주를 들이켰다. 나는 단숨에 한 잔을 들이켰고 아내는 반쯤을 마셨다. 아내는 안주 접시로 손을 가져가다가 갑자기 자기 목을 손으로 감싸 쥐었다. 뭐라고 소리를 지르려 했으나 말은 나오지 않았고 고통으로 얼굴이 일그러졌다. 아내는 그런 와중에도 눈을 내 쪽으로 돌리더니 나를 귀신처럼 쏘아보았다.

나는 얼른 자리에서 일어나 아내 눈길을 피했다.

모든 게 내가 예측한 그대로 맞아 들어갔다. 내 잔에 독약이 들어 있었던 것이다. 바꿔치기를 하지 않았으면 내가 지금 아내 꼴을 하고 아내에게 원망의 눈길을 보냈을 것이다. 나는 한 발자국 뒤로 물러나 재빨리 컴퓨터 쪽으로 걸어갔다. 〈태양은 가득히〉 주제가 음악이 계속 흘러나오고 있었다.

나는 손가락 대신에 볼펜 끝으로 자판 입력을 시작했다.

유언장

여보, 당신에게 두 번이나 결혼한 사실을 감췄지만 당신은 결국 알게 됐군요. 죄책감도 느끼지만 당신을 속인 것이 무엇보다 가슴이 아파요. 당신이 너무 좋아 결혼하려고 전에 결혼했던 사실을 감췄어요. 이제 어찌 당신 얼굴을 똑바로 보겠어요. 용서해주세요. 만일 또 당신을 만날 기회가 있다면 솔직한 사람이 되겠어요. 비록 이렇게 하직하지만 당신, 좋은 사람 만나 행복하세요. 내 마지막 부탁이에요. 비록 짧은 시간이었지만 당신을 만나 행복했어요. 안녕히.

당신을 사랑한 아내가

유언장 제목을 치면서 보니 아내는 피를 토하고 있었다.

고통을 참기 힘들었는지 손톱으로 목을 긁어 서너 개의 손톱 자국이 깊숙이 길게 파였다. 문장 몇 줄을 치고 다시 돌아보니까 아내는 바닥에 쓰러져 손가락을 갈퀴처럼 하고는 허공을 긁으며 괴로움을 표시했다. 유언장 작성을 마쳤을 때는 힘이 완전히 빠져 숨도 제대로 쉬지 못했다. 얼굴이 백지처럼 하얗게 변해 있었다. 나는 자리에서 일어나 내 맥주잔을 밖으로 가지고 나갔다. 이제 거실 탁자에는 아내 맥주잔만 남아 있었다.

다시 들어오자 아내는 숨을 막 거둬들이고 있었다.

나는 방문을 닫고 안에서 빗장으로 된 문고리를 잠가버렸다. 그리고 창문도 모두 안에서 잠갔다. 그러자 침실은 완벽한 밀실이 돼버렸다. 아내를 살해한 범인은 빠져나갈 수 없는 상황이었다.

모든 문이 안에서 잠긴 침실. 자살하겠다는 유언장. 독약 탄 맥주가 일부 남은 잔. 모든 게 아내 자살을 입증하는 것들이다. 한편 아내가 나를 살해하고 자살로 위장하려는 시나리오도 바로 이 방법이었다고 확신한다. 내가 역이용한 것이다. 아내가 만든 내 무덤에 거꾸로 아내가 들어간 것이다. 거기다 아내는 스스로 독약을 어디선가 구입했다. 나중에 경찰이 이것까지 조사를 해준다면 자살은 더 완벽해지는 것이다.

아내의 숨이 끊어진 것을 확인했다.

죽은 모습을 보니 안됐다. 잠시 서서 아내 명복을 빌어주었다.

"미안하오, 여보. 너무 억울하게 생각할 것 없소. 당신이 먼저 나에게 이렇게 하려 했잖아. 그러니 원한 같은 것은 없으리라 생각하오."

그런 와중에도 〈태양은 가득히〉 음악이 장송곡처럼 들려왔다.

음악을 들으며 나는 현장을 나왔다. 선착장으로 걸어가 모터보트에 시동을 걸었다. 시끄러운 시동 소리에 별채의 관리인 부부가 밖을 내다보리라. 내가 보트를 타고 떠나는 장면을 지켜봤을 것이다. 물보라를 그리며 청평 시내 쪽으로 갔다. 성인오락실 '바다이야기'에 들어가 열심히 돈을 잃어주었다.

시간이 느리게 흘러갔다.

3시에 핸드폰이 울렸다. 전화를 받자 관리인이 다급한 목소리로 소리쳤다.

"아이고, 사장님. 큰일 났습니다. 사모님이 돌아가셨습니다."

"아내가 죽어요?"

내가 시치미를 떼고 물었다.

"네, 사장님."

"흥분하지 말고 천천히 말해보세요."

"사장님, 그러니까 제 처가 점심때 점심식사를 차려놓았는데 시간이 지나도 드시지를 않았어요. 2층 침실에 올라가보니 문이 안으로 잠겨 있었고요. 문을 한참 두드려도 인기척조차 없었어요. 사장님 혼자 보트 타고 나가는 것을 봤지만 사모님은 나가시지 않았는데도 침실에서 인기척이 없지 뭡니까."

"그래서요?"

"제가 밧줄을 타고 2층 바깥쪽으로 돌아가 창으로 안을 들여다보니 사모님이 쓰러져 있었어요. 창문을 열려고 했지만 안에서 잠겨 있었고요. 방문도 제가 가지고 있는 열쇠로 열려고 해도 안에 빗장이 질려 있었어요. 경찰이 와서 문을 부수고 들어갔는데 사모님이 이미 돌아가시고……."

관리인이 울먹였다. 그리고 느린 목소리로 말했다.

"컴퓨터에 유언장을 작성해놨지 뭐예요."

"경찰이 뭐랍니까?"

"방이 안에서 굳게 잠겨 있어 자살밖에는 달리 생각할 수 없답니다."

7

7년 후. 필리핀 세부, 싱그릴라 막탄 리조트.

나는 바닷가 벤치에 누워서 빈둥거리며 게으름을 피우고 있었다. 오늘따라 늘씬한 비키니 차림의 서양 여자들이 패션쇼를 하듯이 오고 갔다. 옆에 있던 아내가 나에게 눈치를 보냈지만 그러거나 말거나 나는 조금도 구애받지 않았다.

첫 아내 장유미가 죽고 혼자 살다가 3년 전 두 번째 결혼을 했다.

나보다 다섯 살 연상으로 식품업체를 여럿 갖고 있었다. 필리핀 북부 수빅으로 신혼여행을 갔다. 신혼여행 두 번째 날 아내와 나 단 둘이 배를 저어 바다로 나갔다가 배가 뒤집히는 바람에 그만 아내가 물에 빠져 죽었다. 필리핀 경찰이 출동하여 조사를 했는데, 술에 취한 내 아내가 미처 물에서 못 나오고 죽었다고 결론을 지었다.

술 마신 사람이 바다에는 왜 나가나?

수면제 탄 음료수를 먹이고는 배를 뒤집은 거 아닌가? 남편인 당신은 왜 멀쩡해? 필리핀 경찰은 이런 의심 한 번 하지 않고 내 말만 듣고는 건성건성 마무리 지었다. 물론 나는 몇 달 전부터 몇 번 이곳에 와 현지 경찰과 어울렸다.

누가 보면 팔자 참 사나워 보일 것이다.

벌써 두 번씩이나 상처를 했으니. 재운만은 강해서 전처들 재산을 단독으로 상속받았다. 물론 회사도 접수했다. 첫 아내 장유미의 의료기 회사, 그리고 두 번째 아내의 식품회사 모두 내가 대주주가 됐다. 거기다 두 회사에 납품하는 작지만 알찬 회사가 한 20개쯤 되는데 모두 내가 대주주가 됐다. 대주주가 자기 회사에 납품하려고 만든 회사들이니 최소한의 이익을 보장받는 알짜배기 회사들이다.

첫 번째 아내 유지를 받든다 할까.

자선사업에 요즘 힘을 쏟고 있었다. 나는 1년에 한 100명 정도의 대학생에게 장학금을 지급한다. 장학금을 직접 전달하고는 그네들 이야기를 들으며 격려할 때 나는 묘한 희열을 느낀다. 신문에 불쌍한 사람이 보도되면 돈을 그 신문사에 보내기도 한다. 이때 반드시 익명으로 하고 끝까지 내 신분을 밝히지 않았다. '독지가 거액 투척.

신분 밝히기를 끝까지 거부, 아직도 이런 훈훈한 인심이' 이런 제목을 단 신문을 보면서 또 다른 희열을 느낀다.

세 번째 아내도 결혼중매 회사에서 만났다.

나보다 열두 살 연상이었다. 내가 내세운 까다로운 조건에 맞는 여자가 없어 무려 4년을 기다렸다. 물론 중간에 중매 회사가 배우자감을 몇 명 소개해 만나보았지만 모두 기준 미달이었다. 재산이 많으면 자식이나 부모가 있다든지, 자식이 없으면 가지고 있는 회사나 재산이 내 기대에 못 미쳤다. 퇴짜를 놓고 계속 기다렸다.

급할 것이 없었다.

낚싯대를 던지고 기다리면 언젠가는 걸릴 것이다.

그렇게 느긋하게 기다리다 만난 배우자가 지금 옆에 있는 새신부이다. 신부는 서울에 백화점을 가지고 있고 또 그 백화점에 납품하는 회사를 열 개 정도 거느리고 있었다. 말이 새신부이지 아내는 이미 오십을 넘은 여자였다. 물론 아내는 재혼이었지만 거느린 자식도 부모도 없었다. 5년쯤 전 남편이 병으로 죽고는 백화점을 물려받아 회사를 더욱 키운 억척같은 여성 기업가였다. 나이 차가 많이 나기는 했지만 성온했다.

해변을 따라 늘어서 있는 야자수 잎이 바람에 날렸다.

"자기?"

아내가 옆 벤치에 누워서 잡지를 뒤적이다 물었다. 꼭 큰누님이나 어머니 같은 말투였다.

"아뇨."

내가 대답했다.

"뭘 생각해?"

"당신."

"아닌 것 같은데. 저 서양 비키니 여자 보면서 무슨 꿍꿍이 생각을 하고 있지?"

"후후……."

그때 핸드폰이 울렸다.

"여기 청평인데요."

별장 관리인이었다. 며칠 전에 별장 수리를 시켰었다.

"사장님, 2층 홈바에서 희한한 것을 발견했어요. 너무나 감쪽같아서 눈에 안 띄었는데, 벽을 수리하다가 인부가 모르고 단추를 건드렸어요. 그러자 소리를 내면서 벽이 회전하지 뭐예요. 그러니까 거실에 있던 홈바가 방 안으로 들어가고 방 안에 있던 것이 밖으로 나와버렸어요."

아차. 나는 속으로 중얼거렸다. 진작 없앴어야 했는데. 7년 전 아내가 죽고 나서 사람들이 잊을 만하면 처리하려고 했던 것을 그만 까맣게 잊고 지냈다.

"어떻게 할까요. 전처럼 해놓을까요?"

"막아버려요."

이제 쓸모없으니까. 전화를 끊고 바다를 바라보았다. 요트는 느릿느릿 움직였고, 카세트에서는 여전히 〈태양은 가득히〉 음악이 흘러나오고 있었다.

– 『계간 미스터리』 2006년 겨울호

한국 추리소설 걸작선 1

1판 1쇄 발행 : 2012년 8월 29일
2판 2쇄 발행 : 2024년 6월14일

지은이 김내성 외 43인
엮은이 한국추리작가협회
펴낸이 김기옥

문학팀 김세화 | **마케팅** 김주현
경영지원 고광현, 김형식, 임민진

표지디자인 공중정원 박진범
인쇄 대원문화사 | **제본** 우성제본

펴낸곳 한스미디어(한스미디어(주))
주소 (04037) 서울시 마포구 양화로 11길 13(서교동, 강원빌딩 5층)
전화 02-707-0337 | **팩스** 02-707-0198 | **홈페이지** www.hansmedia.com
출판신고번호 제313-2003-227호 | 신고일자 2003년 6월 25일

ISBN 979-11-6007-918-0 04810
ISBN 979-11-6007-917-3 04810 (세트)

한스미디어 소설 카페 http://cafe.naver.com/ragno | **트위터** @hans_media
페이스북 www.facebook.com/hansmediabooks | **인스타그램** @hansmystery